青木川伝奇

葉広芩

福地桂子
奥脇みち子
田蔵
訳

中国書店

装丁／design POOL

『青木川伝奇』日本語版刊行に寄せて

小説『青木川伝奇《あおきがわでんき》』【原題《青木川》】は、日本と中国の友人、福地桂子さん・奥脇みち子さんの足掛け二年にわたるご努力によって、日本の読者のみなさんにお届けできる運びとなりました。田蔵《ティエン・ウェイ》

これは、中国の文学界、陝西省の出版界にとって大変喜ばしいことであり、私個人にとりましてはさらに大きな喜びです。私の作品が日本の読者に、中国の陝西省南部の山奥で発生した、波乱万丈の史実に近い物語として読んでいただけたら、中国の伝統的文化をもっと理解することができ、百年来の中国近代史に触れることができると信じております。それは翻訳者が心血を注がれた賜物です。

『青木川伝奇』は中国で出版されると、読者の好評を博し、「陝西省優秀文芸賞」、「柳青文学賞」、「長編小説賞」などを受賞し、これまでに十四回増刷を重ねました。

そして二〇一三年、『一代の梟雄《きょうゆう》』【原題《一代梟雄》】と題する連続テレビドラマに脚色され、全国で放映されると、小説を読み、青木川を訪ねるという二回目のブームを巻き起こしました。清明節の大型連休を利用して青木川鎮を訪れた観光客は、なんと十五万人に上り、鎮に入るため十数キロの車の列ができ、未曽有の活況を呈しました。

人々は鎮に入ると、作中人物の原型を探し、往時の屋敷や歴史的遺構を探訪しました。中国の読者にこの小説が愛読されるのは、物語が真実であり、筋立てが奇抜だからです。また、生命への理解と尊重、および人間の個性の宣揚を具体的に表しているからでもあると思います。

作中の、楊貴妃が日本に渡ったことについての調査や考証は、本筋とは関係ありませんが、中日交流を促し、歴史的解釈に新しい視角を提供することも有益なことと考えて取り入れました。

小説は日本で書き上げました。二〇〇二～〇三年にかけての青木川での取材が終わると、日本で仕事をする夫のもとへ行きました。その間に山口県久津《くづ》半島油谷町《ゆやちょう》へ行き、「楊貴妃が日本へ渡った」という伝説についての調査をしたとき、楊貴妃が儻駱道《とうらくどう》【西安と成都を結ぶ蜀道の一ルート。周至から洋県を経て漢中に到る古道】を必死に逃亡する情景が目に浮かんだので、小説の中に取り入れようと考えました。

中国にいると雑用が多く、落ち着いて小説創作に専念できませんので、日本にいる間に、名古屋で一気に書き上げました。

青木川という陝西省の古い鎮の名は、活力に満ちあふれ、人々の想像をかきたて、重々しく、深い歴史を感じさせる地名なので、小説の題名としてこれに過ぎるものはないと考えました。日本でも名古屋を出て間もなく「青木川」や「青木湖」などという地名を見掛けますので、親近感を覚えます。日本の読者が『青木川伝奇』を読まれても、親しみを感じられるのではないでしょうか。

日本の青木川のほとりに立って、遙かに中国の青木川を思うと、世界が小さく、すべてが身近に感じられます。私たちの発想、文化に対する尊崇と受け入れ方、生命に対する理解と認識を含めて。

日本語版発行に際しまして、改めて福地桂子さん・奥脇みち子さん・田蔵さんのご苦労に感謝し、中日文化交流への貢献に感謝いたします。

葉広芩《イエ・グワンチン》

二〇一六年七月　留壩にて

青木川伝奇◉目次

『青木川伝奇』日本語版刊行に寄せて ［葉 広 芩］……3
主要登場人物……10
本書関連略図……12

第1章

1▽青木川の自衛団団長・魏富堂は、一九五二年人民政府によって処刑される……3
2▽かつて魏富堂を処刑した馮明が、青木川を再訪。娘とその友人も一緒だ……15
3▽馮明一行はバス終点から山道を歩く。山中には馮明の思い出の場所がある……23

第2章

1▽馮明たちの宿舎は昔なじみの青女の自宅だ。窓から清流と風雨橋が見える……52
2▽馮明の娘・馮小羽は小説家で、昔ここでさらわれた女性の行方に興味を持つ……60
3▽魏富堂の生家は貧しく、地主の婿になったが、成り行きで匪賊の手下となる……64
4▽魏富堂は教会を襲撃したとき、西洋文明に触れる。このころ二番目の妻に出会う……82

5▽一九三〇年代に仏坪県で、新旧二人の知事が誘拐される事件が起こる……89

第3章

1▽魏富堂は親分に反抗。英雄として青木川に戻り、アヘンで地元を発展させる……97
2▽馮明は古老たちを招き、魏富堂を処刑した日のことを思い出す……102
3▽馮小羽は古老・許忠徳から、魏富堂が指揮した架橋工事の様子を聞く……115
4▽馮明は、初めて青木川に進軍したときに受けた歓迎ぶりや当時の事件を偲ぶ……121

第4章

1▽許忠徳は魏富堂の援助で大学に学んでいたが、帰郷要請に応えて戻る……135
2▽一九四九年、許忠徳は青木川に戻って中学の謝静儀校長を訪ねる……147
3▽馮小羽が現在の中学を見学。魏富堂が出資した立派な校舎は改築中だ……162
4▽馮明と娘は奪爾の家に招かれる。家では奪爾の父と祖母が待っている……172
5▽馮小羽は佘鴻雁から、西安の趙姉妹が魏富堂に嫁入りしたときの様子を聞く……180

第5章

1▽魏富堂が望んで迎えた名門の妻は、教養や習慣があまりにも違っていた……………190
2▽鍾一山は唐代や楊貴妃に関心があり、農民が掘り当てた銅鏡を買ってくる……………198
3▽馮明は車で魏元林老人を訪ねる。近くの村で歯の欠けた万婆さんに会う……………205

第6章

1▽馮小羽は一人で、魏富堂の最後の夫人・解苗子の自宅を訪ねていく……………237
2▽鍾一山は、今度は青銅の尾錠が見つかったと聞いて、期待して待つ……………252
3▽青女は、趙姉妹を送り帰すとき同行したが、そのときのことを語ろうとしない……………259
4▽馮小羽は、解苗子と謝静儀と程立雪の三人の関係に想像をめぐらせる……………286

第7章

1▽馮明は昔の恋人・林嵐が好んだ枕を手にして、かえって亡妻を思い出す……………288

2▽馮明は林嵐の墓参りに出かける。墓参りは青木川再訪の大事な目的だ……308
3▽青女は林嵐の墓参りで、過去自分が関わった出来事を心苦しく思い出す……317
4▽魏富堂夫人・解苗子が危篤だという。馮小羽は見舞いに駆けつける……330
5▽馮明は、かつての同志・趙大慶を訪ねる。趙は孫と貧しく暮らしている……337

第8章

1▽解苗子が亡くなった。少ない遺品の中から、ぼやけた写真が見つかる……347
2▽解苗子の葬儀に最後まで参列した青女と許忠徳には、辛い思い出がある……363
3▽鍾一山は、許忠徳に教えられた蜀道に分け入り、唐代の遺跡を探す……372
4▽魏富堂の娘がアメリカから戻る。魏富堂の旧宅の住民は立ち退きを迫られる……378
5▽謝校長は病気を隠していた。校長のストレスの原因は性格の違う妹にある……391
6▽馮小羽は古老たちと謝校長の墓を探しに行き、校長の最期を知る……397
7▽半年後、魏富堂と林嵐と謝静儀の新しい墓がそれぞれ完成する……401
訳者後記 405

主要登場人物

●魏富堂の家族

魏富堂《ウェイフータン》：人民自衛団司令として青木川を支配していたが、一九五二年春、大衆裁判にかけられ、極悪非道の匪賊として銃殺刑になる。

劉泉二《リウチュエンアル》：魏富堂の最初の妻。青木川の地主・劉慶福《リウチンフー》の次女。病身。

朱美人《ジューメイレン》：魏富堂の二番目の妻。もとは秦腔班子（陝西省の伝統劇を演ずる一座）の役者朱彩鈴《ツァイリン》。

大《ダー》趙《ジャオ》：魏富堂の三番目の妻。西安進士の家柄の令嬢。

小《シアオ》趙《ジャオ》：大趙の妹。魏富堂の四番目の妻。

解苗子《シエミアオズー》：魏富堂の五番目の妻。

魏金玉《ウェイジンユー》：魏富堂と朱美人の間に生まれた娘。

●李樹敏の家族

李樹敏《リーシューミン》：魏富堂の姉・魏富英《ウェイフーイン》の五男。父は寧羌警察署長・李天炳《リーティエンビン》。魏富堂と同時に銃殺刑になる。

劉《リウ》芳《ファン》：李樹敏の妻。

黄《ホアン》花《ホワ》：李樹敏の小間使い。李の子を出産。

佘翻身《ショーファンシェン》：李樹敏と黄花の子供。のち鴻雁《ホンイエン》と改名。

●一九五〇年前後を生きた青木川、広坪の人

許忠徳《シュージョンドー》：青木川の古老。魏富堂の少佐参謀主任だった。魏富堂の援助により成都の大学で歴史を学ぶ。

老《ラオ》烏《ウー》：魏富堂の子供時代からの仲間。彼の部下になる。

三老漢《サンラオハン》：青木川の古老。魏富堂の大尉大隊長だった。幼名は小三子《シアオサンズー》だったが、魏富堂が孫建軍《ソンジエンチュン》と改名させる。

張文鶴《ジャンウェンホー》：一九五二年の土地改革のときの主任兼組織委員。

鄭培然《ジョンペイラン》：馮明に説得されて大学進学を諦め、革命に参加。

李青女《リーチンニュー》：魏富堂の家の小間使い。小趙と解苗子に仕える。

趙大慶《ジャオダーチン》：土地改革のときの生産委員。馮明たちが養成した第一期女性工作員。

魏元林《ウェイユエンリン》：土地改革のときに郷政府の文書係となる。

魏漱孝《ウェイシューシアオ》：父は学校に行かせようとしなかったが、魏富堂の強権発動で行けるようになる。

魏富明《ウェイフーミン》：魏漱孝の父。魏富堂に十日間拘束されたため、彼に恨みを持つ。

謝静儀《シエジンイー》：富堂中学の女校長。
黄金義《ホアンジンイー》：一九四八年、共産党から青木川に派遣され、富堂中学の数学の教師をしていた。
張海泉《ジャンハイチュエン》：料理屋「青川楼」の店主。魏富堂が四川省から招いた。
施喜儒《シーシールー》：青木川の秀才。
劉小猪《リウシアオジュー》：洞窟に住んでいた赤貧の農民。土地改革で、一家は魏富堂の屋敷の一部を分配された。
曹紅蕭《ツァオホンシアオ》：土地改革のときの広坪副郷長。

●二十一世紀初頭を生きた青木川の人

李天河《リーティエンホー》：青木川鎮長。
張保国《ジャンバオグオ》：青木川鎮政治協商会議主席。父は張文鶴《ジャンウェンホー》。
張《ジャン》賓《ビン》：青木川鎮の文化担当幹部。
奪《ドゥオ》爾《アル》：本名・佘承包《ショーチョンバオ》。佘翻身の息子。
茶《ちゃ》髪《ぱつ》：馮明たちと同じバスに乗り合わせる。採集を禁止されている薬草や偽文物の売りさばきを手伝っている。

●馮明父娘及びその関係者

馮《フォン》明《ミン》：解放軍第三大隊政治教導員。一九五〇年から土地改革まで青木川に駐屯、大衆裁判を指揮して魏富堂と李樹敏を銃殺刑にした。五十年ぶりに青木川再訪。
林《リン》嵐《ラン》：馮明の恋人。二十二歳のとき、革命の犠牲になった。
馮小羽《フォンシアオユー》：馮明の娘、作家。新聞で程立雪が拉致された記事を読み、その行方を探すため青木川に来た。
鍾一山《ジョンイーシャン》：馮小羽の大学の同級生。蜀道の研究のため青木川に来た。

●青木川、広坪以外の人

程立雪《チョンリーシュエ》：夫霍大成《フオダーチョン》の視察に随行中、青木川付近で拉致される。北平女子師範大学卒業。
王三春《ワンサンチュン》：陝西省の漁渡鎮を根城にする大匪賊。部下五千人。
胡宗南《フーゾンナン》：国民党の軍人。一九四五年、第一戦区司令長官に任命され、西安を拠点に中国西北部を管轄。一九四九年、西安から撤退。
于四宝《ユースーバオ》：胡宗南の副官。
呉其昌《ウーチーチャン》：仏坪県新知事。弟が匪賊に殺されたため、県城を逃げ出し、南の袁家荘に新仏坪県城を移す。

本書関連略図（陝西省南部）

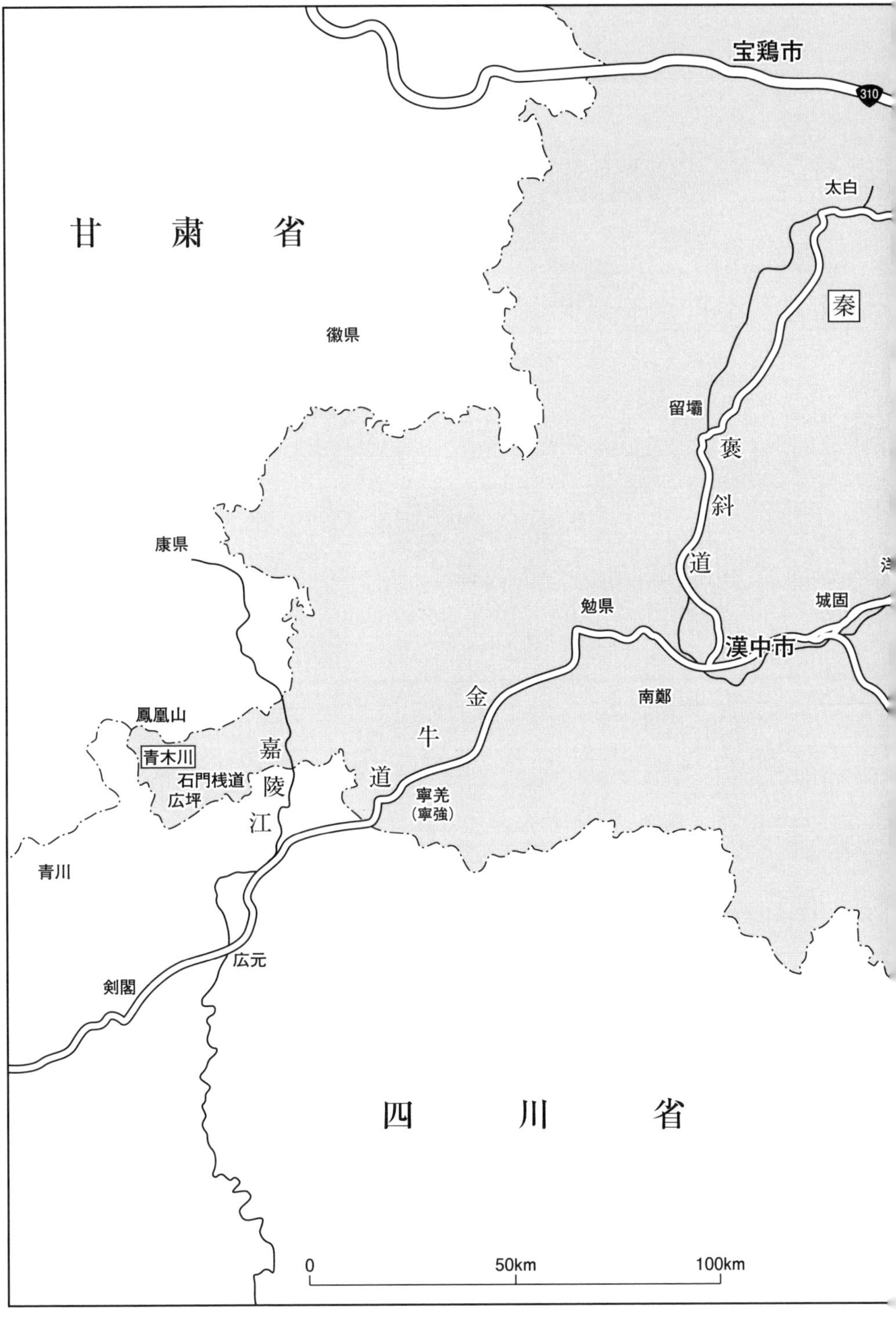

宝鶏市
310
太白
甘粛省
秦
徽県
留壩
褒斜道
康県
勉県
城固
漢中市
金牛道
南鄭
鳳凰山
青木川
嘉陵江
石門桟道
広坪
寧羌
(寧強)
青川
広元
剣閣
四川省
0
50km
100km

【凡　例】

＊本文中に【　】を用いて訳注を加えたほか、目次内に本文の概要をまとめたリード、「主要登場人物」、「本書関連略図」を訳者が付け加えた。

＊ルビは、民国以降の人物と料理名には中国語音をカタカナで、清朝以前の人物と地名には日本語での音読みをひらがなで振った。

例：魏富堂《ウェイフータン》、饅頭《マントウ》、楊貴妃《ようきひ》、西安《せいあん》

ただし題名の《青木川》については、「せいぼくせん」では日本人になじまないので「あおきがわ」とした。

青木川伝奇

第1章

1

魏富堂《ウェイフータン》は一九五二年春、人民政府によって銃殺刑にされた。

処刑が行われたとき、山里は菜の花が満開で、見渡すかぎり黄色一色に染まり、蜜蜂が飛び交い、太陽が暖かく輝いていた。農民たちは地主から没収した土地を分配する土地改革に忙しく、抑圧から解放されて土地の主人公になった喜びに沸き立っていた。

魏富堂が処刑された場所は青木川中学校の運動場だった。青木川中学校は、元は富堂中学といい、魏富堂が創設した私立学校である。青木川鎮《あおきがわちん》【陝西の西南端、甘粛・四川との省境にある。鎮は県の下の行政区画で、郷と同格であるが、郷がいくつかの村を合わせたものであるのに対し、鎮は一定程度の商工業が行われる。日本の町に当たる】の東の丘の上にあり、鎮全体を俯瞰《ふかん》でき、大衆裁判の会場としても、処刑場としても、最適の場所であった。

大衆裁判の前日の午後、魏富堂は寧羌県《ねいきょう》【現在は寧強県。県は地区の下の行政区画で郷・鎮を管轄する】から連れ戻されたが、自宅ではなく、青木川の北のはずれの「斗南山荘」に直接監禁された。「斗南山荘」は、四川省あたりに特有の船の形をした中国の伝統的な建築様式で、大広間の周りに板張りの廊下がめぐらされ、その外側に小部屋がびっしり並んでいるので、犯人を拘禁するには格好の場所だった。

山荘の裏には花や木を植えた庭園があり、さらに五部屋の瀟洒《しょうしゃ》な建物があって、女中たちの部屋になっていた。しかし魏富堂が連れ戻されてきたとき、女中たちはみなさっさと逃げ出していた。ただ黄花《ホアンホワ》という小間使いだけは、出産間近で、身を寄せる親類もいなかったため、二階の小部屋で出産を待っていた。

人民政府【行政機関。「政府」は中央行政機関としての「国務院」と地方各レベルの「人民政府」がある】が罪人を「斗南山荘」に入れたのは十分考慮された措置だった。なにしろ青木川鎮は魏富堂の本拠地で、鎮には彼の手下や親類縁者が多く、裏で誰と誰がどんな繋がりがあるか計り知れないから、特に用心する必要があった。「斗南山荘」に閉じ込めておけば、街の中心からかなり離れているので、不測の事態は起こりにくく、彼の威勢を削《そ》ぐこともできる。

翌朝、空はさわやかに晴れあがっていた。青木川鎮、広坪《こうへい》鎮から大勢の人が早々と中学校の運動場に集まり、恨みを晴らして気勢をあげるときを待っていた。

解放軍兵士が魏富堂を「斗南山荘」から引っ張り出し、半キロの道を護送し、風雨橋【雨風を防ぐ屋根のある橋】を渡って、会場まで連れてきた。まず、魏富堂にひどい目にあわされた苦しみを訴え合って、匪賊の極悪非道な罪を摘発し、続いて大衆裁判にかけた。その後、衆人環視の中、魏富堂を運動場の端まで引きたて、青木川鎮の方に向かわせて銃殺した。

その日、魏富堂の甥の李樹敏《リーシューミン》も一緒に処刑された。

李樹敏は十五里【約七・五キロ】程離れた広坪鎮の人だが、いつも叔父の家に居候していた。青木川の景色が気に入って青木川鎮の北に屋敷を構え、「斗南山荘」という訳の分からない名前をつけ、その名前を、地元の秀才【明清時代、官吏登用試験の「科挙」の最初の試験に合格して府・州・県の学校で学ぶ者】施喜儒《シーシールー》に扁額《へんがく》【門戸や室内に掲げる横に長い額】に書いてもらって掲げていた。その扁額はクスノキでできていて、何の装飾もないところが、かえって奥ゆかしく感じられた。

田舎者にはその「斗南」の意味が理解できず、「斗」とは闘争の「闘」なのか、穀物を量る「一斗枡《ます》」の「斗」なのか分からないので、「斗南山荘」とは呼ばず、「花屋敷」と呼んでいた。「花屋敷」といえば魏富堂の甥が青木川に造った別邸だ、と誰でも知っていた。

実は、李樹敏が別邸に命名した「斗南山荘」とは「北斗以南、ただ一人」【『新唐書・狄仁杰伝』】に依っていて、闘争という意味はなく、傲慢な本性が表れていた。教養人にありがちな傾向だ。

李樹敏は風雅を好み、色白で、いつも長衣【男性用の丈の長い中国服】を着て、中折れ帽をかぶり、金持ちにも貧乏人にも愛想がよかった。鎮の女たちは彼に出会うと思わず顔を赤らめ、彼の後姿をいつまでも見送った。山国には珍しい、教養のある好男子だった。

青木川の老人たちの記憶によると、当日の闘争会【悪質地主などに対してその旧悪を暴露し糾弾する大衆大会】において二人は同時に死刑を宣告され、一緒に運動場の端まで引っ張っていかれたが、李樹敏の処刑は魏富堂より数分遅れた。それは李樹敏が命がけで抵抗したからだった。彼は押さえつけられた頭を必死に持ち上げ、地面に落ちた眼鏡を掛け直してくれと頼み、刑執行の兵士をてこずらせた。横で銃声がして、魏富堂の体は前のめりに芝生に崩れ込み、頭は柘榴《ザクロ》のように割れたが、李樹敏のほうはまだじたばたあがいていた。

誰かが言った。「李樹敏は魏富堂の死に様を見るために、わざと時間を引き延ばしたんだ。人の死に様を通して自分の姿を見ることになる。人は自分の死に様を見ることはかなわないが、彼はそれを見た。だから李樹敏は只者ではない」

叔父と甥の二人は相前後して逝《い》った。わずかな時間の差だが、黄泉路《よみじ》ではかなりの隔たりになり、その間に黄泉路を行く人の群れが入ってきて、結局二人は合流できなかっただろう。

李樹敏家の作男だった青木川の魏漱孝《ウェイシューシアオ》が言った。「李樹敏が処刑を遅らせたのは、我が子の誕生を待つためだったんだよ。大衆裁判が開かれていたとき、李樹敏が『妾』にした小間使いが『斗南山荘』でちょうど産気づいていたんだ。彼は我が子の産声を聞いてから逝ったことになる。それが男だろうが女だろうが、跡継ぎができたんだから、血脈が絶たれずにすんだんだよ」【中国人の伝統的観念として、後継ぎが生まれないことは最大の親不孝とされた】

十数年後、黄花とその息子は、李樹敏が小間使いを「妾にした」ということを認めず、「妾にされたのではない、匪賊に無理やり強姦されたのだ」と主張した。この主張によって問題の性格が変わり、李樹敏の息子は迫害による産物であって、革命政権が依拠すべき民衆になるわけだ。どう見てもそれはおかしな話だが、現実はこんなものだ。

李樹敏の妻劉芳《リウファン》はよそから嫁に来た人で、世慣れたしっかり者だったが、子供ができなかった。それがずっと李樹敏の悩みの種だったので、強姦したにしろ妾にしたにしろ、結果として子供ができたことは、今際《いまわ》の際の慰めとなった。

五十年以上前のこの反革命鎮圧大会について、青木川の人々は今もなお鮮明に記憶しており、何かにつけ議論に花を咲かせる。人々は魏家の一族の者がいても遠慮せず、「魏旦那を処刑したときは……」とずけずけと言い合い、魏家の縁者もまた他人よりさらに詳細に語った。

あの一時間もかからなかった大衆裁判は、このように青木川の人々の永遠の話題となっていた。その後、あの一九五二年の集会よりはるかに重大で盛り上がった大小さまざまな集会があったが、人々に強烈な印象を焼き付けたのは、やはり魏と李が相前後して逝ったあの集会だった。半世紀以上が過ぎ、青木川鎮に議論する資格のある人間が少なくなるにつれ、話題はますます珍しいものになり、内容はますます不確かになっていった。違うテキストが増え、同じ証人でも、午前と午後では言うことが違い、一時間前と一時間後、さらにはほんのちょっと前と今とでさえ話が違ってきた。

それがかえって話を聞きたがる若者たちに想像の余地を残した。年寄たちが話すこの鎮の昔の出来事は、どんな剣豪映画やギャング映画より面白い。テレビドラマで見る手裏剣、殺気みなぎる立ち回り、生死に関わる恩と仇、英雄と美女の物語が、なんと俺たちが暮らしているこの地で現実に展開されたのだ！　毎日通るこの石畳の道で繰り広げられたのだ！　先人たちの息吹がまだ残っていて、煉瓦造りの塀の隙間や裏から、時に恐ろしい叫びや曖昧模糊とした言葉が聞こえてくるかもしれない。先祖はまだそんなに遠くへ行っていないはずだ。

魏富堂の旧宅の入口の広い石段では、暖かい陽光の下に、夏も冬も青木川鎮の古老たちが集まってきて、日向ぼっこをしながら雑談を楽しんでいる。彼らこそ青木川の政治家であり、ニュース解説者であり、永遠の生き字引なのだ。例えばよそからどんな人物が、何のために来て、いつまで滞在したとか、どんな発言をしたとかを、知り尽くしている。

時に彼らは鎮長や党委員会書記【共産党組織の責任者。

格は鎮長の上】にいろいろ提案するが、それはほとんど聞き入れられる。もちろん軽々しく提案するわけではない。すべて熟慮のうえ提出したものであり、絶対に隙やそつがないから、書記は却下したくても却下できない。だから、あのお屋敷前の石段は青木川の〝衆議院〟で、鎮のお偉方もないがしろにはできない所だ、といわれている。

老人たちは普通、黙って壁に凭れ、軽く目を閉じ、お互い相手を気にかけない。青木川は街に沿ってゆったり流れ、石の橋脚にぶつかると時折しぶきをあげ渦を巻くが、すぐに穏やかになり、深い緑色の川は悠々と流れていく。暖かい風が川面をかすめると、さざなみが立ち、湿った空気が老人たちの所に流れてくる。すると何人かが一斉にくしゃみをする。

三老漢《サンラオハン》は鼻を軽く撫でて言った。「魏旦那の頭は叩き割った西瓜のように砕けて、赤いのや白いのが辺り一面に飛び散った。生臭かったな」

魏漱孝は言った。「砕けたんじゃない、穴が開いたんだ。俺は十歩と離れていない、すぐ近くにいたから、お前よりはっきり見たんだよ。引っ張られて俺の前を通ったとき、ちらっと俺を見て、わしの後始末を頼む、と言ったんだ」

鄭培然《ジョンペイラン》は言った。「魏旦那は首をロープで絞められていて、息もできないくらいだったから、後始末を頼むなんて言えるものか」

魏漱孝は言った。「魏旦那の目付きから読めたんだ。人間は、あんな土壇場でなら目でものが言えるもんだ」

魏元林《ウェイユエンリン》は言った。「そうだ、魏旦那の頭は炸裂した。兵士が手を上げると魏旦那の体が前のめりに倒れ、同時に頭がバーッと飛び散った。俺だけじゃなく大勢の者が見たんだ。一九五〇年代に解放軍【一九二七年八月一日に設立された中国正規軍。第一次国内革命戦争期（一九二七～三七年）には中国工農紅軍、抗日戦争期には八路軍・新四軍と呼ばれたが、第三次国内革命戦争期（一九四五～四九年）になり中国人民解放軍と呼ばれるようになった】が使った鉄砲は全部ダムダム弾だったが、今は違う。アメリカがイラク戦争で使っている銃は、ダダダダッと幾つもの穴を開けるのに血が出ない。あれにゃあレーザーを仕込んであるんだ」

鄭培然は言った。「魏旦那の亡骸を納めたのは、たしか中学校の謝《シエ》校長だったたな」

すると老人たちは急に黙り込んでしまい、〝衆議院〟は静まり返った。蜜蜂が一匹飛んできて、一人の老人の頭上から別の老人の首の辺りへと飛び、また別の老人の上着に留まったが、追い払われて飛び去った。

魏漱孝は言った。「遺体を収めたのは謝校長ではなく、解苗子《シエミアオズー》だよ。解苗子は上等の紙を一束持って近くで待っていて、夫が処刑されるとその体にかけられた縄を解いて、頭を紙で包んだんだ。二十枚以上の紙で包んでもまだ血が滲み出てきたなあ。その後、俺と中学校の王《ワン》建英《ジエンイン》先生が手を貸して魏旦那の遺体を棺に納めたが、そのとき魏旦那の手はまだ温かく柔らかかったよ」

鄭培然は言った。「縄を解いたのも頭を包んだのも謝校長だよ。納棺が終わると謝校長はトランクを提げて去っていった。みんなに挨拶もせずにね。鎮の北の道ばたのアオキの木の下で、青女《チンニュー》の母親が校長を見て、『もう行かれるのですか』と話しかけても、謝校長はうなずくだけで何も言わずに去っていったんだよ」

魏漱孝は言った。「違うよ。謝校長は、大衆裁判の前に去ったんだよ。去るとき女子生徒が何人か見送りをして別れを惜しんだんだ。そのあとアオキの下で青女の母親に出会い、『もう行かれるのですか』と話しかけられて、校長はうなずくと、そこに待っていたラバに乗って、みんなに手を振りながら別れを告げ、『I will be with you forever!（いつまでも皆さんとともに）』と言ったんだ」

鄭培然は言った。「I will be with you forever は、謝校長が言ったんじゃなく、お前さんが言いたいんだろ。お前さんは英語はほとんど忘れて、これしかしゃべれないからな。この前、県の役人が来て、「耕地を森林に戻す」【毛沢東時代、「大いに農業を行う」というスローガンのもとで山林を農地に改造したが、環境が荒廃したため、文革後、無理に改造した農地を森林に戻し始めた】についての座談会があったときも、お前さんは同じようにI will……と言っていたな」

魏漱孝は言った。「ばかやろう。信用しないなら、黄《ホアン》金義《ジンイー》に聞いてみろよ。奴はあのとき、木の下に居合わせたからな」

鄭培然は言った。「黄金義は三年も前に死んだんだぞ、死人に聞けって言うのか」

三老漢は言った。「お前たちの記憶は間違ってる。去っていったのは劉芳だよ。謝校長が去ったなんてとんでもない。謝校長はどこにも行かずに、ずーっと青木川に留まっていたんだぞ」

　ほかの老人が疑いの目で三老漢を見つめたので、さすがの三老漢もそわそわしだした。魏元林が言った。

「去っていないというなら、その後校長の姿を見た者がいるかい？　それでも行ってないと言い張るつもりかね」

　三老漢はみんなを見回して、「つまり、ちょっとその……」と口ごもった。

　老人たちの記憶によると、魏旦那の後始末をしたのは解苗子で、あのとき彼女以外誰も魏家のことに手を出さなかった。魏旦那は相前後して六人の奥さんをもらったが、最後まで生き残ったのは解苗子だけで、彼女は銃声が響いたとき、刑場から遠く離れた所に立っていた。

　許忠徳《シュージョンドー》が訂正して言った。「六人ではなく五人だよ。謝校長は魏旦那の奥さんではない、でたらめを言うな」

　許忠徳が鄭培然に目を向けると、鄭培然はうなずいて言った。「そうだ、謝校長は魏旦那の奥さんじゃない。だが、謝校長は魏家の屋敷に住んだことがあり、寝室が魏旦那の斜向かいだった。生徒たちを連れて魏旦那の家に行き、英語の歌を歌ったこともあったよ」

　魏漱孝は言った。「魏旦那と謝校長とは間違いなく結婚したんだ。お祝いに扁額を贈った人もいて、俺が二等通信兵の沈良佐《シエンリアンズオ》と『花屋敷』から担いできてやったんだが、いやに重かった。大きな金文字で、赤いリボンも付いていたよ」

　魏元林が言った。「魏旦那は聖人ではないし、謝校長も天女ではないからね。天女だって人間界の牛飼いに嫁いだじゃないか。謝静儀《シエジンイー》は仙女よりも高貴だとでも言うのかい。謝静儀は賢明だからな。魏旦那のもとでは身をゆだねないとやっていけないし、かといって人の目が気になるし、インテリとしての面子《メンツ》もある。だから表向きはそしらぬふりをして、ひそかに通じ、付かず離れず付き合っていたところが謝静儀の聡明なところだよ。樊《ファン》先生の子孫の話では、解放直前、校長は魏旦那の子を宿して、樊先生に診てもらったそうだよ。魏旦那は、処刑されなかったら今ごろは都会に住んで、爺ちゃんになっていただろう。こんな貧しい青木川は嫌いだったからな」

　許忠徳は「そうだったらよかったが、残念ながら違う」と言い、三老漢も「魏元林の話はでたらめだ」と言ったので、鄭培然は不満げに英語で「Absurdity（ばかばかしい）」とつぶやいた。

そばで話を聴いていた若者たちは目を丸くして驚いた。Abs……って、どんな意味？　どうして爺さんたちは英語がパッと出てくるんだろう。今の若者は、Abs……どころか、ローマ字綴りさえろくに読めない。同じ青木川の人間なのに、昔はなんと六人も嫁さんをもらった奴がいる。六人の女、しかも花のように美しいという。どうやって楽しんだのだろう。

若者たちが「魏富堂の六人の嫁さんは脅かされたり、騙されたりして強引に連れてこられ、可哀相に屋敷の奥に閉じ込められて、毎日涙にくれていたんだろうな」と言うと、老人たちは「魏旦那の奥さんはみな名門のお嬢様だったよ、その中に西安の進士【明、清時代、科挙の最後の試験「殿試」に合格した者】の家の美人姉妹がいたが、二人とも自分から望んで嫁いできたんだよ」と言った。

それでも若者は、愚かなほど温順な山国の男の中からそんなにすごい人物が出て、西安の高貴な家柄のお嬢様までかどわかしてきたとは、とても信じられなかった。それにひきかえ、今、自分たちは広坪の女さえもらえない。広坪は青木川に一番近い鎮だが、県城【県政府所在地】から青木川までは一三〇キロ、広坪までは一二三キロで、青木川より七キロ県城に近いというだけで、広坪の女はお高くとまって、県城に嫁ぎたがり、青木川には来たがらない。そのことが、青木川の若者たちを落胆させている。大先輩は西安から、やすやすと、しかも一度に二人も、進士の家のお嬢さんを嫁にもらった。今では、西安の局長クラスの家の娘に、青木川に嫁に来てもらうことだって、一人だって夢のような話だ。青木川の者はこれほどまでに不甲斐《ふがい》無くなってしまったのかと、若者たちは意気消沈した。

若者たちは唾を呑み込み、黙り込んだ。彼らは進士の家のお嬢様や、色白で香水そのもののような都会の女との妄想をたくましくした。そんな女を自分の体の下に敷けば、きっと豆腐よりも柔らかく、ナマズよりぬるぬるしていて、身も心もとろけてしまうだろうな。もちろん彼らは百も承知だが、そんな女は自分たちのような田舎者がありつける相手ではなく、都会のお役人や金持ちの社長のためのものだ。

彼らは、山奥に住むことは、人生のスタート地点ですでに遅れを取っていて、思想や観念において時代について いけず、よその人の前でいつもおずおずと尻込みして しまうと感じていた。この不甲斐無さは生まれつきの性格で、自分の家や周囲の山中では豹のように猛々しく我がもの顔に駆け回るが、田舎者の土臭さは抜けきれない。外の世界のすべてにあこがれ、そのまねをするが、常に時代に遅れているし、滑稽なまでに外れている。例えば、都会の人々が紙で口を拭き始めたとき、彼らはようやく尻を拭くことを試み始めた。

この日、魏富堂についての議論が終わろうとしていたとき、許忠徳が重要な情報を伝えた。昔、青木川で活動した解放軍第三大隊の政治教導員【人民解放軍内の大隊レベルの部隊で軍の政治思想工作を行う要員】の馮明《フォンミン》さんが旧地を再訪されるそうだという。

一九五〇年、解放軍第十九軍一七一連隊は、陝西省南部の胡宗南《フーゾンナン》【国民党の軍人。一九四五年、第一戦区司令長官に任命され、西安を拠点に中国西北部を管轄。一九四九年、西安から撤退】配下の残存部隊を殲滅するため、第三大隊から一部の幹部と兵士を割き、青木川に進駐させ、地方武装勢力の降伏の受け入れや匪賊掃蕩など、新政権防衛に当たらせた。その後、幹部の一部が駐留して土地改革工作に参加したが、そのときの責任者が馮明だったから、当然青木川の人々は彼のことをよく知っている。

このニュースを聞くと若者たちは興奮した。彼らはあの時代の教導員に憧れていた。名前からして教養のある将校らしい。きっと映画に登場する人物のように、モーゼル銃を斜めに掛け、カーキ色の軍服にゲートルを巻いているだろう。たくましい容貌、凛々《りり》しい姿で高い岩に立ち青山を背にして手を振り、開口一番「同志の皆さん……」

魏元林が「それは馮明さんでなく、『沙家浜《さかほう》』【文化大革命中に江青たちが上演を許可した革命模範劇の一つ】の郭建光《グオジエングアン》【新四軍の指導者】だよ」と言った。

古老たちは互いに顔を見合わせた。突然の旧地再訪に当惑したようだ。しばらくして魏漱孝が言った。「世話役は誰が……」

三老漢は言った。「そりゃ、鎮長クラスだろう。あの馮教導員は元高級幹部だから、下っ端が応対するわけにはいかないよ。地区や県から、専属の運転手やコックや秘書や医者がぞろぞろと付くはずだよ。もしかすると一個分隊の警備員まで付いてくるかもしれないぞ」

　魏元林は言った。「国家二級レベルの警備が必要だ。そのときには、山道のすべての分岐点に武装警官を配置し、事前に公安局が警察犬を連れてきて、爆弾が仕掛けられていないか、嗅がせるだろうな」

　許忠徳は言った。「今は青木川に匪賊もいなくなったから、警備員なんか要らんだろう。馮明さんは、今回の青木川再訪は私的な旅行だから、随行員など一切要らない、地元に迷惑をかけたくないと、断ってこられたそうだ。気軽にお嬢さんだけ連れてくるそうだよ」

　魏漱孝が言った。「馮さんはかなりのお年だろうね」

　許忠徳が言った。「私と同じ辰年生まれ、七十六歳だよ」

　さらにみんなは口々に言った。

「都会の人は老け込むのが早いから、多分もう足元もおぼつかないだろうな」

「ここを離れてもう何十年も経つのに、まだ青木川を心に留めているとは」

「ここを忘れるわけがないだろう。ほかは忘れてもここだけは忘れないはずだ。恋人の林嵐《リンラン》さんがここで死んだんだからな」

「綺麗な人だったが、惜しいことに若死された。顎が細くて、美人薄命とはあの顎の形を指すんじゃないか」

　鄭培然が言った。「林嵐さんの死は顔立ちとは関係がないよ。彼女は革命のために犠牲になった。劉胡蘭《リウフーラン》【一九三二～四七年。中国共産党の女性幹部。国民党の軍隊に逮捕され、処刑された】のように、永遠に敬愛されるべき女英雄だ。もし毛主席が彼女にも『偉大なる生、光栄ある死』と書いてくれたら、林嵐さんの名前も全国に知れ渡ったに違いない」

　許忠徳が言った。「『革命のために犠牲になる』か。久しぶりに聞く言葉で、ピンとこないな」

　魏漱孝が言った。「馮明さんのお供のお嬢さんはきっと後妻の子供だろう。やはり役人かも知れんな」

　許忠徳が言った。「そのお嬢さんは馮小羽《フォンシアオユー》といって小説家だそうだよ」

　老いも若きも一斉に首を振って言った。「そんな名前、聞いたことがない。少なくとも『水滸伝』や『西遊記』のように記憶に残るような小説は書いていないな」

　魏漱孝が言った。「作家ってのは、おマンマをたらふく食ったあと手持ち無沙汰で困る人間のするお仕事さ。高官の娘が作家になるのは当たり前さ。青木川の女の子が嫁いだら、野良仕事をやり、飯を炊き、子どもをつくるのと一緒だよ」

古老たちは、馮明についてはあまり議論しなかった。話したくないのではなく、話の種がないのだ。五十年の隔たりはあまりにも大きく、にわかには接点が見つからない。毎日話題にのぼる魏旦那については、誰かが話の口火をきると、ほかの人はすぐそれに続けることができ、しかもますます話に花が咲き、実に確かな内容まで引き出してくる。だが馮明についての知識はほんの少ししかない。馮明はまるで明るい星のように、青木川を隅々まで照らし、青木川に大波を巻き起こすと、彼らに長い年月を残して、すぐに引き上げていった。一九五二年、魏旦那を処刑して半月も経たないうちに馮明は去っていったので、この青木川の天地を引っくり返した重要人物の印象は、地元の人々にとっては、記憶はきれぎれで、空中をふらふら漂っているおぼろげな存在でしかない。それは青木川の人が恩知らずなのではなく、何かもやもやした感情が混ざっていて、とまどっているのだ。

馮明が青木川に来ることは既定の事実だ。許忠徳の孫は地区の広報担当の幹部だから、情報は絶対間違いない。老人たちは咳をし、煙草を吸い、目を閉じて物思いにふけり始めた。湿った風が橋の方から吹いてきて彼らの鼻をむずがゆくさせた。

青木川鎮の政治協商会議【中国共産党の指導の下、各民族人民、各民主諸党派、各人民団体、愛国民主人士、海外華僑などによって組織される統一戦線組織】主席の張保国《ジャンバオグオ》が、お屋敷の前をうつむいたまま、そそくさと通っていこうとした。許忠徳が咳払いすると、すぐに振り向き、愛想笑いをしながら近寄ってきた。張保国は土地の人間で、鎮の南に住んでいる。父親の張文鶴《ジャンウェンホー》は真面目な農民で、生前は石段の古老たちと同じように〝衆議院〟の一員だった。だから張保国は古老たちの前ではかしこまって拝聴し、慎重に対応するほかない。張保国は近付いてくると〝議員〟のみなさんに挨拶をし、煙草を取り出して一人一人に勧めた。

許忠徳は渡された煙草を見るとおもむろに言った。

「マイルドの『中華』か……」

張保国はあわてて言った。「きのう県の会議があって、そのときの接待用です。会の終了後ポケットに入れてきました。もらわなければもったいないし、そのまま机の上に残していたら、誰に持っていかれるか分からないですからね」

許忠徳が「何の会だったのかい、こんな上等の煙草を使って」と聞くと、張保国は「企業誘致の商談会です。外国企業がたくさん参加しましたよ。アメリカ人も日本人も青木川にひどく興味を持ったようで、視察に来るそうです」と言った。

魏漱孝は言った。「日本の鬼どもが青木川に来るのか？　一九三九年にやつらは漢江《かんこう》【長江最大の支流。秦嶺山脈に源を発し、武漢で長江に合流する】沿いに何回か攻めのぼってきたが、結局侵入してこれなかった。それを今度は鳴り物入りで大歓迎して最高級の『中華』まで振る舞うのか」

張保国は言った。「そんな大げさにはしませんよ。視察と言っても一通り見るだけで、話がまとまるかどうかは分かりません。改革開放はまず自分たちの頭を開放しないと。どこの国の人が来ようと、外国人を取り囲んで見物したり、鬼どもと言ったりしないことです。国際問題になりますよ。あちらが外務省に訴えて、そのために両国関係がまずくなって戦争にでもなったら、青木川は大変な面倒を引き起こすことになりますよ」

鄭培然は言った。「こやつ冗談がうまいね。こんな青木川のために誰が戦争なんか起こすもんか」

魏漱孝が「鬼どもはいつ村に来るんだね」と聞くと、張保国は「この一両日のうちです」と言った。

若者たちは外国人に興味を持った。彼らはこれまで外国人を見たことがない。外人さんが自分からやってくるなんて、思いもかけないことだった。家の前で西洋が眺められるとは、まったく改革開放様々だ。

誰かが言った。「漢中《かんちゅう》【陝西省南西部。漢江上流の漢中盆地の中心都市】で姜文《ジアンウェン》主演の『鬼が来た』【監督・主演姜文。二〇〇〇年発表。日中戦争末期のある日本兵と中国人との関わりを描く】という映画を観たが、日本侵略者たちは馬に乗って、ドラムやトランペットを鳴らし、傲慢な態度だったぞ。今度はほんとにやつらが来るんだ。この山奥までやって来るんだ」

三老漢は言った。「日本人はたいして面白くないよ。見かけは俺たちと同じで、よく『しね、しね』とか『めし、めし』と言ってた。西洋人は違う。金髪で、片目は緑、片目は青だ。鼻も高すぎて、あれじゃあ接吻も容易じゃないだろう」

若者が言った。「鼻が高いから接吻がかっこいいんだ。ペルシャ猫の目も青と緑だ」

2

バスは揺れながら山道をあえぎあえぎ走り、今にもエンコしそうだ。空はどんよりして薄暗く、足元にも灰色の厚い雲が渦巻いている。時には暗い中からにゅっと木の枝が突き出してくる。深緑色の葉は濡れていて恐ろしいほどごわごわしている。これは秦嶺《しんれい》山中【陝西省の南部を東西に走る山脈。長さ約八〇〇キロメートル、平均高度二〇〇〇メートル】でよく見かけるどんぐりの樹だ。

バスの中は鼻を突くディーゼル油や、刻み煙草や、足の臭いや、薪や、鶏糞の臭いがこもっている。運転手は煙草をくわえ、目に目やにがこびり付いたまま、片手を窓枠に載せ、片手でハンドルをぐるぐる回している。車内の数十人の命などまったく意に介さないかのようだ。泣きやまない子供を母親が叱ると、ますます大声をあげて泣き出した。車内の大半の人は眠っていて、車の揺れに合わせて揺れている。頭が窓ガラスにぶつかっても目が覚めない。よほど寝不足らしい。

退官した古参幹部の馮明は、ずいぶん久しぶりにこんな汚いおんぼろバスに乗った。こんな車が未だに人を乗せて、騒音を撒き散らしながら、狭い山道を陽気に我が物顔に走り、人の命なんか少しも気に掛けていない様子なのが不思議だった。

彼は、娘の馮小羽を連れて青木川に来たのはいささか軽率だったと思った。しかし彼は二度心臓のバイパス手術を受けていて、老い先短いので、この機会を逃したら、おそらくもう来られないだろうと分かっていた。

青木川に車が通じたのは最近のことである。この小さな鎮は中国地図では見つからないし、陝西省の地図でも小さな点にしか見えず、四川、甘粛、陝西の三省が境を接した僻地である。この地に豊富に産出するのはシイタケ、キクラゲ、生薬、それにパンダ、ターキン【高山に住む牛の一種、鋭い角がある】、金糸猴《きんしこう》【秦嶺一帯などに生息する猿の一種で、毛が金色】で、以前にはそのほかケシと匪賊があった。

解放前【一九四九年十月一日の中華人民共和国建国以前の旧社会】は、土地は辺鄙だし、様々な職業の人が入り混じっていたので、盗賊が跋扈《ばっこ》し、国民党政府は取り締まりができなかったため、地方武装集団が独立王国を築いていた。そのため、解放後の革命政権の強化、土地改革の推進に大きな困難をもたらした……。

馮明は顔を窓ガラスに押し付け、窓外の山道をじっと見つめていた。霧が山全体を覆い、はっきりとは見えないが、それでも山中のどんな些細なものでも、極力見逃さないようにしていた。飛ぶように過ぎていく景色の中の何でもない窪みでも、彼にとっては生死をかけた戦場だった場所がある。石がごろごろしている谷川、老木が立っている曲がり角も、昔何らかの出来事があった場所かもしれない。

漢中地区政府は彼のために専用車を準備してくれたが、彼は一人で自由に歩いてみたいと言って断った。昔は歩いて青木川に入ったのだから、今バスに乗れるのは贅沢なくらいだ。さらに乗用車などに乗ったら当時の感覚を呼び覚ますことはできないと思ったから、馮明はせっかくの乗用車と随行員を固辞した。彼は「青木川にしばらく滞在するつもりだから、随行員たちに申し訳ないし、私としてもむしろ迷惑だよ」とまで言った。

馮明の同行者にはもう一人、馮小羽の大学の同級生の鍾一山《ジョンイーシャン》がいた。彼は歴史地理を専攻し、蜀の道【古代、西安から成都に至る道で、ルートが幾つかある】を研究している。日本で博士課程を修了して帰国してきたばかりだが、彼の頭はおかしな考えにとらわれていた。

バスはあえぎながら登っていく。

馮小羽と鍾一山は通路を隔てて座っていて、二人の間にはガチョウの籠が置いてあった。白いガチョウは竹籠の中から首を出し、なぜか冷酷な目で、そばにいる髭を生やした鍾一山を憎々しげに見ていた。鍾一山はガチョウの非友好的な態度を感じて、体をできるだけ縮め、懐のデジカメを両手でしっかりと守った。ガチョウはしばらく見ていたが、チャンスを見つけると、頭を低くして首をひねり、鍾一山の太腿を思いっきり突っついた。

鍾一山はひきつったような声で叫んだ。「あいたっ！突っつきやがった」。後ろにいたガチョウの主人が手を伸ばして、ガチョウの頭をはたくと、ガチョウは籠の中に引っ込んだ。

鍾一山の叫び声は眠気ざましの妙薬のように周りの人を起こした。みんながいぶかしげに彼を見たが、その視線には蔑《さげす》みがこもっていた。鍾一山があわててうつむくと、かえって顔がガチョウの籠にぐっと近づいた。ガチョウはすぐに首を出し、また攻撃する素振りを見せたので、鍾一山は驚いて服で頭を覆った。

彼が持っていた黄土色の服は、バスに乗る前、馮小羽が屋台で十元で買ったもので、警察が処分したごくありふれた作業着である。彼女は鍾一山が着ていた「サンパウロ」印の白い上着を、この作業服に着替えさせた。鍾一山はこの灰色とも黄色ともつかない服が嫌いで、着ずにずっと道具のように手に持っていたが、今ガチョウを防ぐのに役立った。

馮小羽の隣の若者は茶髪だったが、根元には黒い髪が伸びてきていた。彼は絶えず貧乏ゆすりをしていて、座席が繋がっているので、こちらにも振動が伝わってくる。人から揺らされるのは決して気持ちいいものではないが、馮小羽は我慢するしかなかった。若者は歌を口ずさんでいたが、病人のうめき声のようで歌詞は聞き取れない。今の音楽はみんなこんな具合で、死ぬほど愛するとか、切ない恋とかいった類ばかりだ。

馮小羽は、これでもまだ貧乏ゆすりを続ける気かと、そののっぺり顔に鼻血が噴き出すほど思いっきりびんたを食らわせてやりたかった。彼の足元に置いてある荷物を蹴ってみたが、固くごつごつしていて、どんなものか分からない。しばらくして山道がカーブすると、その荷物がこっちに転がってきた。見るとナイロン製の袋だった。茶髪に「足にごつごつ当たるんですが、中身はなんですか」と聞くと、「品物だ」と言った。答えになっていない。言いたくないのだ。馮小羽はそれ以上彼にかまわなかった。

馮明が窓の外を見ながら言った。「まもなく尾根にさしかかるぞ。秦嶺の尾根を越えれば回龍駅《かいりゅうえき》だ」

鍾一山が「回龍駅から青木川までどのくらいの距離ですか」と聞くと、馮明が「歩けば半日だよ」と答えた。すると茶髪が「今は回龍駅から青木川まで砂利道が通じているから、定期バスに間に合えば半時間で着くよ」と言った。

馮明のそばに座っていた頭に黒い布を巻いた男が、馮明に「青木川の誰を訪ねるのですか」と聞いた。馮明が答える先に鍾一山が割り込んで、「楊貴妃を訪ねるんだ」と言った。男は何かつぶやいたが、それ以上何も言わなかった。

馮明が男に名前を聞くと、「許です」と答えた。馮明が「誰の息子さんかね」と聞くと、男は警戒して「俺が誰の息子だろうが、お前さんには関係ないだろう」と言った。男はぶっきらぼうで、他人をまったく寄せつけない感じだった。馮明はこんな冷ややかでぶっきらぼうな男の父親は誰だろうと考えた。男も少し言い過ぎたと思ったのだろう、しばらくしておだやかな口調で馮明に「あなたはどなたですか」と聞いた。

「馮明です」

「馮明って誰ですか」

「馮明とは私のことです」

馮明の話し方は自信たっぷりで、まるで「私は劉徳華《リウドーホワ》【一九六一年香港生まれの人気俳優、歌手アンディ・ラウ】です」、「劉徳華とは私のことです」と言っているようだった。馮明は名前を言ったあと、驚嘆の声が上がるのをいささか期待して待った。青木川に名声轟く馮明政治教導員を知らない人がいるはずがない！

男はしばらく思い出そうとしていたが、結局「知りません」と頭を横に振った。

馮明が男に年を聞くと、四十六だという。馮明は、それなら土地改革の後に生まれたはずだと思い、「あなたのお父さんから馮明という人のことを聞いたことはないかね」と聞いた。男は今度は即座に「いいえ」と言った。

父親の名を聞くと、許忠徳だと言ったので、馮明はしばらく許忠徳を思い出そうとしたが、思い出せない。心は窓外のゆっくり流れていく濃霧のように晴れない。人は忘れっぽい動物だから、青木川の人がとっくに自分のことを忘れていたとしても咎《とが》めることはできない。自分だって、過去の多くの出来事や多くの人々を忘れてしまっているではないか。

ある年、十数人の農民が西安に陳情に行ったが、門前払いを食わされた。その中の一人の老人が、ひそかに守衛に、「昔、馮明さんを救ったことがある。わしは古参革命家だ」と言い、さらに「傷痍軍人証」を見せ、「わしが魯壩《ろは》で馮明隊長をジャガイモの穴蔵にかくまわなかったら、馮明隊長は敵に捕まっていて、今日という日はなかっただろうし、事務室に隠れて俺たちに会わないなんてこともなかったはずだ」と訴えた。

守衛は秘書に電話した。秘書は「馮明を救ったことがある」という話に慎重に対応し、馮明の所へ行ってそういう事実の有無を確かめた。だが馮明はまったく思い出せなかった。彼は自分が魯壩へ行ったことがあるかどうかさえはっきりしなかった。……あとで陝南戦回想録を見て、ようやく自分たちの部隊が魯壩で遊撃戦をやったことは確認できた。しかし、それでも人に助けられたことは思い出せなかったし、ジャガイモの穴蔵など、まるで印象に残っていない。その老人はきっと失望し、面子《メンツ》まるつぶれになって、しょんぼり帰ったことだろう。馮明を咎めることはできない。指導者のポストに就いていると、政務に忙殺され、田舎のジャガイモの穴蔵を忘れたとしても、まったく無理もないことだ。

またこんなこともあった。あるテープカットのとき、鋏をお盆に載せて持ってきてくれたコンパニオンが、鋏を馮明に渡すとき「私の叔父は劉志飛《リウジーフェイ》です」と言った。そのとき彼は冷ややかに、軽く「そう」とだけ言って、覚えているとも覚えていないとも言わなかった。劉志飛は第三大隊の副大隊長で、彼と一緒に青木川の匪賊掃蕩に参加した戦友だ。彼は政治教導員だったから副大隊長を忘れるはずがない。しかしあの場面で、あのコンパニオンに特別の親しみを表わすことはできなかった。まず劉志飛の名を出したタイミングが悪かった。それに劉志飛はその後、朝鮮戦争に従軍したが米軍の捕虜になり、送り返されたあとは再起できなかった。最初は国営農場の機械部門の係長をしていたが、のちには市場の野菜売りになった。八〇年代に引退後の待遇問題に関して彼に手紙をよこしたが、どう返事をしたか覚えていないし、その後、消息も聞かない……。

とにかく、馮明は他人のことを覚えていないし、他人も彼のことを覚えていない、お互い忘れてしまっている……。

生きている人は忘れればそれで終わりだが、亡くなった人についてはどうだろう。忘れていいのだろうか？

林嵐は青木川に残された。もう五十年余りにもなるが、彼はこれまで彼女に会いに戻ってきたことがない。心に掛けていなかったわけではなく、心の中の最も弱い部分に二度と触れたくなかったのだ。戦争に明け暮れた半生、政界での浮き沈み、彼はあまりにも多くのことを経験し、あまりにも変わってしまった。しかし、ここだけは変わらない……青木川の南の斜面の見渡すかぎり青々とした竹林、その中にある質素な墓碑、永遠の眠りについている彼の恋人。黄土が彼と彼女を隔て、死が林嵐に青春と美貌を留めた。二十二歳、永遠に老いることのない二十二歳。それはなんと溌剌《はつらつ》とした、麗しい年齢であろう。意に反して成長を断たれ、留められた麗しさはなんと残酷なことだろう。もし彼女が生きていたら、きっと幸せなお婆さんになっていただろうに……。

　馮明が男に「林嵐という名前を知っているかい」と聞くと、「林彪《リンピアオ》【一九〇七～七一。毛沢東が後継者と指名したが、その後二人は反目、林彪は国外逃亡を図りモンゴルで墜落死した】なら聞いたことがあるが、林嵐は知らないな」と言った。

　頭に黒い布を巻いた男はそれ以上話を続けたくない様子だった。馮明もその的外れの返事にがっかりした。彼は悟った。自分たちが意気盛んだった時代はあっさりと過去のページとしてめくられた。壁のカレンダーのように、めくったページを思い返して鑑賞しようとする人などいない。そのページがどんなに素晴らしくても、所詮過ぎたことだ。彼は、もはやピストルを振りあげ、部隊を指揮して林野を駆けめぐった若い政治教導員ではないし、土地改革を指導し、極悪地主と戦うよう農民を動員した、威風堂々たる工作隊長でもない。今の彼は青木川では見慣れない来訪者で、古希を過ぎた一老人にすぎない。

　馮明は軽く溜め息をついたが、その声は自分以外、誰の耳にも入らなかった。

　ますます海抜が高くなり、車外は一面真っ白で、雲のかたまりが次々に迫ってきては遠ざかり、道も見えなくなった。馮小羽は鞄から電話帳を取り出して青木川の張保国に電話をかけた。先週二人は県政府で会っていた。そのとき彼女は張保国に、国際蜀道研究会の鍾一山が同行していて、古道を調査する予定であることを告げた。

　張保国は言った。「外部の方の青木川訪問を心から歓迎します。とりわけ外国の友人が調査に来られることは大歓迎です」

　馮小羽が「鍾一山は日本人ではありません。日本留学から帰国した学者です」と言うと、張保国は「それじゃ帰国者ですね」と言い、続けて言った。「ここは山奥の小さな鎮ですから、開発を進め、閉ざされた環境を改善するには外部の力を借りなければなりません。湖南省西部の猛洞河《もうどうが》に沿った無名の小さな鎮が、映画『芙蓉鎮』【古華の小説を一九八六年、謝晋監督が映画化。文化大革命が田舎町に与えた悲劇を描く】によって地元の観光スポットになり、名前がそのまま芙蓉鎮と変わり、一年間に入るお札は目方で量っているそうです。青木川は正真正銘の古い鎮で、社会環境にしても自然環境にしてもどこにも引けを取りません。発展の余地は大いにあるはずです」

馮小羽は、張保国が鍾一山の青木川に来る動機を勘違いしているようだと感じたので、すぐに言った。「この帰国者は投資家ではなく歴史研究家です」

すると張保国はさらに熱心に言った。「歴史研究家も歓迎しますよ。文化はすべての経済発展の礎です。社会主義の新しい農村を建設するのに一番大事なのが文化ですから」

馮小羽は揺れる車中で何度も電話をかけてみたが、さっぱりつながらない。隣の席の男は貧乏ゆすりを止めて、面白そうに馮小羽が電話するのを見ていた。彼は電話が通じないことが分かっていたようで、何も言わず、にやっとすると、また貧乏ゆすりを始めた。馮小羽は仕方なく電話を仕舞った。

鍾一山は太ったガチョウの攻撃に用心しながら、手元の地図を丹念に見ていた。揺れる車中で、苦労しながら地図上の紫色の鎮の道をたどっていたが、紫の線は所々切れているのに、なぜバスが走行できるのか不思議だった。また魏晋南北朝時代に切り開かれたこの道は、現在の車道とどれくらい重なっているのだろうと思った。

鍾一山の研究テーマは蜀の道であるが、日本にいるときは奈良時代を研究していた。奈良時代は中国の盛唐天宝年間【玄宗の治世後半に使用された元号。七四二～五六年】にあたる。当時両国は友好的で交流が盛んで、奈良時代の歴史には唐の要素がたくさん混ざり合っている。

彼が山陽の古道の研究で油谷町《ゆやちょう》【山口県長門市】という小さな漁村を通ったとき、なんとそこは楊貴妃の故郷だと土地の人たちが言っていた。油谷町には「二尊院《にそんいん》」【八〇七年創建。最澄の開山と伝えられる】という小さなお寺があり、五十五代住職の記録が残されていたが、それは青い布表紙で、和紙に縦書きで、馬嵬坡《ばかいは》で死刑になった楊貴妃について、次のように書いてある。

早朝、高力士《こうりきし》は貴妃を仏堂の前に連れていって絞殺し、その亡骸を車に横たえ、宿駅の庭に置き、六軍総領の陳玄礼《ちんげんれい》らに見せた。大軍が出発し、玄宗は軍に従い蜀の地へ赴いた。陳玄礼は貴妃がよみがえり、穏やかに息をしているのを見ると、皇帝の悲しみを思い、部下に助けさせた。それから下級の役人に空艪舟《うつろぶね》【丸木舟】を造らせ、数カ月分の食料を舟に置き、海に放ち漂流するにまかせた……天宝十五年七月、唐の玄宗皇帝の愛妃楊玉環は当地の唐渡口《とうどぐち》【山口県長門市向津具半島川尻岬】に漂着し、上陸後まもなく死去した。村人はみんなで寺の後ろに葬った。弔う人が後を絶たない。

日本の高校の教科書に白居易の「長恨歌」が載っているので、日本人は楊貴妃が油谷町に来たことを信じている。彼らは白居易が「長恨歌」を創作したとき、細かい点を詳細に生き生きと描いていながら、当事者生存中のため直接言えないこともあり、随所に伏線が敷いてある、と考えているようだ。「馬嵬披の下泥土の中、玉顔を見ず、空しく死せる処」、「忽《たちま》ち聞く、海上に仙山有り、山は虚無縹渺《ひょうびょう》の間に在《あ》り」、「中に綽約《しゃくやく》として仙子多し、中に一人有り、字《あざな》は太真」、「唯《ただ》旧物をもって深情を表わし、鈿《でん》合金《ごうきん》釵《き》寄せ持ち去らしむ」、「釵は一股《いっこ》、合は一扇《せん》」……。

この詩に人々は思いを巡らせる。日本には「長恨歌」のファンが多く、日本人は楊貴妃が来たことを大いに喜び、この小さな漁村が唐の貴妃を迎えた心意気を誇りにしている。油谷町はまったく大したものだ。中国の馬嵬坡の塚は空の墓で、海上の仙山は日本を指し、太真仙女が楊貴妃、螺鈿《らでん》の小箱と金の簪《かんざし》が証拠なのである……。

鍾一山はこの伝説のために行動を開始した。中国でも日本でも苦労をいとわず、あらゆる方法を講じて証拠を集め、楊貴妃が東の日本に逃れた真偽を考証した。

馮小羽は級友鍾一山の楊貴妃に対する感情移入は行き過ぎで、学術研究においてロマンと空想の色合いを強めると、歴史家が具えるべき厳格な考証と緻密な思考を失い、芝居のハッピーエンドのように紋切り型になってしまうと言った。しかし、鍾一山は納得せず、歴史そのものが一首の長詩であり、詩人の素質がなかったら歴史を研究することはできないと言った。今回、青木川に来たのは、青木川の東南四キロの所に太真坪という所があることを聞き、この太真坪はきっと楊貴妃楊太真【太真は楊貴妃が一時道教に出家したときの号】と関係があり、楊貴妃が日本に渡ったことや蜀の道とも関係があると確信したので、馮家の父娘と同行したのである。

3

バスは終点の回龍駅に到着した。

回龍駅は昔の宿場であったが、今は小さな寒村にすぎない。ほとんどの家は土煉瓦に茅葺きで、軒が低くじめじめしている。たまに新築の家が二、三軒あるが、赤煉瓦にコンクリート造りで俗っぽい。眼と眉が見分けられないくらい汚れている子供が二人と、痩せこけて骨ばかりの犬が三匹、バスのドアの所に集まってきた。なぜか興奮している。バスが巻き上げた土埃が彼らをすっぽり包んだが、気にならないようで、小躍りして喜んでいる。

馮明がすぐに降りようとすると、前に座っていた男が、「バスはないよ」と言った。馮明が「どうして分かるのかね」と聞くと、男は「見れば分かるさ」と言った。

茶髪は袋を背負うと、袋がガチャガチャ音をたて、人にぶつかって文句を言われながら、我先にと乗降口へ急いだ。

鍾一山は大きなリュックを持ち上げ、作業服を手に下げて、あの虎視眈々《こしたんたん》と機会を狙っているガチョウを避ける安全なルートを、念入りに探っていた。

馮明がずっと窓の外を眺めていたので、馮小羽が「回龍駅は昔と比べて変わったの？」と聞くと、馮明は「ずいぶん変わったよ。見分けがつかないくらいだ」と言った。馮小羽には、この小さな村がどう変わったのか想像できなかった。あのあばら家、あの灌木、あの河、あの犬、あの子供たちは数百年前から変わらず存在し続けただろうに、父親はなんと「ずいぶん変わった」と言う。

バスを降りて聞くと、「青木川行きの定期バスは今日は出ません。バスの運転手は義父が胸をターキンに突かれたので、県城まで連れていったんです」ということだった。乗客の大部分は回龍駅止まりだった。青木川に行くのは馮明一行と、あの貧乏ゆすりの隣の席の男と、青木川の男だけだった。

馮小羽が父親に「青木川鎮政府に電話して、車で迎えに来るように頼みましょうか」と聞くと、馮明は「要らない、ここの山道は慣れているし、まだ早いから回龍駅を一回りしてから出発しても遅くはない」と言った。

鍾一山はもっとのんびりしていて、カメラを持って土壁の町をあちこち写して回ったので、子供たちは面白がって押し合いへし合いカメラに向かい、おどけた顔をした。

青木川の男は車の屋根から降ろした苗木を見守りながら、売店の階段に腰かけてのんびりと煙草を吹かしていた。売店にはたいした商品はなく、オレンジジュースまがいの飲料、製造年月日の分からないソーセージ、けばけばしい色のビニールのスリッパ、木箱の中に積み上げた岩塩……見た目にもひどい品ばかりだ。

猫が陳列棚の上にうずくまって寝ており、売店の主人は腕を枕に、カウンターにつっぷして寝ていた。猫と人間がそれぞれ高い所と低い所に陣取って、眠りこけている。馮小羽は店の中を一回りしたが、店主は目を覚ます気配もなかった。猫は頭を上げて彼女をちらっと見、挨拶のようにニャーと鳴くと、姿勢を変えてまた眠ってしまった。

男はまだ階段で煙草を吸っていた。煙草は地元製の刻み煙草で、燃えるのが早く煙がもくもくと出て、ひどくむせる。男は陝西省南部の山中のごく普通の農民で、体は痩せぎすで手はごつい。ズックを履いていたが、親指の先が子鼠のように穴から出たり入ったりしている。

馮小羽はこれから向かう道中が不安だった。父親が疲れはしないか、この辺鄙な人気のないところで不測の事態が起こったらどうしよう、と心配だったので、父親を急き立てることはできなかった。父親が行こうと言わぬかぎり出発できない。彼女が煙草を吸っている男に「いつ出発するんですか」と聞くと、男は「もう少ししてから」と言った。馮小羽が「バスは待っても無駄でしょう。運転手さんの義父《おとう》さんの胸の傷は短時間ではとても塞がらないでしょうから」と言うと、男は「バスを待っているんじゃない、お天道様を待っているんだ。日が高く昇ると山全体の霧が晴れるから歩きやすくなるのさ」と言った。馮小羽が「砂利道に沿ってゆっくり進めばここに座って太陽を待っているよりましじゃないんですか」

と言うと、男は「霧が深いと見通しがきかない、でっかい奴に遭遇したら大変だよ」と言った。

男が言うでっかい奴というのは虎、熊、豹などのことで、もちろんターキンも含まれる。この一帯はかつて華南虎の亜種がいたが、ここ数年は生息が確認できていない。しかし、ここの住人はやはり居ると言っている。馮小羽が一番怖いのはターキンで、まだしも虎のほうが怖くない。「単独行動しているターキンは獰猛で、常に向こうから人を襲うので、遭遇したら十中八、九逃れられない」というニュースを、新聞で何度も見かけた。

茶髪の若者は一人で砂利道を二〇〇～三〇〇メートル進んだが、みんなが動かないのを見て引き返してくると、男の向かいにしゃがみ込んだ。しかし、男はあまり相手にはしようとしない。

男は遠くにいる馮明を見ながら、「あの人はあなたの親父さんか」と聞いた。

馮小羽が「そうですよ」と答えると、男は「お役人だろ」と言った。

馮小羽が「どうして分かるの」と聞くと、男は「俺の勘さ、あの爺さんはすごく偉い役人だと直観で分かるよ」と言った。

馮小羽が「どのくらい偉いの」と聞くと、男は「少なくとも副処長以上だね」と言った。

馮小羽は話題を変え、男に「何の苗木を買ってきたの」と聞いた。男は「楊凌《ようりょう》農業科学技術センターで育てた新種の山茱萸《サンシュユ》【ミズキ科の落葉小高木。生薬山茱萸は果肉を乾燥させたもの】の苗だよ」と言った。馮小羽は、山茱萸の果実は色鮮やかで甘くみずみずしく、高価な漢方薬なのに、苗はこんなに不格好だとは予想もしていなかったと思いつつ「実はいつなるの」と聞くと、男は「三年」と言った。三年とはずいぶん先の長い話だと馮小羽は思った。

しばらくして、茶髪が鍾一山を指さしながら、「あの写真を撮っている奴はスパイかもしれないな」と言った。

男はそれに応じて、「お前のほうがよっぽどスパイに似合っているよ」と言った。

茶髪は男の揶揄を気にもせず、犬をからかい始めた。ポケットから蒸しパンを取り出してやるふりをすると、犬はさかんに尻尾を振り、ぐるぐる回った。みんなは黙って階段に腰かけ、霧が晴れるのを待った。

馮明は小さな街をぶらぶらした。五〇メートルもない家並みは一目で全体が見渡せる。

回龍駅の北の方には高い山が聳えているが、これが秦嶺山脈の主峰である。南のすぐ下は渓谷で、ゴーゴーと太鼓を叩くような音を響かせ、滔々と南へ流れ下っていく。川床には巨石がごろごろし、岸には灌木が生い茂っているが、その上に赤や白のビニール袋など雑多な色のごみが絡みつき、汚らしい。売店のそばに涼皮《リアンピー》【陝西省に古くから伝わる麺料理】を売っている露店があったが、ガラスのケースに入っている涼皮は古そうだった。涼皮売りの女は商売しながら子供をあやしていた。子供の鼻の下は鼻汁を拭いた跡が蝶々模様になっており、ジーンズの幼児用尻割れズボンは泥んこで、片方の足は靴下を、片方の足は靴を履いている……。

馮明がやって来て、涼皮売りの太った女に話しかけたが、女は彼が買う気がないと見て、適当にあしらった。馮明が「なかなかたくましいお子さんだね。きっと見込みがあるよ」と言うと、やっと笑顔になって、「どこから来たのかね」と聞いた。「西安からだ」と言うと、「西安から来たのなら、きっと絵描きさんだろう」と言った。馮明が「どうしてだね」と聞くと、彼女は「こんなところに来るのは絵描きさんぐらいのものだよ。ここは景色が良くて絵になるからね」と言った。

茶髪がまた近寄ってきて口を挟み、「この人、副処長だよ」と言った。女は笑って、「副処長さんがバスなんかで来るもんかね。このバスで回龍駅に来るのは、せいぜい事務官どまりだね」と言った。

馮明が女に「目が利くね」と言うと、女は「毎日通りで涼皮を売っていりゃ、何をする人だか一目見りゃたいてい当たるさ」と言った。

馮明が女に「わしが何をする人間か分かるか」と聞くと、女は「定年になった獣医さんだろう。豚の病気を見る獣医さんで、あちこち出向いて豚を去勢していたんじゃないかね」と言った。馮明は「当たった。その腕もあるよ」と言った。

馮明が「回龍駅の通りは以前よりずっと広くなったものだ。昔は人が両手を広げれば通りを塞ぐことができたし、馬を二頭並べて通ることはできなかったし、石畳の小道は凸凹で、軒下から落ちた雨だれが向かいの家まで跳ねたもんだが、今はずいぶん変わった。バスまで通れるようになったんだからな」と言うと、女は「回龍駅はあたしが嫁いできたときからこんなで、変わっちゃいないよ」と言った。「いつ嫁いできたのかね」と聞くと、「五年前だよ」と言った。馮明が「わしが言っているのは、もっと昔、少なくとも数十年前のことだよ」と言うと、女は「数十年前だったら旧社会だね。旧社会はまったく見たことがないよ、皇帝様に会ったことがないのと同じぐらいにね」と言った。

馮明が「回龍駅は開発計画はないのかね」と聞くと、「回龍駅を開発しようとしまいと、あたしには関係ないね。世の中がどんなに変わろうと、あたしはこれまで通り涼皮を売るし、ここの朝は相変わらず深い霧が立ち込めているだろうし、ターキンは相変わらず人間に向かってくるだろう。変わりっこないよ」と言った。

馮明が「回龍駅にはちゃんとした建物をいくつか建てるべきだね。さしあたり屋根のあるバス停が必要だし、傷や病気の手当てをする小さな診療所があれば、今後ここに観光に来る人も増えるだろう」と言うと、女は「面白いところなんか少しもないのに、霧深い山でも見に来るのかい。屁をひったら端から端まで臭くなるような短い路地でも見に来るのかい」と言った。また、「お偉方が時代に遅れまいと、猫の額ほどの回龍駅に広場を造るだの、芝を植え、イルミネーションを飾ったプラスチックの木を置くだのと言うが、山にはあんなにたくさん草があるのに、それでもここに芝を植えなきゃならんのかね。周囲にはこんなにたくさん木があるのに、プラスチックの木なんかを置きたいのかね。馬鹿なことをするもんだ。広場にはさらに紅軍を記念する像を造るんだとさ」と言った。

馮明が「紅軍を記念するんだって？ 解放軍ではないのかね？」と聞くと、女は「違うよ。最近何人かの人が図面を持ってきて、みんなに意見を聞いて回ったが、雑貨店の趙《ジャオ》さんはその格好を一目見て解放軍ではない、紅軍だ、と言ったよ」と言った。

馮明が「趙さんはどうして解放軍ではなく紅軍だと知っているのかね」と聞くと、女は「紅軍はチョッキを着て、八角帽をかぶり、顔色が悪く痩せこけているから。みんな知っているよ。映画でそんなふうにやっているじゃないか」と言った。

馮明が「一九三五年紅軍第二十五軍団は程子華《チョンズーホワ》と徐東《シュードン》

海《ハイ》の指揮のもとに、秦嶺を越えて北上したが、華陽鎮《かようちん》、老県城《ろうけんじょう》辺りを通ったからここは通っていないよ。なぜここに像を建てるのかね」と言うと、涼皮売りは「紅軍も解放軍も同じようなもんさ。年寄りが言っていたが、前の谷で戦争があったが、ここで紅軍はさんざん打ち負かされたそうだよ。うちの爺さんもその戦闘に参加したんだよ」と言った。馮明が「お爺さんはどっちについたんだね」と聞くと、彼女は「こっちだよ、あのころはみんな気持ちが一つだったから、上から戦えと言われたら、必死に戦ったんだ。尻込みする人なんかいなかったんだとさ」と言った。「上って誰だね」と聞くと、「魏司令だよ、爺さんは魏司令の部下で、小隊長だったんだ。連発銃を火掻《ひか》き棒と同じくらい易々と扱えたんだよ」と言った。馮明は彼女が「向こう」ではなく「こっち」と言ったことが特に気になった。紅軍の敵を味方とする感情がまだ残っている。女の話し方は少しも論理的でなく、立場もあいまいだ。

　鍾一山はビデオカメラを両手に構えてやって来ると、まず涼皮を見、それから女に視線を移したが、最後に満月のような大きな顔に釘付けになった。鍾一山はビデオカメラ越しに、涼皮売りに「楊玉環のことを知っているかい」と聞いた。太っちょの女は目を白黒させ、「楊玉環ってどこの村の人かね」と聞いた。茶髪が「楊玉環って、唐代の宣統年間【宣統帝は清朝末代皇帝。茶髪はいい加減なことを言っている】の美女の楊貴妃のことだよ」と口をはさんだ。鍾一山が「あなたはなんという名前ですか。家はどこですか」と聞くと、女は警戒するように彼をうかがい、涼皮を切る大きな包丁を手に取った。馮小羽が鍾一山をその場から引き離した。彼は「あの涼皮売りは楊貴妃に似ている、丸顔にでか尻で、まるで唐代からの血筋を受け継いでいるようだ」と言った。

　馮明が「そろそろ出発できるかな」と言った。

　男が「そうだ、出発できる」と言った。

　馮小羽が顔を上げると、山全体の霧が誰かに引っ張られるように退いて、急速に東北の峠の方へ遠ざかっていき、青々とした山が眼前にぬっと現れた。そして金色に輝く太陽が頭上高く上がり、美しく眩《まばゆ》いばかりの青空になった。

　馮明が男に「回龍駅から青木川に通じる小道はまだ歩けるかね」と聞くと、男は「どうしてこの道のことも知っているんですか」と聞いた。馮明が「わしが知らないはずはないさ、百回以上も歩いたからな」と言うと、男が「あなたはきっと測量隊の宋《ソン》さんの部下だったのでしょう。あのころ宋さんは何人かの人を連れて、この辺りの山々を調査して回っていましたからね」と言った。馮明は「わしもこの辺りの山を歩き回ったよ。それに山の上の松樹嶺に幾晩も泊まったこともある。しかし、あいにく宋さんの部下ではないよ」と言った。男が「宋さんの部下でないなら何者ですか」と聞くと、馮明は「解放軍だ」と言った。

馮小羽が父親の老齢と健康状態を心配すると、馮明は「たいしたことはないよ、せいぜい半日の道のりだ。太陽がまだ真上にあるから、ゆっくり歩いて石門桟道《さんどう》【青木川鎮の近くの広坪河に架かる桟道。桟道は古代、四川・陝西・甘粛・貴州各省の山の絶壁に沿って木材で棚のように張り出して作った道】を抜ければ青木川だ。若いころは一日に何回も往復できたんだよ。道の石ころさえ一つ一つ知っているくらいだ」と言った。馮小羽は「昔は昔、今は今、年には勝てませんよ」と言った。

馮明は「お前はわしを張りぼてとでも思っているのか。蓮湖公園【西安市市内の蓮湖路にあり、面積六ヘクタール】の周囲を休まないで三周もできるぞ」と言った。

馮小羽は「昨年、心臓発作で入院して、家中の者を心配させたのはお父さんでしょう」と言った。

男が「青木川の老人は八十、九十でもまだこの道を歩くよ。道は人間が歩くものだ。去年、松樹嶺に吊り橋を架けたから、谷を下ったり上ったりしないですみ、ずいぶん便利で近くなった。半日かかっていた距離が一、二時間で行けるようになったんだ」と言った。男のこの言葉が、馮明の石門桟道を歩きたいという決心をさらに固めさせた。馮小羽が「やはり砂利道を行きましょう、緩やかで平坦だから絶対安全よ」と言うと、男は「砂利道は車のための道で、山あいをぐるぐる迂回して行くから、五時間かかっても青木川に着けないよ」と言った。鍾一山も小道を行きたがって、「小道が昔の道だ。ぼくは蜀の道の調査に来たので、砂利道の車道の調査に来たのではないよ」と言った。

馮小羽はそれ以上主張せず、売店に行って青木川鎮に電話し、一行が石門桟道を行くことを告げた。彼女は父親の安全に責任があった。父親が興奮している気持ちは分かるが、自分は興奮してはいけない、常に冷静に行動しなければならない。

男に付いてみんなが次々に涼皮の露店の傍を曲がって竹林へ入ると、ほの暗い奥へと小道が延びている。石に苔がつき湿っていて滑りやすい。男は苗木を担いで足早に前を歩き、馮小羽たちは十分も経たないうちに引き離されてしまった。馮明は男の後ろについて行き、まもなく姿が見えなくなったが、後ろの若者たちははあはあ喘ぎ、汗びっしょりになった。仰ぎ見ると高い山がそそり立ち、石の階段がくねくねと続いている。鳥が一声鳴いてしじまを破ったあとは森閑としている。

馮小羽はあわてた。大声で「お父さん」と叫ぶと、たちまちこだまが山中に響き渡った。前から馮明の返事が返ってきたので馮小羽はやっと安心して、父親に無理しないでゆっくり歩くように言った。彼女は父親のどこからこんな力が出るのか不思議だった。あの小さな二階建ての家で、階段を上るのを億劫がって、いつもエレベーターを付けようと言っているくせに、今、山を登り始めるとどんどん歩いていく……。ここまで考えると、馮小羽は急いでリュックから救心丸を探し出して胸のポケットに入れ、父の発作に備えた。

道が険しくなると、茶髪は顔が真っ赤になり、急に立ち止まると道端の切り株に座り込み、大きな葉っぱをもぎ取ってばたばたと扇いだ。鍾一山は虫眼鏡を取り出して、草むらの石を真剣に見ていたが、この石は道標で「青木川境」という字が刻まれている、と言った。馮小羽はどんなに見ても分からなかった。鍾一山は一画一画彼女になぞって見せたが、彼女は多くの字画が鍾一山の勝手な思い込みとしか思えなかった。

最後に鍾一山はあたかも見てきたように、「楊貴妃はきっとここで休んだんだ。なぜなら、石のそばから貴妃がここを通ったときの疲れ切った足音と、彼女の深い溜め息が聞こえ、貴妃がこの周りに残した唐代の香りがする……」と言った。

馮明が上の方から、「もう少し頑張らないと日が暮れるぞ」と声をかけてきたが、鍾一山はぐずぐずして動こうとしなかった。もっと山道に沿って史跡を丹念に調べていけば、楊貴妃に関係ある手がかりが見つかるかもしれないと思った。茶髪は彼らと一緒に時間を無駄にしたくなかったので、充分休むとぱっと立ち上がって男を追っかけていった。

馮明は後ろがついてこないので、仕方なく高い所に座って待っていた。

松樹嶺は秦嶺山脈の南の峰で、海抜二七〇〇メートルに近い。灌木や竹林がカラマツの針葉林に変わり、あちこちに岩がごろごろしている。ここは第四氷河期の遺跡である。松樹嶺の木はどれも小さく、人の腕ほどの太さもない。歩哨兵が立っているように整然と左右に列をなしている。この数年、自然林保護プロジェクトによって、新しく植えられたものだ。

馮明の記憶では、ここは一面原始林で、樹木は太く高く、数人で抱えようとしても手が届かなかった。何本かの樹には、明朝が紫禁城《しきんじょう》を建てるとき、北京の皇帝のために選ばれた極上の材料だというブリキのお触れ書きが打ちつけられていて、上官の命令で伐採されるのを待っていた。ところが漢族の皇帝が倒れて、満洲族の皇帝に変わった。それでも、これらの木は山頂に立って召喚を待っていた。一般庶民は誰も手出しできなかったので、伐採禁止のお触れ書きが付けられているかのように悠々と成長し、鬱蒼《うっそう》と茂っていた。


旅人はここまで来ると、山風がうなり、木がざわめくので、大急ぎで通り過ぎていった。森は不気味に静まりかえり、山は険しく、大蛇が潜み、山賊が出没する所で、軍隊が用心して警備する場所だった。

今や、もはや五十年前の風景は見られず、山肌がむき出しの山頂の木は小さく、太陽がまぶしく輝やいていた。当時人々を戦慄させたあの盗賊や敗残兵はもう昔のこととなり、警戒する必要もなくなった。馮明はいささか失望した。青木川に着いたら失望させられることはもっと多いだろう、いつでも記憶と現実との葛藤を受け止める心構えをしておかねばならないと思った。彼が青木川の方を望むと、許という男と茶髪はすでに石門を抜け、遙か先を歩いていた。茶髪の髪が山道を見え隠れし、炎のように飛び跳ね、山の幽霊のように漂い、さまざまな幻想を呼び起こした。

連山が馮明の足元に迫り、遠くには靄が立ち昇っている。馮明は石に腰掛けて、近くから空の彼方へ連なる山並を数えると、なんと九重にもなっていた。山もずいぶん深い。風が、温かい気持ちと松の木のすがすがしい香りを運んできた。彼は深々と息を吸った。まさに五十年前のあの匂いだ……。

……林嵐が山道を足早に歩いてきた。色あせた黄色い軍服、耳でそろえたおかっぱ、颯爽《さっそう》とした英姿、胸に付けた大きな赤い花がまぶしい。肩に斜めに掛けた、布のケースに入れた二胡《にこ》【中国の二弦の弦楽器】が、彼女の動きにつれゆらゆら揺れている。林嵐は笑っている。彼女の心はその顔のように明るく、午後の太陽の光を浴びて輝いている。林嵐が近づいてくるので、馮明は興奮して石から立ち上がり、彼女を迎えに行った。

あれから五十年。彼はこの日を待ち望んでいた。五十年、彼らは山河に隔てられても慕い合っていた。その恋情で彼の魂は業火に焼かれるような不安にさいなまれた。林嵐はこの連峰から決して出ているはずがないから、青木川に行けばかならず彼女に会えると彼は思っていた。今、彼が青木川の境に足を踏み入れるや、すぐに林嵐が迎えに来た。彼が林嵐を慕っているのと同じように、林嵐も彼を慕っていた。彼らはお互いずっと慕い続けていたのだ。林嵐が彼の方に走ってくる。どんどん近づいてくる。いや林嵐は漂っている。彼女の足は幻で、決して地面の草に触れていない。走っているにせよ漂っているにせよ彼に向ってくる。近付いた、近付いた――。

……どうしたのだ、林嵐の軍服はぼろぼろで、顔色は燃え尽きたあとの灰のように蒼白く、色鮮やかな花が胸一面に広がっている。それは明らかに噴き出した鮮血だ……。彼女は彼に向かってきた。彼は彼女に手を伸ばしたが、彼女は止まらなかった。自分のそばを過ぎた瞬間、彼は血の匂いをかいだ。林嵐のうつろな視線は遙か彼方の空を見つめていた。

「林嵐!」。彼はそっと呼んだ。

林嵐は祝日の夜空に輝く花火のように、太陽のもとで飛び散り、たちまち金属が激しく触れ合うような音を出して、ちかちか明滅する星に変わった。馮明は必死にそれらの星をつかもうとしたが、手の中につかまえたのはむなしい風だった。

谷は無言で、山々は森閑としていた。

風がひゅうひゅう唸《うな》り、太陽が照り輝いていた。

四方を捜したが、周りは空しく何もなかった。前方の男と茶髪はすでに見えなくなり、後ろから来る鍾一山と馮小羽はまだ見えない。馮明は体内から染み出てくるような虚脱感に襲われた。この虚脱感は背骨から始まり、まずけだるくなり、その後ふらふらし、けだるさが体全体に広がり、続いて体が宙に浮かび、ふわふわと空中をさまよっているような感じがした。彼はまた林嵐を見たような気がした。彼女は谷の靄の中に立って彼に手を振っていた。

　二人はここで別れたのだ。

　彼ははっきり覚えている。彼が今座っている石の傍らに、当時は大きな松の木があった。幹はとぐろを巻いている蛇のようにごつごつし、巨大な傘のように枝を広げ、遠くから見ると、今にも飛び立とうとする鷹のようだった。その日、彼は県政府へ活動報告に行かねばならなかったし、林嵐は広坪鎮に行って大衆大会を開かねばならなかった。彼らはここで別れ、馮明は公道を東に向かって下山し、回龍駅を経て県城に行く。林嵐は小道を北に向かい、五キロ歩けば広坪に着く。馮明の護衛兵の趙《ジャオ》君は気をきかせて、先の方で馬を止めて待っていた。林嵐を迎えに来た広坪郷の郷長曹紅蕭《ツァオホンシアオ》と武装工作隊【抗日戦争時期、八路軍、新四軍の指揮官戦闘員、政治工作員と地方の幹部が組織した精鋭武装小分隊】の仲間たちも、広坪へ通じる小道へ急いで回り込んだ。松樹嶺には馮明と林嵐だけが残った。二人は思わず歩みを緩め、何か言おうとしたが言葉が出なかった。大きな松の木の下まで行ったら別れなければならない。馮明は立ち止まり、林嵐も立ち止まった。二人はちょっと目を合わせたが、すぐにそらした。馮明は不自然な咳をし、手の鞭を輪にして、気まずさと不安をつくろった。

　若い教導員がいつから林嵐を好きになったのかははっきりしない。革命に参加して以来、馮明は各地を駆け巡り、女性との付き合いはほとんどなかったし、男女のことを考えることもめったになかった。今回、青木川に来て林嵐と出会ったのはまったく偶然だったが、この偶然のおかげで馮明の心に一人の朗らかで美しい女の子が入り込んだ。いつも彼女に心を奪われ、彼女のくったくない笑い、抑揚があって感動的な歌声、きらきら輝く瞳、はては彼女の服からふんわりと伝わってくるサイカチの香りを思った。林嵐は彼のすぐ近くにいて、いつでも見ることができるのに、なぜだかやはり思い続けた。

　この変化に最初に気付いたのは劉志飛だった。彼の妻と二人の子供は河南にいる。劉志飛は「馮さん、その様子だと恋をしているね。僕は経験者として彼女の眼差しにも密かな思いが読みとれるよ」と言った。そして馮明に忠告して「善は急げ。青木川での工作が終わるのを待たずに、すぐに林嵐との関係をはっきりさせるべきだよ。こんないい娘はちょっと油断すると、人に取られてしまうぞ。部隊には結婚したい幹部が大勢いるからな。とにかく急ぐべきだよ」と言った。

馮明は恋愛についてはうぶで、二人の間の扉をどのようにして開けたらいいか分からなかった。ストレートに「僕と結婚してほしい」と言っても悪くはないが、それではあまりにぶしつけで、ロマンがない。彼女は学生出身だから、情緒を重んじたほうがいい。年を取ってから、求愛の場面を思い出したとき、感動的でなければならないなどと思い悩んでいた。すると、劉志飛が恋の手ほどきをして、「まず肩を叩き、その次に手を握る、そしてチャンスを見つけて口づけをする、こういうことは女のほうがどうすればいいか分かっているから、そのときになればうまくいくよ、簡単だよ」と、奥の手を伝授してくれた。

松樹嶺の鬱蒼と茂った木陰で馮明と林嵐は向かい合って立っていたが、それほど暑くもないのに、馮明は汗が出てきた。林嵐は手の置きどころがなく、上着の裾をいじっていた。馮明はその手を握り締めたいと思ったが、まずいなと思った。ふと、劉志飛が授けてくれた秘伝は役に立たないし、品がないと感じた。

あきらかに林嵐は彼が何か言うのを待っていた。瞳はキラキラ輝いて、促しているようだった。馮明は狂おしいほどの思いを抑えて、「県政府の会議は一日だけだから、何もなければ明後日の午後には青木川に戻れるよ」と言った。馮明はこんなに燃えるような思いにかられているときに、こんなにも平静な口調で、こんなに突拍子もないことを言ってしまったのが自分でも不思議だった。

なんと林嵐も事務的に、「私も明後日には広坪から帰ってこられます。先に帰ってきたらここで待っています」と言った。

普通の別れのはずなのに、そのとき馮明の心は重かった。一瞬のうちに林嵐の眼差しの中に期待、愛慕、やるせなさ、なごり惜しさを感じた……。松樹嶺で、場違いなときに、別れの辛さがこみあげ、彼はとうとう愛に突き動かされて、林嵐に手を差し伸べた。彼が何も考えないうちに林嵐が彼の手をつかんだ。別れの握手と思いきや、林嵐は彼の手を口元に持っていき、手の甲に鋭い歯で血が出るほど何度も嚙みついた。

「痛い?」と林嵐が聞いた。

「痛くない」と彼は笑って言った。

「あなたの手は痛くなくても、私の心は痛いわ」と林嵐が言った。

林嵐のあのような行動、あのような言葉は、一種の運命の警告と言えた。だが彼には分からなかったし、彼女にも当然分からなかった。彼はただ、このようなことはどうすべきか女のほうがよく知っている、と言った劉志飛の言葉は当たっていたと思った。もし彼がその後に起こることを予知していたなら、その日彼はきっと林嵐にお互いの一生を満たすように、深く心に刻み込むように、長々と深い口づけをしただろう。口づけするだけでなく、林嵐を行かせなかったはずだ。もし二人が考えを変えていたら、違った人生があったはずだ。しかしそのとき、彼は林嵐に口づけもせず、彼女の行動を阻止もせず、気軽に別れた。恐ろしげな松の木の下で……。林嵐は彼を見送った。彼が山頂を越えても彼女がまだ手を振っているのが見えた。その様子は自分の家の門口に立っているように落ち着いて屈託がなかった。あの松の木は確かに翼を広げた鷹の様だった……。

彼女が嚙みついた手の甲がしくしく痛み、心にまで沁みた。

馮小羽が追いついてみると、父親の顔色は普通ではなく、全身冷や汗をかき、ぐったりしていた。「どこが具合悪いの」と聞くと、ただ「手が痛い」と言った。馮小羽は急いで薬を飲ませ、石の傍らに横たわらせた。

馮明は「何でもない。さっきちょっと急いで歩いたためだ」と言った。

馮小羽は「無理しないようにと言ったでしょう。少しも言うことを聞かないんだから。ごらんなさい、山頂で倒れちゃって、自業自得よ!」と言った。

馮明は「林おばさんを見たんだ。彼女は私を迎えに来たんだよ! 古びた黄色の軍服を着ていた……五十年にもなるのに、まだ着ていた……」と言った。

馮小羽は「真っ昼間に亡霊を見たの、脅かさないでよ、私は無神論者じゃないわよ!」と言った。

馮明は「まだ若くてきれいだった……」と言った。

馮小羽は「数年前に、そんな話が母さんの耳にでも入ったら、焼き餅を焼いて大変だったでしょうね。母さんは一生死ぬまで、林おばさんに焼き餅を焼いていたわ。何かと言うと、まるで私が林嵐さんを見たことがあるみたいに、お母さんと林さんと、どちらが気立てがいいかって、いつもあたしに聞いていたのよ」と言った。

馮明は「最期まであの世の人に焼き餅を焼いていたとは馬鹿げている」と言った。

馮小羽は「父さんは女を知らないのよ。女は死者どころか、古代人にだって焼き餅を焼くものよ！」と言った。

鍾一山はリュックを背負い探しものをする様子で上ってくると、深呼吸して、「山頂はますます楊貴妃の匂いが濃くなってきた」と言った。馮小羽が「犬みたいね。古跡調査を鼻で嗅ぐなんて」と言った。すると馮明が「歴史は時には鼻で嗅ぐものだよ。いついかなるとき、ひそかに過去の匂いが忍び寄ってくるか分からないからな」と言った。

馮小羽は「その言い方はロマンチックすぎて、お父さんの言葉とは思えないわ」と言った。

馮明は少し回復してきたので、そろそろと下山し始めた。石門の桟道を抜け、吊り橋を渡ると道は平坦でゆるやかになり、歩きやすくなった。

鍾一山は道すがら断崖の石刻を探していたが、「王道蕩蕩《とうとう》たり、王道平平《へいへい》たり、永く万吉を垂れん」【『尚書、洪範』による。公明正大で無私無偏の治政を説いた】という字を見つけて、「唐代のものに違いない」と言った。

馮小羽が「後ろにははっきりと『道光十二年十月二十日【清朝第六代皇帝。在位一八二〇～五〇年】、保寧府【四川省の東北】の人』の落款があるじゃない。唐代のはずがないでしょう」と言うと、鍾一山は「道光年間には刻まれたのではなく、修復されただけだよ」と言った。馮小羽はそれ以上彼とは言い争わなかった。こうして歩いたり立ち止まったりしながら青木川鎮に入ったときには、すでに真っ暗になっていた。川を渡るとき、鍾一山は水に落ちてずぶぬれになった。

張保国と文化担当の幹部張賓《ジャンビン》が提灯をつけて街の入り口で待っていた。一行を見ると、遠くから「馮明幹部と作家先生でいらっしゃいますか」と叫んだ。

馮小羽が「そうです」と言うと、彼らはあたふたと走ってきた。灯りがゆらゆら揺れて、柔らかいオレンジ色が道を照らした。鍾一山は急に足を止め、近づいてくる提灯をぼんやりと見ながらつぶやいた。「天宝、天宝……」【玄宗の治世後半に使用された元号。七四二～五六年】

張保国が近づいたときも鍾一山の目はぼんやりしていて、まだ唐代の天宝年間から戻っていなかった。

張保国は、「今日は電力局の点検修理で、街は停電しています。懐中電気が見つからなかったので、子供が旧正月十五日に遊んだ提灯を灯して、みなさんが河を渡って街へ入る道を間違えないよう、待っていました」と言ってから、灯りを吹き消した。周りはたちまち闇に包まれた。空には星がかすかにきらめいていた。馮小羽はしばらくして目が慣れて見てみると、山は黒く、水は明るく、薄暗い石畳の道が足元からずっと延びていた。鍾一山は我に返って張保国と握手した。

張賓が「この日本人は中国語も話せるんですか」と聞くと、馮小羽は「日本人じゃありません、彼は正真正銘の〝中国製〟ですよ。日本に長く滞在して、愛知大学の博士課程を修了して今年帰国してきたばかりです」と言った。

みんなは互いに挨拶を交わしたが、馮明は黙ってそばに立っていた。張保国は地方幹部としてさすがに慣れていて、馮明に近づくと手を取って言った。「紹介されなくても、どなたか分かります。長い間お待ちしていました。馮政治教導員が指揮を取られたこの青木川の変化を、もっと早く見に帰ってこられ、私たちの仕事を監督されるべきでした……。青木川の人々は教導員を懐かしく思っていました」

「青木川の人々は教導員を懐かしく思っていました」という一言で、馮明は涙がこぼれそうになり、喉が引きつって、かすれた声で言った。「私も青木川を懐かしく思っていました！」

張保国が馮明に「道中は順調でしたか」と聞くと、馮明は「まあまあだ。吊り橋が架かっていて、谷を上り下りしないですんだから、ずいぶん近くなった」と言った。張保国は「来年はさらに鉄筋コンクリートの橋を架けます。しかし新道に架けるので、旧道は廃止して使われなくなります」と言った。

馮明が「あなたは張文鶴さんの息子さんではないですか」と聞くと、張保国は不思議そうに「どうしてお分かりになったのですか、土地改革を指揮されていたころ、私はまだ生まれていなかったのに」と言った。馮明は「君の話し声はお父さんとそっくりだし、顔も似ている。昔の仲間の張文鶴はまだお達者ですか」と聞くと、張保国が「父は二十年以上前に癌で亡くなりました」と言った。馮明は「それは残念だ。お父さんはそれほど年じゃない、私より三つ年下だ。彼は立派なプロレタリア革命の戦士だった。青木川で最初に育てた共産党員の一人で、体はたくましく、なかなかの働き者だった」と言った。

もともと馮明は「父上は青木川で最初に育てた党員」と言うつもりだったが、口に出したとき、党員の前に「共産」の二文字を加えた。以前は履歴書の所属政党欄に「党員」と書けば、間違いなく「共産党員」だった。今は意味が広くなったので、何党の党員か書かないと誤解を招く。張保国は政治協商会議の責任者だから、強調する必要があった。張文鶴は中国民主促進会や民主同盟会などの民主党派ではなく、共産党員だった。馮明と張文鶴とは一緒に戦った戦友であり、普通の関係ではない。

馮明が「張文鶴の最期の様子はどうでしたか」と聞くと、張保国は「親父は最期まで頭がはっきりしていました。苦しむことなく自宅で静かに息を引き取りました。父のことを覚えていてくださって有難うございます」と言った。馮明は感傷的になって「いつか必ず旧友の墓にお参りしたい」と言った。

張賓は、張保国が馮明に本当のことを言っていないのが分かっていた。静かに苦しみもなく、なんてとんでもない。張保国の父は死ぬとき、病に苛《さいな》まれて見る影もなかった。水も飲み込めず、小さな鎮では痛み止めの注射液がなかったので、張文鶴が痛さのあまり叫ぶ声が、鎮の半分くらいまで聞こえた。

張文鶴の病気が見つかったときは、まだそれほどひどくなかった。張保国は父に付き添って、山を越え川を渡り、青木川から大都会まで診てもらいに行った。大都会なら鎮より手立てがあるだろう、ひょっとしたら奇跡が起こるかもしれないと思った。田舎者が都会に行くときは、従来親戚、友人を頼りにした。彼らが訪ねようとしたのはいうまでもなく馮明である。

親子が出発するとき、鎮の人はみな送りに来て、「これも張家代々の人が篤実に生きてきた陰徳だね。幸いなことに張文鶴には高官の親友がいる」と言った。張文鶴は誇らしげに「何が親友かって、肝心なときに力を貸してくれてこそ親友だ。この張文鶴は馮明と一緒に、死も恐れず必死に戦ったんだ。俺たちの間には固い友情の絆がある。馮教導員は去るとき、何かあったら遠慮せず訪ねてきなさい、と言ってくれた。馮教導員は義理人情に篤い人だよ」と言った。

農民たちはみな、指導者は誰にでもそう簡単には「何かあったら遠慮せず訪ねてきなさい」と言わないことを知っていた。それを口にするのは、お互いの絆が切っても切れないということで、言ったことには責任を持たねばならない。松樹嶺に打ちつけられたお触書のように絶対変わることはない。

張文鶴はこの言葉の重みを深く知っている。それゆえ、数十年馮明に頼みごとをしたことはない。「文革」【プロレタリア文化大革命。一九六六年から七六年にかけて中国全土を震撼させた政治・思想・文化闘争】のとき「日和見主義者」とされ、県城に連れていかれて引き回され、リンチで骨を折られても耐え忍んで、旧友を頼らなかった。だが今は命が脅威に晒され、自分では回復の手立てがない。旧友を訪ねれば、当然世話を焼いてくれ、少なくとも立派な医者を紹介してくれるだろう。

親子は胸いっぱいに希望を抱いて出発した。青木川の地鶏やシイタケやお茶の葉を持っていった。親友にとってたいしたものでないことは分かっていたが、それでも持っていった。山国の人間は、粗末な贈り物でも気持ちは汲み取るべきという習わしが分かっていた。

しかし、行って一週間で戻ってきた。鎮の人々が「治療はうまくいったかね」と聞くと、「変わりはない」と言った。「〝戦友〟に会えたのかい」と聞くと、「あの方はとても忙しかったので、面倒をかけたくなかった」と言った。山国の人は馬鹿ではない。彼らは張親子の西安行きは実は無駄骨だったことが分かった。

彼らが、もしこの親子は都会に行って門前払いを食らわされたと知ったら、もし〝戦友〟の門口ではほとんど跪かんばかりにして嘆願したにもかかわらず押し返されたこと、駅では無一文で万策尽きたことを知ったら、もし張保国と重病の父親とが浮浪者として強制送還されたことを知ったら、容赦なくあのお偉方を罵倒するだろう。

しかし、それらのことについて張親子はおくびにも出さなかった。彼らは今回、遠い道のりを遙々出かけて、高官のお屋敷は海のように深くいかに入り難いかを知り、身分の違いがどんなものかを思い知らされた。親子はうわべでは平静を装っていたが、痛みは胸の奥深く刻まれた。いわゆる〝戦友〟は、その場かぎりのことだから、決して真に受けるべきでないのだ。たんなる挨拶かその場しのぎの言葉を真に受け、本気で助けてくれるものと思ったら大間違いだ。

　山国の人間は一本気で、社交場での世渡りを教わったことがない。彼らは田舎者だ。賤しい田舎者は都会に行って自分の属さない世界に入ろうなんて高望みはゆめゆめ抱いてはならない。この点彼らは魏富堂に及ばない。あの魏旦那は数十年前にこのことを悟っていたので、一生青木川を離れず、外のものを内に取り込んでも、自分は決して出て行かなかった。「外の世界は素晴らしいが、外の世界は同様に如何ともしがたい」【台湾の歌手斉秦《チーチン》（一九六〇年〜）作詞・作曲の「外の世界」の中の歌詞】

　この苦い体験の後、張文鶴はどっと床につき二度と起き上がれなかった。この面目失墜に耐えられず、人に合わせる顔がなかった。年の功を積んでいるのに、わざわざ都会へ恥をかきに行ってきたとは。〝戦友〟に会えなかったうえに、知らない人たちに面と向かって非難された。とりわけ西安の浮浪者収容所の役人たちは彼をまるで罪人扱いして大声で罵り、彼と息子の釈明にまったく耳を貸さず、彼の年齢と身分を気にも留めなかった。何といっても彼は早い時期に革命に参加した農村の幹部なのに、役人たちの目には貧乏で汚いおいぼれの流れ者で、駅の椅子に横たわるルンペンとしか映らなかった。

　張文鶴は息を引き取る直前息子に言い含めた。「地道に田を耕しなさい。人に頼みごとをしてはいけない。まして役人なんぞにはなるな。万一やむを得ない場合以外は青木川を出てはならない」。張保国は目に涙を浮かべて、父に「分かった」と言った。

　しかし、父の死後父の言いつけに背いて、やはり役人になった。役人になるほか道がなかった。しかし、役人になった張保国は青木川を出なかった。彼の資格と経歴をもってすれば、県にいって十分局長クラスのポストにつけるはずだったが、そうはしなかった。彼は青木川で実権のない政治協商会議の主席になり、甘んじて自分の小さな家を守り、女房を守り、孫と小犬を守ることに満足している……。

　張保国は馮明に対して、これらのことはもちろん言えなかった。お役人はお役人、庶民は庶民だ。お役人が庶民に微笑みかけ肩を叩くことは、庶民に親しみを表わすパフォーマンスにすぎない。お役人が肩を叩いてきたからといって、庶民からお役人の肩を叩くのは大馬鹿者だ、ということを肝に銘じなければならない。

父親が死に臨んでやっと分かったことを、張保国は早くから悟った。現在の張保国は役人としてどう行動すべきかをよくわきまえ、うまく身を処している。

鎮長の李天河が人を差し向けて「酒宴の準備が整いましたので、今からご案内させていただきます」と言ってきた。馮明は「酒は飲みたくない。早く休みたい」と言った。張保国は「それは困ります。歓迎宴ではお酒を飲まなくてはならないという青木川のおきてをご存じでしょう。それに鎮の旧知の人たちが午後からずっとお待ちしているんですよ。みんなを失望させてはなりません」と言った。

馮明はすぐに、張保国のこの話しぶりは型どおりの挨拶だと察したので、さらに酒を飲まない決心を固めた。

馮小羽は「父は体の調子が悪く、山でまた心臓の持病が出ました。食卓で旧知にお会いしたらどうしても感情が高ぶるでしょう。今晩はよく休んで、明日皆さんにお会いしたほうがよさそうです。歓迎の宴は私と鍾一山がお受けします」と言った。

張保国は果たしてそれ以上固執せず、「それもいいでしょう」と言い、張賓に「馮明様を先に青女の家にご案内して、休んでもらいなさい」と指図し、「青女に、馮明様のために豆乳粥を作り、風呂を熱く沸かすように言いなさい」と念を押した。

張賓は馮明に付き添って新しい街の方へ行った。一方、鍾一山は張保国に提灯をまた点けてほしいと頼んだ。張保国は鍾一山の意図が分からなかったが、点けざるを得ず、提灯を下げて前を歩いた。房の付いた小さな赤い提灯が石畳の道を歩く三人を導いた。彫刻のある木の窓や木のドアが並んでいる通りを歩いていくと、窓の中から黄色い光がもれ、ドアの奥からうっすらと竈《かまど》の煙が漂ってきた。

鍾一山は灯りの後ろから、なんと天宝年間の宦官《かんがん》のように、ちょこちょこと歩き、馮小羽を振り向いて「あなたは楊貴妃です、楊貴妃が青木川に入った時は、ちょうどこんなふうだったんです」と言った。馮小羽は「ふん」

と鼻であしらった。

鎮長の李天河が食堂の入り口で出迎えた。入り口に吊るされた大きな提灯が「青川楼」の文字を照らし、階段には真っ赤なビニールの敷物が敷かれ、中から賑やかなロックンロールが聞こえ、ディーゼル発電機がうなりをあげていた。鍾一山はその状況を見ると、低い声で「万事休す。楊貴妃が安禄山【ソグド系の胡人。唐代、辺境を守る節度使に任命され、強大な権力を掌握した安禄山は七五五年十一月叛乱を起こした。翌年六月、玄宗皇帝は蜀に逃れたが、途中兵士たちに迫られ楊貴妃を殺した。安禄山は七五七年一月次子に殺され、唐軍は七五七年九月長安を回復した】に変わった。胡人【古代、中国の北方・西方に住んでいた少数民族】が青木川に侵入してきた……」と言った。

李天河は馮小羽と固い握手をかわし、入り口のビニールの暖簾を上げ、彼らを屋内に案内した。李天河は灰色のジャンパーを着、童顔で、薄い唇の上には産毛《うぶげ》が生えていた。たぶんまだ剃刀を当てたことがないのだろう、鎮長というよりまるで高校生のようだった。馮小羽は、この鎮長は幹部会でどんなふうに話すのだろう、張保国と比べるとずいぶん経験が浅さそうだ、と思った。

食堂の広間の一卓にほかほかの料理が並べられていた。何人かの老人がテーブルに着いていたが、ほかに若い女性が一人混じっていた。老人たちは、馮小羽が入ってくると、あわただしく立ち上がって上座を空けて、絶えず外をうかがっていた。若い女性は座ったまま「ハーイ」と一声発し、それが挨拶のようだった。

三老漢が「馮教導員はなぜ見えないんだ」と聞くと、張保国が「お体の調子が悪いので、宿でお休みいただいています」と言ったので、老人たちは失望の色を浮かべた。馮小羽が父親の松樹嶺での様子を話すと、みんなは「それなら明日お会いしてもかまわない、お体が第一だ」と言った。

張保国は馮小羽に、「今日宴会に来ておられる方は許忠徳さん、魏漱孝さん、鄭培然さん、三老漢さんです。みな青木川鎮のお年寄りで、青木川の四大賢人と言われ、この辺一帯の千年前後の歴史について何でもご存じです」と紹介した。

馮小羽のそばに座っていた若い女性が、「私もいるわよ」と張保国に注意した。

張保国は「そうだ、王暁妮《ワンシアオニー》先生もいらっしゃいます。

王先生は大学卒業後、志願して大都市から山間部の教育の支援に来られました。来られてから三カ月になりますかね？」と言った。

王暁妮は「三カ月と七日です」と言った。

張保国は皆に馮小羽と鍾一山を紹介した。鍾一山は立ち上がって古老たちに深々とお辞儀をした。古老たちはあるものはうなずき、あるものは拱手《こうしゅ》【両手を胸元で合わせたり組んだりして敬意を示す礼】の礼をし、かしこまっていた。

儀礼的な挨拶もなく宴会が始まったのは、古老たちは客と共通の話題がなかったからだ。それに鍾一山が「海外留学からの帰国者」だと聞いたので、場違いなことを言ったり、余計なことを言ったりしないかと心配で、あまり口を聞かなかった。もっぱら王暁妮がしゃべり、鍾一山に日本の新幹線は時速何キロか、北京と東京ではどちらが大きいか、日本の安倍首相は唐代の阿倍仲麻呂《あべのなかまろ》の後裔か、日本人は尖閣列島に何か標識を立てているのか、日本政府はなぜ謝罪しないのか、といったことを執拗に聞いた。

質問はいくらでも続き、古老たちはあっけにとられ、まったく口を挟む余地がなかった。

李天河が目配せすると、張保国は巧みに話題を馮明に移した。古老たちが最近の馮明の様子を聞くと、馮小羽は「父は退官しましたが、色々やっています。回顧録などを書き始めているし、書道にも力を入れています。習っているのは黄庭堅《こうていけん》【北宋時代の書家、詩人、文学者。宋の四大書家の一人】の行書で、黄庭堅の書の才気があり、伸び伸びしている所を好んでいます。一度展覧会に出品しましたが、なかなか好評でした」と言った。

奥様の名前と仕事を聞かれ、馮小羽が「母は夏飛羽《シアフェイユー》といいます。労働組合の仕事をしていましたが、五年前に亡くなりました」と答えた。すると魏漱孝が「馮明様は高官だから、後添えの夏夫人はさぞ能力も高く、お綺麗な方でしょう」と言った。

馮小羽が「父が結婚したのは母だけで、先妻も後妻もいません」と言うと、魏漱孝は「わしは林嵐さんが第一夫人だと思っていますよ。結婚はされなかったが青木川の者はみな林嵐さんが奥様だと思っていました」と言った。

そして馮小羽に「林嵐という人をご存じですか」と聞

いた。馮小羽は「知っています。青木川で犠牲になった女性の英雄で、当時父の戦友だった方ですね。残念ながら写真が残っていません」と言った。

みんなは馮小羽に、競って口々に林嵐の様子を説明したが、結局はっきりした輪郭は浮き上がらなかった。鍾一山が「林嵐さんは楊貴妃のように美人でしたか」と聞くと、「楊貴妃を見たことがないから比較はできないが、とにかく林嵐さんはわしらが見た女性の中で一番の美人だ。魏旦那の奥さんの趙姉妹もたいした美人だったが、林嵐さんはその二人よりずっときれいだった」というのが、彼らの一致した意見だった。鄭培然は「彼女たちは生まれながらの素質が違うから一緒には論じられないよ」と言った。

李天河が盃を持ってみんなに酒を勧め、「名門の美人と女性英雄の問題はまた日を改めて論じましょう」と言うと、みんなも盃を持ち上げた。

張保国は古老たちが、馮小羽の前で意識的に林嵐のことを話題にしているのに気付いた。馮明の昔の恋人について、わざわざ話題にしているのは、馮明に後ろめたい思いをさせ、その娘を困らせようとしているのだろう。古老たちには複雑な気持ちがある。それは死んで五十年になる女性のために、馮明のその後の〝薄情〟を非難しているのか、あるいは馮明がその後とんとん拍子に出世して、お高くとまって、大衆から遊離していることが腹立たしいのか、何ともいえない。馮小羽が父親の幸せな生活について話すと、古老たちは林嵐の死後の侘《わび》しさや彼女の多くの業績と出色の美しさを論じた。青木川で林嵐について知る人はもう多くはない。この数十年ほとんど関心を持たれたことがなかったのに、なぜ今日、馮家の人の歓迎の席で話題の中心になっているのか、張保国は不思議だった。

李天河は古老たちの気持ちをとっくに察していたが、そしらぬ顔で目標を鍾一山に向け、彼の皿に料理をよそった。鍾一山は他人が自分の皿に絶えず料理をよそってくれるやり方に違和感を感じるようになっていた。日本での食事は、それぞれ自分の膳のものを食べ、勝手に他人の皿に箸を突っ込まない。北京などの大都市でも、みんなで大皿からとる場合も、自主性を重んじ誰も他人に取ってやったりはしない。だが山国の食べ方は昔ながらで、すべて主人が取り仕切り、好き嫌いにかかわず、どの料理も漏れなくよそってあげる。鍾一山はすぐにこのやり方に慣れた。テーブルの料理の多くは彼が見たこともない土地の特産品で、青物は山菜、肉は土地の燻製、魚は川で獲った小魚、酒は自家醸造のトウモロコシ焼酎だった。彼にはどれも珍しかったので、一品食べるごとに「大自然の恵みだ」と叫び、知らず知らずみんなの注意を引きつけていた。

　すると席についていた人々は李天河にならって、まず遠来の客に酒をつぎ、盃を回し、古老たちはそれぞれ気の利いた言葉で酒を勧めて、たちまち雰囲気が盛り上がった。この時になって馮小羽は、世の荒波にもまれてきた鎮長の並々ならぬ手腕に気が付いた。

　鍾一山は、最初は控えめだったが、盃が幾順かすると、遠慮なく飲んでは肉をほおばり、口に脂の乗った肉を放り込みながら、絶え間なくしゃべりだした。「灯りの下で美酒に浸っていると、まるで唐時代にタイムスリップしたようだ。愁いを秘めた楊貴妃が外の月明かりの中を徘徊している」と言った。席にいた人々は背筋がぞっとした。

　みんなが彼の髭が立派だと褒めると、彼は「私の髭は永泰公主墓の壁画【永泰公主は唐の第四代皇帝中宗の七女。陵墓の参道や四方の壁に壁画が描かれている】のスタイルをまねています」と言った。古老たちが彼の歴史の知識はたいしたものだと誉めそやすと、鍾一山はますます得意になって、ひけらかすように「笑う莫れ　農家の　臘酒渾れるを」と吟じ始めたが、その後が思い出せなかった。すると思いがけず許忠徳老人が一気に詩を続けた。

笑う莫《なか》れ、農家の　臘酒渾《ろうしゅにご》れるを
豊年、客を留むるに　鶏豚足《けいとんた》れり
山重《さんちょう》　水複《すいふく》　路無《みちな》きかと疑うに
柳暗花明《りゅうあんかめい》　又一村
簫鼓《しょうこ》追随して　春社近く
衣冠簡朴《かんぼく》にして古風存《そん》す
今従《よ》り若《も》し閑《かん》に月に乗《じょう》ずるを許さば
杖《つえ》に拄《たよ》り時無く　夜門を叩《たた》かん

陸游【一一二五～一二一〇、南宋の代表的詩人】
「山西の村に遊ぶ」

鍾一山が許老人に拍手を送り、「山中に隠棲する文学者だ」と言うと、許老人は「とんでもない。子供のころ文昌宮で私塾の先生に何首か習っただけですよ」と言った。

馮小羽は、田舎には時として、上は天文、下は地理に至るまで分かるこのような博学がいることを知っている。例えば、趙匡胤《ちょうきょういん》【宋の初代皇帝太祖】は何年何月にクーデターに成功して皇位についたか、サダム・フセイン【元イラク大統領】はいつ捕まったかまで、はっきり覚えている。目の前の許老人はたぶんこの種の人だ。

馮小羽が青木川の極悪非道な匪賊魏富堂について聞くと、許忠徳は「それはお父上に聞かれたほうがいい。あの方のほうが私より詳しいです」と言った。

馮小羽が「父は古い人で、父たちの革命理論は理解に苦しむことがあります」と言うと、許忠徳は「お父上よりもっと古い私たちが理解できるのに、馮さんはどうして理解できないのですか」と言った。

二人の話はかみ合わず、気まずくなった。

李天河が老人たちを指して、「この方々はみな魏富堂を知っています。魏富堂の六番目の妻の解苗子がまだ魏家の屋敷に住んでいますから、馮さんが興味をお持ちなら、明日許忠徳さんに案内してもらって会いに行かれたらどうです。許さんは解苗子のことをよく知っていますよ」と言った。

許忠徳はただちに「解苗子は六番目ではなく五番目です」と鎮長の言葉を訂正し、また「明日は用があります。息子がよそから山茱萸の苗木を何本か買ってきたから、雨が降る前に植えなければなりません」と言った。

李天河は「苗のことなど持ち出さないでください。許さんは我々の鎮の生き証人です。作家がいらっしゃったのに、許さんが接待しなかったら誰が接待するんです？その苗木は、明日私が四兎《スートゥー》に息子さんの植樹を手伝わせますから」と言った。

許忠徳が「あいつらは頼りにならん」と言うと、李天河は、「逃げ口上はよしてください。鎮はガイド料として十元支払います、決してただ働きはさせませんから。行くべきところに行き、訪問すべき人を訪問することが大事ですよ」と言った。

許忠徳は「やはり作家先生の父上に連れていってもらったらどうですか。『青木川匪賊掃蕩記』を書くのにも好都合でしょう。全国各地から我々の青木川の匪賊を見に来てもらい、匪賊にあやかって青木川の名を広めてもらいましょう」と言った。

李天河は「ご不満でしょうが、とにかくこの仕事には協力していただきますよ」と言うと、許老人は「歴史を見るのはかまわないが、解苗子を訪ねていくのはまっぴらです。彼女は一人の人間であって、観光名所ではありません。人が来るたびに案内させられるのは困りますよ」と言った。

李天河は「解苗子はすでに青木川の歴史の一部になっています。彼女を青木川や魏富堂と切り離して見る人がいますか？　彼女が生きているうちに、作家先生に状況を十分把握してもらって、映画でもできて、全国からここに観光に来るようになれば、決して悪いことではないでしょう。そうなったら、村人は連れ立って出稼ぎに行かなくてもすむじゃないですか？　許さんのようなお年寄りが畑に這いつくばって苗を植える必要もないし、腰を痛めて息子さんに病院に担いでいってもらうこともないでしょう？　そのときは許さんも青木川の歴史の生き証人として、ガイドの総代理となって、携帯電話を持って魏家の屋敷の前に立ち、若者たちの仕事を指揮なされればいい」と言った。

許忠徳は「そんな楽な仕事とは思わないでくれ」と言った。

馮小羽が解苗子の年を聞くと、李天河は「八十七歳、酉年です。頭が少し呆けてきています。県に『できるだけ早く、歴史資料を掘り起こす人を派遣してくれ、ぐずぐずしていると間に合わなくなる』と再三申し入れていますが、一向に派遣してくれません。今人々は経済には関心を持ちますが、文化・歴史の重要性に対する認識はまだ足りません」と言った。

張賓はいつ戻ってきたのかテーブルについていて、「解苗子は名門の令嬢で、たいした美人ですよ」と言った。

許忠徳は「何が美人だね、歯もなくなっているのに」と言った。

張賓は「周りの村々に、八十の婆さんで彼女の右に出る美人がいますか？」と言った。

王暁妮も「解苗子はきれいな人です。髪は天然の巻き毛で、肌が白く、ダ・ヴィンチの有名な油絵《ブノワの聖母》のようですよ」と言った。楊貴妃を見たことがないのと同様、誰も聖母を見たことがない。王暁妮は強調して「解苗子は純粋な漢族の血筋ではないでしょう。彼女の素性を研究する価値があるわね」と言った。

魏漱孝は「生えそろった麦畑に一、二株背の高い燕麦《えんばく》ができるのは不思議ではない。先生は農業をやったことがないから分からないだろうが、農家は誰でも知っている。麦でさえこうだから、まして人間はなおさらだ」と言った。

そんな話をしているとき、許忠徳の息子、馮小羽がバスで見たあの男が入ってきた。親父がこんなに遅くまで帰ってこないので、綿入れのオーバーと懐中電灯を届けにきたのだった。

鍾一山は許家の息子の親孝行に感動して、「今都会では深夜に、外出した父親に羽織る物や電灯を届ける息子は一人もいないだろう。こんな孝行息子に、楊貴妃がかつて歩いた道で出会ってよかった」と言った。そして彼は許家の息子に酒を勧めたが、息子は受け取ろうとしなかった。鍾一山が許忠徳を見ると、許忠徳は「愚息は駄目なやつで」と言い、息子に「いただいて帰りなさい」と言った。すると息子は両手で鍾一山の盃を受け取り、丁重にその一杯を飲み干して帰った。

馮小羽は、この息子は昼間見たときと父親の前とではまるで別人だと感じた。ひそかに許忠徳を観察してみると、その許忠徳は宴席で一滴も口にせず、テーブルいっぱいの豊富な料理にもちょっと箸をつけただけで、言葉遣いや立ち振る舞いからは、世慣れた慎み深さがうかがえた。彼女が許忠徳に「なぜお飲みにならないのですか」と聞くと、老人は「司令官が許さなかったので、若いころから飲みません」と言った。「司令官って?」と聞くと、「魏司令です」と言った。

あちらでは古老たちが鎮長の指揮のもと、楊貴妃の新生のためと言って、鍾一山にもういっぺん酒を勧めはじめた。彼らは「鍾一山さんが青木川に来たからには、楊貴妃がここを通っていても、いなくても、ここを通っていることにしなければなりません」と言った。実際彼らは、誰も楊貴妃の死を望んでいなかった。楊貴妃がここに半年も住んでいたとなれば、これ以上喜ばしいことはなかった。

李天河は「鍾一山の調査報告で、楊貴妃と我々の所とが繋がったらどんなに素晴らしいことでしょう。伝説は根拠がないともかぎりません。やがて青木川が『長恨歌』の翼に乗って全国へ飛び立ち、日本海を越え、全世界へ飛び立っていくように頑張ろうじゃないか」と言った。

みな、いささか飲み過ぎた。

「青川楼」の店主の張百順が出てきてみんなに酒を勧め、店自慢の料理、紅焼肘子《ホンシャオジョウズ》【豚もも肉の醬油煮込み】を運んできた。でも、その豚もも肉は煮すぎて黒くなっていた。馮小羽が主人の顔を立ててお世辞を言うと、張《ジャン》百順《バイシュン》は喜んで、語り出した。「私の紅焼肘子は親父が作った本物とは比べ物になりません。親父は、四川省青川県の氷砂糖と、甘粛省康県のビャクズク【ショウガ科。果実を乾燥させた香料、漢方では健胃薬】と、陝西省紫陽県の月桂樹の葉を使って、青木川の竹炭で半日以上もとろ火で煮込みました。肉が中まで軟らかくなり、味が中まで滲み込み……。この料理を食べたかったら、前もって予約しないとその場では間に合いません。昔、魏旦那は『青川楼』の紅焼肘子が大好物で、親父が生きていたときは毎日魏旦那に紅焼肘子を作ってさしあげました。魏旦那は一度に三つ食べ、最後はその煮汁をご飯にかけて食べなさった……。魏旦那が旅立たれるとき、近づく人はいなかったが、親父は恐れず、紅焼肘子を一皿届けたんだ。何が義理堅いかって、親父の行いこそ義理堅いですよ。良いことをすればよい報いがあるもので、魏旦那は『青川楼』の紅焼肘子を食べて当然『青川楼』を心に止めてくださったんです。だから魏旦那のご加護で、店を畳んで数十年経ってまた開業できたんです」

三老漢が言った。「張百順の料理に本物は一つもない。昔彼の親父の紅焼肘子がうまかったのは、青木川の豚が良かったからだ。あのころ青木川の豚は米のとぎ汁で育て、子豚どもは山を走り回って体を作った。肉は鍛えられた良い肉で、脂身は脂身の、赤身は赤身のうまみがあったものだ。しかし、今の養豚業じゃホルモンたっぷりの飼料で飼育するから、質のよい豚肉にならない。丸々と太っているように見えるが水太りじゃ。数カ月でもう出荷され、食べるとひどく生臭く、口いっぱい飼料の味がする」

鄭培然は言った。「そりゃあ肉を食べるというより飼料を食べるようなものさ。豚はその飼料を食べると発情せず肥るだけだが、人間はその肉を食べるとインポテンツになり、悪性腫瘍ができる」

李天河は急いで話題を引きもどし、「鍾一山が青木川で楊貴妃を探し当てようと当てまいと、この豚もも肉はこれからは『紅焼肘子』と呼ばず、『貴妃肘子《グイフェイジョウズ》』と呼ぼう。『青川楼』の『貴妃肘子』は青木川観光開発のひとつとなるだろう」と言った。

許忠徳が傍らでひそひそと「『貴妃肘子』は楊玉環のむっちりした腕を連想させる」と言うと、王暁妮が「むっちりした腕では不正確だわ。正確に言うと肘は手首より上、肘関節より下でしょう」と言った。張賓は「手首の部分だ」と言うと、三老漢は「手首は肘ではない、豚足だ」と言った。

馮小羽は新しく命名された「貴妃肘子」を一口食べたが、それほどでもなく、いささか失望した。

張百順は「今の調味料は昔と比べものにならないほど質が悪くてほとんど偽物だし、よそから仕入れた豚肉は、ちょっと煮ると臭いスープになってしまう」と説明したが、すぐまずいことを言ったことに気づき、あわてて「今日おいでになったのは賓客ですから、地元の豚でおもてなししているわけで、オートメーション化された養豚場の豚を使うわけにはいきません」と言い直した。

張保国が「張百順は話しだしたらとめどがない。将来観光客が来るようになったら、彼にでたらめを言わせてはだめだ」と言うと、張賓も「どだい彼を客の前に出させてはだめだ。都会のレストランでは前掛けをつけたコックがお客さんの間を動き回るなんて見たことがない……」と言った。

山村の酒はその強さが分からない。お開きになったとき、馮小羽も鍾一山も酔っぱらって頭は重く足はふらついた。みんなは食堂の入り口で解散となった。

鍾一山の目的はきわめて単純で、太真坪だ。李鎮長が張賓に、「明日は鍾一山さんのガイドをお願いするよ」と言うと、張賓は「日本から帰国した人を連れて村に行くなんて、昔なら間違いなく売国奴だが、今はガイドか。なんとも不思議で頭が混乱しますよ」と言った。

李天河は「不思議なら、家に帰ってゆっくり考えなさい。君に任せたから、ちゃんとやってくれよ」と言い、二、三歩歩《ある》いてから振り向いて、「鍾さんは中国人だよ！」と大声で言った。

鍾一山は飲み過ぎると中国語をすっかり忘れてしまう癖があって、古老たちに日本語で「オヤスミナサイ」と挨拶した。

賢人たちは何のことだか分からず反応できなかったが、許忠徳は一言「Good night!」と返した。

魏漱孝たちもみな「Good night」と続けた。

青木川の年取った農民が「Good night」と言うなんて、馮小羽は自分が酔ってしまったのだろうと思った。

第2章

1

人はよく、何か一つの考えにとらわれ、知らず知らずに袋小路に入り込んで抜け出せなくなることがある。医学では強迫神経症といい、軽い精神疾患である。例えば確かに玄関に鍵をかけたのに、本当にかけたかどうか気にかかり、遠くからあせって戻り、目で確かめてやっと安心することがある。また例えば、無意識に歌を口ずさんでしまうことがあり、決まった歌詞がたびたび訳もなく口から出てしまいイライラする。これらは心が緊張し神経質になっている表れで、誰にでも多少はあることだ。人は五感に感じる色や音や香り、味や触覚において、あるいは日々の営みにおいて、様々なプレッシャーや悩みがあるもので、それがひそかに心に入り込んできて起こる。自分の意思ではなかなかコントロールできない。

今、馮明《フォンミン》が口ずさんでいるのは文化大革命のときに流行した「洗濯の歌」で、チベット族の娘たちが川辺で踊りながら解放軍をたたえる歌だ。歌詞の大部分は忘れているのに、こんな二節が繰り返し口をついて出る。

ありがとう　鎖を打ち砕いてくれて
人民は解放され　国の主人公になった

この「鎖を打ち砕いて」が朝起きたときから始まり、今朝はずっと「打ち砕いて」を繰り返している。

もともと馮明は冷ややかで厳しい性格で、何の芸もなく、歌は音痴だ。時には歌を歌うが、調子が外れたまま元に戻らず、周りで腹がよじれるほど笑っていても本人は気付かない。彼はカラオケでは決して歌わないようにしている。それは大勢の前で自分の短所をさらすことになり、何の得にもならないからだ。

　その点、林嵐《リンラン》はすばらしい喉を持っていた。歌が上手で、寸劇の台本作りもうまかった。どんな話でも彼女が手がけると思いのまま、さっと仕上げて上演できた。林嵐の率いる宣伝隊は、青木川の町で『青女《チンニュー》、解放軍に協力する』、『犂《すき》』、『解放された劉小猪《リウシアオジュー》』、『小作人のなげき』など、自作の短い歌劇をたくさん演じた。あのころ青木川には、共産党の宣伝隊と青木川中学の生徒劇団があったので、毎日歌を歌い、毎月寸劇を上演し、宣伝活動では地域で表彰されたほどだ。

　馮明の「鎖を打ち砕いて」は何十回口ずさんでも止まらなかった。

　昨夜、馮明は青女《チンニュー》の屋敷でよく眠れなかった。娘たちが宴会を終えて戻ってきたときも、まだベッドで何度も寝返りを打っていた。夜中七、八回小便に起きたが、毎回残尿感があり、横になってもまたすぐ我慢ができなくなる。夜半にしとしと雨が降りだし、ひさしから落ちる雨音を聞いていると、ますます膀胱が張ってくるように感じられた。そうして寝返りを打っているうちに一番鶏が鳴き、やっとぼんやり眠って目が覚めると、もう東の空は明るくなっていた。

　青女の家はスプリング・マットの大きなベッドを備え、静かな環境にめぐまれた青木川屈指のお屋敷である。三階建ての現代的な造りで、大きな窓や広々したベランダがあり、二十四時間温水が出るようボイラーも炊いている。青女の娘婿は鎮の病院の医者で、どこの家より衛生的だった。

　実は、馮明が来るというので、鎮の役人たちが会議を開き、宿舎を青女の屋敷に決めた。馮明ご一行は、高級幹部、小説家、学者という面々なので、もてなしはいい加減にできない。接待の責任者は張保国《ジャンバオグオ》で、滞在費用は町の限られた財源から捻出するが、青木川での食事、宿舎、観光すべてに不満が出ないようにしなければならなかった。こんにち無料で接待してくれる家などなく、青女家でかかる費用は、風呂代も含めすべて町の支出だ。こうして鎮政府と青女家との契約でこの滞在が成り立っていたが、馮明自身はそれを知らず、ただ革命的友情による好意だと思っていた。

昨夜、青女は馮明のために、わざわざ湯船一杯に湯を沸かした。かつての馮明教導員が風呂好きだったことは、言われなくても分かっていた。あのころ馮明教導員は文昌宮に住み、毎日彼女の家の裏の泉で体を洗いながら、調子はずれの歌を歌っていたものだ。

牛三頭　馬一頭　ウフ　おらは御者
思わず笑う　ウワッハッハ
これまで　おらたち貧乏人は
こんな荷車にゃ　乗れなかった
なのに　今年は
大きな車輪で　ゴーロゴロ　ゴーロゴロ
大きな車輪で　ゴーロゴロ　ゴーロゴロ
回れ　回れ　よーし！　ピシッ！
回れ　回れ　我が家へ向けて――

これは新中国成立初期の有名な解放の歌で、当時青木川の老若男女は誰でも歌えた。林嵐が教えたのだ。集会のたびに林嵐が指揮をし、みんなで「牛三頭」を歌った。地元の人が方言で歌うと、「大きな車輪」のところで舌がもつれ、ゴーロゴロとリズムも乱れるのだった。

当時青木川の農民たちは、歌いながらも不思議がった。いっぺんに牛三頭と馬一匹と荷車まで分配してくれるとは、この歌の地主はどれだけ莫大な財産を持っていたのだろう。

魏富堂《ウェイフータン》旦那の贅沢ぶりでさえ、地元の人の想像をはるかに超えていた。みんなで魏旦那の家土地・財産を分けたのだが、耕作地を分配し、手回り品も分配した結果、どの家にも使える物も使えない物もたくさん積み上がった。魏旦那の金持ちぶりはといえば、屋敷内に金庫、アヘン倉庫、武器倉庫、陶磁器倉庫、海鮮物倉庫、穀物倉庫、絹織物倉庫があり、何でも揃っていて、何世代で使っても使いきれない量だった。そして四大銀行の数え切れないほどの札束にも、倉庫の乾燥ナマコやツバメの巣にも黴《かび》が生えていた……。

しかし魏旦那のそんな途方もない財産も、解放軍が来たとたんに取り上げられ分配されて、ガラガラと崩された。この歌の中の地主は、いっぺんに牛三頭と馬一頭ずつを農民に分配したくらいだから、魏旦那よりはるかに裕福に違いない。

あの当時馮明たちが住んでいた文昌宮は、すでに廃墟になり、裏の泉も涸れてしまった。たとえ泉が残っていても、七十過ぎの老人が水を浴びてはいけないと青女は思った。また馮明は高級幹部だから、都会での生活はきっとテレビに映る金持ちのように、この上なく豪華だろうと思った。自家用車があり使用人がいて、床には絨《じゅう》毯《たん》を敷き、革靴は永遠に泥がつかないのだろう。極度にこだわりがあって、ひどく細かく綺麗好きに違いない。

張保国の話によると、高級幹部の座る便器は、温水で尻を洗い温風で乾かし香水を吹きかけるという。それは排便行為というより享楽である。また高級幹部の使う湯船は、数人入れるほど大きくて白く、波を作ることができ、蒸籠《せいろう》のようなサウナもあって、人間が饅頭《マントウ》のように蒸されるという。ベッドも、特大サイズで柔らかく、形状を記憶し、孫娘の揺りかごのように揺れ、音楽も奏でるという。幹部たちも人の子だから、子守歌を歌ってくれる人がいないなら、機械に寝かしつけてもらいたいのか……だが、このような設備は青女の所にはない。

昨夜、馮明が到着したとき、青女は大変恐縮して、自分の家には香水噴射便座がなく、形状記憶ベッドもなく、風呂の浴槽はタイル張りで蛇口と下水口しかなく、波も作れないと恥じ入るように説明した。けれど使用するすべての備品は完璧に清潔で、浴槽だけでも高級消毒液で四回磨いたので、安心してお使いくださいと伝えた。

馮明は青女の言う「香水噴射」とか「形状記憶」の意味が全く分からなかったが、青女は昔なじみでもあり、この家に着くと我が家に帰ったように心地よく感じ、張保国が単調で寂しい招待所に案内しなかったことをありがたく思った。

浴槽には安心して入れたが、トイレはやはり満足できるものではなかった。青女家のトイレはごく普通の水洗式で、プラスチックの便座は質が悪く、座るとギシギシ鳴り、大便をすると尻に水が跳ね、臭いも返ってきた……。

以前、田舎に出張すると、馮明はほとんど田舎町の宿には泊まらないようにした。ほかでもない旧式の便所を恐れてのことだ。汚い厠《かわや》にしゃがむと、下にはウジ虫が這《は》い、上からはギンバエが来て止まり、便は固まってしまい、辛い目にあう。生活習慣の変化につれ、彼は早々にしゃがむ便所には適応できなくなった。しゃがめないのではなく、その汚さにどうにも耐えられなくなったのだ。

彼の自宅の水洗トイレは張保国が推測したとおり、温水で洗い温風が出て、便座も自動的に三十五度に保たれていた。彼のトイレへのこだわりは相当強く、たかがトイレといえども彼の排泄《はいせつ》に直接影響を及ぼした。出張に出かけてトイレが気に入らないと、一週間でも便が出なかった。同行する秘書は便秘薬が必需品で、出張先に到着すると、真っ先に泊まる部屋のトイレをチェックした。トイレが基準に達していないと、その後の仕事にも影響した。

そして出張から自宅に戻ると、馮明は何よりまずトイレに突進した。なぜか車が我が家の前に止まったとたん大腸が蠕動《ぜんどう》運動を始める。その条件反射はパブロフの犬の実験より正確だった。馮小羽《フォンシアオユー》は「お父さんのお尻は自分のトイレが分かるのね」と言った。これは後天的に身についた困った癖だった。

青木川での初めての朝、馮明が窓のカーテンを開けると、さっと朝日が射し込み、室内をまばゆいばかりに照らした。彼の体はその日ざしで温まり、そこで「鎖を打ち砕いて」が始まった。

「打ち砕いて」を口ずさみながら、彼は窓外の川に架かる風雨橋を見た。橋は夜通し降った雨に洗われ、まだ湿っていた。あのコノテガシワの橋板は、年を経てつるつるになり、稲藁《いなわら》が敷き詰めてあった。山からの水で橋の下は水嵩《みずかさ》が増し、流れは激しく、驚くほど大きな音を響かせて岩にぶつかっては白い波しぶきとなり、小獣が転がるように先へ先へと流れていく。橋は彼の記憶よりずっと小さく古ぼけて見えた。橋の上の屋根も低すぎて、これがあの橋だろうかと思った。いや間違いない、青木川にはここ以外に屋根付きの橋はない。

彼は考えた。暇になったら、この橋の名をしるした扁額は自分が書いてやらねばならないだろう、「解放橋」という名は変えてはいけないが、文字は当然自分が書くべきだ。彼の書道の腕前はずいぶん有名になり、ここ数年たくさんの建物の扁額を書いてきた。頼みに来る者が大勢いて、喜んで引き受けた。役人というものは定年になれば忘れられるが、書は残る。書道家の名声は、どの官僚より遥かに長く輝き続けているではないか。

馮明は、青木川に来たばかりのころを思い出した。橋には魏富堂の書いた「風雨橋」という大きな三文字があったが、取り除かせ、新たに中学校の黄金義《ホアンジンイー》先生に「解放橋」と書かせて取り替えた。

黄金義は「解放橋」と書くとき、ずいぶん尻込みして言った。「私が黒板に字を書くのは生徒相手のことで、書道となるとやはり許忠徳《シュージョンドー》です。彼は小さいころから書を習っていて腕は確かです。この橋は甘粛、四川、陝西の三省の人が行き来するので、みなの目に耐える書でなければ。笑われるような字ではいけませんよ」

それを聞くと馮明は厳しく黄金義を叱った。「お前は共産党員なのに、なぜそんなことを言うのか。極悪な匪賊でさえ橋に字を書いたのに、勤労大衆がどうして書こうとしない。人民が解放され、求められているのは実質であって形式ではない。字のよしあしは二次的な問題で、大事なのは誰が書くかということだ。許忠徳は、魏富堂が降伏した際には大事な働きをしたが、彼自身の問題はまだきちんと解決していない。そんな彼に『解放橋』と書かせるわけにはいかないだろう。もともと許忠徳は魏富堂側の人間で、その彼も解放されたというなら、勤労大衆の革命は無駄骨だったことになる！」

黄金義は馮明に励まされて筆をとり、「解放橋」と書いた。字は確かに下手で、三つの文字は一字ずつ順に大きくなり、しかも上に傾いて、橋に掛けると橋自体が傾いて見えた。

馮明のいる窓辺からその橋の字は見えなかった。見えたのは橋の上で露店を出している人や、牛や羊を追って川原へ下りていく人だ。数えてみれば今日は旧暦七日、青木川で市が開かれる日だ。なんと、昔のしきたりがまだ続いている。

市《いち》が立つのは一、四、七のつく日で、この日になると近隣の村人たちが山の特産物を背負い、四川省の青川《せいせん》や、甘粛省の郭家壩《かくかは》から出かけてくる。日中開かれる大小の市のうち、小さい市は「市場」と呼ばれ、道の両側に食料品、衣料品、雑貨や身の周りの細々としたものが並ぶ。大市は橋の下の川原の「荒れ場」と呼ばれる人の少ない所で、家畜、材木、漢方の生薬が売られる。

青木川の市は、地の利がよいため昔からとても活気があった。戦乱期でさえここには人が大勢押し寄せ、太陽を浴びて珍しい品々が豊かに並ぶさまは、周囲の緑の山々や川に映えて、豊かな「山間市場の図」そのものだった。昔、この青木川地域の経済の盛況ぶりは、五〇キロ先の寧羌《にんきょう》県城を上回っていた。

……

青女の孫の九菊《ジウジュー》が「馮明おじいちゃん、ご飯ですよ」と二階に呼びに来た。九菊は旧暦九月九日生まれなので、菊の季節にちなんで九菊と呼ばれていたが、昨日青女は馮明に会ったとき、「この子に響きのよい正式な名前をつけてくださいませんか。学校に行くようになったら使いたいのです」と頼んだ。馮明はしばらく考えてから「やはり九菊がいい。これにまさる名前はないと思うよ」と言った。

馮明がその九菊の後について下に降りると、早々に食事の支度がしてあった。焼きベーコン、インゲンの炒め煮、タケノコスープにご飯だった。馮明がそれを見て「ずいぶん品数が多いね。私はふだん、朝は牛乳とパンと目玉焼きで十分なんだよ」と言うと、青女が「青木川の朝食は昔からこうですよ。特別に作ったのではありません。娘と娘婿はもう食べて出勤しました」と言った。

それで馮明は思い出した。青木川の朝食はたしかに充実していて、朝、腹一杯食べてから山や畑に仕事に出る。午後の食事は日が暮れるころで、一日二食をしっかり食べるのだった。青女が「牛乳を飲みたいのでしたら、北のはずれの魏漱孝《ウェイシューシアオ》の家から買ってきますよ。魏漱孝はホルスタインを二頭飼っていて、牛乳が売れなくて困っているんです」と言うと、馮明は「いや、けっこうです。ご飯やおかずに牛乳は合わないですから」と答えた。

馮明は魏漱孝という名に聞き覚えがあった。青女が説明した。「魏漱孝は魏旦那の遠い親戚で、彼の父・魏富《ウェイフー》明《ミン》は魏旦那に牢屋に入れられた人です。だから馮明さんも覚えているのではありませんか」

馮明は、青女が魏富堂のことを未だに昔のまま「魏旦那」と呼ぶのを聞いて、その言い方を正したいと思った。だが、とやかく言うのもめんどうなので、ただ「牛乳はけっこうです」とだけ繰り返した。

青女はなおも「さっき朝は牛乳とパンだとおっしゃったのに、またどうして変わったのですか。私が魏漱孝の家に行って明日牛乳を持ってくるよう言っておきましょう。手間はかかりませんから」と言った。

馮明は「郷に入れば郷に従えです。やはりご飯にします」と言い、さらに付け加えた。「都会では牛乳を高温殺菌するが、田舎ではしぼったのをそのまま飲むから、どうしても黴菌《ばいきん》がいるだろう」。すると青女は「青木川では幼い子供でも魏さんの牛乳を飲んでいますが、お腹をこわした者はいませんよ。都会の人は消毒にうるさいのに、都会の人ほど病気にかかっていますね。それもサーズとかいう派手な病気に」と言った。

そう言いながら、青女は漬け物を混ぜた熱々のご飯をどんぶりに盛って持ってきた。プーンと酸っぱい香りがした。馮明が「これは多すぎるよ。この量はうちの家族全員が一日に食べる量だ」と言うと、青女は「これが多いのですか。昔はおかわりして三杯も召し上がったのに、ずいぶん上品になってしまわれて」と言った。

馮明が「歳だよ。高脂血症で血糖値も高いし、コレステロールも基準値を超えているんだよ」と言うと、青女は「私もこの歳ですが、何の病気もなくて、娘婿が医者ですが、一度もかかったことがありません」と言った。

馮明は、馮小羽が起きたかどうか尋ねた。青女は言った。「まだ部屋でお休みです。寝かせてあげてください。電子レンジがあるから、いつ起きても食事は温められます。昔のように薪で火をおこして家中煙が充満することもありません」。さらに「あの鍾一山《ジョンイーシャン》さんという人は勤勉な方ですね。夜が明けないうちに張賓《ジャンビン》と太真坪《たいしんへい》に行きましたよ。朝食も食べずに」と付け加えた。馮明は「今の若い者は、夜は寝ないで朝は起きない。原稿書きはもっとひどくて、生活が人といつも反対だ」とぼやいた。

すると青女が言った。「林嵐さんは早起きでしたね。深夜まで台本を書いていても、夜が明けると早々に起きて、宣伝隊の人たちを起こして裏庭で基礎訓練をしていましたね。腰を曲げたり足を上げたり、汗びっしょりになるまで繰り返し練習して、とても楽しそうでした。今でもなつかしいです。みなさんが青木川から引き上げてしまったあとは、林嵐さんだけをここに葬ったまま、この何十年とうとう誰も訪ねてきませんでした」

馮明の箸を持つ手が止まった。青女は、こんな話をすべきでなかったと気付き、しきりに後悔した。どうしよう、しかし林嵐の話以外に馮明に何を話したらいいのだろう。

そこで青女は、今日の予定を尋ねた。馮明が「午前中は鎮のお年寄りに集まってもらって座談会を開き、午後はあちこち回ってみたい」と言うと、青女が言った。「座談会は無理かもしれません。今日は青木川に市の立つ日で、みんな忙しいのです」

馮明が「何がそんなに忙しいんだ」と尋ねると、青女は「許さんは自分の薬局の店番をしなければならないし、三老漢《サンラオハン》は自分の雑貨店の切り盛りがあります。魏さんは妻と孫の世話をするほか、乳牛の世話もしなければなりません。鄭《ジョン》さんはパソコン講座に通っています……」と立て続けに数人の名前を出して説明した。

しかし馮明はその人たちをほとんど覚えていなかった。馮明は思った、いくら忙しくても来るはずだ、五十年ぶりなのだ、話すことがたくさんあるだろう、「孫の世話」や「パソコン講座」が足止めになるはずがない。

馮明は、彼ら昔なじみの五十年の変化が想像できなかった。老いてよぼよぼになっているのか、誰が誰か見分けられるのか。けれど目の前の青女は、昨夜会ったとたんに分かった。彼が初めて青木川に来たとき彼女はまだ十代だったが、五十年余り経った今でも大きな変化はなかった。相変わらずの丸顔、くりっと丸い目、笑うとできる左右非対称のえくぼ、二つの八重歯……。

2

馮小羽はとっくに目覚めていた。一階の父と青女のおしゃべりも聞こえていたが、起きたくなかった。二日酔いで頭がずきずきしていた。

昨夜、馮小羽はよく眠れず、安定剤を一錠よけいに飲んだが効き目がなかった。外では雨が降りだし、雨つぶが竹藪《たけやぶ》に当たって無数の楽章を奏でていた。さらに谷川もゴーゴーと唸《うな》りだし、彼女の心を漠然と不安にさせた。わびしい灯りの下、夜半の雨の韻律を聴きながら彼女は思った。こんな心細い思いをした都会の女性は、自分が初めてではない、同じように青木川で夜の雨を味わった女性がもう一人いたはずだ。その女性はどこに行ったのだろう。きっとここに何か痕跡を残しているに違いない……。

昨晩の歓迎宴では、「解苗子《シエミアオヅー》」つまり魏富堂夫人のことが話題にのぼった。馮小羽はこの名を聞いて、その女性の身の上を突き止めたいという衝動にかられ、直感的に、今回の青木川訪問はきっと収穫があるに違いないと思った。

なぜ魏富堂夫人を捜すのか。それは六十年前の新聞を読んでいたとき、ある女性の記事が目に飛び込んできて気にかかり、忘れたくても忘れられなくなっていたからだった。馮小羽のこの興味は、父が旧地を訪ねる旅とは関係がなく、父は父、彼女は彼女だった。まったく偶然に、父と娘がともに青木川に目を向けたのだった。

二年前、馮小羽は秦嶺地域の生態環境の文章を書くために、陝西省南部の歴史資料を調べていたが、そのとき次のような記事を見つけた。

……車が秦嶺の山頂を越えた後、回龍駅で匪賊の襲撃に遭った。運転手と秘書はその場で殺され、監察官本人はすきを見て茂みに隠れ、坂を下って必死で逃げた。だが夫人の程立雪《チョンリーシュエ》と金品はすべて匪賊の頭目に奪われ、行方は不明である。当地の役所筋によると、この事件は青木川に巣くう匪賊・魏富堂の仕業だということだ。魏富堂は四川・陝西・甘粛三省の境界地域を拠点とする匪賊の頭目で、地方当局が何度か討伐に乗り出し、配下に取り込もうとしたが成果がなかった……

これは一九四五年一月六日の「華報」最終ページ左下の隅に載った記事である。この記事によると被害者・程立雪は、陝西省南部の教育監察官主任・霍大成《フオダーチョン》の夫人で、夫に同行して寧羌県の教育視察に出かけ、匪賊に襲撃されたという。

記事はさらに魏富堂の妾について言及し、地方劇団の役者で「朱美人《ジューメイレン》」と呼ばれていたと書かれている。その朱美人とは——

……夫とともに匪賊として活躍。拳銃と馬術の腕前から『水滸伝』に出てくる雌虎のあだ名がついた。その「美人虎」は一九三九年当局に捕まり、まず漢中に拘留され、その後大河坎《だいがかん》でさらし首にされた。彼女は刑場に引かれていく道々、地元の民謡を歌い当局を口ぎたなくののしった。漢中に押しかけた大勢の野次馬からは、拍手喝采が鳴りやまなかった。

記事によると「誘拐された程立雪は北平女子師範大学

の外国語学科の卒業生で、容姿端麗、成績優秀だった。今回、匪賊の手に落ち、身の安全が案じられる」とある。

黄ばんだ古い新聞記事の真相が、二十一世紀に明らかにされたらどうなるだろう。数十年ものあいだ幽閉されていた婦人が、いきなり大勢の注目する広場に連れ出され、強い日差しの下に立たされたらどうなるだろう。この六十年前の息吹が、馮小羽の胸を高鳴らせた。

馮小羽はすぐにこの記事をコピーし、家に持ち帰って父に尋ねた。「青木川で仕事をしていたとき、程立雪という女性に会わなかった？」

父は「そんな名前は聞いたことがない。魏富堂にさらわれたと訴えてきた女性もいなかったよ。だいたい新聞の情報は信用ならない」と言った。

馮小羽が「魏富堂は匪賊だから、きっと女性をさらったことがあるに違いないわ」と言うと、父は「そう単純に考えるな。魏富堂は罪状が多く、女性に関するものも少なくないが……。教養のある女性といえば青木川に一人いたが、それは中学校の校長だ。だが校長が魏富堂の捕虜になるはずがないからな」と言った。

馮小羽が「その校長に会ったことがあるの」と聞くと、父は「ないよ。われわれ解放軍が青木川に到着したとき、その校長はもうどこかへ姿を消していた」と答えた。

馮小羽が「校長が消えたのに、お父さんは当時調査しようと思わなかったの。肝心なときにその人はいったいどこへ行ったのかしら」と言うと、父は「あのころは敵軍の収容再編や、匪賊討伐や、革命勝利の成果を守るのに大忙しだった。学校の先生というのは出入りが激しくよそ者ばかりだから、かまってなんかいられなかったよ」と言った。

馮小羽はさらに聞いた。「魏富堂はあちこちにつながりがあるから、誰でも関わりがあるかもしれないのに。校長が去ったのはおかしい。お父さんはどうして変だと思わなかったの。どうして無責任に素性の分からない人を簡単に逃がしてしまったの」

すると馮明は「お前のその言い方は聞き捨てならないな。お父さんたちは国のために血と汗を流し、命をかけて頑張ったんだ。それがどんなに大変だったか、お前に無責任と一言で否定されるのは心外だ。何が『反動勢力』で何が『地下十万人の救国軍』【台湾に敗退せず、大陸にとどまった国民党の部隊。のちに消滅した】か、何が『魏富堂反動自衛団』なのか、誰が善人で誰が悪人か、わしにははっきり分かっていた。革命と反革命の区別を、我々の世代は決してうやむやにしない」と声を荒げた。つづけて「今のお前たちとは違う。お前たちは何をするにも道理がなく、映画も悪人と善人の区別がはっきりしない。一人ひとりがみな灰色の人物であったり、八路軍と売国奴が同じ席で酒を飲んだり、警官と泥棒が同じ部屋で眠っていたりするじゃないか」と言った。

馮小羽が言った。「それは八路軍が敵の内部にもぐり込んで寝返りを働きかけたり、警察が潜入捜査をしたりしているのよ。女校長は青木川ではとても重要な人物で、ある意味では彼女が青木川を変えたのかもしれないのよ」

すると馮明は「一人の人間が青木川を変えることなんかできるはずがない。変えることができるのは共産党だけだ。政権を奪い、土地改革で天地をひっくり返した、これはプロレタリア革命の過程の必然だ……。それなのに今どきの作家はまったく良識というものがない。当て推量で歴史を解釈するなど話にならん。書けば書くほど大衆から遠ざかり自分勝手になる。精神分裂症も同然だ」と息巻いた。

馮小羽は言った。「それは『凡庸を神秘に変える』と言われる作家の才能のことね。でも人の心には風に波立つ水面のようにさまざまな表情があり、それが文学になる。微妙なところをとらえるのが作家なのよ」

馮小羽は程立雪を見つけようと奮い立ったが、残念なことに、この女性の行方について続きの記事はなかった。程立雪はまるでひとひらの雪のように年月の中にひっそり融け、蒸発して跡形もない。同じ場所で戦っていた父でさえ行方を知らない。一九四五年のあの尻切れトンボの記事も、彼女に欲求不満ばかりを残した。資料室の新聞が紛失して不揃いなのか、それとも陝西省南部地区の小さな出来事は人々の関心を引かなかったのか、結局消息は完全に途絶えてしまった。

程立雪という名前は「程門立雪」という故事から来ている。宋代の楊時《ようじ》という人物が洛陽にいる高名な学者、程頤《ていい》を尋ねたときの話で、程頤が休んでいたため、楊時は戸口の外に立って待っていたが、折しも雪が降り出し、程頤が目覚めた時には一面三〇センチも積もっており、楊時はまだその雪の中にずっと立って待っていたという。

教えを請いたいという一途な気持ちがよく表れた故事である。

　馮小羽は想像した。このような謙虚な名の女性はきっと超俗的な清らかな性格に違いない。そんな女性が匪賊の手に落ちたら、きっと悲劇的な最後が待っているだろう。語るに忍びないその結末が走馬灯のように彼女の頭に浮かんだ。たとえ程立雪がその後匪賊の元から逃げる機会があったとしても、我先に逃げた夫を再び愛することはないだろう。

　馮小羽は自身の鋭い芸術的感覚と強い探求心から、この事件を中途半端にほうっておくことはできなかった。六十年前の人はほとんど亡くなっているだろう。だが青木川の地名は変わっていないし、歴史は変わらないものだ。どこかに六十年前の痕跡、六十年前の話、程立雪の情報や彼女を知る人物がいるに違いない……。

　馮小羽は程立雪に引きつけられて、長いこと物思いにひたっていた。

　程立雪のことをはっきりさせるには、まず魏富堂がどんな人物かを調べなければならない。さいわい地域の歴史資料には魏富堂に関する記録がたくさんあり、馮小羽はさほど手間どらなかった。そして分かったのは、国民党政府が集めた資料でさえ、多くは彼をけなしていた。つまり国民党も共産党も彼を悪く評価していた。それは魏富堂自身が、誰がなんと言おうと気にせず、独善的な人物で、彼の思考の軸が自分と青木川だけを中心に回っていたからだろう。

3

　もともと魏富堂は、青木川の目立たない貧乏人の小倅《こせがれ》にすぎなかった。家は鎮の西の斜面にあり、二畝《ムー》【約一三アール】ばかりの畑を耕作していた。畑は容易に立っていられないほど急で、小さいトウモロコシが少し採れたが、家族全員の腹を満たすには足りなかった。両親と兄二人、姉一人の一家六人が、一間きりの草葺きのあばら屋に固まって住んでいた。家を囲う垣根はなく、山の広さがそのまま庭だった。

　周りに家もなく、がらんと静かで、狐も来れば山犬も来た。裏の茂みをヒョウがぶらつき、山猫も家の近くうろついていた。だから魏家の子供たちにとって山の動物は友達だった。とくに老三《ラオサン》【三男のこと】の魏富堂は、いつも獣と一緒に斜面を転げ回り、猪を追いかけて山中を駆け回ったり、熊とドングリを奪い合ったりして、町の子供に比べてかなり野性的ですばしこかった。

父の老魏《ラオウェイ》は町で油売りをしていたが、どもりで臆病だったので、いつも人に馬鹿にされ、肝心なときに言い返せなかった。いじめられて戻ってくると、父は女房の前でおんおん泣いた。それはまるで山の妖怪が森で吠えているようだった。子供たちは父の泣き叫ぶ声に慣れていて、少しも気にならなかった。

父が泣き出すと、長女の魏富英《ウェイフーイン》が弟たちを連れ出して山に行き、キノコを採ったり、柴刈りをしたり、サツマイモを掘ったりした。山にはいくらでも仕事があった。子供たちは、父が思い切り泣いた後には、必ず母に当たるということを知っていた。そのときの父は、もう不甲斐ないどもりの父ではなくなる。目を血走らせ歯をむき出し、怒った熊のようになって、ところかまわず母を押し倒す。そして目の前に子供がいようと母の体に馬乗りになり、狂ったように衣服を引きはがした。

瘦せこけた母は、父の体の下で初めは抵抗するものの、子供たちに出ていくよう合図すると、やがて抵抗が和合に変わり、別の境地に入っていった。彼は目に涙を浮かべ、すすり泣くような声で憎々しげに罵りながら、力任せに突いた。彼が突くのは、彼を侮辱しいじめた人間に対してであり、とことん突いてやっと腹の虫が収まるのだった。やられるほうは大声で泣きわめき、許しを請うのだが、その声に快楽の要素が含まれていたのも確かだった。父の悲哀と母の快楽、それは魏家の子供たちにとって至極当たり前のことで、彼らはこの当たり前のこと、この苦しみと喜びの交じり合いから生まれてきた。鎮の人々は魏家の子供たちを評して「普通の子供とはどこか違う」と噂したが、そのわけはここにあった。

民国五年【一九一六年】五月、陝西省南部は季節外れの大雪にみまわれた。新聞記事によると、漢中での積雪は二三センチ、牡丹の木は枯れ、エンジュの花もしぼんだという。一方では、悲劇の主人公・竇娥《とうが》の冤罪【元の時代の戯曲。冤罪で斬首刑になった竇娥は、処刑前に「自分が冤罪なら雪が降るだろう」と予言した】に天が警告を発したのだと言う者もいた。当局の説明によると、秦嶺地域は北からの乾燥した冷たい空気を遮るものがなく、そこに南からの暖かい湿った気流が来て留まり、双方がここでぶつかったため百年ぶりの春雪をもたらしたのだそうだ。

その雪は一日だけ積もり、その後解けて春の小川になったが、その年の油菜は四割の減収になり、油の値段が急騰した。ちょうど現在のガソリン価格急騰のようなものだろう。二倍にまで上がったあと少しも下がる兆しがなかった。父の商売は立ちゆかなくなった。油の仕入れに広坪に行っても空の桶をそのまま持ち帰るありさまで、一滴の油も買えなかった。これではどうにも生きていけない。父は家に戻ると大きく口を歪めて泣いていたが、泣き終わったとき、ある考えが浮かんだ。それは老三を鎮の劉慶福《リウチンフー》の所に婿入りさせることだった。

民国五年、魏富堂十四歳、数えで十六歳、田舎では十分に一人前として認められる年齢だった。父がこの考えを老三に話すと、老三が何とも答えないうちに、姉の魏富英のほうが涙ぐんだ。

劉慶福の家は青木川で一番の金持ちで、財産はあるが子宝に恵まれなかった。老夫婦に病気の娘が一人残っているだけで息子はいなかった。娘は歳をかさね、夫婦は年々老いて、婿を迎えることは目下の急務だった。

劉慶福はケチで有名で、余分な金は一銭でも使おうとしなかった。作男を雇うときも、働きぶりより、どれだけ食べるかを気にした。妻に対してさえ同様で、妻がおかわりをすると口汚く罵ってお椀をたたきつけた。劉慶福は百畝《ムー》【約六六七アール】以上の田んぼと山を持っていたが、それは高利貸しで稼いで得たものだった。彼が貸す金は年利二〇％で、貸すときに先に利息を差し引き、返済時に返せないと元金に利息を加えて利息を計算し、利息が利息を生むやり方をした。しかも三日に一度利息を付けた……。そのため青木川の人々はこの債権者を心底恨んでいた。

劉家には娘が二人いるが、姉の大泉《ダーチュエン》はすでに嫁に行き、問題なのは妹の二泉《アルチュエン》だった。二泉はひどく虚弱で、咳をしては血を吐き、病床の痰壺にはいつも濃い痰が半分たまっていた。ものを言わなくてもゼイゼイ喘いでいた。それはさておいても、二泉は器量が悪かった。頬骨が高く目が飛び出しており、胸は扁平で鎖骨が目立っていた。相手をじっと見つめる癖があり、白目が多く黒目が小さいため、相手はとても視線を合わせていられなかった。ふだん二泉は部屋から出ることはなく、オンドルからも下りなかった。下りたとしてもしっかり立っていられず、テーブルにつかまっても体が揺れ、紙の張子のようで、つつくと倒れそうだった。

しかし病人だからと甘く見てはいけない。二泉は頭はしっかりしていた。立ち働くことはできなくても、オンドルに横たわって一心不乱に考えをめぐらせていた。彼女が婿にしたいのは、第一に体が丈夫で、第二に劉家に忠実で身も心もこの家を背負う覚悟のある男だった。たくさんの人に声をかけたが、男性側は二泉の姿を見、彼女の父親のケチなことを知ると、誰もが辞退した。入り婿になるかどうかよりも、肝心なのはこの嫁が使い物にならず、まるごとゴミであり、さらにその父親がどん欲で意地悪い性格では、共に暮らすことはできない。

老魏夫婦は老三に意見を求めた。

老三は空を見上げたまま、ひとこともしゃべらない。

両親は、いやだと言わないのは同意したということだ、と判断した。このように自然災害で危機的なとき、大事なのは一家が生き延びることで、三人の息子のうち一人を犠牲にして家族を守るのは当然だった。農家で飼う豚の仔《こ》も、全部を育て続けることはできない。急いで売らなければならないこともある。とくに一番小さい奴は、残しておいても役に立たない。豚の世界も人の暮らしも同じだ。父は息子の意見を聞くと言ったが、実のところ相談の余地はなかった。

魏家の末っ子、魏富堂の運命は、この民国五年陝西省南部に降った大雪によって決まったのだった。

劉家から藍染めのズボンと上着、それに白米二斤【一キロ】とトウモロコシ二袋と地酒一瓶が届いた。これが老三の値段だった。

出発の前、母は白米二斤を老三のために炊き、老三一人に食べさせた。老三はしゃもじで遠慮なくどんぶりいっぱいにご飯をすくい、ぎゅっと詰め、竈のそばにしゃがんで、頭も上げずにむしゃぶりついた。食べ終わるとまた一杯おかわりした。鍋をガリガリとこそげて底のお焦げも残らずどんぶりによそった。老三が食べている間、兄たちはそばに立って無言で見ていた。兄たちは自分たちが売られないことを内心喜んでいたが、白いご飯を食べられないのは残念だった。それは正真正銘の米の飯、混じりけのない白米で、青木川では正月以外ごく少数の者しか食べられなかった。その白米を今眼の前で老三がパクパクとほおばっている。草葺きのあばら家に香ばしいご飯の香りが満ちた。この香ばしいご飯は老三一人のものだった。

母が新しい服を持ってそばで待っていた。食べ終わったら新しい服に着替え、劉家に行き、他家の者になる。壁際に置かれた二袋のトウモロコシは老三の身代わりに残して、魏家の家族が少しずつ大事に食べることになっていた。

すでに話はまとまっており、老三は向こうに着いたら魏富堂を劉富堂《リウフータン》と改名し、子供ができたら魏《ウェイ》でなく劉《リウ》の姓にしなければならない。魏家での十数年の暮らしはこれでおしまいになる。白米一食と二袋のトウモロコシで、老三の根っこは生家から抜かれるのだ。ちょうど田圃の苗のように、いったん抜かれたらもう二度と元の所に植え付けることはできないだろう。

老三の遊び仲間が数人やって来た。彼らは老三があの腹黒い劉慶福の家の入り婿になるのが信じられなかった。友達の老烏《ラオウー》が言った。「あのどうしようもない劉二泉は、そばにいるだけで強烈な臭気だぞ。一緒に寝るとなると、ムカついて死にそうだ」

老三は言った。「ムカついて死んでもらうのはあいつらで、おいらじゃない……」

姉の魏富英は腹一杯になった弟を家の裏に引っ張っていき、そっと尋ねた。「あんたほんとうにあの結核病みと夫婦になるの？」

老三は姉の後ろの山並みに目をやったまま、何も言わなかった。

姉はさらに言った。「あのトウモロコシ二袋はまだ手を付けていないから、いやなら今なら間に合うわ。トウモロコシは私が返す、お米も私が何とか借りてくるから。あんたがいやだと言えば、まだ間に合うのよ」

すると老三は言った。「行くよ。劉の娘はおいらより長生きはしない。おいらの名字は魏だ、子供は将来必ず魏と名乗らせる」

姉は笑った。「あんたいくつになるの、まだ自分が子供のくせに、自分の子供のことなんて……」

老三は言った。「あとで分かるから」

今度は姉が黙った。この弟には何か心づもりがあるようだ、見くびってはいけないと思った。

老三が言った。「姉ちゃん、トウモロコシ二袋なんてどうってことないよ。将来おいらが嫁をもらうときには、『金《きん》』を結納にするよ、正真正銘の金を二袋さ」。姉は「そんな夢みたいなこと」と言った。

魏富堂のこの夢が夢でなかったことは、その後の事実が証明している。二十年後、彼が西安へ趙《ジャオ》家の姉妹を迎えに行ったとき、結納として正真正銘の金を二袋、ラバで運んだのだった。

姉と老三は山腹で、街の劉家からかすかに流れてくる婚礼のチャルメラや太鼓の音を聞いた。地元のしきたりでは、婿入りのとき女性側は迎えに出ず、婿が自分で出かけていき、門を跨《また》いだらすぐ入口の閂《かんぬき》をかけ、妻の実家の人になったことを示す。門をかけるのは一種の儀式で、他の来客はいつもどおり出入りできるが、婿だけは婿入りした当日は妻の家から半歩でも出てはいけない。これがいわゆる「倒插門《ダオチャーメン》【婿入りのこと】」である。

劉慶福はこの結婚式をできるだけ派手にやろうと考え、婿をそれなりの人物として宣伝した。今や魏富堂は劉富堂と呼ばれ、正真正銘の劉家の婿であることが、青木川の住民すべてに知らされた。

この婿は、劉慶福自身が念入りに調べて選んだから、安上がりなうえ、質は確かだった。魏家は子供が多くて貧しく、了見が狭い。特に父親の老魏は意気地がないから、将来もめる心配がないと劉慶福は見込んだ。このような親は子供に執着しないはずで、老三を提供すれば一人分の食料が浮くため、むしろ喜ばしいに違いなかった。婿の話をしに行ったとき、劉慶福はまるで家畜を買い付けるように、老三の身体をあちこちつまんだり触ったりし、口を開けさせて歯の具合まで見た。不良品を家に入れるわけにはいかない。ただ老三の口の中の細かく並んだ歯を見たときに、なぜか冷気を吸い込んだような不快感を覚えた。

劉家が婚礼を行うとあって、鎮の人はみな贈り物をしないわけにはいかなかった。大部分の人は劉に借金があるか、借金をしたことがあるので、世話になった分、気持ちを表さなければならなかった。劉家の入口の受付テーブルには係の者がいて、一品ずつ記録をしながら大声で読み上げていた。みな銀貨を届けたり、極上の米を届けたりしたが、それは劉慶福に将来何かと都合をつけてもらうためだった。村の貧民、劉小猪《リウシアオジュー》の祖母は卵を十個祝いに差し出したが、劉慶福の妻はその卵を投げ捨て、門の内にも入れなかった。本来なら両家は同族で親戚に当たるのだが、劉慶福にはお金だけが頭にあり親戚などは頭になかった。

庭の外には舞台が組まれ、秦腔《しんこう》【陝西省で盛んな地方劇の一種】一座が『穆桂英《ぼくけいいえい》の婿取り』【穆桂英は宋の時代の女傑】を演じていた。穆桂英を演じているのは朱彩鈴《ジューツァイリン》という女優だった。朱彩鈴は陝西省周至県の人で、小さい頃から叔父について芝居を学び、各地を渡り歩き、武芸に長じた女性を演じていた。

団長の朱氏は、今日の主演目を『鴻鸞喜《こうらんき》』にしたかった。これも女性側が婿を取る話で、お祝いにふさわしいと考えたのだ。しかし劉慶福が反対した。『鴻鸞喜』は女主人公の父が、しがない書生を婿に迎える話だが、その女主人公の父は乞食だ。「岳父が乞食とは、劉家の顔をつぶすつもりか、とんでもない！」と拒否した。さんざん選んで『穆桂英の婿取り』になった。劉慶福はこのように何事にも細かく口うるさかった。

外で笛や太鼓が鳴り響く中、閨房では劉二泉が、姉と下女たちにベッドから助け起こしてもらい、化粧や刺繍入りドレスの着付けに、目を閉じてマネキンのようにされるがままになっていた。下女たちは劉二泉の口から吐き出される悪臭で息苦しく、みなこの式が早く終わって、耐えがたい臭いが充満する部屋から早く逃れたいと思っていた。

劉慶福の女房は、次女が結婚式の前に事切れるのを恐れ、高麗人参スープを一杯また一杯と飲ませた。この高麗人参は劉慶福が十三年間貯蔵しておいた長白山の逸品で、とっておきの品をここぞと役立てたのだ。この貴重な人参で娘の命をつなぎ、魏家の若造が婿に来てくれれば、劉家は新たな活力を得られる、つまりたくましい男性を得ることになる。

……人々はじりじりして、新郎の到着を今か今かと待っていた。

すでに正午を過ぎたが影も形も見えない。劉家の人々は居ても立ってもいられず、何度も人をやって催促したが、新郎はもうすぐ来ると言うばかりだ。日が西に傾き、自由席は食べ終わった客が入れ替わり、すでに第二陣が食べ始めたが、新郎はまだ来ない。劉慶福は怒り心頭で地団駄を踏み、新婦は持ちこたえられず気絶した。周りの人々はツボを押したり体を叩いたりの大騒ぎとなった。

　太陽が青木川を黄金色に染めるころ、魏富堂はやっと街に現れた。借りた雄のロバに乗り、上半身を丸出しにし、破れたズボンからは尻がのぞき、貧乏な仲間に囲まれて劉家の庭に到着した。気温はまだ寒く、新郎殿のたくましい筋肉や、力のみなぎった体格は、群集の中でひときわ目立った。人々は魏家の老三が、髭こそまだ生えていないが胸毛はすでにふさふさと生えているのを見て、もう誰も彼のことを子供だとは言わなかった。劉慶福が「家畜」を選ぶ目に間違いはなく、選んできたのは頑健な体の正真正銘の男だった。

　入り口で爆竹や銅鑼や太鼓が一斉に鳴った。ロバは驚いて派手に大小便をもらし、大きな頭を振り上げて鳴き叫んだ。だが魏家の老三は少しもあわてず、ロバから下りることなく、ロバの動きにまかせて劉家の庭の外をぐるりと回ってみせた。ロバが前足を振り上げたり後ろ足を蹴り上げたりするので、祝いに来ていた人々がどっと笑った。舞台の劇も止まった。こんな結婚式は初めてだ。

「そんな格好で婚礼の場に現れるとはけしからん。いい物笑いだ！」。劉慶福が食ってかかった。すると魏富堂が言った。「おいらは母ちゃんから生まれたときは裸だった。いま劉家に来るのにズボン一枚穿《は》いてきただけ損しているんだ」

「あの青い服はどうした？」。劉慶福が仏頂面《ぶっちょうづら》で聞いた。

「上着は上の兄貴にやった、ズボンは下の兄貴にやった」

「きさま！　捨てたも同然じゃないか」

「あんたは自分の家を惜しげもなくおいらにただでくれるんだろ。だからおいらも服一着くらい惜しくないさ」と魏富堂が言い返した。

　劉慶福はその言葉にぐうの音も出なかった。

　貧乏人の秀才、施喜儒《シーシールー》がやって来て、魏富堂の代わりに言い訳した。「婿殿は形にとらわれないほうが将来性があります。かの王羲之《おうぎし》は、婿に入るのに、腹を出して寝ていたが、義父はそれをむしろ喜んだ、そして美談になった【四世紀東晋時代の書家・王羲之は、婿選びの下見に来た使者の前で、不作法にもベッドで横になっていた】。魏家の老三のこういう身なりは、婿が劉家を身内と思って遠慮がないからですよ」

魏富堂はそのとおりだと言って、劉慶福の意向もかまわず、強引に施喜儒を上席に連れていき、自分も堂々とその脇に座った。そして大声でみんなに言った。「おいらが最も尊敬するのは文化人だ。おいらの子供は役人にはせず、教養人にする。施喜儒先生のような教養人だ」

劉慶福はそれを聞いたとたんに怒って、大勢の前で怒鳴り散らそうとしたが、ちょうど大事な娘が気絶したと知らされて止めた。それがなければ手に持った盃の酒が花婿の額に飛んでいたはずだ。

施喜儒はもちろん大喜びで、うやうやしく礼を述べ、ごたくを並べた。彼のテカテカ光るすれた袖口や、継ぎだらけの長衣、頭の後ろのあのブタのしっぽのような弁髪などすべてが、婚礼の席に奇妙な興を添えていた。

魏富堂の仲間が宴席に入ってきた。宴席は大幅に入れ替わり、雰囲気もがらりと変わった。魏富堂の貧しい仲間たちはじゃんじゃん飲み食いし、まったく遠慮なくふるまった。魏富堂は豪快に言った。「昨日食べた物は劉家のものだったが、今日食べるのはおいらの物だ。みんな遠慮なく腹いっぱい食べてくれ。入口の通路に祝いの品が積んである。欲しい奴は何でもかまわず持っていけ、みんな俺たちのものだ……」

庭で歓声があがった。

さっき受け取った祝いの品々が、来たばかりの婿の大判振るまいで、またたく間にどんどん持っていかれた。突然ふってわいたこの恐ろしい災難に対して、劉慶福はどうすることもできず、妻とともにこっちを押さえあっちを遮り、世を罵ったが効果なく、最後は自分を罵るしかなかった。

人々は噂した。「魏家の老三は、山から街の劉家に下りてくる一キロの間に、突然少年から男になり性格も一変した。きっと道中、山のもののけに出会って魂を入れ替えられたのだろう」

気絶したのは、今度は劉二泉ではなく劉慶福のほうだった。

舞台の穆桂英が楊宗保《ようそうほ》【穆桂英の夫】に向かって言った。

「アイヤー、いとも素晴らしき若旦那よ！」

ベッドの劉二泉はひそかに嘆いた。劉家が待ちに待って迎えたのは、生きた夜叉《やしゃ》だった。

三日もしないうちに魏富堂は劉家の牛を売りに出した。劉慶福に断りもしなかった。買い手が牛を引き取りに来たとき、やっと事情を知った劉慶福は、牛小屋の入り口で両手を広げてさえぎり、口からあらんかぎり魏富堂の祖先を罵倒した【中国で祖先を罵倒するのは相手への最大の侮辱】。すると魏富堂に肥だめの縁までぐいと引っ張っていかれ、「これ以上ひとことでも何か言いやがったら蹴り落としてやる」と脅された。

数カ月も経たないうちに、今度は劉家の田んぼを売った。魏富堂が妻の手から土地売買契約書を奪うのを、劉慶福は目をむいて眺めていたが、自分は椅子に座ったままどうにも身体が動かず、息もできなくなって食卓につっぷした。息絶えたとき、口の中にはまだご飯が一口、飲みこめずに残っていた。

劉慶福が死ぬと、貸し出していた高利の借金について、魏富堂が新たに規則を定めた。元金は返済してもらうが、利息は返さなくてよいとした。老烏の父親は劉慶福に十元を借りたが、利息が利息を生んで三百元になっており、落胆のあまり首を吊ろうとまで思いつめていた。劉家の婿が二百九十元を免除してくれたので、感激して婿殿に対して地に頭を打ち付けて感謝しようとした。

劉慶福はあまりにも深く恨まれていたから、こんな惨めな結末になったのは天罰だと、人々は噂した。

次第に魏富堂の周りに腹心の手下が集まってきた。老烏も当然その中の一人だった。

魏富堂は、手元のお金を使って商売を始めた。やはり油売りだった。彼は意気地のない父と違い、広坪で大口の仕入れをしたかと思うと、漢中に直接行き、中間のマージンを省いて稼ぎを増やした。食用油だけでなく灯油も扱った。食用といいランプ用といい、油は各家庭の必需品で、長く続けられる商売だ。魏富堂は商売に目が利き、大胆だった。兄二人を呼び、一緒に商売した。一人は漢中に駐在し、一人は運搬係となり、一人が青木川で売り、そこに腹心の部下たちも加わり、商売はみるみる繁盛した。

二年も経たないうちに魏富堂の両親は堂々と劉家の屋敷に移り住んだ。これで魏富堂は正真正銘、一家の主になった。対外的に劉家の婿養子という身分であっても、内側はすっかり変わった。

貧乏な秀才・施喜儒は水ギセルを手に持って自分の家の門に立ち、魏家の新築中の屋敷を見ながら言った。「魏家の老三はこれからも繁栄するはずだ。それは家の位置が鳳凰の背中に当たり、青木川の風水に合っているからだ。魏富堂は鳳凰にまたがって飛ぼうとしている」。施喜儒は青木川でいちばんの知識人だから、みなこの話を信じた。家に赤ん坊が生まれると、施喜儒に正式にお願いして、縁起の良い名前をつけてもらった。このため青木川では、金持も貧乏人も子供の名前はみな立派で、世代ごとに共通の字を用いて揃えてあった【中国では兄弟、いとこなど一族の同世代の名前に一文字共通の字を用いる習慣がある】。

　施喜儒は魏家の子供たちに名前をつけてやったことを、ずっと得意に思っていた。三番目は魏富堂、兄二人は魏《ウエイ》富貴《フーグイ》と魏富成《ウエイフーチョン》で、「一堂に貴い富を成す」という意味をこめてある。魏家が発展したのはこの命名と絶対に関係があり、油売りの親父のあの見識では、子供に天の導きを得るよい名前をつけることはできないと彼は思っていた。

　その施秀才の話を裏付けるように、魏家の新家屋ができて間もなく、魏富堂の姉の魏富英が、広坪の李天炳《リーティエンビン》のところに嫁いだ。李天炳は一人息子で、役場で県長の秘書をしていた。彼はその地で妾を囲っていたが、出身があまり良くないため、実家に連れていくことができず、李《リー》家の嫁にはなれなかった。李天炳の実家は母親が健在で、どうしてもきちんとした身分のある嫁を迎え、母親に仕えてもらい、その嫁に家事全般を任せる必要があった。そして嫁選びについては母に権限があった。李天炳が選んだ何人かの娘は、ずる賢いとか気が利かないとかいって、母親の気に入らず、そのままになっていた。

　ある日李天炳は町で魏富堂と酒を飲む機会があって、魏に未婚の賢い姉がいることを知り、嫁にどうかという話になった。魏富堂は「姉のことは自分にも親にも決められない。姉の気持ちを聞かなければ」と言った。李天炳もやはり「自分の嫁だが自分には決定権がなく、一切は母に従わなくてはならない」と言った。

　そこで魏富堂と李天炳の手配のもと、姉の魏富英が広坪に行って、仏壇の灯明用の高級油を李家に届けることにした。李家の大奥様は、魏富英を見るなりたいそう気に入って、すぐに玉石の腕輪をその腕にはめてやった。大奥様は特に、魏富英のつやのある黒いお下げ髪や、丸々したお尻や豊かな胸が気に入った。子宝に恵まれる天性の体つきをしている。これで李家も跡継ぎの心配がなくなると言って、息子の意向も聞かずに話を決めた。

そして正月に結納の品を送ると、二月には嫁を迎えた。婚礼の笛や太鼓が、数キロ離れた山道からにぎやかに進み、魏富英は青木川から広坪へ嫁入りした。

人々は噂した。「魏富英は弟の後ろ楯で嫁入りした。魏富堂が仲を取りもち、姉に油を届けさせなければ、魏家から李家に嫁ぐこともなかったし、非道な七人の子供もできなかったはずだ」

そして当然、魏富堂が命を落とすこともなかった。

魏富堂が徐々に頭角を現してきたとき、真実を見極めていた人物がいた。それは他でもない妻の劉二泉だった。劉二泉は不治の病に侵されていたが、頭は澄んだ鏡のように明晰だった。魏富堂は劉家の資本と基盤を利用して繁栄している。父は怒りのあまり死に、母は気が狂い、自分はベッドに寝たきりだ。自分の体は床ずれで血と膿が浸み出て悪臭を放ち、生きていても死んでいるようなものだ。一方の魏富堂は家族全員が新しい家屋に入って主客転倒、何が婿入りだ、明らかな強奪ではないか。彼女にはそうはっきり分かっていた。

魏富堂は人目を欺くため、ずっと劉二泉と同じ部屋で寝ていた。晩になって部屋にもどり劉二泉に面と向かうとき、魏富堂はその非情な顔を少しも隠さなかった。婿に入ったときから、魏富堂は劉二泉に指一本触れたことがない。魏富堂の言葉を借りると、劉二泉は「腐った肉塊」で、彼は忍耐をもってその肉塊が少しずつ腐っていき、うじ虫に食べ尽くされるのを待っていた。夜寝るとき、魏富堂はベッドの端に身体を引っかけるようにして、劉二泉から遠く離れて、そのまま一晩寝返りを打たずに眠った。劉二泉は感心した。「自分は病身で男性の興味を引かないことは分かっている。それにしてもこの人は、毎晩ベッドの端で微動だにせず何年も寝ることができるとは。すごい技量だ」

朝起きると、魏富堂は咳の止まらない劉二泉を見ながら、無造作に声をかけた。

「おまえ、まだ死んでないのか？」

「あいにく簡単には死にません」と劉二泉が言い返した。

「そんなざまで生きてても面白くないだろう」

「あなたがどうやって劉家を魏のものにするか見届けたいのよ」

「我慢して生き続けるなら、見ていればいい。急いで幽霊にならなくてもいいさ」

「幽霊になるなら悪霊よ。あなたにまともな死に方はさせませんから」

「半死の人間が、まだそうやって悔しがるのか。死んだら葬るのは俺だ。俺を怒らせたら……すぐに死んでもらうからな」、魏富堂が言い捨てた。

劉二泉はすぐにも棺桶に入りそうな容体ながらも、絶対に簡単には人生の舞台から下りたくなかった。彼女の肉体と精神は分裂状態にあると言えたが、これは他人には理解できないだろう。彼女はなんとか余命を保って、魏富堂を恨み続け、悪が悪に報いる奇蹟を待っていた。

片足がもう閻魔大王の敷居をまたいでいる劉二泉は、婿をとったが一生を処女で過ごした。この耐えがたい秘密を知っているのは、むろん魏富堂と劉二泉だけだった。

かたや広坪の魏富英は「子宝に恵まれる女性」の称号に応えて、年明けの正月に始まり、一年に一人ずつ、李家のために七人もの息子を生んだ。魏富英は福の神で、嫁入りしてからは亭主の李天炳も仕事運が順調で、寧羌県の警察署長にまでなり、日の出の勢いだった。

七人の息子のうち、魏富英が一番可愛がったのは五男の李樹敏《リーシューミン》だ。李樹敏は李家の「五番目の若旦那」と呼ばれ、上品で物静かでたいそう賢く、寧羌県第一高等小学校卒業後、寧羌第一中学校に合格し、優秀な成績を修めて、卒業後は小学校校長になった。この若旦那は詩吟と狩猟が好きで、休暇中は友達を集めてよく青木川に来ては、馬に乗って山頂に立ち、風に向かって詩を吟じたりした。

ここは四川、陝西、甘粛三省の省境
風雷神が集い　鳳凰も　海の龍も　やって来る

時には狩りをしながら山中で過ごし、数日戻らないこともあった。父の警察局長は「あのへんの省境は情勢が複雑で、危ない。あまり山に入るな」と息子に警告した。しかし五番目の若旦那はまったく耳を貸さず、時には夏休みや冬休みを待たずやって来て、さっさと山林に入ってしまい、校長の職務は少しも顧みなかった。

民国十三年【一九二四年】、魏富堂は青木川で罪を犯した。地区の自衛団団長・魏文炳《ウェイウェンビン》を殺したのだ。魏文炳は極悪非道の悪人で、山中の匪賊とも結託しており、当地のやくざ組織、赤組の首領だった。魏富堂は人の下に甘んじる性格ではないうえ、自分の勢力が強くなると大胆不敵になって、ついに魏文炳を殺した。彼の言葉を借りると、「人民のために、郷里一帯を食い物にする悪の親玉を取り除いた」ことになる。

実際に魏富堂の行為は正義と言えるもので、共産党のかかげる「貧しい者が運命を変えるために、革命を起こす」という道理にたしかに合っていた。もし魏富堂がこの路線に沿ってそのまま歩み、紅軍への編入を受け入れていたら、解放後は輝かしい元帥か立派な将軍になっていただろう。

民国十三年といえば中国革命の草創期で、当時革命に参加した者で、革命の犠牲になった者のほかはみな大変な出世をしている。魏富堂の故郷の人々はのちに、「もし魏旦那が漢江に沿ってあと何歩か先へ進んでいれば、共産党の懐に入ったはずだ。まさにその数歩で運命が変わっていただろうに」と話した。若者たちにも独自の見方があり、「魏旦那には革命の指導者がいなかったことが問題だった。もし当時、映画『紅色娘子軍《こうしょくじょうしぐん》』【天馬映画一九六一年撮影。海南島の地主の小間使いだった呉瓊花は赤色娘子軍の党代表・洪常青に助け出され、洪常青の指導で共産党に入党する】の呉瓊花《ウーチオンホワ》のように指導者に出会っていれば、青木川の歴史は変わっていただろうし、魏旦那の最期も違っていただろう」と言った。

だが別の見解もあって、洪常青《ホンチャンチン》が魏富堂に歩むべき道を示してやったとしても、魏富堂は共産党に参加しなかっただろう、という。魏富堂が魏文炳を殺したのは決して「人民のため」ではなく、団長の地位を奪うためだった、魏富堂は魏文炳のお気に入りの唐鳳凰《タンフォンホワン》に惚れ込んで、密かに彼女を寝取ってしまったため、魏文炳の怒りを買い、魏富堂と魏文炳は食うか食われるかの状態だった、それは完全に内輪の争いだったのだ、という。

女のためであれ、人民のためであれ、魏富堂は殺人を犯した。青木川にはいられなくなったので、魏文炳の銃を持って夜中に逃げ出し、広坪に行って姉の夫である警察局長に匿《かくま》ってもらおうとした。すると途中で老烏と十数人の仲間が追いかけてきて言った。「青木川に魏富堂がいなくなったら、俺たちは烏合《うごう》の衆となり、今後どうしたらいいか分からなくなる。青木川を抜け出すならみな一緒に行きたい、生きるも死ぬも一緒だ」

危機に際して示された仲間の真情に感動し、魏富堂はその場で仲間と義兄弟のちぎりを結んだ。血酒【各自手を傷つけて同じ器の酒に血を垂らし、順番に一口飲んで、互いに裏切らないことを誓う】はなかったが、十数人は互いに桟道の石門で額を地に打ちつけて義兄弟の証とし、以後苦楽を共にし決して裏切らないと誓った。

老烏が言った。「広坪には行っちゃいけない。あそこでは俺たちはあまりにも目立つから、義兄の警察局長に迷惑をかけることになる。役人の手の届かない所に行くほうがいい……」。道端の林で十数人が相談していると、ちょうどそこに荷馬の一団が山道をやって来た。漢中軍閥の呉新田《ウーシンティエン》が西安軍閥の劉鎮華《リウジェンホワ》に届ける贈り物だった。一団は馬につけた鈴を鳴らしながら、ゆっくり進んでくる。護送役は相当眠いらしく、銃を担いで居眠りしながら歩いている。

誰が呼びかけたともなく、綿密な計画もなく、仲間うちで自然に各自の役に付いた。どうせここまで来たのだ、とみな思った。やろう、やれる、やりたいことはこれしかない、強奪だ！

荷馬隊は明るい所におり、彼らは暗い所にいる。呉新田の荷馬隊は、安全のため黎明どきを選んで出発したのに、よりによってこの時刻に険しい石門桟道で強盗に出遭うとは、全く予想外だった。魏富堂は一丁の銃と十数人の仲間を頼りに、何発か銃声をとどろかせ、ワアワアと鬨《とき》の声をあげた。すると烏合の衆の荷馬隊は、なんと荷物を放り出して一目散に逃げていった。

いとも簡単に手に入った収穫で、魏富堂たちは興奮した。なんだ、強盗とはこんなに簡単なものか。痛快だ！

夜が明けて、奪った荷物を見ると、それは十担【肩で担げる程度の重さの単位】のアヘンだった。

魏富堂たちは陝西省内に留まるわけにはいかず、捜査が及ばないよう、すぐに収穫物を持って南下し、広元《こうげん》県【寧羌県の西南、四川省にある。現在は市】に向かった。広元は四川省と陝西省の境にあり、両方の政府の目はここまでは届いていなかった。旧時の広元には、もろもろの派閥が集まっており、青組、赤組などの秘密結社、それに河南省の紅槍会【かつての義和団の者が結成した組織。のち共産党に指導された】さえここに出現していた。四川省は昔から秘密結社、匪賊、ごろつき兵などの天下で、広元は主にアヘンと銃を商う闇市場だった。

魏富堂は商売人を装い、仲間と荷物を携えて、嘉陵江《かりょうこう》【甘粛省から陝西省を通り四川省へと流れる大きな河で、重慶市で長江に合流する】に沿った宿屋に宿泊した。宿の裏門は埠頭に通じ、河には舟が往来していて、流れを下れば重慶だった。宿の表門は四川省と陝西省をつなぐ大通りに面し、南に行けば成都、北は寧羌、西は徽県と、四方に通じていた。

宿の後ろの窓から、魏富堂は遠く河の対岸にある皇沢《こうたく》寺《じ》を眺めることができた。山の崖に沿って建てられたその寺は、広大で荘厳だった。岩肌に彫られた大きな仏像、木々の間から立ち上る線香の煙、石段を行く人々の賑わい。魏富堂はそれらに強く心を動かされ、無限の憧れを覚えた。この寺は則天武后【唐代六九〇～七〇五在位、中国唯一の女帝】一族の寺だった。中に則天武后の座像があり、本人と全くそっくりにできているという。魏富堂は則天武后が何者かは知らなかったが、祀《まつ》られているのが女性であることは知っていた。それは劉二泉とは全く違うタイプの女性だった。人々が線香をあげるその女性に心惹かれ、世の中で最も見識があり能力のあるのは女性であり、男は大した存在ではないように感じた。

広元の街は商店が繁盛し、美味しい食べ物があり、行き交う人々の服装も華やかで、山国からは想像もつかない賑わいがあった。ここに比べると、青木川は大きい山があるだけで、まったくの田舎だ。広元の一切が魏富堂にとっても、十数名の田舎の若者にとっても大きな誘惑と吸引力に満ちていた。しかし魏富堂は前もって仲間に、半歩でも外に出るのを禁じ、これを破ったものには手元の拳銃が容赦しないと言い渡した。

老烏が連絡係になり、細心の注意を払ってやりとりした結果、アヘンは無事に売れて、なんと銀貨三万元が手に入った。魏富堂一行は軽装になって広元を後にし、陝西省の仏坪県の都督門《ととくもん》に隠れた。ここは儻駱古道《とうらくこどう》【蜀道の一ルート。周至県から厚畛子、華陽を経て漢中の洋県に到る】の荒れ果てた宿場で、周囲はすべて原始林だった。南へ四〇キロ行くと華陽という古い鎮で、東へ四キロ行くと仏坪県城だ。

しばらくして老烏は、広元から都督門に銃の包みを数個運んできた。仲間たちが大急ぎで藁に包まれた荷をほどくと、ピカピカの小銃が入っていた。すぐ各自が一丁ずつ背負い、一同ようやくほっとすることができた。老烏は魏富堂のために拳銃を一丁買ってあった。魏富堂はたいそう気に入り、それ以後四六時中ベルトに差し込んでいた。これで立派な首領の風格が備わった。

こうして、匪賊の一団が立ち上がった。

しかし十数人では所詮、弱小だ。魏富堂はその後、王《ワン》三春《サンチュン》の元に身を寄せ、しっかり王三春に付いて数年の年月を過ごした。この数年の匪賊人生は、彼の経歴に消すことのできない汚点となった。

王三春は中華民国史上よく知られた匪賊である。馮小羽が王三春の資料を調べるのに、何の苦労もなかった。地元の歴史資料館には王三春に関する分厚い資料が何冊もあり、鎮巴《ちんは》県の政治協商会議編集の王三春に関する年譜は、すべて殺人放火の悪行だった。

王三春は四川省平昌県の農民出身で、学校に通ったことがあり、性格は残忍で喧嘩好きだったという。郷里で喧嘩をし、殺人放火で事件を起こしたりしたあと、匪賊集団を結成。その後仲間を率いて陝西省漁渡鎮に行き、まず区長の王応欽《ワンインチン》を殺し、翌日市場を襲い、それから陝西省南部に落ち着いた。彼は国民政府の帰順の呼びかけに応じて「四川陝西境区ゲリラ司令官」になった。しかし自分の原則「呼びかけには応じるが改編には応じない」、「命令には従うが改編には応じない」をくずさなかった。

この考えは多少なりとものちの魏富堂に影響を与え、魏富堂は国民政府とずっと対立状態を続けた。王三春は典型的なプロの匪賊で、「国賊・蔣介石を生け捕りにせよ」というスローガンを掲げ、自らを「陝南匪賊討伐総司令官」に任命して、匪賊の羅玉成《ルオユーチョン》を計略にかけて生け捕ったり、紅軍の第四軍と戦ったり、国民党に頑なに対抗したりした。これはいったいどんな人物なのか、どんな性格なのか、実に複雑で分かりにくい。

王三春の活動範囲は陝西の二十余りの県に及び、兵力は四個連隊で総勢五千人余りもいた。彼の権力は、自分を県長に任命するほど強大で、税収局を設立し、集めた金は全部自分で消費した。彼の根拠地・鎮巴県【漢中市の東南】にはひととおりの組織が揃っていた。部門が八つあり、軍需部、衣服管理部、医務部、兵器部、それに造幣局、国境警備隊、少年団、鉄血大隊となっていた。「中華救民鎮槐党」を組織し、南京武術学校からコーチを呼び、彼と妻たちに武術を教えさせた。まるで独立国さながらの編成だった。

「匪賊討伐司令官」を名乗る本人が悪の限りをつくすという、悪名高いこの大盗賊は、中華民国の笑い話と言える。民衆は彼の非道に耐えがたく、蔣介石も四川・陝西・甘粛三省に「国境地帯駐在軍は守りを固め、攪乱されぬように」と軍事通達を出した。これは王三春を特定しての命令だった。

抗日戦争が始まってからは、蔣介石は部下を派遣して王三春の軍を取り込もうとしたが、王三春はその使者に「蔣介石は俺に指図する資格はない。俺は施しはいらない。彼の青天白日旗の裏には下心がある。俺はその企みを暴く」と言い放った。また紅軍が抗日戦のために彼の縄張りを通って北上しようとしたときには、王三春の一個大隊の阻止を受けた。交戦地は回龍駅で、指揮をしたのは魏富堂だった。

王三春の「鉄血大隊」は組織内で最も残忍な勢力で、鉄血大隊の兵士は小隊長という特別待遇を受け、王三春が庶民を痛めつけるときの思い通りになる道具だった。鉄血大隊の話になると自然に魏富堂につながった。魏富堂は鉄血大隊の隊長を任されていたので、この地位のせいで、その後の取り調べの際、多くの殺傷事件とかかわりがあるとされ、彼の重要な罪状となり、処刑される理由の一つになった。

実際には、いくつかの事件は魏富堂と関係がなかったのだが、責任を問われても弁明しようがなく、弁明もしなかった。たとえば鎮巴の町で佘家《ショー》の嫁さんが、「明日は『打春』【立春のこと】だから娘の黄花《ホアンホワ》に餅《ピン》【小麦粉をこねて焼いたもの】を買って食べさせよう。娘は餅が食べたくて待ちきれないでいるから」と言った。

この話を王三春が聞いて、カッとなった。彼は「打春」という言葉を忌《い》み嫌《きら》っていた【春を打つという意味にもなり、王三春の名に「春」があるから】。翌日街で佘家の嫁さんが、買ったばかりの餅を娘に手渡そうとしたとき、鉄血大隊の兵士に後ろから刀で突き刺された。餅は手から落ちて遠く坂の下まで転がった。娘の黄花はその餅の行方に気をとられ、拾いに行って急いで戻ると、母親は血だまりの中に倒れていた。餅はまだ熱々で、娘は母親に温かいうちに食べさせようとしたが、母はもう話もできなかった。白日のもと、大衆の面前で起きた殺戮《さつりく》。鉄血大隊の犯す殺人は、このように理由もなく大義もなく、いとも簡単だった。女の子の父親が走り寄って、王三春と鉄血大隊の魏富堂を罵ったが、周囲の人に制止された。

　その後、父親は娘を連れてよそに逃れ、身を隠した。解放後の悪事摘発運動の中で、この黄花という名の女性が名指ししたのは、王三春と魏富堂だった……。

4

　馮小羽は歴史資料を調べていて、魏富堂のある供述に目を止めた。それは轆轤把《ルールーバー》教会の襲撃だった。馮小羽は自らの教養人としての問題意識から、この襲撃事件が魏富堂に与えた衝撃の大きさを感じた。その自白調書の中で魏富堂は何度も「初めて」という言葉を使っていたのだ。それも初めての殺人や初めての略奪ではなく、初めて「見た」のだという。見たのは、テーブルクロス、ナイフとフォーク、オルガン、電話などだった。つまりこのときの襲撃で、彼は現代文明に出合い、文明の具体的な姿が醸し出す魅力を知ったのではないか。それが匪賊魏富堂に自己を問い直させ、もっといえば自分の生き方に疑問を生じさせたのではないか。馮小羽はのちにそう総括した。

　魏富堂の匪賊としての経歴の中で、この教会襲撃は、取り上げるほどのことはない、ごく普通の襲撃だった。しかし魏富堂はその襲撃をほかから離して、それだけを一つの事件として自白した。内容自体はわりあい単純だったが、馮小羽はその単純なところから微妙な意味合いを読み取った。「ナイフ、フォーク、青い目、オルガン、電話、自動車」という単語が、当時の情景をまざまざと物語っている。

　魏富堂が教会に突入したとき、イタリア人神父はちょうどゆったり朝食をとっていた。テーブルの皿には焼きたてのクロワッサンがあり、コーンスープがほかほかと湯気をたてていた。そして混血の修道女エミリーがそばで細やかに仕えていた。

　エミリーの素性はあいまいだ。轆轤把教会付近の村では時々可愛い混血の子供が生まれたが、エミリーもその中の一人だった。生まれ落ちたとき家族に受け入れられず、ひそかに教会の鐘楼の階段の下に置かれた……それを鐘突きの解《シエ》老人が発見し、引き取って育てた。解老人の奥さんは「この子は雑種の苗のようなものだね」と言って、ナエ、ナエと呼んでいたが、神父様がエミリーという正式な名前をつけてくれた。エミリーは東洋人の体つきに西洋人の彫りの深い顔立ちをしていて、金髪で目は青かった。その青い瞳は、誰でも一度見たら忘れられないほど澄んでいた。解老人は言った。「エミリーは天使だ。混血の天使だ」

その日の陽光、生花、白いテーブルクロス、ピカピカのナイフとフォーク、テーブルのそばにたたずむ天使、それは早朝の静謐《せいひつ》な絵のようだった。魏富堂は押し入ったとき、真っ先にこのような光景を目にしたのだった。

広い教会に銃声が続き、職員は四方に逃げた。匪賊たちは銀の食器や値打ちのあるものを袋につめ、神像を打ち砕いた。そして女性信徒の衣装を剥いで柱の後ろにひきずった……。神父は外の騒がしさを耳にし、何が起こったか知っていたはずだが、殺気立った魏富堂を前にして、心からの微笑を浮かべ、立ち上がって抱擁する姿勢をとった。その刹那《せつな》、魏富堂の心が一瞬揺らいだ。部屋の装飾と、まったく未知の雰囲気に気圧《けお》され、神父の落ち着いた友好的な態度が理解できなかった。そして自分が何をしに来たのかを、ふと忘れた。彼が相対したのはつまるところ何だったのだろう。

魏富堂の見た神父の朝食は、決して簡素な野菜入り団子ではなく、よくあるトウモロコシのお粥でもなく、見かけも香りも初めて出合うものだった。「そのピカピカした物は何だ」。彼が聞くと、神父は言った。「ナイフとフォークです」。このとき、まったく白紙だった魏富堂の外国語知識に「ナイフ」と「フォーク」の二語がしっかり刻まれた。けれど、その二つが中国語の「刀《ダオ》」と「叉《チャー》」だとは、生涯知らなかった。

彼はさらに神父の案内で、冷蔵庫を見、オルガンを見た。神父は軽くいくつかの音符を弾いてみせた。オルガンの音が大きく響きわたり、彼の神経に戦慄が走った。「これは天国の音です」と神父が言った。その旋律は魏富堂を夢見心地にした。銅鑼や太鼓や爆竹とはまったく違う響きだった。

魏富堂は電話を指して尋ねた。「これは何に使うのだ」。すると神父は「話をするものだ」と言いながら、模範を示すふりをして軍隊の友人に電話をかけ、英語で言った。「我々は匪賊に襲われている、軍隊を派遣してくれ」

魏富堂は神父に騙されたのだ。彼が西洋の品々を鑑賞し、エミリーの青い瞳にひきつけられているうちに、軍隊が教会を包囲した。軍隊は車で来たので、馬とは比べものにならない速さで到着した。双方の激戦が始まったとき、魏富堂は初めて夢から醒め、電話や自動車や西洋語の威力を身をもって知らされた。

王三春が駆けつけて、何のためらいもなく神父を射殺し、さらにエミリーに銃口を向けた。エミリーの澄んだ瞳が懇願するように魏富堂を見つめた。魏富堂は思わず王三春の銃口を押しやり、銃弾は柱の彫刻にあたって天使の頭が粉々に砕けた。エミリーはすきを見て逃げた。

この轆轤把教会襲撃は軍隊が介入したため、王三春の損害は大きかった。それまで匪賊は正面切って軍隊と戦った経験がなかったため、教会に押し入った約百名のうち生きて逃げられたのは十分の一もいなかった。王三春は、襲撃の失敗は、魏富堂がためらい軽々しく相手を信じたせいだと言い、彼の軟弱さと好奇心を責めた。そしてこの襲撃が、魏富堂と王三春が袂を分かつきっかけになった。

魏富堂はずっと教会の朝の光景が忘れられなかった。見たこともない珍しい品々、あのような暮らしは神の生活に違いない。劉慶福や魏文炳の暮らしとは比べ物にならないほど素晴らしく、匪賊の人生よりも当然遙かにすぐれていた。神父が筒に向かってちょっと外国語をしゃべると、車が兵隊を運んできた。まったく不思議だ。世界には彼の知らないことがあまりにも多く、彼の頭では考えもつかない。匪賊の金品略奪行為などたいした能力ではない。電話や車や外国語、あれらを使えてこそ有能と言えるのだ。

現代文明への興味が芽生え、魏富堂の人生の方向は少しずつ匪賊から遊離していった。その後、朱美人と出会ったことで、彼の生き方は徹底的に変わりはじめた。

魏富堂の自白調書に朱美人についての子細はなく、朱美人の記録はないに等しい。けれど馮小羽の調査で、華《か》陽《よう》という古い鎮に、今でも彼らについての言い伝えが、いくぶん芝居がかって残っていることが分かった。二人の出会った芝居小屋は鎮の中にまだ堂々と立ち、ペンキ塗りの看板がかかり、その繁盛ぶりはあのころを遙かに超え、縁日やお祭りには各地の劇団が芸を披露している。ただ、その賑わいの中にもう朱美人の姿は見られない。

華陽鎮に昔、三台寺という三階建ての大きな寺があり、広大な敷地は数百畝《ムー》【百畝は六・七ヘクタール】もあり、馬に乗って門を閉めに行ったとも伝わっている。この三台寺で一九三〇年代中頃のある縁日に、戯曲よりすばらしい芝居が演じられた、と語りつがれている。

その日、舞台の前は黒山の人だかりだった。周至の秦腔一座が華陽で演ずる最後の一回で、終演後、主演女優・朱彩鈴は駐屯していた王長官に何人目かの妾にされて、華陽の家を管理することになっていた。王長官は駐屯する地域すべてに女を置いて留守をさせていた。人々は彼を「三つのことを知らぬ長官」と呼んでいたが、それは自分の財産がどれくらいあるかを知らず、自分の兵隊が何人いるかを知らず、妻が何人いるかを知らないという意味だった。長官の特権で、一座がその縁談を断れば、一座の者はみな生きては華陽を出られないと言い渡された。朱彩鈴はもちろんいやだと言ったが、叔父が「役者の運命はこんなものさ。金持ちの妾になれるならまだいい」と諭した。朱彩鈴が運命とあきらめれば、一座の者は三百元の銀貨を受けとって十数人で分け、身の安全が保障されてそれぞれ自分の道を歩むことができるのだ。

その日、朱彩鈴は泣きながら舞台に立った。銅鑼《どら》や太鼓が鳴り、舞台の穆桂英《ぼくけいえい》と楊宗保《ようそうほ》の戦いぶりに観客が酔いしれているとき、魏富堂と王三春が華陽鎮に突入してきた。華陽鎮は蜂の巣をつついたような大騒ぎになった。劇を観ていた王長官は、銃声を聞くと立ち上がって銃を抜き、軍隊を指揮して反撃しようとした。だが匪賊がどこから来たかよく分からないうちに、魏富堂によって舞台の下で銃殺された。

朱彩鈴は内心大喜びし、思わず発砲した魏富堂をよくよく見ると、その顔には見覚えがあった。舞台にいた楊宋保たちはみな逃げて影も形もなく、ただあでやかな穆桂英ひとり舞台に残っていた。穆桂英の衣装は太陽にかがやき、頭の二本の長い雉の尾羽飾りは、舞台化粧した英気あふれる顔を引き立て、このうえなく魅力的だった。

魏富堂は一目で穆桂英に惚れ込んだ。自分の相手はこのように美しく勇敢で豪気にあふれているべきだ、と彼は思った。穆桂英は魏富堂が自分を見つめているのを見て、恐れることなく槍を背中に挿すと、蘭華指の手つきで【中指を曲げ、親指で押さえて、ほかの指は伸ばす。蘭の花に似る。京劇でよく見られる】魏富堂を指さして言った。

「そなたは何者じゃ」

魏富堂は喜んで、握った手を胸の前で合わせて、答えた。「われ、魏富堂と申す」

穆桂英は槍の端を横にすると三歩歩いて言った。「ややあ、どこのお方かと思えば、思い出した。青木川で尻を丸出しにしてロバに乗っていた婿どのか……」

鉄血大隊の仲間たちも親分と舞台の女役者とのこのやりとりを見て、面白がって近づき、ワーワーとはやしたてた。

魏富堂が穆桂英に聞いた。「みな逃げたのに、お前はなぜ逃げない？」

穆桂英は急に涙ぐんで、「行くところがありません」と言った。

「俺に殺されると思わないのか？」

「私を殺すはずがありません」

「そうとは限らないぞ」

「お互い天涯さすらいの身、出会えばもう知り合いでしょう」【白楽天の詩『琵琶行』の二句】

「それなら俺について来るか」、魏富堂がそう言うと、

「来いというならついて行きます」と穆桂英が答えた。

それを聞くと魏富堂はさっと腕を差し伸べ、彼女を彼の馬に跳び乗らせた。二人は一匹の馬にまたがり街を駆け抜けた。その日、華陽のたくさんの人がその光景を見た。舞台装束のままの穆桂英を、匪賊の頭目が腰に手を回して抱き、風のように西門を走り抜けるのを。

目的地に着き、魏富堂が化粧を落とした穆桂英を改めて見ると、化粧をした顔よりずっときれいだった。

「なんてきれいなんだ！」。魏富堂が思わず叫んだ。

二人はじっと見つめ合い、湧き上がる感情のままに一緒に倒れ込んだ。そして辺りに人がいようがおかまいなしに、抱き合ってベッドに入った。靴が三つ、部屋のあちこちに散らばり、最後の一つは蚊帳の中から放り投げられた。

こうして朱美人という呼び名はあっという間に広まった。その後、朱美人は魏富堂について各地を駆け巡った。拳銃を両手で使い、その勇猛果敢さは男に劣らなかった。

朱美人は魏富堂に、貧乏人や無実の者を殺さないよう厳しく戒めた。彼女は規則を作り、鉄血大隊の目的は、富める者をやっつけ貧者を救うこと、すなわち『水滸伝』

の英雄豪傑のように天に代わって正義を行うこと、と方針を決めた。

部下に対しても明確な規定を設けた。一人旅の旅人、女、老人、子供を襲った者は罰する。しかし役人はかまわない、良心的な役人だろうと悪徳官吏だろうと、鉄血大隊の縄張りに入ったら、攻撃してよい。悪徳官吏なら殺して財産を没収する。良心的な役人なら財産は半分返し、片耳を切っておく。取り上げた財産は毎回九等分し、そのうち二つは積立て、一つは情報提供者の褒美にし、四つは全員で分け、一つは直接戦った者の奨励とし、残った一つは過去の死傷者の家族に与える……。

朱美人は高度な社会意識と組織作りの才能があり、六十年前としては稀有《けう》な逸材だった。もし今生きていたら、きっと有能な企業家になっていただろう。

一年後、朱美人は魏富堂のために女の子を出産した。魏《ウェイ》妞妞《ニウニウ》と呼び、目に入れても痛くないほど可愛がった。そして漢中の米穀商・孫泰増《スンタイゾン》の家に里子に出した。それが魏金玉《ウェイジンユー》である。朱美人は愛情深く、数日ごとに漢中に通い、娘を胸に抱きしめては別れを惜しんだ。米穀商は言った。「そんなに可愛いなら今の生業から身を引いて、戻って落ち着いて暮らせば子供も落ち着ける」。朱美人自身も本当にそう思うと言った。

王三春は、飼っていた一対の九官鳥が猫に食われてしまったため、鎮巴県城の屋根の上にいた猫を捕まえろと命じ、猫を捕まえたら腹を裂き、腹から鳥が出てきたら猫の飼い主も一家皆殺しにするとまで高言した。そのため県城中の庶民は震えあがり、ひざまずいて懇願した。鉄血大隊の兵士も、そんな仕事はばかばかしいと思った。頭領のために猫を捕まえるなんて……。

またある日、匪賊の兵営の旗が倒れた。匪賊のしきたりでは、旗が倒れたら人を殺さなければならない。そこで王三春は村に行って村人を一人捕まえて殺し、それから旗を起こした。捕まえた村人は魏富堂の料理人で、その日ちょうど故郷へ帰省していたところだった。

王三春は、酒を飲むのに酒の肴がないと、鉄血大隊から人質を引っ張ってきて、胸を裂き、背中を足で蹴った。すると心臓が飛び出る。これは王三春がたくさんの人質を使って身に付けた凄技《すごわざ》だった。取り出した心臓は生で切って肴にしたが、脂っこい場合は炒めて食べた。

こうした王三春による災難は放射状に広がり、秦嶺・

大巴山地域で被害にあわない地域はなかった。さらに鉄血大隊は、南鄭県から資産家・陳百万《チェンバイワン》の娘を誘拐し、五百丁の小銃と三千元の銀貨と千五百着の軍服を要求した。陳百万がそれらを揃えて請け出しに来たとき、彼の娘はとっくに埋められていた。魏富堂はそれをひどく不快に感じ、王三春に意見した。「約束は守るべきだ」。すると王三春は「俺は君子じゃない。匪賊だ。そもそも匪賊はなんでも思うままにやるもんだ、信義なんぞねえ」と言った。魏富堂が「盗人にもそれなりの規則がある。何をするにも信用が第一だ。頭領がこうだと、間違いなく俺の鉄血大隊の名がすたる。こんなことをしていると今後この世界では食っていけなくなる」と言うと、王三春は「俺自身が世界なんだ！　言うことを聞かないやつは一日も生かしておかん」と息巻いた。

その後、王三春は儻駱道の南端の西郷へ行き、婦女子四、五百名を殺し、数百軒の民家を焼き払った。また紫陽県に入り、数百軒の家を焼き払い、おびただしい人を殺した。このとき魏富堂は、自分の部下を引き連れて仏坪県の都督門にこもり、一人の兵も出さず、公然と協力をこばんだ。

そのころ日本軍は黄河北岸の風陵渡【山西省南西部にある、黄河をわたる大きな渡し場】を占領し、隴海線【甘粛省蘭州市から江蘇省連雲港市まで東西一七五九キロの鉄道】を砲撃、西安はいつ日本軍に占領されるか分からない情勢だった。抗日戦争が最も激しかったとき、王三春も山で最も大暴れした時期だった。ついに陝西省主席兼西安陣営司令官の蔣鼎文《ジアンディンウェン》は謝輔三《シエフーサン》に、「匪賊を退治し、王三春とその鉄血大隊を全滅させよ」と命じた。

このとき蔣鼎文は最大の兵力を投入した。蔣介石からも「代価をおしまず王三春を全滅せよ」との密令があった。蔣介石は、王三春が陝西省南部に新たな根拠地を作って、さらなる混乱を招くことを憂慮していた。

謝輔三は砲兵部隊を使い、王三春の設営地に猛襲をかけた。王三春は林に退却し、政府軍と林で応酬するしかなかった。平素から王三春は無差別の殺人など、あらゆる悪行をしてきたので、民衆の信望はなく、行く先々で支持を得られないだけでなく度々密告された。掃討作戦で身を寄せる所もなく、時には一晩で五、六回も移動しなければならなかった。

部下たちは、衰えた勢いを巻き返す見込みもないと見ると、ちりぢりに逃げ出した。年末には、数千人いた部隊が百余名しか残っていなかった。

魏富堂も、王三春について行くと破滅する見て、早々に関係を断つ必要を感じていた。そこで機会を見て、道を探るという名目で、老烏たち側近をつれて密かに王三春から離れ、山奥の仏坪に隠れた。

この行動は王三春をひどく怒らせた。王三春は、漢中に娘を訪ねてきた朱美人を捕まえ、人質とした。さらに魏富堂が隠れている仏坪の都督門地区に対して憎しみをつのらせ、仏坪を襲撃する機会をさぐっていた。

5

仏坪《ぶっぺい》は道光五年【清の後期、一八二五年】、儻駱道沿いにできた町である。青木川から五〇キロ離れた所にあり、人口が最も多かった光緒八年【一八八三年】には二、三千人ほどの住民が暮らしていた。ここには国営の材木販売所や個人経営の店があり、町の東には木場、鉄工場、製紙工場があり、南には漢白玉【白色の石で、主に建築材料】の鉱床があった。住民の来歴をたどると、多くが災難や災害を逃れてきた流れ者で、疑い深く不愛想で、親戚や友人といったつながりが薄かった。そのため治安面で地元の役人も手を焼いていた。周囲の深山には、大勢人を殺してきた盗賊も、格好の場所として潜んでおり、なにかと災いの種となり、仏坪の脅威となっていた。

秦嶺《しんれい》周辺の気候は独特で、よそが大旱魃《かんばつ》でもここ仏坪はしばしば豊作に恵まれ、鮮明な対比をみせた。そのため周囲が飢饉に見舞われた年には、何千人もの難民が群れをなし、老人・子供を抱えて所帯ごとぞろぞろと、山道に沿ってやって来た。彼らは、夜はほこらや洞窟に眠り、荒野や密林で石を積んで竈を作り、柴を拾って煮炊きした。そして地元の農民から土地や穀物を借りて種を植え、とりあえず粗末な小屋を作って風雨をしのいだ。

原始林の奥地はじめじめして陰気で、狐や狼が出没し、収穫は容易でなかったが、くじけなかった。数年後には成功する者も現れ、山畑を抵当に入れて家を建てて落ち着き、流れ者が土着民になっていった。

こうして秦嶺一帯はいつも土着民より流れ者が多く、仏坪で見知らぬ顔に出会うのは珍しくなかった。

その年の冬から春へ移るころ、この仏坪県城の運命を根底から変える大事件が発生した。

三月、山の天気はまだ冷たかった。斜面に積もった積雪はまだ完全には溶けず、山陰の氷は固く垂れ下がっていた。四川省方面からの温かい風が、魯班寨《ろはんさい》の峰にさえぎられて、向こう側に頻繁に雨を降らせ、こちら側はどんよりした灰色の雲に覆われていた。男たちは囲炉裏を囲んで狩りの相談をし、女たちはブリキの切れ端で芽の出たジャガイモの皮を剝いて、晴れたら晒して干し芋にする準備をし、食糧不足に備えようとしていた。

東の門の内側にある賭博宿「栄聚站《えいしゅうたん》」からは、夢中で賭博に興じる人々の叫び声や、さいころの音が聞こえ、喧々囂々《けんけんごうごう》とした宿には、仏坪の博徒《ばくと》があふれていた。博《ばく》打《ち》に加わる者は、県城の閑人、県城警備の兵士、それにどこから来てどこへ行くのか分からない流れ者などだった。知った顔もいれば知らない顔もいたが、賭博場で会えば紹介の必要はなく、対戦相手となり仲間になった。

賭博に集まった者の中に、魏富堂と鉄血大隊の腹心の仲間もいた。彼らはいろいろな姿に変装して栄聚站に泊まっていた。青木川にじかに戻ることはできなかったので、わずかな人的戦力を温存するため、雑多な人間が入り混じる辺鄙な仏坪で、ひそかに時期を窺っていた。

魏富堂は賭博に参加せず、隅で静かに、チョウだハンだと騒ぐ人々を見ていたが、ある日その目が光って警戒と不安が浮かんだ。

賭博テーブルで魏富堂が目をとめたのは、見覚えのない異様な顔だった。「栄聚站」の客をみなはっきりと知っているわけではないが、その人物だけは彼の注意を引いた。靴に残雪が付いていて、南の魯班寨から来たことが分かった。魯班寨は険しい高山で、六月になっても雪が解けない。人も住んでおらず、狩人さえめったに足を踏み入れない。靴の雪がまだ解けていないということは、すさまじい速さで山を下って一刻も休まず賭博場に来たことを示していた。こんなに急いでいるとは、きっとはっきりした目的があるに違いない……。

賭博場の西には教育署を隔てて県の役場があり、役場の庭は、早々と春の息吹が感じられた。中庭の窓の前に、かぼそい黄梅の木がおずおずと二、三の蕾をつけ、肌寒い風にかすかに揺れていたのだ。県知事の車正軌《チョージョングイ》は、その花の前に長いこと立っていた。東側の賭博場の喧騒と、西の監獄からの阿鼻叫喚《あびきょうかん》が、ほとんど同時にこの寂しい庭に伝わってきたが、それらの音は知事にとって日常茶飯事、水のせせらぎや小鳥のさえずりと同じだった。

車正軌の心は花にあった。この花は彼が赴任してきたとき、東の財神嶺の財神寺から自らここに移植した。春を迎えること三回、一度も咲かず枯れるかと思われたが、任地を離れる今になってなんと花が開いた。彼はこれを吉兆と感じた。明日、彼は正々堂々と、この野蛮でうら寂しい古い町から脱出することができる。だが仏坪の人にとって、この黄梅はめでたい花ではなかった。たとえ春一番に咲いて、みずみずしい姿で寒空に春を告げるとしても、この花はふつう墓地に生えているため、地元の人は忌み嫌っていた。車正軌はそんなことは気にしなかった。花は花であり、何もこじつける必要はなく、花をめでるという点で、黄梅は牡丹と同じ効果があると思っていた。

車正軌は仏坪での任期満了を迎え、前日に荷物を片づけ、あとは新知事を待って引き継ぐだけとなっていた。引き継ぎが終わったら、すぐに漢中に戻って復命し、その後故郷に帰って半月休養しよう。妻子に会い、地元の芝居を鑑賞したり友に会ったりして、久しぶりの文化的な生活をたっぷり楽しもう……。いよいよここを離れられると思うと、肩の荷を下した解放感が湧いた。

周囲に幾重にも重なる山々、険しい道、単調な味気ない物質生活、処理が難しい政務や税務、毎年の自然災害、日増しにひどくなるアヘンの不法栽培や密売、絶えまない盗賊の襲来、これらは彼に数多くの苦い経験をさせ、すっかり心を疲労させた。赴任したばかりのころは、何人かの密売者を捕まえて西門外の岸辺で首を斬り、遺骸を三日晒して見せしめにしたりした。しかしそれでもアヘンを禁じることはできなかった。逆に問題は手を付ければ付けるほど難しく、整理すればするほど複雑になった。頭を悩まされて彼はやる気をなくした。やっとこの懊悩《おうのう》から解放される……。

車県知事は両腕を組んで袖に入れ、花をめでながら、仏坪での最後の一日を過ごしていた。

新知事・張治《ジャンジー》はランプを灯すころ到着した。張知事は玄関を入ったとき顔色があまりよくなかった。なんでも秦嶺の凍った険しい山道を這《は》って越えてきたそうで、荷物の一つは谷底へ転げ落ちてしまったという。彼はこのようなひどい目にあったことがなく、険しい道も、悪天候も初めてだった。彼はへなへなとようやく知事室の敷居をまたいだ。そして車正軌を見ると、まるで肉親にでも会ったように、長い間手を握ったまま言葉が出なかった……。

その晩、新旧二人の知事は薄暗い県事務所で、差し向かいで酒を飲んだ。張知事は車知事の送別会として、車知事は張知事の歓迎会として、互いに酒を酌み交わした。肴は山菜、酒はどぶろく、豆のように小さい灯りと消えかけた火鉢のそばで、二人の知事は黙々と飲みつづけ、ほとんど口を開かなかった。互いに言葉につくせない疲労感があった。一人は心労、一人は身体の疲れだった。二人は職務交代の手続きを明朝一番に進めることを約束した。そのときには県書記官や各課の課長たちも、みな参加することになっていた。

早々に床についた二人の知事は、奥の東の間のベッドに、頭と足を反対に向けて寝た。秦嶺以南ではオンドルに寝る習慣がなく、蚊帳を吊った大きな木のベッドが一つだけ知事のために備わっていた。彼らはそのベッドに詰めて一緒に寝た。掛け布団は来客用を使った。旧知事は荷物をまとめてしまったし、新知事の荷物はまだ解いていなかった。両方の荷物は、ふた山に分けて奥の間に積んであった。月光が雲の合間から窓の格子を通して荷物を照らし、冷たい光を反射させていた。

たぶん掛布団の匂いのせいだろう、知事は二人とも熟睡できなかった。

その日の夜中、ひそかに仏坪の城門が細く開き、さっと押し入った者がいた。その一群はまったく声を立てず真っ直ぐ役場に向かった。人々は犬の吠える声を聞き、道を急ぐ足音と低く叱りつける声を聞いたが、それらの物音はすぐに止んで静かになった。山間《やまあい》の住人はこの程度の小さな物音を気にかけなかったが、翌朝、県役場から出てきた人の尋常でない顔色や、役人たちのおたおたする様子や、耳打ちする兵士の顔から、県に一大事が起こったことを知った。聞くところによると、車正軌・張治両知事様は匪賊に連れ去られたという。仏坪の住民に宛てた書き置きがあり、魏富堂を財神嶺に連れていけば両知事と交換するという。

いっとき、仏坪の人々はびくびくしていた。県の護衛はどうしていたのか、知事を守らず目の前で拉致されるのをただ見ていたのか、みな不思議に思った。事情を知る者の話では、町の警備兵は三十人に満たなかったそうだ。一方、その晩密かに襲撃した匪賊一味は、小銃やピストルを持ち、万全の装備だった。しかも内通者がいてこっそり城門を開け、やすやすと一直線に県役場に向かったという……。町内の住人は雑多で、まとまりのないことが災いした。

どこへ行けば魏富堂を探せるのか。仏坪の人々は魏富堂の顔さえ知らなかった。早朝、栄聚站の番頭が役場に呼ばれ説明したところによると、宿泊していたうちの十数名の「客」は、一夜のうちに消えた。不思議なことに、それだけの人数が立ち去るのにまったく音をたてず、誰にも知られず、いつ去ったのか店主にも分からないという。

いろいろな噂が飛び交い、ある者はその十数名は昨晩来た匪賊の仲間だと言い、ある者はたぶん賊の要求した魏富堂で、情報を得て早々に逃げたのだろうと言った。

四日目の朝、山を下ってきた人が、「財神嶺の寺の裏に死体が二つあった。服装からみて農民ではないようだ」と言ってきた。県役場がすぐに数人を財神嶺廟に派遣した。石のかたわらに、無造作に捨てられた首のない死体が二つ見え、衣服から二人の知事だと分かった。知事たちは首を打ち落とされており、頭部は斜面をどこへ転がったのか分からなかった。首から噴き出た血が、あたりの草を遠くまで赤く染めていた。そこで手分けして一方は頭部を探しに行き、一方は町に棺桶を用意しに戻った。

翌日午後、二つの遺体がむしろにくるまれて山から担ぎおろされ、あわただしく作った棺に納められて、西門外の接待用東屋に置かれた。血生臭さが、棺の前を通ったとたんに鼻を突いた。誰も中の遺体に近づいて別れを告げようとはせず、ただ棺に向かって別れを告げた。弔いを述べ、線香をあげ、紙銭を焼くにもひっそり行った。周りの群集の中にまだ匪賊の「目」があるかもしれず、また野次馬の中に魏富堂がいないという保証はなかった……。

二つの棺は西門外の川辺に近い河原に埋められた。ここはそれまで匪賊を処刑する場所だった。匪賊を処刑すると、頭部は城門の上に掛け、死体は野良犬や野獣の餌食にした。この恐ろしいやり方は、歴代の知事が匪賊に警告するために行ってきた。今、その処刑の場所に匪賊を処刑した知事が埋葬される。まるで冗談のような話である。

知事が二人も殺されたため、もう後任に就こうという者はいなかった。裕福な住人は、次は自分が誘拐され、魏富堂を要求されるのを恐れ、貴重品を携えていち早く逃げていった。翌年の春、車正軌の家族が来て、泣きながら棺を掘り出し故郷に運んでいった。張治の墓は依然として西門外にあり、そこに曲がった小さい木が生え、うら寂しい様相を呈していた。だが人々は彼の墓を「張公墓」と呼び、一日も任務につくことのなかったこの県知事に、かえって好感と懐かしさを覚えるようになっていた。何年も経って張家の家族がやっと来て張治の墓を移した。人々は「張知事は幽霊になって県の任期を満了した。責任を果たした地方長官だ」と取り沙汰した。この幽霊知事の任期中、仏坪に新知事が来て仕事をさばくことはなかった。殺されるのを恐れて赴任してこなかったり、来ても県役場で執務せず、知事の印鑑を持ってあちこち逃げ回ったため、仏坪の役場は亡命役場となった。ここを守る「県知事」はあの幽霊知事、張治だけだった。

一つの県城がこのようにして荒れ果て、すたれた。

これは百年近く前の出来事で、この間、人々は去り、木が生え草が茂り、パンダや金糸猴《きんしこう》がやって来た。二十世紀九〇年代にはここは野生動物保護区となり、二十一世紀になると生態環境視察観光の中心地となった。今なお、張公墓のそばには曲がった細い木が生え、乱雑に積まれた石の塚があり、県役場、監獄、孔子廟も荒れ果てた姿で残っている。そして当時職務を果たせなかった城壁や城門が、それを恥じるかのように夕日の中にたたずんでいる……。これは後日談になるわけだが。

長年、この二人の県知事殺害について、納得のいく解釈がなかった。仏坪という古い町を訪れたたくさんの人が、いろいろな憶測を述べた。匪賊が、金目的ではなく復讐でもないのに、なぜ二人の無実の役人を殺害したのか？「文革」中、青木川の佘鴻雁《ショーホンイエン》が魏富堂の調査をした際、ついにこの疑問をあきらかにした。

魏富堂が王三春の目を逃れ、機敏に脱走したことが、思いもよらず一つの町を永遠に消滅させたのだった。

魏富堂は仏坪から逃げて寧羌に戻り、県警察局の裏庭に隠れた。王三春の鉄血大隊の頭目が警察局に隠れる、これも魏富堂の賢いところだった。

王三春は大規模な匪賊掃討作戦により、すでに勢力を失い、民衆からも浮いていた。だが自分が滅びる日が近づくにつれても、魏富堂への復讐だけは忘れなかった。彼は捕まえた朱美人を自分では殺さず、縛って麻袋に入れ、袋に名前を書いて、こっそり鎮巴《ちんは》の県役場の入り口に捨てさせた。

県役場では、匪賊の頭目の妻が労せず手に入ったので大喜びし、当たり前に厳しい尋問を始めた。武芸に長じた女を演じる朱美人はさすがに気骨があり、口を開くと王三春をひどく罵り、役人には頭を下げなかった。何度も残酷な刑にかけたが、魏富堂の行方を聞き出すことはできなかった。鎮巴県はしかたなく、朱美人を漢中に護送した。漢中で二年近く拘留したあと、大河坎という所で斬首し晒して、見せしめにした。

王三春は最終的に、武器尽きて食糧も尽き、自分と妻の鄧芝芳《ドンジーファン》だけになった。そして山が大雪に覆われたとき、秦嶺太平谷に閉じ込められた。王三春は妻に一般人の扮装をさせ、山を下りて食糧を探させた。山を下りた鄭芝芳は思いがけないことに、金歯によって身分がばれ、駐屯していた軍隊に捕まった。翌日、鄭芝芳が捕まったという言付《ことづ》けが王三春に伝えられた。王三春はついに観念し、山を下りて捕まった。こうして二十年にわたり秦嶺大巴山で悪事の限りを働いた匪賊が、ついに御用になった。

王三春の逮捕は、西安の軍隊や政府を湧き立たせた。省の保安司令長官・徐経済《シュージンジー》たち高官が、次々に留置所に王三春を見に行った。彼らは、この殺人鬼が一体どんな人相をしているのか見たがった。話によると、重慶の蔣介石も王三春を見たいというので、謝輔三が王三春を重慶に護送する準備まで整えたそうだ。

このように大匪賊の身柄は一時たいへん注目された。だが省の長官・蔣鼎文は、頑として王三春の護送を阻んだ。万一時局が変わったら秦嶺山地区のゲリラ戦で、役立つかもしれないと考えたのだ。しかし監察官・于右任《ユーヨーレン》は反対意見だった。王三春は社会を乱し抗日戦の邪魔をし、陝西省南部で数え切れないほどの家を破壊し、住民を殺したから、処罰しなければ民衆の怒りを収められないと考えた。そして一九三九年十二月三十一日、王三春と鄭芝芳は西安西華門外で銃殺刑に処された。

魏富堂が青木川に戻ったとき、最初の妻、劉二泉はすでに亡くなっていた。臨終のとき劉二泉は心満ち足りていた。あの陰険な夫がよそに亡命するのを見届け、彼が外で見つけた、まともでない女も打ち首になった。これら一切が、劉二泉に生きながらえた甲斐があったと感じさせ、安心して死ねた。だから劉二泉の死に顔はたいそう安らかで、微笑みさえ浮かべて埋葬された。劉二泉の死後、劉家の屋敷はすっかり魏家のものになり、魏家の次男と両親が一緒に住み、長男は自分で街中に家を建て、四川省の嫁をもらって自分なりの生活を始めた。

魏富堂はがらりと変身して、陝西省南部九県の連合防衛事務所所長になり、王三春に反抗して民衆のために悪を除いた英雄となった。彼は青木川周辺約五〇キロの治安を預かるという表看板のもと、武装を拡充し、故郷で堂々と羽振りをきかせるようになった。

数年の匪賊の経験から、魏富堂は慎重で疑い深くなり、青木川の外の一切について、警戒心を怠らなかった。

その後、趙家の姉妹を嫁に迎えるために西安に出かけた以外、青木川から一歩も出ることはなかった。

第3章

1

青木川に戻った魏富堂《ウェイフータン》は自らの実力を肝に銘じた。財産は少なく、畑は分散していて、権力も勢力も乏しい。一番の問題は金がないことだ。金がなければ何一つできない。

ここ数年の悪戦苦闘の経験から魏富堂は、周囲から支配の手が届かないこの絶好の地・青木川をしっかり守ることが何より大切だと思った。そのためには経済を発展させ、経済力と軍事力を飛躍的に高めなければならない。財をなすには、山野を開墾してケシ畑にすればいい。ケシ栽培を蓄財の手段にするのは、なにも彼が最初ではない。現に各地に巣くっている軍閥も、住民にケシを栽培させて部隊の経費をまかなっている。

魏富堂の号令で、青木川の山一面がたちまち美しいケシ畑になった。ケシは一年草だから成果は早く、粟《あわ》と同じで、種をまけばその年に収穫できる。青木川では一年目にケシの実から乳液が石甕三千杯も採れ、かなりの収益になった。その後も年々利益が倍増し、ほどなくこの辺鄙な寒村は中国西北部屈指のアヘン産地となった。

ここ秦嶺のアヘンは、雲南のものに比べて質は少し落ちるが、値段が安く生産量が多く、しかも交通の便がい い。そのためさらに需要が伸び生産量が増え、地元の経済発展を推し進めた。

こうしてアヘンの収益は青木川に繁栄をもたらした。一キロの街の通りにはアヘン館が数軒開業して、夜になると赤い提灯が灯り、アヘンの煙も立ち上り、なかなかの活況を呈した。アヘン館とともに料理屋、賭博場、妓《ぎ》楼《ろう》、その他いろいろな店もできた。中でも最も規模が大きかったのは、魏富堂兄弟が経営する「富友社」百貨店、「魏世盛」絹織物店、「同済堂」漢方薬局、「魏富堂」製革工場などであった。

ケシの穫り入れシーズンには、アヘン商が各地から青木川に集まった。街は人の波でごった返し、茶屋や居酒屋は夜通し賑わい、まるで今日の商品交易会のようだった。

最も利益を得たのは魏富堂本人で、彼は豪勢な屋敷を二カ所と執務用の洋館を一棟建て、さらに銃器や弾薬を大量に買い入れて、青木川の若者を武装させた。千人余りの部隊に小銃七百丁を有したが、その中にはアメリカ式連発銃が八丁、カービン銃十丁、マクシム機関銃二丁も含まれていた。

この武力装備は、中国のどの地方の武装勢力より優れていた。銃砲あれば力あり、アヘンあれば金ありというわけで、魏富堂は自ら人民自衛団総司令官に就任し、紳士然として、この山深い地域の「皇帝」に成り上がった。

魏富堂は、ケシ栽培を盛んにするのは単なる手段であって目的ではない、とはっきり認識しており、彼自身はアヘンを吸わず、家人や部下にも吸わせなかった。吸った者は銃殺刑にする、と宣告してあった。そのため、アヘンを豊富に産出し、アヘン館が軒を並べる青木川だが、地元住民にアヘン常習者は一人もいなかった。

青木川の賑わいは寧羌県城をはるかにしのぐようになった。県長の李風文《リーフォンウェン》は黙ってはいられなくなった。自分の管轄下で、魏富堂は公然とアヘン交易をしている。けしからん、自分の面目丸つぶれだと感じ、警察署長の李天炳《リーティエンビン》に取り締まりを命じた。

だが李天炳は「私は魏富堂の親戚で、妻は魏富堂の姉です。義兄が義弟のアヘンを取り締まるとなると、自分で自分の鼻を嚙《か》むことができないようなもので、どうにも無理です。それに青木川に行くのは故郷の広坪に帰るようなものなので、公務に支障を生じかねません」と言って、ほかの人を派遣するよう頼んだ。

県長は、今度は保安大隊長・周瑞生《ジョウルイション》に、保安隊を率いて行くよう命じた。周大隊長が青木川に行ってみると、魏富堂の兵力は自分の何倍もあるし、李天炳から個人的に言い含められてもいたので、ケシ一本抜くことなく、街で二、三日飲食をふるまわれ、未精製のアヘンやお札をたっぷりもらって引き上げてきた。県長には「魏富堂は棘だらけの甲冑クヌギのようなもので、揺さぶれないどころか、手の付けようがありませんでした」と報告した。

負けず嫌いの李風文は納得がいかず、アヘン栽培をしている魏富堂を県が取り締まれないはずはないと考えた。そこで、自ら警保大隊長・伍奪元《ウードゥオユエン》を率いて、魏富堂を調べに青木川へ行くことにした。

この情報は、李県長らがまだ出発しないうちに伝わった。伍隊長という人物は凶暴で、誰もが恐れるならず者だという情報も伝えられた。魏富堂は県長が来る三日前から、各アヘン館にアヘン商いを禁じ、よそから来た妓女が街を歩き回ったり客引きしたりすることも禁じた。青木川鎮のアヘンは綺麗に片付けられ、道路も塵一つなく清掃された。

李県長は警官を数十名率い、馬に乗って青木川にやって来た。魏富堂も手ぬかりなく、道の両側に村人を並ばせて歓迎した。当日歓迎に出た者はみな米三斤【一・五キロ】と世帯単位でハム一本がもらえた。米に釣られて家々からこぞって人が繰り出し、歩けないじいさん・ばあさんも支えられて歓迎の列に並んだ。魏司令官はまた、満面に歓迎の喜びを表した者や、声を張り上げてスローガンを叫んだ者には、褒美としてさらに米二斤【一キロ】を追加すると言ったので、計五斤の米の後押しによって、当日李県長は実に華々しい歓迎の陣に迎えられた。

県長の馬が近づくと、両側の人々が色とりどりの紙吹雪を振りまいた。これは老烏《ラオウー》がよそから仕入れてきた方法で、当時の流行だった。だが県長は、舞い散る紙吹雪には目もくれず、ひたすら魏の洋館へ馬を走らせ、魏富堂をはるか後ろに置き去りにした。

魏富堂は気にするふうもなく、笑いを浮かべながらしっかり後ろについて小走りに追いかけた。そして料理屋から酒や料理を取り寄せて県長や警官たちを手厚くもてなし、旅館に最上の部屋を用意させて県長一行を泊めた。

翌日、県長はケシ栽培の有無を調査するため山へ登った。案内の魏富堂がわざと険しい山道を選んだので、県長は汗だくになってあえぎ始めた。さらにいくらも登らないうちに鉄砲の不意打ちをくらい、県長の帽子が飛んだ。度肝を抜かれた県長は、さっと魏富堂の後ろに隠れ、頭を上げようとしなかった。魏富堂が手下に「どういうことなのか。調べて来い」と命じた。戻ってきた兵士が「金銭豹《ジンチエンバオ》が手下を連れて狩りをしています」と報告。県長が「金銭豹とはどんな奴か」と訊ねると、魏富堂は「青木川周辺を縄張りにしている山賊で、人殺しをなんとも思わないので、恐れられています」と説明した。李県長は何も言わず、その辺を回って宿に戻ると、二度と出かけようとしなかった。

李県長は頼りにしている警保大隊長・伍奪元が、アヘン常習者だとは思ってもいなかった。そこをまんまと魏富堂に利用されることになった。

宴会のとき伍奪元は、旅の疲れか酒も料理も手をつけず「体調を崩した」と言って、くしゃみを連発し涙も止まらない様子だった。宴会のあとは各自部屋にもどったが、伍奪元は部屋の中をうろうろして落ち着かない。魏富堂の二等通信兵・沈良佐《シエンリアンズオ》がお茶を運んでくると、伍奪元は彼をつかんで「おい君、俺は風邪をひいて、ひどく頭が痛いんだ……」と言った。沈良佐が「医者を呼びましょうか。地元の樊仙《ファンシエン》先生は信頼できます」と言うと、伍奪元は「君は気が利くようだね。じつは俺、ちょっと……吸いたいんだが」と言った。

沈良佐が「アヘンは風邪にすぐ利きますからね。以前はここにもあったんですが、今は禁止されてありません。なんなら魏司令官に言って、何とかしてもらいましょうか」と言うと、伍奪元は「それはだめだ。君だから本当のことを言うが、お前んところの魏司令官に知られてはまずい。ぜひ君に何とかしてもらいたい」と言った。

沈良佐は、伍奪元を町の西の「芙蓉アヘン館」へ案内した。アヘン館の亭主はちょっと困った顔をして「店は開いたものの、品は全部魏司令官に没収されて、もう半年以上も品切れなんです。アヘン館をやめて茶店にでもしようかと思ってるところで」と言った。

沈良佐が「茶店の話はいい。伍隊長の病気を治すことが肝心だ。青木川で隊長殿に万一のことがあったら大変だからな」と言ったが、亭主は「私は医者じゃないので、病気のことは分かりません」と言うばかり。

そこで沈良佐が「伍隊長は漢中でも大物のお役人様だ。思うように人を始末できるんだぞ。隊長様の前で自分の首を絞めるようなことはしないほうがいい」と忠告した。

すると亭主は、伍隊長を裏庭の南よりの上等な小部屋に通して、しぶしぶ引き出しからアヘンを出し、七つ道具をセットしながら言った。「魏司令官の取り締まりで、もう扱ってないんです。これは自分のために密かにしまっておいたもので、伍隊長様でなかったら、とても出せません。魏司令官に知られたらたいへんですから」

伍奪元が「おまえたちの司令官はそんなに怖いのか」と聞くと、亭主は「青木川の規則で、アヘンを吸った者は銃殺刑ですよ。そんなことに命をかける者はいません！　でも伍隊長は例外です。魏司令官もとうてい手が届かない上官ですからね」と答えた。

伍奪元が「地元の人間には出くわしたくないな」と言った。

沈良佐が「ご安心ください。ここ芙蓉館の亭主は僕の叔父で、信用できる身内だからご案内したんです。隊長様はいい方だからお世話しましたが、ほかの人にはここまでしませんよ」と言った。

亭主も言った。「ここは大丈夫ですから、安心しておくつろぎください。万一何かあっても慌てないでください。部屋の外に抜け道があるので、逃げられますよ」

そして家の西側の狭い道の端まで案内した。地面の板を開けると下は石畳を敷いた暗渠《あんきょ》になっていて、谷川が流れていた。そこをさかのぼると杉が密生している山腹に出られ、逃げるにしても隠れるにしても絶好の場所だった。

こうしてアヘンの取り締まりに来た伍奪元は「芙蓉アヘン館」で思う存分アヘンを楽しみ、元気倍増して、夕食時には大いに酒も進み、青木川の名物ハムを何皿も平らげた。満腹して、青木川は実に申し分のない絶好の土地だなと思った。夜中、沈良佐が上等のアヘンの半製品五十両【二・五キロ】を届けてくれた。

翌朝伍奪元は県長に「風邪をひいたので、あとの取り締まりは部下たちに任せます」と報告した。県長も認めざるをえなかった。アヘン取り締まりの部下たちが表口から出かけるとすぐ、裏口から「芙蓉アヘン館」の亭主が入ってきて病気の伍隊長に〝薬〟を届けた。三日目には、伍奪元たちは県城へ引き上げていった。

このように魏富堂は悪賢くあらゆる手を使って、楽々と青木川でのアヘン商売を繁盛させた。財布はますます膨らみ、勢力は日増しに強固になって、陝西・四川・甘粛の三省の境を接する辺りで並ぶ物のない人物になっていった。

魏富堂は親族の中で、娘の魏金玉《ウェイジンユー》を一番可愛がっていた。次のお気に入りは甥の李樹敏《リーシューミン》だった。

李樹敏は、中折れ帽に革靴といういでたちだが、穏やかで親しみやすい。母親や叔父の前ではいつも控えめにふるまい、孝養をつくした。李樹敏が魏家の屋敷へ挨拶に来るときは、離れた所で馬を下り身なりを正して、菓子折りを手にうやうやしく叔父の屋敷の門をくぐった。その菓子は胡桃を原料にした寧羌県特産のもので、県城の北寄りの小さな店の王という主人が焼いた胡桃ケーキだった。評判が伝わり、かの劭力子《シャオリーズー》【中国共産党発起人の一人】も陝西省南部にいたときには、この胡桃ケーキを好み、数回買って来させたことがある。李樹敏は叔父が胡桃ケーキが好きだと知って、県城から戻るたびにそれを下げてきて叔父孝行した。

いつの間にか魏富堂はこの甥をわが子同様に扱うようになったが、この子は繊細すぎて大きなことは成し遂げられまい、とも思っていた。

2

資料によると、青木川の歴史は複雑で奥が深い。馮《フォン》小羽《シャオユー》はここに文学作品が生まれそうな気配を感じた。背景になる資料だけでも豊富にある。さらに程立雪《チョンリーシュエ》の事件と巡り合って、馮小羽は、歴史をたどってもっと調べてみたいという衝動にかられた。父はそんな娘を快く思わず、「雲をつかむように不確かな幻の女を追っかけるより、革命に命をささげた林嵐《リンラン》のほうにエネルギーをさくべきじゃないか。そうすれば若い世代が、新中国のために犠牲になった先輩の精神を学べるし、林嵐が青木川で流した血が無駄にならない」と言った。

だが馮小羽は「林嵐は林嵐、程立雪は程立雪よ。一人は雪の中に凜と咲く梅で、一人は山中にひっそり咲く蘭ね。どちらかというと私は、蘭のほうがいいわ」と言った。

馮明は返す言葉がなかった。今の若い世代は考え方がおかしい。「革命」と聞いたとたんに反感を持つ。革命がなかったら今日の幸せがありえただろうか、馮小羽というお前が存在しただろうか。こんな若者たちは、悪のはびこる旧社会に蹴とばして、食うものも着るものもなく、牛馬のようにこき使われる生活を体験させなければ、「革命」とは何か分かるわけがない、と思った。

　馮小羽が程立雪のことで頭がいっぱいになっているところへ鍾一山《ジョンイーシャン》が来て、「僕は楊貴妃の渡日ルートの調査のために蜀の道へ行ってくる。青木川は重要な調査ポイントなんだ」と言った。そこで馮小羽も同行することにした。

　馮小羽は思った。自分は鍾一山を笑っているが、自分のほうが理性的だとは言い切れない。自分の考えは女流作家特有の思い込みで無駄骨かもしれないし、またあまり意味のない、結果の出ない過去を探し求めているのかもしれない。とにかく彼女の探し物が、楊貴妃調査より簡単に見つかるとは限らないのだ。

　馮小羽が下に降りると、朝食を済ませた父が日だまりに座って座談会が始まるのを待っていた。そばには張保《ジャンバオ》国《グオ》がかしこまって付き添っていた。鄭培然《ジョンペイラン》がもう来ていて、父の向かいに座って、白髪の頭を振りながらさかんに「マイクロソフト・ワード」のよさを並べたて、フリーズしたとき自分がどう解決したか、熱弁をふるっていた。

　父はまったく上の空だった。父がここに来たのは何もパソコンの講座を受けるためではないから「ワード」がなんであろうと関係ないし、もともと父はパソコンには本能的に恐れをいだき、拒否反応を示していた。

　馮小羽は、パソコンについて語る鄭さんの弁舌を止めないと、そのうち父がぶしつけに「黙れ！」と怒鳴るに違いないと思った。古希を過ぎた父はますます遠慮がなくなり、ずけずけ物を言い、誰にでも怒鳴りつけ、相手の面子を考えないので、よく人をいたたまれなくさせるのだ。

　馮小羽は小さい椅子を持ってきて父のそばに腰掛け、話しかけた。「夕べ魏富堂の夢を見たのだけど、実際の魏富堂はどんな人相だったの？」

　馮明はちょうど話題を変えたかったので、即座に応じた。「魏富堂は小柄で色黒、ぎょろ目でひげもじゃだ。性格は凶悪かつ愚鈍で、閻魔大王と呼ばれていたよ」

　すると鄭培然が言った。「青木川の者は魏富堂を閻魔大王とは呼ばないよ。背が低いというが一七〇センチ以上あったし、ぎょろりとするのは人をにらみつけるときで、普段は二重まぶたの大きな目だった。娘の魏金玉は美人だからね。娘が美人なら、親父も不細工なはずはなかろうが」

　馮明と鄭培然の話から浮かぶのは、まったく違う人物像だ。一人は醜く凶悪かつ愚鈍、もう一人は濃い眉に大きな目をした男前である。「魏富堂の写真は残っていませんか」と馮小羽が聞くと、鄭培然が言った。「わざわざ彼の写真を取っておく奴なんかいないよ。馮明教導員がいる間に、魏富堂のものは何から何まで片付けてしまったからねえ」

　この話を聞いて馮明は気をよくした。彼はうなずいて言った。「革命は徹底してやって、将来の災いを絶たなきゃならん。よそじゃその後あちこちの地主や富農が、将来体制がひっくり返ったら奪い返そうと、土地や財産を分配した家の名前を密かに記録していたが、青木川はそれがなかった。われわれが反動勢力を徹底的に消滅させたからだ。人民が抑圧から解放されたことは事実だからな」

　馮小羽が「ところで、地方資料館で調べていたら魏富堂の大衆裁判のときの写真があったわ」と言うと、みんなが興味を示した。とくに張保国が熱心で、「写真で誰か分かりましたか」と聞いた。馮小羽が言った。「古い写真だし、遠くから会場全体を写しているから、人物はぼやけて父も魏富堂も分からなかったわ。ただ演壇に小さい人物が立っていて、その前は黒山の人だかりだった」

　鄭倍然が「その小さな人物は趙家壩の三娃子《サンワーズ》に違いない。大衆裁判で発言したのはあいつ一人だけで、魏富堂がどうやって自分の親父を殺したか、くどくどしゃべっていたよ」と言った。馮明も「三娃子のことは覚えているよ。あの子はずいぶん苦労して恨みも深かった。父親は魏富堂に銃殺されたんだからな。あれは魏富堂の重大な殺人罪の一つで、それだけでも銃殺刑に値したよ」と言った。

　すると鄭培然が「魏富堂が三娃子の親父を銃殺したのは、あの親父がアヘンをやり泥棒もしていたからだ。青木川ではアヘンを吸うのは禁止だった。みんな公約書にサインをし拇印を押した。女も例外じゃなかった。三娃子の親父はサインし拇印も押したのにアヘンを吸い、泥棒まで働いたんだ。自ら死を招いたんだよ」と言った。

馮明は「彼は貧しいから盗んだ。盗まないと飢え死にするからね。『切羽詰れば変化を思う』【毛沢東の教え】というじゃないか！」と言った。

鄭培然は「貧乏人がみんな泥棒をするわけじゃないだろ。三娃子の親父が貧乏だったのはアヘン中毒だからで、それで家財を失った。人間失格だ……」と言い、馮明は「とにかく三娃子の父親は魏富堂に殺されたんだ。この罪業《ざいごう》は永遠に覚えておくべきだし、我々の子孫もそれを銘記しておかなければいけない」と言った。

鄭培然はさらに「子孫どころか三娃子の世代で、きれいさっぱり忘れているよ。三娃子の息子も爺さん同様アヘン中毒で、爺さんよりひどいもんだ。もう三度も矯正所に入れられたがさっぱり治らない」と言った。

青女《チンニュー》が「三娃子の親父も息子もアヘン中毒なのは遺伝だね。あの家は今でも食うや食わずの生活ですよ」と言った。

鄭培然は「あの息子は妙な格好をして、青木川で一人だけ髪を赤く染めている。いつも街の東の宗《ショー》家とつきあっていて、しょっちゅう宗家のためによそからモノを運んでいるよ」と言った。

馮明が言った。「あの大衆裁判の発言者は三娃子だけじゃなかった。大勢がわれ先に演壇に上がって魏富堂の罪を暴いた。泣きながら『憎しみを清算しよう！』、『血の償いは血で償え！』と訴えた。その叫び声はいつまでも響き渡り、森の小鳥も驚いて飛び立っていったよ」。

さらに馮明は「土気色の顔の魏富堂は演壇の下にひざまずき、頭にはとんがり帽子が被らせられ……、いや違う、あのときはとんがり帽子はなかったな。被らされたのはわしだ、あれは『文革』のつるし上げのときで、青木川とは関係なかった」とつぶやいた。

馮明はまた「魏富堂の頭は前日に坊主刈りにされていた。魏富堂の横には甥の李樹敏がいたが、彼はその場にへたり込んで、何度も後ろに立っている解放軍兵士に引き起こされていたな。李樹敏はすでに魂が抜けたようで、プロレタリア独裁の威力の前に、ズボンの股を汚していた」と言った。

そして馮明はその大衆裁判大会の朝、鄭培然に出会ったことを思い出して、言った。「あのとき鄭さんは糊のバケツを提げてポスターを貼っていたな」

鄭培然は驚いて言った。「あの日のわしを覚えていてくださったんですか?」

「ありありと覚えているよ」馮明が言った。

大衆裁判のとき、富堂中学校はすでに青木川中学校と名前が変わっていた。生徒たちは運動場の演壇の前に整然と座って「開放区の空は朗らかだ」【民謡をもとにした『解放区の空』の一節】と歌っていた。

鄭培然だけは、黄金義《ホアンジンイー》先生に指示されて、開会前にポスター貼りに出ていた【ポスターには反革命分子を弾劾するスローガンが書いてある】。黄先生は鄭培然に「革命標語のポスターは、木や塀や大きな石やバスケットのゴールスタンドに貼れるだけ貼って、大衆裁判の政治的雰囲気を盛り上げろ。馮教導員の命令だ……」と指示したのだ。

大衆裁判当日の朝、馮明はきびきびとして英気をみなぎらせていた。護衛兵が前日洗ってくれた服に着替え、新しいゲートルを巻き、早々と「斗南山荘」へ出向いた。重要な日だ。軍の分区【行政区画の「地区」に置かれた軍隊組織】の長官や地区政府の首脳が来る。新聞社の報道陣も、近くの村から農民の仲間たちも来る。極悪地主・魏富堂とその甥の李樹敏を法で裁き、大衆の恨みを晴らすのだ。一九五二年春のこの朝は、彼と青木川のすべての民衆にとって永遠に記憶に残るであろう朝であり、歴史の転換点なのだ。

解放橋にさしかかったところで彼は鄭培然に出会った。富堂中学校を今年卒業し、県の高校へ進学しようとしていた鄭培然に、馮明は声をかけた。「革命の成否を分ける大事な今、青木川は君のような見識ある地元の青年を必要としている。進学はしばらく保留にしてくれないか」

鄭培然は言った。「手伝うのはいいですが、僕は大学の工科へ進み、将来魏富堂が乗っていたような自動車を作りたいのです」。馮明は彼の言葉を正した。「手伝うのではなく、これは党と人民が君を信頼して任せる革命という大事業なんだ。時代が君の世代に与えた重大な責務だから、勇敢に引き受けるべきなんだよ」

馮明の態度は真摯で、その後の役人たちのような、もっともらしい空論ではなかった。馮明の言葉に、鄭培然は全身の正義の血が沸き立った。彼は自動車作りの夢をいったん放棄し、進んで青木川に留まることにして、ポスターを貼った。そのとき彼には個人の損得など少しも念頭になく、自らを全身全霊で革命事業に捧げ、発足したばかりの共和国に捧げようと思った。

あの日二人が橋で出会ったとき、馮明は体じゅう糊だらけの教養ある青年・鄭培然を見て、内心感銘を受けていた。彼は鄭培然の自動車を作りたいという望みを忘れず、別れ際に鄭培然の肩をたたいて言った。「しっかりやってくれ。革命が勝利したら、国が君を北京の大学へあげて、自動車工学を学ばせてやるからな」

鄭培然は大声で答えた。「党の期待には決して背きません。共産主義のためにいつでもわが身を捧げる覚悟です」

鄭培然が感動して命を捧げると言ったのは、つい最近犠牲になった馮教導員の恋人を思い出したからである。あの美貌の彼女は、匪賊に腹を切り裂かれた。その大きな悲しみを無理やり心に押さえ込み、闘志を燃やし続け、仕事に打ち込んでいるにちがいない教導員を、この中学生は心から敬服していた。これこそが革命家だ、これこそが献身的精神だ、と。

だが馮明に肩を叩かれたとき、鄭培然は心中かすかに憐憫の気持ちがこみ上げた。その感情は、滔々《とうとう》と押し寄せる時代の嵐とは相容れないように思われ、彼の眼差しはいささかうつろになった。

李樹敏の「斗南山荘」から青木川中学校までのさほど長くない道は厳重な警備がしかれ、十数メートルごとに兵士が立っていた。大衆裁判をスムーズに進行させるため、軍区は防備を固め、昨夜のうちに魏家の叔父と甥を県から青木川まで護送してきて、例の船形の建物の一階に閉じ込めておいた。

布団も最期の酒食もなかった。二人は壁にもたれて黙って座ったまま、目を合わせることもなかった。魏家の親族は状況をわきまえていて、誰も差し入れや見舞いを申し出なかった。李家も散り散りになっていて、七人いた息子も亡くなったり逃げたりで誰も姿をみせなかった。だから魏富堂とその甥の「斗南山荘」での最期の夜は、ひどく寂しいものになり、いつもならよく出てくる鼠も姿を現さなかった。死ぬ間際の人間には陰気がたちこめるから、生き物は察知して早々に避けるのだと言う人もいた。

解放軍のほか、直接二人の監視に当たったのは張文鶴《ジャンウェンホー》だった。張文鶴は腰掛を外の窓際に持ってきて座ったが、誰も口を開かないので、所在なげに座っていた。

外はさわやかな風が吹き、泉の水がさらさらと音をたてていた。張文鶴はタバコを吹かしつづけていた。

十時過ぎに、解放軍兵士が床屋を連れてきて、魏富堂と李樹敏の頭を剃《そ》ろうとした。魏富堂は黙って床屋が剃るにまかせ、丸坊主にされた。しかし李樹敏の番になると彼は抵抗した。「俺はずっと真ん中で分けている。形を整えるのはいいが、丸坊主はいやだ。てかてかの頭ではあの世のお袋に会いに行けない。お袋は俺だと分からない」と言い張った。だが床屋は彼の言い分に取り合わず、彼を引きずってきて、てきぱきと髪を剃り落とし、またたく間にもう一つの坊主頭が出来上がった。

見慣れない李樹敏の異様な坊主頭に、張文鶴は、これが青木川でぶらぶらしていた軽妙洒脱な五番目の若旦那なのかと疑うほどだった。李樹敏は自分の坊主頭を抱えて、魏富堂に言った。「こうしてみると明日やられるのは、やはりこの頭なんだろうな。男前の顔が最期にめちゃくちゃにされるのが一番いやだ」

魏富堂は「腹を切り裂かれずにすむのは幸いだと思え」と言った。

李樹敏は「むしろ腹を切り裂かれたほうがいい」と言った。

夜が深まったころ「斗南山荘」の裏庭から鋭い叫び声が聞こえてきた。産気づいていた李家の小間使いの黄花《ホアンホワ》が、難産で二日も悲鳴をあげ続けている。

黄花は栄養不良で手足が細く、髪も薄かったので、みんなは彼女を黄花ではなく黄毛《ホアンマオ》と呼んでいた。黄毛の父は彼女を連れて広坪に来て、李家から山の土地を数畝《ムー》借りていたが、ある年まったく収穫がなく、小作料のかわりに黄花を李家へ入れた。黄花は一日中沈んだ顔をしていたが、そのうちにどういうわけか李樹敏の子を身ごもった。この若旦那は三十になるが、まだ子供がいなかったから、黄毛のお腹の子はなんといっても若旦那の希望にちがいなく、まだかまだかと待ち望んでいた。いよいよ生まれようという今、若旦那は逆にまもなく死出の旅に出る……。町の人々は噂した。「この子は死に神の生まれ変わりだ。若旦那は自ら身を滅ぼす種をまいたようなものだ」

本来、黄毛は李家の者たちとともに着の身着のまま追い出されるはずだったが、あの日、青木川中学校の劇団が公演した『白毛女』【民間伝説をもとに一九四五年歌劇として初演され、一九五〇年に映画化された革命模範劇】を観たばかりだったので、誰かが「妊娠している黄毛は、白毛女の『喜児《シーアル》』【女主人公】と同じだ」と言い出した。喜児は父親が地代を払えなかったので、地主の女中にされ、のちに強姦されて逃げ出し山の洞窟で子供を産んだ。黄毛も親父に地代の形《かた》に李家に入れられ、お腹が大きくなっている……。工作組【土地改革を指導する共産党の組織】としては、青木川の「喜児」が解放されるモデルを作りたかった。

そこで張文鶴が派遣された。張文鶴は土地の者で所帯持ちだから、話しがしやすいだろうと、黄毛に階級意識を誘導する役が命じられたのだ。出かけた張は、煙草を一服する間もなく戻ってきた。その話の結果にみんながっかりした。青木川の「喜児」は、進んで若旦那のベッドに入ったというのである。理由は単純で、小間使いだったら力仕事があり食事も粗末だ。若旦那の女になれば、おいしい料理が食べられ、新しい綿入れも着られる。馮明は張文鶴のこの話に不満で、自ら「喜児」を呼んで「李樹敏に強制されたのではないかね」と教え導こうとした。しかし黄毛は「いいえ、これは父の考えで、私も納得して決めました。誰からも脅迫されていません」と言った。これでは、歌劇『白毛女』とは違ってしまう。喜児の父はにがりを飲んで自害しないばかりか、地主の女になるためにベッドに入るよう、娘に薦めたことになる。遺産相続とまではいわなくとも、衣食に心配のない生活をしたいのだ……。馮明はそれ以上何も言えず、「これからよく政治学習をして階級意識を高めなさい」と言い、もう二度と『白毛女』の話題を持ち出さなかった。

真夜中に「青川楼」の料理人の張海泉《ジャンハイチュエン》が、靴音をひびかせながら、鉢に盛った紅焼肘子《ホンシャオジョウズ》と徳利一本を差し入れに入ってきた。張文鶴は、こんな警備の厳重なところになぜやって来たのか、と驚き怪しんだ。

張海泉は「あの世へ旅立つ人間に酒と食事を差し入れるんだ。誰も止め立てできんだろう。料理人の俺が差し入れに来なかったら来る人がいないじゃないか」と言い、魏富堂が閉じ込められている部屋の中へちらっと目をやった。

張文鶴は「料理はそこに置いていきな。余計なことは言わなくていい。面倒を起こすなよ」と注意した。

張海泉は「解放軍の兵士が差し入れを許しているのに、お前はそれより偉いのか」と言い返し、窓から料理を差し入れて、魏富堂に言った。「魏旦那さま、紅焼肘子を三つ作ってきました。本物の青川の氷砂糖を使っています。旦那さま、召し上がられたらこの張というやつを覚えていてください。あの世へ行かれたら、ご加護をお願いしますよ」

だが話し終わらないうちに張文鶴に引き離された。張海泉は「なんで俺を追い払うんだ。魏旦那はこれまでずいぶん『青川楼』の面倒を見てくれたんだ。お客さんが見えると必ず俺の紅焼肘子を注文してくれた。魏旦那がいなかったら『青川楼』の繁盛はなかった。人間は恩義を忘れてはいけないだろ」と文句を言った。

張文鶴は、張海泉がこれ以上まずいことでも話したらと心配して、彼を無理やり外へ押し出した。張海泉は歩きながら振り向いて、室内に向かって叫んだ。「その酒はとびっきり良い酒ですよ。さっき鄭《ジョン》家からもらってきた一番絞りのトウモロコシ酒です！」

魏富堂は目をつぶったまま返事をしなかった。


夜が明けるにつれ、窓辺に置かれた紅焼肘子の香ばしい匂いがきわだち、一番絞りの酒も特有の香りを発散して、薄暗い空間に酒と肉の匂いが流れた。魏富堂が手を付けないので、李樹敏もなかなか手を出せなかったが、とうとう小声で言った。「叔父さん、少しでも食べましょう。お腹を空かせたままあの世へ行くなんて……あの世への道のりがどれだけあるか分からないから……」

李樹敏は、魏富堂が眠っているかのように額を膝頭につけてじっと座っているのを見て、言った。「叔父さんが召し上がらないなら、僕いただきますよ……」

魏富堂はやはり黙ったままだった。

李樹敏は窓に近づき、皿に置かれた箸を合わせてみると、やはり長さが違っていた。これは青木川のならわしで、あの世へ旅立つ者の食事に使う箸は、長さを変える。揃えるのはタブーだった。李樹敏は苦笑し、不揃いの箸でぷりぷりした肉をはさむと、そっと口に入れて味わい、「うん、『青川楼』の味だ」と独り言を言った。

李樹敏はゆっくり噛みしめた。最後の楽しみを愛《いと》おしむかのようだった。肉は残り少なくなり、酒も底をついた。最後にもう一度魏富堂に勧めてみたが、やはり反応がない。李樹敏は言った。「叔父さんが僕に文句があるのは分かっています。僕が叔父さんを陥れるために罠を仕掛けたと憎んでいるのでしょう。僕は弁明も弁解もしませんよ。僕だって誰に陥れられてこうなったのか、自分でもよく分からないのですから……」

魏富堂が話す気がないのを見て、李樹敏は鉢の中の最後の肉をかき込み、汁を飲み干すと、立ち上がって鉢をガチャンと地面に投げつけた【中国では死んだ人のために陶磁器または土器を一つ投げて壊す習わしがある】。鉢の割れた音で魏富堂は目を開け、いぶかしそうに李樹敏を見た。李樹敏が言った。「叔父さん、僕は叔父さんのために鉢を割りましたが、僕の旅立ちに鉢を割ってくれる者はいません」

魏富堂が冷ややかに言った。「お前に鉢を割ってもらわなくていい。お前はわしの甥じゃない、赤の他人だ」

見張りの兵士は、李樹敏の言動から不測の事態が起こるのを心配して、予定より早く二人をしっかり縛りつけた。

これはその日二人の唯一の対話だった。

夜が明けたとき、魏富堂が水を飲みたいと言い、張文鶴が水を一杯持ってきた。魏富堂は手を縛られているので、張文鶴の手を借りて少しずつ飲ませてもらった。

飲み終わると魏富堂が言った。「文鶴、お前はいい奴だから、お前の家の前の十畝《ムー》【約六七アール】の田んぼをやるよ。もう小作料は納めんでいい」。すると張文鶴が言った。「あの十畝の田んぼは、もう土地改革のときうちに割り当ててもらいましたんで」

魏富堂は「そうか」とつぶやいたきり、何も言わなかった。

張文鶴はひそかに安堵した。もし魏富堂がこの命取りの話を一カ月前に口に出していたら、今日の張文鶴はなかったはずだ。農地の少ない山奥の青木川では、十畝の良田があるだけで確実に富農にされたに違いない！【当時、富農は地主とともに大衆の敵とみなされた】。富農のレッテルを貼られたら、彼の前途は開けなかった。彼の息子や娘がそれぞれ解放軍へ入隊したり進学したりして、国家から期待される人材となる可能性もなかった。神様のご加護だ！

魏富堂が言うその十畝《ムー》の土地は、もともと川原の荒地だった。ある日、張文鶴が自分の山椒の木の手入れをしていると、魏富堂が通りかかって「そこを開墾しないか。開墾したら三年間は小作料を徴収しないよ」と言った。張文鶴は勤勉だから、二年で荒地を水田に変え、ずっしりと重い稲穂が実った。

ある日、張文鶴が町へ薪を売りに行く途中、魏富堂の家の前を通りかかると、魏富堂が「フォード」の手入れをしていた。そばで高等小学校へあがったばかりの鄭培然が手伝いをしていた。ボンネットが開いて、はらわたのような中身が陽光を受けて光っていた。魏富堂の指示に従って鄭培然が、ちょうど口の長い油入れから穴にガソリンを注いでいた。張文鶴は自動車も馬と同様食事が必要なのか、とそのとき初めて知った。馬は草を食い、自動車は油を食う。米十斤が油一斤に相当し、その油は漢中にしかなく、寧羌の街でも買えないから、自動車を持つのはラバより難しそうだった。

その日、魏富堂は手についたエンジン・オイルを拭きながら張文鶴に言った。「うちの玄関から南を見渡すと、お前の田んぼの作物が見えて気分がいい。お前は立派な百姓だ。まじめでしっかりしているところが気に入った。ところで、来年から小作料を納めてもらうからな。肥えた田の小作料は十五担以下では困るが、それでいいなら続けてやってくれ。いやなら田んぼを返してもらうよ」

十五担の小作料は一年の収穫高の半分以上だ。張文鶴は内心、「魏富堂の勘定はまったく抜け目がない！」と思った。こうして魏富堂は、元手を払うことなく彼を自分の小作人にした。

今は大勢が変わり、魏富堂は死を目前にしているのに、まだその十畝の田んぼのことを思い出している……。

張文鶴は李樹敏にも「水を飲むか」と聞いた。すると李樹敏は「水は飲まない。肉を食べて喉がかわいたからお茶がほしい。老鷹茶【クスノキの若葉で作った茶】だ」と言った。張文鶴は「お茶はない、飲むなら青木川の水だけだ」と答えた。

李樹敏が声を荒げた。「脂っこい肉を腹一杯食べたあとに水を飲ませるのか。わざと俺の腹をこわしてあの世へ旅立たせる気か！」

張文鶴は温厚な人柄なので、李樹敏の嫌味になにも言い返さなかった。だがそばにいた見張りの兵士が、銃を構えるや「貴様この期に及んで腹を下す心配か。飲みやがれ！」と命令した。

李樹敏はやむなくがぶがぶ水を飲んだ。喉が乾いていたせいか一気に飲んだ。そして四時間もたたないうちに腹痛を訴え始めた。後に馮明が大衆裁判の思い出話をしたとき、「李樹敏のズボンの股が汚れていた」と言ったが、それは紅焼肘子と水のせいだろう。もちろんプロレタリア独裁の威力に恐れをなして失禁した可能性も、ゼロではない。

馮明がやってきたとき、張文鶴は罪人が水を飲んだことと、張海泉が肉を差し入れに来たことを報告した。十畝《ムー》の田んぼの話や、魏富堂に「いい奴だ」と言われたことは伝えなかった。多分、言い忘れたのだろう。

馮明は会場へ護送する前に、二人に「何か話したいことはないか」と聞いた。

魏富堂は「ない」と言った。

李樹敏は「俺は生まれ変わって、三十年後にまた李樹敏として現れるだろう」と言った【仏教の輪廻の考え】。

馮明が「お前は大した教養があるのに、もう少しましなことを言えないのか」と言った。

すると李樹敏は「叔父を放してやってくれ。俺が一人ですべてを引き受ける！」と言った。

馮明は「彼は彼、お前はお前、それぞれがけりをつけるのだ！ 会場に行ったらわめいたり、きょろきょろしてはならない。大人しく革命大衆の裁判を受けなさい」と言った。

本来なら慣例によって「自白すれば寛大に処分し、逆らえば厳罰を加える、抵抗したら死刑だ」と付け加えるところだが、その必要はなかった。寛大にしようが厳罰にしようが、間もなく一発で決着がつく。そこで馮明は「もうお前たちに残された時間は少ない、最期を潔くしろ」とだけ言った。

李樹敏がひとこと尋ねた。「打つときはどこを狙うんですか。頭それとも心臓？」

馮明が「どこだろうと我々が狙いたいところだ」と言った。

魏富堂は李樹敏の饒舌《じょうぜつ》に腹を立て、じろっとにらみつけた。李樹敏が「俺は知ったうえで死にたいんだ」と言った。

馮明が「最後にもう一度言っておく。大人しくしろ。勝手な言動は許さん」と言った。

実際には、馮明のこの言葉は余分だった。護送されるとき魏富堂と李樹敏の首は縄できつく縛られていたので、わめくことも脇見をすることもできなかった。護送兵はみな十分訓練を受けていたから、少しでも頭をもたげることを許さなかった。それでも外へ出たとき、ちょっとしたアクシデントが起こった。

事件は橋の上で起こった。一行はちょうど橋にさしかかり、十数人の足が分厚い柏木の板を踏む足音が重く響いた。魏富堂はぐいぐい引っ張られてあえぎ、足取りが乱れていた。

馮明は、鄭培然が糊のバケツを提げてそこに立っているのを見た。鄭培然と糊のバケツと色とりどりのポスターのために、道幅がいくらか狭くなっていた。魏富堂を護送する隊列はスピードを落とさざるをえなかった。馮明には不可解だった。犯人護送という周到に準備された行動の中で、なぜ橋の交通整理と警戒がおろそかにされ、この大事な場所に鄭培然と数人の見物人がいるのか。護送隊列はもうこちら側から橋を渡り始めており、橋の中ほどに立っている人を退去させるのは間に合わなかった。幸い、見物人の多くは女と子供なので、安全上の心配はなさそうだった。

鄭培然の近くに来たとき、馮明は青いチーパオ【旗袍。チャイナドレス。高い詰め襟と深い裾のスリットが特徴】を着た肌の白い女が、上等な紙を一束手にして鄭培然の後ろに立っているのを見た。こちらが近づいていくのを彼女は静かに見ていた。隊列が進むにつれて見物人は後ろへ下がったが、女はそのまま無表情に立っていた。あたかもそこが彼女の場所で、そこに立つのは当たり前というふうだった。馮明はその女を知っていた。彼女の出現が馮明を警戒させ、彼は思わず腰に挿してあるピストルに手をやり、不測の事態に備えた。

魏富堂は女の近くを通ったとき、ぐっと顔をそちらに向け、二人はちょうど目を合わせた。女の目つきはやわらかく落ち着いていて、怒りも怯《おび》えも恨みもなかった。女の黒髪の後ろに晴れた空が広がっていた。その光景を、魏富堂は人生の最期に心にとどめただろう。

後になって馮明は分析した。魏富堂が目を向けたのは偶然ではない。女の履いていた革靴が、地元のどの女性とも違う、見知った靴だったから、その脚が目に入ったとたん、魏富堂には分かったのだ。その人がここで最期の別れのために自分を待っていてくれたことを。だからそれに応えなくてはならないと思い、危険を冒して顔を向けた。そしてそのために、彼の首は縄がさらにきつく締められ、窒息するほど痛めつけられ、小突かれたのだった。

3

あれから五十四年経った。馮明が青女の家の庭で鄭培然に当時の話を持ち出すと、なんと鄭培然は頑として否定した。「わしはポスターを貼った覚えはない。ずっと運動場で友達と一緒に座ってスローガンを叫んでいたんだ。魏富堂が護送されるのを見るわけがないし、女が自分の後ろに立っていたことも知らない」

馮明が「それは記憶違いだよ。君は間違いなく橋にいて、魏富堂たちの通路の邪魔になったんだ」と言ったが、鄭培然は「いや、わしの記憶力は青木川一番だ。今でも富堂中学校の校訓を暗唱できる。この校訓はわし以外誰も覚えていない」と譲らない。

馮小羽が「富堂中学校の校訓ってどんなものですか」と聞くと、鄭培然は「性《さが》に率《したが》って行動すること、これを道と謂《い》う。道を知識として修め、かつ実習すること、これを教えと謂う」【「礼記・中庸」】と答えた。

馮明が「その校訓はまずい。道を修めるというと、まるで道教だ」と言い、鄭培然は「この校訓は謝静儀《シェジンイー》校長先生が選んでくれた孟子の言葉ですよ。『道』とは天下の道、自然の道、人生の道であって、道教とは関係ありません」と言った。

馮小羽が「その校長先生はチーパオを着ていませんでしたか」と聞くと、鄭培然は「もちろんチーパオです。青木川でチーパオを着ていたのは、謝静儀校長と魏旦那のお嬢様の金玉様と二人だけでした」と答えた。

馮小羽がさらに「目の詰《つ》んだ綿の青いチーパオを着ていたのはどちらですか?」と聞くと、鄭培然は「私が見たのはどれも青で、たぶんあのころほかの色はなかったと思います。布地のことは関心がないので分かりません」と言った。

馮小羽が「私、ちょっと橋へ行ってみます。青いチーパオがあそこに立っているかもしれないわ」と言った。

張保国が「作家さんの言い方はなんとも芸術的ですね。

想像力が豊かだ」と言ったが、心の中では「この女はとりとめのない変なことばかり言う」と思っていた。

馮小羽が青女の家を出ると、真正面にあの橋が見えた。夕べ川沿いの道を通ったが、暗くてこの橋に気付かなかった。木と石で造られた橋が両岸にかかり、「風雨橋」の大きな三文字は力強い達筆だ。川の流れは澄んで川底が見え、水蒸気が立ちのぼっていた。反り返った軒先、青い瓦と彫刻を施した欄干、なんと美しい橋だろう。

一大センセーションを巻き起こしたあのアメリカ映画『マディソン郡の橋』【一九九五年上映】は、ごく平凡な木造の屋根付き橋にすぎないのに、ずいぶん派手に宣伝していた。もしこの「風雨橋」を向こうに移したら、あの恋物語はどこまで大きく宣伝されただろう。

橋の下では女が二人、しゃがんで野菜を洗っていた。昨日同じバスで来た茶髪の若者が、ちょうど橋の欄干にもたれて下へ小石を落としたところだった。下の罵り声と、上のくすくす笑い……。

許忠徳《シュージョンドー》が橋の向こうからやって来た。馮明の座談会に遅れまいと急いでいる。馮小羽が声をかけた。「まだ人がそろっていないので、しばらくは始まらないでしょう。今は鄭培然さんが話の相手をしていますよ」

許忠徳は「鄭培然はろくな話はできませんよ。認知症で昔の記憶は定かでないです。あるとき旧社会のことを告発する集会で、彼は『体がむくんだ』とか『乞食をした』とか話して聞く者の涙をさそったけど、『それはいつのこと?』と聞かれて『一九六一年だ』なんて答えたぐらいですからね」と言った【一九六一年は三年続いた大飢饉の最後の年】。

馮小羽が「でも鄭さんはマイクロソフトのワードのことを筋道立って話していましたよ」と言うと、許忠徳は「それは彼の得意分野だからです。彼は青木川に残らなかったら科学者になっていたでしょう。そうしたらスペースシャトルを発明したかもしれないし、初めて宇宙へ飛んだのは東北人の楊利偉《ヤンリーウェイ》【二〇〇三年に中国初の有人宇宙飛行を行った宇宙飛行士】ではなく、青木川の鄭培然だったかもしれません」と言った。

馮小羽が「『風雨橋』の字はすばらしい筆さばきですね。誰の書ですか」と聞くと、許忠徳は「非才の私です」と答えた。

馮小羽が「世の移り変わりを見てきたこの橋に『風雨』

という名前はぴったりですね」と言うと、許忠徳も「橋の名は何回も変わりました。いろんな人が何度も筆を振るったが、結局は『風雨橋』が一番似合いますね」と言った。

馮小羽が「この橋はいつ造られたのですか」と聞くと、許忠徳は「六十年余り前です。あのころ自分はまだ少年でしたが、橋梁工事には参加しました」と言った。

許忠徳の話によると、当時青木川の働き盛りの男はみな橋梁工事に動員された。道具は各自持参、自分のために橋を造るのだから、と報酬はなかった。魏富堂が自ら工事監督をし、街じゅうの人間が数カ月働いてようやく橋板を張り終わった。

ある朝、魏富堂が現場巡視に来た。橋の下では橋脚の隙間を塗り、上では水を運んで地面に水を撒《ま》いていた。ちょうど魏富堂が橋の向こうにたどり着いたそのとき、橋が崩れた。上にいた人は重傷を負い、下にいた人は全員下敷きになって死亡した。遺体は川から引き揚げて川辺に整然と並べられた。

青木川の人々は「橋を造らなければこの犠牲者は出なかった。先祖代々水を渡ってきたが溺死者はいない。橋を造る必要なんかない！」と言って、大半の人は止めようとした。

だが魏富堂は言った。「青木川の男はそんな弱虫ではだめだ。犠牲者が出ても橋は造る。人は水を渡れるが、品物は水浸しにできないだろう？　青木川の発展を望むなら交通が第一だ。橋の架設は中止してはならない。煉瓦の橋は崩れたから、こんどは石の橋にする。風雨をしのぐ屋根を付けて、もっと立派なものにするんだ」

それでも民衆がいやだと言うと、魏富堂は自衛団を繰り出し、鉄砲でおどして民衆を働かせた。山奥の人間には奴隷根性があるのか、鉄砲を向けられるともう文句を言う者はいなくなった。まもなく川原で石を砕く音や掛け声が轟き、刻んだ石の角柱が橋の近くに集められた。

あのころは毎日夜が明けると工事現場に働きに行った。街の人や周辺部の人もたくさん工事現場に見に来た。長い丸太の上に厚みのある長い石板を載せ、百人余りが左右に分かれて、前は縄を引っ張り、後ろは推して、大声で叫びながら運んだ。魏漱孝《ウェイシューシアオ》の親父が持ち前の大声で、木に登って掛け声の音頭をとっていたな。

大きな石もヨー　小さな石もヨー
みんなで力を合わせてヨー
ころがせヨー　豆のようにヨー
子孫のためにヨー　橋を架けようヨー　……

許忠徳は橋梁工事の説明に夢中になって、掛け声にリズムをつけて叫んだ。魏富堂の鉄砲に脅されてやったと言いながらも、工事の情景が懐かしく思い出されるようだった。

許忠徳が言った。「この三つのアーチの大きな石橋は、橋桁が人の丈ぐらい深く川床に埋まっているし、石の隙間に鉛が流し込んであるし、橋の上の木は一〇センチもの厚い柏の板で……だから六十年経った今も、度々の洪水に耐えて台座はびくともせず、少しも傷んでいないのです」

言いながら許忠徳は馮小羽を橋脚まで連れていき、その文字を見せた。大きな黒い石に「子子孫孫の通行のために」とくっきり刻まれている。下手な字だから魏富堂の自筆だろう。末尾を見ると、落款《らっかん》が削り落とされていた。馮小羽が「誰が削ったのですか」と聞くと、許忠徳は「お父さんに決まっているでしょう！」と答えた。

馮小羽が言った。「ここに来る前に、青木川の解放当初の資料を見てきたんです。それによると、魏富堂はアヘンを運ぶためにこの橋を架設した。民衆のためと言いながら実は自分のためだった。工事のとき彼は川辺で肘掛け椅子に座り、日傘を差して自ら監督していた。食事も家に帰らず毎日料理人に運んでこさせた。食事中も働いている人から目を離さず、怠けたり材料をごまかしたりする者は引っ張ってきて殴った。工事が少しでも気に入らないと、やり直させた。重労働をする民衆は粗末な食事なのに、高い所で号令するだけの彼は豪勢な食事をとっていた。だから極悪非道のボスとして民衆から心底恨まれた。工事中六人も死者が出たことが、彼を死刑にする犯罪証拠の一つとなった。そう書いてありましたよ」

許忠徳は言った。「それは見方によります。魏富堂は自分のために橋を架けたという説にも一理あるでしょう。でも彼だけでなく青木川のすべての人が利益を受けたのも事実でしょう。彼は死んだが橋はまだそこにある。魏富堂が厳しく現場監督しなかったら、六十年間びくともしない橋はできなかったでしょう。現代の現場監督が、あのときの魏富堂の半分も真面目に仕事をしていたら、全国でこんなに多くの『手抜き工事』はありえない。どこの現場でも犠牲者が出ている。炭鉱爆発で百人もが生き埋めになっても、炭鉱の社長や書記は一人も死刑になっていないじゃないですか？」

馮小羽は返す言葉を失った。

許忠徳は馮明の座談会に遅れないよう、話を終わらせて立ち去ろうとしたが、馮小羽が引き止めて一つ尋ねた。

「魏富堂って見かけはどんな人でしたか？」

許忠徳は突然そう質問されてきょとんとしたが、ちょっと考えてから「模範劇『沙家浜』を見たことがあるでしょう」と言った。

馮小羽が「見ましたよ」と言うと、許忠徳は「魏富堂は胡伝魁《フーチュワンクイ》【『沙家浜』に出てくる地方武装集団の頭目】に似ているが、胡伝魁より精力的で、敏腕家でした。背も高かった」そう言って立ち去った。

取り残された馮小羽は、いったい魏富堂は革命模範劇の型にあてはまるのだろうか、それとも自分が歴史の型にとらわれているのだろうかと、橋の上でしばらく思いをめぐらせた。魏富堂とはどんな人物なんだろう。

青木川の名は、橋のたもとにある青木【ケヤキ科の高木。材質が硬い】の大木に由来しているという。青木の木陰は一畝《ムー》にも届き、幹は数人がかりでも抱えきれないほど太いから、樹齢は千年を越すだろう。

鎮は古い街道に沿って延びている。南は四川省の竜駝山で、そこから九寨溝までは二日あればたどりつく。西は鳳凰山で、甘粛省につながっている。東は銀錠寨、北は黄猴嶺で、どちらも陝西省南部に位置している。

街道を歩いてみると、石畳の細い道がくねくねと南北に延び、道の両側には商店が並んでいる。その中に時折混じる古めかしい二階屋は、透かし彫りの窓や手の込んだ煉瓦の装飾から、むかし料理屋や旅館やアヘン館だったことが分かる。

古い家の壁には破れたポスターが貼られたままになっていた。重ね貼りされ、そして剝がれかけたスローガンが、時代の変遷を物語っている。よく見ると、一枚一枚違う書体で「計画出産の指導を強め、三十日過ぎたら避妊リングをはめ、四十日過ぎたら避妊手術を目指そう」【一九七九年から強制実施した「計画出産」法の宣伝文句】、

「決して階級闘争を忘れてはならない」【一九六二年、毛沢東が打ち出したスローガン】、「大いに意気込み、高い目標を目指そう」【一九五八年、毛沢東が打ち出した社会主義建設総路線のスローガン】、「土地改革を実行し、新中国を建設しよう」、「地主を打倒し、農地を配分しよう」【一九五〇年、中央政府が公布した「中国土地改革法」の宣伝文句】などと書かれていた。どのスローガンも、よく目に付き長く残るように、丹念に気持ちを込めて書かれているが、その文字ももうぼやけている。月日が流れ、書いた人はどうなったのだろう。重なった文字の痕跡がこの小さな町を古くさく重苦しくさせている。

　馮小羽がカメラを出して、それらの重なり合ったポスターを撮ろうとしていると、地元の青年が原稿用紙を一束握りながら近づいてきて、「ぼく、詩を書いたので、都会の作家先生に見てもらい、ご意見を聞かせてもらいたいのですが」と言った。「お名前は」と聞くと「奪爾《ドゥオアル》といいます」と言った。

　馮小羽が「どうしてそんなバタ臭くモダンな名前なの」と聞くと、奪爾は赤面して「元々は農地受け負い政策が実施されたときに生まれたので佘承包《ショーチョンバオ》【中国語の「承包」は「受け負う」意。一九七〇年代に集団農業から、生産請負制度に変わった。一部の中国人の名前は政治などにちなんでつけられる】といいましたが、去年、県の新聞に詩を発表してからは、ノーベル賞を取りたいと思って、奪爾【「爾」は中国語のノーベル「諾貝爾《ヌオベイアル》」の「爾」。「奪爾」は「ノーベル賞奪取」の意】に改名しました」と言った。

　馮小羽が「原稿を預かって、帰ってから拝読しましょう」と言ったが、奪爾は立ち去ろうとせず、まわりくどく話し続けている。しばらくしてやっと父親に言われて来たことが分かった。彼が言った。「実は馮明教導員様に、うちにも来てくださるようお願いしに来たのです。とりわけ祖母がぜひお目にかかりたいと申しています」

　馮小羽が「お婆さんは何というお名前ですか」と聞くと「佘黄花といいます。父は佘翻身《ショーファンシェン》【「翻身」とは、抑圧されていた労働者や農民が、共産党によって解放され、国家の主人公になったという意味】といいます。当時、土地改革工作隊が名付けてくださったのですが、のちに佘鴻《ショーホン》雁《イエン》と変えました。父は県の文化関係の仕事をしていましたが、定年になって青木川へ戻ってきました」と答えた。

　馮小羽が「どうしてお父さんはお婆さんと同じ苗字な

んですか？【中国では夫婦は異姓で、子供はふつう父の姓を継ぐ】」と聞くと、奪爾は「祖父がいないからです」と言った。また「祖母は馮明様を大変崇拝していて、毎年正月、祭壇の神様に線香をあげるとき、いつも馮明様のことをお祈りしています」と付け加えた。

4

馮明が青女の家で開いた座談会は、彼が期待していたほど盛り上がらず、心が高揚する場面はなかった。張保国が話題を作って発言を促さなければ、場は何度も白けただろう。初めは一応、「銃殺刑にされたあの李樹敏は、なかなか下心が読めなかったな」などと言っていたが、いつの間にか、青木川から斗南山荘までの道路の歩きにくさに話が脱線した。

その黄土の道は、雨が降るとひどくぬかるみ、足が泥にはまるとなかなか抜けない。牛でさえそこへ足を踏み出そうとしないのだから、人間はなおさらだ。ここは甘粛省と陝西省から九寨溝《きゅうさいこう》【一九九二年、世界遺産に指定された中国屈指の観光地】へ行く近道で、観光客を引きよせる大きな可能性を秘めている。その道が泥んこのままでは、青木川の経済の発展にも支障をきたすだろう。そういうわけで参加者が次々に発言したが、内容はどれも、どうしたら県の支援を取りつけ、資金を獲得できるかという方法についてだった。

馮明は、話の大部分が自分に向けて語られているのが分かっていた。つまり彼に、退任高官の力で、関係部門からの割当て金が早く来るよう力を貸してもらいたい、少なくとも自分たちの要求を上の役所に伝えてほしい、と言いたいのだ。馮明はこの座談会がますます当初の期待からはずれていくのを感じた。資金の配分などは在任中でも独りで決められないのに、末端の人はいつも簡単に考える。

馮明があまり乗り気でないとみて、鄭培然が三老漢《サンラオハン》に「道路改修のことを震川《ジェンチュワン》君に話してみてくれないか」と意味ありげに言った。震川とは三老漢の孫で、交通担当の副県長だ。すると三老漢は「震川はもう何日もこっちに帰っていないよ。偉くなれば出身を忘れるもんだ。都会の嫁をもらってさ。その嫁はハイヒールを履き、外国の白粉をつけ、ズボンは穿かず一年じゅう足をむき出しにし、せっかくの黒髪を金色に染めている。名前もバタ臭く蔓娜《マンナー》といって、まったく中国人とは思えない」とぼやいた。

「いくら西洋かぶれでも青木川の嫁さんだ。お月様の中の嫦娥《じょうが》【中国では月には伝説の美女・嫦娥がいると言い伝えられている】じゃないんだから」と鄭培然が言うと、三老漢は「あの女は青木川に来たがらない。便所が原始的で、高貴なお尻には耐えられないんだとさ」と言った。

「孫の態度はどうなんだい」と鄭培然が訊ねると、「孫はいい孫だけど、女房に頭が上がらないんでね」と三老漢。

鄭培然が言った。「それは修正主義の始まりだ。帝国主義反動派が中国での資本主義復活の夢を、三代目や四代目に託しているが、もう狙いどおりになっている。三老漢から数えて震川は三代目だから、まさに当てはまる。四代目はもっと修正主義になるにちがいない」。三老漢も言った。「間違いなく孫の子供は修正主義だ。母親のオッパイはいやだといって、アメリカ輸入の粉ミルクばかり飲むし、オムツも『使い捨て』だといって、一度使ったら捨てている」

話がまとまらない様子に馮明はいらいらしてきた。呼ぶ人を間違えたのではないかと思った。あのころ鄭培然はまだ中学生にすぎなかったから、知っていることはわずかだ。許忠徳は魏富堂の少佐参謀主任、三老漢は魏富堂の大尉大隊長、魏漱孝は魏富堂のいとこの子、沈良《シェンリアン》佐《ズオ》は魏富堂の二等通信兵だ。よく見回してみると、当時の活動家や新政権の主なメンバーは一人も来ていない。どうりで話が合わないわけだ。

馮明が張保国に尋ねた。「主任兼組織委員はどうして来ないんだ?」

「主任とおっしゃいますと?」と張保国が聞いた。

「君の親父さんだよ」と馮明。

張保国が「お忘れでしょうか。父はとっくに亡くなりました」と答えた。

「では、副主任兼土地配分委員は?」

「それは誰ですか?」

「劉大成《リウダーチョン》だよ」

「亡くなりました。劉大成は鉄鋼生産運動【一九五八年、全国で鉄鋼生産運動を展開】のときに溶鉱炉の前で、脳卒中をおこしたんです。死ぬとき鉄のかけらを手にしていました」

「武装委員の万至順《ワンジーシュン》は？」

「『文革』のとき、首を吊って死にました」

「では、粛清委員の沈二娃《シェンアルワー》は健在か？」

「彼は九〇年代に娘さんについて深圳へ行ってから便りがありません」、張保国が言った。

「みんな死んでしまったのか！」と馮明が言った。

馮明はさらに「魏富堂の関係者はみなずいぶん元気そうだな。さも楽しそうに暮らしているうえに、孫が県長にもなって」と言いたかったが、我慢した。それは上級幹部の発言にふさわしくないし、政治的品性も疑われる。

気のきく許忠徳が、馮明の心を読んで付け加えた。「人は天に逆らえず、寿命は天の定めですからね。あきらめが肝心です。魏富堂の直属の部下は、佐官階級の者は七人のうち六人が亡くなり、死に損ないの私めだけが、まだこの世にしがみついて恥をさらしています」

張保国が言った。「万至順のほかは、同志だった方々はみな天寿を全うしましたよ。生きていたら百歳を超えるでしょう。青木川全体でも百歳を超える老人はいません。まあ、百歳を超える樹木ならいくらでもありますけど」

馮明は数えてみて、なるほどそうだと納得した。劉大成が土地配分委員を勤めたのは六十に近かったから、どんなに丈夫でも百二十歳は無理だろう。当時最年少だった馮明が、今や八十になろうとしているのだから、歳月人を待たずだ。来るのが遅すぎたことを痛感した。会いたい人に一人も会えないのでは、青木川を再訪した意味がない。もっと早く、少なくとも二十年前に来るべきだった。しかし二十年前は一番忙しく、外国を含めあちこちを駆け回っていて、青木川という山奥の小さな町が頭に浮かぶことはなかった。青木川が自分を忘れたのか、自分が青木川を忘れたのか。

馮明が残念そうにしているのを見て、張保国が付け加えた。「ここにいるのは青木川で最も年長の方々ですが、まだ来ていない方も一人二人います。もう頭がもうろくして人を見ても誰か分からないので、呼ばなかったのです。そうそう、もう一人、趙大慶《ジャオダーチン》がいますが、起きられない状態でして」

馮明はしばらく思い出そうとしたが、趙大慶なる人物が浮かんでこない。「生産委員だった人ですよ。当時貧しくて家の中はがらんとしていて、農具らしい物は何一つ持っていなかった、赤貧の趙大慶ですよ」と三老漢がヒントを与えた。

馮明がどうして寝たきりになったのかと聞くと、三老漢が「年も年で、もう八十五ですからね。秋に文昌宮の劇場で処分される煉瓦を拾いに行ったとき、足に何かが刺さって、ただれて傷がふさがらないんです」と言った。

許忠徳が張保国に言った。「あのガラクタの山は、いずれ災いの元になるだろう。大勢の人間が古い煉瓦や木片をあさっている。彫刻がしてある衝立《ついたて》のせいで、よその骨董の闇商人が何度もやって来た。木彫りの対聯《ついれん》【門や柱の両側に掛ける一対の掛け物】を佘承包のおやじが二千五百元で売ってしまったのに、誰一人非難する者がいなかった。あれはぜったい国の文化財の流出だよ」

魏漱孝が言った。「対聯の字は施《シー》秀才の肉筆で、見た人はみな感心していた。彫り方も上手で、正面から見ると字は浮き上がって見えるが、横から見ると内へ凹んでいるんだ」

馮明はその劇場に覚えがあった。町の集会、演劇、歌のコンテストなどは、全部そこでやったものだ。ステージの向かいが文昌宮だった。劇場のつくりは大変凝っていて、舞台は黒い石版、内装は美を極め、反り返った軒先や升組のほか、両側の柱に対聯が掛けてあった。

許忠徳が言った。「わしは前期の政治協商会議で、『文昌宮の舞台が崩れそうだ、天井の一角が破れて空が見え、雨水が壁を伝っている、夏の豪雨で天井全体が崩れ落ちるかもしれない』と注意を促したんだが、雨が来ないうちに崩れてしまった。復旧はまだできていない。早く手を打っていたら、これほどひどくはならなかっただろうに……」

馮明が「崩れた舞台を見てみたいな」と言うと、許忠徳が「ぜひ見に行くといいですよ」と言った。

文昌宮は馮明にとって印象深いところだ。どこを忘れてもあの劇場だけは忘れないだろう。彼が第三大隊を率いて初めて青木川へ入ったとき、最初に落ち着いた先が文昌宮の劇場だった。到着したのは夕方で、胡宗南《フーゾンナン》騎兵第二旅団の分隊が引き上げて間もなかった。その部隊は、解放軍が南下して青木川へ来ると聞いて一夜にして逃げ出したのだが、あわてたため略奪品を全部は持って行けなかった。しかも敗走前に内部対立して、一部は胡宗南を追って南西の四川省を目指し、一部は秦嶺の山に分散して匪賊となり、のちに匪賊討伐の際、ずいぶん手こずった。

馮明の第三大隊は青木川に進軍するにあたり、十分な下調べをした。それによると、ここの民衆は共産党に対する認識が浅く、情勢も複雑で、共産党員の地下活動はあったが身分は公開していない。極悪地主・魏富堂は自ら自衛団を統率していて、軽率なことはしない。表向きは解放軍を擁護して共産党に協力し、武器を引き渡し降参するように見せている。だが陰では杜家院や趙家壩、姚渡、広坪の地主武装勢力とつながっていて、自らを寧西人民自衛団司令官に任命して、革命政権に頑強に抵抗しようと企てているという。

そこで大衆工作が順調に進むように、第三大隊から三十人の武装工作隊を組織するとともに、師団から文芸方面の人材を選んで一緒に青木川に進駐させた。林嵐はその中の一人だった。

馮明の記憶では、彼らの部隊はあの日の午後に回龍駅を出発し、日が沈むころ石門桟道を通った。谷間に降りたとたん青木川方面から、銅鑼や太鼓や楽団の演奏がにぎやかに聞こえてきた。山を出たところで馮明たちが目にしたのは、路傍に置かれた長い机、そこに並べられた茶菓と、木につるした「歓迎！　解放軍の青木川進駐」の垂れ幕だった。富堂中学校の生徒が大勢、三角の旗を振りながら、先生の指示に従ってスローガンを叫んでいた。芝居用の衣装でおかしな歓迎のポーズをとっている者もいた。副大隊長・劉志飛《リウジーフェイ》がそれを見て言った。「清代の官服や皇后の衣装まで着ていますよ。大変な歓迎振りですね」

馮明は冷静に対処するよう、みんなに指示した。

魏富堂は机の前に立っていた。高級なラシャの軍服に長靴を履き、ベルトを締め、ピカピカの拳銃を腰に差している。後ろの護衛兵六人は一様にアメリカ式の装備をつけ、堂々と立っている。

「魏富堂はどういうつもりなんでしょう」と劉志飛が小声で馮明に聞いた。

「われわれに力を誇示しているのだろう」と馮明は言い、「これで武器を解いて降参のつもりか。明らかに実力を見せつけている」と劉志飛が言った。

魏富堂が大股で歩いてきて、離れた所で立ち止まり一礼した。後ろの護衛兵も一斉に立ち止まって「捧《ささ》げ銃《つつ》」の礼をした。

敬礼のあと、魏富堂は兵士たちと握手を始めた。まじめに、一人一人の手を力強く握りながら「解放軍の青木川進駐を歓迎します。青木川の住民は、日照りに恵みの雨を待つように解放軍を待ちわびていました」という意味のことを言った。馮明たちは歓迎の人々や生徒たちに挨拶を送った。一般の民衆は歓迎の隊列の後ろで、まるで正月の祭りを見るようにぼんやり立っていた。賑わってはいたが、見物人にすぎなかった。

魏富堂が言った。「自衛団の人員名簿や武器・弾薬などのリストは、ご指示がありしだい渡せるよう用意してあります。武器などは現在事務所の庭にまとめて保管してあります。自衛団員はほとんどこの山里の住民で、鉄砲を持てば戦闘に出るし、鉄砲をおけば農業をやる、兼業です。ご訓示がある場合は、ラッパを吹けばいつでもすぐ集まります」

馮明は、魏富堂が進んで新政権に協力したことに賞賛の辞を述べ、「青木川が順調に人民の手に戻ったのは、貴公が大義をわきまえていたおかげだ。これからも解放軍の活動に協力し、革命政権に貢献するように」と魏富堂に求めた。

魏富堂が手で合図すると、演奏が一段と熱をおび、爆竹も鳴った。生徒たちは「共産党がなければ新中国なし」【一九四三年作の歌の冒頭】と歌い始めた。昔、国民党の県長を歓迎したときと同じように、五色の紙吹雪が撒かれ、兵士たちの頭上を舞った。

魏富堂は、第三大隊が自分の事務所に駐留できるよう手配してあった。その事務所は魏家の屋敷のすぐ隣にあり、中庭を囲む建物が三つ鎖状に繋がっていて、入口に数段広い石の階段がついていた。建物の内部はきれいに片付けられ、上官の執務室には机・回転椅子・衣服掛・文房具が揃い、応接室には肘掛け椅子・茶卓・衝立・痰壺を配置し、会議室には青いクロスをかけた長いテーブル・長椅子などが整然と並べてあった……。魏富堂は、第三大隊一つどころか、三つでも収容できると言った。

だが、馮明たちは魏富堂の事務所の建物には入らず、放置されていた文昌宮の広間に入った。文昌宮は町の北側にあり、本殿や周りの建物の大部分は崩れていたが、南向きの数部屋は、少し前まで施秀才の私塾に使われていた。その後一九四五年に新しい学校ができて私塾は閉校になり、空いた部屋を地元の人が風雨をしのぐ牛小屋代わりに使っていた。文昌宮の向かいにある劇場はそれほど傷んでいなかったので、第三大隊はそこに駐屯することにした。

その日の夕方、魏富堂は宴席を設けて第三大隊を歓迎しようとした。自分の屋敷には来ないだろうと予想し、宴会場を町の料理屋「青川楼」にした。魏富堂は「板前の張海泉はわざわざ成都から招きました。紅焼肘子は本場の味です」と説明し、さらに言った。「馮教導員は訛《なま》りから察してご出身は南の方でしょうか。南方の方は米がお好きだそうですが、青木川の米は陝西省南部で一番おいしいと評判です。毎年漢中へ運んで……」、そして誰に届けるのか、魏富堂は次の言葉を呑み込んだ。続けたら自分に不利になるところだ。

馮明が言った。「来たばかりで、地元に迷惑をかけたくない。食事は申し訳ないがお断りします。今後お世話になることもあるでしょう。その節はよろしく」

魏富堂はなおも「教導員様が食べに来てくださらなかったら、青木川の者が礼儀をわきまえず、革命に熱意がないように思われるじゃありませんか」と言った。

だが馮明は「革命に熱意があるかどうか、食事一回では分かりませんからね」と断った。

馮明が応じないのが分かり、魏富堂はそれ以上無理じいしなかった。解放軍が歓迎の宴に応じないのは予測の範囲で、来る来ないは相手次第だが、こちらは準備だけは怠ってはならないのだ。

第三大隊は独自で炊事の支度をするため、地元の農民から柴などを調達した。だが金を払おうとしても受け取ろうとせず、こう言った。「魏司令官に、第三大隊も自衛団も身内で、どちらも青木川を守ってくれると言われました。だから金は受け取れません」

そこで隊員が解放軍の「三大規律、八項注意」を伝え、「商いは公平値段で、秩序正しく」と歌まで歌った。農民たちにはそれが物珍しく、「胡宗南の軍隊も柴の供出や労役を強制したが、金は出なかったし一方的だった。共産党は国民党とずいぶん違う」と感心して言った。

翌日、富堂中学校から生徒が二人、文昌宮にやって来て「今オペラ『白毛女』の稽古をしているのですが、解放軍兵士に指導に来てもらえませんか」と言った。馮明はすぐに林嵐と男子宣伝員を行かせることにし、念のため兵士も二人同行させた。

林嵐たちが出かけたすぐあと、黄金義が馮明に活動報告に来た。黄金義は共産党が青木川に派遣した青年教師で、一九四八年に青木川中学校に来て数学を教えている。謝静義校長の影響力を利用して、魏富堂に「国民党について行かないよう、共産党に投降して解放軍への編入を待つよう」働きかけよ、と命じられていた。

黄金義が二言、三言話し始めたとき、学校近くの山の斜面から集中射撃の音が響き、流れ弾が何発か劇場の屋根に当たって、瓦のかけらが庭に落ちた。馮明はすぐさま劉志飛に、兵士を連れて状況を調べに行かせた。魏富堂が慌ててやって来て言った。「近くの匪賊が反乱を起こしているようだ。一個小隊を見に行かせました」

「魏司令官、来るのが早いですね」と黄金義が言うと、魏富堂は「ちょうど街で部下たちと話をしているときに銃声が聞こえました。あの音からすると騒ぎは学校の方です」と言った。

馮明が「宣伝隊の林嵐がちょうどそっちに行っている。中学で演劇の稽古をしているそうだ」と言うと、黄金義が「今日は第三大隊の歓迎で休校にしたから、今学校には誰もいないはずです」と言った。

敵の罠だったと気付いて、馮明がただちに対処するよう部隊に命じると、「もう副大隊長が部隊を率いて山へ向かいました」と通信兵が言った。

林嵐たちはといえば、中学生二人の後について街のはずれに行き、石の階段を上って曲がると、遠くに学校の正門が見えた。正門は閉まっていたが、中から笛の音がして『白毛女』の「北風吹いて、雪が舞う」のメロディーが聞こえてきた。数羽のカラスが入口の木の上でカアカア鳴きながら止まったり飛び立ったりしていた。と、そのとき「中学生」二人がいきなり走り出し、林の茂みに入って一瞬にして姿を消してしまった。

林嵐が「警戒！」と言い終わらないうちに山の斜面の林から銃声がし、銃弾が足元の石畳に当たって火花が散った。林嵐たちは慌てて大きな岩の背後に隠れた。同行の兵士が小銃で応戦しようとしたが、敵は林に隠れて見えない。匪賊は姿を見せず弾だけ打ってくるので、絶え間ない集中射撃に、林嵐たちは頭を上げられなかった。

男子宣伝員の一人は漢中師範学校から入隊したばかり

で、緊迫した場面は初めてだったから、突然のことに取り乱し、ただ頭を岩の下に隠そうとするばかり。林嵐は直接戦闘に参加したことはないが、入隊して何年にもなる古参革命家だ。彼女は拳銃を出し、冷静にタイミングを計って応戦した。

敵は暗い林に隠れ、集中的に道端の岩をめがけて掃射してくる。林嵐は、今はこの場を保って援軍を待とう、それしかないと考えていた。ここは第三大隊からあまり離れていないから、第三大隊の同志たちが銃声を聞いてすぐ駆けつけてくれるに違いない。

襲撃する側も長引かせたくないらしく、高い足場をたよりに、早く片付けて戦闘を終わらせようとしていた。彼らは、ここは遮るもののない小路だから、たやすく解放軍を襲撃できると確信していたようだが、路傍のこの岩を見逃していた。岩が林嵐たちの盾となっているため、彼らは林に隠れながら両側へ移動を始めた。

弾丸が横から飛んできた。もう岩の後ろに隠れていられなくなり、ますます危険が迫った。匪賊の興奮したわめき声がひびき、そのざわざわした中に、ひときわ落ち着いた声が聞こえた。「皆殺しだ！　生かしておくな！」

岩の後ろにいた男子宣伝員がおびえて泣き出し、「こんなに早く死にたくない、まだ生きたい」と言った。銃弾が岩に当たって石の破片が飛び、彼の顔に当たった。さっと血が流れ、その血が目を覆った。彼は自分が死ぬかと思っていきなり跳び上がり、そばの雑木林に向かって一目散に走り出した。

林嵐が突進して彼に飛びつき、一緒に転がって、その勢いで窪んだ草むらに突っ伏した。銃弾が頭上をひゅうひゅう飛び、彼女は頭を湿った草に押し付けたまま動けなかった。草いきれと火薬の匂いが鼻をくすぐり、くしゃみが出そうだった。

このとき土色の山蛭《やまひる》が一匹、草を伝って、まっすぐに彼女の腕に這い上がった。続いて三匹、四匹……。蛭と同時に銃弾が猛烈な勢いで自分の隠れている草むらへ飛んでくる。林嵐は、これで革命のために死ぬのかと思った。

副大隊長の劉志飛が兵士を率いて駆けつけた。手榴弾を数発、林の方に投げつけると、ドカンドカンと大きな曇った音が響いた。魏富堂の自衛団も駆けつけてきたため、襲撃者たちは飛ぶように退散した。夏の通り雨が去ってカラリと晴れ上がったように、匪賊どもは一瞬のうちに影も形もなくなった。

静かな山村の夕暮れ、日は西に傾き、絢爛たる夕焼けが周囲の山々を輝かせている。山から戻ってくる牛の鈴の音、学校へつづく道端に静かに咲いている野の花、川は歌いながらさらさら流れている。林嵐はぼんやり路傍に立っていた。もし火薬の匂いがあたりにまだ漂っていなければ、そして仲間の顔に血が伝っていなければ、今さっきここで起きた突然の襲撃、生と死の格闘を、とても信じることができなかった。

魏富堂は不安を感じ緊張していた。青木川で解放軍を襲う事件はこれが二回目だ。鳳凰山での解放軍狙撃事件がまだ真相解明されてないのに、また今度の事件だ……。

魏富堂は「中学生」二人の人相を繰り返し尋ね、さらに学校の全生徒を集めさせて解放軍に確認してもらおうとした。しかし馮明は「それは意味がないだろう。今入った情報では、今日『白毛女』の稽古はなかった」と言った。

兵士の一人は、確かに途中で「北風吹いて」の笛の音を聞いたという。

魏富堂が腹立たしげに言った。「怪しい！　これは徹底的に調べて真相を明らかにしなければならない」

馮明は言った。「『白毛女』を歌える匪賊に遭うのは初めてだ。してみれば我々の相手は相当なやり手だな」

夜、第三大隊は劇場で会議を開いた。馮明は自分が油断し敵を甘く見たことについて自己批判した。さらに「あれは我々に威力を見せるための、念入りに練った作戦だ。我々第三大隊と工作隊にとっては、情勢の複雑さと今後の活動の困難さを意味している。備えを十分にしなければならない」と言った。

別の隊員が「魏富堂は陰謀にたけている。簡単には武装解除しないだろう。今回のことも彼と関連があるに決まっている。今日林嵐さんが遭遇しなければ別の同志が遭遇しただろう」と意見を述べた。

会議では、明日、魏富堂の引き渡した銃砲と弾薬をただちに寧羌へ運び、魏富堂の自衛団は集中学習させ、人民政府の思想改造教育を受けさせる、という決議をした。

魏富堂にこの決議を伝えると、魏富堂は異議なくスムーズに受け入れを表明した。ただ「集中学習のため家に帰らせてもらえないのは困ります。家族が病気なので、世話するために帰らなくてはならないのです」と言った。

馮明が「家族とは?」と聞くと、魏富堂は「女房の解苗子です」と答えた。

林嵐は体のあちこちから血が流れていた。草むらの山蛭のせいだった。飢えた蛭の群れが次々に彼女の服に入り込み、思う存分血を吸った。林嵐は全身、顔にまで蛭が付いていている。糸のように細い蛭が、血を吸って指の太さになり暗紫色に光って、吸盤でしっかり皮膚に張り付いていている。貪欲な蛭は、体が引っ張られて切れても頭はしっかりと噛みついていている。ひどい有様だ。敵の攻撃には落ち着いて応戦した林嵐だったが、この全身の蛭にはショックを受け、ぽろぽろ涙をこぼしていた。女子隊員たちは取り囲むばかりで、体じゅうの黒い虫には怖くて手が出せなかった。

馮明が「泣くな。処置は衛生員に任せなさい」と励ましたが、衛生員は「引っ張っても取れません」と言う。馮明が「無理してでも取りなさい」と促しても、衛生員は「体じゅうに黒い虫がついていている。こんな傷病兵は初めてです」と言うばかりだった。

すると、ある女子隊員が地元の女の子を馮明の前に押し出して言った。「この子が取れると言ってます」

馮明が振り向いて見ると、それは見栄えがしない女の子だったが、その顔には見覚えがあった。母親と文昌宮の後ろに住んでいて、部隊が文昌宮に駐屯すると、この子はいつもこっそり観察していた。

馮明が「なんという名前だね」と聞くと、「李青女《リーチンニュー》です」と女の子が答えた。

「なんだか変な名前だね」と馮明が言うと、女の子は「秀才の施喜儒《シーシールー》が付けてくれたんです。青女は仙女のことです」と言った。

馮明が林嵐を指さしながら「治せるんだって?」と聞くと、青女は「山の者は誰だってできるよ」と言った。

馮明が「じゃ、やってみてくれる? やりそこなったら困るよ」と言った。

すると青女が「やりそこなうって、なに?」と聞いた。「このお姉さんの顔に傷痕が残らないようにってことだよ。女優だからね」と劉志飛が答えた。

青女の蛭退治はしごく簡単で、火でやっつけるのだった。艾草《もぐさ》に火をつけて蛭に近づけ、一つ一つ火であぶると、蛭は焦げてピンと伸びて落ち、焦げた臭いがする。

山蛭が落ちた傷口はしばらく血が止まらない。それは蛭の体液に血液凝固阻止成分があるからで、蛭が落ちてから、吸われたのと同量の血が出てやっと止まる。蛭を焼くのに皮膚まであぶることになるから、林嵐はその痛みに、歯を食いしばり体を震わせながら耐えた。

一匹ずつ焼いていき、四十六匹まで焼いたところで、さすがに青女も驚いて言った。「こんなに蛭が付いているのを見たのは初めてだ。学校の向こうの窪地は蛭がたくさんいるから、牛も草を食べに行かないのに、お姉さんはあそこに行って腹這いになったんだね?」

林嵐は「あのときはそんなこと、とてもかまう暇がなかったわ」と言った。

馮明が青女に「林嵐たちを連れていった中学生二人を知ってるかい?」と聞くと、青女は「知らない。でもあの二人は生徒じゃないよ」と言った。

林嵐が「どうして分かるの?」と聞くと、青女が「黄色の靴下をはいていたでしょ。胡宗南の兵隊はみんなあの靴下をはいている。でも、こっちの生徒は違うよ」と答えた。

青女の何気ない話の重大さに、みんなはっとした。しかし問題はそう簡単ではなかった。魏富堂は胡宗南と密接な関係があったので、彼が率いる自衛団の装備も胡宗南からの提供を受けていて、黄色の靴下はこちらでは珍しくなかった。

馮明はみんなに「警戒心を強め、しっかり観察せよ。とくに今は魏富堂に武装解除させ自衛団を改編させる大事な時期だ。革命大衆を頼りにし、階級の敵に隙を与えないように」と注意した。また「青女のことも一通り調べた。今は魏富堂の家で奉公しているが、彼女は辛い経験をしてきている」と言い、だから「彼女をよく教育して、青木川新政権の中堅幹部に育てるように」と林嵐に指示した。

青女のほうは、解放軍に対し距離をおいて見ていたが、兵士たちが「三大規律、八項注意」の「女性にふざけたことをするな」を歌うと、決まって関心を示した。あるとき青女は林嵐に「本当に共産党の解放軍は『女に手を出さない』の?」と聞いた。林嵐は「共産党の軍隊は規律が厳しい。女性に暴行するのは国民党や匪賊がやることで、解放軍は絶対しないわ」と話した。青女はうつむいて複雑な表情を浮かべた。「どうして気になるの?」と林嵐が聞くと、「気になるわけではないけど。一度山の中で共産党の軍隊に出会ったことがあるの。あの人たち『共産党は女には手を出さない』と言って、ほんとに手を出さなかった」と答えた。

「どこで共産党に出会ったの？」と林嵐が聞くと、「老県城で。青木川からそんなに遠くない所」と青女。「老県城へは何しに行ったの？」と聞くと、「大趙と小趙を実家へ送って行ったの」と答えた。林嵐はそれをごく普通のこととして聞き、それ以上は尋ねなかったので、青女もそれ以上は話さなかった。

青女は魏家で小間使いをしている。自宅はすぐ近くだが、たまにしか帰らない。ある日実家の母のもとへ帰るとき、解放軍に出会った。屈託のない楽しそうな若い兵隊さんの中に、きれいな女の兵隊さんもいた。幸せそうで、自分よりずっと恵まれているように見えた。同じ女の子なのにこんなにも違う、と思った。

自分と母は不運だ。五年前、父は魏富堂のためにアヘンを蘭州に密輸した際、鳥鼠山で強奪されてしまった。たくさんのアヘンを失ったが、公《おおやけ》に訴えることはできない。

魏富堂は疑い深い人で、運搬人の中に内通者がいると考え、孫大隊長に調べろと命じた。孫大隊長のやり方は単純で、殺されずに戻ってきた者を吊《つ》るし上げて、殴ったり、市《いち》の立つ日に橋の柱に縛りつけて辱めたりした。

青女の父は自分が輸送した荷物を失ったために、裏切り者の疑いをかけられた。これは青木川では面子がつぶれることだった。青女の父は癇《かん》が強く体面を重んじる気性だったから、この侮辱には耐えられず、青女母子を残して川に飛び込み自殺した。

孫大隊長すなわち後の三老漢は、このように殺人に関わった人物だった。だが後に孫大隊長を罰しようと調べたら、彼の家はその日の食べ物にも困るほど貧乏で、母親は飢えて頭をもたげる力さえないと分かった。孫大隊長は魏富堂について一日中走り回り、やっとトウモロコシの饅頭をもらってきては母親に食べさせ、なんとか生き延びていた。孫大隊長が魏富堂についているのはただただ食べるためだった。そもそも青木川の若者はほとんどが魏富堂の率いる兵隊に組み込まれている。大尉、大佐、処長、副官などの階級があり辞令も受けているが、大部分が兼職で、普段は農民、有事に兵隊になるのだった。

青女の父が死ぬと、魏富堂は青女を魏家で雇い、一年に五〇キロのトウモロコシを与えて母を扶養させた。青女は、最初は北の屋敷に住む小趙《シアオジャオ》に仕え、のちに解苗子《シエミアオズー》が来てからは解苗子の面倒を見ることになった。

林嵐たちが襲われた日の夜、馮明と副大隊長・劉志飛が林嵐のところに話を聞きに来た。部屋に入ると、何か珍しい香りが鼻についた。馮明が香りをたどると、机に落とし卵が入った茶碗が置いてあり、スープに細い根がついた緑の葉が浮かんでいた。林嵐が「この落とし卵は青女が作ってきてくれたんです。緑色のものは痛み止めの特効薬、薄葉細辛の葉で、出血がひどかったから、痛み止めにと届けてくれました」と言った。「細辛の落とし卵か、独特な匂いだね」と劉志飛が言った。

馮明が林嵐に「もう一度よく思い出して、どんな細かいことでももれなく話してほしい」と頼んだ。林蘭が「敵陣から『皆殺しだ、生かしておくな』という声が聞こえたわ」と話すと、馮明が「それは誰だろう？」と口をはさんだ。

劉志飛が「魏富堂のほかは考えられない。彼は自分の本性を知られまいとして、皆殺しにしろと言ったのだろう」と言った。

「だとすると魏富堂の目的はなんだろう？」と馮明が聞き、劉志飛が「我々がここにいたたまれなくなるようにしたのじゃないか」と言った。

すると林嵐が言った。「声は女性です。しかも標準語でした」

二人の指導官はあっけに取られた。あまりにも思いがけなくて、しばらく言葉を失った。馮明はぼんやり落とし卵を見やりながら、初めてかぐこの匂いのせいで思考が乱れたように感じた。そしてこの匂いだけは、はっきり記憶に残り、一生忘れなかった。

第4章

1

一九四九年の山道を、長衣姿の許忠徳《シュージョンドー》は雨傘を持ち、小さな風呂敷包を肩に斜めにかけ、急ぎ足で大股に歩いていた。太陽が昇り始めたとき、彼は鳳凰山の山頂にたどり着いた。

許忠徳は五十年余り経った今もなお、あの日、太陽が東の山の峰に顔を出した瞬間を覚えている。それは徐々に昇ってきたのではなく、一瞬のことだった。彼はそのときの情景も覚えている。その光明は突然訪れ、大地は一面金色に輝き、彼は思わず息を呑んだ。足元の峰々はまだほとんど暗い影の中にあったが、山頂に立つ彼はすでに完全に陽光を浴び、全身金色に光り輝き、神聖な光に包まれているような気がした。

その情景はまるで彼が後に「文革」期に見た「毛《マオ》主席、安源【現在、江西省西部の萍郷市に属する。一九二一年毛沢東が行ったころは炭鉱としての地名】に行く」と同じだった。「毛主席、安源に行く」は当時有名な油絵で、鎮内のどこにでも掛けられ、各家庭の部屋にも貼られていた。もちろんどこへ行っても若い毛沢東が長衣を着、雨傘を持ち、太陽に向かって山の峰を歩いているのを見ることができた。足元の山並みはまだ深い眠りの中にあるのに、毛主席は燦然《さんぜん》と陽光を浴び、希望と責任を胸いっぱいに秘めている……。

この絵を見るたびに許忠徳は絵の前に足を止め、しばらく眺めることにしていた。彼は、絵の中の人物は偉大な指導者毛主席ではなく、この自分だと感じていた。そうでなければ、あの風景、あの表情があれほど一致するはずがない。傘とその繕い方までまったくそっくりなのだ。だが、この感覚は密かに心の奥底に潜めておくしかなかった。彼が偉大な指導者と同じだ、あるいは偉大な指導者が彼と同じだと言おうものなら、それこそ極端な反革命分子と見なされるに違いない。万一、人に知られたら大変なことになる。「文革」後、「毛主席、安源に行く」の絵はもはや誰も掛けなくなったので、この絵のことを知っている若者はほとんどいない。しかし、許忠徳は今も箱の底に一枚保存している。新聞紙の半裁の大きさで、印刷が粗悪で、絵の上には「偉大な指導者、偉大な統帥、偉大な教師、偉大な舵取り毛主席万歳」のスローガンがある。それを彼は暇なときに持ち出しては眺めていた。絵は鮮明ではないが、彼にとっては問題ではない。彼の思いは絵の人物である。彼は絵の中の人物を偉大な統帥ではなく、一九四九年の自分自身だと思っていた。

一九四九年、油菜の種ができるころ、成都で勉強していた許忠徳は魏富堂《ウエイフータン》から一通の親書を受け取った。手紙は成都で勉強している青木川の子弟たちに書かれたもので、「四川省と陝西省は流動的な情勢で、青木川は戦略的に重要な地勢だから、軍事上必ず争奪の地となるであろう。郷里は戦火を免れないだろうから、この緩急のとき、他郷にいる学生たちは帰郷して私を助けてほしい。情勢が落ち着いたら再び学業に戻ることを保証する」という内容だった。許忠徳は四川大学の西南の隅の林の中で、みんなに魏富堂の手紙を読んで聞かせた。みんなは立ったり座ったりして聞いていた。許忠徳が手紙を読み終わると、誰も帰るとも帰らないとも言わず、気まずい空気が流れた。

許忠徳が見回すと、みんなは彼の視線を避けた。誰一人、帰らないとは言えなかった。彼らの成都での学資と生活費のすべてが魏富堂の援助によるものだった。貧しい農民の両親には彼らを大都会に勉強に行かせることは永遠に不可能だった。この点だけから見ても、彼らは魏富堂の呼びかけに従うべきで、拒めないはずだ。問題は明らかだ。帰らなかったら収入が絶たれ、金がなければ、成都で勉学どころか生活していくこともできない。しかし、あの辺鄙な山国に帰り、外の世界から隔離された山奥に閉じ込められるのは絶対いやだ。出てきた以上、絶対帰りたくない。その理屈は簡単明瞭で、後に二十一世紀になって、あの山奥から都会へ出稼ぎに出ていった青木川の若者たちの中に、戻ってきた者は一人もいないということからも分かる。広い世界を見ていなければともかく、一度広い世界を見て視野が広がった者を、青木川はもはや抱き入れることはできない。

あの日、四川大学で魏富堂の呼びかけを聞いた者は九人いたが、帰郷を決めた者は許忠徳一人だけだった。少し考えてから決める、と言った者が二人いたが、その他の者は考えるまでもなかった。彼らは、「乞食をするにしても成都でしたい。帰ってあの田舎者に従い、銃を担いで戦争をし、嫁をもらい、子供を作り、百姓をするとなれば、長年の勉強が無駄になる」と言った。

その集まりで彼らは初めて魏富堂のことを田舎者と呼んだ。疑いなく彼らは、すでに田舎者の隊列から離脱して、教養ある文化人になったと心の中で思っている。そう言ったとき、彼らの心はすでに青木川のこの人民自衛団の司令と完全に決別していた。そう決めた瞬間、彼らは自分の人生の立場と位置を見定めた。同時に田舎者からの援助のことは脳裏から消えさり、これまで受けてきた恩義も感じないことにした。もう援助してくれた人の命令に従う必要はない。彼らは独立した人格を具えたインテリで、自分自身の未来があり、選択の権利があるはずだ。こうなったからには人の好意を恩に着る必要はない。一人前になったら高く飛ぶことができるのだ。未熟でも飛ぶことはできる。ただ程度の違いがあるだけだ。

四川大学の林に集まった学生のほとんどが、数十年後、学者になった。その中には国内で非常に有名になった者もいるが、自分が匪賊の援助で身を立てることができたことを明かしている者は一人もいない。また、青木川に戻って山腹にあるあのわびしい墓に参った人は一人もいない。彼らは、学問探求のためにいかに苦労したか、魏富堂の援助が絶たれた一時期、いかに困窮したかを大げさに吹聴している……。人の忘却は故意のこともあるのだ。

許忠徳は青木川に帰ることを決意した。許忠徳の考えは単純だった。彼は歴史家だから、中国の命運がかかる極めて大事なとき、魏富堂のそばに頭脳明晰で情勢を正確に把握できる人が火急に必要だ。さもなければ、見かけは頭がきれそうだが実際は無知な、半匪賊・半紳士の魏富堂は、その性格から青木川を塗炭の苦しみに導くに違いないと分かっていた。許忠徳は「情勢を読める人」と自惚れることはできないまでも、少なくとも国民党はもはや情勢を挽回できないだろうが、胡宗南《フーゾンナン》は西南と西北でまだ兵を擁して力を持っていて、簡単には退却しない局面にあり、魏富堂は迷っていることを知っていた。この政権交代の重大な時期に四川・陝西・甘粛で必ず激しい戦争がおこるに違いないが、彼は彼の故郷を戦争に巻き込ませたくなかった。

許忠徳は歴史、とりわけ唐代の歴史に関心を持っていた。唐朝の玄宗、徳宗【唐代第十二代皇帝】、僖宗【唐朝第二十一代皇帝】の三人の皇帝が、彼の故郷、人跡まれな山奥を通って逃がれていったことがある。それは四川省、陝西省の唐代史研究において意義のある部分であるにもかかわらず空白の時期である。彼は将来四川大学を卒業したら、青木川に戻ってこの方面の研究に力を入れ、山国に残された歴史を掘り起こしたいと思っている。それは有意義だと思っている。許忠徳は大学に、家の事情で帰郷しなければならないので休学したい、片が付いたら復学したいと申し出、認められた。

許忠徳は、もし今回帰ったが最後、二度と四川大学に戻れず、彼の好きな唐代史に無縁になり、そしてこの帰郷が自分の人生にこれほどまでの変化をもたらすと知っていたら、まったく違った道を選び、他の人と同じように死ぬまで青木川に戻らなかったかもしれない。そして今では名声高い唐代史の専門家になり、様々なシンポジウムに出席し、人々に尊敬され、取り巻かれていたかもしれない……。

しかし、彼は帰ってきた。

彼はこの決定のために一生を棒に振った。

一九四九年鳳凰山の頂で、雨傘を持ち長衣を着た許忠徳は、一人の女に出会った。

その女は、青いチーパオを着、おかっぱ頭で、色白で、中肉中背だった。彼女は山の上に立って手を眉の上にかざし、東の方を眺めていた。彼女は、勢いよく昇りかけた太陽と雲間から差し込む無数の光の筋に向かっていた。光は彼女の周りに幻のスポットライトを当て、彼女はその光の真ん中に立っていた。許忠徳は中学校の謝校長かと思い、近づいて挨拶しようとした。女は足音が聞こえるとさっと振り向き、切れ長の涼しい目で警戒するように彼を見つめた。彼女に注視されて、許忠徳はふらつき思わず立ち止まった。何年も経った今でも、許忠徳は人の心を射抜くような、あの厳しく、人を抵抗できなくするような目を忘れることができない。その女はよく知っている人のようで、どこかで見たような気がした。

許忠徳は都会で経験を積んできただけあって、自分を落ち着かせ、静かに「どなたですか。どうしてここにいらっしゃるのですか」と聞いたが、女は答えなかった。

許忠徳は、彼女は土地の方言が分からないのかと思い、北京語で「謝校長先生のご親戚ではありませんか」と聞いた。

彼女は冷ややかに彼を一瞥《いちべつ》すると、また視線を谷底に向け、それから彼の後ろにうねうねと延びている山道に向けた。谷底から霧が上がってきて徐々に広がり、たちまち谷全体に垂れ込めた。

許忠徳は周りを見回したが、彼女だけで供はいないので、「ここは青木川までまだ何キロもあります。道中危険ですから急いで歩かれたほうがいいですよ」と言った。

女は聞こえなかったかのように、許忠徳をもう一度じろじろ見た。許忠徳は急に恐ろしくなった。垢抜けした格好のか弱い女性が、ようやく空がしらむころ、たった一人で山頂に立ち、まったく露に濡れていず、靴に泥もついておらず、荷物も持たず、供も連れていないのが不思議に思えた。彼女はいったいどこから来たのか、なぜここに現れたのか、まさか、ただ山の景色を見、日の出を鑑賞するだけのために山の頂にいるのではあるまい……。

許忠徳はできるだけ早くここを離れようと決め、彼女のそばを注意してすり抜け、青木川へ足早に行こうとした。背後で女が「誰が行ってもいいと言いましたか」と言った。女の声は歯切れよく、威厳があり、謝校長と同じく北京語だった。

許忠徳は立ち止まった。

「名前は?」

「許忠徳といいます」

「青木川に何をしに行く?」

「家に帰るところです」

「どこから来た?」

「成都からです」

「こんな時間にどうして山中を急いでいるんだ?」

「家に早く帰りたいからです」

「Idiot（ばかめ）！」
大学生の許忠徳は、相手の粗野な罵倒を聞き取れた。彼は都会の生活を経験して、どんなときでも都会の人には対抗できないことを学んだ。たとえ相手がみすぼらしい乞食であっても、その気炎はこちらより勝っていた。都会の人と付き合うときは、黙って耐えることを学んだ。軽蔑と挑発には無言で抵抗した。今彼は目を伏せて恭《うやうや》しく立ち、続けて投げかけられる Idiot の類の侮辱的な質問を待った。

女はそれ以上彼にかまわず、手を後ろに組み、草むらを二、三歩歩くと靴先で柔らかいマムシをほじくりだした。蛇は白い腹をくねらせ無様《ぶざま》にもがき、赤い舌を炎のようにチョロチョロさせたが、女は足を上げると、谷あいに蹴とばした。蛇は美しい弧を描いて飛んでいった。ぴかぴか光っている黒い革靴、肌色のナイロンのストッキングは灰色の蛇を際立たせた。許忠徳は呆然と見ていたが、その目を疑った。しかし、それは間違いなく荒っぽい毒蛇だ。革靴を履いている足も間違いなく細くて、上品な都会の上流階級の人の足だ。そのような足は蝶蝶や花を払うのなら似つかわしいが、なんと毒蛇を払うとは。女は彼に背を向け、山を見続けていたので、許忠徳はこの機に乗じてあたふたと山を下りた。十数歩歩いて振り向くと、あの女はすでに影も形もなく、出現と同じように忽然と消えた。奇怪な突然の出来事で訳が分からなかった。

許忠徳は恐怖に襲われた。小さいころから山国に育った彼は、当然山のさまざまな神仙や妖怪の伝説をよく知っていた。彼は自分の名前をうっかり教えたことを後悔した。山の幽霊はよく美しい女に化けて通りすがりの若者をたぶらかし、名前を聞くと、夜に家を訪ねてきて男の名前を呼び、戸を叩く。山の幽霊は執念深いから、纏《まと》いつかれたが最後逃れられないということを、青木川の人は誰でも知っている。明代の学者王夫之《おうふうし》【一六一九～九二年。明末から清初にかけての思想家・儒学者】は山の幽霊について次のように結論づけた。「これは大体深山に生まれた物、あるいはそれから変化した物で、幽霊ではない。昼は形を変え木に宿る。これを『木客』ともいう」

山国の人は山の幽霊に遭遇することを最も忌み嫌う。許忠徳は教養のある青年だから、妖怪の存在を信じてはいないが、現に今見たことは解釈できない。いちいち考えてもいられず、本当に山の幽霊に遭遇したとしてもどうしようもなく、運に任せるしかなかった。許忠徳は足を速め青木川に向かって小走りに急ぎ、二度と後ろを振り向かなかった。

青木川に足を踏み入れた途端、後ろの鳳凰山の方から激しい銃声が聞こえてきた。許忠徳は驚いて足を止め、山林の方を向き、呆然と眺めた。たった今通ってきたあの地域で何が起こっているのか、知る由もなかった。

銃声を聞いて村人が次々に家から出てきて、鳳凰山の方を首を伸ばして眺めた。国民党騎兵第二旅団が匪賊と交戦していると推測する者もいれば、解放軍と国民党が陣地を争っていると言う者もいれば、匪賊同士が争っているのだと言う者もいれば、魏旦那の兵が解放軍と戦っていると言う者もいた。

魏富堂はくつろいだ身なりで、ゆったりしたシルクの上着とズボンを着て、風雨橋のたもとに座って、大隊長の孫建軍が川で魚を捕るのを見ていた。娘の魏金玉《ウェイジンユー》は橋の欄干によりかかって体を乗り出し、孫建軍《ソンジエンジュン》が捕った魚にけちを付けていた。銃声が響くと、魏金玉は橋のたもとの魏富堂に「父ちゃん、山の方で銃声がするよ」と言った。

魏富堂は孫大隊長に「鳳凰山で何が起こっているか、何人か連れて見てこい」と命じた。孫建軍は裸足で岸にかけ上り、何人かを集めるとすぐに行こうとした。魏富堂は「どんな状況であっても、手を出して自分から面倒に巻き込まれるようなことはするな」と念を押した。

孫大隊長は「分かった」と言った。

すると、魏富堂は「敬礼して『はい』と答えるのだ。『分かった』とはなんて言いぐさだ。この馬鹿は何度教えても覚えん」と言った。

孫大隊長は直立すると「はい」と言った。

孫大隊長の幼名は「小三子《シアオサンズ》」といい、三男だ。家が貧しく、魏富堂が自衛団の組織を計画したとき、彼は漬物をのせただけの一杯のご飯にありつくため、魏の走り使いになった。魏富堂は「小三子」は幼名だし、ちょうど軍隊の設立も計画していたので、小三子を建軍《ジエンジァン》と改めた。魏富堂がその場の思いつきで名づけた「孫《ソン》建軍」は、全国解放後も、「文革」時期も、改革開放時期も、一貫して極めて前衛的で、時代遅れの感がなかった。昔の小三子が七、八十歳の「三老漢《サンラオハン》」になっても、依然として新しく時流に乗った名前だったので、青木川の何人かの子供は「建軍」と呼んだ。子供たちの「建軍」は当然人民解放軍を指し、人民自衛団とはまったく関係なく、小三子の「建軍」とも本質的に違う。

孫建軍は何人かを連れて山に駆け出し、もう少しで許忠徳と正面からぶつかるところだった。孫建軍は許忠徳を学校の新任の先生だと思い、いらいらして「人の通行の邪魔をするな」と言った。

許忠徳は脇によけた。目の前の将校は見覚えがあるような気がしたが、とっさには思い出せなかった。許忠徳が大隊長をじっと見ているのを見て、一人の兵士が「何を見ているんだ、こちらは俺たちの孫大隊長殿だぞ、大隊長殿を怒らせたら、お前の心臓を酒のさかなにしてやるぞ」と怒鳴った。

許忠徳はもちろん何も言わなかったが、「大隊長」の首の後ろの長い毛の生えたあざを見て、「大隊長」が一番上の姉の家の三男坊だと分かった。二、三年も見ないうちにずいぶん背が伸びたものだ。それに大隊長にまでなっているとは。彼は小三子を呼び止めようと思ったが、小三子は仲間と戦場へ一目散に駆けていった。

魏富堂はぽかんとしている許忠徳を見ると、「許家の次男坊じゃないかね」と言った。

許忠徳は魏富堂の前に行き、お辞儀をして、「そうです。魏旦那様。お手紙を拝見して帰ってきました」と言った。

魏富堂は「誰だか分からなかったよ。お前たちが出かけたときはまだ十代の子供だったが、わずか数年でずいぶん立派になったもんだ。長衣を着るようになったんだな」と言った。

許忠徳は「成都では学生はみな長衣を着ています。学校の用務員も長衣ですよ」と言った。彼は帰ってくるとき、わざわざ長衣に着替えて青木川に入ってきたことは言わなかった。身軽な普段着でもよかったのだが、広元《こうげん》でバスを降りるとすぐ長衣に着替えた。まだ大学を卒業してはいないが、故郷に錦を飾りたいという虚栄心からだった。彼はこれから青木川ではずっと長衣を着て、自分の大学出の経歴と教養を示し、もはや普通の農民ではないことを示そうと決めていた。

魏富堂は長衣を着た許忠徳をじろじろ見ていたが、称賛するように「うん、読書人らしい。施喜儒《シーシールー》よりも読書人らしい」と言った。

許忠徳は魏旦那様に謝辞を述べ、成都の状況についても話した。魏富堂は「帰ってきたのはお前一人か」と聞いた。

許忠徳は「帰ってきたのは僕一人です。何人かは勉強が忙しくて、しばらくは大学を抜けられないようです。期末試験が終わったら帰ってくるそうです」と答えた。

魏富堂は目玉をぎょろりと動かし、何か言おうとしたが言わなかった。その瞬間、魏富堂はおおよその察しがついたのだ。出ていった若者たちは、放った鳥のように再び戻ってくることはないだろう。彼の号令は彼の勢力範囲の青木川を出ていった者に対しては、もはやなんら威力を持たないのだ。内心いささか寂しかった。目の前の許忠徳を見ていると、出かけたときより顔が白くふっくらし、眉目秀麗で、目は聡明そうで、自信に満ちていた。魏富堂はふと引け目を感じた。許忠徳のような学生は、帰ってきても、彼について一生懸命やるとはかぎらない、とさえ考えた。謝《シエ》校長の「青木川のために人材を養成する」という言葉は立派だが、彼が大金を注いで育てた郷里の若者はみんな飛び去っていく……。

魏富堂は許忠徳に「四川大学では何を専攻したんだね」と、何気ないように聞いた。許忠徳は「歴史を専攻していて、主に隋唐史を勉強しています」と答えた。

魏富堂が「隋唐は今からどのくらい昔だね」と聞いた。

許忠徳は「一千年余りです」と答えた。

魏富堂が「あまりに古すぎる、やはり少し新しい時代を研究したほうがいい」と言い、「ところで、唐代にはどんな有名な人がいるのかね」と聞いた。許忠徳はちょっと考えて、「李世民【唐朝第二代の太宗皇帝。後漢末以来の断続的な動乱を収めて、唐帝国三百年の礎を築いた】です」と言った。

魏富堂が「唐代にも李姓がいたとは聞いたことがない。昔の李世民を研究するより、広坪の李樹敏《リーシューミン》を研究したほうがいいぞ。広坪の李樹敏は目の前にいる人間だからな」と言った。

許忠徳が「李家の五番目の若旦那は、歴史上の人物には属しません」と言った。

魏富堂は「今は歴史でなくとも、二、三年すれば歴史になるだろう、学問をやるやつはどうして蛇のようにひたすら穴へ深く入り込もうとばかりするのかね」と言った。

許忠徳はそれ以上魏富堂の屁理屈を聞きたくなかったので、黙り込んだ。魏富堂は鳳凰山を指し、「今あそこを通ってきたとき、何か見なかったかね」と聞いた。許忠徳は「何も見ませんでした」と答えた。

許忠徳は山頂の謎の女についてあえて言わなかった。彼は魏富堂にはあまり話さないほうがよいと思った。彼はこの疑い深く、敏感で、残忍で、臆病な人民自衛団の頭に対して、できるだけ情勢を軽く説明したほうがよいと思った。

魏富堂は解せぬ様子で、「正規軍が交戦している様子ではないし、あいつらはどこから現れたんだろう……」と言い、また「お前が帰ってきてよかった。外の状況を知っているし、物知りだし、わしより頭の回転が速いから、これからはわしの仕事を手伝ってくれ、粗末にはしないからな」と言った。

許忠徳はチャンスを逃さず、「一学期だけ休暇をもらってきました。来年になったらやはり四川大学に戻って勉強したいです。どんなことがあっても学業はおろそかにはしたくないです」と言った。

魏富堂は「それはもちろんだ、来年春になったら学校に行きなさい。すべての費用は今まで通りわしが払う。わしは許家の息子が立派に卒業できるように、必要な学費はどれだけでも出してやるぞ。大学を卒業すれば、昔だったら挙人【明清時代、三年ごとに各省で行う郷試に合格した人】だ。青木川に何人か挙人が出ればこの山奥の風水も変わるし、陰徳あれば陽報ありというわけだな」と言った。

この言葉を聞いて許忠徳は目を潤ませた。彼は包容力のある魏富堂に感激し、さっき内心魏富堂をさげすんだことに対し自責の念にかられた。

魏富堂は頭が切れる人だ。彼は許忠徳の気持ちを察して相手の肩を叩くと、「お前が帰ってきたのは、わしに人を見る目があったということだ。今日からお前はわしの少佐参謀主任だ。毎月の手当は銀貨十枚だ。わし魏富堂のために働き、自分の故郷のために働けば、どのように優遇されるかを、よそにいる連中に見せてやるんだ」と言った。

許忠徳はまだ家に帰らないうちに、いきなり「少佐」になり、「参謀主任」になるとは思いもよらなかった。夢のような話で、実感がない。ところで、魏富堂は「お前の月給は銀貨十枚だ」と言った。ずっしり重い十枚の銀貨。成都の教師の給料に匹敵するが、教師が使うのは国民政府発行の紙幣で、一山のぼろ紙の紙幣、ポケット半分の紙幣は五斤【二・五キロ】の玄米も買えない。わが家の全財産を集めても銀貨十元の半分にも満たない……。

魏金玉は向こうから寄ってきて手を伸ばし、「許忠徳さんでしょう。謝校長先生から許さんのことを聞いていますよ」と言った。

許忠徳はぎこちなく魏金玉の手にちょっと触れた。成都で握手するのは見たことがあるが、彼はおよそ女性の手に触れたことがなかったので、魏金玉のくったくのないふるまいに驚いた。彼が青木川を離れたとき魏金玉は漢中の高校で勉強していた。彼の印象では彼女はおかっぱ頭で、黒のスカートに白いブラウスの女学生だったが、今は胸が豊かになり年頃の娘に成長している。切れ長の美しい目、細い眉、つややかな黒髪、すらりとした体つき、これらすべてが「朱美人《ジューメイレン》」と言われた彼女の母親譲りだ。許忠徳は顔を赤らめ、魏金玉に触れた手は汗ばみ、少しどもって「金玉さんも……帰ってきたのですか」と聞いた。

魏金玉は「高校を卒業するとすぐ帰ってきたのよ。父に謝校長先生一人では学校の運営が大変だから、助手をするように言われたから」と言った。また「謝校長は許さんが近々帰ってくることをご存じで、いつも許さんのことを噂しておられますよ」と言った。

許忠徳は「あとで先生をお訪ねします」と言った。

魏富堂は「校長への挨拶はあとでもよいから、まず司令部に着任手続きに来なさい。今日のお昼、お前の歓迎会を開くから」と言った。許忠徳は「宴会を開いていただかなくてもけっこうです。学生ですから交際は不慣れですし」と言った。魏富堂は「これは青木川人民自衛団の決まりだ。新しく加わった者がいれば、みんなに認めてもらうために宴会を開かにゃならん。そうしなかったらお前が誰か、誰も分からんだろう」と言った。また「今後言葉使いは軟弱で謙虚である必要はない。軍人は軍人の体裁を保ち、士官は士官らしいふるまいをしなければならん。お辞儀をしてはならん。敬礼をしろ。親父やお袋にも敬礼だ」と言った。

魏富堂のこの言葉から許忠徳はさっきの甥の小三子を

思い出した。肩で風を切って歩き、荒っぽい口のきき方をしたのは、たぶん魏司令官が「士官らしいふるまい」で叩き上げたのだろう。

二人の話がまだ終わらないうちに孫大隊長が戻ってきて、「山の上の激戦はもう終わりました。坂の上に十数人の解放軍の死体が転がっていました。たぶん移動中に待ち伏せに遭ったのでしょう」と報告した。魏富堂はほっと一息つくと、「共産党を襲うとは、大胆不敵なやつだ。厄介なことを引き起こしたい奴は勝手にしろ。俺たちとは関係ない。俺たちは当たり前のことをするだけだ」と言った。

許忠徳は、事態は決して魏富堂が「俺たちとは関係ない」というように簡単なことではないと思った。解放軍は中国のほとんどの地域を解放していて、西南地区も破竹の勢いで片付けられるだろう。それなのに、魏富堂は井の中の蛙で、その間の情勢がまだ読めていない。この事件は見たところ、ちょっとした伏兵襲撃だが、その背後に隠れている意味は尋常ではない。解放軍は青木川の魏富堂の勢力圏内で待ち伏せに遭ったのだ。しかし解放軍を奇襲したのは俺だと認めるやつは決していない。責任を負う者がいなければ、その縄張りの主が責任を負わねばならない。魏富堂は軍隊を持っているから関わりを逃れることはできない。この無知な司令官がこのことで自分の潔白を証明するのはそう簡単なことではない。許忠徳は自分の考えを魏富堂に話した。魏富堂はしばらく考え込んでいたが、「こんちくしょう！　なるほど、無視できない大変なことだな」と言った。

ある団員が「こちらの人間はみな家の中にいて誰も出ていません！」と言った。

魏富堂は孫大隊長たちに「お前たち、鳳凰山の戦いは俺たちがやったのではないし、誰がやったのかも知らないと証明できるな」と言った。

孫大隊長たちは次々に誓いを立て、「天地に誓って、これは絶対青木川の者がやったのではありません！」と言った。

魏富堂はみんなに十数枚の蓆《むしろ》を担いで行かせ、兵士たちを埋葬させ、しるしを付けて死体の特徴を記録させたことについて、自分では善行をしたと思った。少なくともこれらの行為は自分が共産党に敵対していないことの証明になるはずだ。以前、彼は共産党とも、国民党とも対決したが、今は共産党にも国民党にも恨みを買うようなことはしていない……。

まさに許忠徳が心配したとおり、解放軍の先遣小部隊を待ち伏せして襲ったことは、後になってやはり魏富堂の犯罪の一つになった。魏富堂は「この件には無関係」だという証拠は何一つ出せず、証言できるのは彼の手下だが、孫大隊長は彼とは「同じ穴の貉《むじな》」だと見られていたので、同じ穴の貉が言うことはすべて取り上げられなかった。魏富堂は最後まで、いったい誰が彼の縄張りであんなに多くの共産党員を殺したのか分からないまま、大きな汚名を着せられた。

許忠徳は直感で、このすべては山中のあの神秘な山の幽霊と関係がある、と感じていた。つまり彼が女と話していたとき、彼の周囲にはすでに網が張られ、一触即発の状況にあったのだ。藪の中、丘の陰には無数の黒い銃口がすでに配置され、あの山間の小道に狙いを定めていたのだ。早く帰ろうと近道をして、知らぬ間に待ち伏せ圏内に紛れ込んだ彼は、周囲に潜んでいる殺気に気付かなかっただけでなく、彼の後ろを解放軍の小部隊が行進しているとは思いも及ばなかった。「山の幽霊」は彼を殺さなかったのではなく、わざと放っておいて、後ろからすぐに来るだろう獲物に対し、「安全」の信号にした。知らぬ間にあの女に利用されていたのだ。

青木川にはもう一人、英語ができるよそから来た女がいたが、これについては許忠徳は実に不思議に思った。

彼の心に引っかかっていた謎は、最終的には解放軍の女性幹部・林嵐の死によって明らかになった。やはり施喜儒秀才の言うとおり、正義のない強者の滅びは速い。世の中はみな因果関係があり、運命の定めからは逃れられない。毛沢東《マオゾードン》の言葉で言えば「世の中には決して理由のない愛もなければ、理由のない恨みもない。報復しないのではなく、まだその時が来ないのだ」【「延安の文学・芸術座談会における講話」結論四】。

2

青木川に帰ってきた許忠徳が早急にやりたかったのは、謝校長を訪ね、自分が帰ってきた気持ちを伝えることだった。さらに重要なこととして、山で遭遇した女のことを伝えることだった。あの女は校長のように英語がきれいで、人を罵る言葉まで標準語だった。

謝校長の英語は一流で、子供たちにこの土地の物語を英語でゆっくりと話してくれ、とても新鮮で面白かった。謝校長は学校創立以来、生徒の英語に力を注いできた。しかし、山国の人々にはその必要性が分からず、「子供たちがちゃんと話ができるようになればそれで十分だ。なんで実際の役に立たん、飯の足しにもならんたわごとを勉強する必要があるんだ」と言った。校長は「外国語の勉強は目先の利益にすぐに役立つものではありません。お百姓さんが、春に稲の苗を植えれば、夏にはご飯が食卓に上がるのとは違い、外国語の勉強はコツコツと地道に積み上げていく過程です。外国語を学べば視野が広がり、青木川の子供たちは将来広い世の中が見えるようになり、決して永遠に谷間に潜むちっぽけな蛇でいることはないでしょう……」と言った。

女校長の指導で青木川の生徒はみな外国語を流暢に話せるようになった。父兄たちは納得できなかったが、魏旦那は支持して、「わしは外国語にひどい目にあわされたことがある。あれは血を見ないで人を殺す腕だ。外国語が話せたら、ちょうど手に連発銃を持っているのと同じように、どこへ行っても損することはない。青木川の子供で、外国語を勉強しないのがいたら、その子の親父は監禁し、三日間田んぼに出させないぞ、それでも不服ならやってみろ」と言った。

魏富堂は校長が外国語を教えることを口を極めて称賛し、時には慶事に芸人を招いて演じさせるように、何人かの子供を家に呼んで、英語の朗読をさせた。魏旦那は肘掛椅子に寄りかかり、お茶を飲みながら目を細めて聞いた。もちろん、まったく分からなかったが、耳慣れない発音はいわく言い難い満足感を与えた。彼は通信兵に「何が舶来品かって、これこそ本物の舶来品だ！　わしがもしあのときこの腕を持っていたら、轆轤把《ルールーバー》教会の神父は絶対目的を果たせなかっただろう！」と言った。

胡宗南《フーゾンナン》が青木川を通過したとき、魏富堂は歓迎会を開いたが、芝居の一座は呼ばず、生徒たちに英語を朗読させた。貧しい生徒たちはデザイン床タイルに裸足で立ち、のっぽもいればちびもいて、服はだぶだぶだったり、つんつるてんだったり。顔は青白く、頭は虱の卵だらけだが、口から飛び出すのは標準英語で、特別な趣があった。

胡宗南は田舎者ではなく、黄埔軍官学校【国民革命期において多くの将校や政治委員を養成した中国国民党陸軍軍官学校。一九二四年、広州市に設立】の一期生で、蔣介石の腹心で、たびたび海外を遊歴しているから当然視野が広い。山国の生徒のあか抜けした表現を聞くや、この西北軍政公署【中華民国が一九四八年に設立した軍政長官公署、蘭州に駐屯し、中国西北地区の軍政事務を統括した】の長官はあっけにとられ、自分が今どこに居るのか分からないほどだった。出発するとき英語を話した一人一人に万年筆と運動靴をやり、富堂中学に春夏秋冬を描いた四枚の額を贈った。五陵の春景色や、蜀江で錦を洗う風景が描かれた焼き物の額だった。胡宗南は「都会の子供でもこんなに立派な外国語を話せるとは限らない。青木川の子供の英語は南京【中華民国の南京政府時代（一九二八～四九年）の首都】にも負けない。これは魏富堂の地方支配の功績だ」と言った。

許忠徳は成都へ勉強に行ったが、彼の英語の発音と文法の正確さには、すべての教員と同級生がこの山国育ちの百姓の子に対し一目置いた。許忠徳はこれは謝校長の厳しい指導のお蔭であり、謝校長は高い水準の英語教師だと信じている。

故郷に帰った許忠徳は主任に任命され、もはやのんびりした学生ではなくなった。彼は執務所で魏司令に軍服を着るよう命じられて困惑した。魏富堂は「わしの言葉は命令だ。他のやつはどうでもいいが、わしのそばにいる人間は立派でなくてはならん。例えばわしの護衛兵はみな装備がよく、忠誠を尽くし、見栄えがよく、背も高く、烏合の衆ではいけない。わしの馬は正規の訓練を受けていて、戦場で実戦経験のある軍馬なのだ。わしは輓馬《ばんば》には乗らん。わしの車は遠くへは走らないが、ぴかぴかでまったく故障しないアメリカ製の立派な車だ。わしの女房はみな優しく、善良で、賢い、名門の娘だ。人前に出してもどれもとびぬけたべっぴんだ……」と言った。それを聞いて、許忠徳は内心さらに嫌になった。魏富堂は自分をまるで車馬や女房と同じに見なし、手回り品のように扱っているではないかと思った。

魏富堂の話しぶりからすると、この服はどうしても着なければならず、相談の余地はなさそうだ。

孫大隊長がやって来て、有無を言わせず彼の長衣を剝ぎ取り、軍服を着せた。彼は学校の演芸会のようだと感じた。芝居の服を着終わり、銅鑼が鳴ると舞台に出る、ぎこちなく不慣れな俳優のようだ。魏富堂は傍らに立って、ベルトの通し方や働き、長靴の履き方などを細かく教えた。彼は司令のあれこれの指示に従い、すっかり身に着けると、魏富堂は彼の周りを回って、満足そうに、「これでようやくわしの参謀主任らしくなった。こんな主任がそばにいたら、司令の格を引き立たせるというものだ」と言った。

許忠徳は「校長に会いに行ってきます」と言って、軍服を脱ごうとすると、魏富堂は「その格好で会いに行くがいい。校長にわしの趙雲【三国時代の蜀の軍人】のような参謀主任を見てもらいたいんだ」と言った。

魏富堂のこの言葉に、許忠徳は少し困ったが、司令の命令に従わないわけにはいかず、うつむいて司令部を出、学校へ向かった。魏富堂は門口で彼に「頭を上げ胸を張れ、手を振って大股に歩け！」とどなった。

彼は頭を上げ、手を振った。

彼はこの軍服になじめなかった。真新しいサージの軍服は歩き始めるとバサバサと音を立て、ボール紙のようにごわごわし、服を着ているのか服に着られているのか分からなかった。彼は小川の蟹を思い出した。甲冑の中に肉があり、肉は甲羅の形に合わせて成長する。自分は川から岸に上がってきて、よたよたと横歩きしている蟹のように思えた。窮屈このうえない！　斜めに掛けたベルトがきちんと止めてなかったので緩んで絶えずずり落ちた。彼はこのベルトは何の役に立つのか分からなかった。舞台で高官がつけている玉で飾った帯のようなもので、役に立たないだけでなく邪魔な装飾品に過ぎない。

踝が長靴に擦れて痛く、靴の側面が一歩ごとに砥石のように彼の足の甲を擦り、魏富堂の司令部から学校まで五〇〇メートルもないのに、すでに足の皮が破れずきずき痛んだ。ただ腰のドイツ製の小型ピストルだけは賢くて、彼に苦痛を与えなかった。銀色の五連発銃は見事な細工で、キラキラ光る玩具のようだ。皮のケースに入れたピストルをベルトに掛けると格好よく、彼を一気に学生から軍人に変えた。このピストルはもともと魏富堂が愛した朱美人が使ったものだった。朱美人が漢中で殺害されてから、魏富堂は記念品として大切にしまっていたが、今それを許忠徳に与えたことから、許忠徳をいかに買っているかが十分見て取れる。許忠徳は「こんなもの使えませんから要りません」と言ったが、魏富堂は銃を無理に掛けてやり、「参謀主任たる者、銃を持たないで主任と呼べるか」と言ったので、許忠徳は朱美人の銃を掛けるしかなかった。許忠徳は銃を掛けて初めて分かったのだが、腰にこの武器がある感覚は、学生が鞄を背負うのと同じように、たちまちずっしりと重い実感が湧いてきた。このピストルは彼を大いに引き立て、大衆との隔たりを大きくした。

銃を腰に挿すのは一瞬の動作に過ぎないが、この一瞬の動作が彼に一生の面倒をもたらした。許忠徳は年取った今もなお、腰に何か掛かっていると、恐怖感が消えない。それが携帯電話であろうと鍵のチェーンであろうと……。老人の許忠徳は皮のベルトさえ締めるのがいやで、ひもで結わえている。

許忠徳が司令部を出てそれほど歩かないうちに、後ろに二人の兵士が付いてきて、彼が歩けば兵士も歩き、彼が止まれば兵士も止まった。

許忠徳が「どうしてずっと私に付いてくるんだ」と聞いた。

兵士は「お気になさらないでください。われわれは参謀主任殿の護衛兵です。どこまでも付いていくのが私たちの仕事です」と言った。許忠徳は「護衛兵は要らないから」と言って帰らせようとしたが、兵士たちは「我々は軍人ですから、命令に従わなければなりません。上官の孫大隊長に、付いていくように命令されたので、付いていかなければなりません。はぐれたら大変です」と言った。許忠徳は「君たちの大隊長を呼んできてくれ」と言った。

すぐに孫大隊長が来て「何の御用ですか」と聞いたので、許忠徳は「二人の兵士を帰してくれ」と言った。孫大隊長は「二人の兵士は司令官から参謀主任への配備です。編制上規定があり、参謀長は少佐の階級ですから、少佐クラスには護衛兵二人、ピストル一丁、軍馬一匹が配備されます」と言った。許忠徳は「下らん護衛兵なんぞ、迷惑だ」と言った。孫大隊長は「下らん護衛兵でも護衛兵ですよ。僕は欲しくても付けてもらえません。司令は、僕のようなものに護衛兵を付けたら、その護衛兵を我が家の作男として使うに違いないと言われました」と言った。

許忠徳は「後ろに尻尾が生えたように、食事のときや便所にまで付いてくることはないだろうな」と言った。

孫大隊長は「叔父さん、それぞれの階級に合わせて配置されるのですから、変えられませんよ。魏司令は短気だから怒らせたら大変です。この二人の兵士は一生懸命叔父さんに尽くしますよ。彼らを襟章にある二つの星や乗馬靴の拍車のように、自分の一部と思ったらいいんです」

二人の兵士も参謀主任にどうしても付いていこうとして、「僕らをそばに置いてください。主任のことはすべて僕らに任せてください。僕らは訓練されたプロですから何も心配しないでください」と言った。

孫大隊長は「叔父さんのために選んだ二人はたいした才能を持っていますよ。一人は町の風呂屋で働いていたので、三助も按摩もできるし、足指の手入れもできます。さらにすごいことに講談が語れます。拍子をとると『魏司令、華陽鎮に嫁取り』を語れます。もう一人は松樹嶺で薬草を採集しているので、山林を知りつくしています。秦嶺山の溝や道は縦横に交差し、匪賊や獣が出没しますから、不測の事態が発生したら、彼に付いていれば隠れることができ、きっと命の心配はありません。二人とも苦労によく耐えられるし、たいした腕を持っていますし、何かと役に立ちますよ。彼らがいれば叔父さんは『呂布、貂蝉《ちょうせん》に戯れる』【呂布は三国時代の獰猛な武将。仕えていた丁源、董卓などを次々に裏切ったのち曹操に殺された。貂蝉は董卓の美人侍女で、呂布と情を結んだ】でも、『趙匡胤《ちょうきょういん》、京娘を千里の道を送る』【『警世通言』21巻、趙匡胤（宋の太祖）は山賊に誘拐されていた娘を助け、北京の親元に届けるが、娘は二人の関係を疑われ自殺する】でも、聴きたいときに聴けて決して退屈しません。万一風邪をひいたり、怪我したり、蛇に咬まれたりしたら、命じなくてもやつが薬を探してきてくれます。この二人は僕が叔父さんのために選りすぐってきたんですよ。僕は役に立つ者と立たない者がちゃんと分かっていますから」と言った。

許忠徳はそれでも必要とは思わず「『京娘を千里の道を送る』を聴きたくもないし、銃弾を食らったり、蛇に噛まれたりすることもないだろうし、一人が身軽でいい。舞台の役者のように、兵卒を率いて大げさにわあわあと叫んで狼を追い払うようなことはしたくない」と言った。

孫大隊長は許忠徳を傍らへ引っ張っていって小声で「叔父さん、どうしてその兵卒の真意が分からないんですか。

彼らは叔父さんの兵卒を務めれば、兵隊になるのですから、家では徴兵される者が減ります。魏旦那は成人男子は強引に兵役に就かせ、老人だろうと若者だろうとおかまいなしに三人に二人は引っ張られる。だから、みんな将校の護衛兵になりたがるんです。将校は命が大事だから、彼らは戦場に行きません。そのために当然護衛兵も戦場に行かないですみますから。この二人はどうってこともない二等通信兵ですが、家では大切な人で、一人は一人っ子の沈良佐《シェンリアンズオ》、一人は四人の子供の父親で王成……」と言った。

許忠徳は「三助やら薬草採集やら魏司令の軍隊は賑やかだね」と言った。

孫大隊長は「賑やかでなかったら人民自衛団とは言わないでしょう」と言った。

今や二人の通信兵、つまり三助と生薬採集、一人っ子と四人の子供の父親は、銃を担いで鷹揚《おうよう》に少佐参謀主任の後ろに従った。少佐より偉そうな顔で、頭を上げ胸を張って富堂中学に入っていった。

富堂中学の入り口には大きなエンジュの木があり、大きな門がある。門の正面にある大講堂には大きなフランス窓があり、白い大理石の支柱にはバロック式の浮彫が施してある。この建物は青木川建築の先駆けとなり、山国の人々の視野を大いに広めた。このように凝った建物は、漢中どころか西安でも珍しい。大講堂と教職員棟は、謝静儀校長が上海から招いた職人が建てたもので、一九四五年に起工し、丸二年かかって一九四七年に完成した。新しく建てられた講堂は美しく荘厳で、教育の神聖さを具現していた。許忠徳はすべすべした広い階段に登ったとき、思わず天から大きな責任がわが身に降りそそいできたような、一種の使命感が湧いてきた。高く大きな柱は彼の血を沸き立たせ、「国家の棟梁」という神聖な言葉が脳裏に浮かんだ。

彼は講堂の定礎式の日のことを覚えている。成都に勉強に行く青木川の青年たちとともに未来の講堂の敷地で、魏富堂から赤いたすきを掛け、花を胸に付けてもらった。爆竹の響く中、謝校長は彼ら一人一人に魏旦那の贈り物を手渡した。――彼らの一年間の費用の入ったずっしりと重い包みを――魏旦那は来年成績表をもらったら、次の一年の奨学金を出すし、成績が良ければ特別の褒賞も出すことを約束した。

魏富堂に助けられたにもかかわらず、許忠徳が心の中で感謝していたのはやはり謝校長だった。謝校長の説得がなかったら、魏富堂はその金でまた銃を購入し、人民自衛団の拡充に当てただろう。みんなが知っていることだが、魏富堂は銃が好きで、最新式の銃をたくさん買っている。魏富堂自身は、銃は学問より重要で、銃さえあればすべてを手に入れることができる、どんなに広く深い学問を持っている人間でも、引き金を引かれたとたんに、お陀仏になるから、その学問は何の役にも立たない、と考えているだろう。

しかし、魏富堂は謝静儀《シエジンイー》の言葉に従った。謝校長の落ち着いたおだやかな口調は、さわやかなそよ風のように、魏富堂の満身の短気と粗野を瞬時に吹き飛ばした。魏富堂は「謝校長は教養があり、広い世界を見てこられた方で、誠心誠意青木川のためを考えておられる。謝校長の言われることなら、わしは理解できようと理解できまいと実行するよ」と言った。

謝校長が青木川に学校を建てるべきと言えば学校を建てるし、青木川の子弟に奨学金を出すべきと言えば奨学金を出し、魏富堂は校長の意志なら、すべてとんとん拍子に運ばせた。謝校長は魏富堂にはいつも率直に話をした。時には耳の痛い言葉もあるが、魏富堂は腹を立てたことはなかった。謝校長は「旦那様のお金はアヘンを売って得たものですから、汚いお金です。そのお金を学校建設や奨学金に充てれば、初めて水のようにきれいなお金になりますよ」と言った。

施秀才は「天下の最も柔らかいものは、最も硬いものをこき使う【老子（紀元前五七一～四七一年）『道徳経』第四十三章による】と言い、世間の物事は相互に作用し、影響し合うもので、火は水に弱く、水は土に弱いように、互いに相手を下し、天地の配置は極めて公平妥当です。魏旦那は青木川では天を支えている、二人とない男だが、旦那様を操ることができるのはこの謝校長だけです」と言った。

許忠徳が学校に入っていくと、運動場でバスケットをやっていた生徒たちは運動をやめて、いぶかしそうに珍しい人たちを眺めていたが、何人かの年長の生徒が許忠徳だと分かって、「あ、許さん」と叫んだ。許忠徳が後輩たちに手を振ると、生徒たちは興奮して一斉に大声で「許さーん」と叫んだ。

護衛兵の沈良佐は銃を構え、引き金をがちゃがちゃいわせると、もったいぶって「餓鬼ども下がりおろう、無礼をいたすな」とどなった。

許忠徳は驚き、彼が講談を語ろうとしているのかと思い、慌てて沈良佐を黙らせ、二人の護衛兵に「夜寝るまで用はないよ」と言うと、二人も喜んだ。一人は「騎兵隊第二旅団の長官が風呂に行くというから、行かなきゃ」と言い、一人は「林に猪苓《ちょれい》【サルノコシカケ科のキノコ】を採りに行こう。最近市場で値が上がっているから」と言った。

許忠徳は「それなら、それぞれ好きにしよう。僕は校長先生に会いに来たのだから、どこまでも付いてくる必要はない」と言った。

二人の兵は出ていった。沈良佐は行くとき、「君たち、続けて練習しなさい」と命令することを忘れなかった。

生徒たちはなかなかその場を離れようとしなかった。わいわいがやがや笑いどよめき、もうバスケットはやめて、許忠徳の服を撫でたり、そのボタンは銅ですかと聞いたり、彼のつばの広い帽子を取ろうとしたり、いたずらな猿のように少佐主任をぐるっと取り巻いた。許忠徳は腰のピストルをしっかりと押さえ、怒るわけにもいかず困っていた。

黄金義《ホアンジンイー》が宿題帳を抱えて通りかかり、生徒たちを一喝した。黄金義は完全武装した許忠徳に「そんなきちんとした格好をして、生徒たちに訓話に来たのですか」と聞いた。

許忠徳は顔を真っ赤にして、「昨日帰ってきたばかりで、校長先生に挨拶に来たのです」と言った。黄金義は「また大学に戻るの?」と聞いた。許忠徳は「必ず戻るつもりです。まだ勉強は終わっていませんから。魏旦那が帰ってこいと言ったので、大学に一学期だけ休学届を出してきました」と言った。黄金義が「成都の情勢はどうなんだね」と聞くと、許忠徳は「ひどく混乱しています。街は兵隊でいっぱいです」と言った。黄金義はよその情勢を知りたかったので「夜、宿舎に話しに来ないか」と誘った。

始業のベルが鳴った。黄金義は教室に向かいながら、振り向いて、「夜ほかの先生も呼んで、いっぱいやろう」と言った。

許忠徳は「必ず行きます」と言い、また「校長先生は最近お元気ですか」と聞いた。黄金義は「校長は校長室におられる。体調があまり良くなくて、少しお痩せになった」と言った。

許忠徳が校長室の入り口に来て、小学生のように「入ります」と叫ぶと、中から「お入りなさい」という優しい声が聞こえた。ドアを押すと謝静儀校長は籐椅子に腰掛けて本を読んでいた。机の上の花瓶には去年の葦のドライフラワーが挿してあり、テーブルクロスを敷いた小さなテーブルの緑茶からゆったりと湯気が上がり、室内に心温まる香りを漂わせていた。許忠徳が入ってくるのを見ると、謝校長は嬉しそうに立ち上がり、椅子を勧めた。許忠徳は即座に敬礼したが、なかなか立派な敬礼で、様になっていた。校長は成都の学校の様子や彼の学業について尋ね、彼は一つ一つ答えた。彼がちょっと身動きすると服がバサバサと音を立てるので、きまりが悪くて真っ赤になった。全身汗びっしょりになり、居たたまれず、手足の置き場にも困った。幸い校長は彼の身なりには全く無関心で、ただにこにこと頭をかしげて、自分のかつての教え子を見ていた。許忠徳は青木川に戻ってきた理由を話し、校長の支持を得たいと思ったが、校長は良いとも悪いとも言わず、あっさりと「世の中は違った道を行っても同じ目的地に着きます。様々の考えも結果は一致するものです。あなたが帰ってきたことは必ずしも良いとは言えないし、他の人たちが帰ってこなかったことも、必ずしも悪いとは言えません……」と言った。

何も言わなかったのに等しい。

校長室はかすかに薬の匂いがし、部屋の隅のストーブで漢方薬を煎じていたが、まだ沸騰しておらず、枯れた生薬が水面に浮かんで、まだ完全に浸っていなかった。許忠徳が「どこかお悪いのですか」と聞くと、校長は「たいして重い病気ではありませんが、最近胸やお腹が張り、夜夢ばかり見て、よく寝られません」と言った。許忠徳が「薬を煎じるのは、ご自分でなさらなくても、学校の小使いさんにやってもらったらいいでしょう」と言うと、校長は「薬を煎じるのは、精神を落ち着かせるためです。苦い煎じ薬を飲むのはどうでもよく、煎じる過程が大事なのです。柿色の煎じ汁が土瓶の中でゆっくりと沸騰し、静かに薬草のエキスを漉《こ》し出し、次第に濃密になってくると、心も穏やかになります」と言いながら、小さな急須で許忠徳にお茶を入れてやり、「北平【北京】の呉裕泰【一八八七年創業。今も呉裕泰茶葉股份有限公司総部が北京市にある】のジャスミン茶です」と言った。謝校長は本籍は北方で、故郷とのつながりはこのジャスミン茶だけで、毎朝まずお茶を飲むのが習慣になっていることを許忠徳は知っていた。毎日、朝日が藤棚を透かして室内に差し込んでくると、校長はいつも籐椅子にかけ、ゆっくりとジャスミン茶を味わう。ジャスミン茶と藤の香りが校長の部屋をうるおし、本棚の分厚い金文字の洋書をうるおす光景は一幅の美しい絵である。謝校長はお茶のとき、生徒を呼んで話すのが好きで、時には生徒にお菓子をふるまった。ジャスミン茶にしてもお菓子にしても、山国の子供たちには珍しい。みんなは校長先生を羨ましがり、こんな暮らしこそ校長先生にふさわしく、読書人らしい暮らしだと思った。子供たちはきれぎれの夢の中で、よくお菓子の夢を見、ジャスミン茶とテーブルクロスの掛けられたテーブルの夢を見た。夢の中の主人公はもちろん校長先生ではなく彼ら自身だった。

許忠徳の記憶では、謝校長は青木川に来て以来、一度も山を出ていない。校長は青木川に気の向くままにやって来て、そのまま出ていかず、ゆうゆうと住みつき教師になったようだ。校長が来た日、彼はみんなと一緒に、街の道路を、魏旦那の車が通るときバウンドしないように、砂利を敷いてならしていた。彼が顔を上げると、遠くの方から校長が馬に乗って、魏富堂と一緒に青木川に入ってきた。校長がブドウ色のマントをまとって近付いてくると、道路工事をしていた人々は目を奪われた。優雅な謝校長を見て、多くの人が魏富堂はまた新しい夫人を迎えたのだと思った。当時、魏旦那の夫人の小趙《シアオジャオ》と大《ダー》趙《ジャオ》はすでに去り、魏家には奥様の座が空いていた。

大勢の人がいる前で、魏富堂は自分の家の入り口で、謝校長が馬から降りるのに手を貸し、お屋敷に入っていった。人々は魏旦那の恭しい態度から、きっと洋風の奥さんを迎えたのだ、気を遣っている様子から見て、身分の高い人だ、進士の家柄の趙のお嬢さんたちよりはるかに高い家柄の人に違いない、と勘ぐった。

魏富堂と謝校長の関係はずっと謎だった。この問題について人々の言うことはまちまちで、一致した結論が出なかったのは、魏家のお屋敷の門が閉まると、中のことは誰も知りようがないからだ。謝校長は魏家に二年間住んだ。料理屋「青山楼」のコックの張海泉《ジャンハイチュエン》は「『紅焼肘子』を届けたとき、魏旦那と謝校長が同じテーブルで食事をしているのをこの目で見たよ。その様子はまるで夫婦のようでさ」と言って、謝校長が魏旦那の新しい奥さんだということを少しも疑わなかった。

謝校長が魏家のお屋敷に落ち着いて、まず手を付けたのは施秀才の私塾を廃止し、文昌宮を新制学校に変えることだった。彼女は自ら見取り図を書き、大工に机と椅子のセットを作らせ、黒板を備え付けさせた。その後、一軒一軒回って子供を学校に行かせるよう説得した。施秀才の私塾で勉強したのは町の何人かの裕福な家の子供だけだったが、新制学校はすべての学齢の子供たちに学校に行かせるよう勧めた。青木川の貧しい人たちは誰も子供たちに時間を無駄にさせたがらなかった。何日か説得して回って、施秀才について学んでいた四、五人の生徒のほかに集まったのはわずか二人だった。しかも一人は二匹の羊を引っ張ってきた。勉強のかたわら羊を見るのだ。貧乏人の子供は学校に行って時間を無駄に過ごさせるわけにはいかない。校長は一軒一軒訪ねたが、村人の態度は極めて冷ややかだった。

魏富堂は状況を知ると、一個分隊を派遣して銃で脅し、子供たちを家から引っ張り出し、捕虜を護送するように教室に押し込んだ。狭い教室はすぐに生徒でいっぱいになった。施秀才に付いて数年勉強して、一定の基礎のある許忠徳のような生徒には、別に数学、幾何、歴史、国語を学ばせた。教科書は魏富堂が漢中から買ってきた。また新しい先生を高給で招聘した。たちまち文昌宮内は本を読む声が朗々と響き、正規の学校になった。教室で先生が授業をするとき、窓の外で銃を背負った兵士が見張っていた。誰も勝手に出ていったり、途中で逃げ出したりすることは許されず、授業中生徒は便所にも行けず、みなきちんと座らされていた。謝校長は内外を絶えず見回っていて、銃を持っている者ほど厳しくはなかったが、やはり同じように少しも規則を曲げなかった。施秀才は「謝校長はたいしたものだ。スズメバチの群れをがっちり閉じ込めた腕前は、わしが使ったおしおきの板よりよほど効果がある」と言った。

魏漱孝《ウェイシューシアオ》の父魏富明《ウェイフーミン》は魏富堂の一族だが、貧乏なうえに強情っぱりで人付き合いが悪かった。校長が彼の息子を学校に行かせるよう説得したとき、魏富明は「家は野良仕事が大変だし、ろくすっぽ食べ物もないのに、餓鬼を学校にやったら、飯の食い上げだ、何の役にもたたん」と言った。校長が「勉強すれば賢い人になれるんですよ、賢い人になれたらお金を稼いで家族を養う力もつくんですよ」と言うと、魏富明は「賢くったって何もならねえ。将来お役人の被る帽子が天から降ってきたとしても、おいらのような人間の頭には降ってきっこないさ」と言った。校長が「子供が学校に行けば授業料はみんな魏旦那が出してくれますから」と言うと、魏富明は「魏旦那を笠に着ないでくれ。息子は俺の息子で、魏旦那の息子じゃない。子供は学校にはやらん。百人の魏旦那が説得に来ても金輪際駄目だ！」と言った。

校長はまだ何か言おうとしたが、魏富堂は孫大隊長に魏富明を後ろ手に縛りあげさせ、「子供を学校に行かせないなら、お前を地下牢に放り込むぞ」と言った。魏富明の庭は大騒ぎになった。病気の婆さんは家から飛び出してくると、息子の足に抱きついて、必死に連れていかせまいとし、かみさんは入り口に体を張って横たわって、必死に抵抗した。子供たちが、父ちゃん、母ちゃんと泣き叫ぶ声は悲惨で、どう見てもこれは子供を学校に行かせるかどうかの問題ではなく、一つの家庭の死活にかかわる抵抗だった。

結局、孫大隊長が空に向かって威嚇射撃をすると、大人も子供もおとなしくなって片が付いた。

強情っぱりの魏富明はそれでも言うことを聞かず、「殺されたって、うちの子は屁にもならん本なんか読みに行かせないぞ」と言った。魏富堂は「餓鬼を学校にやらないなら、やつを閉じ込めてやれ」とかんかんに怒った。

魏漱孝の父親は魏旦那のアヘン倉庫にまる十日間閉じ込められた。その倉庫は半地下の建物で、湿気がひどいし、泥棒対策のためにコンクリート造りだから、厚い鉄のドアを閉じれば中は牢屋よりひどかった。魏富堂の魏富明釈放の条件は簡単で、子供を学校に行かせることさえ承知すればいつでも釈放する、というものだった。家の畑は荒れ、おっかさんは病気で、かみさんは泣き明かした。魏富明がどんなに強情っ張りでも暮らしは続けなければならないから、十日後には息子を「屁にもならない本を読みに」学校に行かせることを承知せざるを得なかった。

父親が折れたので、魏漱孝はやっと教室に入ることができた。中学卒業まで勉強を続け、成績はトップ・クラスだった。嫁をとり、子供が生まれなかったら、ずっと上の学校まで行くことができたはずだが……。

一九五〇年の民主選挙の時、委員たちの名簿はみな魏湫孝が大きな赤い紙に写した。彼は委員ではなかったが、委員たちより得意になっていた。人々は彼を取り巻いて彼が字を書くのを眺め、教養があると誉めそやした。そのとき、彼が心で感謝していたのは魏富堂だった。魏旦那の強制がなかったら、後に人々に繰り返し告発された、彼の父親の「地下牢」監禁がなかったら、彼は勉強に行けなかったし、当然大勢の前で鼻高々になって字を書くこともできなかった。委員の名簿の清書については、魏元林《ウェイユエンリン》には異論があった。魏元林はずっと「名簿は俺が写したので、お前はそばに立って紙を押さえてくれていただけで、実際には書いていない」と主張し続けている。しかし、魏湫孝は「名簿は絶対俺が清書した。そうでなかったら大勢の前で字を書くという、あのように神聖な感覚を一生記憶しているはずがない」と言った。

魏湫孝の親父は、魏富堂に監禁されたことをずっと根にもっていて、監禁のそもそもの始まりは忘れて、監禁された事実だけを覚えていた。魏富堂銃殺の罪証の一つが「勝手に革命的大衆を監禁し迫害した」ことで、魏富明の証言が役に立った。「文革」のとき魏家のお屋敷は階級教育宣伝の基地となった。外から大勢の大衆が自動車で遙々やって来て教育を受けた。地下牢を見に行った者は、入り口で老いぼれた魏富明の訴えを聞いて感動しない者はなく、「極悪非道な匪賊魏富堂を打倒し、プロレタリア文化大革命を最後までやりぬこう！」とスローガンを叫んだ。魏富明は見かけは老いぼれていても頭ははっきりしていた。繰り返し訴える中で、話を整え、付け加え、ますます立派な訴えに高めていったが、一度も魏富堂が彼を押し込めた理由には触れなかった。革命指導グループ【「文革」中、大衆革命を指導した機構】のリーダーたちも彼に理由を言わせなかった。そもそもの理由を言ってしまったら、教育効果は半減し、大衆はスローガンを叫ばなくなるだろうし、プロレタリア文化大革命はやりぬけないだろう。魏富明の話に自信を持たせるために、リーダーは彼に言った。「魏富堂はなぜおまえを監禁したか？　監禁した。それは事実だ。魏富堂はお前を監禁したか？　彼は悪逆非道なボスで、我々の敵だからだ。今なぜお前を監禁しないのか？　お前が国の主人だからだ……」。魏富明は魏富堂に監禁されたことは妄言ではないと確信し、堂々と胸を張って説明した。そのとき、魏富明は見学者を一組接待するたびに、つまり地牢の前に立って一度訴えるたびに労働点数【一九五〇年代半ばに始まる農業集団化の時期、農家が集団生産活動に提供した労働力を表わす】が三点付いた。男子青壮年の一日の労力報酬は十点だが、魏富明の接待回数はかなり多かったので、彼の稼ぎは若者よりはるかに多かった。魏富堂による十日間の監禁は魏富明に少なくない利益をもたらした。

謝静儀の学校はたちまち活気づき、周囲の村々に、青木川に良い先生、良い学校があると知れ渡った。四川省や甘粛省の親たちも子供を送ってきた。生徒がますます増え、文昌宮は収容しきれなくなったので、謝校長は校舎を建てるよう、魏富堂に働きかけた。魏富堂はそれをまともに受け止め、その年のアヘン収穫の七割を校舎建設に充てた。資金が潤沢だったので、校舎建設は大々的に行われた。加えて校長の眼力、見識により、閉ざされたこの山奥に、一度見たら誰も忘れることができないほど異彩を放つ建築を作り出した。謝校長は渡り廊下で繋いだ小さな木造建築の中に自分のための部屋を仕切って、落ち着いて伸び伸びできる、立派な個室に仕上げた。校舎が落成するや、すぐに魏家の屋敷から引っ越してきた。

少佐服を着た許忠徳は校長といろいろな話をしたが、鳳凰山で遭遇した女性に関する重要な問題は、最後に切り出した。彼はあの女性と同じくよそから来た校長は、このことは知っておく必要があると思った。しかし謝校長はこの件に関してそっけなかった。許忠徳があの女性が英語で人を罵ったときのことに言及しても、校長はそれ以上続けたくなさそうに、ただあっさりと「そう」と言っただけだった。許忠徳は強調して「鳳凰山の解放軍襲撃は、きっと山の上にいたあの女性と関係あるに違いありません。何処から来たのか知りませんが、ひょっとして青木川に面倒なことをもたらすのではないでしょうか」と言った。

謝校長は窓辺に行って外を眺めていたが、しばらくして「藤の花は散ってしまったわ。来年また咲くかしら」と独り言をつぶやいた。許忠徳は校長が何を考えているか計りかねたが、なんとなく妙な感じがした。

ストーブにかけた薬を煎じる土瓶が噴きこぼれたので、急いでしゃがんで止めようとしたが、軍服が動きの邪魔になって、煎じ薬がかなりこぼれた。校長は「その服は似合いませんね。許君にはやはり長衣のほうが似合いますよ」と言った。

それ以来、許忠徳は二度と軍服を着なかったので、魏司令が彼に何度も癇癪《かんしゃく》を起したが、それでも着なかった。あるときまったく拒みきれなかったので謝校長の意見だと言うと、魏富堂もそれ以上何も言わなくなった。その服は箪笥の肥やしになり虫に食われたが、綿布配給制【綿の布地や衣服を購入する際に代金とともに渡す配給切符】の時代に、子供たちに仕立て直してやった。あの足を痛めた靴は「文革」のとき進んで差し出したのに、一回批判闘争会にかけられ、何度か殴られ、半年牛小屋【「文革」前期に幹部、知識人が収容された施設。彼らが「牛鬼蛇神」と呼ばれたことからの名称】に入れられた。造反派【「文革」で「造反有理」という毛沢東の語録を武器に実権派に造反した人々】はドイツ製のピストルの行方を追及したが、彼は魏富堂の銃器と一緒に一九五〇年に差し出したと言った。しかし、造反派は信用せず、十数人がかりで家宅捜索にやって来て、室内をひっくり返し、壁の隙間まで棒を差し込んだが何も探し出せなかった。どうやら証拠不十分で、未解決事件として処理されたが、許忠徳は匪賊の残党とされ、悪質分子に入れられた。

なんとか命だけは奪われずにすんだ。

3

李天河《リーティエンホー》鎮長の手配で、許忠徳は馮小羽《フォンシアオユー》を案内して青木川をくまなく見て回った。許忠徳は、一九四九年に郷里へ帰ってきたことについて、馮小羽にしつこく聞かれて、しぶしぶ話した。

馮小羽が「青木川に帰ってきたことを後悔していませんか」と尋ねると、許忠徳は「後悔したって何になります。人生に後悔はつきものです。謝校長はあんなに教養が高いのに、山国に来て後悔なさいませんでしたよ。僕のような山国育ちが何を後悔しますか！」と言った。

馮小羽が「あのとき、帰らなくてすんだのに、帰ってきたため『悪玉』にされ、極悪非道な匪賊と同一視され、運動が始まるといつも槍玉に挙げられたじゃないですか」と言うと、許忠徳は「やっつける対象にされたのは以前のことで、今は政治協商会議の委員です。政治に参加し意見を出す権利もあります。鎮政府は私を尊重してくれますから満足しています。唯一残念なことは唐朝の逃げ出した皇帝の研究が、来世に持ち越すしかないことです」と言った。

彼らは話しながら青木川中学に入ると、例の「性《さが》に率《したが》って人が行動すること、これを道と謂う。道を知識として修め、かつ実習すること、これを教えと謂う」を刻んだ石碑が講堂の前に立っていた。石碑はひどく傷み縁は砕かれてぎざぎざになっていたが、文字ははっきり読めた。

許忠徳は「この石碑は『文革』で縁が砕かれ、後に便所の敷石にされましたが、去年やっと便所から掘り出されました。新たにここに立てさせたのは、今の校長の提案です」と言った。

青木川中学は大々的に土木工事をやっていて、あちこちに土砂や煉瓦が積み上げられ、泥水だらけで、ウインチやブルドーザーが唸《うな》りを上げていた。騒然としている中で、許忠徳は少し興奮して碑のそばの木を指して、「謝校長自ら植えられたものです」と言った。馮小羽が「何の木ですか」と聞くと、許忠徳は「木犀《もくせい》です。木犀はおめでたい木です。青木川の生徒たちが出世して、国の逸材となることを願って、校長が植えたのです」と言った。

馮小羽はこんなに高い木犀の木は見たことがなかった。

許忠徳は「謝校長が魏富堂に頼んで漢中の留壩《りゅうは》の紫柏山《しはくざん》から移植した大樹です。紫柏山には張良廟《ちょうりょうびょう》【漢の高祖・劉邦の軍師張良を祭った廟】があり、馮玉祥【西北軍閥。一九二六年、国民党に入り北伐に参加。一九四六年渡米中、反蒋・反内戦を声明。帰途、事故死】や蒋介石【中国国民党総裁として二十世紀半ばの中国を代表した軍人、政治家。抗日戦争に勝利したが戦後の国共内戦に敗れ、台湾に退いて政権を維持、中華人民共和国に対立し続けた】が書を残しています。そこにはたくさんの名木があり、本来は一本たりともよそへ移植することは許されないのですが、魏富堂は大金を使って移植してきたのです。魏富堂は謝校長が欲しがるものは、何でも手に入れてあげました。たとえ空の星が欲しいと言っても、なんとかして取ってきたでしょう」と言った。

青木川の現在の校長は邱《チウ》という若い男の先生で、作家が来られたと聞くと急いで講堂の入り口まで迎えに出、馮小羽を校長室に案内し、お茶を入れたり資料を持ってきたりして、親切に応対した。邱校長は熱心に校舎の建築概要を紹介し、資金集めがいかに難しいかを訴えた。資金は少ないが、建物を謝校長の当時の設計通りに修理し、元来の風格を失わず、青木川中学の独特の文化的エッセンスを具現せねば……。

教職員棟は当時学校の重要な場所だったが、現在も使われている。邱校長も昔の謝校長の校長室を使っていて、建物全体の中で最も良い位置にあり最も広かった。

許忠徳は馮小羽に詳しく紹介した。「ここは謝校長が小さなテーブルを置いた場所、あそこは文机があった場所です。この壁には北京の北海公園の白塔の油絵が掛かっていました。あそこの椅子は生徒たちがよく座っていたものです……」

馮小羽が「謝校長の寝室はどこでしたか」と聞くと、許忠徳は「隣の部屋です。当時は続き部屋でしたが今は仕切って二部屋に分かれています」と言った。

馮小羽が壁を見ると、たしかに入り口の痕跡がある。現在の校長室は中央を書棚で仕切り、奥にベッドと机を置いて寝室兼執務室にし、外側にソファーと茶卓を置いて会議室兼応接室にし、きちんと整っている。しかし、老朽化は否めない。木の窓枠は変形して、開き窓はぴったり閉まらないようだし、ガラスは外の景色が見えないほどに汚れ、光が差し込んでいても、太陽の光なのか月の光なのか分からない。壁は湿気で表面が剝げ落ち、何カ所も水が滲みて地図のように浮き出ているが、その地図の大きさは、その年の降雨量によるそうだ。床板は踏むとぎしぎしときしみ、ちょっと強く踏むと建物全体が揺れるようだ……。

馮小羽が「この建物はもう駄目ですね」と言うと、邱校長は「まったくそのとおりです。いずれ取り壊さなければなりませんが、すべてが当座しのぎです。問題は資金のめどがつかないことです。限られたお金は、まず教室と学生寮に当て、教員たちのことは後回しです」と言った。

馮小羽は「建物は古くなっても構造はやはり洋風ですね。現在、都会の学校でもこんなモダンな教職員棟に匹敵するものはないかもしれません。特にこの南北に窓のある部屋は会議室になるくらい広いですね」と言った。

邱校長は「ここは青木川中学が落成して以来、ずっと歴代校長の部屋でした。私は謝静儀《シエジンイー》校長から数えて十九代目です。つまりこの部屋には十九人の異なった気性、経歴、心情を持ち、異なった結末を遂げた教育者がいたのです」と言った。

話しているうちに壁の穴からネズミが出てきて、辺りをはばかる様子もなく、壁に沿って我が物顔にうろちょろしている。馮小羽がネズミが気になっているのを見て、邱校長は「ネズミはここの旦那様で、夜にはよく群れを成してここの廊下を行進したり、運動会を開いて駆けっこをしたりします」と言った。

馮小羽は「この建物は取り壊したほうが安全かもしれませんね。危険な建物はいつ倒壊するか分かりませんから」と言った。

邱校長は「多くの提案をしていますが、鎮の政治協商会議を通りません。委員たちは青木川中学のほかの建物は取り壊してもいいが、講堂と校長室だけは手をつけてはならない、当時上海から人を呼んで建てたもので、バロック式の浮彫が施されているからと言うのです」と言った。

いうまでもなく、馮小羽も邱校長が言った「委員たち」とは魏家のお屋敷の入り口に集まる許忠徳、三老漢、魏漱孝たちだと分かっている。許忠徳は目の前にいるから、はっきり言うとまずい。はたして許忠徳は不満そうに「何で止め立てできますか。昔の面影はみるみる変貌しているじゃないか。古い家を片っ端から取り壊して、タイル張りの家を建て、どの家も銭湯のようで、中に住んで恥とも思わず、いい気になって銭湯の中をしなしなと動き回っている。何が美しいものか。あの風雨橋も、低いから高く造り替えるそうで、上半期に設計部が図面を持ってきたが、路盤も柱も階段も、そして休息用の長椅子までもみなコンクリート造りだ。風雨橋がコンクリート橋になり、大講堂も教職員棟もコンクリートになったら青木川は青木川でなくなる、もうおしまいだ」と言った。

馮小羽は「阻止してくださいよ。それこそ政治協商会議の役目でしょう」と言った。

許忠徳は「ほうっておくものですか。何人かが意見書を上げたが、上のほうが変えると言うから、どう変えるのかと思ったら、コンクリート橋の上には、いかにももったいをつけて廊下のようなものまで作ってしまった。とっても醜いよ。はっきり言えば、やっぱりコンクリートだ。今の人間はコンクリート以外は何も使えん。だから、この講堂と教職員棟はみんなの記憶に留めるために、勝手に手を加えないでくれと言っているのだ。下手な接木でもしたら得体の知れぬものが出来上がっちゃうからな」と言った。

馮小羽は、許忠徳たちが教職員棟と大講堂を大切に思い、壊させないのも、女校長への思慕の念からだと分かった。このちゃんと閉まらない、おんぼろの窓の前に、かつて一人の上品な女性が座っていた。彼女は青木川の貧乏な農家の子供たちの運命を変え、山国の田舎者の視野を広げた。女性は自分の教養と学識を、そして優雅さを、山国の人々にゆったりと示し、そしてひっそりと消えていった。女性は立ち去ったが、彼女のなんらかの消息はここに残っている。正確に言うならこの校長室に残っている。馮小羽はほろ苦い薬草の匂いを嗅いだ……。

邱校長は「確かに漢方薬を煎じています。神経衰弱と不眠症なので。この部屋に住んだ人は例外なく不眠症でした。私の場合、度々夜中に突然目覚め、妙に頭が冴えて、常に誰かに何かを話そうと思い、布団から起きだして何かしようと思うのです」と言った

許忠徳は「ここは歴代の校長が入居した部屋で、校長たちはいろいろな問題で頭がいっぱいだから、当然夜はよく眠れないのです」と言った。

馮小羽が窓辺に行って下を見ると、藤棚はなく、破れたビニールのスリッパだの、底が抜けたホーロー引きの洗面器だの、ねぎの葉っぱや白菜の外側だの、ストーブの灰だの、窓から捨てられた生活ゴミばかりだった。さらに漢方薬の煎じカスもごちゃごちゃに積み重なっているところから見ると、校長は長患いなのだろう。馮小羽はこれらすべてをどんなに呉裕泰のジャスミン茶や、ケーキや、テーブルクロスをかけた小さなテーブルや、キラキラ輝く朝の太陽につなげようとしてもできなかった。

昔、校長室とつながっていた奥の寝室は鍵が掛けられていたが、鍵が錆びついているところを見ると、久しく開けられていないのだろう。黒ずんだガラス越しに中を覗いたが何も見えない。邱校長は馮小羽がこの物置に興

味津々なのを見て、鍵を持ってこさせて、ドアを開けてくれた。きしみながらドアが開くと、埃が真っ向から顔に当たって、ひどく咽《む》せた。埃だらけの部屋には大きな扁額が何枚も積み上げられていた。邱校長は「昔学校が残したものですが、先生たちにベッドの板にされていたのを昨年回収しました。将来、校史の展示に役立ちますから」と言った。

　馮小羽が乱雑に置かれた扁額を見ると、「英才を育てよう」、「多くの英才を庇護しよう」、「教養を高めよう」などと書かれていた。ほとんどが一九四七、八、九年の三年間に、近くの有力者が校長の謝静儀に送ったものだったが、中でも魏富堂が送ったものが多数を占めていた。階下の運動場のそばには、学校が新しく建てたコンクリート造りの現代の標語があったが、赤いペンキで「教育を普及して中華を振興しよう」と書かれていた。二階の物置の扁額と一階の運動場のそばの標語とは、六十年を経てもなお、気脈を通じているように内容は似通っている。悪逆非道の匪賊の理想を、今日の教育方針は期せずして踏襲していて、共通項はおおむねあの「性《さが》に率《したが》って人が行動すること、これを道と謂う。道を知識として修め、かつ実習すること、これを教えと謂う」という中華文化のバックボーンであろう。

　馮小羽は女校長の寝室の配置が知りたかったので、振り向いて許忠徳を探したが、老案内人はこのとき、下で大きな石の甕によりかかって煙草を吹かしていた。彼はとてもその部屋に入る気がしなかったのか、とっくに抜け出していた。馮小羽が下りてきたのを見ると、許忠徳は「あの部屋には何もありません。埃だけです。私の鼻は埃に過敏ですから、あの臭いは我慢できません」と言った。馮小羽は「あの扁額の字はとてもきれいでしたが、山国にあのように素晴らしい書の腕を持った人がいるとは驚きです」と言った。許忠徳は「青木川はすぐれた人材が埋もれているところです」と言いながら、身をかわして馮小羽に大きな石の甕に刻まれた秀麗な小さな文字を見せた。

ひろびろとした静かな渡し場で
口を漱ぎ、足を洗う
遠く広がる自然の風景に心はほころび
いつまでも眺めやる

自分の気持ちにぴったりならば、それで満足だ
と人も亦《また》言うが、そのとおりだ
わたしは今、杯を傾けて酒を飲みほし、
ひとり陶然として楽しむ。

陶淵明「時運」

【陶淵明：三六五～四二七年。東晋、宋の詩人。役人生活の束縛を嫌って辞任して故郷に帰って自適の生活を送った】

筆跡は整っていて、一画一画すばらしい。許忠徳は、「この字は当時小趙が書きました。謝校長は魏家に住んでいたとき、壁に掛かっていた小趙の字を見て、その中の『人も亦言う』、『ひとり陶然として楽しむ』がとても気に入られて、石工に字を石の甕に彫らせ、学校の教職員棟の前に置いて、趣を添えられたのです。内容は学校とあまり関係ありませんが、それでも校長は大変満足しておられました」と言った。

馮小羽が「謝校長は何年に来られたのですか」と聞くと、邱校長が「一九四五年です。これはわれわれの校史に書かれています」と言った。

馮小羽が「何月ですか」と聞くと、許忠徳は「年初です。まだ寒く、私の姉婿が母屋で提灯の糊貼りをしていた記憶がありますから、陰暦一月十五日を迎えるころでしょう。私たちがちょうど何人かで道路補修をしていたとき、校長は馬に乗って街に入ってこられました」と言った。

馮小羽が「地区の学校の校長は、当然上の教育局が任命しますから、謝静儀は寧羌県が派遣したのですか」と聞くと、許忠徳は「校長が来られたころは、青木川にはまだ学校はなく、彼女が創立した学校です。私立学校はお上が派遣する必要はありません」と言った。

邱校長が「魏富堂は青木川の田舎皇帝で、学校は彼の名前から命名されています。誰でも任命でき、自衛団の総司令だって自分で自分を任命したのです。後に自衛団は人民自衛団と改名しましたが、団長はやはり彼でした。彼が校長に任命した人が校長です。謝校長はお役所の正式の任命は受けていませんでしたが、彼女の青木川での功績は誰も否定できません。都会のインテリ女性が、進んで山国にやってきて教育し、山国の教育事業に献身したことは極めて敬服に値します。残念ながら彼女は表彰されませんでした」と言うと、許忠徳は「表彰した人が

いないなんてとんでもない。校長の部屋に積み上げられた扁額こそ表彰じゃないか。青木川の年寄たちは校長を記憶していて、いつも彼女を思っている、これこそ最もすばらしい表彰じゃないか」と言った。

工事中の教室をビデオカメラで撮っていた教師に、邱校長は「皆さんを一緒に撮ってくれませんか」と頼んだ。許忠徳は嫌がったが、邱校長は「作家がおいでになったのですから、学校に映像を残しておくべきです。学校がこれまで何の資料も残していないことは残念なことですよ。第一代校長から第十八代まで誰も写真を残していないし、これまでの卒業生はどの年も卒業記念写真を撮っていません。都会の中学ではまったく考えられないことです。現在私は資料収集を心がけています。学校の建物も含め、卒業式、運動会、演芸会などみな撮影し、青木川中学を着実に記録していくつもりです」と言った。

許忠徳は「以前の青木川中学は一つも足跡がないとしたら、空を飛んでいったとでもと言うのかね」と言った。

邱校長は爺さんがわざと意地を張っているのが分かっているので取り合わなかった。謝校長の指導の下で卒業した老人たちはめったに学校に来ないし、来ても粗探しばかりして、学校のあらゆることに不満だ。

彼らは謝校長を基準にして、何であろうと、「もし謝校長だったらこんなふうにしたよ」と言う。彼らのやり方に背けば謝校長のやり方に背いたことになる。あの六十年昔の女校長の生徒に対する影響たるや絶大であるらしい。

教室から美しいピアノの音とともに、志願教師の王《ワン》暁妮《シアオニー》が英語の歌を教える声が聞こえてきた。馮小羽がまったく知らない歌だった。許忠徳は「彼らが歌っているのは謝校長が作った『青川の風』という歌です。この歌にはアルファベット二十六個の順序が隠されていて、歌って覚えられます。謝校長はほんとにすばらしい教育者でした。新しく来た王先生はこの歌が気に入って、子供たちに教えています。校長が残した古いピアノは六、七十年経っても少しも音色が変わっていません」と言った。

「青川の風」を王暁妮が何度も繰り返し真剣に教え、子供たちも一生懸命学んでいるのを聞いて、許忠徳はちょっと聞きほれたようだ。

馮小羽が「王暁妮の発音はすばらしいですね」と言う

と、許忠徳は「謝校長ほど自然じゃない」と言った。

馮小羽が「大都市の女の子が山国に志願してくるなんて見上げたものですね」と言うと、許忠徳は「国の政策で、王暁妮はここで二年間だけ教えて帰れば、試験を受けずに大学院に行けるんです」と言った。

許忠徳の言葉に興ざめした馮小羽が「王暁妮が今弾いているピアノは、魏富堂がわざわざ謝静儀のために買ったものですか」と聞くと、許忠徳は「魏富堂が趙姉妹のために購入したもので、この山国まで大変な労力を使って運んできたのに、誰も弾かなかったのを、後に校長が引き取って使いました」と言った。

馮小羽が「趙姉妹は何年にここを離れていったのですか」と聞くと、許忠徳は「一九四五年です」と答えた。「校長は何年に来たのですか」と聞くと、答えはやはり「一九四五年」だった。「解苗子は？」と聞くと、やはり答えは「一九四五年」だった。

一九四五年が馮小羽の頭の中で振り払えない数字になった。最も肝心な問題は、このよそからやってきた女校長は後にどこへ行ったかということだ。馮小羽がこの問題を持ち出すと、許忠徳は「西の方に去っていきました。最後はどうなったか分かりません」と答えた。

馮小羽が「そんなことはあり得ないでしょう！」と言うと、許忠徳は「あり得ますよ。あのころは現在のような戸籍制限もなく、誰でも行きたい所へ行けましたから」と言った。

馮小羽が「程立雪《チョンリーシュエ》という女性を知りませんか」と聞くと、許忠徳は「そんな名前聞いたこともありません」と言った。

馮小羽はふと奇妙な考えが浮かび、「校長の謝静儀と魏富堂の六番目の夫人の解苗子はどんな関係ですか。現在の解苗子は当時の謝静儀ではありませんか」と言うと、許忠徳は訂正して、「解苗子は魏富堂の五番目の夫人で、六番目の夫人ではありません。解苗子《シエミアオズー》の「解《シエ》」と、謝静儀の「謝《シエ》」の発音はまったく同じでも、字が違います。解苗子は人前に出たことのない、善良で引っ込み思案の人です」と言った。

馮小羽が「謝静儀と解苗子は同一人物で、この人が程立雪ではないかと思うのですが」と言うと、許忠徳は「そんなことはあり得ません。謝校長も解苗子もみんな見ていますから。明らかに別人ですよ」と言った。

馮小羽が「私が青木川に来た目的は、この二人が実は同一人物だったということを実証することです」と言うと、許忠徳は「馮さんは、明白なことをあいまいにしようしていますね。あいまいになるほど芸術だと思わせる作家が多いですね」と言った。

馮小羽は不満そうに、『文革』のとき、目標にされた人物の過去を洗い出すために徹底して調べたでしょう。それでも謝静儀の素性は分かりませんでしたか。程立雪の行方は分かりませんでしたか。解苗子はいったいどこから嫁いできたのですか。彼女はどうして実家や親戚との行き来がないのですか」と聞いた。

「残念なことに魏富堂は死んでしまいました。もし彼が生きていたらはっきり言えたかもしれませんねえ」

許忠徳は笑って言った。

「実際は許さんは謝校長の結末を知っているのに言わないんでしょう」と馮小羽が言うと、許忠徳は「馮さん、私から聞き出そうとして話をでっち上げないでください。この老いぼれは、もう打たれるのには耐えられません。あと何年か静かに過ごさせてください」と言った。

馮小羽が「私は文学者です。文学とは何か、人間学です。もっぱら人間について考えるのです」と言うと、許忠徳は「私は歴史を学びました。歴史とは何か、真実です。事実に基づいて話すことです。誰がどうだったか話すときは、証拠を出さねばなりません」と言った。馮小羽は「その話しぶりからすると、許さんは百戦錬磨のすごい政治運動経験者ですね。今はもう時代が違いますよね。世の中は電話をすれば地球全体に伝わるほど進歩しているんですよ。古いことも真相を明らかにしてもいい時代になったのに、どうしてまだ隠そうとするのですか」と言った。

「真相が明らかになっても何も出てこないでしょう」と許忠徳が言うと、馮小羽は「どうしてですか」と聞いた。許忠徳は「もともと何もないからです」と言った。

二人は話しているうちに食堂の裏に出た。馮小羽はうっそうと茂っている雑草の中に魏富堂の「自動車」を発見した。それはもはや組み立てようもないスクラップの山だった。錆だらけの屑鉄からは「車」の痕跡はまったく探しようもなかったが、ただ四角く曲がっているものだけは、かすかに窓のフレームだと見て取れた。馮小羽はこのスクラップの山が、かつて世の中を大いに騒がせた司令を乗せて、どのように街の三〇〇メートルの道を走らせ、青木川の注目の的になったか想像できなかった。

許忠徳は「魏富堂の車はとても凝っていました。座席はベルベッド張り、ハンドルはプラスチック、ヘッドライトは真鍮、クラクションは金メッキ……」と言い、また「人は天地の間に生まれ、月日の経つのは速く、瞬く間です。鋼鉄でさえこうですから、まして人間はなおさらです」と言った。

馮小羽が「父は佘《ショー》家から招待されていますが、許さんも一緒に行きませんか」と言うと、許忠徳は即座に拒否し、「私はあの一族のものとは同じテーブルには着きません」と言った。馮小羽が、「どうして?」と聞くと、許忠徳は、「同じ部類の人間じゃないからです」と言った。

4

奪爾《ドゥオアル》の父佘鴻雁《ショーホンイエン》は五十を過ぎていた。髪を頭の後ろに束ね、平織綿布の中国式のシャツを着、靴底に黄牛の皮を使った、先のとがった布靴を履き、全身伝統的で芸術的な装いをしていた。とても前衛的だから、北京や上海に行っても注目されるだろう。馮明《フォンミン》が着いたとき、佘鴻雁は早くから入り口で待っていて、馮明を見ると馮明の手を握り、いつまでも振って放そうとしなかった。佘鴻雁の掌はじっとりと汗ばんでいて、馮明はひどく気持ち悪かった。目の前の熱意あふれる佘鴻雁を見て、馮明はかつて見たことがあるように感じた。あの目鼻立ちはなんとなくある人に似ている……。佘鴻雁は後ろに立っていた鍾一山《ジョンイーシャン》を見ると、馮明の手を放して鍾一山の手を握り、同じようにいつまでも離さず、強く振った。

馮明親子と鍾一山は佘家の人に取り囲まれながら庭に入った。庭は石畳を敷き詰めてあり、花や木の植え込みは手が込んでいた。装飾彫刻された軒瓦には苔が生え、渡り廊下の欄干は新しく赤漆が塗られ、蓮の花が庭の防火用水の溜池に咲き誇っていて、画眉鳥《がびちょう》【鳴き声が美しいので中国では多く飼われている】が籠の中で美しい声でさえずっていた。馮明はこの庭は見覚えがあるような気がしていた。二の門まで来て、まっすぐ広間に向かう大きな長い石段を見て、ここはかつて青木川の芙蓉アヘン館で、魏富堂が最高の利潤をあげていた資産の一つだったことを思い出した。

そして、あの裏山に通ずる暗渠《あんきょ》を思い出し、馮明がまっすぐ裏庭に行くと、今もなお地下道があり、壁を築いている石もしっかりしていて、数十年経っても少しも変わっていなかった。馮明はさらに奥へ進みたかったが、佘鴻雁が「中はじめじめしていますし、明かりもないので、母屋でお茶を飲みましょう」と言った。馮小羽が穴の中を覗くと、たくさんの鋳型が積み上げられていた。佘鴻雁は「みな、私の暇つぶしです。私は鋳造が好きですから」と言った。

母屋に入ると、佘鴻雁は家人に命じて馮明に良いお茶や野生のスモモを出させ、「スモモは小さくて見かけは良くないですが、自然のもので農薬や化学肥料は使われていません」と言った。彼は、今都会の人は虫食い野菜を好むが、汚染されていないものを探そうとしても極めて少なく、空気でさえたびたび汚染されているということを知っていた。

馮明は「汚染されていない」スモモを一口かじったが、格別違った味はしなかった。彼はあのときのアヘン館は魏富堂の搾取財産として没収し、武装部【地方政権の一部門。民兵を組織し、武装反乱などを弾圧して地方の安全を守る、警察とは別組織】に与え、戦利品として個人には与えなかったと記憶している。ところが今なぜ佘鴻雁のものになっているのか。彼はこの見知らぬ佘の一族が青木川とどんな関係があるのか、なぜ佘家の年老いたお婆さんがどうしても彼に会いたいと言っているのか、分からなかった。

雑談をしていると、奪爾に手を取られて老婦人がよぼよぼと奥の部屋からから出てきた。色白で銀髪で、丸い刺繍模様の錦織の袷を着、ゆったりとして福々しい。彼女は馮明を見ると歩み出て「恩人様」と叫び、いきなり跪《ひざまず》こうとしたのを、馮明は慌てて押しとどめた。佘鴻雁は母親を引き起こした。老婦人はゆっくりと座ると、嫁が持ってきた蓋付き茶碗を受け取り、蓋で茶葉をよけると優雅に一口すすった。一挙手一投足、大家出身の貴婦人と比べても遜色がなく、馮小羽は思わず『紅楼夢』【清代の長編口語小説。曹雪芹作、高鶚補作。賈一族の栄枯盛衰を描いている】の「賈母」を思い出した。

老婦人は馮明に「教導員様、私はお分かりにならないほど変わっているのでしょうか」と言った。馮明は頭の中で、すばやく青木川に関するすべての記憶を呼び起こしたが、結局頭を振った。

奪爾はそばで我慢できず、祖母の身の上を告げようとしたが、余鴻雁に止められた。余鴻雁は「教導員様に当ててもらいましょう。きっと思い出されるでしょう」と言った。

老婦人は余鴻雁を指して、「これは余翻身ですよ。名前は第三大隊の劉志飛《リウジーフェイ》様がつけてくださったんです……」と言った。

馮明は劉志飛がどの子に命名したのかまったく思い出せなかった、目の前のモダンな芸術家を見て、山奥の人の意識は決して遅れていない、この寝返りを打つという意味の「翻身《ファンシェン》」という名前の山国の男は、宙返りでもして、一気に時代の先頭に行っていると言ったほうがいいかもしれない、と思った。

馮明が思い出せないのを見て、老婦人は余鴻雁を指して、「これの父親は李樹敏ですよ。父親が旅立ったあの日に生まれました。父親を打った弾を踏んでこの世に出てきたのです。この子はまるで父親に生き写しで、目の前でちらちらされると、死んだ人がまた戻ってきたのかと、よく驚かされるんです」と言った。

余鴻雁はチャンスを逃さず、「土地改革のとき、教導員様はお袋を『白毛女』の典型にしようとなさいましたね、お袋もひどい苦労をなめ、搾取階級に強い憎しみを持っていますよ」と言った。

真相が分かると、馮明はすぐに余老婦人の顔に、当時の「斗南山荘」の小間使いの黄毛《ホワンマオ》の面影が重なった。数十年見ない間に、小間使いの黄毛は立派に「大奥様」に変身していた。李樹敏の母親の地主のかみさんの振る舞いをそっくり受け継いでいた。老婦人の後ろに立っている余鴻雁を改めてみると、完全に李樹敏に生き写しではないか。前もってこのことを知っていたら来るべきではなかったと、ひそかに後悔した。

老婦人は頭の切れる人で、話題を変え、「馮明様は余家の命の恩人です。馮明様が政策をしっかり実行して私たちに土地や建物を分配してくださらなかったら、私たち親子二人の今日はあり得ませんでした。みんな翻身が匪賊の息子だということは知っていても、誰一人私たちが苦しめられたこと、匪賊魏富堂に不倶戴天《ふぐたいてん》の恨みを抱いていることを知る人はいませんでした」と言った。

鍾一山は呑み込めないらしく口をはさんだ。「あなた方は子供の父親に恨みがあるんですって？」

宗鴻雁は「恨みがあるだけでなく、肉親を殺された深い恨みがあるんです。お袋は旧社会で搾取され抑圧された貧乏人です。お袋の親父は飢饉のため広坪に逃れてきて、李家の土地を借りましたが、小作料が払えなかったので、お袋を李家に売ったんです」と言った。

鍾一山は、まだそれが魏富堂とどんな関係があるのか分からないでいると、宗鴻雁は「お袋の名前は黄花といい、本籍は鎮巴《ちんは》県です。あの年の立春に母方の婆ちゃんがタブーに触れる言葉を言ったため、匪賊王三春《ワンサンチュン》の怒りを買い、鉄血大隊に殺されましたが、その大隊長が魏富堂でした。ですから魏富堂とこの殺人事件は直接関係があるんです」と言った。

馮小羽は「〝直接〟というからには、証拠を出さなければ、断定的には言えませんね」と言った。

宗鴻雁は「もちろん証拠があります。殺したのは鉄血大隊の石《シー》という者です。「反革命鎮圧運動」【一九五〇～五三年に行われた、帝国主義、封建主義、官僚資本主義の残存勢力に打撃を与えることを目的とし、彼らを反革命分子、反動分子と認定し、鎮圧した政治運動】のとき、石《シー》は捕まえられ、獄中で宗家の女を殺したのは魏富堂の言いつけだったと自白しました。彼は命令に従っただけで、魏富堂に命令されたから殺したのです」と言った。

馮明は、魏富堂の罪状を摘発する闘争のとき、なぜこのことが問題にされなかったのか不思議に思って聞くと、宗鴻雁が母親に代わって答えた。「あのときはまだ石の供述が得られていなかったので、むやみに言い出せませんでした。それに李樹敏との関係で恐れてばかりいて、ほかは何もできませんでした。私たちは匪賊の家族のレッテルを貼られるのが怖かったので、表にたたず、声を潜め、できるだけ小さくなっていました。しかし、鉄血大隊や魏富堂とは絶対両立できません。魏富堂は宗家の仇です。この点は宗家の子孫はしっかりと肝に銘じなければなりません。一九五二年に馮明様は政府に代わって魏富堂を処刑し、宗家のために仇を討ち、恨みをそそいでくださいました。おかげで、お袋は塗炭の苦しみから解放され、私たちは新たな人生を手に入れることができました。空より高く海より深い御恩を受けました。数十年来お袋の最大の願いは、もう一度恩人にお会いすることでした。この願いが叶わないうちは、心が落ち着きませんでした。今回、恩人様が青木川に帰ってこられたのはお天道様の導きであり、またお袋の福運です。心に思っていることを直接恩人様に聞いていただくのが、私ども佘家の者のとも通の願いでした」

このひとくさりには馮小羽は歯が浮いたが、馮明には佘鴻雁の話すすべてが誠意ある話に思え、大衆が感謝しているのは自分ではなく共産党だと思った。

鍾一山は魏富堂の話は聞きたくなかったので、奪爾に案内してもらって庭を散歩した。鍾一山は防火用水の大きな甕の中に咲き誇っている蓮の花は鑑賞せず、粗雑な甕をしきりにほめた。画眉鳥のきれいな鳴き声は楽しまず、その籠と乾隆《けんりゅう》年間【清朝第六代皇帝。在位一七三五〜九五年】の青花白磁の餌入れが気に入って手放さなかった。

奪爾は「青木川でもし注意して見て回られたら、昔の骨董品がたくさん見つかりますよ」と教えた。

鍾一山は「僕が関心を持っているのは唐代です。奪爾くんが唐代の物を何か見つけられたら、必ず僕に知らせてください」と言った。

佘家は盛大な宴席を準備したが、老婦人は体がすぐれないので退席した。部屋に戻るとき馮明の手を取り、目に涙を浮かべ、「恩人様にお会いできたので、心残りなく死ねます」と言った。

宴席で佘鴻雁は恩人の馮明に対しあまり話をしなかった。あれこれ言っても結局「感謝」の二字に尽きた。馮明も話が合わず上の空で、食卓で彼にお酒のお相伴をしているのは佘鴻雁ではなく、李樹敏のような気がしていた。結局 杯《さかずき》一杯干しただけで辞去した。

馮小羽は残った。なぜなら佘鴻雁が「僕は魏富堂の経歴をよく知っているし、青木川全体についても魏富堂が匪賊だったころのことを詳細に知っています。今、ガイド役を務めている少佐参謀主任より僕のほうが詳しいですよ。なぜ魏富堂の匪賊の経歴を知っているかというと、僕は『文革』中『青木川階級教育展示館』の設立を計画したメンバーの一人で、魏富堂の反革命的な資料を系統的に整理したからです」と言ったからである。

話しているうちに、佘鴻雁は省の機械学校鋳造専攻の一九六〇年代の卒業生で、卒業後は故郷の寧羌県に配属されたということを、馮小羽は知った。

「文革」中、全国各地の地主の荘園はみな「階級教育陳列館」に変わり、一種の潮流のようになったが、もっとも精彩を放ったのは四川省大邑安仁鎮《だいゆうあんじんちん》の劉文彩荘園だった。劉文彩《リウウェンツァイ》荘園は地主階級の、ぜいたくで、すさんだ生活と、貧農下層中農に対する苛酷な搾取を展示し、一時全国の造反派が大邑に見学に行った。

　宗鴻雁も青木川共産党機関の手配で大邑へ経験を学びに行き、そこで初めて、よそでは地主の極悪非道な反動行為の掘り起こしに、いかに真剣に取り組んでいるかを知り、青木川がこのような情勢に立ち遅れていることが悔しかった。劉文彩の豪邸の入り口では人々が押し合いへし合いし、赤旗が翻り、スローガンが天にこだましていた。

　宗鴻雁と仲間は、怒りをふつふつとたぎらせながら、見学に来ている革命大衆の中に四時間並んで、やっと荘園の中に入ることができた。劉文彩の豪邸、自動車、庭園などは青木川の魏富堂もみな持っていたし、劉文彩の妻は魏富堂より少なく、しかも遊女か村の貧乏人の娘だが、魏富堂の妻はみなまともな名門の娘で、劉文彩の妻より美人だから、一通り見学してもたいした感動は受けなかった。

　劉文彩の荘園は鳴り物入りの宣伝で全国に名を馳せているが、魏富堂の資産は劉文彩に劣らないのに、青木川の地主の荘園は知る人はなく、学校の生徒が造反したときでさえ、魏家の屋敷に行くことを思いつかなかった。最も大きな違いはどこにあるのだろう。それは劉文彩の荘園には「収租院」【小作料取り立て所】の泥人形【一九六五年四川美術学院教員と学生が創作。「文革」中北京で展示】の陳列があるが青木川には何もない、という点だ。青木川にもあれば、大邑安仁鎮と比べ少しも遜色がない。

　宗鴻雁と仲間は革命委員会に、見学して感じたことを報告した。革命委員会は魏家の屋敷にも泥人形の「収租院」を作り、当地の空白を埋めることを決定した。具体的な作業については宗鴻雁が責任者に命じられた。宗鴻雁は鋳造専攻だったから、革命指導者から見れば、泥人形と鋳造はほぼ同じことだった。そこで宗鴻雁は、何度も「収租院」の泥人形の複製作業に参加し、土人形作りに相当経験を積んでいる「紅江山」戦闘隊【戦闘隊は「文革」中の紅衛兵の組織】を甘粛省から招いた。

しかし「紅江山」が実際に仕事を始めるとすぐに問題が発生した。まったくお粗末なレベルで、彼らが造った魏富堂は頭がでっかく、耳が大きく、衣服の胸をはだけて椅子に座り、口はへの字に曲げ、腹は突き出ていて、地主の貪欲さと残忍さを表現したというが、まるで大きな腹の弥勒菩薩のようだった。魏富堂の手下の中隊長や旅団長たちは、三老漢、沈良佐などがモデルになったが、できあがったのは一見わざとらしいポーズをとった、たくましい体格の塑像で、四天王とそっくりだった。特にほかと違うのは魏富堂の少佐参謀主任で、この人物のモデルは許忠徳だが、計画では「収租院」の「番頭」の効果を狙っていた。制作中、許忠徳は模写のため現場に何回か呼ばれ、さらに全身の写真も撮られた。こうして出来上がったのは痩せ形で頭はでっかく、緑色の顔に丸い目で、主任ではなく明らかに祠に祭ってある東海竜王【中国伝統文化では東海竜王、南海竜王、西海竜王、北海竜王の四海竜王があり、全世界を管理している。東海竜王は雨と関係あると考えられているので神々の中で最も恐れられている】である。一般庶民の泥人形はさらに奇怪な表情をし、極端に太ったり痩せこけたりしていて、悪魔の形相をし、五百羅漢と言ったほうが適切だった。

よくよく聞いてみると、彼らは神仏像の塑像出身だが、「文革」中は神仏像が作れなかったので、「紅江山」戦闘隊と改名し、もっぱら各地で毛主席の像を作ってきた。毛主席の像には一定の規則があり、姿勢もほとんど決まっているので、たくさん作っているうちにだんだん上達した。ところが青木川に来て魏富堂やその手下や貧乏人ばかり作ることになり、すべて自分でデザインし制作しなければならなかったので、ぼろを出してしまった。

後になって、革命委員会は魏富堂が取り立てたのは米ではなくアヘンだということを考えると、政策上扱いにくい面があり、下手すると青木川の人々をすべてアヘン栽培者にしてしまうことになり、階級的矛盾を混乱させるので取りやめるしかなく、出来上がった「神仏像」はすべて観音岩の石窟の中に運び込んだ。改革開放後、観音岩のお参りが盛んになり、塑像はみな利用できるので、それらをそれぞれ然るべき場所に移した。

宗鴻雁の塑像は成功しなかったが、魏富堂の罪状に関する資料収集は豊富だった。それゆえ馮小羽の調査に対して、真実かどうかはさておき、聞かれたことについてはほとんど答えてくれた。

女校長について聞くと、宗鴻雁は「あの女は絶対魏富堂と寝たことがありますよ。そうでなかったら彼女の言いなりになるはずがありません。謝静儀が青木川に来たときは趙姉妹はすでにいなくなっていました。空っぽの魏家の大邸宅を謝静儀が埋めたのは必然的です。お袋は自分の目で謝静儀が魏富堂の膝に座っているのを見たことがあるし、二人がべたべたとキスしているのを見たことがあるそうです。『潔白水の如し』なんてのは校長の生徒の言い分で、彼らは校長の面目をつぶさないようにし、さらに理想化しているんです」と言った。

趙《ジャオ》姉妹に話が及ぶと宗鴻雁はさらに饒舌になった。なぜなら彼のお袋の黄花は李樹敏の家で小間使いをしていたので、内輪のことをよく知っていた。宗鴻雁は「趙さん姉妹は絶対悲劇の人物です。脚本を書ける人がいたら彼女たちのことをちゃんと書くべきです。観客の涙をさそうこと請け合いです……」と言った。

帰ろうとしているとき、奪爾は興奮して宗鴻雁に「父ちゃん、鍾先生は日本留学から帰国された博士だそうだよ。一カ月八千元稼ぐんだって」と言った。

宗鴻雁は「がんばりなさい。将来成績が良かったらお前も日本に留学し、八万元稼げるといいな」と言った。

奪爾が鍾一山に留学の手続きについて聞いたので、鍾一山が奪爾の学歴を聞くと、高校中退だと言う。すると鍾一山は何も言わなかった。奪爾は自分の学歴では資格がないことは分かっていて、「『県作家協会会員』は役に立ちませんか」と聞くと、鍾一山は「役に立ちません」と言った。

奪爾が「それなら、もし国のだったら?」と言うと、鍾一山は「やはりだめです」と言った。

奪爾が「なぜですか」と聞くと、鍾一山は「テレビドラマの『まがきと女と犬』の中の歌のとおりですよ。『大碾臼は大碾臼、甕は甕、親父は親父、お袋はお袋』。つまり作家協会会員は学歴にはならないということです」と言った。

食事が終わってから、鍾一山は奪爾とまた太真坪に行くつもりで、馮小羽に「奪爾が僕に唐朝と関係ある農民を紹介してくれるって」と言うと、馮小羽は鍾一山を冷笑して「ここにいる人はみな唐朝と関係ありますよ。唐朝の爺さんがいなかったら今の孫はいませんからね。鍾さんは青木川で手先を見つけましたね」と言った。

5

馮小羽の最大の収穫は歴史文献からは見つけにくい趙姉妹の消息を佘鴻雁から聞けたことだ。またあの「喜児」から「賈母」になった彼の母親は記憶がはっきりしているので、魏富堂の三度目の結婚が明らかになった。

故郷に帰ってきた魏富堂は慎重で疑い深くなっていた。彼は王三春の失敗から学んで、青木川を固守してめったに外に出なかった。外では抗日戦争が困難な対峙の段階に入っていたが、魏富堂は人が入ってこない深山でのんびりと平和な歳月を送っていた。暇を持て余していた魏富堂は柄にもなく風流人ぶって一首ものにした。

青い山並み重なり　　楼閣軒を連ね
旅人は往来し　　気ままに逗留する
中日戦争など関係なく
楽土に閑居し春秋を過ごす

詩を書いてから、秀才に念入りに手を入れてもらうと、案外上出来に思え、繰り返し吟じるだけでは満足できず、自分で大書し石工に執務所の門の扁額を掲げる場所に彫らせ、自分の教養をひけらかした。いい加減な詩をそぐわない場所に彫らせたことこそ、魏富堂のレベルを示している。よそから来た人が魏富堂の詩を見てけちをつけながら笑い、彼の面前で無遠慮に自分たちの教養の優越性を誇ったので、魏富堂は自分がまだ「非常に劣っている」ことを思い知らされた。

魏富堂の最大のショックは父親の死だった。油売りの魏爺さんは晩年栄華を極めて天寿を全うしたと言える。その葬儀は空前絶後の盛大さであった。魏富堂の護衛兵は全員喪章を付け、近くの村も弔いの対連を贈ったから、積み上げられた紙の人形や馬や、花輪や対連などは、式場から屋敷を出て青木川の長い通りの突き当りまで埋め尽くした。僧侶や道士が代わる代わる読経を上げ、読経の声は長々と続き、土地の泣き女が哀歌を歌い、葬儀をクライマックスへ導いた。葬儀は七日間行われ、喪中の者のほか、秀才の施喜儒は魏家の葬儀の主要人物として、魏爺さんの危篤以来、墓地選びや、臨終から出棺までですべての儀式の日時の手配を取り仕切った。魏富堂は施秀才に謝礼として金の延べ棒一本と山地二十畝《ムー》【約一三〇アール】を贈った。

しかし、最後は魏富堂と秀才は喧嘩別れした。秀才は秀才堅気を出し、金の延べ棒と土地契約書を突っ返した。当時としては誰でもできることではなかった。貧乏秀才にも秀才としての気骨があり、読書人の真面目さと意怙地《いこじ》さがあって、勢力や財産にはこだわらず、事の処理に当たって、原則や大義名分にこだわった。そもそもの始まりは魏爺さんの墓碑に飾り【原文は令碑】を載せる問題だった。魏富堂は彼の権勢をもってすれば、親父のためにどんな墓碑でも自分の一存で決められるから、飾りはおろか金の龍が巻きついた墓碑を建てても邪魔立てするものはあるまいと思っていた。

しかし秀才は承知せず、魏富堂に「それは村の掟に反しますから人に軽蔑されます。出過ぎたことをしたら、たとえ魏爺さんの墓前に石の羊や馬を安置し、賛美の碑を建てたとしても、高大な飾りを載せたとしても、何にもなりません。亡くなった人をあの世で不安にさせるだけで、虚名を負っていては生まれ変わることができません」と言った。

魏富堂は、秀才がこっちの気持ちを読み取って大目に見てくれ、彼からみんなに説明してくれればすむだろう、と考えていた。秀才はそれを聞くと怒りだし、「読書人は殺すことができても、辱めることはできません。一本の金の延べ棒と二十畝の山地で碑の飾りを買おうとは、それは私、施喜儒を馬鹿にするのではなく、青木川の人々を馬鹿にしています」と言った。秀才の宣伝は巧みで、半日もたたないうちに、魏富堂が油売りの魏爺さんのために飾りの載った碑を建てようとしていることが、青木川の老若男女が知るところとなり、みんなそれをお笑い種にして、「匪賊の親父が殿様の帽子を被ったら、きっと斜めに傾くだろうぜ」と言った。

どんなに権勢があっても、習慣を変えることはできない。魏富堂はついに青木川では父親のために身分不相応な碑を建てることは絶対不可能だと分かり、無念さを口には出さなかったが、しこりは取れなかった。親父は飾りを載せられなかったが、将来俺も親父と同様、丸坊主のような飾りのない墓碑であってたまるものか。俺の代からは、魏家の墓碑の上には精巧な彫刻を施した飾りを載せ、大きく、輝かしく、人々に羨ましがられる、他とは絶対違ったものにしようと決心した。これこそすべての基礎なのだ。

魏家にはこれが欠けている。

魏家の家の格を変えるには血統を変えねばならない。彼の子孫はもはや油行商人や、鉄砲を担いだ山賊になってはだめで、ましてしがないアヘン商人なんかになってはならない。彼の子孫は教養があり礼儀正しく、高尚で洗練された人で、高い人望と地位があり、少なくとも甥の李樹敏のように県の第一中学の優等生にならなければならない。

娘の魏金玉は聡明で美人だが、しょせん女の子だ。彼が望むのは男の子で、堂々たる魏家の継承者である。この継承者を変え、魏家の家の格を大いに起こせば、「匪賊」だといって後ろ指を指す人はなくなり、門の上に掲げた詩を指さして嘲笑する人もなくなるだろう。

「品種改良」は根本から変えなければならないから、女の選択は極めて大事だ。

そのために、この後の趙姉妹の登場となるのである。

一九四一年、これまで山間地区から出たことがなかった魏富堂が西安に上った。

魏富堂は密かに出発したので、何人かの義兄弟が事情を知っているだけで、彼がどこへ行ったか誰も知らなかった。仲人は広元で銃を買った老烏《ラオウー》で、今回は西安で女を買う。

西安は魏富堂が一生のうちに唯一行ったことのある大都市で、そこは最も賑やかで、最も開けていた。彼は五十本の金の延べ棒、百両【五キロ】のアヘン、大量の絹織物、金銀珠玉の装身具を四匹のラバに積んで西安に入った。南院門からまっすぐ北へ向かい、鼓楼【夕刻の時報のための建物。北側と南側に二十四個の太鼓を設置】の下まで来ると楼閣が高くそびえ、夕焼けに赤く染まっていた。山中では見られない迫力に接して引け目を感じ、居たたまれなくなって、元気なく老烏について蓮湖《れんこ》横町の趙家に直行した。

趙家は代々西安の名門で、祖父の世代は内閣学士【明・清代に皇帝を補佐し中央の政治を差配した官職】になった人があり、門の上にある「進士及第」の扁額は横町を明るく照らしていた。西区に行って長安の趙家と聞けば、子供でも金字の扁額が掛かっている家だと知っていた。

魏富堂はほかでもなくその扁額を目当てに縁組に来たのだ。青木川で彼に欠けているのは扁額のかかった家柄であり、光り輝いているこのような親族だ。金なら彼はいくらでもあるが、金があるだけではだめで、人々はうわべでは彼を敬って服従しても、内心では乞食のように軽蔑していて、どんなにしゃちほこ立ちしても、油行商人の家の出と匪賊の経歴は振るい落とせない。「進士及第」の趙家との婚姻は、朱美人との結婚とは違う。朱美人は馬に飛び乗って彼についてきた。単純明快で、気ままにいきなり結ばれ、子供をつくるのに何の支障もなかったが、それでもやはり何かが欠けている。

趙家は名門だから、趙家のお嬢様は大家の令嬢だ。魏富堂はすべて規則通りに執り行わなければならなかった。いいかげんにできないし、一般庶民の無骨無知を露呈してはならない。将来生まれてくる子供は完全に規格通りに作り、どの段階でも非難される余地を残さず、施秀才ら馬鹿な奴らの口をしっかり塞いでやろう。

老烏はしっかり事前工作をしておいたので、魏富堂が山を出て新婦を迎えに行くのは形式を踏むだけのことだったが、魏富堂はこの形式を重く見て、非常に真剣に行った。

宣統帝【清朝末代皇帝。在位一九〇八〜一一年】政権が崩壊して時代は民国に変わり、一九四一年の趙家は実はとっくに没落し、入り口には光緒年間【一八七五〜一九〇八年】の扁額が掛かっているが、中身は空っぽだった。四合院【庭を囲んで北側に「正房」、南側に「倒座儿」、東側に「東廂房」、西側に「西廂房」と呼ばれる四棟の建物で構成されている】が三段奥に並んでいる屋敷を裏から切り売りしていて、もう残りはいくらもない。生計はすべて趙家の二番目の旦那様の書で維持しているが、暮らしは逼迫している。困窮している趙家がまったく思いもかけなかったことに、この中身のない「進士及第」が、なんと秦嶺の山賊の首領を招きよせた……。

老烏は一人で何度か来て、趙家に「男の方は山国で特産品の商売をやっているしっかりした教養ある農家です。財産は数百畝の水田と十幾つの山地があり、毎年ヒカゲノツルニンジンの収穫は天秤棒で百担《かつぎ》ぐらい出荷しています」。「お嬢様が嫁がれたら、決して辛い思いをさせません。奥様としてかしずかれますから」。「魏家の旦那が趙家と縁組されるのは家柄を改め、魏家の子孫を学問して礼をわきまえた人物に育て、何人かの状元・榜眼・探花【それぞれ科挙の最終試験で第一位・第二位・第三位の成績で及第し進士になった者】を出すためです」。「一度にお二人を娶るのは、山国へ行って寂しくなり家が恋しくなられるのが心配だからです。家で姉妹だった方が、嫁いでも依然として姉妹ですから……」と、上手に繕って話をまとめた。

趙家の人にとっては十幾つの山地や数百畝の水田に関しては想像できなかったが、辺鄙な所だということと大金持ちだということだけは分かった。兄たちはちょっとためらったが、兄嫁たちは願ったり叶ったりとばかりに矢も盾もたまらず、「娘は成長したら留めておけません。留めれば留めるほど仇になりますよ。姉さんは二十五、妹さんは二十三、もう適齢期は過ぎているでしょう。これ以上遅らせては、とうが立ってしまいますよ」と力説した。

趙家の両親はすでに世を去り、当主は次男で、二番目の旦那様と呼ばれていた。趙家の上の旦那様はひどいアヘン中毒で、一日に四回も吸い、いつもアヘンを吸うベッドに横たわっている。老烏が縁談を持ってきた二日前に、趙家は裏の「厢房」を銀貨二百元で売ったばかりだった。この二百元で上の旦那様のためにアヘンを手に入れ、二番目の旦那様のために防寒の綿入れを受け出し、越冬の石炭を買い、趙家の十数人の腹を満たさねばならない。二百元を使い果たしたら、どうやってお金を稼ぐか、途方に暮れている状態だった。裏の「厢房」は趙家の姉妹が住んでいたが、それがすでに売られてしまったということは、姉妹は否応なしに嫁に行けということだった。兄たちは無能だし、兄嫁たちは薄情で、この暮らし向きが逼迫しているときに、日がな一日何もしないで無駄飯を食っている姉妹を養おうとは、誰も思わなかった。

兄弟は歯を食いしばって承諾し、「嫁入り道具は何も持たせられません」と言った。兄弟は冷酷なのではなく、この家にはまったく持ち出せるものがなかったのだ。

老烏は「魏家は嫁入り道具などどうでもよく、お嬢様が目当てなんです」と言った。

話がまとまってから魏富堂は山を出た。魏富堂が趙家にやって来たときは、雁が南に飛び立つさわやかな晩秋で、趙家の屋根付き門の高い石段の上に立つと、遥かに秦嶺を望むことができた。秦嶺は西安の真南に聳え立ち、雄大で混沌としていた。彼はそこから出てきたのだ。彼はあの山中の虎で、山の虎が関中【陝西省渭河流域を指す】の平原にやって来た。ここは彼にとっては未知の、危険に満ちた、至る所罠が仕掛けてある土地だ。ここでは身をひそめ、爪と牙を隠し、猫のように素早く、いささかの手落ちもなく「進士及第」の家の娘を山につれて行かねばならない。

趙家の姉妹は八仙庵から道教の道士の説法を聞いて帰ってきた。姉妹は入り口で取り次ぎを待っていた魏富堂に軽く会釈してから、さっと中に入っていった。ただ横顔と、軽い会釈だけだったが、魏富堂は「進士及第」に心を奪われた。彼は初めて大家のお嬢様の振る舞いを見た。お嬢様は言葉を発しなかったし、視線も向けなかった。魏富堂は「魅力」とか「風格」といった教養あるモダンな言葉を操ることができなかったが、素晴らしさは分かった。彼は今回来たのは無駄ではなかったと確信し、趙家の姉妹を絶対嫁にもらおうと決めた。この買物は損はないと思った。

四匹の大きなラバは趙家の門の外につながれた。ラバは我が物顔に入り口のエンジュの木の皮をかじり、「進士及第」の入り口を散らかした。魏旦那に従って来た者は皆屈強な男で、身なりがきちんとして、ほとんど無言のままだった。眼光するどく、機敏で動きが人目を引かない。指図を待たずに品物を整然と秩序正しく屋敷の中に運び込み、一言も発せず、運び終わるとみな静かに立ち去り、姿を消した。きびきびとして間違いのない動作や常にあたりを警戒している視線は、明らかに軍人の素質と悪賢い匪賊の特徴を帯びていたが、趙家の人々には見抜かれなかった。

趙家の二人の兄嫁は、屋敷の中に立って注意深く結納を数えながら、浮き浮きしていた。五十本の金の延べ棒は見たこともなかったし、百両のアヘンはたいした贈り物だった。いちいち数えられない細々したものはいずれも高価なものばかりだ。娘婿は田舎者ではあるが、分をわきまえ、おとなしく余計なことは言わず、静かに広間でお茶を飲んでいる。

魏富堂の来訪に対して趙家の応対は極めて簡素で、そっけなかった。

上の旦那はアヘンを吸うベッドに横たわって、陝南の山から来た田舎者に付き合う気力はなく、応対したのは二番目の旦那だった。二番目の旦那は妹婿に対してあまり挨拶もせず、お茶を飲み終わると食事に案内し、断りもなくいきなり街角のイスラム風の料理屋に連れて行き、羊肉泡饃《ヤンロウパオモー》【西安の名物で、小麦粉の餅を細かくちぎり、羊肉の入ったスープで煮込んだもの】をご馳走した。

魏富堂は初めて食べたが、お椀は小鉢のように大きくて重く、スープは熱く、羊の油が浮き、大きな赤い肉が二切れと、春雨が一束と、葱と香菜の微塵切りが少し入っていた。見たところいささか粗野でいい加減で、とても進士の家の客のもてなし方ではなく、馬方の食事のようだと思えた。魏富堂は不愉快になり、娘婿をもてなす最初の食事は山国では十六皿二十四碗あり、とても凝るのに、どういうわけでこんなにいい加減なのだと思った。味が濃くて、さっぱりしていなかった。

趙旦那は魏富堂が無理して食べているのを見て、「婿殿は羊肉臭さが苦手ですか」と聞きながら、ニンニクの漬物を一皿勧め「これを添えれば味が違いますよ」と言った。

魏富堂は「羊肉は嫌いではありませんが、餅【小麦粉をこねて鉄板で延ばして焼いたもの】をちぎってスープに浸す食べ方は慣れていません」と言った。

しかし、趙旦那は「羊肉泡饃は秦の始皇帝のころからあるのですよ。餅は古代に兵卒たちが兜を用いて焼いたものです。テントの外で、数人が車座になって火を囲み、大鍋のスープを真ん中にして、食べたり歌ったりするとは、なんと愉快ではありませんか。羊のスープは薬味が調和し、見た目は単純ですが、古代の重要な儀式には欠かせなかったし、周代のご馳走の儀式には、酒がまだ出ないうちから羊のスープは必ずありました。『李白伝』によると、玄宗皇帝は李白のために羊肉泡饃を作らせたんですよ……」と言った。

魏富堂は趙旦那の話にすっかり感心し、馬鹿にしなくなった。簡単な一杯の餅をスープにしたものにもこんなに多くのすばらしい由来があるのか。趙家は皇帝が食べるもので俺をもてなしてくれたんだ。高い待遇でもてなしてくれたところを見ると、俺を高く評価しているんだ。一杯の濃厚なスープは青木川の食卓の魚やベーコンやキノコやキクラゲに匹敵する。教養のあるなしで人間が違ってくるもんだな、と思い知らされた。

食事中魏富堂は、「道が遠いので明朝早く二人のお嬢さまをお連れするつもりです」と言った。

趙旦那は「趙家の娘の嫁入りは面子がありますから、二人の妹を、こっそりと送り出すわけにはいきません」と言った。

魏富堂はうなずいて、「ごもっともです。そのことは執事がもう手配しています。こちらもお宅の面子を自分たちの面子と考えますから、二人のお嬢さんにつらい思いをさせません」と言った。

その晩、趙家は眠らなかった。かつてないことで、灯火があかあかと点り、彼らを驚かせ、幸せな未来への妄想を胸いっぱい抱かせた。それらのお金は彼らが何代かかっても使いきれそうになかった。あの秦嶺の山奥の田舎者の妹婿は、どうしてこんなにも金があるのか、どう考えても想像がつかなかった。

離れのほうでは灯りが消え、姉妹は早々に床についた。

翌日、空が白むや一台の黒いアメリカ製の「フォード」が趙家の入り口に止まり、楽士が「大団円」や「あまたの鳥が鳳凰を仰ぐ」を演奏し、礼服を着、白い手袋をはめた楽隊がドラムを叩きトランペットを吹いた。爆竹がパンパンパンと炸裂すると、真紅の毛氈《もうせん》が屋敷の中から車のドアまで敷かれた。

横町の人々は物音に驚き、たちまち多くの野次馬が周りを取り囲んだ。みんなはどん底まで落ちぶれた趙家に出現した、滅びの前の一瞬の輝きに驚いた。隣人たちは、新婦を迎えに来たのは南方なまりのたくましい男ばかりで、女が一人もいないことを不思議に思った。そのため、その賑やかさも大げさで不自然に見えた。しかも賑やかな新婦を迎える儀式に初めから終わりまで新郎は顔を出さず、痩せてのっぽの執事が世話をやくだけだったので、人々の心に疑念を生じさせざるを得なかった。

趙旦那は花婿が突然いなくなったことに不満で、ずいぶん失礼で誠意がないと思った。

烏執事は「昨晩魏旦那にお母さまが危篤で、今日まで持たないだろうという知らせがありました。魏旦那様はとても親孝行な方ですから、花嫁のお迎えは私に頼まれ、ご自身はその夜のうちに急いで帰られました。お母さんに一目会いたいとお思いになったのでしょう」と言った。

趙旦那はそれでも許せず、そんな状態で二人の妹を車に乗せるわけにはいかないと断った。「執事」は、極上の田黄玉《でんおうぎょく》【福建省寿山郷に出る濃黄色で半透明の美石】を取り出して、そっと握らせ、「至極急な用なので、魏旦那は出立する前に、『改めて二人の婦人を連れて里帰りし、旦那様にじかに謝ります』と言付けて行かれました。そして、『この石はもともと昨日、旦那様にお贈りするつもりでしたが、忘れていたのでお渡ししてくれ、旦那様はこの石でりっぱな印章をお彫りになれる』とも言われました」と言った。

金は価値が分かるが、田黄は価値が分からない。このように大きな田黄はさらに算定しようがない。しかし、文人の趙旦那はこの石が貴重であることをよく知っている。手に握っている石は屋内に置いてあるアヘン全部に匹敵する。旦那はもう何も言わなかったので、「執事」が号令をかけると、花嫁を迎える楽曲「新郎を祝う」が吹奏された。

趙家の嫁たちは鮮やかで綺麗な衣装を着て、大きな蝶のようにひらひらと出たり入ったりして、まるで啓蟄《けいちつ》の日が来て、冬じゅう縮こまっていた虫がよみがえったようだった。趙家の上の旦那様は、相変わらずアヘンを吸うベッドに横たわってアヘンを吸引していた。ベッドの下のアヘンは死ぬまで楽しめるほどたっぷりあった……。

青白い顔の二人のお嬢様がお屋敷から出てきたが、色のさめた薄い青色の上着を着て、小さな風呂敷包を一つ持ち、花嫁衣装も着ていないし、婚礼のとき花嫁が被る赤い絹も被っていないし、質素で婚礼の主役とは思われないほどだった。お嬢様たちは無表情に車に乗り、入り口に立っている二番目の兄と色鮮やかな兄嫁たちを振り向いて見ることもなく、長年暮らした屋敷にも目を向けなかった。二番目の旦那は人陰で目頭をこっそり拭き、車の窓越しに妹たちの幼名を呼び、「しっかりするんだよ。体を大事にするんだよ」と言った。車内からは反応がなかった。お嬢様たちは聞こえなかったか、もはや返事する必要を感じなかったのかもしれない。

趙家のお嬢様の嫁入り道具は、珍しい高価なものばかりで、新郎が現れなかった残念さを補って余りあった。来たとき四匹のラバの背に満載した嫁入り道具は、ハンドル式電話や、箱型のプレイヤーや、白い冷蔵庫だった。最も人目を引いたのは、八人がかりでやっと動かせたドイツ製のグランドピアノで、分かる人には、これらのモダンな品々は婿殿が出資したと一目で分かる。

趙家の二人のオールドミスはしかるべき家に嫁いだ。ドラムやトランペットの先導で車はゆっくりと蓮湖横町を走り出した。嫁入り道具にはみな綺麗なリボンが付いていた。車の後ろから付いていく男たちの歩調はそろっていた。無類の美しい出迎えの行列は鼓楼をくぐり、鐘楼【朝の時報のための建物。大きな鐘が吊るしてある】を迂回し、沿道の観衆の喝采を浴びた。

一九四一年の晩秋、西安市民は確かに一台のアメリカ製のモダンな車が先導するキャラバン隊のパレードを楽しんだ。このパレードは今もなお多くの西安っ子の記憶に強い印象を留めている。

「フォード」は西の宝鶏《ほうけい》【西安の西にある市】まで来ると停車した。前方に道路が続いていたが、西安と抗日戦争の後方の重慶とつながっている簡易道路で、狭い上にでこぼこで険しく通りにくい。大事な「フォード」はそんな道路に向かないので、趙家のお嬢様は車を捨てて竹駕籠に乗り換え、技師が車を分解し、電話や冷蔵庫と一緒にラバで深山に運んでいった。

山に入ってそれほど進まないうちに、秦嶺の尾根ですでに魏富堂と手下が銃を持ち馬を連ねて待っていた。母親の危篤というのは嘘で、母親は彼が王三春と供に山賊を働いていたとき、すでに亡くなっていた。突然素早く足を抜くのは彼の常套手段だが、彼は長年の匪賊生活のため、至る所に危険がはらんでいて、周囲には敵が潜んでおり、命は常に生と死の狭間にあると感じていた。西安は彼にとって安心できる地盤ではない。虎が平原に入ったら犬にやられる。彼は犬どもが虎の匂いを嗅ぎつけ、足跡を探し出す前に迅速に引き上げなければならなかった。

第5章

1

魏富堂《ウェイフータン》は、西安から新しく迎えてきた二人の夫人とともに、途中の広坪で、姉の家である李《リー》家に数日滞在した。魏富夫人それぞれに付く小間使いも広坪で待っていた。魏富堂はここにきて、張りつめていた心がやっとゆるんだ。

佘鴻雁《ショーホンイエン》の母親・佘黄花《ショーホアンホワ》は、西安から来た天女のようなこの二人を李家で直接見ている。めったに口を開かず、笑わず、池の水のように静かで、寺の観音様のようにおっとりと上品だったという。「まるで人間界の者とは思えないくらい」と彼女は語った。

李家の奥様はあいさつ代わりに、二人に一つずつ純金の指輪を渡した。しかし二人とも指につけようとせず、「わたくしは五行の『木』の生まれ【中国に昔から伝わる、宇宙の木火土金水の五行を基にした占い】なので身体が軽く、金の重さには耐えられないのです」と言って、奥様を少々気まずくさせた。

青木川へ戻る数キロの山道を、夫人たちは竹駕籠《たけかご》【原文「滑竿」。竹で編んだ椅子を二本の竹竿にしばりつけたもの】に揺られて移動した。前後を小間使いや護衛兵に囲まれ、秋の涼風を受けながら渓流や鬱蒼《うっそう》とした山の風景の中を進んでいった。きっと二人は味わったことのない安らぎを覚えたことだろう。

石門桟道を過ぎたとき、小趙《シアオジャオ》が突然、竹駕籠を止めさせて、「詩《し》」を吟じたいと言った。魏富堂は詩を吟じるとはきっと大切なことだろうと思い、竹駕籠を下げさせ、自ら支えて小趙を降ろした。数十人が息を殺して静かに見守る中、小趙は崖に沿って何度か行ったり来たりした。

けれどしばらく経ってもその口から詩は聞こえてこない。魏富堂もあえて催促せず、夫人が行き来する姿を目で追っていたが、照りつける太陽で汗が吹きだし、帽子を取ってあおいだりした。老烏《ラオウー》が「奥さんはひょっとして『屎《くそ》』では？」と言った【中国語で詩と屎はどちらも「シ」と発音。屎は大便のこと】。魏富堂は「おまえは風流を解《かい》さないやつだな」とたしなめた。

ぐずぐずと時を過ごしたあげく、小趙は一言も発することなく突然竹駕籠に戻った。みなは少々がっかりし、教養人でも詩が作れないことがあるということを知った。ちょうどおならのように、音が出ることもあれば出ないこともあるのだろうと。

青木川から許忠徳《シュージョンドー》少年が駆け付けてきて、「祝宴の支度はもうずいぶん前に整っています。魏旦那と奥さまがなかなか見えないので、施《シー》先生が予定の時刻が過ぎてしまうのを心配して、僕を使いに寄越しました」と言った。予定の時刻が過ぎるという話から、魏富堂は自分が劉《リウ》家に婿入りしたときのことを思い出した。あのとき自分はわざと遅らせたが、今回の小趙は決して故意ではないだろう。それでもなぜが少し不安になり、振り返って竹駕籠の小趙を見た。小趙は彼を見てそっと微笑み、ふと詩を口にした。「山気《さんき》 日夕《にっせき》に佳《よ》く、飛鳥《ひちょう》 相与《あいとも》に還《かえ》る。此《こ》の中《うち》に真意《しんい》有《あ》り、弁《べん》ぜんと欲《ほっ》して已《すで》に言《げん》を忘《わす》る【陶淵明の詩「飲酒・その五」の後半】」

魏富堂は全身から力が抜けた。娘の魏金玉《ウェイジンユー》に、どういう意味かと聞いたが、娘は分からないと言う。許忠徳が説明した。「夫人は陶淵明の詩を吟じたのです。夕靄《ゆうもや》に包まれた山の気配と連れ立って巣に帰る鳥にひときわ感慨を覚え、言葉に表せないほどこの山が気に入ったそうです」

魏富堂の屋敷では数十のテーブルに酒や料理が並べられていた。護衛兵たちが魏旦那にお祝いを述べ、魏富堂は一人一人に銀貨二枚をふるまった。夫人たちの席は奥の間に用意してあったが、寂しいのではないかと心配して施秀才に相手をさせた。施秀才はテーブルのご馳走に舌鼓《したづつみ》をうち、「天命人知れず」と口を切ると、夫人たちはすぐに「知行合一《ちこうごういつ》【明代の王陽明の唱えた説。知識と行為は一致しなければならない】」と応じた。施秀才が「深山に蟄《ちっ》居《きょ》し、よく浩然《こうぜん》たる気を養う」と語ると、夫人たちも「逆境も順境もなく、成り行きに従えば果報あり。心に留めるべからずです」と返した。

施秀才も含め宴席の誰もが、新しい夫人たちの博識ぶりに目を見張った。施秀才は自分の教養が通じる好敵手を得て、持ちうる知識をありったけ披露した。夫人たちは秀才がどんな話題を振っても、もれなく受けて返したため、しばし魏家に、かつてなかったアカデミックな雰囲気が出現した。

施秀才は話をしながらもしっかり飲み食いしていたが、夫人二人はほとんど箸を動かさなかった。大きい肉のスライス、イノシシのもも肉、大ぶりのタケノコ、こぶし大の肉団子といった料理は、上品な育ちの彼女たちにはとても食べきれなかった。心配した施秀才が「何か食べたいものは？」と尋ねると、大趙《ダージャオ》が「汁粥《しるかゆ》一椀あれば充分です」と答えた。

誰も「しるかゆ」を知らなかったが、施秀才が「お粥《かゆ》のことだよ」と説明した。

魏家の屋敷は、西の都・西安から名門の令嬢を二人迎えたことで、青木川の歴史に類のない立派なものになった。人々は『三国志』の大喬・小喬【喬公の二人の娘。それぞれ孫策と周瑜に嫁いだ】になぞらえて、趙家の姉妹を大趙・小趙と呼んだ。大趙と小趙は南院と北院に分かれて住んだ。それぞれ独立した建物で、南院は西洋式、北院は中華様式で、両院ともに若い小間使いがつき、竈《かまど》も備わっていた。姉妹が会いたいと思えば裏庭の丸い刳《く》り抜き門から出入りできるし、門を閉めれば独立した家屋になった。大趙は簫《しょう》【たて笛】が上手で、その音色は川の水も止まって聴き惚《ほ》れるといわれた。小趙は書道に秀で、草書が得意で、施秀才でさえ脱帽した。

魏富堂は西安から、詩をたしなむ夫人二人の他にも、近代的な道具をいろいろ持ち帰った。電話、蓄音機、冷蔵庫、自動車、それに外国人しか置かないピアノまで揃え、彼はもう田舎者ではなくなった。これに銃器を合わせると、どこの司令官にも劣らないし、どんな文明にも対抗できた。

理想的な家庭としてこれ以上不足はなく、魏富堂は満足を覚えたに違いなかった。あとは教養ある子孫をつくるのが彼の役目で、こればかりは誰にも代われない。

新婚の夜、この上なく興奮した魏富堂は、小趙の部屋に入った。姉妹のうち彼はこちらの妹のほうが好きだった。妹の豊かな黒髪、刺繍のある薄紫色のロングスカート、白い顔に赤い唇、これらは舞台の朱美人《ジューメイレン》を彷彿させ、朱美人のなめらかな体とベッドでの多彩な媚態を思い出させた。
だが新婚のベッドルームで、もうすぐ妻となる小趙は水のように静かだった。彼女は、夫のますます激してくる衝動に呼応することなく、ゆっくり身づくろいをしていた。新郎魏富堂がベッドの縁《ふち》に座って辛抱強く待っている一方で、小趙はまず美しい髪をとかして編み、続いて顔から耳の中までていねいに洗った。それからスカートを脱いで白い寝巻に着がえ、服のしわをていねいに伸ばした。ドアに閂《かんぬき》をかけカーテンを引いて、やっと静かな表情で彼の方へ歩いてきた……。

魏富堂は立場が逆のように感じてうろたえた。ベッドに座って待つのは小趙で、自分ではないはずだった。どうしてこうなったのだろう。だが形はどうあれ最終的には同じことだ。

魏富堂はそれ以上何もかまわずに、夫人をさっと抱きかかえるとベッドに横たえ、その上に覆いかぶさって、大きな口でサクランボのような彼女の小さな口をしっかりふさいだ。股間の一物は無言で協力し、たちまち最高に屹立した。ズボンを脱いで彼女の中に入ろうとしたとき、夫人が彼を押しのけた。夫人は身を起こしてベッドの下の敷物に靴をきちんと並べてから、みずから寝巻を脱いでたたんで枕の横に置いた。そして素裸ですっと仰向けに横たわり、彼を受け入れる姿勢をとった。

卓上の赤い蠟燭《ろうそく》が二本、音もなく燃えていた。ほの暗い光に小趙の青白い身体とうつろな目が浮かびあがった。それは魏富堂にかつて見たことのある場面を思い出させた。彼が思い出したのは無数の死体だった。自分が手を下した死体もあった。女の最期の姿はちょうどこの有様に似ていた。違うのは目の前の女がまだすうすうと息をしていることだった。こう思ったとたんに熱情が冷め、兵隊が総崩れになるように、強気だった親愛なる息子も魂が抜けたようにみるみるぐったりして、もう立ち上がれそうになかった。

しかも体中の熱血が無理に抑え込まれたため、小腹が張って痛み出し、腰は抜け、全身に冷や汗が出た。魏富堂は深い溜め息をつき、ベッドの柱に寄りかかって呆然とした。昔、朱美人と過ごした新婚の日には、靴をほうり投げ、布団を波のようにうねらせ、あたりをはばからずに唸り笑ったことを思い出した。あのような日々はもう戻らないのだろうか。いま股間の息子は、彼が追い求めた教養にとことん打ち砕かれてしまった。

魏富堂はベッドから降り、裸足で部屋を歩き回った。自分の靴がきちんと揃えられ、小趙の刺繍入りの靴と一緒に足台に置かれている。四匹のウサギが寝ているようだ。思わず苦笑いした。彼は自分が、几帳面な教養のある女性を相手にしていることを思い知った。

魏富堂は母屋に移り、電灯をつけ蓄音機をつけた。これを買ったとき付いていたのは『馬泥棒』というレコードで、他のレコードを買って鳴らすことを知らなかったので、何回かけても「仲間と酒を酌み交わし、志を語り合おう」という歌詞が流れた。その繰り返しを聴きながら、今度は電話を持ち上げ「もしもし」と言ってみた。返事はなく、ただ塀の外で犬が一匹、ワンワンと吠えた。魏富堂はむしょうに腹が立った。抑え込まれた火種が狂おしく胸元にこみあげて抑えようがなく、ずんずんとピアノに歩み寄ると、力一杯たたいた。滅茶苦茶な騒音がとどろいた。

小間使いたちが驚いて目をさまし、服を羽織って庭に出てあっけにとられていた。

大趙のほうも、小趙よりいいとは言えなかった。大趙の部屋に行くと、大趙は精進《しょうじん》している最中で、色欲だけでなく肉食もいけなかった。大趙は率直に彼に言った。

「私は男性に興味がありません。旦那様がもし夫婦の営みをお望みでしたら、どうぞ三日前に声をかけてください。神を汚《けが》してはいけませんから」

このように魏富堂の三度目の結婚は、成功とは言い難かった。文化を求めた結果、彼に希望とともに苦悩をもたらすことになった。それは彼が文化に対してあまりにも単純に考えていたことに原因がある。ちょうど蓄音機や電話機や、青木川ではほとんどスピードを出せない「フォード」に対するのと同じだ。

だが魏富堂は簡単にあきらめる人間ではないので、努力して自分を変え、自分から文化に歩みよった。そして趙家の姉妹との営みに知恵と努力を注ぎ、魏家に教養ある息子を生んでもらおうと一心に励んだ。だが二年経っても名門の妻二人は、一人の後継ぎも産まなかった。魏富堂もそれ以上やりようがなく、どこに欠陥があるのか分からなかった。

西安から持ち帰った電話は室内で置物になっていた。架線が必要だが、たとえ山奥に引いたとしても連絡する相手はいない。県政府とは連絡の必要はない。彼は役人たちを振り切りたくても振り切れないでいるのだ。蓄音機も『馬泥棒』ばかり繰り返し、魏富堂だけでなく、魏家の守衛や女中まで耳にタコができてしまった。青木川の大人も子供も口を開けば「仲間と酒を酌み交わし」を歌えた。

自動車に至っては、技師が設計図を見て組み立て、動かすことはできた。しかし走れる道路は魏富堂の家から事務所までの三〇〇メートルに満たない石畳の道だけだ。その先は小さな橋で、続く山道は馬や籠なら登れるが、自動車は立ち往生するしかない。だから青木川の限られた通りを、しょっちゅうアメリカの「フォード」が走ることになった。技師は助手席に座り、ドライバーはご本尊の魏富堂だった。魏富堂は乗馬用の長靴をはいているので、踏み込むとき力加減がうまくいかず、車はブオンブオンと必死でうなり、黒煙を出しながらゆっくり進んだ。時速は五キロ、魏富堂はセカンドギア以上は使えなかった……。車が突き当たりまで来ると、Uターンは技師にさせてから、再び魏富堂が黒煙をもうもう出しながら続けて運転した。

通りの両側では人々が敬服のまなざしで眺め、後ろからは子供たちがわいわいと付いていった。その中で最も熱心だったのが杜家壩《とかは》の杜《ドゥー》旦那の息子の杜国瑞《ドゥーグオルイ》だった。彼は自動車の後に付いて何度も走って往復し、全身汗まみれになりながらも疲れを知らなかった。鄭培然《ジョンペイラン》もそんな子供の一人だった。

こんな使われ方は「フォード」にとってはもったいないが、山奥で村人の視野を広げ、心を開かせた効果は計り知れなかった。数十年経った今日、青木川の子孫に自動車工業のエリートが何人も育っている。

三年が過ぎ、趙《ジャオ》家の姉妹はもう新妻《にいづま》とは言えなくなった。だが町で彼女たちに出会うことはほとんどなく、市《いち》の立つ日やお祭りにも姉妹の姿を見かけた人はいなかった。魏富堂が大事な客を招くときも、大趙・小趙が女性客のお相手をすることはなく、姉妹は各自奥の静かな屋敷でひっそり暮らしていた。

いつのころからか、小趙はますます言葉少なになり、大趙ももう簫を吹かなくなった。姉妹なのに南北の屋敷に別々に住み、行き来も少なく、庭の門も常に閉じられていた。黒い石畳にはすべすべした苔が生えた。ふつう女同士なら仲良くしたり喧嘩したりするのが普通だが、本当の姉妹だというのに、珍しいことに熱くも冷たくもなく互いに無関心だった。言動は実におかしい。魏富堂はこの令嬢たちが扱いにくかった。言動は実におかしい。贅沢な生活をさせているのに、教養ある二人はそれを喜ぶこともなく、何に対しても冷淡で、瞳はいつもうつろだった。一日中ひとこともしゃべらないこともよくあった。

そして大趙・小趙は鬱病になった。

大趙は毎晩経をよみ、小趙は毎日ひたすら書をしたためた。大趙は紫の紗《しゃ》のチーパオを灰色の僧衣に着替え、あぐらを組んで数珠を繰り、小趙は青い刺繍入りスカートを黒いビロードのワンピースに着替え、影のように無言で部屋を出入りした。

青女《チンニュー》が小趙の部屋に配属されたのは、鬱病が一番ひどいときで、女主人はにこりともせず、顔は木彫りのようにこわばっていた。小趙は人を見るとき、少しうつむいて髪の隙間から斜めに視線を向けるが、その沈んだ光はまるで地獄の奥から射してくるようだった。また引きずるほど長い黒衣には見事なレースが付いていたが、陰鬱な気配を隠す役には立っていなかった。

青女は小趙のそばにいると、時々小趙の体から出る言いようのない匂いが気になった。白檀《びゃくだん》のような薄荷《はっか》のような、あるいは傷んだジャガイモのような、古い墨のようなその匂いが、小趙の部屋や彼女の使うすべてのものに染みついていた。魏富堂は、よく小趙の部屋にやって来ては言った。「いい匂いだ。学問の匂い、古い家柄の匂いだ。青木川はどこもかしこも草の青臭さばかり。こういう匂いだけが欠けている」。その後の土地改革以後、青女も世間を知るようになり、その匂いが腋臭《わきが》からくることを知った。小趙は毎日自分の腋にパウダーをはたくので、パウダーと腋臭が混ざり合って、「古く奥深い」、曰く言いがたい匂いになるのだった。

小趙は手慰みに書を稽古した。毎回書く前に青女に墨を摺《す》らせるのだが、「書を始めます」とは言わず、ただ窓辺に立って外の山をじっと眺める。青女はすぐそれが合図だと分かるようになった。小趙が書を始めると、いつも魏富堂は後ろに立って見ていた。芝居を観るときのように、しばしば「よし！」と声をかけ、彼が書の良し悪しが分かるということを示した。その後、魏富堂は娘の魏金玉に、小趙について字を習うように言った。だが魏金玉はこの奇怪な継母との接触をいやがり、小趙も魏金玉に書を教えることに興味がなく、二人は一緒にいたがらなかった。そこで魏富堂は娘に毎朝大きな字を十枚書かせ、終わってから朝食を食べるようにと命令し、彼も一緒に書を習った。

　魏富堂は文化を鑑賞する態度で大趙・小趙を大切にした。それは拡大鏡で一対の玉《ぎょく》を鑑賞するのに似ていた。玉は瑕《きず》も自然界が創った美で、彼の目には疑う余地なく得がたい宝だった。この点、魏富堂は自分で袋小路に入ってしまったのだった。

　青女が馮小羽《フォンシアオユー》に語ったところによると、土地改革のとき、馮明に「小趙から受けた仕打ちを、大衆の前で摘発してほしい」と言われた。青女が「できません」と言うと、馮明は「話してくれないと、青木川の民衆は立ち上がっていないことになる。それは解放軍の工作隊の仕事が徹底していないことになる」と言って、林嵐《リンラン》に青女を教え導くよう頼んだ。

　青女は、林嵐に「しょっちゅう叩かれたり怒鳴られたりしなかった？」とか「罰として食事を抜かされなかった？」とか「アヘン用キセルの串で刺されなかった？」と聞かれ、「そんなことはなかった。でも魏家の仕事は辛くて怖かった」と答えた。林嵐が「何が怖かったの？」と聞くと、青女は「重苦しい屋敷と、半分幽霊のような小趙さんが怖かった」と言った。林嵐が「解放軍が来たのにまだ怖いの？」と聞くと、「もう怖くありません」と言い、さらに「どうして怖くなくなったの？」と聞くと、「小趙さんが死んだからです」と答えた。

　林嵐はこの青女のことを「青女立ち上がる」という歌にした。この歌はのちに陝西省西南部で広まった。

あわれな女の子　十三歳で父に死なれ
芽生えた苗が霜に打たれるように
身売りされて小間使い
牛馬のように働かされる日々　一年じゅう涙乾かず
その苦しさ辛さは　言葉に尽くせない
あわれな女の子　十三歳で苦労が終わり喜んだ
その日母の家に戻る途中

解放軍の女性宣伝員を救った
解放軍の帽子の五つ星　空を赤く染める
鍵一つで心の鎖が解かれ　笑顔になった

あわれな女の子　十三歳で魏家をとび出し党に従う
農民協会幹部となって　悪人倒し田畑を分配
みんなに讃《たた》えられ　明るい笑顔
若い苗は慈雨に出会い　革命とともに前に進む

この歌は四十年後地区の民歌集に選ばれた。収録者が多少修正を加えたが大筋は変わっていない。

2

鍾一山《ジョンイーシャン》は奪爾《ドゥオアル》とまた太真坪《たいしんへい》に行ってきたが、奪爾のおかげで無駄足にならずにすんだ。太真坪から戻ると、彼は早速、神妙な顔でカバンから銅鏡を取り出した。それは太真坪の農民から買ったものだった。その農民は「畑の草刈りをしていたら銅板が出たが、どうせ魏富堂の壊れた車の部品だろうと思って、タンスの下に何年も放り込んであった」という。鍾一山が「蜀の道」を研究していると聞いて、子供に棒で掻き出させ、彼に見せてくれた。

鍾一山は言った。「これが唐代の銅鏡かどうか断定はできないが、農民が掘り出したのだから偽物であるはずがない。それで買ってきました」

その銅鏡はどんぶりの口ほどの大きさで、表面は所々錆《さ》びて、でこぼこしていたが、かすかにわけの分からない図柄が認められた。青女は鍾一山が宝物を掘り出してきたと聞いて二階に見に来たが、その銅片を見てひどくがっかりして、「翡翠《ひすい》か瑪瑙《めのう》を買ってきたかと思ったら、こんな薄汚い物とは」と言った。鍾一山が「そう馬鹿にしないでください。本物の文化財は、およそ見栄えがしないもので、ぴかぴか光る物はだいたい偽物ですから」と説明した。だが青女は「あたしなら、たとえ何十元かあげると言われても引き取らないね」と言った。

馮小羽は「こういういい加減な品物は、北京の潘家園《はんかえん》【北京朝陽区にある潘家園旧貨市場】や西安の朱雀路《すざくじ》の骨董市にいくらでもある。みんな捏造品《ねつぞう》よ」と言った。

鍾一山は「初めから偽物と決めつけないでほしい。青木川の農民が大都会の偽物を持っているはずがないし、出土した場所からして考証の余地があると思う。時に本物であればあるほど偽物に見えるものだろ。ちょうど君たちの小説が、真実に基づいて書けば書くほど作り話だと言われるようにね」と言った。さらに「これは『盤龍《ばんりゅう》背八角鏡《せはっかくきょう》』といって、日本の奈良の正倉院で同じ物を見たことがある。聖武天皇の所蔵品で、日本では国宝級とされる文化財だ。聖武天皇は唐の楊貴妃の時代に当たるから、中国の皇族の妾が使用した鏡が日本に流れ着いたとしても決して偶然ではない。聖武天皇の死後、皇后の光明子がその銅鏡を東大寺正倉院に納めたといわれていて、同時に王羲之《おうぎし》【東晋の書家。書の芸術性を確固とし書聖と称された】や王献之《おうけんし》【書家。王羲之の七男。父は大王、献之は小王、合わせて二王と称された】の真筆《しんぴつ》の書なども納められた。正倉院は皇族の宝物を預かる倉庫で、西安の法門寺の地下宮殿のようなものだ。違いは地上にあるか地下にあるか、また公開か非公開かだ。正倉院の宝物は毎年出して展示されるが、法門寺の宝物は塔の地下にあり、隠して人に見せない」と解説した。

馮小羽が「鍾さんは日本から戻ったばかりで中国の現状が分かっていないようね。青木川を辺鄙《へんぴ》な片田舎だと思わないようにね。ここでは農家のおじいさんでも英語のグッドナイトくらいは言えるし、鎮長の李天河《リティエンホー》も機転がきく人で、私たち二人合わせてもかなわないわよ。二十一世紀の秦嶺の山村はもう唐代の儻駱古道《とうらくこどう》ではないわ。長距離バスは定刻どおりには運行しないけど、新しい道路は西安にも北京にもつながっていて、ここから世界各地に行けるのよ」と言った。

鍾一山は同意しかねる様子で、銅鏡を手にもてあそびながら文学的空想にふけっていた。これはもしかしたら楊貴妃が太真坪《たいしんへい》に泊まったときに残した遺留品ではないか。または唐代の皇帝の一人が西の蜀へ避難する途中、女官の誰かが落としたのではないか。日本の国宝級の品だから、決して辺鄙《へんぴ》な山村で作られたはずがない。

青女が言った。「この銅鏡、私が石炭の燃え殻《がら》で磨いてあげましょうか。得意なんです。うちの鍋はどれも石炭殻で磨き、姿が映るくらい光ってますよ」

鍾一山はあわてて銅鏡を片づけて青女に言った。「磨いたら意味がなくなります。この錆は〝文物の垢〟といわれるもので、歴史が沈殿したもの、年代物の証拠です。偽物では作れません」

馮明《フォンミン》は銅鏡に興味がなかった。しかし鍾一山のいう、王羲之や王献之の真筆の書が正倉院に所蔵されたことには興味を持ち、毎年の展示にそれらの書が出るかと尋ねた。鍾一山が言った。「残念なことに正倉院はそれらを売ってしまいました。誰に売ったのか記録がなく、二人の王氏の真筆もこの銅鏡と同様、民間に流れてしまいました」

馮明は失望して溜め息をつき、またテレビを観始めた。テレビは世界の天気予報を伝えていた。マニラ、バンコク、ニューヨーク、パリ、東京。必要もないのにじっと目を向けていたが、上の空であることが見てとれた。青木川に来て以来、父はよく上《うわ》の空になる、と馮小羽は感じていた。もしかしたらあの林嵐という女性のことを考えているのかもしれない。そこで何度か父に「林嵐さんのお墓参りに行きませんか」と誘った。しかし父は、すぐにでも行きたいと強く望んでいるふうではなかった。

鍾一山が銅鏡を仕舞いに部屋に戻っていくのを見計らって、馮明が娘に言った。「彼の行動は問題だ。中国人であっても日本の文化スパイかもしれないから、警戒したほうがいいよ。情報を持ち出されないようにね」

馮小羽が笑って「スパイという言葉、久しぶりに聞いたわ。今聞くとなんだか懐かしい」と言うと、馮明は「ふざけるんじゃない。鍾一山に会ったときからずっと考えていたことだ。外国から戻ったばかりの人間が、自分とはなんら関係ない楊貴妃のために秦嶺の奥地まで足を踏み入れて、あちこちの集落や民家を歩き回っている。何か下心があると思われて当然だ。解放前の中国では、たくさんの文化財が調査の名目で持ち出され、外国に渡ってしまった。いま外国の博物館は中国の物ばかりだ。西洋人は恥の観念がないので、盗んだり奪ったりした物を平気で展示している。彼らの博物館はさしずめ〝強盗館〟とでも名を変えるべきだ。もし中国がこれらの文化財をすべて取り返したら、外国の博物館はどこも空っぽになるだろう」と言った。

馮小羽は父に「余計な心配はしなくていいわ」と言い、さらに「私の判断力はお父さんに負けないわ。私も考古学を学んだから本物か偽物かは見分けられるし、大学の同級生の鍾一山のこともよく知っている。彼は頑固で他人の意見を聞かないから、青木川で楊貴妃を探したいならとことんやらせればいいの。見つかるかどうかは私たちと関係ないわ」と言った。だが馮明は「山の中で唐代の美女を探すなんて、まったく頭がおかしい」と言い、馮小羽は「そうとも言い切れないわ。日本には確かに楊貴妃が渡ってきたという伝説があるのよ。楊貴妃の故郷もあるし……」と言った。

青女は父と娘が楊貴妃について話しているのを聞き、「私、楊貴妃を見たことがありますよ」と言った。さらに「天女のようにきれいな女性でしょう。おっぱいが大きくて、お尻も丸々して、肌は豆腐のようになめらかで、ちょうど亡くなった林嵐さんに似ています。林嵐さんほど有能ではないし、彼女ほどスマートでもないけど」と言った。

馮小羽が「どこで楊貴妃を見たの」と聞くと、青女は「中央テレビの八チャンネルですよ。一日二話ずつ放映されていましたよ。もう半年前のことです」と答えた。

馮小羽が「楊貴妃はその後日本に行ったことを知ってる」と聞くと、青女は「今は誰でも外国に行く時代です。楊貴妃の家族は高官だし、本人は皇帝の妻だから、日本どころかアメリカだって行って当然です」と答えた。

青女は馮小羽に「楊貴妃は日本に着いた後どんなふうに暮らしたんですか」と聞いた。馮小羽が「鍾一山が楊貴妃の日本の故郷を訪ねたそうよ。そこは漁村で、上陸した楊貴妃は、八木という人と結婚して子供をたくさんもうけたんですって。そこは今でも美人が多く、家系図を持参してテレビで披露した人もいるそうですよ」と言うと、青女はしみじみと「そうすると私たちの皇帝の奥さんだった人が外国で漁師の妻になったんですね。楊貴妃の嫁ぎ先は日本のどんな家だったのかしら」と言った。

馮明は日本の楊貴妃の話をものめずらしく感じた。馮小羽は部屋から鍾一山を引っ張ってきて、楊貴妃の日本の家に行ったときの様子を話してくれるよう頼んだ。

鍾一山の話では、彼が尋ねたとき村はちょうどお祭りで、広場にたくさん屋台が出て、土産品を売っていた。楊貴妃酒、楊貴妃寿司、楊貴妃酢、楊貴妃窯で焼いた茶碗まであった……。彼が中国から来たと分かると、誰かが十三、四歳の女の子を連れてきた。八木薫という名で、楊貴妃の直系の子孫だといい、その油谷町で一番の美人ということだった。

青女が「その子はテレビドラマの楊貴妃のようにきれいでしたか」と聞くと、鍾一山は言った。「とんでもない。色白で太めなのはいいとしても、目は一重瞼で小さく、唇は分厚く、とても美人とは言えなかった」

青女はがっかりして、「豌豆《えんどう》と緑豆《りょくとう》を一緒に播《ま》くと、煮えにくい雑豆ができることがあるけど、美人の血統が伝わらなかったのは惜しい」と言った。馮明が「それは変異というものだ」と口をはさみ、さらに「楊貴妃の故郷とは実際どんな様子だったのかね」と尋ねた。

鍾一山の説明によると、山口県油谷町に二尊院という小さな寺があり、楊貴妃が亡くなったあと、望郷の心を慰めるため、海に面し中国大陸を臨めるこの寺の裏に埋葬したのだという。「言い伝えでは、楊貴妃は死後毎日、長安の玄宗皇帝の夢に現れたそうです。玄宗はそれで妃が亡くなったことを知り、霊を慰めるため、陳安という者に釈迦牟尼と阿弥陀仏の仏像を日本に届けさせた。寺はこの仏像二体を安置し『二尊院』と改名した。現在その仏像は日本の国宝級の文化財だそうです」

馮明が言った。「死んだ蛇を、生きた龍のように使ったのだな。にせの楊貴妃で、酒だの味噌だのと、漁村のブランド品に仕立てて経済に役立てているとは。我々の所には本物の楊貴妃がいるのに何にも利用していない。我々はまだ考えが柔軟でないし、経済も活性化していない。これは向こうに及ばない証拠だな。それを認めないといけない」

青女が言った。「楊貴妃のお墓にはきっと飾りが付いているのでしょうね」

「お墓の飾り」を知らない馮小羽に、馮明が説明した。「青木川の風習で、子孫が科挙の試験に合格すると、祖先の墓碑の上に石の飾りを付けた。子孫が上級試験に受かるほど飾りも凝ったものにしたんだ。墓碑の形を見るとその家の子孫が出世したかどうか分かるというわけだ」

青女が言った。「もう科挙はなくなったけど、子供が大学を出たら祖先の墓碑に飾りを付けられるんです。たとえ息子が県長でも、大学を出ていなければ飾りは付けられません。許忠徳さんも親の墓碑に飾りを付けられない。彼は大学には入ったが卒業しなかったからです」

鍾一山が「楊貴妃の墓は飾りがなく、石の五輪塔《ごりんのとう》です」と言うと、青女が「五輪塔って何ですか」と聞いた。鍾一山が「丸や四角の石を五つ重ねたものです」と答えると、青女は「ひどい風習ね。墓に五つも石を載せたら、孫悟空が五行山に閉じ込められたのと同じじゃありませんか！　楊貴妃は恨まれているんですか」と言った。

馮明が「考古学として発掘すれば、偽物かどうか分かるはずだ」と言った。

鍾一山は「私も当時はそう言いました。けれど八木という女の子は発掘を許さないのです。八木家先祖代々の墓だというわけです」と言った。

青女が聞いた。「日本に行くには海を渡るのでしょう、あんな広い海を。彼女を日本に渡らせるなんて大胆なことをする人がいるとは思えない。それで楊貴妃はいったいどうやって渡ったんですか」

鍾一山が答えた。「舟で海流にまかせたんですよ、油谷町は海流のめぐる所なのです。楊貴妃は舟の切符もパスポートもいらず、力も使わずに順調に日本に流れ着いたというわけです。楊貴妃の乗った『空艫舟《うつろぶね》』はほんとうに櫓《ろ》のない舟で、大将の陳玄礼《ちんげんれい》が楊貴妃をこの舟に乗せて『数か月分の食糧を積み、海に放って流れにまかせた』。つまり『死刑の執行猶予』にしたのだが、日本に漂着するとは思ってもみなかったというわけです」

馮明が「唐の鑑真《がんじん》和尚も日本に六、七回渡って容易にはたどり着けなかった。あれは大きな船で水夫もいる国家的行事だった。なのに、非力な楊貴妃が、苦労もなく漂着するなんて、まったくでたらめだ」と口をはさんだ。

鍾一山が馮明と青女に言った。「今回の私の調査の目的は、楊貴妃がどうやって馬嵬坡《ばかいは》から海辺まで行ったかを明らかにすることです。その後は『空艫舟を造り』、『海に放って流れにまかせ』たわけです。その間に大きな空白がある。私の調査はその空白を埋めるためです。馬嵬坡では『海に放つ』ことはできませんから、通路はどこかというと蜀の道だけです。青木川にあります」

馮明はフンと鼻を鳴らした。

青女はまだ楊貴妃の物語にひたっていた。「楊貴妃は、中国で絞殺されるより、日本に行ってよかったですね」

楊貴妃のことで、青女は鍾一山に好感を持った。彼女の中で鍾一山は甥のような存在になった。はるか遠くからルーツを尋ねに戻った実の甥だ。楊貴妃がここを通ったかどうかにかかわらず、甥が訪ねてきたことが彼女の心を弾ませた。

青女の喜びはすぐに行動に表れた。台所に行って、鍾一山のために細辛《さいしん》入り落とし卵を四杯分作り、蜂蜜も加えて持ってきた。客間を通ると、馮明がまじめな顔でテレビのダイエットの広告を見ていた。「召し上がりますか」と聞くと、馮明は首を横に振った。青女が「太る心配はありませんよ。馮さんは少しも太っていません。食べたから太るのではなく体質ですよ。以前林嵐さんは公演から戻るたびに、私の作った細辛入り落とし卵を食べたけれど、彼女はとてもスマートだったでしょう」と言った。

馮明はテレビを消すと部屋に戻っていった。

青女はまた余計なことを言ってしまったことに気付いた。

鍾一山は床に大きな地図を広げ、腹這いになって拡大鏡で細かく地図を見ていた。彼はあの銅鏡を歴史のタイムトンネルと見立て、それを通して、あわてて東に逃げた楊貴妃を探し出そうとしていた。

馮小羽が地図の端に立って言った。「どこを探しても無駄よ。『後唐書』にはっきり書いてあるわ。馬嵬坡事件の翌年、上皇の密命で楊貴妃の遺体は別の所に移されたのよ。最初に埋葬したときは紫の布団にくるまれていたけど、移したとき遺体は傷んで、ただ胸元の匂い袋だけが残っていた。内侍官【隋唐の時代、宦官の中から任命する、宮廷内の事務を司る官職】がそれを献上すると、上皇は悲哀にくれた。つまり馬嵬坡の墓の遺体はすでに腐って、探しようがないのよ」

鍾一山は言った。「紫の布団の中の女性は偽物だった、君はそれを否定できないはずだ。替え玉だよ！　本物はとっくに蜀の道を逃げたんだ。歴史書によると唐の玄宗は馬嵬坡から西南に向かった。西南の四川省に向かう道は褒斜道や金牛道【いずれも蜀道の一つ。褒斜道は漢中、石門、留壩を経て秦嶺山脈を越え、眉県に到る。金牛道は漢中、勉県、寧羌を経て四川省の広元に入り、成都に向かう】だ。つまり彼は青木川のそばの剣閣を通った。朝天鎮、大廟、聞鈴処、回龍場……などはすべて玄宗と関係がある場所だ。だから馬嵬坡で蘇った楊貴妃は、玄宗の後を追うわけがなく、長安に戻ることも考えられない。唯一の逃げ道は、馬嵬坡から最も近い駱口駅《らくこうえき》に直行し、儻駱道を通って江南へ出ることだ。太真坪、この地名をよく見てほしい。楊貴妃以外この名に関係ある者がいるかい？」

【七四〇年、玄宗皇帝は、息子・寿王李瑁の妃・楊玉環（楊貴

妃）を手に入れるために、楊玉環に道教に出家させ息子と離婚させた。そのとき道士としての楊貴妃の号は「太真」だった。「坪」は山の中の平らな土地の意】

青女は二人の論争を聞きながら、口をはさむことこそしなかったが、立場ははっきりと鍾一山の味方だった。

細辛の葉の香りが部屋に立ちこめた。馮明はこの香りに敏感だった。この特殊な香りは、青女の香りであり、林嵐の香りだった。青木川を離れて五十年このかた、彼はこの香りをかいだことがなかった。細辛と蜂蜜の調和で、甘味にさわやかな苦味が加わり、ひよこ色に薄緑が映え、シンプルな落とし卵が味わい深い絶妙な一椀に変わる。

3

昼食後のひととき、少し暑かったが、馮明は青女の家でテーブルに紙を広げ、しきりに何か書いていた。

馮小羽は新聞に出ていた程立雪《チョンリーシュエ》を調べに行き、鍾一山は伝説の楊貴妃を探しに出かけ、それぞれやりたいことをしている。馮明から見ると、千年前の楊貴妃が日本に行ったかどうか、青木川に来たかどうかなどはまったく無意味で、歴史研究もここまでくるともう終わりだなと思った。馮小羽のほうも、国民党政府の教育監察官夫人だか何だかを熱心に調べているが、縁もゆかりもない女性にこんなに精力をつぎ込むとは、青木川の歴史からいうと、実に小事にこだわって大切なものを見失っている。かつて青木川では命がけの階級闘争や、すさまじい匪賊討伐が展開された。それがどれだけ人々の心を揺さぶり感動的だったか。歴史を研究する者や文学を創作する者が、これらに目もくれないとは、まったくがっかりさせられると思った。

馮明は青女に、湯飲みに湯を足してくれないかと頼んだ。すると青女は「茶卓に魔法瓶が置いてありますから、ご自分で入れてください。何でも人に頼むのは官僚になった方の欠点ですよ」と言った。さらに「以前集会を開いたとき、幹部たちが壇上の席に座っているところへ、事務員が何度も湯飲みに湯をつぎ足しに回っていましたね。みなさんはそのつど飲んで、まるで何年ものどが渇いていたかのようでした。だれもトイレに立たなかったから、みなさんのおしっこを我慢する技《わざ》はたいしたものでしたねえ」と言った。馮明は「私が青木川に来た当初、あんたは進んで私に湯をついでくれ、そんな厭味《いやみ》は言わなかったね」と言った。

青女が「あのときは革命を目指していて、馮さんを革命そのものだと思っていましたから。今私にとって馮さんは一人の人間、ごく普通のお兄さんです」と言った。

馮明は「私は今でも革命をやっていますよ。一生続けます」と言った。

青女は笑った。青女は馮明と話しながら、庭で新しく仕込んだ豆豉《ドウチ》【大豆を発酵、乾燥させたもの。中華料理の調味料で、味噌に近い味】を陰干ししていた。庭じゅうに発酵させた豆豉の匂いが充満していた。放し飼いの茶色い犬が青女の足元にまとわりついてきたので、青女は足で蹴って「しっ！」と追い払った。

犬は離れたものの庭から出ていこうとせず、まっすぐ室内の馮明のいるテーブルの下に入り込んで尻尾を振った。犬に寄り付かれて馮明は落ち着かなくなり、「この家の犬はなんだか臭いね。古い靴の山から出てきたみたいだ」と言った。

青女が「干した豆豉を鼻でほじったからでしょう」と言った。馮明は「犬がほじった豆豉は、私は食べないよ」と言った。

青女は部屋に入ってきて犬を外に引っぱり出しながら、「馮さんはベーコンと豆豉の蒸し物が好物でしたね。林嵐さんも好きでしたね。あの年の旧正月は二人とも食べすぎて、しゃっくりまで豆豉の匂いがしていたっけ」と言った。

馮明が「いつの旧正月のことかな」と聞くと、青女が「土地改革の年ですよ。魏富堂の持ち物を庭いっぱいに積んで番号を付け、みんなでくじを引き、当たった番号の品物をもらったでしょう」と言った。

馮明は「あれは一九五一年の旧正月だ。魏富堂の田畑や家財道具をすっかり分配したなあ。そうそう、あんたは魏富堂の女房の腋臭《わきが》パウダーと刺繍入り枕一組が当たって、悔し泣きをしていたね。こんなもの絶対欲しくない、どうしても取り換えてくれ、と担当者に訴えていたね」と言った。

すると青女が言った。「あのときは換えてほしかったけど、今なら換えませんよ。あの腋臭パウダーはアメリカ製で、缶のケースに金髪の美人が印刷されていて、ぷーんと外国のいい香りがしました。今の言い方だと……そう舶来品、高級品でした。あの鴛鴦《おしどり》の水遊びの刺繍がついた対《つい》の枕も、普段用ではなく、小趙が西安の実家から持参した凝った品でした。はじめは実用的でないのが嫌で、米袋のほうがよかったと思ったんですよ。私たちのように貧しい女の子は、これをもらってもどうしようもない。でも林嵐さんはあの枕が気に入って、『お嫁に行くときに使えるわ。馬鹿ね、いつまでも貧しい女の子のはずがないでしょう。きっとあなたも立派な国の主人公になり、赤ん坊の母親になるわ……』って言ってくれました」

青女はそこで突然話を止めた。しまった、また失敗してしまった。その枕がどうなったのか、青女も馮明もよく知っている。林嵐が犠牲になり、納棺となったとき、青女があの枕の一つを林嵐の頭の下に敷いたのだ……。

真っ白な枕が、林嵐の蒼白な顔をいっそう引き立たせていた。棺に蓋《ふた》をした瞬間のあの映像は馮明の脳裏にくっきり刻まれている。林嵐を思い出すたびに浮かぶ、最期の様子。かすかに閉じた瞼、長いまつ毛、黒い髪、鴛鴦の刺繍の枕……。

馮明は茫然とした。

青女は自分を責めて言った。「私も歳をとって物覚えが悪くなって。こりもせず余計なことを言ってしまいました！」

馮明は青女に「もう一つの枕はまだあるかね」と聞いた。青女は「とっくに捨てました」と答えたが、馮明は「まだしまってあるんだろう」と食い下がった。

青女は急に涙ぐんだ。それをごまかすために、馮明に湯を入れて運んできたが、そのお湯をテーブルにこぼしてしまった。

馮明が「あの枕を見せてほしい」と言った。青女は「見ないほうがいいのでは」と言った。すると「『いいのでは』とはなんだ。今日はどうしても見たいんだ」と馮明が言った。

青女は奥の部屋に行き、長持ちの蓋か何かをガタガタいわせていたが、赤い風呂敷を抱えて出てきた。それをテーブルに置き、ていねいに開くと、鴛鴦が水遊びする図が刺繍された緞子《どんす》の枕が現れた。馮明はその枕がいくぶん小さく薄くなったように感じた。かすかに黄ばんでもいた。その枕は軽く柔らかく、胸に抱えると防虫剤の香りがツンと鼻をついた。虚しさがひろがった。元は二つで一組だったが、一つは林嵐とともに地下深く埋められて五十年、すでに土に変わり永遠のものになり、もう一つはこの世に残り、古びてはいるが大切に保管されている……。

馮明は手のひらでそっと細やかな刺繍をなでてみた。緞子は手の中でサラサラと音をたて、まるで命があるかのようだった。

青女が「会いに行きませんか。一人ぼっちで眠っています。さぞ寂しいことでしょう」と言った。

馮明は「行かなくてはな……」と言葉をにごした。

口ではそう言ったが、馮明は林嵐のお墓に行くことをためらっていた。五十年以上、林嵐の墓に土をかけることも紙銭を燃やすこともなかった【中国では墓に土をかけたり紙銭を燃やしたりして死者を弔う風習がある】。つまり一度も墓参りに来なかった。去ったあと振り返りもしなかった。たとえ万里の彼方から想いをよせていたとしても、他人には分かりようがないだろう。

馮明は青女に言った。「この枕を私の部屋に置いてくれないか。今日からこの枕を使いたい」

青女は「なにもそこまで自分を苦しめなくても」と言った。

……

張保国《ジャンバオグオ》が馮明を迎えに来た。魏富堂の屋敷に案内したいという。だが馮明は「それは後でいい」と言い、「記憶をたどって青木川の当時の活動家の名簿を書いたから、漏れた人がいないか見てほしい」と言った。張保国が手に取って見ると、その紙には丁寧に次のように書いてあった。

主任兼組織委員：張文鶴《ジャンウェンホー》
副主任兼土地分配委員：何継成《ホージーチョン》
武装委員：万至順《ワンジーシュン》
粛清委員：沈二娃《シェンアルワ》
生産委員：趙大慶《ジャオダーチン》
婦女委員：李青女

若い趙保国には誰が欠けているか知る由もなかったので、適当に「すばらしい記憶力ですね。青木川の老人たちでもこれほど正確に覚えている人はいないでしょう。何も補うものはありません」と答えた。

馮明が「この中でまだ健在なのは？」と聞くと、張保国は「青女お婆さんのほかには、趙大慶が元気でこの近くに住んでいます」と言った。

馮明は「それなら、青木川の旧友を訪ねるのが一番大事だから、魏富堂の屋敷はあとにしよう」と言った。馮明は、趙大慶の家に行けば、彼は生産委員をしていたから、何かしら共通の話題があるだろう、そう思った。

けれど張保国は馮明を趙大慶のところには行かせたくないようで、「趙大慶には改めて自分で来てもらいましょう。先に魏元林《ウェイユエンリン》のところに行きませんか」と提案し、「魏元林はむかし鎮政府の書記をしていたし、教養もあるし、頭もはっきりしています。馮明様が行かれたらきっと大いに収穫があるでしょう」と言った。

馮明が「魏元林はどこに住んでいるのかい」と尋ねると、「南へ二・五キロ行った趙家壩の集落です」と言う。そう言いながら魏元林の息子に電話をかけ、魏元林に家で待っていてもらうよう頼んだ。

張保国が言った。「表に車を停めてありますから、どうぞ乗ってください」。馮明は「二キロ半なら歩いても半時間で着くから、車は要らないよ」と言ったが、張保国は「道がぬかるんでますから」と譲らない。

鎮政府が張保国に割り当てた専用車は、帆布《はんぷ》地の幌がついた北京212ジープで、県から払い下げられたポンコツだった。ドアはぴったり閉まらず、タイヤは磨り減って模様が消えかけていた。クラッチもよく滑るし、フロントガラスは歪み、ドア上部のプラスチック窓には亀裂があった。発車するときにはガタンガタンという音とともに土埃を巻き上げ排気ガスを撒《ま》き散らし、装甲車が来たかという状態だった。これは鎮の幹部クラスの専用車だが、ふだん幹部たちはバイクで用を足し、誰も好んでこんな揺れて土埃をかぶるばかりのジープに乗りたがらなかった。

馮明は思い出した。魏富堂のあのアメリカ製「フォード」は、土地改革のとき分けることができず、誰も欲しがらず、県に渡すにも運べず、家の裏にほうっておいた……。あの「フォード」はどうなったのだろう。張保国に聞くと、「とっくにバラバラになりました。鉄鋼生産運動のときは、取り外せる部品は溶鉱炉に入れて溶かし、強引に鋼鉄を屑鉄にしてしまったけど、炉の口につかえて取り出せなかったんです」と言った。馮明は思った。もしあの車が残っていて今それを売れば、この程度のジープなら数十台は優に買えるだろう。しかし当時は車を刺繍入り枕などと同等に扱ってしまい、重視しなかった。残念ながら誰も後のことは想像できなかった。

二・五キロの道を馮明は車に乗せられ三十分揺られた。バウンドして何度も頭が天井の帆布に当たった。運転手の張保国はそのたびに振り向いて、「すみません、また頭をぶつけましたね」とあやまった。

馮明は何度も降りて歩こうと言ったが、張保国はどうしても降ろさなかった。「僕の運転技術は県でも一流の腕です、安心して座っていてください」と言う。馮明が詳しく聞くと、張保国は説明した。「中越国境紛争【一九七九年二〜三月】のとき、前線で運転手をしていました。今も免許証は持っていませんが、県を隈なく走り回っています。時には県の乗用車詰所に呼ばれて指導もしています。詰所の運転手たちは僕に会うと、張さんではなく張師匠と呼ぶのです」

馮明は「青木川の道路は車に向かないな。魏富堂の車が町の通りを行ったり来たりしていたのを思い出したよ。Uターンさえ大変な道を魏富堂自ら運転していたな。あれは単に西洋かぶれの趣味と見栄で、まったくいい気なもんだった」と言った。

張保国は「魏富堂の車は実際、山奥の田舎者の目を見張らせました。都市に秦嶺のパンダを連れていったようなもので、お金に換算できない価値がありました」と言い、また、「このでこぼこ道は、観光名所の九寨溝にまっすぐ通じています。路盤がいいから、少し整備すればりっぱな道路になり、そうなれば西安の人が黄龍《こうりゅう》【世界遺産に登録された景勝地。九寨溝近くの峡谷】を観光するのに、成都を回らなくても青木川を通って直接行けば近道です。青木川の観光の未来は明るいのです」と言った。

馮明が「以前ここで仕事をしたころは、観光なんて考えもしなかったし、九寨溝なんて全く知らなかったな。あのころはこの山深さがただ恨めしかったよ。竹が密生し匪賊が隠れていたから、革命には苦労したよ」と言うと、張保国は「あのころの不便はみな今の資源です。山深いから風光明媚となり、竹の密林があるから国宝のパンダがいる。世の中のことは弁証法で考え、発展的な目で見なければならないと思います。どうお思いですか？」と聞いた。

馮明は「そうだな、同じ事柄に対しても違う見方がある。この土地の解放のためにたくさんの同志が犠牲になったのだがなあ」と言った。

張保国は言った。「『志を実現するには犠牲があり、旧政権を倒し新政権を打ち立てよう』【毛沢東一九五九年の詩「韶山に到りて」の一句】で、たしかに革命家の英雄的な犠牲がなければ、今日の改革開放の幸福な生活はありません。当時犠牲になった先輩たちは、いま我々幹部がジープに乗りカラーテレビを観、携帯電話やパソコンを使っていることなど想像もしなかったでしょう。考えてみるとずいぶん損な巡り合わせですね。もちろん我々人民は彼らを忘れないし、党も彼らのことを忘れません。彼らが永遠に私たちの心の中に生きていることは間違いありません」

馮明が言った。「君の話は革命烈士をからかっているように聞こえるね。口ぶりが娘の小羽にそっくりだ」

張保国が「我々若い世代は古参の革命家から見ると、全くふがいなく意気地がないと感じるでしょうね」と言うと、馮明は「それは君たちの苦労が少ないからだよ」と言った。

車が趙家壩の集落に入り、魏元林の家に着いた。魏家の息子が、車を見ると遠くから迎えに近づいてきた。車が止まったとたん、子供たちがワイワイ集まってきて、ジープに入ってあちこちいじりはじめた。張保国が大声で「餓鬼ども、うせろ！」と叫んだ。

だが、その餓鬼どもはワイワイ騒いで去ろうとしない。

馮明が張保国に「そんなに怖い顔をしなくてもいいじゃないか。革命幹部は大衆に親切でなければいけない。『話は和やかに』は『三大規律八項注意』にある大事な項目だ。大衆に横暴だと彼らは我々に反感を持ち、何をやってもうまくいかなくなるんだよ」と言った。

張保国は言った。「こいつらは弱いものいじめなんですよ。上級幹部がアウディやサンタナなんかに乗ってくると、遠くで立って見ているだけで、近づきもしない。そのくせ鎮のこのジープを見ると、動くおもちゃが来たとばかりに遠慮なく飛びつき、車の中に入り込んであちこちさわりまくる。あるときは小学三年の男の子が車を動かして、川に突っ込んでしまって……」

魏元林の息子が口をはさんだ。「青木川の男の子はみんな車が好きでね。魏旦那のころからそうなんですよ」
馮明は魏元林の息子が魏富堂のことを「魏旦那」と呼ぶのに気付いた。解放後に生まれた若者がどうして魏旦那と敬称で呼ぶのか、彼には理解できない。五十年も経ったのに、魏富堂の亡霊はまだ去ることなく、青木川では旦那なのか！

庭のキササゲ【ノウゼンカズラ科の落葉高木。果実は食用または利尿薬として用いる】の木の下に石のテーブルがあった。馮明は家には入らず、そのテーブルの席に座った。魏家の嫁がていねいにお茶を入れてきて、馮明と張保国に一杯ずつついだ。そのお茶は淡い緑色といい爽やかな香りといい、すばらしかった。馮明が何度もほめると、嫁が「これはうちの人が観音岩の上から採ってきた老鷹茶《ラオインチャ》です。お爺さんが大事な客のときだけ出すよう仕舞っておいたものです」と言った。

老鷹茶という名の由来を尋ねると、息子が説明した。
「このお茶の木は海抜の高い絶壁に生えていて鷹しか止まれないからです。幹も一人では抱えきれないほど太い。深緑の葉は、環境が厳しい山頂で独特の味になり、毎年壮健な山男がやっとのことで登って摘んでくる非常に貴重な物です。明の時代から朝廷に奉納されていますが、一年に一〇キロしか採れないので、ていねいに包装して専門の役人が都に届けていました。金や玉にも劣らぬ貴重なものです」

馮明は「陸羽の『茶経』を読んだことがあるが、そこに『茶は南方の良木である。巴山【四川省と陝西省の境界に位置する大巴山脈】や峡川【浙江省衢州市の北】にはふた抱えもある木がある』とあったが、青木川にもそんな立派なお茶の木があるんだね」と言った。

魏の息子は「父の言うには、魏旦那が飲んでいたのがこのお茶で、これだけを認め、一生飲み続けたそうです。胡宗南が魏旦那に西湖の龍井茶を贈ったが、口に合わないといって、小趙に渡して茶卵【ゆで卵の殻にひびを入れて、醤油とお茶と調味料で煮込んだ卵】を作らせたそうです」と言った。

そこへ嫁が、殻をむいたゆで卵と甘酒を持ってきて、馮明に「一口いかがですか」と言った。

張保国が「親父さんはどこに行ったのですか。家にいるように約束したのに、影も見えないじゃないですか」

と言った。魏元林の息子は口ごもり、なかなかはっきり言わない。嫁のほうがはっきりしていて「お爺さんはさっき息子と口げんかして腹を立て、自転車で出ていってしまいました」と言った。

張保国が「なぜ口げんかなんかしたのか」と聞くと、嫁は「それがお爺さんは息子にバイクを買ってくれと言うんです。バイクに乗ってあちこち回りたい、漢中の町まで行きたいと。八十歳にもなるのにバイクに乗りたいなんて。お金がないのでなく買ってあげるわけにはいかないのです」と言い、息子も「父は歳をとるほどわがままになり、誰の言うことも聞きません。バイクを買わないと言えば腹を立てる。さっきまで穏やかでも、ちょっと話が合わないと怒り出してしまうんです。まったく魏旦那と生き写しですよ」と言った。

馮明が魏元林の息子に「魏旦那を見たことがあるのか」と聞くと、「ありません。ただ魏旦那の癇癪が並大抵でなかったことは知っています、気にさわったら大変です」と言った。

馮明が「自転車なら、きっと遠くまで行って、しばらくは戻らないだろう」と言った。

息子は何も言わなかったが、そばの男の子が口をはさんだ。「自転車はお爺ちゃんの足なんだ」。馮明がどういうことか聞くと、張保国が「魏元林さんはどこでも自転車です。すぐ近くでも自転車、村の東から西まで数百メートルですがそれでも自転車で……」。子供の一人が補って言った。「魏のお爺ちゃんは自宅の庭の便所にも自転車で行くよ」。すると、後ろから嫁が子供のほっぺたをひっぱたいた。

張保国は息子に父親を探して連れ戻すよう言ったが、息子は「どこに行ったか分からない」と言う。孫が馮明をちらっと見て、「お爺ちゃんの居る所、ぼく知っているよ」と言う。馮明が聞くと、「古い碾《ひ》き臼のところ」だと言う。馮明が、呼んできてくれないかと言うと、孫は元気にうなずき、すっ飛んでいった。

嫁が馮明に申し訳なさそうに笑って、「本当はみなお爺さんの居所を知っていますが、呼びに行きたくないのです。お爺さんは一度機嫌を損ねると、碾《ひ》き臼の台に座って罵り始め、怒鳴れば怒鳴るほど勢いがついて大声になり、そこらじゅうに響き渡ってしまって」と言った。

張保国も「魏元林さんの罵倒癖は有名なんです。息子のことから豚の買取り人の趙さんやその家の猫まで。さらに村長、鎮長、県長、ブッシュ【当時の米大統領。二〇〇一〜〇九年在任の息子のほう】、小泉純一郎、陳水扁【台湾の総統。野党から初めて当選。二〇〇〇〜〇八年在任】、それに蔣介石、秦の始皇帝、ついでにそばで見物している野次馬の少年ども、なだめに来た友人兄弟にいたるまで罵倒しはじめる。この爺さんは口から出まかせで、遠くは万里に及び、過去未来二千年にわたり、宇宙の広さから瑣末《さまつ》な蠅まで何でも罵倒の対象になる。しまいに最初に何が気に入らなかったのか忘れ、何が原因で罵倒が始まったか分からなくなる。そばで子供たちが罵倒材料を提供すると、それをネタに罵り続けるのです」と言った。

その碾き臼は清の乾隆年間の古い物で、十数代にわたって使われてきたが、今は機械で小麦や米を碾くようになり、廃棄されていた。

西安のある画家が、田舎に別荘を建て、田舎風の飾り付けを探していたところ、この碾き臼が気に入り、村に六千元を払って持っていこうとした。しかし魏元林と仲間の爺さん婆さんが中心になって、映画『紅旗譜』の朱老忠【一九六〇年、凌子風監督。悪徳地主に立ち向かうリーダーが朱老忠】が釣鐘を守ったように、碾き臼を守る運動を始めた。当番制にして一日に何回も碾き臼を見に行き、粘り強く監視したので、誰も動かせない。村長は画家が払った手付金を使ってしまった。自分が着服したわけではなく接待費用に使ったのだ。上部機関から来た人を何のもてなしもしないで帰すわけにいかず、専用の経費もないので、あちこちからひねり出していたが、二カ月もしないうちに碾き臼代金の半分がその食事代に消えた。画家に碾き臼を渡したくても老人たちが守っているし、画家に返金したくてももう無いわけで、にっちもさっちもいかなくなった。

その後、画家が村に来ると村長は雲隠れし、いつ来ても絶対会えなかった。画家は怒り、「二度と百姓とは付き合いたくない。百姓はルールを守らず信用できない。金を見るとにこりとするが、糞でさえ取り戻そうと尻をすぼめる。まったく話にならない」と口ぎたなく罵った。

魏元林たちは「俺たちは関係ない。規則を守らないのは村長だ。村の物を売るのに村の委員数人で勝手に決めた。碾き臼は全村民のもので、委員のものではない。委員の青二才どもは、一番年上でさえ一九七三年生まれの村長で、飢餓の時代【一九五九～六一年の三年間】も知らない。碾き臼の歳を知ってるか、乾隆一七年【一七五二年】と刻まれているではないか。ご先祖様のご先祖様の時代だ！　一九七三年生まれが乾隆十七年の物を売ろうとは、大胆にもほどがある、都合のいいことばかり考えやがって！」と言った。

村の中心に置かれた古い碾き臼は、村の中央テレビのようなものだ。魏元林はその上に座り、頭上の青空と白い雲を眺め、旋回する鷹を見ていると、心地よい自由な気分になり、誰かを罵倒しないとこの碾き臼に申し訳ない気がした。みんなは、この八十歳の爺さんがひどく退屈していて、むしゃくしゃするとそのうっぷんを晴らそうとしていること、それが年寄りの厚かましさでもあることが分かっていた。

馮明は思った。「この魏元林も不自由のない老後を送っている。衣食に困らぬうえ、気ままに人を罵倒している。これも天の定めなのか」。それにしてもどうしても昔の顔を思い出せなかった。当時文書係として具体的にどんな仕事をしていたのか。娘の文学的表現で言うと、ディテールが欠けていた。

一服しているうちに、魏元林が孫と若者たちに引っ張られて戻ってきた。一人が自転車を押し、一人は上着を持ち、皇帝の巡幸のように仰々しく戻ってきた。老人は不機嫌な顔で何やらつぶやいていた。たぶん碾き臼の滞在時間が短すぎて、思う存分罵倒できなかったからだろう。門を入ったとたん靴を脱ぐと、息子めがけて投げつけた。靴は息子に当たらず鶏に当たり、その鶏はパタパタと塀の上に飛びのった。塀際につながれた犬も吠え、鎖がジャラジャラ響いた。孫が靴を拾いに行ってお爺さんにはかせ、キササゲの木の下までお爺さんを連れていって座らせた。

魏元林は馮明が誰であろうとかまわずに、馮明に向かってしゃべり出した。「ひもじい思いもさせず、何十年も育ててきたのに。恩知らずを育てたとは」。その「恩知らず」は、きまり悪そうに立ったまま手をもみ合わせてばかりいた。

馮明は魏元林の顔を見ても、まだ五十年前の記憶はよみがえらなかった。

嫁が飲み物を持ってきて、「喉、渇いたでしょう」と魏元林に差し出した。魏元林は一口飲んだとたんに目をつり上げ、「蜂蜜が入っていないじゃないか」と怒った。

嫁が「お爺さんは血糖値がひどく高いから、医者に糖分はだめだって言われているでしょう」と言うと、魏元林は首を横に振って、「わしは食いたいものを食うんだ！」と怒鳴った。

嫁は「食べたいかどうかではなく、食べられないものは食べられません。客がいるからわざと私に食ってかかり、甘いものを食べさせろと言うなんて」と言った。

魏元林は馮明に「見たでしょう。歳を取るといじめられ、押さえつけられる。うちの馬鹿息子は人前では親孝行のふりをして、何でも親父のために考えているようで、実はご飯も満足に食わせない。自分たちはどんぶりで何杯もおかわりするのに、わしには木の小さいお椀で半分、さもなければふすま入り餅だ。憎むべき旧社会ですらわしは、ここまでひどい扱いは受けなかった。以前魏富堂が作男を虐待したと言われたが、米ぬか餅とはいえ満腹になるまで食わせてくれた。それでも匪賊という悪名を着せられた。息子夫婦はわしに飯は半分、おかずもゆでた野菜だけで油も使わない。わしは日中腹が減って目が眩《くら》む。あいつらに罪名をつけるなら、極悪人だ」と言った。

嫁がくやしそうにして何か言いたげだったが、夫の顔を見てやめた。息子が「医者から食べる量を指示されていて、守らないと薬も無駄になるんです」と言った。

魏元林は「ばか言え、わしは知ってるぞ。何が医者だ、李青女の婿じゃないか。お前ら中学の同級生で、ぐるになっていやがる。あいつはお前の言うなりだ。お前はわしに腹一杯食わせたくないから、医者に糖尿病だと言わせる。口裏を合わせやがって！」と言った。

息子が馮明に「父の血糖値は正常値の二倍もあるんです」と言った。孫はもっとずけずけと「お爺ちゃんは砂糖水につけた砂糖人間だ。血も甘いし肉も甘い、おしっこまで甘い。丸ごと砂糖漬けなんだ」と言った。

魏元林は「わしは病気じゃない。どこも痛くも痒くもない。元気そのもの、食欲旺盛だ。肉は大皿一杯食えるし、トウモロコシ酒もコップ一杯は飲める。以前は食いたくても物がなくて食えなかったのに、今は食いたいものを食わせてもらえない。中国人民は解放されて五十年余りになるというのに、わしはまだ苦難を強いられている。腹一杯食べられず、温かい服もない……」と言った。

嫁が我慢できずに、「温かい服がないとは何ですか。ダウンジャケットを買ってあげたのに着ようとしないで、無理に犬に着せたもんだから、犬がお爺ちゃんを見ると怖がって逃げるじゃないの」と言った。孫が「村長が画描きを恐れるようなものだね」と言った。

魏元林は「あの『蘆花記』【京劇の題名】の衣装は人が着られるものじゃない。わしは新しい布と新しい綿で綿入れを作ってくれと何年も言いつづけているのに、全然作ってくれない。老人をいじめる者は罰が当たるはずじゃ」と言った。

嫁が「今じゃ農村でも誰も綿入れなんか作らない。針仕事をする女性は何人もいないよ。靴下の底を縫える人だって村に一人、二人しかいない」と言った。

孫が「『蘆花記』ってなあに」と聞いた。

魏元林が「まま母が前妻の子に綿入れを作ったんじゃが、綿でなく蘆《あし》の綿毛を詰めた。見かけは分厚く柔らかいが、まったく役に立たないものじゃ」と説明した。そして馮明に向かって「息子はドケチでな。わしの毎月の年金も取り上げる。何十年分合わせるとバイクどころか戦車だって買える……」と言った。

庭で見物していた野次馬の若者たちが口々にひやかした。「魏爺さんは飛行機を買うといい。ヘリコプターなら滑走路もいらないし直接庭に降りたてるよ」、「ボーイングのアパッチがいい！」

張保国が「うるさい、失せろ」と怒鳴った。

だが若者たちは「俺たちは都会から来た上級幹部が見たいんだ。勇敢な解放軍第三大隊の政治教導員の馮明同志が見たいんだ」と言って立ち去らない。

馮明は若者たちをひどく可愛く思い、しきりに「ここにいてもらおう。ここにいて昔の先輩の革命物語を聞くのも大切なことだ」と言った。

若者たちは馮明が好意的なのを見て、遠慮なく馮明の前に集まってきた。ある者は馮明の手を裏返して腕時計を見、ある者は肩をたたいて「教導員！」と叫び、ある者は馮明に拳銃を身につけているかと聞き、またある者は、国のどのくらいの上級幹部が外出のとき最高の警備がつくのかと聞いた。張保国が「付け上がるな。青木川の若者は教養がなく礼儀をわきまえないと思われる」と注意すると、若者たちは「教導員は何も言っていないのに、張保国はこんなふうに権威を笠に着ていばっている」と言った。

張保国は魏元林に、馮明を知っているか尋ねた。魏元林は知らないと言い、張保国がよく思い出してと促したが、魏元林はやはり知らないという。張保国が「どうして分からないんだ、この方は馮教導員だよ。ここで土地改革を実行してくれた馮明さんだよ」と言った。

魏元林はしばらく馮明を見ていたが、頭をたたいて「あっ！　思い出した」と声をあげた。

だが、馮明はまだ思い出せなかった。

魏元林が言った。「あの年、魏旦那の財産を分けたとき、わしがリストを作った。劉小猪の家には、魏旦那の水田五畝《ムー》と三部屋の瓦屋根の家を分配されてな。劉小猪の親父は感激し、一家を引きつれてきて、工作隊にひざまずき額を地につけて感謝したっけ。家には馮教導員の位牌を立てて祭ったと言った。すると馮教導員はわしに、彼らを送っていって位牌を片づけるよう指示したっけ。劉小猪の家に着いて見ると、位牌とは、紙切れを壁に貼り、茶碗の口を伏せて四つの円を描いたものだった【字を知らないので「馮教導員」などの四字を円で表わした】。それから工作隊が引き揚げるときは村の幹部と送別会をして、大皿にベーコンとジャガイモの蒸し物が出たが、馮教導員は何も食べずただひたすら酒を飲んでいたね……」

魏元林がそう語りだすと、馮明は思い出した。解放前、魏元林は趙家壩の小学校で国語を教えていた。臨時に引きぬかれて青木川の文書係になったが、半年も経たないうちに教師に戻った。そのころの印象は口数の少ない青年で、髪型は当時の学生によくあった急須の蓋のような形【側部を剃り頭頂部だけ髪を生やす。一九四九年前後に流行った】で、上着は膝まで長く、上着のポケットには万年筆が二本さしてあったが、一本はキャップだけの見かけ倒しだった。その日の会食で魏元林は料理運搬係をしていたが、控えめで不器用で、今のように騒がしく理不尽な様子とはまったく別人だった。

魏元林が「劉小猪を覚えていませんか」と聞いた。

馮明は「忘れるはずがない。あの、山で熊に耳の半分をもぎ取られた、やせこけた子供だろう」と言った。

魏元林が「そう、そう」と言った。

孫が「熊に耳の半分をもぎ取られた子供って？」としつこく聞いた。

魏元林が孫に話して聞かせた。

「昔は、青木川の貧しい家の子供は秋になると山に〝木の実拾い〟に行って、家族の食糧不足を補ったものだ。小猪の家は青木川でもとびきり貧しくてな。両親は七人の子供を連れて観音岩の洞窟に住んでいた。一家の夢は一間でいいから自分の家がほしい、自分の田んぼがほしいということだった。だが子供が七人もいては食べるだけでも大変だ。劉小猪の父親は魏富堂の長期雇いの作男で、屋敷を守る用心棒も兼ねていて、一年に数度しか家に帰れなかった。母親は病みがちでいつも洞窟内に横たわって苦しそうにゼイゼイ息をしていたんじゃ。

その日、小猪は山へ栗拾いに行き、一本の木に目をつけて登ろうとすると、木の上から栗がバラバラと落ちてきた。風もないのに不思議だ、どうして落ちてくるのかと思って上を見ると、木の上に黒い綿入れを着た人影が見え、木を揺らしていた。小猪は『お兄さん、ありがとう。俺が下で拾うから、上で揺らしてくれ。半分こしよう』と叫んだ。上の人影は返事をせず、なおも木を揺らしたので栗が地面いっぱいにひろがった。そこで小猪が上に向かって叫んだ、『もう揺らさないで。多すぎると持ちきれないよ。早く降りてきて拾おうよ』。すると上の人影は突然揺らすのをやめ、ドスンという音とともに太った奴が落ちてきた。それはなんと大きな熊だった。小猪は腰を抜かして尻餅をついた。熊は劉小猪の周りを一回りし、小さな黒い目をしばたいたと思うや、前足を振り上げてサッと下ろした。ヒューという風とともに小猪の片耳の半分がなくなっていた。熊はそれ以上小猪にかまわず、ゆうゆうと去っていったそうじゃ。

小猪は大声で泣き出し、耳を押さえながら兄弟を呼んだ。その日、彼の兄弟は二袋の栗を拾った。すべて熊が木をゆすって落としたものだが、熊には残してやらなかった。熊は小猪の耳の半分をもぎ取ったのだから」

馮明はその小猪と呼ばれる子供を思い出した。顔が真っ黒で猫背で、夏でも寒そうに手を袖口に入れガタガタ震えていたっけ。土地改革を始めたばかりのころ、母親が病死した。そこで馮明の裁量で魏富堂の柏の木で作った棺《ひつぎ》を小猪の母親にあてがった。ちょうどよいタイミングだった。もちろん別の貧しい者が死んでも馮明は同じようにしただろう。馮明はこのことを文書係の魏元林に記録させた。それは青木川での分配の初めての記録で、「漆二十三回塗りの柏の大型の棺、作男・劉在林に配当」と記帳した。これほど豪華な棺なら漢中地区で五百銀貨もし、煉瓦造りの三部屋付の家が買える。その五百銀貨の棺に、ごくふつうの農婦が収まったのだ。

青木川の人々は小猪の母親は前世できっと徳を積んだのだろう、だから堂々と立派なお棺に眠ることができたのだと噂した。この棺は魏富堂が自分のために一生をかけて準備した物だったが、本人は使えず、山のほら穴に住む貧しい農婦が使うことになった。運命としか言いようがない。当時馮明は集会で大衆に「これは運命ではなく、人民が解放されたという象徴であります。新しい社会になり、貧しい者が主人公になったのです。魏富堂の棺だけでなく、次は家も土地も同様にみなさんに分配します」と話した。

寧羌県で取り調べをうけていた魏富堂は、棺が劉小猪の母親にあてがわれたと聞き、涙を流した。家財一切を工作隊に没収されてもあまり表情を変えなかった彼だが、予想外にも棺が彼の心に打撃を与えた。魏富堂は「最後に行きつくところがなくなった。人生の結末がこうなるとは。これも天の采配だろう」と言って、その後目を閉じたまま二度と口を開かなかった。

馮明が魏元林に言った。「覚えているさ。劉小猪の家族に魏富堂の三部屋の瓦屋根の家とその家財道具すべてを分配した。あれは青木川で一大センセーションを巻き起こしたね」

魏元林は「わしがあの財産登記を記録したんだ。クラフト紙の財産登記簿は当時非常に重要だった。青木川の貧乏人はあの記録簿をよく覚えているよ」と言った。

馮明が「劉小猪の父親は部屋の中の金の鳳凰が描かれた赤漆のタンスを見て、驚いて尻餅をついたな。夢ではないかと顔をつねって、本当だと知るとわあわあ泣き出した。広い部屋を見、清潔なベッドを見ると、その上に寝るのはもったいないと思ったようで、目を光らせながらずっと部屋を歩き回っていた。眠るとこれらが消えてしまうのではないかってね。劉小猪は民歌がうまくて、集会で歌を作って披露した……」と言った。

すると魏元林が、まだその歌詞を覚えていると言って、歌い出した。

旧正月三日は立春だ
青木川の水はさらさら流れる

馮明が我らに田畑を分け
　幸せな生活が始まった
青瓦の屋根に煉瓦の家
　階段の手すりを伝って高楼に登る
第三大隊に感謝しよう
　一心に共産党についていこう

馮明が言った。「この歌は個人をたたえ過ぎている。私はかつて劉小猪に注意したんだ。感謝すべきは共産党と毛主席で、私の名前は出してはいけない。私は政策を実行している普通の幹部にすぎないので、これはまずい。のちに宣伝隊の仲間が歌詞を変えたが、この歌は『民歌集』に納められたのかな?」

張保国が言った。「地区の文化館から民歌収集に人が来たとき、劉小猪はいろいろ歌ってくれたが、『馮明が我らに田畑を分け』という歌はありませんでした」

すると馮明が「それは残念だな」と言った。

若者たちが笑って言った。「魏お爺さんがいま歌ったこの歌はだれでも歌えるよ」。二人の若者が立ち上がり、腰をゆらしながら手拍子をとって歌い出した。歌詞はまったく違っていた。

旧正月三日は立春だ
　年頃の娘はあせって歩き回る
恋人が裏から合図を送り
　梯子《はしご》を登って塀の上
刺繍のついた帳《とばり》の中でズボンをおろそう
　愛があるから恥ずかしくない
いとしい人よ遠慮なく来て
　一度目は初めて二度目は旧知の仲

馮明は驚いて言った。「この不良どもの歌は革命の先輩を汚すことになる。こんな替え歌は、党に対する大衆の気持ちを冒瀆《ぼうとく》している」

すると張保国が言った。「若者が替え歌をしたのではなく、劉小猪が当時の恋歌を替え歌にしたのです。あの馮明と第三大隊をたたえた歌も、この恋の民歌が元で、題名は『刺繍の帳でズボンをおろす』でしたよ。劉小猪は歌がうまいというのも嘘じゃない。彼が即興で作った歌は、すべて改作です。現在の言葉でいうと、盗作、でしょうか。いい加減なものです」

なぜか馮明はむしゃくしゃした。汚されたような不快感だ。だが当時の劉小猪のまごころは否定することはできないと思った。

話が一段落したところで、魏元林が馮明に単刀直入に尋ねた。「ところで今、一カ月の収入はいくらなの」。張保国がそばで目くばせして、そんなことは聞くべきでないと合図したが、魏元林は聞いて当然という顔で、期待のまなざしで返事を待った。以前、田舎の人は会うと必ず「食事はすんだか」と挨拶したが、今では「儲かってるか」に変わった。魏元林と馮明は土地改革の時代からの付き合いだから、収入を隠さないのは当たり前、よく考えれば唐突というほどではない。

馮明はこの問題を、それほどタブーとは思っていなかったので、正直に言った。「そうだな、各種補助金や資料代、交通費などいろいろ合わせると四千元だ」。魏元林は信じられず、「わしの感覚では、馮教導員ほどの上級幹部なら少なくても二、三万元はもらうはずだ」と言った。馮明は「二、三万元をもらうのは来世のことだろうな。共産党員は今日の幸福のために命がけで戦ったが、それは金のためではなく共産主義への信念のためだった。残念なことに、現在そんな信念を持っている者はほとんどいないがね」と言った。

魏元林は「わしは定年退職が早すぎて損したよ。年金は一カ月たった三百元だ。もし今退職すれば、少なくとも千元はもらえるはずだ」と言った。

孫が「おじいちゃんが千元もらうには、定年を八十歳に変えないと」と口をはさんだ。

馮明は「自分が今もらっているお金は、若いホワイトカラーの五分の一にもならない。今のホワイトカラーってのは、苦労もしていないのに稼ぎだけはいい。三十過ぎても自立できず甘えた声でしゃべり、昨日までおっぱいを吸っていたような奴らなのに、今の世は彼らの世界になってしまった。一介《いっかい》のパソコンを繰る若者が、億万長者になり世界の有名人になるとは。どうも釈然としない」と言った。

魏元林が「ホワイトカラーって何だ」と聞いた。「秘書のような事務仕事だよ」と馮明が答えると、「それなら昔わしがやったのと同じ仕事だ。わしは昔、青木川で文書係だったから、ホワイトカラーだな。わしの一生は苦労の連続だったが……」と魏元林が言った。

張保国が「魏お爺さんは足るを知るべきだよ。土地も家もあるし、豚も羊も飼っている。街の人は野菜を買うにもお金が必要で、卸し値でも一斤一元【五〇〇グラム約十五円】もするんだよ」と言った。

魏元林は「いや、街のホワイトカラーは自家用車を持っているが、わしはバイクさえ持っていない。広坪の張東風《ジャンドンフォン》が、三年乗った『ホンダ』を処分してわしに売ろうと言ってくれた。たった七百元だというのに、息子たちがわしの金を出してくれない。今のわしはまったく漢の献帝【後漢最後の皇帝。曹操親子に抑えられ、最後に禅譲させられた】よりひどい目に遭っている。くやしい」と言った。

魏元林はさらに馮明に説明した。「そのホンダの話だが、張東風の孫は、わしが教え子に頼んだおかげで寧羌一中に受かった。だから安くしてくれるんだよ。このバイクは六割がた新しいから、ちょうど乗りやすくなっている。わしの人生最大の願いは、自分のバイクで日の当たる田舎道をブ、ブ、ブ、と走ることだ。この願いは贅沢でもないし実現不可能でもないのに、息子とその嫁に何だかんだと難癖をつけられる。

自分の稼いだ金を自分で使えないのは、漢の献帝と同じだ。皇帝は天下の主なのに、何でも曹操にお伺いをたてねばならなかった。これでは人生何の楽しみもない。世の中にはどこにでも悪党がいて、いちいち敵対するもんだ。岳飛《がくひ》には秦檜《しんかい》、孫悟空には白骨精《はっこつせい》、八路軍には日本兵。この世は邪魔をする奴がいて成り立っている。これらのバカ野郎が邪魔をしなければ、世界はとっくに共産主義になっていた。共産主義とは何か？ それは各自必要な物をもらえる社会だ、欲しいものは何でも手に入る。うまい豚の角煮が食いたいと思えば手を伸ばせば手に取れ、漢中の南湖に旅行したいと思えば飛行船が家に迎えに飛んでくる。そのころにはホンダのバイクどころか、一人一台のスペースシャトルで行きたい所に飛べ、ワシントンだって簡単に行ける……」

魏元林の話はまたバイクに戻った。バイクから共産主義やスペースシャトルまで話が拡大するのを聞いて、馮明は、かつて文書係だったこの人の頭はあまり正常でないと感じた。それでも幸いなことに、彼は劉小猪が解放されたときの様子は覚えていた。劉小猪の共産党新政権に対する敬愛と支持も覚えていた。少なくともこの点に関して彼はまだぼけていない。馮明は張保国に尋ねた。

「劉小猪はまだ元気かね。会いに行きたいんだが」

　すると張保国は「劉小猪は元気ですよ。でもこちらからわざわざ会いに行く必要はないでしょう。彼のほうから会いに来るはずです。彼は何度も鎮政府に馮明様がいつお見えになるかと聞きに来て、ぜひ一度お会いしたい、と言っていました」と言った。

　魏元林が「村を見て回りませんか」と馮明を誘った。

「趙家壩《ちょうかは》の集落は、小さいけれど景色がよく衛生状況もいいです。今『新しい農村』運動を進めていて、どの家も入口に花を植えてあります。画一的にオシロイバナを植えたんで、一斉に花が咲き、枯れるのも一斉です」

　馮明は魏元林の案内で村を回った。村の変化は確かに大きく、昔の面影はまったくなかった。馮明には人も物もみな見知らないものばかりだった。ちょうどお昼時で、どの家も戸を開け放し、どんぶりを手に戸口の前で椅子に座って食べながら、風景を見物するかのように馮明を見ていた。どんぶりのご飯はつやつやした上等の白米で、青木川産だという。上にはインゲンとジャガイモが添えられ、緑と白が色鮮やかだった。人々は大声で張保国に挨拶し、食事に誘い、できたばかりの甘酒の味見を勧めたりした。張保国はそこここで立ち止まっては、適当に調子を合わせていた。

　馮明もこの機会に農民に声をかけ、どんぶりの中をのぞき、家の様子を聞いた。魏元林がしょっちゅう、この人は誰々の子孫です、と馮明に紹介してくれた。馮明はその誰々を思い出せなかったが、覚えているような表情を浮かべて、子孫たちを失望させないようにした。

　張保国が子孫たちに「この方は昔、青木川で田畑を分配してくれた馮明さんですよ」と紹介した。子孫たちは「え？　土地はもう数年前に請負制度で各家に分けてありますよ」と言った。

　張保国が「今の農家生産請負制ではなく、もっと昔のことです」と言うと、子孫たちは「もっと昔というと、劉少奇の提唱した『三自一包』【自留地を残し、自由市場を設け、自営企業を作り、農業生産を一戸ごとに請け負わせるやり方】か。あれは実行されず批判されたはずだ」と言った。

　張保国が「もっと前だよ」と言うと、彼らは首を横に振った。歴史をたどるなんてめんどうなことはしたがらなかった。

　顔に傷跡のある万《ワン》さんというお婆さんが、どんぶりを持ったまま張保国の前に立ちはだかった。家が壊れそうだから見に来てほしい、と言う。張保国が「視察の案内をしているところだから」と断ると、万婆さんは主張した。「家を見るのも視察だろう。今ラジオで、現場に行って問題を解決するように言っていた。うちにも現場視察に来て問題解決すべきだろう」。そう言いながら、賽《さい》の目に切った酢大根を白木の箸で口に放り込んだ。つやつやしたその漬物は、万婆さんに噛み砕かれて濃厚な酸味を発散し、そばにいた馮明の口に唾が湧いた。馮明はあわてて「見に行きましょう、それもいいでしょう」と言った。

　一行は万婆さんについて家を見に行った。川辺にある瓦屋根の三部屋の家は、土台が石で、とくに倒れる様子はなかった。万婆さんが言った。「ここは湿気の多い土地で、内側の垂木は腐り、壁の土煉瓦もぼろぼろと剝げだしているんだ」。彼女は鎮の役人の張保国に、村役場に口をきいてもらい、住宅用地を分けてもらって新しい家を建て、ここを離れたかった。張保国が「なぜここを離れたいのか」と聞くと、万婆さんは「家が川のそばだから、洪水が来るたびにビクビクしている。一番肝心なのは、この土地が子孫に悪いということだ。孫が三人いるが、一人も高校に受かっていない。川向こうの王さんの家の孫三人は全員大学に受かった。出来の悪いのも漢中の師範学院に入った」と言った。張保国は「孫が高校に入れないのはしっかり勉強しないからで、家のせいではない」と言った。

　万婆さんはちらっと馮明を見てから言った。「このお方には迷信と言われそうだが、先日施《シー》さんに占ってもらったら、この家は殺気に満ちていると言うんだ。うちの孫三人は虎のように頑丈なので耐えられるが、ほかの家族ならとっくに一家全滅だったはずだと言われたよ」

　張保国が「あの施のやつは、僕の目を盗んでいつも占いで風水を見ている。何度も鎮政府の教育を受けさせたが、ちっとも改めない。自分のお爺さんの学問はちっとも受け継がず、邪道だけ受け継いでいる。社会主義の理念に背いてばかりいる」と言った。馮明が「その施とやらは秀才の施喜儒《シーシールー》の息子か？」と聞くと、「いや息子でなく孫です」と張保国が答えた。万婆さんが言った。「施さんの直感は鋭いよ。村の宜霞《イーシア》が家を建てたとき、施さんが玄関を一〇センチ東へ移すべきだと言ったのに、宜霞は聞かなかった。そしたら先月火事になって、布団一枚も持ち出せなかったそうだ」

張保国が万婆さんに「でたらめを言うんじゃない」と言ったが、万婆さんは「嘘じゃない。うちは絶対幽霊屋敷だ。特に女に災いする。劉芳《リウファン》はここで頭を打ち砕かれて、何日も血肉が飛び散ったまま置いておかれた。名前を口止めされているあの女も、この辺に埋められている。あたしだって、ここで頬を打たれ歯が七本も欠けた。この家は夜になると幽霊がうろつくが、外国語をしゃべる女幽霊も出るんだ」と言った。

張保国が「それじゃあ、あんたの孫はきっと外国語がうまくなるだろう」と言うと、万婆さんは「ばかやろう、真面目な話だ。実情を報告しているんだ。雑談しているわけじゃない」と言った。

馮明が「この家に見覚えがある」と言い出した。魏元林が説明した。「ここはもとは魏富堂の水車小屋で、娘の魏金玉の嫁入り道具にするつもりだったが、魏金玉が家出して用がなくなった。作男の老万《ラオワン》に管理を頼んでいたが、川の水が減って段々水車を回せなくなり、使わずに放置されていたんだ。解放後は青木川の東と西にダムができたので、水車は廃棄処分になり、家はそのまま老万に分配されたんですよ」

魏元林のこの説明で、馮明は思い出した。この家の外で、馮明たちは匪賊の「田ウナギ」と戦った。「では、あの英雄の老万は？」と馮明が魏元林に聞いた。

魏元林が「一九六七年に死にました」と答えたので、「何の病気で？」と聞くと、「自殺です」と言う。「なぜ自殺を？」と尋ねると、「内部審査と外部調査で、彼が国民党の残党だということになり、さらに青木川に潜んでいた匪賊のスパイだということになって」と言った。

馮明が「まったくのでたらめだ！」と言った。

魏元林が言った。「その通り、ひどい話です。当時【一九六六年から文革が始まった】は誰もがでたらめで、まともな人間はほとんどいなかった。老万は『残党』と言われ、わしも『虫けら』と言われた。『残党』は一日牢屋に入れられただけで自殺し、自ら人民と絶縁したんです。『虫けら』のわしは、顔のつらを厚くして、死ぬよりむしろ苦痛の中で生きることにした。生きながらえて今日の幸せにありついたわけです」

馮明は漬物を噛んでいるお婆さんを見ながら、「するとこの方は……老万の……奥さんですか」と言った。万婆さんは「何が奥さんだ。ただの貧乏なばばあだよ。宅地を分けてもらうにもこうしてペコペコしなきゃならない」と言った。

馮明はあの老万を思い出した。頑丈な体をした誠実な人柄のりっぱな男だった。趙家壩から青木川までの距離をわずか十数分で駆けつけ……青木川の国民党残党をやっつけるために大活躍した。青木川の英雄リストに一番に載るべき人だ。その功績ある第一人者が自殺するとは。思わず溜め息が出た。

「老万を想い出しているのですか」と魏元林が言った。「そうだよ。老万が胸に大きな赤い花をつけ、壇上で人々に報告をしたときは、拍手が鳴りやまず、老万も感動して一緒に手を叩いていた。女学生が彼に花束を贈り、それを彼が家に持ち帰って妻に渡したら、妻は『花より米のほうがいいのに、なんて気が利かないんだろう』と言ったそうだね」と馮明が言った。

魏元林が万婆さんを指さして言った。「匪賊に撃たれて人相が変わってしまい、子供たちも彼女を見ると怖がって逃げたもんだ。年をとった今では皺が増え、傷はそれほど目立たなくなったが、自分勝手なので、人は近づかない」

万婆さんは、「誰が自分勝手だって？　私だって革命のために血を流し、七本も歯を犠牲にしたんだ。今でも食べるときはほとんど丸呑みさ。お前たちの誰か、丸呑みをやってみな」と言った。

張保国が「歯を七本無くしても大根の漬物をサクサク噛めるとは、すごいですね」と言った。

馮明はその家を見回していた。たたずまいは昔のままだが、家の前に汚い豚小屋が増え、そのへんを鶏が歩きまわり、地面は鶏糞と木の葉でいっぱいだった。家の周囲は草が人の高さまで生い茂り、草むらに破れたゴム靴や割れた茶碗などが捨てられていた。万家の人は不精らしい。馮明は頭の中で何とかその乱雑で汚い現状を払いのけて、あのときの、雪に覆われた静かな小屋をゆっくり思い出していた。風が炊事の煙をかき乱す中、じりじりと待っていたあのときを……。

一九五一年冬のことだった。一晩中雪が降った翌朝早く、老万が工作隊に駆け込んできて言った。「李樹敏と妻の劉芳が山から下りてきた。水車小屋に隠れている。急いで行って捕まえてください」

老万はその朝早く小屋の外に薪を取りに出たところ、李樹敏と劉芳が林の中から出てきたのに出会ったのだった。二人は疲労困憊して服はぼろぼろだったが、銃を手にまっすぐ水車小屋に向かってきた。老万は広坪事件を思い出し、薪を放り出して駆け出そうとした。

すると、李樹敏が呼び止めて言った。「万さん、あんたは叔父の所の作男だったね。困らせないから俺たち夫婦をここで少し休ませてくれないか。密告したら奥さんの命はないからな」

老万は目の前の李樹敏を見た。防寒帽をかぶり、腰に帯を巻いて、歩きやすいように長い綿入れの片裾をめくりあげて帯に差し挟んでいる。銀色に光る拳銃を高く振り回し、殺人鬼という様相だった。老万は自分を落ち着かせて、「密告はしません。なんといっても若旦那は魏旦那様の甥御さんですから、旦那様と同じです。何でも遠慮なく指図してください」と言いながら二人を小屋の中に招き入れた。

劉芳は李樹敏の後ろにいて、両手に小型拳銃を持ち、あまり元気がない様子だったが、目はじっと北側の山林を見ていた。山林は雪に煙り、いちめん見通しが悪かった。李樹敏は彼女に早く小屋に入るよう促したが、彼女はまだ山林の方を気にしてそちらに向かおうとした……。

「そっちは墓以外、何もないです」と老万が言った。

李樹敏が彼女を引っ張って、「こんな大雪だ、何も見えない。やめよう」と言った。

「あなたに何が分かるの……」。劉芳が言った。

「何だと。俺は何でも分かっている。人間は死んだら火が消えるようなもの。逝った者のことは考えても仕方ない」。李樹敏が言った。

このとき劉芳は目がうるんで涙があふれ、声もおだやかになっていたのだが、それがどうしてなのか、老万には分からなかった。

小屋に入ると劉芳の顔は一変し、老万の妻に食事の支度をするよう怒鳴りつけた。老万の妻は劉芳を見たとたん、人食い夜叉を見たかのように驚いて震えた。うまく火が付かず、厳寒なのに汗が頬を伝った。劉芳は老万の妻を足で蹴って言った。「何を怖がってるんだ。お前の胸を斬り裂きはしないさ」

李樹敏が老万に「解放軍はよくここに来るのか」と聞いた。老万は「解放軍は今まで来たことがありません。ここは街の外れだし、私は積極的な活動家ではないので、一人前に扱われず、会議にもほとんど呼ばれません」と答えた。

李樹敏は「それならいい。ここで体を温め、温かいご飯を食べ、ひと寝入りしたい。外は雪が激しいから」と言った。

劉芳は小花模様の上下の綿入れを着て頭巾をかぶり、どうやら病気のようだった。李樹敏が老万と話をしているとき、彼女は土間の囲炉裏ばたに座り、懐から鋭い小刀を五本出した。切っ先は黄みがかり、持ち手には暗紅色の紐がつないであり、細長い田ウナギのようだった。老万は、この人物が噂の「田ウナギ」だと気付いた。「田ウナギ」とは最近山林を跋扈《ばっこ》している凶悪な匪賊で、まばたきする間に人を殺す集団と恐れられていた。特徴は首領が使う小刀で、切っ先に毒が塗ってあり、人の皮膚に触れさえすれば刺し殺されなくても毒死するという。囲炉裏のそばに座っている女は魏富堂の甥の嫁だ。それが極悪非道な首領「田ウナギ」で、広坪で反革命暴動を起こした国民党特務だった。

劉芳は小刀を一本ずつ太腿の上に並べると、老万がベッドに放り投げた頭巾を引き寄せ、ていねいに一本ずつ拭いた。刀身は青く光り、そのすっきりした曲線は人をぞっとさせた。劉芳がこれを取り出したのは「騒ぎたてるな。おとなしくしていろ」【文革時代、地主や反革命分子に対して使った慣用表現】という警告だと老万は悟った。劉芳は拭き終わると、一本ずつ袖口に納めたが、その間、まるで部屋に老万という人間がいないかのように、老万を一瞥《いちべつ》もしなかった。

李樹敏はその日疲れ果て、よほど飢えていたらしく、ご飯がまだ半生《はんなま》のうちに、待ちきれず口に詰め込み、鍋半分をむちゃくちゃに丸呑みした。一方劉芳は、何口も食べずに箸を置いた。胸を押さえ、目を半分閉じて壁にもたれて座り、時には咳をした。囲炉裏のゆらめく火が彼女の顔を照らし、やかんがヒューヒュー音を立てていた。老万と妻は部屋の隅に縮こまって身動きもせずにいた。李樹敏に「半歩でも外に出たら、銃が火を噴くからな」と脅されていた。

　李樹敏と劉芳が低い声で何か相談を始めた。明らかに劉芳は病気が重く体力が持たない様子だった。李樹敏が老万に「家に細辛《さいしん》はないか」と聞いた。青木川の家庭には薬味としてよく干した細辛が置いてあることを李樹敏は知っていた。だがあいにく老万の家にはなかった。老万の家では、細辛を使う落とし卵や豚の角煮を作らなかった。

　劉芳が李樹敏に「ペニシリンがほしい」と言った。李樹敏は「こんな場所にペニシリンなんてあるわけがない。寧羌はもちろん漢中でさえないかもしれない」と言った。

　老万は彼らの話を聞いていたが、許忠徳とは違い、ペニシリンという外国語はまったく分からなかった。のちに妻の治療にたくさんのペニシリンが使われたが、妻が使った薬が劉芳が最後に欲しがったペニシリンと同じだとは知る由もなかった。

　李樹敏は老万に、街に行って生薬を探してくるよう頼んだ。李樹敏は言った。「今お前を外に出すのはそれしか方法がないからだ。お前の肩に俺たちの生死がかかっている。こうするのは万策尽きたからだ」。李樹敏は懐中時計を出し老万に渡して、「値打ちがあるのはもうこれしかない。受け取ってくれ。この時計は五畝《ムー》の田んぼの価値がある」と言った。

　老万は時計は要らないと言った。老万はこのとき頭が冴えており、胸をたたいて、李に安心するよう言った。「かみさんを若旦那様に預かってもらっていますから、情報は決して洩らしません。女房のお腹に五カ月の子供がいて、二つの命を預けているのですから、決して若旦那様に背くことはありません」

　劉芳が李樹敏に「この人、密告するにきまってるわ」と言った。だが李樹敏は「運を天にまかせるしかない」と言った。

　大雪の中、老万は鎮に向かってひた走り、迷わずまっしぐらに工作隊の駐屯地に駆け込んだ。彼は賢かった。たとえ薬を李樹敏に持ち帰って二人が元気になっても、自分と妻の命は保障されない。残酷な劉芳は一〇〇％口封じに殺すに違いない。あの懐中時計は密告しないよう懐柔するためのエサであって、匪賊が庶民にただで物をくれるわけがない。「だまされないぞ！」と老万は思った。

　馮明の第三部隊はただちに現場に駆けつけた。水も漏らさぬ厳重な包囲網を敷き、すみやかに水車小屋を包囲した。大樹の上、草むらの中から対岸まで兵士が隠れて待機した。李樹敏が翼を付けて飛べたとしても逃げきれないだろう。

寒風の中、小屋は静まりかえり、瓦の隙間から炊事の煙が淡く立ちのぼっていた。老万の報告がなければ、誰もこの家の中に新政権の不倶戴天の敵が隠れているとは思いもよらないだろう。

劉志飛《リウジーフェイ》が大声で投降の呼びかけを始めたが、中から応答はない。老万は匪賊のボスが妻を殺すのではないかと、大声で妻の愛称を叫んだ。妻が中から「李樹敏はここにいます。解放軍が撤退して李樹敏を山に逃がしてくれればお互いのためだと言ってます」と返事した。劉志飛は李樹敏に、人質を解放し拳銃を渡すよう言い、「抵抗するなら死ぬしかない」【「文革」中の慣用表現】と警告した。中から返事はなく、双方膠着状態になった。山林に風が吹きぬけ雪が舞った。冬のカラスが何羽か川面をかすめていく。太陽は雲の合間からわずかに顔を出すばかり。兵士たちは手足が凍えてキリキリと痛んだ。

劉志飛が馮明に「戦おうとせず逃げもしないとは、どういうつもりでしょう。どうしましょう?」と尋ねた。

馮明は突然ひらめいて、言った。「待つのは止めだ。李樹敏はわざと時間をかせいでいる。すぐに戦いを終わらせなければ」。馮明の指揮で包囲網を縮め、敏捷な兵士数人が屋根に上って瓦をはがし始めた。

老万は妻の身を案じて、名前を呼び続けた。彼が呼ぶたびに中から妻が返事した。老万は小屋に向かって大声で叫んだ。「李旦那さま、妻を殺さないでください。解放軍は私が連れてきたのではなく、私のあとをつけてきたのです！」

このとっさのひとことが、十数年後、老万を死に追いやる罪の証拠となった。英雄の老万が匪賊の一味とされたのだ。もしそれが予想できたなら、老万は何も言わないか、革命のスローガンを声高く叫んだことだろう。だが残念ながら当時そんなことは予想だにしなかった。

屋根では早くも穴が開けられた。数人が同時に屋内にねらいを定め、「銃を渡せば殺しはしない！」と叫んだ。

この危機一髪のとき、小屋のドアが勢いよく開き、劉芳が老万の妻の頭に銃を突きつけたまま現れた。劉芳は背を入口の扉につけ、じっと立ったまま一言も発しない。

「銃を置け！」。馮明が叫んだ。

劉芳はフンと鼻を鳴らし、ニヤッとしたようだった。数十の銃口が劉芳にねらいを定めた。だがこの女が次にどう出るか誰にも分からなかった。みなが彼女の拳銃の引き金が引かれるのを心配していた。小屋の中にはまだ李樹敏が隠れている、そいつはもっと陰険だ。

このとき思いがけないことに、老万がヒョウのように跳びかかっていった。老万がぐいと妻をつかんだ瞬間、劉芳の拳銃が鳴り、銃弾が老万の妻の頬を貫通した。老万の妻はあっと叫ぶ間もなく雪の上にすべるように倒れた。誰もとっさに反応できないうちに劉芳がサッと手を振りおろすと、稲妻のような光とともに五本の小刀が飛んだ。兵士が三人、当たって倒れた。続けて劉芳は自分のこめかみに銃口をあて、引き金を引いた。

倒れた劉芳にかまう間もなく、みなが小屋に駆け込むと、中は空で李樹敏は影もなかった。

狡猾な李樹敏はあらかじめ先を読み、老万が出てまもなく小屋を離れていた。劉芳は室内で時間を引き延ばし、李樹敏が逃げるための時間をかせいでいたのだ。劉芳は自分の末路を悟っていた。これ以上李樹敏とともに飢えと寒さの中、病をかかえて山林を逃げ回っても、二日と持たず、この荒野で命尽きるだろう。それならいっそここで解放軍と共倒れになって李樹敏を逃がしたほうがましだ。ここで死を迎えるのは、自分の運命であり、ここが自分の死に場所だと思えた……。

劉芳が老万の妻を撃ち、袖から小刀を投げ、最後に自分を撃った一連の動作は、合計しても数秒以内、段取りよく的確で、いかにも熟練した動作だった。ただ老万がじゃまに入り、老万の妻が叫びかけて口を開けたため、銃弾は口から外へ突き抜けてしまった。さもなければ老万の妻はその日間違いなく死んでいただろう。劉芳が自分に放ったあの一発は、右のこめかみから左首下に抜け、頸動脈を撃ち抜いたため、血がどっと噴きだした。

この劉芳の死に関して、諸説が流れた。劉芳は自分で発砲して自殺したのではなく、「田ウナギ」を投げたとき劉志飛の銃が彼女の頭を撃ち抜いたのだ、と言う者もいたし、みなが一斉に猛攻撃をかけたので、劉芳は無数の銃弾を受けて血まみれで倒れたのだ、と言う者もいた。馮明はこの後の説を支持し、それ以降の報告書や告示文、いろいろな場所での講演や県の記録に、劉芳の死について語るときはいつも「解放軍に銃殺された」と表現した。

劉芳の亡骸は水車小屋の北の山林に埋葬された。そこは彼女が死の前に見つめていた場所だった。老万は、劉芳がじっと山林の方を見ていたのは、死の予感があり、あそこが自分の最期の場所になると感じたからではないかと、あとで思った。しかしそれは違っていた。

大雪のあとの山では、李樹敏はどこに行っても足跡が残ったため、三日後に広坪付近の呉家山の洞窟で、寒さに縮こまり、綿入れの綿を食べていたところを、馮明の部隊に捕《つか》まった。とらえられたとき、彼はまだ「なんで俺を捕まえるんだ」としらを切った。

馮明が「ではなんで逃げるんだ」と聞いた。

李樹敏は「広坪の事件で捕まえに来たんだろ。あれは妻がやったことで、そもそも俺は解放軍をよく知らない」と言った。

「そういう話ができるということは解放軍をよく知っているということだ」と馮明が言った。

万婆さんは、今視察に来ている上級幹部・馮明が、かつて彼女を救った解放軍の教導員だったことを張保国の話から知り、馮明の服をしっかりつかんだ。そして悲痛な声をあげて泣きながら繰り返し訴えた。「どうぞお偉い方、うちの死んだ人のために、ぜひとも力になってください」。さらに「夫は死に、息子は馬鹿で、孫はだらしない。どれだけ苦労し惨めな生活だったか。あのとき『田ウナギ』の銃で死ねばよかったんです」と言った。

張保国はこの展開を予想していたので、おだやかに言った。「万お婆さん、数年前に万さんはもう名誉回復をしたでしょう？　もうこの話は持ち出さないでください。聞いていると私たちも辛いですから」

すると万婆さんはじろりとにらんで、人が変わったように金切声をあげた。「数百元を渡してそれが名誉回復かい？　夫の命は数百元の価値しかないと言うのかい」

張保国が「その金は老万さんが武装委員をしていたからです。ふつうの人はその金さえもらえない。なんといっても自分で死を選んだのですから……」と言うと、万婆さんは手足をばたつかせて毒突いた。「お前らが殴ったり追い詰めたりしたせいだ。そうでなければ自分から死ぬわけがないだろ」

張保国が「無責任なことを言わないでください。お前らとは何ですか、僕たちの誰が殴ったっていうんです？」と言うと、万婆さんは「殴った奴は今、この町で豪勢に暮らしているさ。煉瓦工場を経営して、誰よりいい生活をしている！」と言った。

馮明が「それはいったい誰のことだい？」と聞いた。万婆さんが「あの長髪を後ろに束ねて、男だか女だか分からない奴に決まってる！」と答えた。

張保国が「お婆さんの言っているのは佘鴻雁ですよ。佘鴻雁は『文革』のとき、紅衛兵で少々過激だった。でも悪い奴というわけではありません」と言うと、万婆さんは「悪い奴じゃないって？　あいつは李樹敏の息子だよ。ベルトを振りかざしてさんざん貧しい農民を殴った。なのに今、誰も恨みを晴らしていない。私たち母子は苦しめられるばかりで、宅地さえ申請しても許可してくれない。うちの人のかつての功績もお前たちに帳消しにされた」と言った。

張保国は「万お婆さん、それは無理な注文だ。住宅地の許可は村で決めることで、鎮は口出しできないんだ。あんたは現在家があり、息子も孫もいるから、生活には何も心配することはないだろう？」

万婆さんは「あんたの息子は西安の士官学校に行っていて、卒業したら将校になるから何も心配ないだろう。もしお前が間抜けな息子を持っていたら、あたしより悩むに決まってる。うちのことは、あたしが表に立たなければ、くそったれと孫三人のばか野郎ではいつまで経っても何も解決できないんだ」と言った。

馮明が「くそったれって誰のことだ」と聞くと、魏元林が、「老万の息子のことだよ。母親のお腹の中にいるとき、母親とともに匪賊に人質にされたせいで、脳味噌が足りず、飯を食うことと女と寝ることしかできない」と言った。万婆さんは「息子は生まれる前から脅かされて馬鹿になったのさ。これも革命のための犠牲だ」と言った。

馮明は、農村で宅地を割り当てるのはとても大変なことだと充分に分かっていた。みな互いの分け前を見比べ、少しでも間違いがあると必ずいざこざになる。それでも馮明は張保国に「村に会議を開かせて万さんの宅地について検討してもらってください。川べりの住居ではなんといっても……」と言い、歩き出した。彼はこれ以上万家の前でからまれたくなかった。万婆さんは馮明の言葉を聞いて、得意そうに張保国に言った。「お偉い幹部さんは承知してくれたよ」

張保国は無言で、ただほほえんでいた。

魏元林が万婆さんに「お偉い幹部さんは検討するようにと言ったんだ。検討ってのがどういうことか知ってるのか」と聞いた。

万婆さんは「そりゃ村で相談して宅地を許可してくれるということだ」と言った。

魏元林は「そのうち分かるさ」と言った。

一行は、村の北側に回っていった。鍾一山が日光を浴びながら焼け付くように熱い石畳に伏して、尻を高くあげて何やらもぞもぞ動いているのが見えた。そばで小柄な男が傘を持ち、彼のために太陽をさえぎっていた。離れた所の木陰では、奪爾が腰に手を当て涼んでいた。

張保国が「あの博士はアリの喧嘩でも見ているのか」と言い、馮明が「おかしいな、何をやっているんだろ」と言い、魏元林は「あの人はこの辺を何日も回っている。日本から戻ってきたそうで、日本軍のために地雷や地下道の入口でも探しているんだろうか」と言った。

近づいていくと、鍾一山はちょっと頭をもたげて彼らを一瞥したが、続けて地面の文字を一心に識別しながら書き写していた。よく見ると、そこは百以上の石碑を敷きつめた脱穀場だった。張保国が馮明に説明した。「ここは『文革』のとき山の上から石碑を取り外してきて敷いたもので、集会場として、多くは映画を上映したり批判大会を開いたりしました。夏はここに座ると涼しくてとても快適なんです」

馮明が見るとそれらの石碑は、ほとんどが墓石で、たまに記録碑が混ざっていた。清朝の嘉靖帝時代の『趙姓三源遷徒碑』、道光帝時代の『水患減賦碑』、光緒帝時代の『禁賭禁煙碑』などがあった……鍾一山が写しているのは、『青木道拓展碑』だが、たくさんの石碑の中で年代がもっとも古く、明朝の洪武帝時代【一三六八〜九九年】のものだ。馮明が「青木道とはどこにある道かな」と聞くと、張保国が「青木川から木魚壩《もくぎょは》までで、四川省に行く主要道路の一つです」と答えた。

日向にいる鍾一山はというと、太陽にさらされて全身に油汗をかき、顔は石畳に蒸されて真っ赤になりながら、地面にひざまずいて一字一字写していた。汗が石碑に落ちると、すぐに蒸発して乾いた。スズメバチが首の後ろをぶんぶん飛んでいたがまったく気付かないようだった。

張保国が「あの方の研究熱心には頭が下がります。我々があの半分でもがんばれば労働模範で表彰されるでしょう」と言った。

魏元林が口を挟んで「彼は労働模範ではなく、間抜けだ。デジタルカメラで撮ればなんでも写るのに、炎天下に腹這いになっている」と言った。

彼らが話している間、傘を差している人物は少しも動かずに差し続けていて、傘の影は鍾一山から外れ、傘を持つ本人からも外れて、まったく無意味になっていた。

馮明が「傘を差しているのはいったい誰だい」と聞くと、魏元林が「あの立ち姿といい、馬鹿さ加減といい、万家の無能な息子に決まっている！」と答えた。

第6章

1

馮小羽《フォンシアオユー》は、解苗子《シエミアオズー》にインタビューしたいから連れていってもらえないか、と許忠徳《シュージョンドー》に何度も頼んだが、その度に、「あのお婆さんはもう呆けているし、健康がすぐれないから邪魔しないほうがいいでしょう」と言われた。

青木川に来たのに肝心な人物に会えないのでは、作家としてあきらめきれない。そこで、鍾一山《ジョンイーシャン》を誘ってみたが、「君が調べている匪賊の奥さんは、僕の楊貴妃ほどはっきりした結果は出ないだろう」と断られた。

午後は、父は張保国《ジャンバオグオ》と一緒に出掛ける約束をしているし、鍾一山は四川大学史学科中退の許忠徳を訪ねることになっている。馮小羽は解苗子に会うチャンスだと思って、一人で行くことにした。

馮小羽はどういう心理からか、出かける前に鏡を見ながら、念入りにおしゃれをした。おしろいをはたき、薄く口紅を塗り、クリーム色のTシャツを着たあと、ちょっと考えて、長い髪を後ろで束ねてゆったりした髷《まげ》を結った。すると鏡の中に明るいきれいな女性が現れた。よし、この装いならかつての女子師範大学卒業生の前に出ても、引けを取らないないだろうと思った。

馮小羽は、青木川には解苗子という女がいて、魏家に数年住んでいたが、解放後まもなく死去したはずで、現在いる人物は別人だろうと考えていた。馮小羽が父に「魏富堂《ウェイフータン》を処刑した日、橋で待っていた女はチーパオを着ていたの?」と聞くと、父は「そうだ」と言った。「その女は金髪碧眼でしたか」と聞くと、父は「いや、違う。でもあれは魏富堂の妻に間違いないよ。とりわけ慎重を要する時期だったし、階級意識の強いわしの鋭い眼力は、人違いするはずがない。その後もあの女に接したことがあるが、確かに名前は解苗子だったよ」と言った。

馮小羽は父の記憶は間違いないと思った。つまり、魏富堂の最後の日々、奥さんは密かに謝静儀《シェジンイー》に代わっていたのだ。人種は歳月とともに変わるものではないから、橋の上のチーパオの女は生粋の中国人謝静儀以外には考えられない。

魏家の屋敷に向かうとき、馮小羽は少しどきどきした。これから対面する相手は教養と品位があり、学識豊かで、視野が広い女性だ。何十年もの間この女性は名前を隠して、無欲に悠々と日々を送っている。六十年前の新聞に出ていた、カビが生えていて触れると崩れてしまいそうな程立雪《チョンリーシュエ》が私に発見され、今日の午後、生身の人間として自分の目の前に現れる。六十年もの間、行方不明になっていて誰も知らなかった謎が、今日で明らかになるだろう。そう思うと、馮小羽は興奮してきた。彼女は程立雪について、そして謝静儀について、また六十年前のあの教育視察について、単刀直入お婆さんに持ち出すつもりだ。そのために、「避けないで」、「素顔のあなた」、「歴史の本来の姿」などの英語を用意しておいた。お婆さんを追い詰めるのは残酷な仕打ちかもしれないが、ためらっていては歴史を明らかにできない、と彼女は考えた。余命いくばくもないお婆さんが、まさか大きな重荷を抱えたまま最後の日々を過ごし、同じように本当の姿が捉え難い旦那に会いにあの世へ行くことはあるまい。

馮小羽はわざわざ寧羌《ねいきょう》の名物菓子と粉ミルクを二袋ずつ【中国人の習俗でお土産は偶数】用意して出かけた。

庭は日当たりがよく、干してある豆豉《ドウチー》の上に犬が寝そべり、青女《チンニュー》は眼鏡をかけて孫娘の足の爪を切ってやっていた。馮小羽は「犬がまた豆豉の上に寝ているわよ」と言うと、青女は「そこが好きなのよ」と言った。

青女に「どちらへお出かけですか」と聞かれて、馮小羽が「魏家に解苗子を訪ねるの」と答えると、青女は「魏家のお婆さんはずっと暗い部屋に閉じこもっているから、体の具合はあまり良くないですよ」と言い、また「あのお婆さんは疲れさせると駄目ですよ。気を失ったりしますからね。でも、大したことはないから慌てることはないです。しばらくしたらひとりでに息を吹き返すから」と、くれぐれも念を押した。

馮小羽は「分かりました」と答えながら庭を出た。「気を失う」という話を思い出すと、ずるい戦法だな、いよいよとなると気を失ったことにするんだ！『動物の世界』【中国の中央テレビで毎日やっている番組】で見た甲虫《かぶとむし》のように、身の危険を感じると死んだふりをして難を逃れるとは面白いな、と思った。

　青女の家からまっすぐに西へと行くと、道路に面した魏家の堂々とした正門が見えた。門の上には彫刻した横木が渡してあった。横木の一部が石灰で塗りつぶされていたが、かすかに「魏公館」という文字が読みとれた。門の前は広い石段になっており、波と断崖が彫刻してある太鼓型の石や、乗馬のための石の踏み台や、馬をつなぐ石柱などがあった。平らに石が敷きつめてある広い場所は駐車場だったのだろう。毎日魏富堂はここで車に乗って執務所まで行き、「執務」していたのだろう。だが今は、その平らな場所には菜種が干されていて、爺さんが殻竿《からざお》でぽんぽんと菜種をたたいている。その音は昔の自動車のエンジンの音とは全く別世界だ。

　昔は正門の横にもう一つ屋敷があり、二つの屋敷の入り口は、灰色の煉瓦で造った小さな橋で繋いであり、その下は蓮の花が彫刻してある金魚池だったそうだ。前は活水、後ろは青山という縁起のいい地相に合い、素晴らしい風景だった。ところが今は、蓮の花の精巧な彫刻の上には屋根が被さり、周りは古煉瓦で高い塀を築いている。その中で肥った豚が二頭、鼻先であちこちを穿り返していて、いかにも幸せそうだ。蓮の花の彫刻は豚の糞や泥の中に咲いている。まさに「泥より出でて、染まらず」【周敦頤《しゅうとんい》（一〇一七〜七三年）は『愛蓮説』で蓮の花の気高い姿を讃えた】である。

　門を吹き抜けるそよ風とともに、葱のみじん切りを炒める芳しい匂いが漂ってきた。どこの隅からか女の子の甲高い泣き声が聞こえてきて、いつまでも泣きやまない。三毛猫が、暗渠の穴から頭を出してきたネズミを狙って、音もなく石畳の上を跳び越えて穴に入っていった。針金に干してある花模様のズボンに、蜻蛉が羽ばたきながら止まっている。格子窓の内側から人の眼がこちらを窺っていて、窓紙をカサコソいわせていたが、大きなくしゃみをした。そのとたん、何かが地面に落ちた音がした……。手の込んだ煉瓦造りの目隠し塀には、肥料用フォークや鋤など農具が掛けてあり、リスの毛皮が数枚釘で張り付けてあった。その下には泥だらけの靴が乱雑に散らばっており、石段の上にはインゲン豆が干してある。花が植わっていた所は、ホウレン草や唐辛子が勢いよく育っている。屋敷の中には掘っ立て小屋が無秩序に作られて迷宮のように複雑で、煉瓦や瓦のかけらが至る所に散乱し、取り壊し中のものもあれば、建築中のものもあった。屋敷の前はまさに土一升金一升の土地になっていて、十分に利用しなければ引き合わない。広々とした屋敷内は実に充実していて、生気に満ち溢れていた。

この屋敷にはかつて小趙《シアオジャオ》が住んでいたが、あの退屈な生活をかこっていた女は、人気《ひとけ》がなかったこの屋敷が数十年後には人があふれんばかりの〝盛況〟を呈するとは想像もできなかっただろう。あの自動車を運転し、連発銃を使っていた魏富堂は、凧のように舞い上がり、そしてまた落ちてしまった……。幸いなことに、人々はこのめまぐるしい変化を、歴史によって繰り返し教えられているので、平然と見ることができる。もしかすると、ここはいつか昔の姿を取り戻し、華やかな観光スポットになり、よそからやって来たのんびりした観光客にあれこれ批評されるようになるかもしれない。

屋敷は大変な奥行きがあって、馮小羽は幾度となく道に迷い、袋小路に紛れ込み、また元の道を引き返さなければならなかった。西の塀の下で女がトタンの切れ端で、素早い手つきでジャガイモの皮を剝いていたので、馮小羽は近寄って解苗子の住まいを聞いたが、女は答えないでじっと馮小羽を見つめた。聞き取れなかったと思って、もう一度繰り返すと、女は体についたじゃがいもの皮を振るい落として、落ち着き払って「なんのために彼女に会うんだね」と言った。

「いえ、別に……。ちょっと挨拶を」と馮小羽は言った。

「地主の妾なのに、有名人になって、会いに来る者が多いよ。これからは入場料をもらわないと」と女は言った。

「入場料だったら払いますよ。解苗子にあげれば収入にもなるから。いくら払ったらいいの?」と馮小羽は言った。

女は馮小羽が真に受けていると見て、「どこから来たのかね」と聞いた。馮小羽は女に根掘り葉掘り探られるのがいやで、上級機関からだと答えると、女は、「上級とはどこだね? 鎮政府も上級なら、国務院も上級だからね」と言った。

馮小羽が仕方なく「作家協会の者です」と言うと、女は「作靴《さっか》協会？ というと靴を作る会社だね？ あの婆の足を使って靴の宣伝をやるのかい。あの婆の足は世にも稀な素晴らしい足で、昔は革靴を履いていたんだよ。ところで、この解苗子は鎮政府がおらに預けているんだから、彼女に会うにはおらの許可がいるよ」と言った。それで馮小羽は「じゃあ、許可してもらえますか」と聞いた。

女は何も言わず、ただじっと馮小羽を見つめていたが、その意味は言わずもがなだ。馮小羽は「解苗子に必要なものを買ってやってください」と言って五十元握らせた。女は金を受け取るとポケットに入れて、トタンの切れ端で後ろを指して、「後ろの家、東の部屋」と言ってから。「伝染病をうつされないように気を付けなよ」と付け加えた。

馮小羽は後ろの方へ、細長い小道を抜け、二回も曲がって一つの庭に出た。周囲の塀は何カ所も崩れており、サイカチの大木が日光を遮り、薄暗く気味が悪かった。井戸は長い間使われていないらしく、一面に苔が生えている。そよ風が吹くと草がさらさらと音を立て、さっきまでの人気が消え、百年以来の廃屋という錯覚さえした。馮小羽は、『聊斎志異』【蒲松齢著。幽霊などが登場する短編小説集。一七六六年刊行】をテレビドラマ化するのには、ここは絶好の場所で、何も手を入れずにそのまま背景になる、と思った。

雑草が生い茂っている庭と二間のあばら家。牡丹の花を機械刺繍したお粗末な暖簾が入口に掛かっているあばら家が解苗子の住まいだろう。

馮小羽は入っていって、暖簾越しに「ごめんください」とそっと声をかけたが、応答がなく、だんだんひどくなる咳が聞こえてきた。

ドアが開いていたので、馮小羽は中を覗いた。室内は薄暗い。日の光は窓格子を抜けて暗紅色の光の束に変わり、水の滲みのある北の壁に当たっている。光の中を土埃が上がったり沈んだり、ふわふわ漂っている。部屋の中は湿っぽく、濁った空気がよどんでいる。馮小羽は六十年前の古い新聞を思い出した……。

しばらくして、ようやく目が室内の薄暗さに慣れると、肘掛け椅子にぐったり寄り掛かっている老人が、ぼんやりこちらを見ていた。老人は病的にほんのりと頬が赤らんでおり、頭に黒い毛糸の帽子をかぶっている。唇は血の気がなく、容貌からは、若いころ美人だったかどうか分からない。背後には古びた衝立があり、衝立には二十四孝【『二十四孝』は元の時代の、二十四人の孝子を描いた物語集。流布本に絵画が配してあるため、『二十四孝図』ともいう】が彫ってある。彫刻の人物は半身が欠けたり、腕が壊れたりして完全なものはない。机も足が二本欠けていて、代わりに煉瓦を積んで間に合わせている。その上に穂が垂れたネコジャラシを挿したペットボトルが置いてあるが、その草はすぐそこの庭から採ってきたに違いない。それでも主人は美を解し、品のある人だということが窺われる。

解苗子は、暗紅色の毛糸のチョッキを着ていたが、それが彼女の顔をいくらか元気そうに見せていた。先ほどジャガイモの皮をむいていた女が「世にも稀な」と言っていた足は、確かに整っていて美しい。履いている黒い布靴には鮮やかなザクロの花が刺繍してある。確かに田舎の八十代の老婆はこんな身なりはしない。

馮小羽は、そのしわくちゃの顔からは高い鼻、深い目、金髪碧眼の痕跡を見つけることはできなかった。帽子からはみ出した雪のように白い髪からも、若いころ金髪だったか黒髪だったか分かりようがなかったし、濁った瞳は黒か茶色か灰色か分からなかったが、ブルーではなかった。結局、この特別目立ったところのない老婆の体からイタリア人の血はまったく見出せなかった。馮小羽は少し興奮してきた。彼女は椅子に掛けている老婆を古い新聞に出ていた程立雪《チョンリーシュエ》とダブらせていて、その歯が抜けてへこんだ口から飛び出すのは、生粋の標準語と英語に違いない、と確信していたからだ。

馮小羽は来訪の目的は人捜しだということを説明して、「ぜひ、ご協力をお願いしたいのですが」と言った。言いながら、何らかの手がかりを見つけ出そうと、解苗子の表情を注意深く観察していた。

解苗子は静かに座って、一心に火鉢に手をかざしている。それほど寒くはないのに、もう火鉢が置いてあり、消えかかりそうになっている木炭が室内の空気を一段と濁らせている。そのためか、彼女はしきりと咳き込んでいるが、咳は胸の奥から出ていた。

馮小羽が「私の言うこと、お分かりですか」と聞くと、解苗子は「私は老いぼれていて病気だし、耳も遠いよ」

と言った。いささかとんちんかんな返答ではあるが、ちゃんとこっちの質問に答えたところをみると、耳はそれほど遠くはないようだ。

馮小羽が「あのー、六十年前、程立雪という女の人がこの青木川に来たことを覚えていらっしゃいませんか?」と聞くと、解苗子は「もう先が長くないし。日に日に寒くなってきたから、壁の隅に棲む虫たちが毎日何回も会いに来てくれる。一緒に土の中に入ろうよ、と誘いに来るんだよ」と言った。

相手のきれいな標準語が馮小羽を興奮させた。本当の程立雪はこんな口調だったはずだ。解苗子が青木川の者でないことはこれで明らかだ。地元の訛りで話したら、それこそおかしい。

馮小羽が「ところで、いつ青木川にお嫁に来られたんですか」と聞くと、解苗子は「まだ八月なのにこんなに寒いとはおかしいね。川の鷺がもう留まれないから南の方へ飛んでいってしまったよ。例年なら十月に飛んでいくのに、今年は早く飛んでいってしまった」と言った。

馮小羽が「鷺が飛び去ってしまったって、どうやって分かるの」と聞くと、解苗子は「飛び立つときに、川の水が少なくなって、魚も少なくなったから来年はもう来ないかもしれない、と挨拶しに来たからさ」と言った。

馮小羽が、謝静儀《シェジンイー》について少し話してもらえないかと求めると、解苗子は「謝静儀は病気になって毎日薬を飲んでも良くならなかったよ。なんか腸が爛《ただ》れてしまったんだ。診療所の先生が来たけど、結核でお腹に水がいっぱい溜まっていて、もう救いようがない、と言っていたよ」と言った。

馮小羽が作家としての機敏さから、解苗子の話の肝心な部分をすばやくとらえて、「謝静儀は毎日薬を飲んで、その後はどうしたの?」と重ねて聞くと、解苗子は「話してあげたでしょう。腸がすっかり爛れちゃったってことを」と言った。

「それじゃあ、死んだの?」。馮小羽は言った。

「死んだなんて言ってないよ」。解苗子は言った。

「ええ、死んだとは言わなかったけど」。馮小羽は言った。

解苗子は「死んだと言うはずがないよ。誰だってそんなにたやすく死ぬことはないからね。人間の生死は神様が司っていらっしゃるのだから、自分で生死は決められないよ。自殺は絶対にダメ。天国では受け入れてくれないから……。ところで、私は本当にもう死ぬよ、来週いっぱい持たないよ。あなたは私の葬式に来てくれたんだね。部屋に入ってきたときから分かっていたよ……」と言った。

馮小羽が「今は解放前と違って、結核はもう怖くなくて、治る人も多いよ」と言うと、解苗子は「都会では治るかもしれないけど、山国では治るはずがないよ。やはり漢方だ。青木川の細辛《さいしん》がいいし、生アヘンもいいよ。細辛は熱を冷まし、生アヘンは痛み止めになるからどちらも良いものだよ。私は肝臓も悪くて、肝臓が石のように堅いんだよ……」と言った。

こういう話し方は彼女があまり呆けていない証拠だ。答えはあらぬ方向までは脱線していない。

馮小羽が「趙家の姉妹のことをご存じですか」と聞くと、解苗子は「あの美人姉妹は鬱病になってしまって西安に帰ったの」と言った。

「いつ帰ったの」と馮小羽が聞くと、「夕べだよ。月夜に行ったの。荷物を十数頭の馬に背負わせて、二十数人が小銃を持ってずっと西安まで送ったの」と解苗子は言った。

趙家姉妹の結末について解苗子はかなりはっきりと話した。時間のほかは、細部にわたって正確だった。

「じゃ、解苗子とはどなたですか」と馮小羽が聞くと、

「この私だよ」と解苗子は言った。

老女は口を閉じると、眼を据えて庭の方をぼんやり見つめていた。馮小羽が「何を見ているんですか」と聞くと、解苗子は「ほら、大趙《ダージャオ》さんが井戸端に座って髪を梳いているじゃないか。腰掛の周りを走り回っているのは小趙《シアオジャオ》さんですよ」と言った。馮小羽が「趙家の姉妹にお会いになったんですね」と言うと、解苗子は「いいえ、私が来たときは、もうあの姉妹は去った後だったわ。芝居の衣装などを残したままでね」と言った。

馮小羽は「あのお芝居の衣装は趙家姉妹のものじゃなくて、朱美人《ジューメイレン》のものですよね。魏富堂は最初は劉《リウ》家からお嫁さんをもらって、そのあともらったのが朱美人でしょう？　朱美人が死んだ後、趙家の姉妹をもらって、お二人が西安に帰ってから、解苗子をもらったのでしょう？　解苗子が亡くなってから、あなたが来て、魏富堂の六番目の奥さんになったのでしょう？」と言った。

解苗子は「私は運の悪い人間だよ」と言った。

馮小羽が「ご実家は？」と聞くと、解苗子は「南の方さ。太真坪《たいしんへい》だよ」と言った。

馮小羽が「他のお名前はないの？　例えば程立雪とか、謝静儀とか……」と聞くと、解苗子は「去年北の山の中腹に雷が落ちたせいで、一面の松林が燃えたんだよ。百人以上もの人が火を消しに林に入ったが、生きて帰ってきた者は一人もいなかった。謝静儀もその林に入っていったんだ」と言った。

馮小羽が「すると、謝静儀は北の山の中腹で死んだのね？」と言うと、解苗子は「死んだとは言ってないよ。北の山の中腹に入ったんだよ」と言った。

馮小羽が「出てこなかったの？」と言うと、解苗子は「そう、出てこなかった」と言った。

馮小羽が「北の山の中腹に五十年もいるというわけ？」と言うと、解苗子は「五十年なんて無茶だよ。去年のことだよ、今言ったじゃないか」と言った。

馮小羽が「でも、謝静儀がアオキの下から黒毛のラバに乗って、青木川を出ていくのを、青女のお母さんとかたくさんの人が見たそうよ。そのとき謝静儀はみんなに手を振りながら、I will be with you forever と挨拶までしたそうよ」と言うと、解苗子は「ラバに乗っていったのは趙家の姉妹だ。見送ってやったのは青女の母さんじゃなくて、金玉の父さんだった」と言った。

馮小羽が「英語がお分かりですの」と聞くと、解苗子は「英語なんか分からないよ。でも鳥の言葉は分かるよ。川の鳥と話すことができるよ。分からなきゃあ、鷺はどうやって別れを告げてくれるのかい？」と言った。

馮小羽は立て続けに程立雪のことを聞いたが、老女はぼんやり火鉢を眺めていて、黙り込んでしまった。馮小羽はペンを出してノートに大きな字で「程立雪」と書いて突き出すと、老女は、さかんに燃えている炭火をよけるように、差し出されたノートから身をよけながら、「文字は読めないよ、文字は読めないよ」と繰り返した。

馮小羽はノートを収めると、単刀直入言った。「逃げることはないでしょう。とっくに分かっているのよ。あなたこそ程立雪でしょう」

老女は急に声高に叫んだ。「程立雪は水車小屋で自分で自分の頭を打ったんだ！」

彼女が程立雪の名前を叫んだのは、彼女がその人ををよく知っている証拠だ。馮小羽はすかさず、程立雪が自分で自分を打ったいきさつを詳しく話してくれるよう頼んだ。

するとと解苗子は「あれ、眩暈《めまい》がする！　部屋がぐるぐる回っている」と言いながら目を閉じて、頭を椅子の背もたれにもたれたまま、眠ったようになった。馮小羽が脈をとってみると、何の異状もなく、息も穏やかだ。それで青女の「ややもすれば気絶するよ」という忠告を思い出して、これ以上邪魔しないほうがいいと悟ったので、目を閉じたままにさせておいた。

家は二間あり、奥は解苗子の寝室で、ベッドの粗末な寝具は、掛布団はまあまあだが、敷布団はぼろぼろで汚い。ベッドはもともとは紫檀に彫刻が施された大変凝ったソファーで、端が肘を掛けられるように少し高くなっているが、今はそこを枕にしている。ベッド全体は病院のリクライニングベッドのようなものである。幅が狭いうえに、全体が平らでないから、土地改革の時代には誰も欲しがらなかったのだろう。地主の奥さんをその上に寝かせるのは一種の罰となって、ちょうどよかったのだ。しかし馮小羽は可哀相に思えた。何十年もの間、解苗子はどうやってずっとその上で寝ていたのだろうか。

壁には、色鮮やかなビニールのポスターが掛かっていた。その絵は明るい朝食の食卓で、食卓にはミルク、ナプキン、ナイフ、フォーク、シュガーポット、バターを付けかけたパン一切れ、レモンティー、トレーに散らばっている二、三粒のチェリー……。安らかで、和やかで、豊かで、幸せに見え、食欲をそそるこの絵は、レストランの壁に飾り、食事の雰囲気を出すのが普通だろう。しかしよく見ると、絵の端に敬老の日に長寿の祝いとして鎮政府から贈られた、と書かれている。解苗子がベッドの前にこんな下手な絵を掲げて毎日眺めていた意味が分からなかった。また、ベッドの横に「スプライト」という文字が印刷されている段ボール箱が積んであるが、一番下の箱は水に濡れた跡があり、今にも崩れそうだ。箱の上には新聞紙を敷いた上に痰壺に使う空き缶が置かれていて、その横に半月は経っているような干からびた餅が一つ転がっている。籐の皮を編んで作った杖が、暗紅色に近い紫色で、高貴な光沢を放って、ひっそりとドアの陰に立てかけてある。魏家が残したものであろうが、ソファーベッドと同じように、貧農・下層中農たちに見捨てられて、解苗子の手に残った……。

頭を横にしていた解苗子は長い息を吐き出すと、「喉が渇いた。お湯を飲みたい」と言った。馮小羽はテーブルから魔法瓶を持ち上げると、竹で編んだ魔法瓶のカバーがギシギシと鳴ってばらばらになりそうだった。お湯を注いでみると、冷たい古い水が出た。「どこでお湯を汲むの」と聞くと、「小さなブリキの缶を炭火の上にかけて沸かせばいい」と答えた。しばらく探してやっと、解苗子が言うブリキの缶は、段ボールの上にある空き缶に針金の弦《つる》をつけたものだと分かった。馮小羽は缶の半分を炭火に埋めて湯が沸くのを待った。解苗子は馮小羽の動きから目を離さず、いかにも監視しているようだ。馮小羽が解苗子の毛糸のチョッキと刺繍の靴がきれいだとほめると、相手はたいそう得意になり、服をなでながら、「これは張保国さんの嫁さんが作ってくれたのよ。張家の嫁さんは良い人で、優しくて、親切なの。いつも心配してくれて、おいしいものを作ったら運んでくれる……」と言ってから、また「今履いている靴は刺繍のできる青女が作ってくれたの。最初は革靴を履いていたけど、金玉の父さんが死んでからは、革靴を買ってくれる人がいないので、手製の布靴しか履けないの。今履いている靴は、全部青女が作ってくれたのよ。段ボールにはもう一足、蓮の花が刺繍してある薄緑色のがあるの。それはあの世へ行くときに履くの」と話し続けた。馮小羽は、その青女は新政権の幹部をしながら、ずっとこっそり地主の奥さんに靴を作ってあげていたなんて、不思議な人だと思った。もちろんそのことについて父は知らないし、また青女も進んで言うはずがない。

お湯はすぐに沸き、吹きこぼれた。すると炭火から灰が巻き上がったために、解苗子は急に咳き込んで、顔も紫色になった。馮小羽は慌ててお湯を火から下して、解苗子の背中を叩いているうちに、机に置いてあった英語版の聖書が目に留まった。縁《ふち》がめくれて痛んでいるその本を好奇心から手に取ると……。

解苗子は「触らないで。神聖なものだから」と言った。馮小羽は解苗子が使った「神聖な」という言葉から、許忠徳の「Good night」を思い起こし、それらの言葉は付け焼き刃で言えるものではない、と思った。

ジャガイモの皮を剝いていた女が、煮えすぎたうどんを老女の食事として運んできた。解苗子は、女が入ってきたのを見ると感謝とおもねるような表情をし、追従笑いをしながら両手でお椀を受け取った。馮小羽がまだいるのを見ると、女は「解苗子は身寄りのない婆さんだから、鎮政府がおらに婆さんの面倒を見るように言いつけたんだ。もちろん政府が婆さんにくれる生活費もおらが代わりにもらってきてやっているんだ」と説明した。そして「今、なんでも金次第なのに、政府がくれる金は飯代にもならない。こんなことを引き受けるやつは馬鹿さ」と、損はあっても得はないということを思わせぶりに言った。

解苗子が女に対していかにも感謝しているような態度をとることに、馮小羽は虫ずが走った。

女は解苗子に、「ここんところ忙しくておかずができなかったが、まあ我慢しなよ」と言ったが、実は自分に聞かせているのだと馮小羽は分かっていた。女もこの食事は誰が見てもお粗末なものだ、と分かっているらしい。馮小羽が『聖書』を見ていると、女は気詰まりな空気を変えようと、無理に「つまらん本なのに、彼女はまるで読めるように毎日めくっているけど、実際は自分の名前も読めないのだよ」と話しかけてきた。

その毎日めくっている「つまらぬ本」は、英語なのだ。ぐったりしている解苗子と、煮えすぎたまずそうなうどんを見て、馮小羽は急に辛くなった。やはり許忠徳が言ったとおり、できるだけ邪魔しないほうがいいようだ。彼女は一体、解苗子なのか程立雪なのか、または謝静儀なのか、本当にそんなに大切なことだろうか、と内心思った。

解苗子はちょっと食べて箸を置いた。女はお椀をさらに解苗子の方に押しやって、「もっと食べなよ。夜にならないうちにまたお腹が空いたなんて言い出したら困るよ。家は大家族だから、あんたばかりかまってはいられないからね」と言った。

解苗子は、どうしても食べたくないからと頭を横に振った。女も無理強いはしないで、お碗を持って出ていこうとしたが、振り返って馮小羽に言った。「この婆さんの食事は昔はこんなふうじゃなかったよ。女中が後ろで団扇《うちわ》で扇いで、香炉には白檀の香を焚いて、口にするものは人参湯とか燕の巣入りの粥とか、豪勢な料理ばっかりで、県長や連隊長格だったよ。美味しい料理を食べすぎたから、こんな弱々しい体になったんだよ。神様は誰に対しても公平だからね。人間の福運は定まっていて、早いうちに良い思いをしたら、晩年は惨めになるし、晩年に幸せになる者は、きっと若いころ苦労したんだろうよ。誰だって一生涯栄華を極めるなんてこたあない。そうじゃないかね」

そのお座なりな仕事をする女の後ろ姿を見ていて、馮小羽は愛想が尽きた。食事の世話はたったの五分間、まるで豚や犬に餌をやるのと変わらない。よくもいけしゃあしゃあと、あんなことが言えたものだ。馮小羽は持ってきた粉ミルクを、空き缶で沸かしたお湯で溶かして、熱いうちに解苗子に手渡してから、クルミ菓子の包みを広げて彼女の目の前に置いた。解苗子は遠慮なくお菓子を一口食べ、注意深く味わって、うっとり茶碗の中の白い液体を眺めてぼーっとなっている。しばらくしてから、

「これは寧羌の王家のお菓子だね」と言った。

馮小羽は「よく覚えていらっしゃるのね。それは今でも寧羌の名物なんですね」と言った。

「私、これ大好きなの」解苗子は言った。

「謝静儀校長先生も好きで、いつも人に買ってきてもらっていたそうですね」。馮小羽は言った。

「何もかも変わったけど、このお菓子だけは変わってないね」。解苗子は言った。

「ご遠慮なく召し上がってください。ここにまだありますから。なくなったらまた人に届けてもらいますよ」。馮小羽は言った。

クルミ菓子は別にめずらしくて貴重な食べ物でもなく、もう今の若者は目もくれない。寧羌の山中ではクルミが豊富に採れるから、油と砕いたクルミを使って小麦粉をこねて薄く平らな形にして炭火で焼いた菓子だが、胡麻を使った菓子よりさくさくとして美味しい。ところがハンバーガーが受けている今日、都会では見向きもされなくなった。しかし、ここ山奥の青木川の解苗子の生活の中では、まだまだ珍しいもので、魅力が保たれている。これは馮小羽には思いもよらなかった。

クルミ菓子が解苗子の目を生き生きとさせた。彼女は、「以前は時々これを食べていたよ。金玉の父さんが寧羌から取り寄せてくれたの」と言った。

「金玉の父さん」について聞くと、解苗子は「山賊と言われるけど、実際は人民自衛団の司令……、人民自衛団……、民兵、小隊長や中隊長もいて、戦闘もするし野良

仕事もした。あの人を陰で陥れようとしたやつが、崖っぷちまで連れていき、それから突き落としたんだよ……。頭がめちゃくちゃになって……。死ぬときクルミ菓子も食べられなかった……。クルミ菓子、私、一生こんな物食べたくない」と言った。言いながら解苗子は手に持った菓子を足元に投げつけて、ザクロの花を刺繍した靴で力いっぱい踏みつけた。

老人の態度の急変に馮小羽は手を焼いた。それで残ったお菓子を包んで、持っていこうとすると、解苗子は突然、「まだ食べるよ！　全部食べたいんだよ！」と叫んだ。

馮小羽は、お婆さんはもう呆けていると思った。

庭の方で誰かが言い争っているらしい。窓越しに見ると、許忠徳と茶髪の青年だった。茶髪が何かを一纏《まと》めにして縄で井戸の中に下していた。許忠徳が「引き上げろ」と言っても茶髪は聞かなかったので、許忠徳が茶髪を蹴っ飛ばした。すると茶髪は「余計なお世話だ！　豹は山の中を走り、猿は木に登る。それぞれ手段もやり方も違う。お互い真似も邪魔もしっこなしだよ」と不平そうに言った。許忠徳は「人を騙すような悪いことは止め、まともな商売をしなさい。人に後ろ指を指されるようなことはするな」と言ったが、茶髪は聞く耳持たず、そのまま縄を井戸の中に下した。許忠徳はかっとなって縄の端をひったくり、井戸に落とした。

「何しやがる、何しやがる！」と茶髪は叫んだ。

「肝に銘じておけ」と許忠徳は言った。

「物《ぶつ》は俺のじゃないよ。人にどう説明しろというんだ」

「ありのまま話しなさい」

「俺はこれで稼いでいるんだ」

「稼ぐにもまっとうな手段で稼ぎなさい。お前の爺さんがなんで死んだか考えてみなさい」

「爺ちゃんは魏富堂に殺されたんだ。革命烈士になるところだったんだぞ」

「魏家の屋敷の中でそんなことを言って、祟りを恐れないのか。お前の爺さんはアヘンを吸ったり、強盗を働いたりしたじゃないか」

「僕は強盗なんかしてないよ」

「強盗とたいして違わんだろう」

茶髪はまだあきらめず井戸の周りを回っていると、許忠徳は、「いい年をして、まともな商売もしないで、悪い癖に染まって！　その茶髪は元に戻しなさい」と言った。

「これが流行だよ」と茶髪は言った。

「なにが流行だ！　魏旦那の進取の気性とは比べ物にもならん。旦那は四〇年代に自動車を乗り回していたんだぞ。このできそこないめ」と許忠徳は言った。

「魏旦那は新しがりが高じて命まで落としてしまったんだろう。人それぞれ好みが違う。俺は自動車なんかまっぴらだね。金が命さ」と茶髪は言った。

「うせろ！　今度井戸の周りをうろうろしたら、お前も物と一緒に井戸に突き落としてやるぞ」と許忠徳は言った。

「殺人罪は命で償《つぐな》わされるんだぞ」と茶髪は言った。

許忠徳はそれ以上相手にしないで、手についた土をはたき落としてから解苗子の家へ入ってきた。馮小羽はこの許忠徳は、ある意味で鎮長の李天河より怖がられているなと思った。

許忠徳は入ってくると馮小羽に、「午後から街に馮さんの姿が見えないから、多分ここだと思いました」と言った。そして解苗子がお菓子を食べているのを見ると、「そんなに好きなだけ食べさせてはいけませんよ。お腹が空いてるかどうか自分でも分からないから、好きなものならいくらでも食べるんです。今年の旧正月、餃子をどんぶり二杯も食べて危なかったんですよ」と言った。

解苗子はその言葉を聞くと、「それは何者かが毒を盛ったからだよ」と言った。

許忠徳が「毒を盛る者なんかいるもんかね。お婆ちゃんを毒殺しても始まらないじゃないか」と言いながら、お菓子を包んで箱にしまおうとすると、解苗子は菓子を手放さないで、「まだ食べるんだよー」と言った。

許忠徳が「おいしいものは毎日少しずつ食べれば、長く持つよ。一度に食べ過ぎると飽きてしまうよ」というと、解苗子は「大きな世話だ！」と言った。

許忠徳は、踏まれてくずれた菓子のかけらを地べたから拾い上げてちょっと吹いて口に入れると、「昔、謝校長先生の部屋で食べたことがありますが、数十年前と同じ味です。何十年もずっと同じ味を保っている王家はさすがだな」と言った。

許忠徳が菓子を箱に入れて、高い所にしまっておこうとすると、解苗子は承知せず、「ベッドの端に置いて、鼠に取られないようにしっかり布団をかぶせておくれ」と頼んだ。許忠徳は馮小羽にすまなそうに笑って「年を取ると、子供に戻るんですね……」と言った。

結局、菓子箱は戸棚の上に置かれた。

馮小羽が『聖書』について聞くと、許忠徳は「これも多分、校長先生が残してくれたのでしょう。去られるとき、青木川に大量の書物を残してくださいました。目録を作成し、魏富堂に都会で購入してきてもらったのです。惜しいことに『文革』のとき、全部焼いてしまいました。現在、青木川中学校の図書館はがらんとして、蔵書は謝校長先生の時代の一割にも達していません。今の校長が何回も図書を寄贈してくれるよう呼びかけたんですが、何冊も集まりませんでした」と言った。

馮小羽が「解苗子は、太真坪の出身だと言っていますが、私はよその人だと思いますよ。彼女の三〇年代の生《きっ》粋《すい》の国語を聞くと、あの時代の映画のセリフを思い出します。今聞いていても響きがいいですから、山奥の生まれだとは考えられません」と言った。

許忠徳は「解苗子が標準語を話すのは魏家での生活が長いからですよ。魏富堂は周りの女たちに標準語を話すように求め、お嬢さんも含めて、女から方言で話しかけられたら、応じませんでした。そうしているうちに魏家の女たちは標準語を話すようになったのです」と説明した。

馮小羽が「それはなぜですか」と聞くと、許忠徳は「大趙と小趙は西安からもらったのですから当然標準語を話しましたし、謝校長もさらにきれいな標準語でした。魏旦那は標準語を話す女を好んだので、解苗子を娶ってから無理に標準語を話させたんです」と言った。

2

数日来、鍾一山は昼も夜も四川省への道を歩き回っていて、日焼けした顔は、蛇の抜け殻のようにぼろぼろと皮が剥けていた。博士を気の毒に思った青女は、「柔肌の青年が、真っ黒に焼けてしまって、青木川の太陽は容赦なくよそ者いじめをするね」と言った。

馮小羽は「それぐらい気にすることないわ。あの人が留学していた日本は日差しがもっと強いですよ。夜になったら太陽はどこで休むかと言えば、日本ですよ。だから国名が『日の本』なのよ。国旗にまで太陽を描いているでしょう」と言った。

青女は「あれは太陽なの？　膏薬だと思っていたよ。『文革』中、学校の運動場でしょっちゅう『地道戦』【一九六五年「八一映画制作所」制作。抗日戦争を題材とする映画。河北省の平原地帯で共産党が率いる武装民兵が地下道を利用して日本軍と戦い勝利する物語】をやっていて、白黒映画だったけど、日本の旗は膏薬にそっくりだったよ。今は、カラー映画になったけど、運動場ではやらなくなったから、街へ行って切符を買って観なきゃならない」と言った。

鍾一山は日焼けなど一向に気にせず、この数日、青木川あたりでいろいろな物を探し求め、漢代の矢尻だの、陶器の壺だの、唐代の青銅の鏡だの、唐三彩だの、さらに明代の磁器の仏像だのを集めた。彼は青女の家の二階で、いじり回して部屋中を土臭くしたが、どれもこれも訳の分からないものばかりで、蜀道研究もここに到って、糸口の見つからないもつれた麻のようにこんがらがってしまった。

一方、馮小羽も楽観的になれなかった。彼女は橋のたもとの青木の大木の下にぼんやり座って、長い間動こうとしなかった。川の水は昼となく夜となく、さらさら足元を流れていくが、頭の中は混乱して糸口が見つからない。魏富堂の資料は、何遍も見て内容をほとんど覚えているが、魏富堂自身が拇印を押したものも少なくない。その中には魏富堂が数人の妻について、強奪したとか、さらって来たとかいう言葉を使っている。極悪非道とされた魏富堂が、女たちに累を及ばさないため配慮をしたのかもしれない。ところでバロックの浮き彫りが施してある中学校、風雨橋、平坦な石畳の道、郷里の子弟への学費援助などについての言及はまったくない。これらは罪の証拠にならないからだろう。

馮小羽が最も気になっているのはやはり程立雪だ。青木川に程立雪を捜しに来ているのに、この謎の女性はますます遠ざかり、なぜか煙のようにつかみどころがない。行方不明の謝静儀校長、年老いて呆けた解苗子、七割がたしか語らない許忠徳、おしゃべりの李青女……。人間関係はそれほど複雑ではないのに、いくら考えてもすっきりしない。まだ数十年しか経たず、魏富堂時代の人々がまだ健在だというのに、収拾がつかない……。

李天河は下部組織へ視察に出かけ、数日姿を見せなかったが、用があって張賓に電話をかけてきた。ところが当の張賓はすっかり鍾一山の「虜」になっていて、楊貴妃が青木川に来たことがあると信じ込み、鍾一山の証拠探しに協力したり、座談会の世話をやいたりして、鍾一山と同じように夢中になっていた。許忠徳はもっぱら山茱萸の苗木にすっかり気を取られて、明日にでも果実ができるかのように、一日中小さな苗木の周りを見回っていた。

馮小羽は頭が混沌として、この山奥に入ってきたあの日の深い霧のように一面霞んでいて、景色が微かに見えたかと思うと、またすぐ隠れて何も見えなくなる。川の水は前の山から流れ出てきて、橋の下をゆっくり進み、後ろの山へと流れていく。青木川は山々に幾重にも囲まれている。馮小羽が三六〇度スクリーンの映画を観るように、ぐるりと回ると、周りの山々も手に手を取って彼女の周りを一周した。この山の中には何がいるのだろうか。毒蛇や猛獣の世界なのか、それとも花と鳥の楽園なのか、あるいは不毛の土地なのか、それとも鬱蒼とした森林なのか、彼女には分からなかった。分からないから探求したくなるし、障害が多いから頑張りがいがある。心の底には困難から生まれる快楽があり、彼女はその感覚が好きだった。

馮小羽は、茶髪の青年の素性がやっと分かった。彼は三娃子《サンワーズ》の息子だった。彼は手をズボンのポケットに入れたまま、飛び跳ねるように向こうから橋のたもとまでやって来ると、馮小羽に聞いた。「作家先生はいつまでご滞在ですか」

「分かりません」と馮小羽は言った。

茶髪は欄干に跨って、何か言いたいことがある様子だ。馮小羽は、落ち着きのないこの青年を眺めながら、そんなに一日中ぶらぶら遊んでばかりいて、どうやって生計を立てているのか疑問に思った。

茶髪は馮小羽に聞いた。「太白山の仏手参《ぶつしゅじん》【漢方薬になる蘭科の植物。人間の手の形に似た塊根が利用される】は要りませんか」

「仏手参って、なんですか」と馮小羽は言った。

「珍しくて貴重な漢方薬だよ。安全で環境に優しい植物だよ。汚染されていない、野生のものだよ。高麗人参は強すぎるし、西洋人参は効果が偏っているから、秦嶺の太白仏手参だけが一番良いものだよ。精をつけるし、脳の栄養補給に最良だよ。昔、魏富堂が胡宗南《フーゾンナン》に贈ったのはアヘンでも現生《げんなま》でもない、この仏手参だったんだよ」と茶髪は言った。

「どうやって手に入れたの？」と馮小羽は聞いた。

「山で掘ってきた人から、売りさばいてくれと頼まれたんだ。あまりにも高いものだから、普通の人は買わないが、あなたが作家だと奪爾《ドゥオアル》のやつから聞いたんでね。脳の栄養が最も必要な作家に最適だよ」と茶髪は言った。

「山は野生動物保護区になっているのに薬草を採ってくるのですか」と馮小羽は言った。

「こっそりやるんだよ。青木川の人間は代々薬草を採っているんだ。街の薬屋の薬草はみな秦嶺で採ったものだよ。秦嶺に薬にならない草はないということは、知っているだろ」と茶髪は言った。

「要りません。私は、元気をつけることも、脳の栄養補給も必要ないわ。元気いっぱいだし、脳もよく働いてくれますから」と馮小羽は言った。

「あの鍾一山という学者はどうだろう？　あの学者は買ってくれそうだ」と茶髪は言った。

「あの人は誰より元気よ、素晴らしいアイディアがぽんぽん出てくるぐらい頭が切れる人だから、栄養補給など必要ないと思いますよ」と馮小羽は言った。

「じゃあ、親父さんは？　古参幹部だから、一番栄養補給が必要だろう」と茶髪は言った。

「古参幹部はみな公の金で薬を買うから、一銭だって自分で払うのは惜しみますよ」

がっかりした茶髪はあくびをして、足をぶらぶらさせながら言った。「みんなすごいけちんぼで、がっちり屋だな」

橋の向こうから誰かが茶髪を呼んだ。「佘鴻雁《ショーホンイエン》がお前を探しているよ」と言うと、茶髪はすぐ元気になって、走っていった。

馮小羽が宿泊先の青女の家に戻ると、鍾一山が庭で唐時代の青銅の鏡をいじっていたので、「なぜ楊貴妃探しに出掛けないの」と聞くと、彼は「人を待っているんだ。どこかの農家で青銅の尾錠《びじょう》が見つかったので、それをすぐ持ってきてくれるそうです。もしかしたら楊貴妃と何か関係あるかもしれない」と言ったので、馮小羽が「無駄骨よ」と言うと、鍾一山は「本物だろうと、偽物だろうと、僕はどんなに些細なことでも見過ごすわけにはいかない。研究ではどんなささやかな手がかりでも見過ごすと、たいへんな誤りを犯すことになるかもしれない。歴史の変化は偶然から起こるものだからね」と言った。

「それじゃ、楊貴妃の尾錠を待てばいいわ。日本の山口県の油谷町で、もう一つ発見して一対になったら、それこそ大きな業績を上げられるわね」と馮小羽は言った。

「それも絶対不可能とは言えないよ」と鍾一山は言った。

「何が尾錠よ。その古びた銅鏡だって、全部偽物よ！」と馮小羽は言った。

「最近君が機嫌が悪いことは分かるが、何と言われても気にしないよ。社会調査は、時間と労力をかけても結果が出ないのは当たり前じゃないか。それぐらいの忍耐力がないなら、さっさと西安に引き上げたほうがいいよ」と鍾一山は言った。

「それらの偽物によって儻駱道《たんらくどう》の方向を決めつけてしまうなんて、その結論も偽物になってしまうわよ」と馮小羽は言った。

「僕は情報を可能な限り集めている。歴史は文化財を通して話しかけてくるんだ。僕に必要なのは歴史であって物ではない。それに、偽物の中から本物を見出す方法も知っているよ。偽物があるからといって本物まで排斥してはまずいだろ。僕だって、こんな小さな青木川でどうしてこれほど多くの偽物が出回っているのか、不思議に思っているんだ」と鍾一山は言った。

尾錠の持ち主が来た。なんとそれは茶髪だった。青女の家の犬が彼を見ると盛んに吠えるので、彼は怖がって門を入ることができない。馮小羽が犬を追いやっても、犬はまだウーウーと吠えながら茶髪に躍りかかろうとした。

「この犬は人を見るんだね。ぼろを着ている人には吠え続けるが、さっき張保国が来たときは盛んに尻尾を振っていたよ」と鍾一山は言った。

「犬は服がぼろだから吠えるのじゃなくて、ファッションが分からないからよ。茶髪はジーパンに大きな裂け目があって肌が見えるから、乞食だと思って吠えたのよ」と馮小羽は言った。

茶髪は鍾一山を脇へ引っ張ってゆき、懐から新聞紙に包んだものを出した。紙を広げると綿で包んだ物が現れ、その綿を開けると油紙の包みが出てきた。注意深く油紙を開けると、緑色の錆だらけの琵琶状の銅製の尾錠が出てきた。茶髪は両手に乗せて鍾一山に差し出しながら「壊さないように気を付けなよ」と言った。

尾錠は確かに精巧にできていて、形が滑らかで美しかった。錆の間に見える金メッキの唐草模様には、典型的な盛唐の特徴がある。これほど美しい尾錠は民間では作れないし、百姓が使うわけがないから、宮廷から流出したものに違いない。

鍾一山が「どうしてこんなものを持っているの」と聞くと、茶髪は「先祖伝来のものです」と答えた。鍾一山がすかさず、「青木川に住んで、ご先祖から何代目ですか」と問いただすと、茶髪は口から出まかせに「三千世代以上だよ」と言った。

馮小羽が口をはさんで、「中国猿人まで溯れるわね」と言うと、茶髪は「中国人の祖先はみんな中国猿人だろ」と言った。

鍾一山は尾錠を持ったまま、茶髪と値段の交渉を始めた。すると、いきなり一万元と吹っ掛けられ、鍾一山はあきれ返って、「とても手が出ないな。だが証拠としてその尾錠の写真だけ撮らせてくれないか」と言うと、茶髪は「写真は駄目だ。肖像権がある。都会でも誰彼なしに引っ張ってきて、勝手に写真を撮ることはできないだろう。無断で撮ったら、何十万もの損害賠償を要求されるぜ。人間がそうなら、尾錠も同じだよ」と言った。鍾一山は「尾錠の写真を撮るのは研究のためで、営利のためじゃないから、肖像権侵害にはならないよ」と言ったが、茶髪は「買うまでは写真を撮っては駄目だ。買ったら好きなだけ撮れるよ。誰も文句は言わないよ」と言った。

二人が言い合いの最中、許忠徳が山茱萸に水をやるためバケツを担いで門の前を通りかかったので、馮小羽が呼び止めた。老人がバケツを下して庭を覗くと、茶髪はあわてて自分の宝物を懐に入れた。許忠徳は入り口に立ちはだかって叱りつけた。「青木川の人間の顔に泥を塗るようなまねは止めなさい。余家とぐるになって、偽物をつかませて人の金を騙り取るとは！」

茶髪は鍾一山に、「彼はでたらめを言っている。これは偽物ではなくて、本当に先祖伝来のものだよ」と言った。

許忠徳は「何が先祖伝来だ！　お前の爺さんの代から

手癖が悪く、飲む、打つ、買うで道楽ばっかり働いて、青木川では有名なならず者だった。お前の爺さんはアヘンを吸って、家も田畑もかたっぱしから売り払い、お前の婆さんまでも売った。そのくせ、そういう伝来物があると言うのか。お前も佘家のためによそからがらくたを担いできて、井戸に入れて錆びさせてから、宝物を探し求めるよそ者を騙している。こんなものは山奥では都会の骨董店より人を騙しやすい。偽物撲滅運動が矛先を向けているのはお前たちだよ」と言った。

茶髪は「骨董店で偽物撲滅ってことはないさ。偽物を買ったやつが本物を見る目がないからで、こっちが騙したことにはならんよ。殴るにしても顔は殴らない。暴くにしても人の欠点は暴かない、と言われるのに、よくも俺の先祖の弱みまで暴き出して、こっちの面子をつぶしてくれたな」と言った。

許忠徳は「人は常に正しくなければならない。いかなるときも公正でなくてはならない」と言った。

茶髪は「あんたはよそ者ばかりひいきにしてるんだ！　どんなによそ者に胡麻擂《す》ったって、少佐参謀主任には任命されないだろう」と言い、腹を立ててさらに許忠徳を罵った。「お前は銃殺されて当然だったんだ。一九五二年、政府は慈悲深かったから、匪賊の手先を殺さずにおいたんだ。自分を何様だと思っているんだ！」

茶髪はそれでも溜飲が下がらず、馮小羽に向かって言った。「あの年、そいつとあの行商人とが胸を叩いて立派な口で、魏旦那に生命・財産の保証をしてやったから、魏旦那は自分から武装解除したんだ。ところが結果はどうだ。武装解除した後、魏旦那を銃殺したうえに、家や土地を取り上げてしまった。そいつこそペテン師だ。あの行商人のやつ、あれっきり青木川へ姿を現さないし、この許忠徳も再び青木川を出ていない。なぜ出なかったんだ？　後ろめたさがあったからだよ。こんなことはあんたには言えないはずだ。しかし青木川じゃ誰だって知っているよ」

許忠徳は顔を真っ赤にして、鍾一山を引っ張って解苗子の庭の井戸へ向かった。茶髪は急いで後ろから追っかけながら叫び続けた。「許の爺め！　俺がそっちの古傷を暴いて、メンツがつぶれたから、怒ってよそ者に秘密を漏らすのか。佘社長に知らせたら、ひどい目に遭うぞ」

許忠徳は「佘のやつに知らせろ。青木川の名誉を傷つけるやつは、誰だろうと徹底的にやっつけてやる」と言った。

魏家の裏庭に着くと、許忠徳は鍾一山の前で、井戸の底に沈められていたものを引き上げた。ビニールの網袋の中には青銅の品がいっぱい入っていた。「唐代」の尾錠だけでも七、八個あり、銅鏡も少なくなく、「葡萄獣紋」や「菱花芙蓉草」の文様の物などがあった。器物は全体に白地に緑の釉《うわぐすり》で文様を表わし、一見して量産したイミテーションと分かる。よそからサンプルを持ってきて、佘鴻雁の手で模造したものを涸井戸に入れ、湿気を利用して色を徐々に染み込ませ、錆がついてから土に埋めて数カ月後に取り出せば立派な「出土文物品」の出来上がりだ。鍾一山は未熟な青い棗《なつめ》を両手いっぱいに持っているように、尾錠を掌に載せていて、おかしくもあり腹立たしくもあった。しかし、ひそかに許忠徳に「許さん、茶髪の手に持っているのは本物らしいですよ」と言った。

3

青女は、一番遠くても寧羌県城までしか行ったことがないと言っているが、馮小羽の調べでは、小間使いとして働いていていたころ寧羌県城どころか、大趙と小趙に付き添って仏坪老県城まで行っている。後に婦人会会長、つまり幹部になってからは、絶対そのことを口にしないし、また大趙と小趙のことも触れたがらなかった。

青女は青木川の歴史の中では、重要な人物である。最も早く解放軍と接触した土地の若者で、革命政権が最初に養成した幹部で、得がたい女性活動家だ。魏富堂の武装解除工作では決定的な役割を果たした。のちに魏富堂の反共、反人民の陰謀を摘発する中で、アメリカのコルト拳銃を隠匿していることを摘発したため、魏富堂の扱いは集中訓練から拘留に変えられた。

かつて青女は青木川で最高にもてはやされた。

人気者になった青女は当然とんとん拍子に出世して、地方幹部として、郷、県、地区と上がっていくはずで、前途は開けていた。ところが青女は革命の大道を邁進しなかった。結婚後の青女は平々凡々の家庭婦人になった。一九五二年の夏、つまり魏富堂が処刑された数カ月後、青女は県の幹部養成班に行くチャンスを放棄して、普通の農民に嫁いだ。

青女は魏家のことは一切取り沙汰しない。この点は馮小羽は青木川に来た当初から感じていた。青女と青木川の歴史を語り合うには、十分な証拠を出す必要があった。青女は、言いたくないことは固く口を閉ざしてしまい、許忠徳のように適当に言葉をはぐらかしたりはしない。

青女は孫の九菊《ジウジュウ》をインフルエンザの予防注射に連れていって帰ってくると、椅子に掛けて、九菊のために服に兎の刺繍をしていたので、馮小羽はそばで針に糸を通してあげた。青女はひどい老眼で、眼鏡をかけていてもなかなか糸が通せないのに、兎の刺繍はしょっちゅう糸を換えなければならないから、なかなか思うようにはかどらない。九菊は早く兎の服を着たいと時々催促にくる。外でしばらく遊ぶと戻ってきて「兎」の進み具合を見に来るので、青女はすっかり困って言った。「本当の兎だって一日では大きくならないだろう。少しずつ大きくなるんだよ」

九菊《ジウジュー》は聞き分けなく「だって王華《ワンホワ》ちゃんの服にはミッキーマウスがあるし、張《ジャン》ちゃんの服には象があるから、あたいの服に兎がないといや。早く兎の服を着て、誰のがきれいか比べたいよ」と言った。

こうなると、兎を縫うことは皇帝の正装を作るより大事だ。馮小羽が手伝ったので、青女の仕事はだいぶ楽になった。少なくとも色とりどりの糸に悩まされずにすんだ。

馮小羽が「実はこういう兎のアップリケは町の日用品市場で売っていますから、服に取り付けるだけですむんですよ。九菊ちゃんが欲しがるなら、西安に帰ったら一ダース送ってあげましょう。兎でも狐でも何でも欲しいものがありますよ」と言うと、青女は「西安のような大都会では何でもあるだろうね。先月佘家では電なんとか器というやつを買ったよ。炎が見えない平べったいやつ、お湯を沸かしたりご飯を炊いたりできるそうだよ。天上界の仙女でもこんな高級品で食事を作ることはできないだろうね」と言った。馮小羽は「それは電磁調理器というもので、電気コンロより便利ですよ。今都会では多くの家庭で使っています」と言った。青女が「佘家の人の話では、都会ではハンバウバウとかいう食べ物があって、子供はみんな好きで、一つ十数元もするんだって」と言うと、馮小羽はちょっと考えて、「佘家が言っているのは多分ハンバーガーです。それは西洋の肉挟饃《ロウジアモー》【中華風のパンを使って肉を挟んだ、西北の代表的な食べ物】で、別にどうってことないですよ」と言った。

馮小羽が「西安に行ったことありますか」と聞くと、青女は「いいえ、西安どころか寧羌県城だって二回しか行っていないよ」と言った。

馮小羽が「大趙と小趙を西安まで送るとき、青女さんも一緒で、そのほか馬十数頭と護衛兵二十何人かが同行したのでしょう」と言うと、青女は針仕事をやめ、しばらく押し黙っていたが、「誰が言ったんですか」と聞いた。馮小羽は「解苗子よ。青女は大趙と小趙のお供をして西安に行った、と言っていましたよ」と言った。青女は「一緒に出発したけど、……誰も西安には辿り着かなかったよ……」と言った。

馮小羽が「当時のことを詳しく話してくれませんか」と言ったが、青女は「もう数十年も前のことだからすっかり忘れてしまったよ」と言った。

馮小羽は「ほんとは何一つ忘れていないで、心にしまい込んでいるんでしょう」と言った。

青女は間違いなく、はっきりと覚えている。

大趙と小趙の鬱病はますます重くなり、しかも代わる代わる発病したので、魏家は一日として穏やかな日はなかった。

大趙は自分は観音菩薩にかしずく竜女の転生だと主張し、一途に観音崖へ行って出家しようと思っているので、頭を丸め、お化粧も一切しない。寝るときも起きているときも僧衣のままで、部屋を仏間に変え、一日中線香の煙が立ち込め、木魚の響きが絶えない。羅光華《ルオグアンホワ》は、魏富堂の拳銃隊隊長で、魏富堂の警護に当たっているので、魏家の奥の間に出入りしていたが、大趙に出会うたびに引き留められ、「観音菩薩のそばの『善財童子』は無断で人間界に生まれ変わったから、どうしても送還しなければならない」などと言われた。そのため、羅光華はよほどのことがなければ魏家の屋敷に入る気になれなかった。隊長が入ろうとしないので、まったく警護の役に立たなかった。

一方、小趙は一言もしゃべらず、黒の衣に黒の靴で、日が暮れるとずっと庭を歩き回るので、誰かがばったり出くわしたら、肝をつぶしてしまう。実際小趙が夜中に台所に現れて、「お腹が空いたわ。何か食べ物をください」と言ったので、コックの陳《チェン》さんは腰を抜かし、震えながら、ひれ伏して哀れみを請うた。「家にまだ老母がおり、私以外に孝養する者がおりません。閻魔大王様、どうかご慈悲で私めの寿命をもう四、五年延ばしてください。老母が亡くなりましたら、進んで大王様のもとに出頭いたします」。彼は小趙を冥途の使者と勘違いしたのだ。

大趙と小趙が一緒にいると、棺桶の屍が起きて座っているようだ。後に、どちらが提案したのか、彼女たちは「鬼の臼引き」という遊びを始めた。しだいに夢中になり、日課になって、毎日どちらかが呼び出しに行き、この遊びで二人は離れられないコンビになった。またこの遊びは世話をする周りの小間使いたちを怖がらせ、彼女たちは幽霊のような二人が一緒にいるのを見ると、その不気味な遊びから逃げるようにあっちこっちに隠れた。

「鬼の臼引き」の遊びは、水を入れたどんぶりを庭の平らな地面に置き、逆さまにした腰掛をその上に載せて、腰掛の脚の横に四人が立ち、手のひらをその腰掛の脚に乗せる。しばらくすると腰掛がひとりでに回り始め、その回転がどんどん速くなり、四方の人もそれに従って駆け回る。速いテンポで駆け回るときだけ、二人は生きた人間として復活し、この世に蘇ってきたようになる。大趙の坊主頭から大粒の汗が噴出し、太陽の光を反射する。小趙は鼠のようにチュウチュウと鳴き、いっそう強い体臭を発散した。

魏富堂は昼間に「鬼の臼引き」なんてことをやるのが気にいらない。「臼引き」する気を起こさないように、家中の腰掛を集めて蔵に入れさせた。魏富堂は大趙と小趙のために何人もの医者を招いて薬を飲ませたが、姉妹の病状は日一日と重くなる一方だった。人々は、魏家の屋敷には怨霊がいて、趙の姉妹にとりついて家中を騒がせている、その怨霊はほかでもなく、無念に死んだあの劉《リウ》二泉《アルチュエン》だとささやいた。

この大邸宅は彼女たちのせいで、とても薄気味悪かった。

胡宗南が魏家に泊まったとき、玉のように美しかった大趙と小趙がこんなに病気にさいなまれているのを見て実に気の毒だと言い、自分のホームドクターに診させた。しかし、医者は「この姉妹の病気は鬱病というより、精神分裂症だ。もう根治できないし、遺伝する恐れがあるから子供も作ってはいけない」と言った。そうなると問題は深刻だ。魏富堂は魏家の遺伝子を変えようと、わざわざ大金を使ってはるばる西安から名門のお姫様を迎えた。知識人の血統を引き継ぐために妻を選んだのに、人には言えない病気まで引き継いでは、得するどころか大損だ。まったく思ってても見なかった。趙家の姉妹は子供を生めるかどうかはさておき、生んだとしても、狂気じみた息子では魏家一族の名を高めることも、自分の死後、豪華な墓を建ててくれることも、まったく期待できないだろう。

精神病だと知って以来、魏富堂は趙姉妹との接触を避けるようになった。もちろん彼女たちの部屋に顔は出すが、形だけで、ちょっと座るとすぐに立ち上がり、長居は絶対しなかった。この時期、魏富堂の寝床は空虚で、精力旺盛な壮年の彼は、時々落ち着かず、いらいらしていた。魏旦那のそういう状態が分かっていたのは青女と李樹敏の二人だった。

小趙の部屋に入ってきて、美しい顔立ちなのに無表情な妻と目を合わせたときの、魏旦那の失望した顔を、青は何度となく見ている。魏旦那は南窓の前の机の横に座って、いらいらしているように指で机をたたいていたが、小趙はベッドの上で顔を壁に向け、じっと座っていた。数十分どちらも無言のままでいた。青女が魏旦那にお茶を入れると、魏旦那は彼女に「何歳だね」と聞いた。多少男女のことも分かってきた青女は、胸をどきどきさせながら、慌てて「十一です」と答えた。

魏富堂は「まだ子供だな。学校へ行かなくちゃ。しっかり女房の世話をしてくれ。将来西安の学校へ上げてやるからな」と言った。

青女は「学校なんていいです。奥様にお仕えしたいです」と言った。

魏富堂は「学校でよい成績をとったら、お前は奥様だよ」と言った。

青女は黙ってうつむいていたが、魏旦那の言葉の意味を考えた。私が奥様になる？　誰の奥様？　魏旦那の奥様？　それは絶対嫌だ。魏旦那はあまりにも年をとっていて私の父ちゃんより年だ。

魏旦那の周りには女が足りないはずはない。彼に強制されたら、誰も拒否できないはずだ。町の妓館やアヘン館にはよそからたくさん女が来ている、魏旦那は目が高いから、彼のベッドに侍らせる女は、気品のある美人でなければならない。女郎を買うにしても、『油売りが花魁を独占したこと』【馮夢龍の『醒世恒言』の第三話】のように、「一番評判の妓女」でなければならないし、彼だけが独占する妓女でなければならない。しかし、青木川やその周辺ではそのような花魁は見つからない。妓館に新しい娘が来ると、ヤリテ婆が必ず魏旦那をお茶に招く。目的ははっきりしている。娘の中にも結構美人がいたが、魏旦那の目に留まった者は一人もいなかった。人々は、匪賊は性欲が旺盛で、情欲に駆られればどんな大それたことでもしかねない、女を弄ぶどころか、強姦も日常茶飯事だ、と思い込んでいる。しかし、魏富堂はちょっと例外で、女と寝るのは遊びではなく、目的はただ一つ、子供を作る、立派な息子を作ることだ。いささか変わっている。それは初婚の妻劉二泉との不正常な夫婦関係に原因があるかもしれないと、後になって人々は考えた。

ある日青女が、この冬小趙の部屋の暖房はどうするか、指示を仰ぎに行くと、李家の若旦那李樹敏が叔父の魏富堂に会いに来ていた。机にいつものように熨斗《のし》紙のついたクルミ菓子が置いてあった。李樹敏は机の横に腰かけて、早くも叔父と叔父の新しい妻を迎える相談をしていた。若旦那は、やはりよそから迎えるほうがいい、山奥の女はどんなにきれいでも、所詮田舎臭い。大都会の令嬢を見たことがなければともかく、会ってそのすばらしさが分かっている。代々血統を引き継いでいくためには、質が第一だ、という考えだった。

魏富堂は黙ったまま、水タバコを吸っていた。

若旦那は「甥が叔父様にこんな話を申し上げるのは僭越ですが、母に、なにがなんでもよそから叔父様の気に入るような女を探して来なさい、と命じられました。それから美人、教養、品位、家柄のどれ一つ疎かにしてはだめですよ、と言われました」と言った。

魏富堂が「まだお前の叔母さんが二人いるからな。大都会の名門の令嬢の中に、妾になりたい者がいると思うか？」と言うと、李樹敏は「それは簡単ですよ」と言った。

　魏富堂が「どうして?」と聞くと、李樹敏はちらっと傍らに立っていた青女を見てから言った。「今の二人の叔母様を西安の実家へ返せばいいでしょう。都会の言葉で言えば離婚です」

　魏富堂は言った。「こっちの言葉では離縁だな。趙家の姉妹には特に過ちがあるわけでもないからなあ。それに西安の実家にはもう世話する人がいないだろう。そんな所へ返したら生きていけないだろう」

　すると李樹敏は青女を指差して、「ここに世話する人がいるじゃないですか」と言って、青女に向かってにやっと笑った。青女はその笑いが意味ありげに思えた。まだ年端もいかないので、話の具体的な内容は分からないが、一生大趙・小趙と離れることができないだろうと思った。

　その冬、趙姉妹の部屋へは暖房用の石炭が与えられなかった。陝西省南部の天気はじめじめとして寒く、がたがたと震えていた。北方の冬は皮膚が冷たいが、南方は体の芯が冷える。太陽が必要なときほど太陽がなく、空はいつもどんよりして、朝か夕方かの見分けもつかない。どこにいてもうすら寒くて湿っぽかった。

　案の定、冬に入ってまもなく、魏富堂は大趙と小趙を西安に帰す手配をした。

　魏旦那は趙姉妹のために西安の後宰門《こうさいもん》に庭付きの家を一軒購入した。そのために老烏《ラオウー》は何回も西安まで往復した。帰ってきて魏富堂に報告した。「後宰門は西安の最もよい場所で、鐘楼と鼓楼からも近く、東にバス停があり、南に市場がありますから、日常生活に何一つ不自由しません。家の中には必要な家具類を揃えましたし、地元で雇った女中二人と小僧二人が、趙姉妹のご到着を待っています」

　それでも魏富堂はまだ安心できないようで、趙家の姉妹が西安に戻ってからも、これまでと変わらない生活ができるように、青女をはじめ小間使いを四人つけて一緒に行かせることにした。

　魏富堂の計画では、趙家の姉妹を護送する兵士は、西安の駱峪《らくよく》峠まで行ったら引き返させ、軽装した腕利きの二、三人と小間使いたちだけは二人を後宰門まで護衛するようになっていた。

　趙家の姉妹が出発したのは夜だった。その日は午後から黒雲が低く垂れ込め、細雪がちらほら降っていた。青女は何回も外へ出て空を見たが、一向に晴れそうになかった。魏旦那がなぜ出発の時間を夜、しかもこんな天気の悪い日に決めたのか、青女には分からなかった。彼女は小趙のために狐の毛皮のマントを用意してあげてから、「手あぶりは要りませんか」と聞くと、「要らない、何も要らない」という返事だった。確かに、小趙は何もかも青木川に残して、身一つで薄い黒い衣をまとって、門を出た。こちらに来たときと同じように簡素だった。

一行が青木川を出たとき、雪が止んで月が出た。月の周りに虹色の暈《かさ》が出ていて、そのために山や川が薄いベールに包まれているように霞んで見えた。薄暗い月光の中を、趙家の姉妹は一人ずつ竹駕籠に乗って上下に揺られながら川を渡っていった。川のほとりに数人の、小間使いたちの見送りに来た親兄弟たちが立っていた。四人の娘は、正確に言えば青木川から初めて出稼ぎに行く先駆者だった。今青木川から続々と都会へ出稼ぎに行く青年の大先輩に当たる。彼女たちは、許忠徳たちが勉強のために山を出たのより先だったし、意義もまったく違っていたから、なんとなく悲壮感が漂っていた。特に小雪の後の朧月夜ではなおさらだった。娘たちは興奮しながらも不安だった。初めて親元を離れ、初めて静かな山奥を出て、賑やかな大都会に行く。彼女たちはそこにあこがれると同時にそこを恐れ、複雑な気持ちだった。泣きたいが、泣いてはいけないと思っていたので、表情がゆがみ、親兄弟に別れの挨拶をする声も震えていた。親たちは娘たちに伝えた。「魏旦那様とちゃんと話がついているからね。向こうでは食事と住む所を保証してくださるし、服も年に二着下さる。そしてこちらでは魏家から毎年六元の銀貨をいただける。一年後には宿下がりができるし、もう行きたくないなら行かなくてもいい……」。六元の銀貨とは、彼女たちの家庭にとっては少なからぬ金である。これほどの優遇は青木川ではめったにないことだから、娘や親たちには悲しがる理由はないはずだった。

竹駕籠のすぐ後ろに立っている娘たちは、それぞれ一元の銀貨を握っていた。李家の若旦那が叔母たちの体面を慮《おもんぱか》ってあげた心付けだった。若旦那は「本来は僕が叔母様を送っていくべきだが、冬に入ってから母の喘息がひどくなり、万一のときが心配だから、同郷の娘さんたちに僕に代わって叔母様の世話をお願いするしかありません」と言って、一人一人に銀貨を一枚ずつ握らせたのだが、青女の所に来ると、ほかの人とは違って三枚くれた。こっそり渡したのだが、ほの暗い月夜の下ですんだ音が響いて青女は気まずかった。人より二枚余計にもらったことが、ひどく不安だった。

魏富堂は趙姉妹の護衛に二個分隊を付け、少佐副連隊長の老烏に指揮を命じた。老烏は大胆かつ細心だから、こういう任務は彼に任せれば間違いない。魏富堂自身が行くより安心だった。一行の中には魏富堂の自動車の技師もいて、彼は西安の妻子に会い、ついでに自動車の備品を買って帰る予定だった。

良馬に乗り小銃を手にし、金銀の装飾品を携えて、一行は松明《たいまつ》をつけて、威風堂々青木川を出て、石門桟道の山道へ向かった。

大趙と小趙はそれぞれ竹駕籠に乗り、魏富堂には別れの挨拶をしないばかりか、目もくれなかった。それは西安の実家を後にしたときと同じように、冷ややかだった。娘たちは振り返り振り返り旅路についたが、涙が止まらなかった。

魏富堂は人々と鎮の外れに立って、北へ遠ざかる松明の光を見送った。松明の光が長々と山道を登っていき、だんだん小さくなり、ついには木々に遮られて見えなくなった。風が山道に沿って松明の燃える匂いを運んできて、見送った人たちは、心の中で野辺の送りをしてきたような感じがしたが、誰も言わなかった。

それは紛れもなく、不帰の旅立ちであった。

魏富堂は山賊出身だから、大趙と小趙を西安へ返すにあたって、賑やかな市街地を避け、遠回りの秦嶺の古道を使い金牛道を進み、漢江に沿って洋県に行き、華陽へと北上、周至を通り抜けて西安へ向かうというルートを選んだ。それは彼がこの山地一帯を熟知している上での選択だった。昔王三春に従っていた時代、この辺は彼の縄張りだった。山中の土地勘は土地の者にも劣らない。どこに集落があり、どこで休憩できるか、どこに応援してくれる仲間がいて、どこに自分たちの間者がいるか、彼と老烏は知り尽くしていた。道中、彼らが用心しなければならないのは、山賊ではなく国民党軍だった。平坦な街道を行けば、一行は常に尋問され勾留される恐れがあった。胡宗南や于右任《ユーヨーレン》【清末から中華民国にかけての政治家・軍人・書家・文化人・教育家・ジャーナリスト。中国同盟会以来の古参の革命派】との付き合いはあるが、やはり目立ちすぎる。国民党軍は最も信用できず、美人を見ればその気を起こすし、すべて金次第だから、兵士は様々な理由を付けて彼らを阻み、乱暴狼藉を働き、皆殺しにされる。しかも交渉の余地などまったく望めない。しかし山中の匪賊や武装集団などは扱いやすい。沿道あちこちに兄弟分がいる。東の彭大王《ポンダーワン》【この「大王」は「山大王」の略称で山賊の意味】、北の鄖胡子《ユンフーズー》【この「胡子」は山賊の意味】とは一緒に飲み食いした仲で、老烏とも親しいから、道中なにかと便宜を図ってくれるだろう。山道を行くのは苦労を伴う反面、安全が保障される。

　秦嶺の最も高い所は三六〇〇メートルもあり、ここの気候は俗に、「夏に酷暑なく、冬は極寒」、「太白山脈は六月にも積雪あり」などと言われる。つまり真夏でも山の雪は解けない。青女たち一行は雪と氷の道をたどり、苦しい旅に耐え、水を落とすと凍ってしまうつるつるの山道を転がりながら進み、命の危険さえあった。真っ先に倒れたのは小趙で、熱と咳が出た。最初は青女の助けで魔法瓶のお湯を飲むことができたが、だんだんお湯さえ飲めなくなり、唇に水泡ができ、竹駕籠にぐったりして、目を開けようとしなかった。華陽鎮で老烏が漢方医を招いて薬を処方してもらった。何日か休養したら、旅を続けなければならない。しかし小趙は頭をもたげる力も、声を出す力もないほど衰弱していた。一行は続けて北へ進み、坪梁《へいりょう》を越え、都督門を過ぎ、仏坪《ぶっぺい》老県城の城壁が遠くに見える所まで来て、小趙は持ちこらえられず失神した。険しい山道を竹駕籠では行けないから、兵士が代わる代わる背負って、やっと老県城に入ることができた。

　昔、王三春と魏富堂が老県城でかの血なまぐさい事件を起こして以来、老県城は壊滅的な打撃を受けた。前任と後任の二人の県知事が同時に殺害されたのに、犯人が見つからないまま、新任の県知事呉其昌《ウーチーチャン》が着任したが、その翌日には、ずっと彼に随行していた弟の呉運昌《ウーユンチャン》が匪賊に拉致された。犯人はほかでもなく、魏富堂の義兄弟鄖胡子《ユンフーズー》だった。その目的ははっきりしていて、呉運昌を人質にして小銃・防寒服・米を要求してきた。

　呉其昌は頭が切れる有能な知事である。この仏坪の前は漢中の城固県知事だったが、ダム建設を重視し、植樹を奨励するとともに山林の乱伐を禁止した。城固の五門ダムは陝西省南部の重要な利水事業で、漢の時代から遺構が残っているが、呉知事は在任中、数回ダム工事を視察し、ダム周辺での耕作、放牧及び森林伐採を禁止し、「荒地を保存し、植樹してダムを堅固にせよ」、「違反した者は厳罰に処す」という布告を出した。今でも五門ダムに、まだ呉其昌が農民傅青雲《フーチンユン》に命じて建てさせた「謝罪碑」がある。碑文には、「私はダムの木を一本切る罪を犯した。村の有力者の取り成しで、県政府は罰を軽くしてくれたが、後世の人々への戒めに、罰として植樹十五本と、劇団を招いて三日間芝居を打つ費用を負担させられ、さらに謝罪文を石碑に刻んで五門ダムに建てるよう命じられた」とある。呉其昌が違反者に劇団を招かせるというやり方は実に奇抜だが、芝居を観た者は「何のためか」と聞き、「木を一本、不法伐採したためだ」と知らされると、実に馬鹿なことをしたものだと思う。

このように、平地の城固で万事円滑に処理しえた呉知事だが、山地に来ると手も足も出なくなり、まったく行き詰まってしまった。農民には謝罪碑を立てさせることができたが、山賊は、謝罪碑なんか糞食らえだ。呉其昌がこの手に余る事情を漢中行政公署に報告しようとした矢先に、弟を誘拐したと伝えに来た匪賊の手下への対応がいささか行き届かなかったため、血が滴り落ちる弟の首が塀越しに県公署の庭に投げ込まれた。その首がどーんと正面玄関の階段に落ちたとき、弟の目はまだ開いたままだった。死んでも死に切れなかったのだろう。肝をつぶした呉県知事は、全職員を連れて漢中へ逃げ出した。途中袁家庄《えんかしょう》という所に着くと、関羽廟【三国時代の蜀の武将関羽を祭る廟】に泊まり、翌朝漢中へ出発することにした。夜、關羽像の前の供え物の台に寝ていた呉知事は寝返りばかり打ってほとんど一睡もできなかった。翌早朝、呉知事は「昨夜関羽様が夢枕に立たれて、『仏坪県城を袁家庄に遷しなさい。ここ袁家庄は大都市で、忠孝の地としても知られている。仏坪は遠からず発展するであろう』というお告げがあったので、ここに留まることにする」と言った。

そこで公署の各部門が関羽廟でそれぞれ仕事を始め、ただちに仏坪県公署を当地袁家庄に移転する、という布告を出し、いっそのこと袁家庄を仏坪と改名することにした。

後になって、人々は呉知事の夢のお告げは作り話に過ぎないだろうと詮索した。もし本当に全職員を率いて漢中へ逃げ帰ったら、一命は助かったとしても、決してよい結果にはならない。まず「敵前逃亡」の罪名を問われたら、絶対申し開きできない。彼は供え物の台の上で一晩思案した挙句、関羽様のお告げをでっちあげて、袁家庄に留まり、「敵前逃亡」を「戦略変更」に変えたのである。

県知事が去ったことは、地元の住民をひどく落胆させた。仏坪辺りはもともと山間地帯で田畑が少なく、産業が振るわなかったが、県知事が脱走してしまうと、人々はますますそこに留まる気がしなくなった。そこで祖先の位牌を抱き、妻子と家畜を率いて、雪崩を打って山を越え、袁家庄へと向かった。そのために仏坪県城は無人の街になり、たちまち寂《さび》れた。現在「老県城」と呼ばれているのは、昔、県城だった土地という意味である。仏坪「新県城」は、昔の袁家庄で復興した。もう老県城へ行く者はなく、華陽から通じている道も荒れ果て、草木が生い茂っている。そして老県城は草木の中に埋もれてしまった。

大趙や小趙一行がこの老県城に入ったころは、高く険しい山々の中にどっしりと立っている城壁以外は、街の家々はすでに倒壊し、雑草が人の背丈より高く生え、昔の県政府、孔子廟、倉庫、鎮守の社もことごとく消滅して、壊れた煉瓦や瓦の山が残されているだけだった。「枯れ井戸を囲む崩れた土塀は数知れず　その一つ一つが屋敷跡かな」【南宋詩人戴復古（一一六七～？）の七言絶句『淮村兵後』の後半の二句】という詩のように、廃屋の敷地、大きい石臼の台、白い大理石の石彫り、古びた石碑などが草叢の中に散在していた。廃墟の中に唯一まともに建っているのは「栄聚站《えいしゅうたん》」という宿屋である。それはずるがしこい匪賊の頭目がせせら笑いながら得意げに自分の傑作を自画自賛しているようだ。街にはわずかに五、六所帯の住人が残っていたが、日の出とともに野良に出、日の入りとともに家に帰り、びくびくしながら荒廃した土地で貧しく暮らしていた。

老烏たちは老県城がこれほどまでに廃れているとは思ってもいなかった。疲れ切った一行は壊れた城門を入っていったが、老烏はここが昔王三春に追われて魏富堂と隠れていた所だとは信じられなかった。昔賑やかだった街の商店、アヘン館、賭博場、遊女屋などは、落ち葉のようにひらひら舞いながらどこかへ散ってしまった。大きな玉石で築いた城壁は、城壁としての役割を果たせず、数回もの匪賊の襲来を阻止することができなかったから、無視され草むらの中に倒壊したままになっていた。一行は草むらに埋もれた〝道〟を無言のまま歩いていった。この荒廃した街では、援助の手を期待できないだろうとみんな分かっていた。

「栄聚站」を訪れる人がいなくなって、どれほどの時間が経ったのだろうか。蜘蛛の巣が張り、塵がつもり糞尿が散乱している。入り口の扉はなくなって、冷たい風が吹き込んでくる。壁の隅に腐った鼠の死体、窓の下に鹿の白骨がある。このありさまを見て、みんなは息を呑んだ。

　老烏はみんなを栄聚桟《えいしゅうさん》に落ち着かせておいてから、町を一回りすると、帰りに後ろから老人が付いてきた。老人は殺害された知事の幕僚だった牛《ニウ》という人で、みんなはここを離れたが彼は留まった。そして、「二人の知事がここで命を落とされたので、死んでもここを守りぬこうと思っています」と言った。老人は西門の内側に住んでいたので、大趙と小趙をその家に泊まらせることにした。

　この数日の旅では、寒さと飢えでみんな疲れ切っていた。二人の小間使いがもう先へは進みたくないと密かに相談していたが、老烏に知られてひどく叱られたうえ、びんたを食らわされ、壁に隠れて泣いていた。牛家の家はまともな造りで、母屋と台所があり、両側の二間はそれぞれ牛老人夫婦とその娘の寝室になっていた。老烏は大趙の荷物を娘さんの部屋に投げ込み、小趙には牛老人の部屋へ入るよう指示した。まだ部屋の割り当てが終わらないうちに、大趙が娘さんに部屋からおっぽり出された。坊主頭と一緒に寝るのはいやだと言うのだ。老烏が、「坊主頭でも魏旦那様の奥様だから正真正銘の女だよ」と言っても、娘さんは、男か女か確かめないうちは信用できない、とやはり承知しなかった。

　ちょうど大趙も娘さんと同じ部屋で寝たくないので、かまどの横を指して「あそこが暖かいから私はあそこで寝ます」と言った。

　今度は小趙を娘さんと同じ部屋に寝させようとしたが、やはり拒否された。息も絶え絶えの人が万一自分のベッドで死んだらいやだと言い張った。牛老人は我を張るわが娘に勝てず、何も言わずそばに立っていた。老烏は目をむいて腰のピストルをたたいて怒って言った。「ごちゃごちゃ言わずにこっちの言うとおりに寝ろ！　これ以上逆らったら、俺が寝てやるぞ」

牛家の娘さんは言葉を失って、口を尖らせて家を飛び出し、よその家へ寝場所を求めて行ってしまった。

牛老人は老烏に、甘やかして育てた娘だから、気にしないでくれと言った。老烏は「そうだ、初めからそうすべきだった。俺たちは一休みして西安へ急がなくてはならない。こんなひどい所は、長居しても仕方がない」と言った。

ところが実際は老烏が「一休みしたらすぐ出発する」と言ったこととは裏腹に、一行はこの老県城に七日間も泊まらざるを得なかった。それは小趙の病気のためではない。小趙は青女の世話で熱いスープを飲み、暖かい寝床に休み、さらに牛老人はいささか医術の心得があったので、二日もすると熱が下がり、顔色も良くなった。問題は大趙で、どうやって知ったのか、城壁の北に白雲塔があり、その傍らに小さな荒寺があって、中に仏像が二体祭ってあることを知ると、仏の名を唱えながら寺に入り、ここで修行するから北上はしないと言い出した。老烏が「ここはあまりにも環境が厳しいです。食物もないし、獣が出没するところだから、とても人間は住めるところではありません。出家されるなら西安の大きなお寺のほうがいいでしょう。魏旦那に多めに喜捨してもらってから出家しては」と説得したが、大趙は「五蘊【色＝物質、受＝印象・感覚、想＝知覚・表象、行＝意志・記憶、識＝心】はみな苦しく、空しい。賑やかな都会も寂しい山奥も同じです。世の中は絶えず変化し、無常です。広い宇宙も苦しみの場に過ぎない。苦海を脱出し、煩悩を捨て、生死を超越すれば、すなわち悟りの世界です。西安に戻っても戻らなくても同じことです」と言った。

老烏は手も足も出なかった。かといって大趙を捨て置いて老県城で気ままに出家させるわけにはいかない。小趙に説得するよう頼んでも、われ関せずだ。小趙は元気になると、青女に腰掛を集めさせて、「鬼の臼引き」の遊びをしようとした。廃れた街には適当な腰掛がなく、間に合わせの小さい腰掛を使って、牛家の母屋でくるくる回り始めると、牛家の人は怖くて逃げ出してしまった。老県城の住人は牛家に入っている女は妖怪変化だと思った。

　幾日もたたないうちに、二十数人が老県城の鶏や家々のベーコンを食べ尽くしてしまい、行き詰まってしまうと決めた。そこで老烏は、どんなことがあっても先へ出発しようと決めた。秦嶺の峠を越えれば、厚畛子《こうしんし》鎮で、山の中だが、老県城よりは豊かだから、大趙が出家騒ぎを起こそうと、小趙が「鬼の臼引き」をしようと、いくらぐずぐずしていても困らない。

　朝食をすませてから出発することにした。快晴だったので、山一面の白い雪がまぶしかった。青女は小趙にマントをかけてあげ、途中の必要に供えて鶏のスープを魔法瓶にいっぱい入れた。牛老人は「スープは必要ないでしょう。厚畛子まで二〇キロで、山道といっても広くて歩きやすい儻駱道の旧道ですから、半日で着くはずです。あそこに着いたら、なんでもありますよ」と言った。

　出発準備は整ったが、また問題が起きた。大趙が「ここが私の終の住処だから、もう行かない」と言って白雲塔の欄干にすがり付いて手を放そうとしない。老烏はもう有無を言わさず、竹駕籠に縄で縛り付けた。大趙は懸命にあがき、屠殺される豚のように泣き喚きながら担がれて老県城を出た。牛老人は律儀そうに、城門の下に立って見送り、またいつかお越しください、と口では言ったが、心の中では死神を送り出したようにほっとした。

　一行が秦嶺の峠を越えると、道が広くなり、昔の宿場や石碑がぼんやり見えた。ふいに道端の林の中からガサガサと音がした。老烏はみなに止まるように合図した。すると、不意にパンダが一頭林の中から飛び出してきたが、すぐにもそもそと森の奥の方に入っていった。雪が降り寒くなると、パンダは高い所から低い所へ移動して冬を過ごすので、青木川や老県城の人々は時々林の中で出くわすことがある。しかし、出くわしても、お互い干渉しない。猟師もほとんどパンダを捕獲しない。それはパンダの肉は堅く、味もすっぱくて生臭く、キョンや猪よりはるかに不味いし、毛皮も硬く、絨毛がないため保温性が悪くて売れないからだ。機嫌が悪かったからか、長く鉄砲を使っていなかったからか、先頭の老烏が銃を持ち上げると林の奥のパンダの方に二発打った。その銃声の振動で木の上の雪が落ちてきた。自動車の技師は命中したかどうかを確かめるために、銃声が終わるやいなや林の奥へ入っていって姿が見えなくなった。技師がまだ戻ってこないうちに、厚畛子へ偵察に出していた兵が戻ってきて、「営盤梁《えいばんりょう》で共産党と土地の人民自衛団とが戦闘していて、土地の人民自衛団が共産党の南進を阻もうとしています。鄖胡子も自衛団を助けて戦っているため、双方が数百人を糾合《きゅうごう》して戦闘を展開しています」と報告した。営盤梁から厚畛子まではわずか二・五キロだが、儻駱道へ行くにはそこを通らなければならない。老烏が耳を澄ますと、はたしてかすかに銃声が聞こえた。老烏はみんなをそこで休ませ、「あちらの戦闘が終わってから出発しよう」と言った。彼は自分たちと関係ない人の争いに巻き込まれたくなかった。

みんなは立ち止まって各々きれいな場所を探して座ったり横たわったりしたが、小趙は竹駕籠を降りないで、マントを頭から被って眠っていた。老烏が大趙の縄を解いてやると、彼女はみんなと一緒にいたくないので、離れた草むらに行って座禅を組んだ。誰かが「荷物を下しますか」と聞くと、老烏は「下すな。しばらくしたら出発するから。山中での戦いはだいたい伏兵奇襲戦だから、長くは続かないだろう」と言った。青女は小趙を連れてきて一緒に平らな細長い石に座った。雪を払うと、表面に凹凸があるようで、どうも石碑のようだ。この辺りは平地だが、実際は高台で、瓦礫がむぞうさに積み上げられているから、塔があったのだろう。つまり、彼らが休息している場所は古いお寺の遺跡なのだ。青女はこれからどうなるか不安で寂しかった。特にこんな人気のない荒涼たる山中では、母親が恋しかった。独りぼっちになった母ちゃんはなにかと困っているに違いない。来年は何が何でも青木川へ戻って、もう西安には行かない。銀貨六枚がなんになる。どんなに貧しくてもいいから、やはり母ちゃんと一緒にいたい。それはお金よりどれだけいいか分からない。そう思うと、悲しみがこみ上げてきた。老烏の話によると、西安から寧羌までは国道をバスで行けば三日の距離だそうだから、私はバスで帰ろう。これまで魏旦那が自動車に乗るのを見て、どんな感じがするのか不思議だったが、私は今銀貨を三枚持っているから、帰りのバス代としては十分だろうと思った。

冬の太陽が暖かく降り注ぎ、草木が淡い香りを放っていた。二十人余りが草原に散らばり、眠気がさしていた。青女は夢うつつに、老烏が誰かにパンダを見に行った技師を探してくるように指示して、「もうだいぶ経つのに、まだ戻ってこない。まさかパンダにさらわれて婿にさせられたのでもあるまい」と言うのが聞こえた。ほどなく探しに行った人が戻ってきて、「技師は林の中で何者かに殺されて、血が固まっていた」と言った。

老烏は聞くとぱっと立ち上がり、「すぐ出発だ！」と叫んだ。

みなはあわてて荷物をまとめたが、まだ竹駕籠を担がないうちに、周りで銃声が響き、護衛兵が数人倒れた。その後すぐ四方から鬨の声が上がった。老烏が抵抗しようとして、人々を指揮しながら塚の後ろへ撤退しようとしたが、もう間に合わなかった。黄土色の軍服を着た一群が林の奥から飛び出してきて、彼らをがっちり囲い込み、様々な武器を使って襲撃してきた。瞬く間に草原は血なまぐさい殺戮で、阿鼻叫喚の巷と化した。青女は小趙を引っ張って、大きな石碑の後ろに隠れ、懸命に頭を石碑の下に隠そうとした。混乱の中で、青女は老烏が「俺たちは青木川の魏旦那の部下だ！」と叫ぶのを聞いたが、その声はすぐ途切れた。草原は大変な混乱に陥り、青女の顔や体に熱い血が跳ねかかってきたが、かまっていられず、目を固く閉じて震えて、頭は真っ白だった。これで死ぬのか、こんなにも早く、しかもこんな形で死ぬとは、と思った。

しばらくすると、殺戮が終わったらしい。青女が目を開けてみると、自分はまだ生きていた。自分だけでなく、青木川から来た女たちはみな無事だった。頭を上げて見回すと、美しかった草原は目も当てられないほど凄惨な状態だった。入り乱れて横たわっている死体、粘っこい鮮血、飛び出した内蔵、辺り一面この世の地獄と化していた。老烏は石碑に俯せになっていたが、体が真っ二つに切られていた。護衛兵の一人は頭がなく、体が岩に凭れかかっていた。女たちは恐ろしさで、声も出なかった。一人に引っ張り上げられ、鶏のようにぶら下げられて一カ所に集められた。生死を悟ったと言っていた大趙だけは目の前の情景に動じず、草の上で座禅を組み続け、坊主頭が太陽の光を反射して、青空の下で光っていた。

下級将校らしき者が女たちに、「あの坊主頭は誰だ」と聞いたが、怯えきっていて誰も答えない。彼は小趙の襟をつかみ、ピストルを彼女の顎に突きつけて聞いた。

「姉です」と小趙は言った。

「姉とは誰だ」と下級少校は言った。

「趙素璧《ジャオスービー》です」と小趙は言った
青女は初めて大趙の名前が趙素璧だと知った。だが小趙の名前は聞かれなかったので、死んだ後も彼女の名は知られなかった。下級将校は小趙の口から、二人が魏富堂の家族で西安へ行こうとしていることを知ると、言った。「魏富堂は陝西省南部の有名な極悪非道の匪賊だから、そんな奴とその家族は生かしておけない。我らは……我らは……」

横にいた茶色い髭を生やした男が「皆殺しにする」と言った。

「そうだ、お前らを皆殺しにする」と下級少校は言った。

青女はちらっと茶色い髭の男を見た。この男の話し方は歯切れがいいが、強い甘粛省訛りがある、と思った。黄色い髭の男は青女が自分を見ているのに気付くと、青女を思い切り蹴飛ばして、「なぜ俺を見る。仕返しでもするつもりか」と言った。

青女はすぐうつむいた。この男は髭だけでなく目玉も茶色だが、顔が細長く、出っ歯なところはイタチにそっくりだ、と内心思った。茶色い髭の男は、彼女らを石碑の前に一列に並ばせ、話すことも泣くことも許さなかった。彼女らはおとなしく並んで立ったが、怯《おび》えきって失禁した者もいた。

下級将校が大趙の頭を的にして、二発撃ったが命中しなかった。大趙は身じろぎもせず座禅を組んでいたが、小趙はへなへなとくずおれた。兵士に銃床でこっぴどく殴られて、かろうじて起き上がった。黄色い髭の男が大趙の頭を目掛けてピストルを持ち上げるや、大趙の眉間に穴が開き、真っ赤な血が白い顔を汚した。大趙は目を開いたまま、石碑の前に立っている女たちを見てから、草むらに倒れた。

続いて兵士たちは女たちの体にある所持品を探りはじめた。兵士がわざと体に触れたので、茶色い髭の男が「共産党は女に手を出すことは許さん」と言った。一人が「手を出さないのは損だからな」と言うと髭の男にしたたかびんたをくわされた。

小趙は着ている服以外に何もなかった。しかし、小間使いたちの風呂敷の中からは銀貨が出てきて、それぞれの足元に置かれたが、みんなは一枚だったのに青女だけは三枚だった。その情景はきわめて奇妙なもので、四人の小間使いに小趙を加えた五人の女が立っている足下には銀貨が太陽に照らされて銀色に輝いていて、それがそれぞれの象徴のように見えた。

下級将校は「分捕り品はすべて公に納めるのが共産党のやり方だから、俺たちも例外ではない」と言った。

茶色い髭の男は小間使いたちの足元の銀貨を集め、青女の足元まで来ると頭を上げてじろりと彼女を見た。兵士たちは女たちを崩れた塔の前まで引っ張っていって立たせたが、青女だけを残し彼女の仲間と向かい合わせた。下級将校はすぐに決着をつけたくないらしく、茶色い髭の男に「この子たちはみな生娘だから、兵士たちに一度楽しませてはどうか」と小声で相談したが、「だめだ。共産党は女に手を出さない。手を出したら共産党でなくなる」と前と同じようにきっぱり言った。

兵士たちは鉄砲を持ち上げた。女たちはとっさに悟って、悲鳴を上げながら四方八方に逃げようとしたが、まだ一歩も踏み出さないうちに射撃が始まり、全員前のめりに倒れた。暗紅色の血が彼女らの体から流れだし、雪を真っ赤に染めた。事件は青女の目の前でおこり、悲鳴が止むと同時に仲間の命が消えた。青女は青空の下で血がほとばしるのを見たとたん、怯えきって石碑の上にへたり込んだ。銃声が止み、ひゅうひゅうと吹く風の音のほか、林の中はしんと静まり返った。これで青木川から出発した一行は、青女のほか全員あの世へ旅立った。

南の谷間から湿った風がゆるやかに吹いてきて、枯れ草をなびかせいている。大雪が降る前触れだ。

全身に血を浴びた青女を兵士が老県城まで連れ戻した。食事をしていた牛老人一家はこれを見てもさほど驚かなかった。長く山の中に暮らしていると、匪賊などが行き来して、絶えず生死輪廻を繰り返すのは日常茶飯事だ。それどころか、牛家の娘は手を叩いて言った。

「父ちゃん、ほらあの子、戻ってきたよ！」

兵士は青女を牛小屋の柱に縛り付けたが、監視は置かなかった。

茶色い髭の男たちは村の猟師が捕獲した猪を手に入れてきて、囲炉裏を囲んで飲み食いした。牛に飼い葉をやりに来た牛老人は、青女にこっそり言った。

「すきを見て逃げなさい。彼らの監視はそれほど厳しくないようだよ」

青女は涙ながらに、「一緒に来た人はみんな死んでしまった。このまま帰って、どう説明したらいいの？」と言った。

牛老人は「お前さんたちの身に何か起こるのじゃないかと予感していたんだよ。お前さんたちがここに居た間に、探りに来た者が幾組もあったんだ」と言った。

青女が「彼らは共産党だよ」と言うと、牛老人は青女の話を逸らして、「娘さん、しっかり覚えておくんだよ。決して彼らの素性を突き止めようとするんじゃないよ」と言った。

青女が「皆殺しにしたのに、私だけ殺さなかったんだよ」と言うと、牛老人は「それはお前が運が良かったんだ」と言った。

兵士たちが囲炉裏に炭を足せと叫んだので、牛老人ははいはいと応じて出て行きながら振り向いて、青女に「すきを見て逃げなさい」と言った。

夜、城外からしばらく銃声が聞こえた。青女は怖さと疲れで、一睡もできなかった。「共産党」が私だけ殺さなかったこと、他の仲間と違った「三枚の銀貨」の意味、二十数人の命が一瞬にして消えたことなど、帰ったら魏旦那にどう説明しよう……。


朝、牛老人が来て、青女の縄を解いてくれて、「あの兵士たちは夜のうちに行ってしまった。今雪が降っているから、この雪の中を早く逃げなさい」と言った。

「どこへ行ったらいいの」と青女は言った。

「青木川じゃないか。お前の家へ帰らなきゃあ」と牛老人は言った。

「青木川はどっち？」と青女は聞いた。

「先ず華陽へ行きなさい。そこからはもう遠くないから」と牛老人は言った。

「華陽はどうやって行くの？」と青女は聞いた。

「西の方へ行くのさ。都督門を過ぎたら吊溝《ちょうこう》に入るんだ」と牛老人は言った。

青女は外の吹雪を見ながら、途方にくれた。

「今日、村の二猫《アルマオ》という人が、華陽の義父が家を建てるのを手伝いに行くから、あいつと連れ立って行きなさい」と牛老人は言った。

青女は二猫に付いていき、二日かかって華陽へ着いた。道々物乞いをしながら、大きな道を辿って、みすぼらしい姿で青木川に戻った。彼女は真っすぐに魏家の屋敷に入る勇気がなく、李家のお婆様に相談しようと思って、先に広坪の李家に入った。彼女は飢えと寒さで、門を入った途端に倒れた。そのとき、五番目の若旦那は裏の家の廊下で鶉合わせ【鶉を戦わせてその勝負をかける遊び】をしていたが、表の騒ぎが聞こえて、「何事だ?」と聞くと、下男が「乞食が飢えのため気を失いました」と報告した。若旦那が「どうして乞食を庭に入れたのか」と言うと、下男は「乞食は勝手が分かるらしく、お婆様のお部屋にまっすぐに行こうとしました。おかしいことですが、乞食は若い娘です」と言った。若旦那は何か考えている様子だったが、「どんなことがあっても、家で死なれては困る。早く熱いお粥をやりなさい」と下男に言いつけた。

下男が「若旦那もお婆様と同じように慈悲深いのですね」と言うと、若旦那はうるさそうに手を振ると鶉合わせに戻った。

しばらくすると、また「実はあの乞食は魏旦那の家の青女でした。一行は西安へ行く途中、仏坪の老県城で襲われたそうです」と報告に来た。それで若旦那はようやく鶉合わせをやめ表の庭へ来ると、青女が老夫人に途中の経緯を、泣きながら報告しているところだった。老夫人は大趙と小趙のことを惜しんで、目に涙を浮かべながら惜しいことをしたと嘆いていた。青女はどうやって魏旦那様や仲間たちの親に説明したらいいか途方に暮れていると、若旦那は「これほどの大惨事が起こった以上、一部始終をありのまま報告するしかあるまい」と言った。そして「叔母様たちを西安に返すとき、もし僕が言ったように大きな道を行っていたら、無事だったかもしれないな。叔父さんが義兄弟を信じ過ぎたからだよ。人の心は分からないもので、何年も経った今、誰がどう変わっているか分かりようがないだろう。扱いやすいやつにぶつかったらまだいいが、共産党にでもぶつかったら、全く情実に左右されない相手だからね」と言った。

夕方、魏富堂が青木川から来て、青女を見つめてしばらくは何も言わなかったが、最後に「やつらはなぜお前を殺さなかったのか」と冷たく言った。

それこそ青女が最も弁明できないところで、「あたしもどうしてこんなことになったか分かりません。帰ってきても弁明のしようがないから、あのとき仲間と一緒に殺されていたほうが、面倒もなくてよかったのに」と言った。すると、李樹敏が横から「共産党は叔父様を極悪非道な匪賊として殲滅しようとしているから、女中一人ぐらい生かしておいて、上司に報告するときの証人にして、手柄を立てようとしたのでしょう。共産党は事実を重んじ、証拠を重視するから、魏富堂の家族を殺したと言っても証拠がなければ、本当かどうか分からないでしょう」と言った。

李家の老夫人も「もうこれ以上この子を困らせないで。命からがら逃げ帰ってきたのだから。大変難儀しただろうね。こんなに主家思いの小間使いはめったにいないよ」と言った。

魏富堂は「わしは共産党の恨みを買ったことはないのだが」と言った。

李樹敏は「共産党は世のすべての裕福な者を憎んでいますよ。もっぱら地主をやっつけてその農地を奪っています。おまけに昔紅軍二十五軍を襲ったり、その傷痍兵を生き埋めにしたりしたのは叔父様でしょう」と言った。

魏富堂が「それは王三春がやったんだ」と言った。

李樹敏は「叔父様は王三春とははっきり一線を画すことができますか。できないでしょう。共産党は叔父様がしたことを一つ一つ記帳しているんですよ」と言った。

魏富堂は「奴らが俺の女房を殺したことは、こっちも記帳しておく。忘れないぞ！」と言った。

李樹敏は「その恨みは僕も叔父様のために覚えておきます。君子のあだ討ちは十年後にしても遅くはない。いずれこの恨みを晴らしてやります」と言った。

老県城から命からがら逃げ帰ってきた青女は、魏家の屋敷には帰さないで、一時李樹敏が新築した別荘「斗南山荘」に住まわせられた。李樹敏はよそから解苗子を買ってきたが、その身寄りのない貧しい女を買ったのは、彼女が混血で珍しかったからだ。しかし李家の老婦人は生粋でないという理由で家に入れなかったので、李樹敏は臨機応変に話を変えて、それは叔父様のために迎えてあげた新しい叔母様だと言って、「斗南山荘」に落ち着かせた。それは一九四五年の冬で、まだ旧正月を迎えていないときだった。青女は李樹敏に「小趙と同じように魏旦那の新しい奥様に仕えなさい」と言われた。

解苗子は美しい女で、肌が真っ白で、巻き毛の金髪だった。青女はそのカールした髪を不思議に思った。ずっと手入れをしていないのにカールしていて、羊と同じような生まれつきらしい。解苗子は、いつも書をしたためていた小趙と違って気さくで、食事が終わると、庭の中を散歩したり、時々青女とおしゃべりしたりした。解苗子は「私は身を寄せる所もなく、風の中を舞う木の葉のようですから、私の運命はいっさい神様の御心に委ねています」と言った。

魏富堂は「斗南山荘」に来て解苗子を見ると、「お前は轆轤把教会のエミリだね」と言った。解苗子は「教会が倒壊して、神父様たちは去ってしまい、エミリもいなくなりました。私は解苗子です」と言った。

魏富堂が「轆轤把教会であなたを見たよ」と言うと、解苗子は「あのとき、あなたは轆轤把教会でエミリを銃口から助けられました。エミリにとっては大きな恩義かもしれませんが、私はエミリではないからあなたに感謝しません」と言った

魏富堂は「あなたの青い目は美しい」と言った。

二人の対話の意味が分かるのは老烏しかいない。しかし老烏は死んでしまったから、周りの者は聞いてもまったく訳が分からなかった。李樹敏は魏富堂と解苗子の二人の仲を取り持とうとしたが、魏富堂は相手が名門の出でないのであまり気乗りしないし、孫大隊長たち護衛兵も解苗子は混血だと議論していた。「魏旦那があああいう女をもらったら、血統を伝えることは無理だろうな。ラバは雑種だろう。ラバが子を産むわけがないじゃないか」。議論はまちまちだが、施《シー》秀才は独自の見方をしていて、「そもそも中華民族は雑種だよ。自分の先祖に蛮族の血が混ざっていないと保証できる者はいない。漢民族を丹念に調べてみると、生粋の漢民族の後裔は一人もいないんじゃないか。雑種には雑種の優位勢がある。淀んだ淵の水には流水を引き入れて混ぜ合わせることも時には必要だろう」と言った。

魏富堂がためらっているとき、謝静儀が現れた。謝静儀と解苗子は相前後して青木川に来たと言える。時間的に十日ぐらいの差しかない。それで「斗南山荘」には外国語の話せる女性が二人も同時に住んでいたことになり、しかもどちらも出色の美人だった。他人はもちろん、山荘の小間使いでさえも時々二人を取り違えた。謝静儀がどうやって来たのか、真相を知る者は魏富堂と李樹敏だけだった。

青女の話によると、魏富堂が「斗南山荘」で謝静儀に

会ったとき、彼女は広間の前の梅の木の下に立って花を眺めていた。それはまもなく旧正月を迎える時期でロウバイが咲き乱れていて、明るい青色のチーパオを着た清楚な姿が、黄色の花に映えていた。魏富堂はこれほど美しく気品のある女性を見たことがなかったので、しばらく天女かと見とれ、入っていいかどうかと庭の入り口に立っていた。謝静儀は魏富堂に気付くと、かすかに微み、鷹揚に会釈した。まるでこの家の女主人のようだった。魏富堂が名前を聞くと、相手は謝静儀ですと、答えた。

言葉遣いや態度から見て、謝静儀は非凡な女性だから軽率な言動は慎むべきだと、魏富堂は悟った。彼は甥に代わって失礼を詫びてから、「山国の生活は貧しく寂しいですから、お帰りになりたいなら部下を付き添わせ漢中まで無事にお送りします」と言った。しかし謝静儀は「山の外では、まだ戦乱が続き、時局は安定しておりません。私は物騒な世の中に戻る気はまったくありません。たとえ戻ったとしても身を寄せる所もありません。根なし草になってしまったからには、いっそ華やかな夢を追うのは止め、この浮世離れした別天地で暮らしたいものです」と言った。

魏富堂は「青木川に留まって、どうなさるおつもりですか」と聞いた。

謝静儀は「青木川で教師をさせていただければ御恩に感謝して、仕事に全力を注ぎます……。魏司令のお名前はこれまでによそで聞いたことがありますが、今日青木川でお目にかかれたのは何かのご縁ですね。司令の人柄からして、大きな事業をなしとげ郷里に幸福をもたらすお方とお見受けします。今、国内は戦乱で衰退していますが、幸い青木川は山奥にあって、厳重に防備されていますから、平和でいられますね。ですから学校を作って将来社会に有用な人材を養成することも、青木川を振興する一つの方法だと思います」と言った。

謝静儀の考え方は、まったく魏富堂の予想もしなかったことだった。目の前の女性は自殺だの首吊りだのと泣き喚かないどころか、「学校を起こし、人材を養成する」ことや、「青木川を振興する」ことなどを大いに論じるところを見ると、平凡な人物ではないらしい。堂々たる司令がこの女性にどう答えたらいいか、しばらく分からなかった。謝静儀は落ち着いて続けた。「司令が善政をしき、殺人や放火などの前非を悔い改め、強情で乱暴な気性を押さえ、善行を積み、慈悲の心を持てば、人々から敬愛され、人心を得られると思います」

李樹敏は謝静儀の直言を固唾を呑んで聞いていた。「殺人や放火」、「強情で乱暴」などの極端な言葉は、青木川で叔父に向かって言える者は一人もいない。しかし叔父は今回このよそから来たインテリ女性の前で、十分紳士的で、寛容だった。

魏富堂が怒らなかったのは、目の前のインテリ女性の話からその真心と度胸、そして決心と勇気を認めたからである。山奥で学校を起こそうとするのはその場しのぎの思惑ではなく、大きいばかりで役に立たない思想からでもなく、教育に対する殉教者のような真心だ。謝静儀が追い求めているのは、乱暴者の山賊のわしが心の奥底で常にあこがれていても、手に入れることのできない精神的な世界だ。青木川で大邸宅を築き、広大な美田を持っているが、神聖な精神的宮殿だけがない。彼が数十年心の中で求めていたものは、女にしろ、息子にしろ、実は文化に対する崇拝である。それを謝静儀が高尚な二言三言でずばりと言い切った。少ししか会話していないのに、彼は彼女の洗練された上品な物腰、鋭敏な頭脳、広い学識に圧倒された。

魏富堂が「先生はいろいろ体験され、博識ですが、山国の子供は粗野で頑なで、なかなか先生の言うことを聞かないから、二、三年ではできないかもしれません」と言うと、謝静儀は「軽率には承諾しません。承諾したからには必ず実行します。青木川を私の終の住処としたいものです」と言った。

二人は午前から夕方まで話をし、お互いもっと早く知り合えばよかったと感じているふうだった。その日の長話でほかに何を話したか誰も知らない。ただ人々は魏旦那が娶るのは謝女史で、解苗子ではないだろうと噂した。

学校管理の都合上、謝静儀はまもなく魏家の屋敷に移った。そして人々は魏旦那にならって彼女を謝校長と呼ぶようになった。魏富堂は校長に礼儀正しく、毎日謝校長の部屋を訪ね、学校の進捗状況を聞き、あれこれ話をした。はては、レコードが一枚しかない蓄音機を校長先生の部屋に運んできて聴かせた。青木川の食事に慣れないと分かると、わざわざ成都から張海泉という板前を招いてきた……。青女はこれまで魏旦那がこれほどまでに女性を丁重に扱い、優しく接するのを見たことがない。人々も、魏旦那の新しい奥様は後から来た謝静儀に決まっていると噂した。

ところが、魏富堂が娶ったのは解苗子だった。

魏富堂に解苗子を娶るよう決心させたのは、謝静儀だった。魏富堂は解苗子の出身や血統を考えると、決心できなかったので、そのためらいを謝静儀に訴えた。謝静儀が「本当に解苗子がお好きですか」と聞くと、魏富堂は「彼女の青い目が好きです」と言った。校長はすべてが分かり、何も言わず、長い間埃を被っていたピアノを開けて、ショパンのノクターン「変ニ長調」を弾いた。このピアノで演奏するのは初めてだったが、魏富堂にとっては生まれて初めて心を揺さぶられた音響だった。澄んだ音色、緩やかな旋律が、彼の心の中のわだかまりをさらさら流れる春の小川に変え、霧雨の中の緑滴る若竹に変えた。ピアノ曲が流れる中、解苗子が教会の廊下を歩いていく。日差しが横から差し込み、薄い霧の中、解苗子の顔は穏やかで優雅で、目は澄み切った水のようだ……。

敬意を抱き心から慕っているのに、我が物にすることができない。これは微妙で美しい状態である。魏富堂の謝静儀に対する態度はこんな状態だった。賢い魏旦那は慎重にその状態を保ち続け、彼女を知己としていた。

これは魏富堂の幸運でもあった。知己としての謝静儀は、彼女の方法で、魏富堂の生涯で最も幸せで円満な婚姻を成就させた。男は誰でもそういう知己がいるというわけではないから、その点魏富堂は幸運だった。

魏家で三回目の結婚式が行われ、姜森《ジアンセン》は「夫婦合和す」という扁額を贈った。しかし愚かな山国の人々はしばらくの間、いったい魏旦那がどちらを娶ったか分からず、前回大趙と小趙を迎えたのと同じで、今回も一度に二人を迎えたのだと言う者もいた。

「斗南山荘」で輿で迎えに来るのを待っていた解苗子は、青女に金髪をほどいて黒く染めてくれと頼んだ。輿《こし》が魏家の屋敷に担ぎ込まれ、輿から降りた解苗子の頭はきれいな黒髪だった！　それ以来、解苗子は毎月髪を染め、青木川では金髪の解苗子を見た人はない。彼女が髪を飾るときは、六十年後、流行を追う人が黒髪を茶色に染める場合よりはるかに真剣だった。誰も黒髪をわざわざ茶色に染める理由が分からないのと同じように、解苗子が金髪を黒く染める理由を知る人はいない。

魏旦那は自分が銃が好きだから、誰でも銃が好きだろうと思い込んでいた。新婚の夜、彼はアメリカ製のコルト拳銃を家の魔よけに新婦の解苗子にやった。解苗子が怖いからいらないと言っても、魏富堂が「このピストルは世界で最もよい鋼で作ったものだから、連続して二十発撃っても銃身は熱くならない。これは全国で何丁もないものだよ」と言っても、解苗子はやはり受け取らなかったので、魏富堂は拳銃を枕もとに置いた……。

翌日、魏富堂が朝早々と兵士の訓練に出かけた後、解苗子は青女に「その拳銃を見ると怖くて仕方がないから、しまっておくれ」と言いつけた。青く光る拳銃を手に取った青女もどう処置すればよいか分からず、しばらく考えてから、拳銃を箪笥の奥に入れたが安心できず、腕を伸ばしてできるだけ奥へ押し込んだ。

解苗子は上製の英文の本を一冊いつも手元に置いていた。これは『聖書』という大切なものだと青女に言った。解苗子は食事の前には必ずうつむいてお祈りをするが、何をつぶやいているか、誰も分からなかった。山国の人は食事は熱いうちに食べるのだが、解苗子は湯気が立ち上っている料理が冷たくなっても、お祈りをしてからでないと箸を取らなかった。解苗子がおいしそうな紅焼肘子を前にしてお祈りをするとき、魏富堂は横に座って十分に理解して根気よく待った。魏富堂が施秀才から聞いた話では、解苗子が信仰しているのは外国から伝わってきた景教【ネストリウス派キリスト教】で、西安には「大秦景教流行中国碑」という唐代の石碑があり、唐の時代から盛んになったものだそうだ。「景教」の「景」とは「経典」であり、「最も大切なもの」という意味だそうだ。信者は一日に何回も読経するが、キリスト教徒は読経とは言わず「祈禱」と言い、神様に許しを請うのだそうだ。でも、きちんとしている解苗子がなぜ至る所で罪を認めるのか、魏富堂には理解できなかった。

魏家の屋敷に入った解苗子はすっかり変わった。羊毛のような縮れ毛の髪を後頭部に髷を結って翡翠《ひすい》の簪を斜めに挿し、青い上着とズボンを身につけ、正真正銘の魏家の女主人になった。黒髪の解苗子はまもなく青木川の人々に受け入れられ、気楽に女たちとおしゃべりをしているとき、観音菩薩と仏様のほかにキリストもいらっしゃり、キリストのお母さんはマリア様で……などとみんなに教えたりした。彼女の身の上や経歴については、触れてはまずい話題として誰も敢えて聞こうとしなかった。彼女は自分は山の向こうの人間だと言ったり、太真坪の出身だと言ったりしたが、結局青木川に落ち着いたのは主の御心だと言った。

そのうちに、人々は彼女が太真坪の出身だと言うようになったが、もちろん太真坪では彼女の実家をどんなに捜しても見つからないと分かっているし、本当に捜しに行った人はいないはずである。

4

青女の話を聞いて、馮小羽はだんだんすっきりしてきた。解苗子の体から混血児の特徴が見出せないとしたら、彼女は轆轤把教会のエミリではないことになる。今は呆けてしまっている解苗子が謝静儀であり、そして謝静儀こそ彼女が探そうとしている程立雪のはずである。

だが、その結論はすぐ張保国に覆された。張保国は馮小羽の推測を聞くと言った。「巧みな変身術の話は、立派な小説の題材で、テレビドラマにでもしたら面白いでしょう。僕だって解苗子が当時の監察主任の奥様だったらよかったと思いますよ。しかし、解苗子は間違いなく太真坪の出身です。先年人口調査を行ったとき、太真坪で「解」という苗字の子孫がいました。でもあそこは四川省に入りますからね。解苗子の実家は特定はできませんが、そこから来たということは否定できない事実です。土地改革のとき階級を調査しましたが、山の中で解苗子の親戚に会った人が、その家から青木川に嫁いだ娘がいたと聞かされたそうです。これらは青木川の歴史資料に明記されていますよ」

青女も「解苗子はあくまで解苗子ですよ。みんなの目の前で暮らしていますからね、何か変化があれば、みな分かるはずです」と言った。

馮小羽は「あなたたちはぐるになって嘘をついています！　一九四五年は青木川にとって重要な年で、よそから二人の女が青木川へやって来ました。その後、一人が死ぬと、別の一人がその替え玉になったのではないですか」と言った。

張保国は「じゃ、死んだ人はどうなったんですか？

人が死んだら痕跡が残るし、話題にもなるでしょう」と言った。

馮小羽が「じゃ、謝静儀はどこへ行ったのですか」と聞くと、張保国は「知りません」と言ったので、馮小羽は「校長は青木川で大事な人物でしょう。校長の行方についてあなたたちは痕跡も話題も示せないのはおかしいじゃありませんか」と言った。

張保国は「本来ははっきりしているのに、馮さんがむりやり分からなくしてしまったのですよ」と言った。

馮明は庭で顔を洗っていたが、「小羽が問題を複雑にしているんだ。わしは間違ってはいけないと思って、林嵐ともう一人の女性隊員を派遣して、解苗子のことを調査させたんだよ。解苗子は山の中に確かに親族がいて、貧農の階級だったから、土地改革のとき、解苗子に家屋と農地を割り当ててやり、続けて魏家の屋敷に住まわせたのだよ」と言った。

それでも馮小羽は一九四五年によそから来た女のことが釈然としなかった。

馮明は張保国に「君は一九四五年、青木川に来たもう一人の重要な女のことを忘れているよ」と言った。

「誰ですか」と張保国は尋ねた。

「劉芳だよ」と馮明は言った。

第7章

1

馮明《フォンミン》が青女《チンニュー》の家のベッドに寝ると、綿の掛け布団がぴったり体を包んでくれた。綿の生地、田舎の職人がほぐした中綿《なかわた》、久しぶりに若いころに帰った懐かしさを感じた。近年は寝具の種類がますます増え、羊毛布団、羽毛布団、綿布団、ポリエステル繊維、中空糸《ちゅうくうし》……名称はますますおかしく、どんどん肌に合わなくなり、人間の世界から遠のくばかりだ。あれこれ取り替えてみたが、結局綿布団が自分にしっくりすると分かった。ここ何日か布団に自分の体臭がつき、寝室の身の回り品にも自分の匂いがついているし、食卓は席が決まり、自分専用の食器もできた。彼は年を取った孤独な狼のように、匂いと習慣で自分に属するものを確かめ、容易に変更できなかった。青女の家の腰掛けるときしむ便座も、彼の提案で、李家の婿が寧羌《ねいきょう》から木製のものを買ってきて取り替え、綿ネルの便座カバーを付けたため、常時三十七度というわけにはいかないが、利用するときにヒヤッとしなくなった。便器用洗剤も我が家のものと同じブランドのザボンの香りのものに取り替えたので、違和感がなくなり、気持ちよく用足しができた。

寝具・スタンド・老眼鏡・渓流・涼風、申し分ないはずだが、ベッドに横たわっても、うつらうつらして熟睡できなかった。睡眠薬を一錠、二錠、三錠と増やしていっても、目が冴えて寝付けなかった。

問題は枕にあるようだ。

白い緞子の枕が水のようにすべすべして、女の肌のように柔らかい。そのためか妻夏飛羽《シアフェイユー》のことが思い出された。夏飛羽は晩年、脳卒中で二年間も半身不随で入院していた。亡くなる直前、看護婦が彼女の服を着替えてくれたとき、彼はそばで妻の真っ白な足、肉付きのいいお尻、きめ細やかな柔肌を見て、人の肌はこれほどまでに張りを保てるものなのかと驚嘆するとともに、これまで妻の美しさに如何に無頓着だったかということに気が付いた。数十年の夫婦生活は瞬く間に過ぎ去った。突然妻の美しさに開眼したときはすでに遅く、彼女は臨終を迎えようとしていて、まったく意識がなかった。彼は後ろめたく、申し訳なく思った。彼は腰掛けて妻の手を取ってみたが、その手は柔らかく、力なくだらりと垂れ、少し力を入れてみても反応がなく、なめらかな顔から表情が消えてうつろだった。看護婦の話では、脳卒中の患者は最後はみなこんな表情になり、もう喜怒哀楽はないそうだ。

夏飛羽の表情から、彼は二人の規律正しく厳格な性生活を思い出した。週に一回、土曜日十時半、十分間と決め、決して変更しなかった。最初から約束したわけではなく、習慣に過ぎなかったのが、自然と当たり前になっていった。彼らはこの原始的な結合を〝学習〟と言っていた。およそ夫婦ならそれぞれセックスをさす隠語があるものだが、彼らの隠語はこの〝学習〟だった。

灯を消してから、彼はたまに欲求を感じることがあったが、そんなとき妻の体をこっちに向けさせて、「今日、突貫〝学習〟でもしようか」と言った。

ところが妻は「疲れているの。明日また政府で会議があるし、またにして」と言った。

その日は火曜日だった。

二人は生涯一度も諍《いさか》いをしたことはないが、「愛している」と言ったこともない。所属部門の紹介によって、二人は初対面のときから結婚を前提に交際を始めた。

彼は青木川での仕事が終わったあと地方に留められ、長覇《ちょうは》県に配属されて共産党県委員会副書記になった。夏飛羽は県の婦女連合会幹事をしていた。上司が彼と夏飛羽を執務室に呼び、二人を握手させ、護衛兵が上級幹部の食堂で買ってきた肉まんを食べると、お見合いは終わったことになる。あとは自分たちで付き合うことになる。二人とも身上調書・行状記録が明明白白だったので、何もやるべきことがなく、二人の布団を一カ所に運べば結婚成立である。

当日退勤後、馮明は夏飛羽の布団を自転車で県委員会の宿舎へ運んだ。自転車は当時共産党県委員会書記たちに割り当てられたもので、そのころ長覇県の町には何台もなかったから、最高級の待遇で、今のベンツや紅旗【中国産最高級乗用車。一九五八年七月誕生。最初は毛沢東専用車。現在も高官でなければ配給されない】に匹敵した。土煉瓦の平屋の一室の壁には結婚祝いの印として赤い切り紙の「喜」の字が、洗面器を載せる台には洗面器が一つ、扉には丸い鏡が一つ、ベッドの下には黒い布靴が一足、それぞれ増えた。ドロップ一斤【五〇〇グラム】、「緑宝」マークの石鹸一個、クルミ一山、干し柿一皿……友達が何人か来たが、椅子がなく、みんな立ったまま、食堂で入れてきたお白湯を飲んで、「甘ーい」と異口同音……。

夏飛羽が着ているダブルボタンのレーニン服は、だぶだぶしているが、時の流行服。白い襟を目立つように外に出していて、大きな赤い顔を引き立て、いかにも革命的に見えた。馮明はあとで知ったのだが、あの白い襟は制服の上に縫い付けた、布一〇センチ位で作れる付け襟だった。新婦は黒い防寒ズボンと鳩目つきの防寒靴を穿いていて、着膨れしていたが、当時流行ったスタイルだった。髪は耳の後ろに撫でつけてヘアピンで留めていて、代表的な女性幹部の身なりだが、ちょっと年嵩《としかさ》に見え、二十代とも言えるし、五十代とも言えそうだった。馮明は夏飛羽の強い関中訛に閉口したが、もちろん、これらは原則的な問題ではないから、それを彼女を断る理由にするわけにはいかなかった。林嵐《リンラン》は夏飛羽とは違っていた。軍服を着、ベルトを締め、短くおかっぱにした髪は豊かで艶々していて、ヘアピンは付けていなかった。だぶだぶの防寒ズボン姿も見たことがない……だから好感が持てた。

結婚の夜、客が帰ったあと、夏飛羽は布団を敷くと、レーニン服を脱いできちんと畳んでから丁寧に枕の下に置き、頭からヘアピンを外してハンカチに包んで枕の下に置き、さらに花柄の靴下をそろえて平らに延ばすと、やはり枕の下に置いた。夏飛羽はずいぶんたくさんのものを枕の下に置いた。およそ大事なものと思ったらみな枕の下にしまっておく習慣があった。そのころはヘアピン・靴下・大事な服、後は食料配給切符・綿布配給切符・副食品購入手帳【一九五〇年代半ばから一九九〇年代前期まで配給制度施行】、さらにその後はネックレス・イヤリング、最後は退任証明書と預金通帳……を枕の下に置いた。

　そこまで回想すると、馮明は無意識のうちに自分の枕の下を探ってみたが、鴛鴦《おしどり》模様の枕の下には何もなかった。

　新婚の夜、夏飛羽は服を全部脱いで布団に入ろうとして、新郎馮明が部屋にいないことに気付いた。馮明は庭で冷たい北風の中に立っていた。切ない思いで胸が塞がり、部屋に入りたくなかった。彼はタバコに火をつけ深く吸い込んだ。それまでは煙草を吸わなかったが、その夜から煙草を覚え、生涯やめられなくなった。部屋の薄暗い光、窓に映る揺れ動く夏飛羽のシルエットを眺め、これから、この大きい顔の女と同じベッドで寝、同じ食卓で食事をし、昼夜顔を合わせ、子供を作り、命の最期の瞬間まで過ごすのか、と思った。あの、深く深く自分を愛してくれた、今は秦嶺に永眠している〝彼女〟に申し訳ない思いがした。この瞬間、〝彼女〟は一人寂しく自分を見つめているに違いない。この新婚夫婦の寝室の中でまもなく演じられるすべてのことが、〝彼女〟の最後のときの憧れだっただろうに、別人に取って代わられてしまって……。

　新婚の夜、彼は夏飛羽を抱いていながら、別の女を思っていた。それ以後、彼は度々体の下の夏飛羽を〝彼女〟だと思った。娘馮小羽《フォンシアオユー》の誕生は彼の〝彼女〟への思いの結晶だった。馮小羽の元の名は馮小嵐《シアオラン》だった。それは〝彼女〟を身近に留める形見のようなものだった。しかし、夏飛羽は林嵐という女がかつて存在したことを知ると、黙って娘の名前を「馮小羽」と改め、自分の証を娘にしっかりと記した。

　病床の妻の手が彼の手の中でだんだん冷たくなり、女の生命が終わった。感情の面で一生満たされたことのない女、一生〝彼女〟の影に包まれた女、その影は彼女しか感じ得ないものだった。ベッドの上で彼の情熱が迸っている最中、彼女は彼の相手が〝彼女〟であって、自分ではないことをはっきり感知していたので、〝学習〟後、彼が疲れて眠ると、彼女はその〝学習〟のために涙に濡れた。

　馮明のひたむきな愛情を知っているのは夏飛羽だけだった。夏飛羽の想像上の〝彼女〟は完全無欠の存在であり、時々自分を〝彼女〟と比較してみた。〝彼女〟は自分と夫の間に立ちはだかる取り壊しようのない壁だった。

馮明が林嵐の大好きな枕に頭を乗せて夏飛羽を思うことは、夏飛羽と一緒に寝て林嵐を思うのと同じようなもので、実に矛盾している。枕から発散する樟脳の匂いが障壁のように彼を彼女たちから隔離していた。彼はこの古臭い、非人間的な匂いが嫌いだ。それは、霊安室に運ばれる夏飛羽の体からかすかに発散するヨードチンキとクレゾールの混ざった匂いを思い出させ、また扉の上に載せた林嵐の遺体から発散する血生臭い匂いを思い出させた。

彼女たちは異なる形であの世へ行ってしまった。

対になっていた二つの枕のもう片方が今どんな形になっているか、彼には想像できなかった。おそらく愛する人の遺骸とともに黒い土と化したのだろうか。地下に埋葬後、暴いたことがない。八〇年代の初めごろ、青女から彼に手紙で、広坪では烈士霊園を作って、青木川で犠牲になった烈士の遺骨を鎮の外れの山坂に安置しようとしているが、林嵐さんの遺骨も合葬していいか、と訊ねてきた……彼は返事も出さず、秘書に「新中国のために掛け替えのない生命を奉げた人々だから、すべての烈士を懇ろに埋葬するよう、民政部門【除隊軍人に仕事を割り当て、災害・災難の救助・救済をし、住民の福祉を図る行政部門】に連絡してくれ」と言いつけてすませた。林嵐のことを触れなかったのは、彼女の安眠を邪魔されたくなかったからだ。そういった賑やかなことは清新で高尚な女性とは無縁だ。

馮明からはっきりした返事がなかったので、林嵐の遺骨は動かされず、そのままに静かに竹林に眠っていた。そこは馮明が自ら林嵐のために選んだ墓地だ。林嵐は生前あの竹林が好きで、そこで宣伝隊の人たちと一緒に出し物のリハーサルをしたり、青女と一緒に竹の子を掘ったりした。彼女たちはそこでパンダに出くわしたこともあった。あの白と黒がまだらになっている、太ったやつは半分横になって竹を食べていた。自分を覗き見している二人の女性を全然気にしないばかりか、二人の注目の中でぐうぐう眠っていた。青女はしょっちゅう山でパンダを見かけていたが、林嵐は初めてだったので、竹林の奥深い所にパンダ発見の印を付けようとしたところ、馮明の名前を竹に刻んでしまった……。

馮明は自分の名前が刻まれた竹はとっくになくなって

いるだろうと思っていた。実は竹に自分の名前があるという情報源は劉小猪《リウシアオジュー》だった。劉小猪は竹鼠《たけねずみ》を取りに竹林に入った。竹鼠はでかくて太っていて、灰色の短い毛があり、地下でもっぱら竹の根を食べている。明るい所では目が見えないので、地面に追い出せば簡単に捕獲できる。竹鼠の肉は柔らかくておいしく、野生の鳥獣の肉としては最高だった。劉小猪が竹鼠を取るのは、市場で売って、稼いだ金で井塩【塩分を含む井戸水から精製した塩。四川・雲南省に多い】などを買うためだった。

その日、劉小猪は太った竹鼠を下げて市場で売り歩いていると、馮明を見かけたので、その竹鼠を馮明に差し上げようとしたが、馮明は受け取らなかった。劉小猪は何か話して自分の革命に対する認識と忠誠心を表わそうとして、竹林でスローガンを見たと報告した。劉小猪は文字が読めないので、およそ文字を書いたものならすべて「スローガン」と思った。馮明は無視できない問題と見て、劉志飛《リウジーフェイ》に人を連れて見てくるよう言いつけた。戻ってきた劉志飛は笑うばかりで何も言わない。再三問い詰められて、竹には馮明の名前が刻んであったと言った。刻んだ人物を調べてくるよう劉志飛に言ったが、「おれはごめんだ。自分で調べに行けば」と言う。馮明はちょっと腹を立てたが、よく考えてみると刻んだ人が分かったのでちょっと顔を赤らめ、ほんのりとした温みが込み上げてきた。その後、活動に関する学習のときなど、林嵐のことを少し気に掛けるようになった。この女性兵士は確かにいい人だ。第一綺麗だ。さらに歌がうまいし、台本が書けて、演じることもできるし、活動の経験も積んで……。

解放されたばかりのころは、青木川の政治情勢は大変厳しかった。魏富堂《ウェイフータン》は武装解除後、部下とともに彼の執務棟で集団で政治学習をさせられ、まもなく寧羌県城に移送されて、人員の再教育をさせられた。魏富堂本人は別に何も言わなかったが、部下の将校たちは監禁同然だと不満を漏らし、外部の「田ウナギ」と連絡して内外呼応して騒ぎを起こす者もいた。青木川で狙撃したり、人気のない山道で通信員を待ち伏せして殺したり、共産党末端組織の積極分子の家に放火したり……。

李樹敏《リーシューミン》の父李天炳《リーティエンビン》が寧羌陽平関で解放軍に処刑されたという情報が広坪に伝わると、李家の婆さんは、その日の夕食に蒸したベーコンと白米ご飯を食べ、酒を飲んだ。夜、人々が寝静まったあと、身なりを整え、首を吊って黄泉路へ旅立った。こんな出来事があって、李家の息子たちは自分たちの判断で事を処理することができない。地元の慣わしでは、母方の叔父魏富堂の差配が必要で、実家の有力者の指示がなければ埋葬できないのだが、魏富堂は再教育中で自分の意志では外出できない状況だったので、劉志飛と戦士二人に付き添われて広坪まで葬儀に来た。

　李家の婆さんの葬儀はすべてが控えめに行われた。喪服を着る人もなく、大声をあげて泣く人もいなかった。葬儀のため広坪に来た魏富堂は二言三言しか話さなかった。甥たちとも会話を交わさなかった。葬儀が終わるとそのまま県城に戻り、広坪の姉の家には半時間もいなかった。その半時間さえ軽く見てはいけない、と言う人がいた。

　魏富堂は絶対広坪に姿を現わすべきではなかった。また、その後広坪で起こった反革命暴動は魏富堂が来たことと絶対に関連がある。李家の親戚の中に匪賊の秘密連絡員が混じっていたかもしれない。魏富堂は姉の棺の前にちょっと立っていただけで、しかも劉志飛らが付き添ってはいたが、彼の目配せ一つ、動作一つで何らかの情報を伝えたのかもしれない、などと言う人もいた。

結局、調査してもはっきりした証拠はなかった。

　李家の大奥様が死んだとき、李樹敏夫妻はそばにいなかっただけでなく、埋葬の日にも姿を現わさなかった。彼が妻の劉芳《リウファン》とどこで何をしていたか誰も知らなかった。

　李家は家族が多いが、五番目の嫁劉芳の素性についてはまったく知られていなかった。一九四五年暮れ、劉芳は数個のトランクを持って、李樹敏について広坪に来て、広坪の家に長逗留するようだった。李樹敏は母親に、これは寧羌でもらった嫁で、よそから来た人で、専門の訓練を受けているから文武両道に秀で、全国でも屈指の才能がある、と説明した。ところがなぜか、李家の婆さんはこの嫁がどことなく苦手だった。その言動には嫁としての基本がまったく見られない！　この五番目の嫁は標準語を話し、時には英語を交える。傲慢で冷たい態度で、ほかの嫁たちとは距離を置いており、内心彼女たちを馬鹿にしていることがはっきりと見て取れた。この嫁が身に付けているものは、山国の人間が見たこともない珍しい服で、時々男装をし、拍車がついている乗馬靴を穿き、鞭を振りながら庭の中を歩き回ったりするのを、李家の女たちは目を丸くして眺めていた。若旦那はピストルを使うことができ、嫁は小刀を投げることができた。猫の鳴き声が気に入らないと言って、部屋の中に座ったまま、暖簾《のれん》越しにそっと手を上げてシュッと音を立てた瞬間、その猫は倒れた。みなは、あっと驚いた。拾ってみると、赤い紐をつけた細い小刀が猫の目に刺さっていた。その猫は婆さんの部屋の宝物、婆さんが最も可愛がっていたものだった。

猫が死んだため、婆さんは食事ものどを通らないほど悲しんだのに、嫁は何も言わなかった。彼女は、猫のことも、姑のこともまったく意に介さなかった。この嫁の広坪での行動はまったく神出鬼没で、真夜中に出かけて幾日も戻らないときもあり、数日部屋に閉じこもって誰にも会わないときもある。彼女は一台の機器を携えてきて、タッタッタと叩き、できた文字は孔になっていた。

ある日、彼女がイヤホンをつけて機械を叩いていると、姑が彼女の部屋に入ってきた。それを見たとたん、机のスタンドを持ち上げると見境なく投げつけてきて、「誰だろうと勝手に私の部屋に入るな」と怒鳴った。その場の様子は、嫁の姑に対する態度ではなく、主人の女中に対する態度だった。婆さんは息子に怒って言った。「姑が嫁の部屋に入るのは当たり前だろ。使用人のように自分の名前を名乗ってから入らなければならないのか」。

李樹敏は「この嫁は地元の女じゃなく、大学教育を受けた者だから経歴が一般人とは違い、親父でさえ県城で出会ったら頭を下げるよ。大局のために争わないでくれよ」と母親を宥《なだ》めすかした。しかし婆さんは「大局とは何だ。家の秩序が大局だよ。男女の別あり、長幼の序あり。どんな時代でも古来の秩序を乱してはならない。家にいて大人しく李家の嫁を務めてもらうか、わけの分からない服を片付けて、舶来品の機械を持って、この家を出てもらうか、どっちかだ！」と言った。

劉芳は孤立して、もうこれ以上李家に居れなくなったので、李樹敏は思い切って彼女を「斗南山荘」に住まわせた。知らぬが仏というわけだ。李樹敏は国民党寧羌県委員であり、「斗南山荘」に住むようになってからは、劉芳とともに終日山林の中を駆け回って狩猟したりして、半分は紳士、半分は匪賊の自由奔放な生活を始めた。解放後、解放軍は陝西省南部の山地で困難な匪賊掃討を展開した。匪賊の中に小刀を投げられる「田ウナギ」というのがいたが、後で調べて、李樹敏と劉芳の集団だと分かった。

劉芳が入ったため、「斗南山荘」が政治の中心地になって、魏富堂の豪邸は若干寂れた雰囲気になった。

胡宗南《フーゾンナン》が陝西省南部にいる間、青木川に行くと必ず「斗南山荘」を訪れ、その部下も時々訪れたが、そこに頻繁に出入りしたのは姜森《ジアンセン》だった。彼は国民政府軍事委員会調査統計局情報処長であり、逞《たくま》しい体格をしており、軽々しくしゃべったり笑ったりせず、閻魔大王のそばにいる判官のようだった。「斗南山荘」には姜森専用の部屋があり、劉芳とは密接な関係があった。ここに度々来る者にまた胡宗南の副官于四宝《ユースーバオ》がいた。于四宝は洗練されていて、人には優しく上品な好男子だ。馬に乗って青木川の街を行くと、女たちは世の中にこれほどの眉目秀麗な男がいるものかと感嘆した。

胡宗南が陝西省を撤退するとき、姜森と于四宝は残って国民党陝西・甘粛省遊撃連隊を組織するよう命じられた。姜森が司令官に任命され、普段は分散活動し、非常時は結集する方針を定め、山中に潜み、機会があれば暴動や破壊活動を起こした。広坪・青木川で活躍する「黄鱔尾」は反共遊撃隊の一つで、暴虐残忍で有名で、政府と対抗し、土地改革運動を破壊し、住民に危害を及ぼした。

あの日、林嵐は松樹嶺で馮明と別れたのち、昼ごろ広坪に着いた。広坪は寧羌県の西の端にあり、南は四川省朝天鎮に接し、西は青川県と隣り合い、北は甘粛省の康県に通じている。広坪河、安楽河、金渓河は甘粛省康県に源を発し、広坪を流れて嘉陵江と白竜江に注ぐ。広坪は川に沿って、四川省・陝西省・甘粛省をつなぐ曲がりくねった小道であり、青木川から陽平関経由で寧羌や漢中へ行くには通らなければならない道である。解放初期は青木川とともに鳳凰郷に管轄された。青木川に比べ広坪鎮の街は割合に平らで、周囲の山に木が密生していて、キクラゲの名産地であり、ケシ栽培には絶好の土地だった。林嵐と戦友たちは広坪に着くと、副郷長・曹紅蕭《ツァオホンシアオ》に、鎮の青年たちを集めてきてもらい、これからの活動を大いに宣伝するため、「匪賊掃討」についての宣伝活動者会議を開いた。塀などにスローガンを書き、街の状況を反映する寸劇を創作して演じ、革命歌を教える……仕事はいっぱいある。曹紅蕭は任命されたばかりの非共産党員副郷長だが、土地の状況を熟知し、中学校を出ており、家が貧しいなどの理由で、党が地元の幹部として育てるために、この十九歳の青年に重い任務を与えた。林嵐は度々広坪へ来て曹紅蕭と親しくなり、林嵐の前では曹紅蕭は副郷長らしくなく、弟のようだった。

この日、宣伝会議が終わっても青年たちは帰ろうとせず、宣伝隊の皆さんの歌を聴きたいと言った。それで宣伝隊の人たちが舞台に上がって「共産党がなければ新中国はない」、「解放区の空」を、そして林嵐が「北風が吹き」、「暗く涸れた古井戸は深い」などを歌った。広坪の青年たちは興奮して林嵐に盛んにアンコールの拍手をした。その夜、曹紅蕭は初めて林嵐の歌を聴いたが、その美しい歌声にすっかり感動した。抑揚のある美しい歌声が窓外の風とともに遠くまで伝わって、広坪の人々にも聞こえた。それは林嵐が広坪に残した最後の歌声だった。数十年後も、人が寝静まった深夜、時には女性の歌声が聞こえることがある。ただ歌詞は明瞭さが少し落ちているという人もいるそうだ。

会議のあと、林嵐は曹紅蕭に案内してもらって地元の歌手洪老漢《ホンラオハン》を訪ね、民謡を採集した。洪さんの家を出た時、月が南に回っていた。かなり遅くなったので、月明かりの広坪は静まり返り、近くを流れる清渓河が淡い銀色に輝き、周囲の稜線、岩、滝が月の光を受けて、一層明るく、はっきりと見えて、昼間より生き生きとしていた。空気がおいしく、谷間から吹いてきた風が人をほろ酔い気分にさせるほど花の甘味を帯びていた。林嵐が前を歩き、曹紅蕭がそのあとに付いていった。月が真上に上っているので、林嵐の影が短い線となって、足元に纏いつき、移動するにつれて、その影が現れたり消えたりしているのを、曹紅蕭は見て、場違いにも「亡霊には影がない」と言った母の言葉を思い出し、よく観察すると、ある区間の道は確かに影がなく、白い月明かりだけが移動していた。このとき俯いてみると、自分にも影がないのを確認して安心した。彼は自分の考えを恥じ、これからうんと学んで早く革命的自覚を高めよう。こんな馬鹿げた考えをしていては駄目だ。この程度の思想では共産党に加入するのはまだまだと思った。前を歩いている林嵐が足を止めて待ってくれた。彼は足を速めて追いつき

「林姉さん、この仕事が終わったらまたどこかへ行くんですか」と聞いた。

林嵐は「それは革命の必要性によります。青木川に留まるのも悪くはないですね」と言った。曹紅蕭は「それなら、どこへも行かないで、広坪に残ってください。ここは冬は寒くないし夏もそんなに暑くないです。いいお茶もあるし、民謡もありますから、仙人が住む所ですよ」と言った。

林嵐は「広坪がそんなに良い所と言うなら残りましょう」と言った。曹紅蕭は「でも僕はよそへ行きます。北京へ行って、幹部養成大学に入って、卒業したらまた帰ってきます。幹部になるためには、やはり教養がないとだめですからね。情熱だけではだめでしょう」と言った。

林嵐は「今後機会があれば、よそへ学習に行けるよう推薦しますよ。新しい国を建設するためには教養ある、有能な人材がいくらでも必要ですからね」と言った。

林の奥の方で木の枝が折れる音がした。二人は思わず足を止め、暗い林の奥の方を眺めた。林嵐が「人がいるようよ」と言うと、曹紅蕭は「猪です。そいつらはしょっちゅう群れをなして畑の近くへ食べ物を採りに来るんです」と言った。

二人はそのまま歩き続け、郷政府の前で別れた。曹紅蕭は林嵐が郷政府の庭に入ったのを見届けてから、自分は東の方へ二〇〇メートル程の自宅に帰った。夜道でのなんでもない猪のエピソードが、曹紅蕭の一生の痛恨事となった。彼が林嵐の判断を受け入れなかったことが原因で、恐ろしい網が夜の暗闇に乗じて、すっぽりと広坪を覆っていた。

郷政府に戻ったとき、仲間たちはもう眠っていた。林嵐は眠くなかったので、上着を引っ掛けてランプの前に座って詳細に活動記録を書いていた。陝西省南部の初夏は暖かくすがすがしい。建物の後ろには小川が流れており、虫の声が聞こえてきた。林嵐は耳をそばだてて虫の合唱を聞いているうちに馮明のこと、一緒にいたときの楽しかったことが思い出された。革命活動に身を投じて以来、これほどの感情を抱く男性はいなかった。仲間の中に優秀な青年は少なくないし、一緒に南下してきた工作団の都会出身の学生の中に、かなり優れた人も多かったのに、彼女はなんと馮明だけに心を奪われた。この若い教導員は彼女を夢中にさせる軍人気質があり、決断力があり、勇敢で機知に富んでいた。このような人に彼女は未だかって巡り合ったことがない。そうだ、個人的な問題も日程に上げなければならない。馮明が県の会議が終わって帰ってきたら、彼と相談しよう。うまくいけば青木川の仕事が一段落した時点で、指導部に結婚申請を提出しよう。結婚のこと、将来馮明の妻になることを思うと、林嵐は興奮してその日が早く来るように願った。それは小娘のころからの美しい夢で、その夢がまもなく現実となる……彼女は彼とベッドを共にし、枕を共にし、同じ白緞子の枕に頭を沈め、布団の中で彼が私にキスし、私の体を撫で……それから子供が生まれる。一人、二人、三人、男の子、女の子。平穏な生活、場所も、貧富も問題ではない、ずっとずっと一緒にいられたら……。

林嵐のこのような気持ちは、後で馮明が彼女のノートを見て分かったのだった。ページの後ろに乱雑に「枕」、「息子」、「娘」、「一緒に」などと書いてあった。それは彼女の心からの告白であり、一人の女の夢の延長線だった。

曹紅蕭が家に帰ったとき、母はもう寝ており、弟紅林がランプの前で手製のインクを試作していた。曹紅林《ツァオホンリン》はこの夏鎮の小学校を卒業して青木川中学に進学する予定だ。父が早く亡くなったため、母親が二人の子供を育てるのは容易なことではなかった。幸いもう解放されたから、よい暮らしが始まっている。

兄が帰ってきたのを見て紅林は興奮してインクの試作に成功したことを話した。そして、お母さんが布を染める顔料に明礬と藁灰を入れたから、書いた字の色は濃淡のむらがなくなった。これからは色あせしないインクに成功すれば、街で売っているインクと変わらないものができる、と説明した。曹紅蕭は痩せている弟を見、顔料で青く染まった手を見、心から熱いものが込み上げてきた。弟の肩を叩きながら、「来月手当てをもらったら必ずインクを買ってやるよ。本物のインクを」と言った。

「だって兄ちゃんはまだ手当てをもらってないじゃないか」と紅林は言った

「来月、来月からもらえるようになるから」と紅蕭は言った。

「上海製の『駝鳥』銘柄が欲しいな」と紅林は言った。

「『駝鳥』銘柄、僕も知っているよ。幹部たちが使っているブルーブラックのやつだろう」と紅蕭は服を脱ぎながら言った。

「僕はブルーブラックは要らない。明るいブルーが欲しいな」と紅林は言った。

「紅林が明るいブルーが好きなら、それにしよう」と紅蕭は言った。

曹紅蕭は疲れ切っていたので、横になるとすぐうとうととしたが、「起きて」と弟に起こされた。起き上がってみると弟は寝ていなかった。紅林が「外はどうも変だよ。いやに騒いでる」と言った。母親も起きて上着を引っ掛けた。よく聞くと、道路でどたばたした足音に混じって人の泣き声とまばらな銃声がした。「匪賊だ、逃げろ！」という叫び声がした。曹紅蕭は匪賊の襲撃だと直ちに判断して一旦外に飛び出したが、また戻ってきて弟に言った。「近道をして急いで青木川に行き、解放軍に広坪が大変だ、大至急支援に来るよう言ってくれ」

兄弟が相前後して家を出ると、母親は外まで追っかけてきて、紅林に上着をかけてやると念を押して言った。

「人の命に係わることだから、急ぐのよ」

紅林は「母ちゃん、安心して。僕、走るの速いから」と言った。


曹紅蕭が郷政府まで来ると、武装工作隊員が包囲を突破しようとしていたが、一部の匪賊が広坪の街に入ってきて、政府のほうに迫っている。隊長・李体壁《リーティービー》の先導で人々は鎮の東の川辺に撤退している。曹紅蕭は李体壁に、「安心してください。弟をを青木川に通報に行かせました。弟は青木川の道をよく知っているから、早ければ、一時間ぐらいで向こうの解放軍が駆けつけてくるでしょう」と言った。

匪賊が広坪の街をすっかり包囲し、東北の任家湾、東南の羊圏梁、南の窄埡子《さくあし》などいくつかの高地を制圧して、周囲に機関銃を構えて、銃口を広坪街道の隅々に向けた。宣伝隊員を守るために、李体壁は解放軍の二つの分隊を、前と後ろにそれぞれ一分隊配属し、十二名の幹部を真ん中に挟んで、政府の庭を突破するよう命令した。住民が巻き添えにならないように、彼らは人の多い街道を避けて、下り坂を東の方へ川まで走った。南北両方の匪賊がすぐ機関銃で川辺を封鎖した。その辺は土埃が立ち、水面は雹《ひょう》が降るようにしぶきが上がった。向こうから銃弾の雨を浴びせてくるので、みなはまた郷政府まで押し戻された。緊急討議して、小学校の裏から街の西の小山銀《ぎん》錠堡《ていほ》に突進することにした。

武装工作隊が銀錠堡に向かって突進しているとき、林嵐は胸に弾が当たって政府の入り口で倒れた。後ろの郷長任世英《レンシーイン》が立ち止まって、林嵐を抱き上げたが、林嵐は必死に「私にかまわないで、早く行きなさい」と言った。

一旦逃げていた曹紅蕭はまた戻ってきて郷長と一緒に重傷の林嵐を担いで小山に急ごうとしたが、階段を下りないうちに匪賊の先頭部隊がもう広坪政府に侵入してきたため、真正面からぶつかった。カチャカチャと銃の遊底の音がして、彼らは匪賊に取り囲まれた。任郷長は大声で叫んだ。「お前ら、何するんだ。自ら人民の敵に回れば、身の破滅だぞ！」。匪賊の中に任郷長を知っている者がいて、「お前を探していたんだ！」と言うと、狂気じみた数人の匪賊が同時に任郷長に向かって発砲した。任郷長の血が塀いっぱいに飛び跳ね、その場で犠牲になった。曹紅蕭は息も絶え絶えの林嵐をかばいながら、南の塀の隅まで追い詰められ、縛り上げられた。

一方、李体壁は人々を率いて銀錠堡に上がった。銀錠堡は独立した小山で、木々が密生し、トチノキはお碗の口ぐらいの太さがあった。周りの斜面は樹木が茂り、棘が至る所に生えていた。状況は非常に厳しい。銀錠堡の高地を占領したあと、一分隊は北の砲台を機関銃で封鎖し、別の分隊は南の登り口を小銃で守り、攻めてくる匪賊を狙撃して救援を待った。幹部と宣伝隊員は山の頂上で石を使って防塁を作り、ほかの戦士は素早く塹壕を掘って防備を固めた。

夜が明けるころ、銃声はますます激しくなり、周囲の木の葉が絶えず落ちてきた。李隊長は「銃弾を節約し、むやみに発砲するな、敵が接近してから打て」と命令した。匪賊たちは解放軍が動かないのを見て、ますます気炎を上げ、対面の山から猛烈な射撃をしながら、「共産党は投降しろ」、「広坪の工作隊員を生け捕りにしてやるぞ！」と大声でわめいた。

李隊長は朝早く起きたため、突撃したときも白いワイシャツのままだったので、特に目立った。林の中を行き来しているうちにうっかり体を晒したため、ひとしきりの銃声とともに、頭部に弾が当たって倒れた。戦士が服を裂いて隊長の頭部を巻いた。意識が朦朧となりながら、隊長はかすかに口を動かした。「恐れることはない、戦闘を続けなさい」と言っているのだと、みな分かった。通信兵が隊長の手を取って言った。「隊長、安心してください！　必ず戦い続け、死ぬまで陣地を守り抜きます」。李体壁は傷が重く犠牲になった。年はわずか二十歳だった。

李隊長が倒れたあと、通信兵が代わって戦闘を指揮した。匪賊が包囲してきて戦士が数人負傷し、臨時の指揮者通信兵も弾に当たったので、幹部と宣伝隊員たちは次々に隠れた所から飛び出て銃を取って戦った。

すっかり明るくなると、戦士たちは林の中から南北両面の山の至る所に匪賊がいるのを見た。その数は四百名を下らないから、こっちの十倍以上だ。街では匪賊はドラを鳴らしながらわめいた。「今日李家の旦那が帰ってきた。李家に刃向うやつは一族を皆殺しにしてやるぞ」。一声叫ぶごとに一発発砲したので、民衆は右往左往して逃げ回り、隠れる場所を探し回った。

李樹敏は二番目の頭目李全実《リーチュエンシー》に、碾き臼の上で、解放軍に対する投降勧告書を書かせると、南の塀の隅から曹紅蕭を引っ張ってきて、銀錠堡の解放軍に届けろと命じた。曹紅蕭がいやだと言うと、李樹敏が彼の太腿をめがけて一発撃って大怪我をさせた。曹紅蕭は李樹敏の命令に従うしかなく、痛みを我慢して銀錠堡へ登り、戦友たちと合流し、街の状況を通報した。銀錠堡の同志たちは計算してみて、曹紅林が青木川へ行ってからもう数時間経過したのに、まだ救援部隊が来ないのは、何か不測の事態が起こったのではないだろうか、と言った。

昼近く、また二人の幹部が匪賊に銃撃され、一人の戦士が狙いを定めて青色の服の匪賊を撃ち殺したので、匪賊たちは向こう見ずに頂上を攻めようとしなくなり、太陽が西に傾くころまで双方対峙《たいじ》していた。

広坪の街中では血生臭い殺戮が始まった。

李樹敏が正体をさらけ出したのだ。彼はもう覆い隠そうともせず、妻の劉芳も幕の後ろに隠れないで、二人はわめきながら表舞台に飛び出し、新政権を相手に背水の陣を敷いた。

林嵐は負傷し、かなりの重態だった。一緒に捕らえられたのは区の隊長・曹天林《ツァオティエンリン》と撤退に間に合わなかった郷政府の幹部たちだった。

林嵐と数名の幹部は郷政府の前で縛られていた。そこはかつては李家の屋敷で、広い表門の前に、馬を繋ぐための石の杭がいくつかあった。李天炳が寧羌県警察署長をしていたところは、ここは人の出入りが繁く、賑やかな場所だった。解放後李家の屋敷は郷政府の事務所に変わった。屋敷の中に煉瓦造りの二階建てがあり、かつては李家の女たちの住まいだったが、今は一階は事務所、二階は武装工作隊員と幹部の宿舎になっていた。匪賊が広坪を襲ったとき、政府の建物が重点目標となり、百人以上の悪党が何重にも包囲した。

午後、一部の逃げ遅れた民衆がこの政府の入り口に集められたが、人々は俯いて立ち、誰も口を開こうとしなかった。周囲は凶悪な面構えの悪党と、真っ黒な銃口に囲まれていた。後になって民謡歌手の洪老漢の回想によると、あの日異様な天体現象が現れた。薄い雲が太陽を覆い隠したため、日光が屈折して長い橙色の線となって空から降り注いできて、見慣れた天と地を異様な様相にした。洪老漢は「空に『怪しい光』が現れると、地上で災難が起こるよ。『怪しい光』を何度も見たが、一九五〇年六月の『怪しい光』が特に記憶に残っているよ」と言った。

郷政府の前で幹部たちは縄で縛られ、三人一組で棒杭にくくり付けられ、身動きができなかった。ほとんどの人が負傷していて苦しそうに立ちながら、どたばたしている悪党たちを怒りの眼で注視していた。

林嵐は頭を前に垂れていて、胸の左が血で赤く染まり絶えず出血して上半身から足を伝って地面に流れていた。彼女は何回も気絶して、自分がどこにいるのか、何が起こったのか、はっきりした意識がない。彼女は痛みは感じなかった。ただ眠くて横になりたかったが、石の柱に縛られているので横になれなかった。

黄土色いラシャの軍服を着、ＧＩ帽を被った女が政府の門前の、乗馬するときの石の踏台に立って、片手を腰に当て、片手に銅の針金を被覆した鞭を持って、幹部を指しながら群衆に話した。「見ただろう。これが共産党に付いて革命を行った者の末路だ。天地を覆して政権を替えようとはとんでもない。国民党軍はまだ大陸を完全に撤退していない。我々は至る所で活動している。早くから広坪河に刑場を作るつもりだった。先に警告しておく、我がほうにはまだまだ戦闘員がおり、軍事勢力は健在だ。今後共産党に加担した者は皆彼らと同じ末路だぞ！」

群衆はこそこそ話し始めた。軍服を着た奴は李家の五番目の嫁の劉芳じゃないか。いつも人を見下し口もきかなかった傲慢な女は、こんなに凶悪な女だったのか。

李樹敏が話し始めた。甲高い声で虚勢を張って話すが、いかにも自信なさそうだった。平素上品な振る舞いを装っていたので、いざ面子をかなぐり捨てると、自分でも調子が出ないし、人々も若旦那の声や口調はこんなものだったのかと、あっけにとられた。李樹敏は郷政府の表札を取り外して踏みにじりながら言った。「よく見ろ。郷政府の表札が掛かっている所はどこなのか、俺の家だよ。こっちがみんなに迷惑をかけているのではない。共産党こそ人を馬鹿にしていやがる。親父を殺し、お袋まで死に追いやった。俺の家を占領したうえ、土地まで取り上げようとしている。彼らは私を叔父と同じように監禁しようとしているが、この李樹敏はこのままで済ませるわけにはいかない。破れかぶれで共産党と対決してやる。暗闇への一本道と言われようと、誰も阻むことはできない。共産党は青木川のごろつきをそそのかして叔父の財産を奪ったうえ、またここに来て扇動する。その了見はやめたほうがいい！　親父と叔父の仇を討ってやる。この李樹敏は慈悲深くはない。昔、叔父は鉄血大隊で人間の心臓を酒の肴にしたが、俺も共産党員の心臓を抉り出して食ってやる。共産党がお前たちを救いに来るかどうか、見てやろう」

劉芳の目配せで、数人の悪党が幹部たちの前にやってきて、鋭い短刀を出して、幹部たちの服を引き裂いた。

曹廷林《ツァオティンリン》は最期の時だと覚悟して、悪党が彼の上半身を裸にした瞬間、「極悪非道の匪賊李樹敏を打倒しよう」と声を振り絞って叫んだ。ほかの人も、「国民党反動派を打倒しよう」と叫んだ。続くスローガンが叫ばれる前に、悲惨な悲鳴に変わった。その声は人間の口からではなく、恐ろしい地獄の底から発せられた阿鼻叫喚だった。彼らは腹を切り裂かれ、内臓が足元に滑り落ちた。

人々は驚き叫びながら後ずさりしたが、後ろの匪賊に鉄砲を突きつけられて元の所に立たされた。見るに耐えず、ひどく嘔吐したり、しゃがみ込んだりする人がいたが、すぐ劉芳に鞭打たれて引き起こされ、最前列に立たされた。

林嵐は最後に殺害された。彼女は戦友が一人一人死んでいくのを見、刃が肉体を切り裂く音を聞き、自分の体に跳ね掛かったものの温みを感じ、腹腔《ふくこう》の匂いを初めて嗅いだ。そのとき彼女が何を考えていたのか誰も知らないが、眼の前に立っている劉芳に軽蔑の一瞥を送り、ありったけの力を振り絞って、相手の歪んだ顔に鮮やかな赤い血を吐きかけた。劉芳はかっとなって、歯をむき出した雌狼のように、林嵐に近づき自ら手を下そうとした。

劉芳が出した先の尖った小刀の刀身は、小型で軽く細長く、柄に輪がついていて暗紅色の房が結んであった。人々が混乱して一カ所に固まった。誰かが小声で「田ウナギ」と呟いた。

林嵐の美しい胸が「怪しい光」に照らされ、そよ風が彼女の髪をなびかせた。彼女は頭をもたげ、目をかすかに見開いていた。その瞬間彼女は極めて冷静だった。空から降り注ぐ無数の光線に向かって、口を開いたが、声は聞こえなかった。

魔女の短刀が振り下ろされるとともに、林嵐の胸の血が迸り、満開の大きな花が広坪河畔に咲き乱れたようだった。時間はその時点で止まった。広坪の人々は一人の女性が最後にここに残した輝きを永遠に記憶した。

清渓河のせせらぎはむせび泣きの声に聞こえた。初夏の風がそっと烈士の体を撫で、厚い雲が山の方から湧き出て、この世のものとも思われないほどの痛ましい情景に被さった。

広坪の街で起こった匪賊による虐殺の情報が県政府に入ると、直ちに一七一連隊は六十口径の砲を携えて広坪河に駆けつけて増援した。部隊は長蛇梁に沿って羊圏子梁まで行き、六十口径の砲を据え付け、任家湾など匪賊が集中している三カ所に向けて砲撃した。天地をひっくり返すような砲声が響いた。匪賊は大部隊が来たと分かって慌てふためき、烏合の衆となって一度に大半が逃げ出してしまった。頭の李樹敏は情勢が不利だと判断して、劉芳とともに腹心や中堅分子を率いて、広坪の街の後ろの原始林に逃げ込んだ。

人々は広坪山の坂道で曹紅蕭の弟曹紅林の遺体を見つけた。曹紅林は広坪を出てすぐ、待ち伏せしていた匪賊に路傍で銃殺されていた。少年烈士曹紅林の手は青かった。兄のほかは、その手が青くなっている原因を知っている者はいない。

この暴動について、寧羌の歴史は次のように記録している。

解放後、李叔敏（李樹敏）は解放軍の強大な攻勢に恐れをなし、国民党陝西省・甘粛省遊撃総司令姜森と密かに暴動を画策し、妾劉芳等匪賊ともに反共産党遊撃隊を組織し、自ら総隊長になった。下に三個大隊を設けて、流言飛語で民衆を惑わし、善良な民衆を脅迫して匪賊に加入させ、人民政府に反抗して、秘密活動から公然たる反乱に転じた。一九五〇年六月二日、李叔敏は匪賊四百人余りを率い、小銃と拳銃百丁以上を持って、広坪河で武装工作隊を包囲した。武装工作隊三十余人は十一時間応戦して、隊長李体壁を初め九人が殉職した。翌日、匪賊は街まで攻め、区公署を包囲して、区と郷の幹部を殺害し、区大隊長曹廷林らは壮烈な最期をとげた。解放軍主力部隊まで遠かったため、すぐには救援できず、広坪河は一時匪賊の手中に堕ちた。農民協会と民兵の幹部十余名が棒杭に縛り付けられ、腹を切り裂かれて殺害された。李叔敏が広坪で引き起こした反革命反乱事件で、当地の民衆は多大な災いを被った。

林嵐が犠牲になったという情報を得た青女は近道をして広坪まで駆けつけた。彼女が着いたのは、林嵐とほかの烈士が杭から縄を解かれたところだった。彼女は林嵐に飛びついて、名前を呼び体を揺すぶり一切かまわずに内臓をお腹に戻したが、林姉さんはもはや目を覚ますことも、話すこともできなかった。烈士の遺体が臨時に作った小屋に安置された。青女は林嵐の血痕を洗い清め、髪を梳いて整えてあげた。彼女は注意深く傷口に触れないようにそっと拭いた。歪んだ彼女の顔を整えてあげ、この最も親しかった女性兵士に最後の場でも美しい顔でいてほしかった。

小屋の前を捕虜が護送されていったとき、青女はその意気阻喪している捕虜の中に見覚えのある顔、茶色い髭の男を見つけた。馬面、むき出している歯、鼬のような表情など、今なお記憶に新しい。老県城で共産党と名乗った髭男が今日は「田ウナギ」の隊列に現れたのだから、ほっておけない問題だと思って、青女は隊列に突入し、髭男をぎゅっと摑むと大声で叫んだ。「お前を知っているぞ。悪人め！」。髭男は青女を振り放そうとしたが、どうしても抜けなかった。解放軍が髭男を隊列から引っ張り出し尋問すると、髭男の本名は李全実、李樹敏のために碾き臼の上で投降勧告書を書いたあの二番目の頭だった。彼は潜伏していた国民党陝西省・甘粛省遊撃総隊の連絡員で、姜森と劉芳の「田ウナギ」分隊との連絡を担当していた。髭男の白状によると、老県城で大趙と小趙らを殺害するよう直接命令したのは李樹敏だった。解放軍に成り済ましのは、魏富堂と共産党の間に不和の種を蒔くためだった。妻を殺された憎しみによって、魏富堂を徹底して解放軍と対立させる策略だった。事件を本当のように見せかけるために、青女を生き証人として殺さずにおいた。彼女に銀貨を三枚やったのは、識別するための印だった。李樹敏の妻劉芳は、国民党の軍事委員会調査統計局の特務で、命令されて李樹敏の妻の名義で潜伏し、陰で部隊を組織して共産党と長期にわたって対抗しようとした。

馮明は林嵐が犠牲になったその日の夜、広坪に駆けつけた。街で人が泣いていて、燃えていた家は火が消されたものの、もうもうと煙が立っていた。黒焦げの家の桁がふぞろいの骨格のように無造作に伸びていた。焦げ臭い匂いが熱い風とともに吹き、息がつまりそうだ。地面の至る所に血痕があり、街の南の方に数十体匪賊の死体が積まれていた。

数人の兵士が郷政府の前の広場を清掃していた。どの棒杭の下にも血だまりがあり、曹紅蕭は太股を包帯で巻いて階段の上に腰掛けて、人々に藁灰で黒味がかった血だまりを覆い隠すように指揮していた。彼は病院へ治療に行かず、目は真っ赤になり、唇はかさかさ乾いて裂け、声はかすれていた。胸のあたりに爪で引っ掻いた傷痕が残っているが、それは彼の兄弟、林姉さんと一瞬に命を落とした仲間のために狂ったように泣き喚き、自分で胸を引っ掻いたのだろう。

弟曹紅林の遺体が街に運ばれてきた。革命のために命を失った、広坪の犠牲者の中で最年少者だった。

馮明の頭の中は真っ白だった。結果は県政府で聞いていたが、どうしても信じられず、来る道々多分情報が間違っていて本当のことではないだろうと思っていた。しかし、広坪に来て黒みがかった血を見て、もはやすべては引き戻しようもないと分かった。

馮明は小屋の中で林嵐と対面した。林嵐は静かに扉の上に横たわり、白い蠟燭が彼女の頭の上の方に点してあり、輪郭のはっきりした蒼白い顔は悲しく美しかった。

細辛入りの落とし卵がお椀一杯頭の上の方に置いてあった。それは青女が親友に奉げたものだった。細辛の淡い苦味と蜂蜜の甘味に強い血生臭い匂いが混ざった、忘れられない異様な匂いが小屋の中に籠っていた。あんなに美しく、あんなに穏やかな女性なのに、あれほど勇壮な最期を遂げたとは……。馮明は林嵐の手をしっかり握った。林嵐の手は氷のように冷たく、もはや血の通った温かさも柔らかさもなかった。魂は抜けて遠くへ行ってしまった。馮明は林嵐の眠っているように安らかなな顔を見つめているうちに、だんだん目が曇った。彼は自分の手で林嵐の口元のわずかな血痕をそっと拭き取ったとき、その美しい口からかすかにすすり泣く声が聞こえたような気がした。このとき彼女は自分の懐に飛びついて声を出して泣くはずだと思った。

馮明は白い緞子の枕の樟脳の匂いが強くて、少し頭が痛いし、呼吸も苦しく、心臓も動悸がして鈍痛を覚えた。彼はベッドから起き上がると、なんと、顔じゅう涙に濡れていた。部屋を出て顔を洗うと、廊下に立ち青木川のすがすがしい夜風に吹かれていた。隣の部屋には娘馮小羽がぐっすり寝ており、下の寝室から李家の婿のいびきが聞こえてきた。李家の犬が月明かりの庭を歩き、一匹の猫が塀の角を行って闇の中に消えた。青木川の夜は数え切れないほど経験しているのに、不思議なことに今夜はなぜこんなに寝苦しいのだろう。

いつのまにか青女が彼の後ろに来ていて、「眠れないのですか」と聞いた。馮明が「そうです」と言うと、青女は「明日一緒に彼女に会いに行きましょう」と言った。

2

広坪烈士霊園は鎮の東の山坂にあり、高い記念碑と広い石の階段、それに松とコノテガシワの並木がある。街の中にあるが、大変閑静な所で普段はほとんど足を踏み入れる人がいない。

鎮政府は昔の場所にあり、古い建物は倒れそうになりながらもまだ立っているが、欄干などは朽ちかけていた。もちろん職員たちは普通に出入りしている。倒壊の恐れがあるので、今年いっぱいで取り壊して新事務所に建て替えられることになっている。あの凝った造りの馬を繋ぐ杭は九〇年代に撤収され、博物館の展示館の前の芝生に移された。それに関心を持った人は彫刻を触って賞賛したり、それらを背景に写真を撮ったりしている。しかし、その浮沈の激しかった由来や血塗られた歴史の跡をたどって本当の姿を探る者はいない。

広坪の当時の副郷長曹紅蕭は出世しなかった。今は普通の農民として、いくらかの田畑を作って、妻子と平凡に暮らしている。どこで聞いたのか、今日はかつての指導者馮明が戦友のお墓参りに来ると知って、早くから霊園に来て待っていた。広坪で馮明と話ができる者は自分一人だけだと思ったからだ。彼の弟曹紅林は烈士霊園の隅っこに埋葬され、小さな塚と小さな石碑がある。毎年清明節になると、広坪の少年先鋒隊員たちは曹紅林のために小さな花輪を供え、同年代の少年への尊敬を表している。毎年、曹紅林の花輪の横に駝鳥マークの明るいブルーのインク壺が置かれている。それは曹紅蕭が弟との約束を守って、五十五年ずっと変わらず続けているのだ。

客の接待は鎮の日常業務として、特に指図されなくても、どうすべきか誰でも分かっている。来客の肩書に応じて、紋切り型の発言をし、来客に満足いくような食事を供し、快適な宿泊施設を準備し、幹部を満足させ、付き添いの人も喜ばせることができれば、一応責任を果たしたことになる。しかし今回馮明が来るとなると、広坪鎮政府ではいささかも不行き届きがあってはならないと考え、湯《タン》書記は実に周到な手配をした。党委員会メンバーが全員総出で付き添い、招待所で三卓の最高の料理を用意し、「三ツ星」以上の宿泊所を用意した。青木川では青女の家に泊まってもらうことができるが、ここ広坪では、古参幹部を感傷的にさせる以外に何もない。

古参幹部が広坪に来るのはかつての戦友の供養のためだから、鎮政府の事務局は、周到に計画を立てた。葬儀屋に白いリボンをつけた豪華な花輪を注文し、地元の学究肌の方にお願いして、古参幹部の名義で祭文を書いてもらった。花輪は地元の人が使う簡単な紙の花輪と違って、プラスチックの花を多数飾り付けて、古参幹部が戦友に奉げる花輪としてさらに華やかにし、テレビで見る国家元首が英雄記念碑に奉げる花輪に少しも劣っていなかった。事務局長が焼酎や紙銭や爆竹なども用意するかどうか書記にお伺いを立てると、湯書記は「用意しておきなさい。祭祀を西洋式にするか中国式にするかは、古参幹部ご自身の判断に従うが、我々としては用意しておかねばならん。備えあれば憂いなしだ」と言った。農民を雇って明け方から清掃させ、石の階段に生えたつる草を取り除き、墓碑の上の鳥の糞を拭き取るよう命じた。こうして、鎮政府が烈士を崇拝してお世話していることを表わすと同時に、荒廃した情景を見て古参幹部をがっかりさせないためだ。

　湯党書記は老幹部が到着する前に霊園を一通り視察して、ぐらついている階段の石や破損箇所を見つけると、すぐセメントで修復させた。路傍のコノテガシワに清明節【冬至から数えて一〇五日目から三日間墓参りする習慣がある】のときに飾った造花が風雨に晒されていたので、ただちに新しいのに取り替えさせた。農民が灌漑のため路上に引いたホースを見つけると外させ、灌漑は日を改めてするよう命じた。書記が数十段の階段を上っていくと、まだ若いのに息が切れ汗をかいたので、なぜこんなに高く作ったのだろうと疑問に思った。階段の上には記念碑があり、大きな字で「革命烈士は永遠に不滅である」と書いてあり、五星紅旗があって、厳かでしめやかな雰囲気だ。記念碑の後ろに数基の墓が並んでおり、二人の農民がへらで碑の苔を削っているのを見て驚いて、「誰がしろと言ったのだ」と聞くと、「誰に言われたのでもないよ。削り落としてから水で流すと、いくらか新しく見えるし、文字も読みやすくなるから、俺たちが進んでやっているのだよ」と答えた。書記は「苔があるほうが歴史を感じ古い趣がある。磨きたてるくらいなら新たに作ったほうがましだよ」と止めさせたが、心の中で田舎者めと罵っていた。その碑を見ると、名前は李体壁、武装工作隊隊長と書いてあるから、湯書記は兵士の先頭に立って突撃した指導者のだろう、でなければここに眠ることはないはずだ、と幾分尊敬する気持ちになった。書記が一生懸命碑文を判読しているのを見て、歳かさの農民が「この人知ってるよ。河南省の訛があり、敏腕な若者で、射撃の腕前がすごく、それに優しい人だった。広坪の者はほとんど知っていて、李隊長と呼んでいたんだよ」と言った。また横の墓を指して、「この人は区大隊長の曹さんで、敵の手に落ち酷刑にかけられ、犠牲になるときスローガンを叫んだよ」と説明した。

　湯党書記は、みんな幹部だ、みんな死んでしまった、みんな自分より若かった、そのとき自分ならどうしただろう、と考えてくると頭がぼうっとなってしまった。そしてこの問題は真面目に考えておかなければならないと思った。

携帯電話が鳴った。民政幹部が青木川の張保国からの電話を受けると、「古参幹部は広坪へはもう行かないそうです」と伝えた。民政幹部が「こちらでもう食事もちゃんと用意したよ」と言うと、張保国は「食事はどこにだってあるよ。必ずしもそちらで食べなきゃならんということはないだろう」と言った。

民生幹部は「こっちで花輪もちゃんと用意してあるよ」と言うと、張保国は「自分たちで献花すればいいじゃないか」と言った。

民政幹部が不満げに、「何の理由もないのに、俺たちで献花することはないだろう」と言うと、張保国は「なぜ献花できないのか」と言った。

民政幹部が不満げに「花輪はもうキャンセルできないよ」と文句を言うと、湯書記が横で「キャンセルしろとは言ってないだろ。俺たちで献花しよう」と言った。

湯書記は「張保国が言うことも一理ある。献花は上級幹部がいなければできないわけでもない。俺たち指導部の午後の政治学習はこの霊園でやろう。君たち民政のほうで急いで烈士の事績を人数分プリントしてくれ。革命の大先輩の事績に照らして自己批判しよう」と言った。

事務局長が「三卓の料理がもうできています」と言うと、書記は「学習が終わったら全員で食べに行こう。夕食会だ」と言った。

馮明は広坪へ行かないで、青女について林嵐の墓に行った。張保国、馮小羽と鍾一山も一緒だった。林嵐に会いに行くことは、今回青木川の旅の大事な目的だった。一行はきちんと列を作って畦道を歩いた。

青女は落とし卵を作るとジャーに入れ、注意深く籠の中に置き、冷めないようにさらにタオルを被せた。どうしても林嵐に熱いうちに食べさせたいと気を遣っているようだ。今朝、馮明はちゃんとヒゲをそって、中山服に着替え、詰襟をピシッと立てていた。馮小羽の記憶では、父がこのように正装するのは、これまでめったになかった。父の正装を見て馮小羽は、林嵐の供養を大事に思い、十分に用意していたことが分かった。

鍾一山は夜が明ける前から山に行き、露に濡れている雛菊を一抱えも摘み取ってきて、「僕の田舎では身内の墓参には、みなこの雛菊を奉げます。僕はこの先輩と面識はありませんが、楊貴妃と同じように多芸で歌も踊りも上手な方なのに、悲惨な最期を遂げられて、古い蜀道にさらに無限の悲哀をもたらしました」と言った。すると馮明は「林嵐と楊貴妃を同一視してはいけない。一人は封建的支配者、一人はプロレタリア戦士で、両極端の人物だ。同列に論じるのは革命家への冒瀆《ぼうとく》だ」と鍾一山を批判した。鍾一山は手で輪を描きながら「両極端を曲げれば一つの円になりますから、彼女たちは一つにならないと言われても一つになるんですよ。ですから実は林嵐は現代の楊貴妃だと言えるんです」

馮明はこれ以上博士と論争したくなかった。

馮明は前を大股に歩いているので、馮小羽は遅れまいと父の後についていって、水溜まりや石の段差を越えるとき手助けした。鍾一山は後ろの青女に、「日本の山口県の楊貴妃の墓のあたりで、やはりこのような雛菊を見ました。中国のと同じ種、同じ香りです」と言った。

小さい池を回り、緩やかな短い坂を上がるとあるはずだ。墓地は馮明自ら林嵐のために選んだのだから、はっきり覚えている。数十年にわたる恋慕の中で、彼はこの道を幾度も幾度もさまよった。この小道は夢に繰り返し現れ、癒すことのできない痛みを留めていた。緩やかな坂の上をちょっと曲がれば鬱蒼とした竹林があり、その少し奥の馮明の名前を刻んだ竹のそばに塚があり、墓碑があるはずだ。塚は低いが墓碑は精巧だ。そこが若い女性の永眠の地だった。碑文は馮明が書いたもので、竹に刻んだ林嵐の字と相呼応していた。あの当時、彼はまだ書道を習っていなかったが、どの文字にも真心がこもり、癒されることのない深い愛情が迸《ほとばし》り出ていた。彼の書を地元の石工に彫ってもらったが、はっきり見えないことを心配して字画を二倍深く彫らせた。青木川を離れる前、彼は林嵐に別れを告げに来た。足が重く去りがたかった。そばの青女が「安心して行ってください。私がお世話しますから」と言った。彼は去った。そして五十五年経った……。今日ようやく戻ってきた。

彼の記憶では、墓のそばに浅い小川が流れ、水辺に菖蒲がびっしり生え、黄色い花が咲いていた。あの花はのちに都会の花屋でも見たことがある。時には自分に贈られた花束の中にも菖蒲があった。高いが上品な花だ。淡いピンク色や鮮やかな黄色もあったが、ここの菖蒲ほどはみずみずしくなかった。竹林に小鳥の巣があり、鳥たちは朝飛び出し、日暮れに帰ってきて、昼間出合ったことをさえずり合い、仲睦まじかったので、林嵐はここでは寂しくないだろう。遠くに青木川の道があり、作物が成長し、たわわに実る稲穂や大きくて重そうなトウモロコシがある。さらに遠くには波を打っているような連山が幾重にも重なって……。

馮明は夏飛羽のことも思い出した。狭い木箱に納められて、小さい写真が嵌められ、おびただしい見知らない〝人々〟とともに壁に並び、小さい窓から外をのぞいている。それは上級幹部だけが享受できる特権だが、林嵐の「永眠の地」に比べると、非常に劣っている。

天の采配は実に公平だ。

馮小羽は、父の林嵐の墓地についての話は、父の思い入れが色濃く、墓地の景色や鳥や菖蒲の花などは、ほとんど父の思慕で少しずつ付け加えられ理想化された世界だから、実際の情景とはいささか違っているだろう、と思っていた。

果たして、馮明が足を止めて後ろの青女に、「あの畳石が重なっている小川はどこですか」と聞くと、「一九五八年、南と北に二つのダムを作ったとき、あの小川は涸れてしまいました。六〇年代の大寨に学ぶ運動【一九六三年の毛沢東の「工業は大慶に学び、農業は大寨に学び、全国は人民解放軍に学ぶ」という指示に始まる。山西省昔陽県の大寨という寒村が、集団経営のモデル農村となった】で土地を整地し、溝まで埋めてしまいました」と説明した。

続いて張保国が言った。「そういった仕事は親父がみんなを率いてやりました。ダム建設は困難を極めました。冬は泥水の中に入り、腹が空いて力が入らず、寒くて震えが止まりませんでした……」。馮明は「親父さんのことより、まず、水辺の花は今どうして無いのか教えてくれ」と言った。

張保国は「花なんかもともとありませんよ」と言った。

馮明は「そんなはずはない。ほら、葉が長くて幅の広い大輪の黄色の花だよ」と言った。

青女も「大輪の黄色い花は見たことがありません」と言った。

はたして墓地に入るや思い違いが生じた。馮小羽はこれからどういう事態になるか心配で、ポケットの「速効救心丸」を触ってみてから、一歩も遅れまいと父の後ろについて歩いた。

渓流も菖蒲も無くなっていたので、馮明はがっくりした。鍾一山が「記憶は最もあてにならないものです。何を信用しても、記憶だけは信用してはだめです」と言った。

どうしたらいいか困っている張保国に、馮小羽が「ここに以前来たことがありますか」と聞くと、「場所は知っていましたが、気に留めていませんでした。このへんに紅軍の女性兵士が埋葬されていることは知っていましたが、実は青木川の山道にはたくさんの革命的先輩が埋葬されています。生き埋めにされたり、匪賊に殺害されたり、国民党に奇襲されたりして、墓碑もありませんから、今は正確な場所も分からないんです」と言った。

鍾一山が「『哀れな無定河のほとりの白骨、なお春閨の夢の中の人』【唐・陳陶「隴西行」四首の第二首。無定河は陝西省北部に源を発し黄河に注ぐ】とはいうものの、彼らを夢に見る人も遠くへ行ってしまって、もう彼らを思い出す人はないでしょうね」と言うと、馮明は腹を立てて言った。「『彼らを思い出す人がない』とはけしからん！わが党は彼らを覚え、人民は彼らを覚え、革命は彼らを覚えている。彼らの精神は天地とともに永遠に存在し、月日とともに光り輝いている」

張賓が後ろで、「言葉はすばらしく、理屈は正しいが、どこかちょっと空しいですね」と言った。

馮明は足を止め、最後を歩いている張賓に向かって「今の言葉は君たちのようなものに言い聞かせたかったのだ。一番心配なのは革命のバトンを君たちの手に渡したら、それを捨ててしまうことだ」と言うと、張賓は言った。「ご安心ください。何を捨てても、そのバトンだけは絶対捨てませんよ。それが飯のタネですから」

青女に睨みつけられて、張賓は黙った。

鍾一山はさも聡明そうに、「そのバトンは先に僕に渡してくださらなければ、いきなり張賓さんの手には届かないでしょう」と言った。

馮明の話とはとんちんかんだ。

一行は歩いたり止まったりしながら、小さな煉瓦工場まで来た。煉瓦工場とは言っても、煉瓦の生地を焼いて作る普通の煉瓦ではなく、コンクリートを型に流し込んで乾かし、そのまま建築に使うものだ。コンクリートミキサーが辺りかまわずすさまじい音をたてながら回転し、セメントの粉塵を撒き散らしているため、辺り一面もうもうと土埃が舞い上がり、空気がひどく汚れている。煉瓦を運ぶトラクターが路傍に止まって黒煙を吹き出していて、人々は咽《む》せて涙が出た。張保国が工場の人に「今日は作業しないよう、通知がなかったかね」と言うと、工場の人は「工場主が『一日生産をストップして出た損失を鎮政府が保障してくれるなら操業停止するが、まだその金が下りてないから、生産する』と言ったよ」と言った。

馮明が「どうして工場を道路のすぐ近くに造ったのか」と聞くと、張保国は「もともと道路から離れていたのですが、道路が拡張されたため、近くなったのです」と言った。馮明が「工場主は誰だね」と聞くと、張保国は「佘鴻雁です。景気がよく、毎日煉瓦を運ぶトラックが列を作って待っているぐらいです。今、生活に余裕が出てきたので、二階建てか三階建てに家を建て直す人が多く、煉瓦の需要がものすごいんです」と言った。

馮明は少しでも早くこの騒々しい場所を立ち去ろうとして先へ行こうとすると、青女が「どこへ行くんですか。もう着きましたよ」と言った。

馮明は「着いたの？」と言って辺りを見回すと、青々とした竹林もなければ、楽しくさえずる小鳥たちもいない。あるのは土埃を噴出するミキサーだけだった。

青女は塀の下のセメントの中に傾いている石を指さしながら、「ここですよ」と言った。

馮明はその半分しか出していない、ひっそりと寂しそうに立っている石をしばらく眺めて言葉を失った。それがあのとき林嵐に選んでやった墓碑だと信じることができず、ここがずっと心に留めていた、林嵐の霊魂を安置した場所だとはなおさら信じられなかった。とっさに駆け寄って埃を手で払うと、石碑に林嵐の名前がぼんやり見えてきた。それは間違いなく自分の筆跡だった。深く彫った溝がもうぼやけていて、碑の角が欠け、真ん中に大きなひびが入っているので、一目で叩き壊されたに違いないと分かった。ぼんやり見分けられる書体がなければ、こんなにも醜くなったものが、かつて光沢があった美しい墓碑だとはまったく信じられなかったし、これほどまでに喧騒で過酷な労働現場が、かつてはすがすがしく閑静な墓地だったとは信じられなかった。
馮明が「墓碑を壊したのは誰なんだ」と聞くと、張保国が「『文革』のとき、よそから青木川に『四旧打破』【「文革」開始時の重要なスローガン。「四旧」とは、古い思想・文化・風俗・習慣】に来た紅衛兵が、女匪賊の墓があると聞いて、墓を掘り出し、墓碑を破壊し始めたのです。青女さんがそれを知ると慌てて駆けつけて紅衛兵に、『これは女匪賊ではなく、女子紅軍の墓です』と言ったので、彼らは止めたそうです」と答えた。青女も付け加えて言った。「私もなぜかあのとき、とっさに林嵐さんのことを女子紅軍だと言いました。後で考えてみると、もし女性幹部と言ったら簡単にはすまなったかもしれません。あの当時はすべての幹部が審査され、ほとんど『不良分子』の嫌疑がかけられましたからね。『女性幹部』と言っていたら林嵐さんの安泰を守れなかったでしょう。だから魏富堂に殺害された『女性紅軍』と言ったのです。この手はほんとうに役立って、もう紅軍を冒瀆するやつはいませんでした。紅衛兵たちは墓の前で『革命的先輩に学ぼう』とスローガンを叫んでから、新たに女匪賊の墓を探しに行きました」

馮明は張保国に向かって、「青木川の指導者の一人として、そのときなぜ青女のように革命烈士のために正義の発言をしなかったのか」と咎めたが、張保国は「そのとき僕はまだ小学生だったんですよ」と言った。馮明が「じゃ、親父さん、張文鶴は何をしていた？」と言うと、張保国は「親父は、県の『牛小屋』に半年もぶち込まれ、リンチされて大腿骨を折られたんです」と言った。

馮明はばつが悪かった。張保国も、青木川の隅っこに女性烈士が埋葬されているとは知らなかったので、これは自分の職務怠慢だった、と申し訳なく思った。

張保国は「早く話してくれればよかったのに」と青女を咎めたが、青女に「指導者の方々に何回も話しましたよ。張さんにだって十回以上も話したじゃないの。誰も聞いてくれないから言わなくなったのよ」と反論されて、いささか引っ込みがつかなかった。

青女は周りの朽ちた草や泥などを掻き退けて、石をすっかり出すと、「林姉さん」と叫んで、石碑の前にしゃがんで言葉もなく、涙をはらはらと流した。

馮明も腰をかがめて石を両手で抱え、泣きたいのに涙が出なかった。

ここがどういう場所に変わっていようと、ついに彼は戻ってきた……彼女のそばに戻ってきた。

張賓たちが急いで周りを綺麗に清掃して、雛菊を墓前に供えた。細辛入りの落とし卵の苦味交じりのすがすがしい香りが漂ってきて、嗅いだ人の涙をそそった。馮小羽は酒を地面に撒いた。

3

青女は心が千々に乱れた。この小さい墓碑によって心に眠っていたわだかまりが呼び覚まされた。林嵐の犠牲は彼女に深刻な衝撃を与えた。そして彼女の受けた衝撃が原因で、魏富堂は一夜のうちに「罪悪の深淵」に引きずり込まれたことを彼女は知っている。広坪の暴動で、李樹敏と劉芳の正体が明らかになり、人々は大趙《ダージャオ》と小趙《シアオジャオ》を西安に護送して行った人たちが、それほど遠くない老県城で国民党によって殺害されたことを知ると、民衆は激怒した。復讐しよう！ 冤罪を雪ごう！ 血の債務は血で償ってもらおう！ などのスローガンが山村の隅々まで響き渡った。後に工作隊がこの好機をうまく利用して民衆を立ち上がらせ、「裏切り者を取り除き、極悪地主を撲滅しよう」などと活動を盛り上げた。青女は手柄を立て、県政府で表彰されたので、心の底に潜んでいたためらいを打ち消し、婦人代表になり、勢い盛んな極悪地主打倒の運動に全身全霊打ち込んだ。

青女は魏家の内情を知っている者として、県で再教育を受けている魏富堂が家に兵器とアヘンを隠匿しているという重要なことを摘発した。青女の先導でその夜突然行って、眠っている解苗子を起こし、箱の底に隠していたコルト拳銃を見つけ、アヘン倉庫の二重壁の中からアヘンも取り出した。見かけは壁に嵌めた普通の戸棚だが、奥の仕切りの板を取り除くと中はかなり広く、その中から工作隊がアヘンを二包み見つけた。それほど大量ではないが、二〇キロ以上はあった。

この二つのことだけが原因で、魏富堂に対する扱い方は大きく変わった。数十年後に魏を弁護して、「魏富堂がピストルを隠匿したのは李樹敏に惑わされたことだし、老県城の虐殺事件がなければ、あんな結果にならなかったかもしれない」と言う者がいた。また「解苗子にやったコルト拳銃のことは魏富堂は忘れていたんだよ。彼の兵器は多くて管理が雑だったからな。それは現代の人々が頻繁に更新する携帯電話のように、一度に全部はっきり思い起こすのは無理だよ」と言う人もいた。しかし当時は何より重要なのは証拠で、そんなことは当然誰も言えなかったし、敢て言い出す人はいなかった。

　コルト拳銃は、解苗子も忘れてしまっていたのだが、青女は覚えていた。幹部の立場にある青女は真っ直ぐに解苗子の部屋に入って、箱を開けてその隅っこから拳銃を取り出したとき、解苗子でさえびっくり仰天し、青女の表情から、自分が忘れたことは致命的なことで、その拳銃一つが夫の命取りになると分かった。彼女はすっかり動揺して、泣きながら青女に跪いて「なんとか寛大にしてもらえませんか」と哀願したが、青女はきっぱりと「いいえ！」と言った。

　青女は「いいえ」としか言えなかった。彼女の身分、彼女の立場、彼女の思想からは「いいえ」としか言えなかった。

　あのころ弁護士制度などはなかったから、兵器を所持すればすなわち新政権と対立することになり、何の釈明も聞き入れられなかった。

　アヘンは魏富堂が自分のために取っておいたのだが、もう使いようがなかった。

　林嵐の墓参りから戻ってきた馮明は、部屋に閉じこもったまま、食事もとらなかった。

　午後、魏元林《ウェイユエンリン》が馮明に会いたいと農民を連れてきたが、青女に庭で押し留められた。「古参幹部は体調を崩して、今休んでおられますから」と言ったが、魏元林は、「馮教導員じゃないか。何が古参幹部だ！　あんたもああいう幹部の真似して官僚の口ぶりで俺をおどそうとするのか」と言った。

　農民も「そうだ。そうだ。馮教導員は俺たちと同じベンチに座る人だよ」と同調した。

　青女は「劉小猪、あんたの腹は分かっているよ。そっちのつまらないことのために来たのだろ」と言った。

　魏元林は「つまらんこととは何事だ！　これは国の経済と人民の生活に関わることだし、生きるか死ぬかの大事だぞ」と言った。

　言い合っているとき、馮明が出てきて「何か御用ですか」と聞いた。劉小猪は目の前の立派で貫禄のある古参幹部を見ると、すべての農民が官僚にお目にかかったときのように臆して、とっさに何を言ったらいいか分からなくなり、両手で絶えずズボンをさすっていた。魏元林は劉小猪を押し出して、「馮教導員に会いたいといつも言っていただろ。今馮教導員に会えたのにどうして何も言わないのかよ」と言った。

劉小猪は感激した様子で、目に涙を一杯ため、唇が震えついに我慢できず、ワーッと泣き出し、両手で頭を抱えてしゃがみ込んだ。

青女が言った。「あんたの親父が亡くなったときでもこれほど泣かなかったのにね。今日はどうしたわけ?」

魏元林は言った。「恩人の共産党に会って、生みの親に会ったのと同じように感激したから、言いたいことが山ほどあったのに、嬉し涙になったんだよ」

馮明は劉小猪を助け起こして腰掛に座らせたが、劉小猪は腰掛けずにしゃがんで、「こうしていたほうがいいです。慣れっこだから」と言ったが、馮明はしゃがみ込んでいる人と話すのは落ち着かなかった。馮明は魏元林と劉小猪にタバコをやったが、劉小猪はタバコをもらっても、吸わないで耳に挟んだ。馮明が火をつけてやろうとすると、「いいです」と言った。魏元林が「彼は教導員のタバコは上等で、もったいないから取って置き、いつか別の幹部がやつの家に来たとき、出して勧めるつもりですよ」と説明した。劉小猪はばつが悪そうだったが、反論せずしきりに揉み手をしていた。その両手は大きなたこができ、皮膚は荒れてごつごつしていた。爪の隙間が緑色に染まっているのは、ここに来る前に何かしていたのだろう。

馮明は、「別に上等のタバコではないよ。西安ではみんなこれを吸っているよ」と言った。魏元林は「一箱数十元の『好猫』銘柄だから、俺たち田舎者には嗅ぐ資格しかない。青木川の百姓が吸えるのは最高でも一箱二元の『公主』銘柄ぐらいだから、とても『好猫』とは比べものにならないよ。もっと上は『中華』と『中南海』だな。でもその二つは最高級で、共産主義の供給制【現物支給賃金制度】だからな。高級幹部が自前でタバコを買ったなんて聞いたことがないね。鎮の幹部でさえ自前でタバコを買うことはないよ。蛆虫の百姓だけが自分の全財金で煙草を買うんだ。外国の大臣はテレビで自分の産を公表しなきゃならんし、年末の賞与も端数まで国民に報告せんとならんのだそうだ。中国ではそういうことはない。裏で操作して、封筒を一通そっと袖の下に入れる。中身は紙切れ一枚だけ、よく見ると小切手で、百元だったり、百万元だったり……」

魏元林はしゃべりだしたら、きりがなさそうだと思って、馮明は劉小猪に、「暮らし向きはどうだね」と聞いた。劉小猪は涙を拭きながら言った。「おかげさまでどうにかやっています。食糧は足りてるし、豚二頭、牛二頭飼っています。子供は二人います。豚はヨークシャー種で、古い品種だが肥えていてベーコンを作るのに向いています。牛は泰川牛《たいせんぎゅう》【陝西省渭南市の泰川牛は中国で有名な黄牛の品種】で、農耕向きだから高く売れるんです。子供は一人は青海省で兵隊、一人は漢中市で働いていますが、どっちもまあまあやってます」

馮明が「今後の暮らしはますます良くなるだろう」と言うと、劉小猪も「そうですね、ますます良くなります。共産党と毛主席のおかげで、また馮教導員のおかげで、俺もそう思っています」と言った。

魏元林は「青木川で劉小猪のように、解放されたことをしっかり心に刻んでいる農民はもう何人もいないですよ。小猪は教導員がいらっしゃるとすぐ挨拶に来ようとしたんだけど、いつも張保国のやつに止められてね。張保国のやつは、大衆が直接上級幹部に直訴し、やつらに迷惑をかけるのじゃないかと心配なんですよ。だから、幹部はほんとうに大衆の中に入り、いろんな障害を排除しなければならんのですよ。毛主席が『大衆こそ真の英雄であり、我々自身のほうが、とかくこっけいなほど幼稚であることを知らねばならず、この点を理解しなければ、最低の知識も得られない』【『毛主席語録』】と言われる通りです」と言った。

劉小猪は、工作隊のご恩をはっきり覚えていることを示すために、感謝の言葉を並べたてた。「俺たちは観音崖の洞窟から魏家のお屋敷の明るい瓦葺の立派な家に入れました。お袋を魏旦那のコノテガシワで作った豪華な棺に納棺できた……。あの夢のような変化は貧乏人の本当の解放の象徴です。共産党こそ劉家の永遠の恩人です。このことを子供たちに話しても子供たちには実感がない。もともとこの瓦葺の家に生まれ育って、劉家がここに住むのは当たり前だと思っとるから」

魏元林が言った。「今お前の子供が当たり前だと思っても、その家をお前たちに分配したとき、お前の親父さんは『絶対要らない。魏旦那は良い人だから、人の物をただではもらえないよ』と断わったじゃないか」

魏元林の話を聞いて、馮明も当時住む家のなかった数所帯の人たちに魏家の立派な瓦葺の家を分配すると、みなが嫌がったことを思い出した。棚から落ちた牡丹餅がうまい具合自分の口に入るなんてことはとても信じることができなかったし、何世代もずっと極貧で不運だった自分たちには、突如訪れたとてつもない福をとても受け止める力はないと心配したのだった。

そのときそばにいた林嵐が言った。「劉小父さん、その魏富堂は自衛団の司令でしたよ。良い人だとおっしゃいますが、誰にとって良い人なのですか」

劉小猪の父は言った。「あの魏旦那は生まれつき運がいいし、宅地の地相もいいから、金持ちになるのは当たり前だよ。俺たちは貧しい運命だから、もらった家は二年もしないうちに、もとの持ち主にそのまま返さなければならなくなるだろうよ」

同調する人がいて言った。「人それぞれだから、魏旦那が絹織物を着、燕の巣の入った粥を食べ、ドライブするのは当たり前だ、自分で稼いだんだから」

林嵐は繰り返し、極悪非道な地主が貧乏人を搾取する道理を説明し、魏富堂が一地方のボスとなって郷里の人を食い物にした罪を説明してやった。指を折って魏富堂が毎年人々から搾取した運送費、道路修理費、銃弾費、自衛団費、自衛費、治安費、冬季防衛費、連帯防衛費、兵隊慰労費などを数え上げた。一年に十回も土地税を徴収し、労働の手間賃を払わず、小作農が小作料を払えないと小作権を取り上げた。そして高利貸しをしてどれだけの所帯を破産に追い込んだか……。みんなは考えてみると、確かに魏旦那にみすみすたくさんのお金を取り上げられている！

魏富堂の財産を民衆に分配する前に、いつでも見学できるよう魏家の屋敷を一般公開した。極悪地主が貧乏人を抑圧し搾取し、酒食におぼれ、贅沢極まりない、腐りきった生活をしていたことを、貧乏人の生活とはっきりと対照させ、大衆の魏富堂と戦う決意を盛り上げた。青木川の多くの人は初めて魏家の屋敷の奥に入った。薪や米を運んできた昔は裏口から出入りし、台所と薪小屋しか入ったことがなく、内部は見たことがなかった。今は違って、農民たちは魏旦那の螺鈿《らでん》の肘掛け椅子に何の気兼ねもなく座れるし、魏旦那に怒られる心配もないから、足についている泥を椅子の横木でこすり落としても平気だし、模様入りの厚い絨毯の上で思いっ切り転がっても、痰を吐いても大丈夫だ。魏旦那の不興を買っても平気だ。当の魏旦那のやつ、県城で小さくなって「再教育」を受けているんだから。「再教育」というのは、まず威厳を剝ぎ取った後、説教して、命令されたとおりに動く従順な猿のように、仕込むことだ。

魏家の屋敷で貧乏人に最も目の保養をさせてくれたのは大趙と小趙の部屋だった。部屋の主はいなくなっていたが、道具は元どおり置いてあった。刺繡したテーブル掛けを敷いた円卓、分厚いガラスでできた姿見、金蒔絵の簞笥、赤と緑【中国の風習で赤は夫＝花、緑は妻＝葉】の緞子の掛け布団、厚くて柔らかい毛布、座ると沈み込んでしまうソファー、高さ一メートル余りもある蓄音機、使ったことのない冷蔵庫……。工作隊は「これらは残らず大衆の手に渡します、これらは本来人民のものですから人民に返すべきです」と言った。

広坪反革命反乱後、魏家の屋敷に住んでいた二軒の農家はあわててそこを出た。人々は「魏旦那は県でやっつけられているが、その甥と『田ウナギ』はまだ外で策動しているから、青木川でも腹を切り裂く事件を起こすかもしれない」と言っていた。

魏富堂の家から銃を探し出したため、事件の性格が変わって、「再教育」を受けていた魏旦那は罪人となり死刑囚の監房にぶちこまれた。冬、劉芳を銃殺し、李樹敏を逮捕したという情報は全県下に衝撃を与えた。そのため大衆の懸念が消え、人々は割り当てられたものの使い道をひそかに胸算用し、欲しい物と欲しくない物とを目論み始めた。劉小猪の家が最も貧しかったから、工作隊は親父に最初に家を選ばせた。親父は、「工作隊がただで家を分配してくれるんだから、選り好みはしないよ。恵んでくださったものをいただくよ」と言った。そこで大きな瓦葺の三間を分配した。高い石段、大きいガラス窓、デザイン床タイル、前は廊下、後ろは庇《ひさし》……。

山の洞窟からガラス窓にデザイン床タイルの立派なお屋敷に入った。これはいきなり天に昇った心地だったことだろう。これこそ本当に抑圧から解放されたのだ。劉小猪の親父は眠れなかった。目が覚めたら家が消えているのではないかと心配し、また政府が政策を変えて家を取り上げてしまうのではないかとも心配した。あのころ劉小猪と親父は特に政治情勢に関心を持った。政治は彼らと密接に結びついており、彼らとしては政治にしっかりとついていかなければならないと痛切に感じていた。あのころ劉小猪が一番望んでいたのは雨だった。雨が降ると野良仕事に出なくてすむし、軒下に座って雨水が軒瓦を伝ってきて一筋の線となって落ちるのをぼうっと見ているのはのこの上ない楽しみだった。もちろん雨漏りも、壁が崩れることも心配する必要がない。ザアザアと降る雨水は自分とは少しも関係ない。一度、馮明がその前を通りかかり、劉小猪が軒下でぼんやりしているのを見て声を掛けたが、全然気が付かなかった。親父は「家が持てたら、せがれが馬鹿になった」と言った。

馮明は「幸せな生活は始まったばかりだよ」と言った。

劉小猪の親父は「せがれどころか、わしも時々夢ではないかと思い、本当だとはどうしても信じられないよ」と告白した。ある日、劉小猪はまた馮明に、「家は本当にずっとずっと俺たちのものですか？」と聞いた。実はこのことはもう何回も聞いていた。馮名は「家屋の権利証までやっただろう。もちろん永遠に君たちのものだよ。今後誰か、君たちから家を取り上げ、出て行けと言ったら、それは革命大衆に対する報復で、反革命だよ。まず俺が断固許さないからな」と言った。

劉小猪の親父は言った。「馮教導員の言葉で安心したよ。教導員を信用し、共産党を信用し、生涯党についていくよ」

そのあと、劉小猪は民謡を一つ作り、寧羌県で広く歌われるようになった。

貧乏人の涙止まらず　住む家は山の洞
飯を盛るのは欠け茶碗　箸は高粱の茎。
ついに貧乏人にも　三間の家が分配された。
飯を盛るのは輝くお碗　箸は金の箸。

土地改革時代は劉小猪親子の最も輝かしい時代だった。地主の家に住み、分配された土地を耕すのは実に雲の上にいる心地がした。数十年の間に彼らは元のガラス窓やデザイン床タイルの家を改築した。窓の外に牛小屋や豚小屋を並べて造り、家の内部に囲炉裏を掘り、昔の凝った造りを損なった。しかし、建物自体は立派で、もっと住み易くなった。親父は死ぬまで馮明と工作隊に感謝した。彼らがいなかったら、親子は死ぬまで山の洞窟に住んでいただろうし、劉小猪も青木川一の良い女房をもらえなかっただろう。

今劉小猪は馮明に、その家が数十年風雨に晒されてもまだまだ丈夫だとくどくどと話し、共産党のご恩は天より高く海より深い、と感謝した。古希《こき》に手の届きそうな劉小猪は長々と話したが、結局話は革命の戦利品すなわちあの三間の家についてであった。その家は彼の生涯を支え、彼の生命の一部となっていたのだ。

魏元林はそばで付け加えて言った。「劉さんは今でも党に忠誠を尽くし、息子たちに党に加入しろ、さもなければ家に帰るなと命令しています。パキスタンで地震が起こったとき、誰の呼びかけもなかったのに、彼は自分から進んで十元寄付しました。鎮はその寄付を処理できず返却したのですが、小猪の国際主義の精神はすばらしいですよ。山間地帯の農民の十元は都会の億万長者の十万元に匹敵します。立派な人間でなければそこまではしないでしょう。国際的なことは党のこと、党のことは人民のこと、人民のことは農民のこと、農民のことは劉小猪自身のこと……」

馮明はなんとなく劉小猪猪は何か話したいことがあるのではないかと感じたので、「何か困ったことはないかね」と聞いたが、劉小猪は「何もありません」と言った。

青女は劉小猪に言った。「馮さんが帰ってから後悔しても始まらないよ。言いたいことがあったらさっさと言いなさいよ。西安まで馮さんに会いに行こうとしたって容易なことではないからね」

魏元林も言った。「好機は逃がすな、時間は二度とやってこないと言うじゃないか。あの年、田畑や家などを貧乏人に分配したことは、君たち劉家何十代のうち、たまたま親父さんの代で幸運にめぐり合ったのじゃないか」

劉小猪は「そんなに言うんだったら言うよ」と言った。

馮明は劉小猪に遠慮なく言わせようと思って言った。「遠慮はいりません。鎮で解決できなければ県で、県でもできなければ地区で、それでもだめなら省で考えましょう」

劉小猪は「教導員さん、俺は大問題を抱えている……」

と言いかけてまた泣こうとした。魏元林は「お前は意気地ないな！　指導者に直訴することもできんのか。せっかくの機会だから、お前の願いを洗いざらいぶちまけろよ。鎮の幹部が現れたら、すぐにうろたえて、何も言えなくなるだろう」と言った。

青女は、「張保国がもうすぐ来ますよ。趙大慶《ジャオダーチン》さんのところに案内すると、馮明さんと約束しているのよ」と言った。

劉小猪はそれを聞くと慌てだして、すぐ言った。「俺のことは、馮教導員様に後ろ盾になってもらうしかないんです。教導員様以外にはこのことをやつらに話をしてくれる人はいない。彼らにしたい放題のことをされたら困るんです」

馮明は「『彼ら』って、誰のこと？」と聞くと、劉小猪は「とにかくこの俺よりずっと偉い人です」と言った。

魏元林がそばから相槌を打って言った。「彼らのやり方は、土地改革の否定、歴史の否定、歴史の逆行です」

馮明が「いったいどういうことだね？」と聞き正しても、劉小猪は口ごもってはっきりと言えないので、魏元林が言った。「あの三間の家のことですよ。彼らは出て行けと言っているが、劉小猪は出たくないんです」

馮明が「あなたが望まないなら、誰もあなたを強制して追い出す権限はないだろう」と言うと、劉小猪は「ところが、月末までに家を明け渡せと言われているんです。この家がうちの親父が命がけで造ったものなら、女房と一緒に床の上に仰向けに寝て、自分たちの首に包丁を突きつけておいて、誰が家の瓦に手をつけるか見ていてやるんですが、問題はこの家は一銭も払わないでただで手に入れたのだから、強気に出れねえんですよ。出て行けと言われたら、目を白黒させるばかりだ」と言った。

馮明は「どうして強気に出られないのですか。人民政府があなたがたに割り当てた、あなたたちの私有財産だから、強気に出るべきですよ。共産党はなんのために土豪劣紳らと半世紀も戦ったのかね。貧乏人のために、食べ物や着る服や住む家を確保し、これ以上搾取されたり圧迫されたりしないためだよ」と言った。

劉小猪は「搾取や圧迫はされなかったが、俺が納得いかないのは、共産党が恵んでくれた家を、どうしてまた取り上げようとするのかということですよ。友達付き合いでも、人にやった物を取り返してはだめだろう。面子がつぶれるじゃないか」と言った。

馮明が「誰かが無理にあなたの家を取り上げようとしたら、上級機関に報告しなさい」と言うと、劉小猪は「だから今あなた様に報告しているんです。鎮政府が名指しで家の明け渡し布告を魏家屋敷の入り口に張り出している。立ち退かないと『立ち退き拒否家族』として処罰されるそうだ」と言った。

馮明は、目の前の不器用そうに見えても実際はすごくこすからい劉小猪のわなに掛かったと気付いた。それで、「鎮政府はどうするつもりかね」と聞くと、劉小猪は「俺が立ち退かなかったら、警察を出動させて俺を両脇から摑んでおっぽり出すそうだ」と言った。

馮明は「物でもないのに、抛り出すとは」と言った。

魏元林は言った。「豚め！　長々としゃべっていてもまったく要領を得ないな。お前に代わって話してやろう。実は、鎮政府は観光資源を開発しようとして、魏家の屋敷を観光スポットにしようとしているらしいです。山西省には王《ワン》家屋敷や喬《チアオ》家屋敷があって、バスが観光客をひっきりなしに運び、すごく盛況で、入場券が七、八十元もするそうです。この青木川にはもとから魏家の屋敷があり、二階建ての大きな家も何軒かあり、山紫水明で、パンダもいるから十分利用しなければ資源の無駄です。人々の考えがまだ市場経済の発展についていけないのです。市場経済の軌道に乗るためには、魏家屋敷を利用して入場料を取り、青木川のために金を稼ぐ必要があります。観光スポットにする以上、そこの住人には立ち退いてもらい、各家庭に分配した家財道具は返してもらって、元通りに据え付けなければならないんですよ」

劉小猪は言った。「今は貧農、下層中農は値打ちがなくなった。算盤の玉のようにあっちこっちにはじかれて」

魏元林は言った。「労働者階級でさえもすべてを指導しなくなったから【「文革」中「労働者階級がすべてを指導する」というスローガンが叫ばれた】、貧農、下層中農はなおさら脇に追いやられてしまった」

劉小猪は言った。「あの解苗子はなぜ立ち退かないんだ。それどころか、毎月の生活費を増やすそうで、神様のように祭られているよ」

魏元林は言った。「解苗子は魏家屋敷の生きた文化財だから、観光に来た人はみんな六人目の奥さんを目当てにしているよ。それは喬家屋敷や王家屋敷と違った一つの目玉だよ。解苗子がいなければ魏家屋敷も珍しさがなくなるよ」

馮明は二人の話はピントが外れていると思って、「国が土地や家屋を徴用する場合、補助金を支給するから、ただで徴用することはないのですが」と言った。

青女が傍から口を挟んだ。「小猪は、鎮政府が支給する補助金が少なくて損するから嫌がっているのですよ」

劉小猪は言った。「雀の涙ほどの補助金は二、三枚の瓦も買えやしない。あとは全部自前だよ。だが俺はそんな金はないよ。年取ったうえに、革命の勝利で得た成果を失って、貧農、下層中農はまた山の洞窟に住まんとならんのかね」

青女は言った。「小猪の話は筋が立っていないよ。誰だって自分の金で家を造っているじゃないか。ただで手に入れた家に住みなれてしまったから、自前だと言われたらおかしいと言い出すなんて」。劉小猪は言った。「また明け渡さなければならないと最初から分かっていたら、牛小屋をもらっといたほうがましだったよ。そのほうが安心だからな」

魏元林は言った。「誰のせいでもない。お前は青木川の一番の貧乏人だからしようがないよ」

劉小猪は言った。「貧乏人だから好き勝手にされてもいいって言うのか」

青女は言った。「あんたが大きな屋敷に住むことになった最初のころ、鼻高々で、みんな羨ましがったでしょう」

劉小猪は言った。「あんたは今羨ましがらんだろう。数年前、洋館を建てたからな。ところが俺はまだ四方八方風通しの良すぎる、古びた家に住んでいて、夜寝床に入っても天井裏を鼠が走るのが聞こえ、蛇が枕もとに落ちてきたりするんだよ」

馮明は言った。「時代が進歩し、人々の生活基準も変わっていく。家を割り当てたころ、小猪くんが『俺たちの洞窟と瓦葺の家と比べ、俺と魏富堂とを比べたら、実に雲泥の差だ。人と比べたら俺は生きる価値がない、人の物と比べたら俺の物は捨てるしかないがらくただ。俺は貧しい運命だ』と言ったのをまだ覚えているよ。あのとき私は、君は政治的自覚が低いと批判しただろう」

馮明がまだ言い終わらないうちに、劉小猪はさっと立ち上がって、つばを飛ばしながらわめいた。「今は違う。

人と比べても生きる価値がある、人の物と比べても俺の物は捨てねえ。俺は居座ってどこにも行かん。この俺を片付けることができるなら、やってみろ！　立ち退き拒否と決めつけられてもかまうもんか。素寒貧の俺に怖いものはない。俺を嫌がらせたら、放火して家を焼き払ってやるぞ。俺のものを、焼こうとどうしようと他人には関係ないだろう」

劉小猪は横車を押す構えで、手を広げて団扇のようにしてはたはた空気をあおった。馮明は劉小猪が鎮の幹部の前で破れかぶれになる様子を容易に想像できた。

魏元林は話し合いが行き詰まったと勘づいて、話をそらした。「観光事業を興すことは大勢《たいせい》だから、誰も阻むことはできないよ。家に火をつけるなんて無分別だ。もしも本当に家に火をつけたら、消防車が来る前に警察に連れていかれるぞ。もともとお前の家じゃないのに、なんで放火するんだ」

劉小猪は不服そうに言った。「家屋権利証があるよ」

魏元林は言った。「そんなもの何もならないよ。家を建てたとき、どれだけ金を払ったか、どれだけ労力をつぎ込んだかだよ」

劉小猪はつばを飲み込み、返す言葉を失った。

馮明は急にどこか間違っている気がした。土地改革のとき、分配で手に入ったが、その「分配」が泣き所になり、劉小猪たちの当初の心配が数十年後現実の問題として浮かび上がったのだ。

劉小猪の続きの言葉に彼はもっと驚いた。「本当に観光事業のためなら自分のことは我慢していいよ。貧農、下層中農はそれなりの自覚を持たねばならない。集団のためには個人は犠牲にならねばならない、と党に繰り返し教育されているから、その道理は分かるよ。しかし問題はその明け渡した家が、観光客に入場券を買って見学してもらうためではなくて、立派に修繕して魏家の子孫に返し、魏家の人に帰ってきて住んでもらうためだよ。それだったら、当初の土地改革が無駄だったことになるじゃないか」

劉小猪にそう言われると、さすがにみんなは返す言葉がなくなってしまった。この微妙な問題を誰も適切に収めることができなかった。馮明はみんなを見回して、「これはいったいどういうことなのか」と青女に聞いた。

青女は「上のほうで魏富堂は極悪非道の匪賊の範疇には

入らないと、名誉回復をしようとしています」

馮明が言った。「魏富堂はあんなに多くの畑を占有してアヘンを作り、紅軍を生き埋めにし、貧乏な民衆を殺害し、不法にも銃剣を保有して、反乱を企んでいたから、その人物が極悪非道な匪賊でなければなんなんだ。確実な証拠があるから、この案件は絶対に覆されるものではない」

青女は言った。「全面的に覆すのではなく、部分的名誉回復だそうです」

馮明は言った。「名誉回復は名誉回復だ。何が部分的だ。何で問題をこれほど複雑にしたのだ。良い人間はあくまで良い人間で、悪い人間はあくまで悪い人間だ。妥協主義で丸め込むことは許せない」

魏元林は言った。「今は彼のことを開明紳士と呼んでいます」

馮明は言った。「なんで開明紳士とするのか」

魏元林は言った。「魏旦那は道路を造り、橋を架け、ダムを造り、学校を設立・経営し、貧しい子供を援助して学校に入れ、地元の住民が匪賊や国民党に悩まされないように保護したことが調査して分かり、罪よりも功績が大きいと認定されました」

馮明はバンと机を叩いて立ち上がり、大声で言った。「あのとき魏富堂を死刑にしたのが間違っていたとでも言うのか」

劉小猪は言った。「死刑は絶対に間違っていなかった。魏富堂は死刑にすべきだった」

馮明は腰を下ろそうとせず、部屋の中を行ったり来たりした。心臓が激しく鼓動し、顔も真っ赤になった。態度が少しまずかったと感じた。経験豊かなしっかりした古参幹部らしくなく、昔の第三大隊の若い教導員のようだ。最初は許せないと思い、続いて憤り、不満がこみあげ、受け入れられなかった。現在の問題は、古い歴史の一ページをめくってすむほど単純でなく、そのめくったページはでたらめに落書きをされ、しわくちゃに丸められて地べたにぽんと投げ捨てられたのだ。自分の周りで嵐が起こり、自分の服を引き裂こうとし、耳元でびゅうびゅうと響いて周りの声が一切耳に入らず、目の前のものも霞んで見えなくなった。彼は足を止めようとしなかったし、止めることもできなかった。

青女は、もう帰ってほしいと魏元林たちに合図した。

ところが、入り口まで行った劉小猪は馮明に呼び止められた。

馮明は第三大隊の教導員の口調で、「張文鶴を呼んでこい」と命令した。

「張文鶴はもう亡くなりましたが」と劉小猪が言うと、「じゃ、その息子を呼んでこい。そして鎮長の李天河も」と言った。

4

青女の娘婿を呼びに来た人が「解苗子が食べ過ぎで、おなかがパンパンに膨れ上がっています。おそらくだめでしょう」と言った。

鎮政府の幹部たちも病院に駆けつけた。解苗子の危篤は青木川の一大事だ。改革開放の正念場の今、あのお婆さんにいささかの間違いもあってはならない。

馮小羽は、解苗子の病気は自分があげた胡桃ケーキのせいではないかと思った。

馮小羽が張賓《ジャンビン》とともに解苗子の家に着いたときには、解苗子はすでに鎮の病院に運ばれていた。床には病人の残したものが散らかり放題で、ケーキの箱が床に捨てられていたが、中は空っぽで、わずかな屑も残っていなかった。炭は消え、薬缶《やかん》の水は冷たく、ネコジャラシが標本のようにカラカラに乾燥し、『聖書』が寂しく机の下に落ちていた。解苗子が出て行ったばかりなのに室内は人のいた気配がなく、まるで長い間人が住んでいなかったようだ。

うどんを運んできていたあの女が、奥で盛んに引っ掻き回していたが、彼女たちが入ってきたのを見て、きまり悪そうに、「婆はいったん病気となると、もうだめとはね。部屋を片付けてやらんと……」と言いながら包みを抱えて出ていこうとしたが、張賓は呼び止めて、「その包みを見せなさい」と言った。

女は嫌がる様子で、ぐずぐずしていたが、張賓は言った。「解苗子のことは鎮政府が全責任を負っているから、その所有物は政府しか処理する権限がない。無断で手を出したら法律に触れるよ。本人不在中に黙って物を持ち出したら窃盗犯だ。派出所に幾晩か留置されるかもしれないぞ」

結局、女は抗わず風呂敷を広げた。すると、なんと揃っていない箸何本かと、なんとか使える程度の粗末な茶碗二個が出てきた。張賓は言った。「これはどういうことだ！」

女は言った。「昔、婆の屋敷も土地もみんな取り上げたくせに、これっぽっちのお箸まで問題にするのかい」

張賓は言った。「今は、もう土豪をやっつけてその土地を奪う時代ではなく、私有財産は全部法律で保護されるよ」。女は言った。「婆には後継ぎがいないから、あっちで息を引き取ったら、こっちですぐ机や椅子を奪い合うに決まっている。私は慎み深い人間だから、お椀を二つしか取っていないよ」。張賓は言った。「お婆さんにはちゃんと子孫がいるよ。その人がまもなく帰ってくる、と県に電話があったところだ」

馮小羽が張賓に「子孫とは魏金玉さんのことですか」と聞くと、張賓は「そうです。魏金玉さんは今中国系アメリカ人ですが、いずれ故郷に落ち着くと言っています」と言った。張賓は東の家を指しながらさらに言った。「鎮政府は向こうの屋敷を明けて、ちゃんと修繕してからあちらに返すことにしています。ほかの建物や庭は、魏金玉さんが出資して、中華民国時代の建物群として観光開発をされるそうです」

女は言った。「あの婆がまた食事に戻ってこられると思うかね」

張賓は言った。「なんといってもまだ亡くなっておられないから！」

女は言った。「魏家のお嬢さんが帰ってきたら、その母親を世話したのはこの私が第一人者だと言っておかなくちゃ。私にどう感謝の気持ちを表してくれるか、見ものだよ」

馮小羽は、机に広げられた黄ばんだ風呂敷の裏の隅っこに、筆ではっきりと書いてある「程記」という二文字が目に付いた。彼女は風呂敷をさっと手に取ると、張賓に「これ、私にください」と言った。張賓はいぶかしげに馮小羽と茶碗を盗んだ女を見ていたが、わけが分からなかった。

風呂敷はひどくカビ臭い。きっと解苗子は二度と出すまいと箱の底に入れていたのだろう。あの年、程立雪《チョンリーシュエ》はこの風呂敷を抱えて夫について陝西省南部へ視察に来て、それからそれを持ってこの青木川に来たに違いない。

風呂敷の「程記」は明らかに、程立雪が青木川に来たことを物語っているから、一九四五年の『華報』の記事は根拠のない噂ではなかった。

ところが、青木川の人はみな程立雪の存在を否定していて、その名前を言い出すのは馮小羽しかいない。それは彼女が当時の新聞を読んだからだ……。程立雪は回竜駅で拉致され、青木川に入る前に名前を変えたに違いない！

疑問に思っているとき、宗鴻雁《ショーホンイエン》が後ろ手を組んで堂々と庭に入ってきた。まず井戸を二回りして、張賓と馮小羽が家の入り口に立っているのに気が付くと、「祖母が病気だと聞いて、様子を見に来ました」と言った。

張賓は言った。「解苗子はいつからあなたのお婆さんになったのかい。これまであなたがこの親戚関係を認めたとは知らなかったなあ」

宗鴻雁は言った。「俺の処刑された親父が魏富堂を叔父さんと呼んでいたから、実の叔父さんだ。だから解苗子は俺の婆ちゃんになるだろう。お袋は親父に乱暴されたのだから、俺の生まれはお袋が旧社会で苦しい目にあった証拠だよ。俺は親父と立場は違うが、血縁から言ったら切っても切れない関係だ。解苗子が俺の婆ちゃんだということははっきりしているよ」

張賓は「解苗子はやもめで親戚はいない。あなたが今親戚だと主張するなら、まず数十年の扶養費を出しなさい」と言った。

宗鴻雁は「扶養費は昔から残されてきた問題だから今すぐには解決できないが、将来は必ず解決できるさ。俺たちは近い親戚だから、出棺のとき鉢を割る資格がある者は俺しかいないな」と言った。

張賓は「解苗子がまだ生きているのに鉢を割るなんてことを持ち出すのは不吉じゃないか。見舞いなら、解苗子がいる病院に行きなさい」と言った。宗鴻雁は自分の目的を隠さず、単刀直入に言った。「婆ちゃんの物を見に来たのさ。この家とこの井戸の確認だ。鉢を割る義務があるものは財産の相続権もあるんだ」

宗鴻雁は我が物顔に部屋に入って、ドアの後ろにあった杖を手に取ると、その杖でベッド兼用のソファーや模様が彫刻してある衝立《ついたて》を指して言った。「これらは全部俺の婆ちゃんの物だ。婆ちゃんの物は俺の物でもある」。

張賓は「解苗子はまだ死んでいない。たとえ死んだとしてもその所有物はことごとく公有にする」と言った。

余鴻雁は「公有にする前に俺の許可が必要だぜ。俺は魏家の血族だから、婆ちゃんと俺よりも近い親族を確認するまでは、この俺が唯一の相続人だからな」と言った。

馮小羽は、余鴻雁は実にずるいと思った。部屋の中で少しでも価値あるものといったら、その杖と彫刻してある家具だけだ。そのような彫刻を施したものはもう他にはない。「二十四孝図」は彫るどころか、その二十四人を全部言える人は何人いるだろうか。これらのものはここでは家具としての役目しかないが、骨董品市場へ持っていけば、高価な古美術になるはずだ。余鴻雁は実に目ざとい。


実は余鴻雁がこの家についてまだまだ考えがあることを馮小羽は知らない。観光事業を興すとなると、解苗子の古い家はきっと観光スポットになるに違いないと目をつけている。そうなったらその収益は籐の杖一本とは比べ物にならない。余鴻雁は幹事・張賓をまったく眼中においていないことは明らかだ。彼は解苗子の部屋の中であちこちを見て回り、触ったり、ひっくり返したりして、まるでそれらのものはもう自分の私物のようだった。


張賓は言った。「余さんが稼いだ金はたんまりあるから、あんたが青木川で一番の金持ちだと誰だって知っているよ。あんたが偽《にせ》骨董品の闇商売していることもみんなが知っている。あんたはどうしてそんなに抜け目がないのかね」

余鴻雁が言った。「偽骨董品なんて言うなよ。偽物はあくまで偽物だから絶対に本物にはなれない。俺の『鴻雁青銅工芸品工場』はまもなく開業するよ。この工芸工場は鎮政府から奨励されていて、煉瓦工場より文明的で高尚だ。そのときになったら馮教導員に揮毫していただいた表札を掛けて、県のお役人様にテープカットしていただき、見物人が大勢集まる中、爆竹を盛んに鳴らしたら、それこそ盛大な場面だろう」

馮小羽はびっくりした。父はいつ「鴻雁青銅工芸品工場」の表札を書くことを承知したのだろう。

張賓は言った。「そうすれば、お前の偽骨董品製造は秘密から公開になり、どぶから街に上がるわけだな。それは面白い。でも、あんたの煉瓦工場は廃業しなくちゃね。さもないと観光客が来てみると、こちらは小さな橋とせせらぎに、広大な邸宅、向こうではごうごうと騒音をあげている煉瓦工場というのでは、どうみても調和しないだろう」

佘鴻雁は「調和するかどうかは需要次第だ。広大な邸宅の修理には煉瓦が欠かせない。現地で建築資材が入手できれば便利だから、そのときは煉瓦工場は引っ張りだこだよ」と言った。

張賓は、もう解苗子の所有物に手を出さないほうがいいと忠告して、「魏家の跡継ぎの魏金玉さんがまもなく青木川に帰ってくるだろう。血縁からするとあんたよりずっと近いはずだから、早いうちに財産相続の夢は止めるべきだよ」と言った。

佘鴻雁は「それなら、叔母さんが帰ってくるんだな……」と言った。

馮小羽は張賓と佘鴻雁との遣り取りには興味がなく、自分は老人に真実を打ち明けてもらうために、最後の話し合いをしようと思い、張賓に「許 忠徳《シュージョンドー》さんに鎮長の事務所まで来るよう、連絡してもらえませんか」と頼んだ。

馮小羽は、鎮長の李天河が田舎へ出かけていることを知って、その空いている二間の事務室が話をするのにちょうど良いと思った。部屋で許忠徳が来るのを待っている間に、馮小羽は戸棚から国旗と党旗を下ろして机の上に並べ、必要ないものを全部取り除いた。それは対談の厳粛な雰囲気を演出するためだった。こうして簡素で標準的な事務室に変えたので、老猾《ろうかい》な許忠徳も言葉を濁してはぐらかすことはできないだろうと自信を持った。おとなしい山男であれ、少佐参謀であれ、「程記」の風呂敷の前ではこれまでのように冷静を装うことはできないだろう。今日こそ老人に真実を吐かせ、程立雪の変身と謝静儀の行方を突き止めよう。

間もなく許忠徳は来たが、張賓に言われて来たのではなく、自分から来たのだった。集めた資料を渡して蜀道について議論するために、鍾一山《ジョンイーシャン》を捜しに来たのだと言った。儻駱道の史跡を突き止めることは許忠徳の大学にいたころからの夢だそうだ。

馮小羽は「儻駱道のことは明日にして、今日は程立雪のことを話しましょう」と言いながら、老人を事務室に誘った。老人は程立雪と聞いたとたん口を閉じ、うんざりした顔付きに変わった。張賓が入れてきてくれた白湯を横の机に移して、落ち着いて応酬する構えで臨んだ。

よそではほとんど見かけなくなった、泥んこの手製の布靴が、塵一つなく掃除された清潔なタイル張りの床の椅子の周りに、ぺたぺたと足跡を付けた。その足跡はくっきりとそこにあって、主人と同じようにいささかの気兼ねもなかった。張賓が「お宅の苗木は元気に育っていますか」と聞くと、許忠徳は「雨さえ降れば十中八、九根が付くだろうが、強い日照りが続くのが心配だ」と言った。ほかに、猪苓《チョレイ》マイタケのことやらドクダミの値段やらマルチングシートの玉蜀黍の欠点やら雛の白痢【疫痢の一種】の治療なども話した。

馮小羽は咳払いをした。そうしなければ、気の利かない張賓がいつまでもしゃべり続けるだろう。

馮小羽は解苗子の風呂敷を取り出し、文字のあるほうを許忠徳に向けて言った。「これは解苗子のものですが、ここの〝程〟という文字は紛れもなく〝程〟でしょう。これはどういうことか説明してもらえませんか」

許忠徳はその文字を見つめ、口をあけて呆然とした表情をした。パフォーマンス満点だ。張賓が言った。「青木川には昔から〝程〟という姓の人はいません。風呂敷の文字は多分偶然でしょう」。馮小羽は張賓に「口を挟まないでね」と言ってから、「程立雪、解苗子、謝静儀《シェジンイー》とはいったい何人《なにびと》か、許さんがよくご存じのはずですね」と言った。

張賓は、馮小羽が一度に三人の名前を言うのを聞いて、すぐ興味を示し、一体どういうことかを聞こうと、椅子を前へ引き寄せた。許忠徳は張賓に向かって言った。「彼女は何を言っているんだ。程立雪なんて人は聞いたこともないと何回も言ってるのに、まったく信じてくれない。俺の知ってることはすべて政府に白状してしまったから、もう隠していることはないよ」

馮小羽は言った。「許さんが程立雪に面識がないなんてことはあり得ません。はっきり知ってらっしゃるでしょう。謝静儀が青木川に来たときは、許さんはもう十四歳だったと自分で私に言ったじゃないですか。あれは一九四五年、新聞の記事によると、陝西省南部教育監察官・霍大成《フオダーチョン》が山賊の強奪に遭った年だから、あの拉致された程立雪が青木川に来てから、名前を謝静儀か解苗子に改めたのでしょう」

許忠徳は言った。「それはあなたの創作でしょう。毎日深刻な顔をして橋の袂《たもと》に座っていたのはそういうことを考えていたんですか。作家の虚構はそうやって作り出すんですね」

馮小羽は言った。「この風呂敷は、きっと三人のうちの一人が程立雪である証明になります。彼女は外国語学部の卒業だから、許さんはGood nightが言えるし、謝校長は英語教育に力を注いだし、解苗子は英語版の『聖書』を持っているんですよね」

許忠徳は言った。「富堂中学が片田舎の学校にすぎないと思ったら大間違いですよ。あの時代、富堂中学は正規の学校で、外国語のほか、物理、化学などもあって、その実験もちゃんとしましたよ。生徒は講堂で新劇も上演し、この私は『屈原』【屈原を主人公にした史劇。一九四二年、郭沫若作】を演じましたよ」

張賓が付け加えて言った。「許さんの言っていることは間違いありません。今でもこの鎮の爺ちゃんや婆ちゃんの中に $(a+b)^2$ まで知ってる人は少なくないですから」

馮小羽は言った。「魏富堂は陝西省南部で、殺人や放火など悪事の限りを尽くした匪賊です。しかし、一九四五年以降、心を入れ替え悪事から足を洗ってまるで別人のようになりましたが、その変化は程立雪すなわち謝静儀の影響でしょう。彼女は自分の世界観をもって、魏富堂の外部世界への憧れと、伝統文化に対する崇拝を利用して、彼を感化し教育しましたが、本人は自分から進んで山奥に留まることを選び……」

許忠徳はまばたくだけで、無表情だった。

馮小羽は続けて言った。「青木川のお年よりは健忘症、集団的健忘症にかかっているんですね。必ず記憶を呼び起こすことが当面の急務ですね。この程という姓の人の風呂敷を通して、許さんと仲間たちは、もっと多くのことを思い出せるはずでしょう」

許忠徳は言った。「あなたは雲をつかむようなことをして、ありもしないことを本当のようにしているのではありませんか。ここへ来られたのは映画の素材でも掘り出して、事実をあなたの創作の中に取り込もうとされていますが、そんなフィクションはご自宅でも作れるでしょう」

馮小羽は言った。「自宅で、四川大学の在学生が帰郷して『少佐参謀主任』になるというような素晴らしいストーリーが浮かぶでしょうか？」。張賓はすかさず、「それはできない、できっこない」と言った。

馮小羽は言った。「最も肝心な質問をします。皆さんが一番崇拝する謝静儀校長は一体どこへ行かれたんですか」

許忠徳は言った。「青木川から卒業生を数百人も送り出しています。甘粛省の人も、四川省の人も、寧羌県の人もいますから、彼らに聞いてください！」

馮小羽は言った。「彼らではなく許さんに聞きたいのです」

許忠徳は言った。「私に？　私は知りませんよ」

張賓が「お二人の会話はどうも尋問のようですね。売り言葉に買い言葉で、喧嘩になりそうですね」と言うと、許中徳は「絶対喧嘩にはなりませんから、安心しなさい」と言った。

馮小羽は言った。「許さんはどんな事態になっても適当にあしらえるんですから。なかなかのやり手ですね」

張賓は言った。「だから少佐参謀主任に適任ですよ」

ある人が駆けつけてきて馮小羽に言った。

「お父様が、窓から飛び降りて足を捻挫されました」

5

馮明はかつての「生産委員」趙大慶《ジャオダーチン》さんを訪ねようと、案内役の張保国が来るのを待たず、一人で出かけた。張保国に付き添ってもらいたくなかったからだ。例えば、劉小猪のことにしても、もし張保国がその場にいたら、こんなに深く突っ込んだ話はできなかっただろう。青木川でどこに行くにも張保国に付いてこられることは、必ずしも好ましくない。

趙大慶さんは土地改革時代、新政権の第一期の幹部で、青木川で青女を除いて健在のもう一人の「古参革命家」だ。馮明の記憶では、趙大慶はろくに着る服もないほど貧乏で、真冬でも女房のあわせの花柄のズボンを穿いていたのでひどく目立った。工作隊の会議に来たとき、宣伝隊の女子兵士が彼の花柄のズボンを見ると吹き出したので、彼は女子兵士がいるといつも壁際を移動した。彼は馮明に詳しい事情を問われて話した。「実はズボンといえば、俺の家にはこの一枚しかないんだ。これも結婚のとき、かかあが穿いていたもので、俺が『革命』に出かけるときは、かかあは布団もぐっていて、人が来たらベッドから起きずにちょっと体を起こして挨拶するだけ。いつもぼろぼろの布団の中にくるまっていて、まるで病人のようだ。みんなは知っているから、俺に会いに来て俺がいなかったら、家に入らず外から大声で話して、かかあにばつの悪い思いをさせないようにしてくれる」。

土地改革で地主の財産を分けたとき、大慶はくじ引きで「夫婦合い和す」という大きい扁額と、一箱の芝居衣装が当たったから、みなは笑いながら、「今後は大慶さんの家はもう着る物に困らないだろう。高官の礼服や婦人の衣装を着て、大慶夫婦は風采が上がり、個性が出て、異彩を放つぞ」と言った。

趙大慶は恥ずかしくてどうしたらよいか分からなかった。

扁額は持ち帰ってベッドの敷き板にすると、夫婦が寝てもまだたっぷり余裕があったから、土地改革の一つの収穫とも言えた。ただ色とりどりの役に立たない衣装の処置には困ったが、女房の智慧で顔料を買ってきて、山吹色や淡いピンク、萌黄色、薄い青色などの服を一緒くたに大きな釜に入れて顔料で煮て、黒一色に染めあげた。

趙大慶が黒く染めた芝居の高官の礼服を着て、壇上で生産を呼びかけ、女房は芝居の袖口に付いている広い白絹で作り直したチョッキを着て、川で洗濯するのをよく見かけたが、その夫婦の衣装から芝居の中の人物伍子胥【春秋時代の楚の人】、孫玉姣【京劇『腕輪を拾う』の女主人公】、穆桂英などがぼんやり分かった。

趙大慶は真面目な人だが、最大の欠点は真面目すぎて融通が利かないことだ。一箱の芝居衣装が当たったとき、ほかの人なら工作隊に話して取り替えてもらっただろうが、彼はそうしなかった。大慶は芝居の衣装が当たった以上、それをもらわないわけにはいかん、自分がもらわなかったら誰かが自分の代わりにもらうことになる、自分が欲しくない物は人も欲しくない、自分の役に立たない物を人に押し付けることはできない、と思った。彼はまた大局に心を配る党員で、青木川は田畑を分配した年は豊作になり、農業税として納めた穀物は全県で最も多かった。それは生産委員の趙大慶が率先して納めたからだ。勤勉で誠実、農業に携わる者は趙大慶のような真面目でよく働く人でなくてはならない。

馮明は趙大慶の家が分からないので、青女に連れて行ってもらった。だが青女は孫の九菊を連れていたから、わがままな九菊はあっちへ行ったりこっちへ行ったり、川原へ美しい小石を拾いに行こうとしたり、草むらから飛び出してきたバッタを捕まえようとしたりするため、青女は疲れて息切れした。馮明が「子供の面倒を見るのは、疲れるし大変だから、引き受けるべきではないよ」と青女を咎めると、「それは馮さんにはまだお孫さんがいないからですよ。ご自分の孫の顔を見たらかまわないではいられないですよ」と言った。馮明は言った。「年を取っても休まないのは愚かなことだ。一生子供のためにさんざん苦労をして、さらに孫のために老軀に鞭打って働くことはないよ」。青女は言った。「それは一理あるかもしれませんが、いざとなると自然にそうなりますよ。自分の孫を見たら、もう心がゆるんで、どれほど苦労してもいいと思うようになるんですよ。」

馮明が「ところで、趙大慶には孫は何人いますか」と聞くと、青女は「二人です。一人は趙さんと一緒に暮らしていますが、もう一人は姓が変わりました。しかし、張さんに会ったら絶対息子さんのことに触れないでください。それは彼の悩みの種ですから」と言った。

馮明が「息子さんはどうかしたんですか」と聞くと、青女は「趙さんには息子が二人いましたが、数年前、沈《シェン》二娃《アルワー》が娘さんに会いに深圳《しんせん》へ行ったとき、出稼ぎのために趙家の兄弟も沈二娃について一緒に行ったんです」と言った。

馮明が「その沈二娃とは、内通粛清委員の沈二娃ですか」と聞くと、青女は「ええ、そうです。彼の娘さんが工場の幹部だから趙家の兄弟を運搬労働者として採用しました。ところが二カ月もしないうちに、工場が失火して爆発事故が起こり、趙さんの息子は二人とも爆死して遺体も見つからなかったそうです。工場に賠償を請求しましたが、二人は労働契約もしていなかったんです。工場に入る何の手続きもしてなかったので、趙さんの息子たちがその工場で働いていたかどうか、証明できないのです。そのため工場の方はその要求を認めませんでした。趙さんはみすみす二人の息子を失ったのに、泣き寝入りするしかなかったんです。二人の嫁は相談して、一人は子供を連れて別の人と再婚し、もう一人は子供を趙さんに押し付けて、彼氏とともに南方へ働きに行ったきり音信不通です。趙家の兄弟は沈二娃について行ったので、沈二娃は趙大慶に申し訳ない、合わせる顔がないと思って、もう戻ってきません」

　馮明は数えてみて言った。「趙さんはわしより二つ年上だから、もう八十だろうな」。青女は「年を越したら、数えで八十二になり、体の具合もあまり良くないです。また、孫に『人民《レンミン》』と名づけましたが、人から大げさだと言われると、『人民』は人民ではないというのか、『人民』はほかでもなく人民だぞ、と言い張るんです」

　二人は話しながら趙家の前まで来た。塀も垣根もないおんぼろの藁葺きの二間の家だった。窓はガラスの代わりにビニールを釘で止めていた。入り口は木材を釘付けし、さらに土を一メートルぐらい積み上げていた。久しく人の出入りがなかったらしく、鴨居にあるクモの巣に大きな蛾《が》が引っ掛かっていた。趙人民が机の代わりに低い腰掛を利用して宿題をやっていた。馮明たちが入ってきても、見上げようとせず、そのままノートに書き続けていた。九菊は趙人民を見ると、走って行ってその鉛筆を奪おうとしたので、趙人民に突き飛ばされて、よろけて転びそうになった。

　青女が「お爺ちゃんは？」と聞くと、趙人民は「部屋で寝ている」と答えた。

　馮明が腰をかがめてノート見ると、「It is a cat」がノートいっぱいに、一行一行きちんと書いてあった。馮明が「それはどういう意味だね」と聞くと、「自分で分かるだろう」と言った。

　馮明が「外国語は分からないんだよ」と言うと、趙人民は「いい年して、外国語も分からんくせに、偉そうに」と言った。

　青女は言った。「あんたは志願教師について英語を始めたばかりのくせに、威張るのかい。本当に学問を身に着けたら天狗になるだろうね」

　馮明が「志願教師って何だね」と聞くと、青女は「例の、都会から来た女学生の王暁妮さんですよ。片田舎に志願して来て子供たちを教えています。近くの村にも全部志願教師が来ていますが、王さんは外国語専攻なので、子供に英語の教科を増やしたわけです。この大慶の孫は利口で成績が良く、外国語もすらすら読めるそうですよ。父ちゃんが亡くなって、母ちゃんも彼氏について駆け落ちしちゃって、可哀相な子ですよ……」

趙人民は、青女が両親のことを話すのに腹を立て、青女をきっと睨みつけた。青女は言った。「睨みつけなくてもいいでしょ？　あんたの家のことは、誰だって知ってるよ。それより、しっかり勉強して出世し、爺ちゃんを喜ばせてあげるんだよ」

趙人民が「余計なお世話だ」と言ったので、青女は「余計なお世話だって？　鎮政府があんたの家に救済用の食料や救済金を支給したり、あんたの学費を免除したりしているのは、みなこの私が走り回ってやったからじゃないか。この餓鬼はいつの間にそんなに意固地になったんだね」と言った。

趙人民は下を向いて何も言わなかった。

青女が「鎮政府からもらった服、どうして着ないの？」と聞くと、趙人民は「着たくないや」と答えた。

青女が「そんなに裸がいいの」と言ったので、馮明は初めて、その子は上半身は何も着ていないのに気が付いた。パンツ一枚穿いているだけだった。手は黒ずみ、髪の毛は伸び放題。可愛がってくれる母親がいないのが一目で分かる。馮明が手を伸ばして子供の頭を撫でてやると、子供は反抗的に頭をさっと振り、馮明の手を払いのけた。

青女は言った。「この子はほんとに意固地だね。お爺ちゃんとはまるで性格が違う。多分駆け落ちした母ちゃんに似たんでしょう」

子供は首をひねると、「母ちゃんのこと、言うな」と抗議した。

青女は「あんたと言い合っても仕方がないよ。あとで九菊の父ちゃんのところへお爺ちゃんの薬をもらいに行くのを忘れないでよ。いくら意固地だって、爺ちゃんの病気は治さなけりゃだめだろ。あんたと一緒に意地を張っていられないよ。それから、学校にはちゃんと服を着て行くんだよ。パンツ一枚で教室に入っちゃだめだよ。先生に耳をねじられておっぽり出されちゃ、恥ずかしいじゃないか。ちゃんと覚えとくんだよ」と言った。

趙人民はうんざりした顔をした。

九菊もお婆ちゃんの口真似をして「ちゃんと覚えとくんだよ」と言った。

趙人民は「失せろ！」と言った。

青女は言った。「どういうわけだろう。爺ちゃんは、あのころ着るものがなくて、芝居衣装まで身につけたのに、その孫ときたら、ちゃんとした服があるのに、意地を張って着たがらない。鎮政府が配った救済の服はほとんど趙大慶の家にやったんです。その多くは中古ですが新品に近いですよ。都会の人はファッションを追って、ちょっとでも流行遅れになるとすぐ処分する。中にまだ袖を通してないものもあるのに」

趙人民は言った。「書記はどうして着ないんだ？　鎮長はどうして着ないんだ？」

青女は言った。「あんたは書記かい？　鎮長かい？　あんたの家は貧困家庭だとしっかり覚えておきなさい。あんたと爺ちゃんは月々基本生活費をもらっているんだよ。あんたにどれだけ能力があるか、こっちはちゃんと知ってるよ」

趙大慶の家に入るには、正面玄関が土で閉鎖されているので、裏の方へ回らなければならない。馮明がどういうことかと聞くと、青女は説明した。「借金取りがやったのです。趙大慶は二人の息子の訴訟のことで、人に深圳に行ってもらうことにしていました。最初は勝訴すると思って彼に金を貸してやった人たちが、後になって貸した金が無駄になると分かると、態度を一変して……借金取りが入り口を塞いで喚《わめ》きたてましたが、大慶さんは自分に非があることが分かっているので、何も言えませんでした」

青女は馮明を裏まで連れていった。裏の窓は開いていて、煉瓦を階段のように積んで出入り口にしていた。馮明は煉瓦の階段を上った。窓を超えると木の板が続いているので、それほど不便でもなかった。

趙大慶は窓口に座って、僅《わず》かな陽光を浴びて日向ぼっこをしていた。片方の足を板の上に高く上げていたが、黒く腫れ上がり、黄色い汁が流れていた。馮明たちが入ってくるのを目を細めて見た。青女は板から降りて言った。「大慶さん、ほら誰が来たと思います？」

「裁判所の王さんですか」。趙大慶は言った。

「もっとよく見なさいよ」。青女は言った。

趙大慶はしげしげと見たあと、首を横に振った。

「馮教導員ですよ。馮教導員が会いに見えたのよ」。青女は言った。

趙大慶は依然として首を横に振りながら、「馮明……俺たちを思い出すはずが……」。

馮明は趙大慶の手を取ってしっかり握って言った。

「趙さん、馮明ですよ。私を覚えていませんか?」

趙大慶は無言のまま、まじまじと馮明を見つめ、しばらくして目を潤ませ、唇を震わせながら言った。「本当に馮教導員ですか」

「本当ですよ。あんたを騙すものですか」。青女が言った。

「年取って、目が悪くなって、何を見てもぼんやりとしか見えないもんで」。趙大慶は言った。

今度は、趙大慶が馮明の手を握り締め、しばらく離そうとせず、立とうとしても立ち上がれず、しきりに「よかった。よかった。本当によかった」とつぶやいた。馮明に座るよう勧めたが、馮明はどこに座ればいいか分からなかった。ごちゃごちゃして汚い部屋の中には座る場所がない。青女はどこからか、低い腰掛を持ってきて埃を吹いて、馮明に勧めると、馮明はそれに腰掛けて趙大慶と話し始めた。

会ったときは、大慶の顔が見違えるほど変わったと感じたが、しばらく見ているとやはり昔のままだと思った。やはり趙大慶は趙大慶で、縦長の四角い顔、まぶたがやや垂れ下がり、顔が皺だらけだ。生産委員だったころからずいぶん老けてみえたが、今もやはり昔のままだ。馮明が「その足はどうしたんですか」と聞くと、趙大慶は「文昌宮で木材を拾っている時、釘が刺さったのです」と言った。「どうして病院へ診てもらいに行かないのですか」と聞くと、趙大慶は「ちょっとした怪我で病院へ行くなど、そこまでひ弱じゃないです」と言った。馮明は「そんなに腫れ上がっていて、ひどく感染しているから、軽くはないですよ」と言った。

趙大慶は「青女さんのお婿さんが届けてくれた薬もあるし、時間通りにつけているから大丈夫です」と言った。

馮明が「大慶の足はもうこれ以上治療を遅らせてはだめだ、と鎮政府に話をしなければいけないですよ」と言うと、青女は言った。「小さな病気は我慢し、重い病気は後へ遅らせるのが農民のやり方ですよ。治療にお金がかかるんです。農民には医療保険がないから、全額自己負担になります。病院に行くと、三百元や五百元は少ないほうで、ややもすれば千元以上の薬代がかかりますから、少し金を持っている人でも、病院に行くには相当な決心が要ります」

馮明が「大慶の治療費は、鎮政府の負担が無理なら、私が出しますよ。昔からの旧友の足がこんな状態になっているのは見ていられないです」と言うと、趙大慶は「政府にも馮さんにも負担してもらわなくていいです。足はそのうちに治りますから、心配しないでください」と言った。そして外にいる趙人民に客にお湯を出すよう命じたが、しばらく呼んでも趙人民は入ってこない。

馮明が「お湯はけっこういいですよ。古い戦友、生産委員・趙大慶さんに会いに来たのであって、お湯を飲みに来たのではありませんから」と言うと、趙大慶は「馮さんがそれを言わなかったら、生産委員を務めていたことはとっくに忘れていましたよ」と言った。

馮明は言った。「人民のために働いた人を、人民は忘れない。青木川の功績帳には、趙大慶さんの功績が特筆されています」

言い終わって、馮明は今の言葉の虚しさに気付いた。近年、時々建前だけの立派な言葉を吐くのが癖になっていた。趙大慶の現実を目の前にして、どんな言葉を贈っても、実際に問題が解決しなければ意味がないと感じた。

青い顔をした趙大慶は、着ている服がブランド品なので、足を伸ばして座り、日向ぼっこをしている様子は滑稽に見えた。Tシャツは正真正銘のフランスのクロコダイルだが、胸の辺りに紅茶の染みがついている。それがブランドのTシャツが山奥へ「下放」させられた本当の理由だろう。靴も普通のではない、アメリカ製のナイキのハイカット・スニーカーだ。八十歳の趙大慶が履いていると、片方だけでも趙大慶の品位がぐんと上がり、ファッションリーダーか、上流の紳士、帰国華僑でなければ億万長者か大物と見られるだろう。だが、苦しみを嘗め尽くした顔には風雪が刻み込まれている。つまり、生産委員趙大慶の一生は、順調で裕福な暮らしではなく、祝福すべき輝かしい人生ではなかった。

続いて趙大慶が話したことは、息子たちの訴訟が中心だった。上層部に知り合いがいたら、判決を覆してくれるようお願いしてもらえないだろうか、と馮明に頼んだ。

馮明は、趙大慶の訴えを聞きながら、このひどく貧しい家の中を見た。まともな家具は一つもなく、隅に積んであるジャガイモは芽を出し、カビ臭い匂いがする。囲炉裏のベーコンを吊るすはずの鉤には何もなく、釜の中はトウモロコシの粥が冷えて固まっていた。室内は土埃だらけで荒れ果てている。唯一財産と言えるものは、ベッドに乱雑に放り出してあるセーター、ダウンジャケット、ジーンズ、スポーツウェアなどで、趙家の祖父と孫が何年着用しても着きれないくらいある。馮明は思った。都会で金や服の寄付を呼びかけているが、服は寄付しやすい。どこの家でも古着が山ほどあるから農民に喜んで寄付している。それが、趙大慶のところに贈られてきて、かつて芝居衣装を着ていた生産委員を助けているわけだ。

趙大慶は、ずーっと貧しく、それが当たり前の生活だったので、自分の貧しさは口にしなかった。息子のこと、訴訟のことしか話さなかった。それが彼の生活のすべてで何より重要だった。彼は五十数年前の「土地改革」や「生産を高める」についてあまり覚えていないし、田畑の面積を測量したことや、土地の境界に杭打ちをしたことなど具体的なことさえ思い出せない。これでは馮明が今回旧地再訪した意味がかなり失われ、初期の目標達成には程遠かった。

帰るとき、馮明は一千元差し出した。これは旧友に対する最大の友情の印だった。青女にはそれなりの幸せがあるが、青木川であの年代のことを覚えているのは趙大慶しかいない。共通の話題を持つ人は少なくなる一方だ。そう思うと、馮明はいささか感傷的になった。

趙大慶は大儀そうに立ち上がり、馮明の金を辞退して言った。「鎮政府から、わしと孫の生活費を月々もらっています。多くはないが、食う分はあるし、孫の学費も免除してもらっています。食うものも着るものもあるから、まずまずの生活です。わしのように労働能力を失っても、このような暮らしができるから、満足していますよ。大金持ちになるなんて望んでいません。それは来世のことです」

馮明は金を受け取るよう強く勧めながら、窓にかけた板に上がった。しかし趙大慶は無理に馮明のポケットに押し入れようとし、馮明は身をかわす拍子に足を踏み外して落ちて足首を捻挫した。みるみるうちに腫れ上がった。

趙大慶が「わしのせいです。わしのせいです」と言うと、馮明は「お互い同じようになりましたね」と言った。

馮小羽と許忠徳が趙大慶の家に駆けつけたとき、張保国と青女の婿はもう来ていた。青女の娘婿が馮明に冷湿布をしてやっていた。娘婿は「この冷湿布の水は秦嶺の薬草で作ったものですから、夜には良くなるでしょう」と言った。

許忠徳は言った。「うちに膏薬がありますから、あとで持ってきましょう。その膏薬は腫れや痛みに特に効きますよ。昔魏富堂が部隊を率いて山の中で活動したとき、急場に備えて、一人一本配ったことがあります」

張保国はそばでしきりに古参幹部の世話が行き届かなかったことを反省して、県政府に申し訳ないと言いながら、シャベルを持ってきて、玄関を塞いでいた土をさっさと取り除いてやった。

趙人民が傍らで見ていて、「その土を遠くまで放ってくれよ」と言ったので、張保国は「こいつ、俺に命令するのか」と言ってから、趙大慶に向かって「やつらが玄関を塞ごうとしたとき、止めなかったのか？」と言った。

趙大慶は「相手に鬱憤を晴らさせなくちゃ、と思ったんで」と言った。

張賓が馮明を背負って窓から出ようとしたとき、張保国が「もう玄関は開いてるから、玄関から出たら」と言ったが、張賓はもう板に上がっていたので、そのまま窓から出た。

馮小羽は張賓が踏んだ板に「夫婦合い和す」の金色の文字を見つけて注意深く見ると、額に書いてある年は「民国三十四年」【一九二三年】で、落款は「姜樹茂《ジアンシューマオ》、衆を率いて賀す」となっていた。いうまでもなく、その額は結婚の祝いに贈ったものだが、土地改革のとき趙大慶の家に配られて、ベッドの板に使ってからは日の目を見ることもなく忘れ去られていた。趙大慶は、その板の文字どおりに、夫婦仲睦まじく暮らしていたのだろうか。

第8章

1

解苗子《シエミアオズー》が亡くなった。馮小羽《フォンシアオユー》が心配したとおり、クルミ菓子を一キロも食べたせいだ。

彼女は誰もいないとき、箱からクルミ菓子を全部出して、むちゃくちゃにほおばって食べてしまったため、急性胃拡張から門脈破裂を起こし出血してしまったのだ。急に逝ってしまったので、死に装束の準備が間に合わなかった。

葬儀は鎮政府の主催となり、町の女性何人かに頼んで、彼女のいくつもない箱の底まで探したが、古い写真数枚のほか、まともな服は一枚も出てこなかった。結局、青女が自分の新しい服を持ってきて解苗子に着せ、逝く人に最期の身繕いをさせた。

張保国《ジャンバオグオ》はこの事件を反省して、鎮の役員会議で発言した。「生活保護を受けている老人のすべてに対して、いざというとき慌てないよう、死後の細かい点まで、あらかじめ周到に考えておくべきでした」。これに対して李《リー》天河《ティエンホー》は「仕事の経験は実践から得るものだ。解苗子の件ではてんてこまいをしたが、この次は大丈夫だろう」と言った。

解苗子の埋葬については、魏《ウェイ》家の娘さんの魏金玉《ウェイジンユー》に連絡がつかなかったため、風習に従って三日間法要を営んでから、魏富堂の墓に合葬することになった。

土地のしきたりで死者は家に迎えてはいけないため、遺体は亡くなった病院の倉庫に安置された。大工さんが二人、病院の庭先で、取り急ぎ棺を作りはじめた。鉋屑《かんなくず》が辺り一面に散り、鉋をかければかけるほど不気味な空間が広がった。

青女《チンニュー》の婿が李天河に抗議した。「医療機関の庭で棺を作るなんて、病院のイメージ・ダウンになるし、病院の恥だ」。だが李天河は「解苗子は長生きだったから、おめでたい仏様だ。青木川の老人が皆これほど長生きするなら、君たち病院の仕事ぶりが立派だという証拠になるだろう」と言った。青女の婿は「それは概念のすり替えだ」と主張したが、李天河は「二、三日で済むから、目をつぶっていれば終わるよ」といなした。

解苗子の箱から古い写真が見つかったと聞いても、誰も注意を払わなかったが、馮小羽一人、ひどく興奮した。

馮小羽が張賓《ジャンビン》を捜しに解苗子の霊前に行くと、張賓は男たちを指揮して、垂れ幕を掛けたり花輪を設置したりしていた。鎮政府の花輪のほか、最も目につくのは佘鴻《ショーホン》雁《イエン》が贈った垂れ幕だった。その垂れ幕には「無慈悲な風雨で花びらが一面に散り、叔母様は鶴に乗って西方浄土へ旅立たれた」云々と書いてあった。

馮小羽が張賓に「あの写真には誰が写っていたのですか」と聞くと、張賓は「画面がひどく変色して、写っているのが男か女かさえ分かりませんでした。興味がおありなら、あとでお届けしますよ」と言った。

馮小羽は「解苗子の死はあまりに急でした。写真の由来も、もう知りようがないけれど、こんなことがなければ、いろいろ分かったでしょうに」と言った。張賓は「あの写真、馮さんにとってそんなに大事なのですか」と聞いた。

馮小羽は言った。「あの写真は青木川に残された貴重な歴史的証拠です。クルミ菓子のせいで本当に残念なことになりました」

鄭培然《ジョンペイラン》が、おこわの入ったお椀と黄色い紙【黄色の紙を焼けば、あの世の金になる】を持って魏婆さんの供養に来た。鄭培然は、クルミ菓子をあげたせいだと自分を責めている馮小羽に言った。「クルミ菓子で逝くのは解苗子の運命ですよ。どうせ逝くなら、茹《ゆ》で過ぎの素麺より、大好きなクルミ菓子をおなか一杯食べてあの世へ行ったのですから、満足されたでしょう。そんなに気にすることはありませんよ」

それもそうだが、馮小羽はなかなか胸のつかえが下りなかった。徐々に仕上がっていく白木の棺を眺めながら、だんだん気持ちがふさいでいった。まだ聞きたいことがたくさんあったのに、間に合わなかった。もう魏家の老夫人から答えを聞くことはできない。

鄭培然が言った。「何を尋ねても頭がぼけていましたからね。今まで元気に生きてきたのが何よりですよ」

青女は病院から家に戻ると竹椅子に腰を下ろし、思いっきり泣いた。目が腫れ虚脱状態になるまで泣いた。九菊《ジウジュー》が、お婆さんが泣いているのを見て、横に小さい腰掛を運んできて一緒に泣き始めた。老女と幼女の鳴き声が、高く低く、太く細く、協和した。

家にはほかに誰もいなかったため、お婆さんは気兼ねなく思う存分に、孫も気持ちよく泣いた。青女は亡くなった解苗子を偲び、悲しむ時間が欲しかったのだ。

許忠徳《シュージョンドー》が苗木に水をやろうとして、青女の家の前を通り、泣き声を聞いた。彼はため息をつき、入って何か話そうとしたが、頭を振るとそのまま通り過ぎた。許忠徳には青女の泣きたい気持ちが分かっていた。昔、魏《ウェイ》富堂《フータン》が投降したのは、青女の伝えた情報によってだった。そんな事情を彼は誰よりもよく知っていた……。

許忠徳は一九四九年、成都から戻ると、ずっと魏富堂のそばにいて、魏富堂が県政府に呼ばれ再教育を受けるまで一緒だった。そして魏富堂に投降を促し、武装解除させるにあたって、重要な役割を果たした。それが手柄とされ、拘禁されずに「人民」の側に区分されたのだ。もちろんその後の政治運動のたびに槍玉に上げられたが、最終的には「政治協商会議委員」に選ばれ、幸せな結果になった。

許忠徳が成都から戻って来たばかりのとき、黄金義《ホアンジンイー》先生の寮に呼ばれ酒を酌み交わしたので、その後も許忠徳はよく学校へ黄金義に会いに行った。黄金義には林閩《リンミン》覚《ジュエ》という従兄弟《いとこ》がいて、小間物の行商人をしていたが、よく青木川に来ては黄金義の寮に逗留していた。

そのため林閩覚はだんだん許忠徳とも知り合いになった。時には黄金義が不在だと、林閩覚は直接魏富堂の司令部に許忠徳を訪ねた。目ざとい魏富堂は、林閩覚に二回出会っただけで許忠徳に忠告した。「あいつは、目つきや態度からして背後に何かありそうだ。気をつけなさい」。許忠徳は「分かっています」と答えた。

西安が解放されて解放軍が四川省北部へ南下する際、青木川は進軍途中の重要な位置にあった。そのため魏富堂の自衛団の武装を解除し、できれば自ら投降するよう働きかけることが、解放軍の当面の最も大事な任務だった。

魏富堂は思案にくれた。共産党に自分の財産と命を任せて投降するか、それとも山奥へ入ってゲリラ戦を展開し、奥深い秦嶺を頼りに山賊になるか、決めかねていた。そんなとき、甥の李樹敏《リーシューミン》と嫁さんが青木川に現れ、直接魏家を訪ねてきた。李樹敏は叔父さんと深夜まで話し合い、自分と一緒に姜森《ジアンセン》の下で反共産党の旗印を掲げて、最後まで共産党と戦うよう働きかけた。

魏富堂は「国民党とも共産党とも正面から対抗したくない。わしの望みは簡単で、あくまでもここ青木川の平穏を守りたいだけだ」と言った。

李樹敏は「共産党の政権は長くないですよ。三カ月か五カ月、長くて半年ぐらいで国民党軍が攻め返してくるでしょう。今は戦略的な退却です。叔父さんが協力すれば、国民党が戻ってきたとき英雄になりますよ。そのときは青木川どころか、陝西省南部全体が叔父さんの手に入るんですよ」と言った。

魏富堂は賛成も反対もせず、しきりに甥に酒を勧めた。

ほかに青年が一人同席していた。黙々と、叔父と甥に酒を注いだり、二つの錫《すず》のお銚子をかわるがわる火鉢《ひばち》で温めたりしていた。この青年は、魏富堂が娘の魏金玉のために選んだ未来の婿、杜家院の杜旦那の若様、杜国瑞《ドゥーグオルイ》だった。

杜国瑞は漢中で勉学中だったが、夏休みに、見合いのために父親から呼び戻された。だが魏家に来て何日か経っても、魏金玉の顔を見ることはなかった。その後魏富堂がむりやり二人を会わせたものの、魏金玉はまともに相手を見ようともせず、そっぽを向いたまま、ひとことともしゃべらなかった。それでも魏富堂はこの若様がたいへん気に入り、「こいつは若いのに落ち着いていて、口数こそ少ないが自分の考えがある。将来は教師として一家を支え、食っていける。娘をやっても、読書人の家柄だから恥ずかしくはない」と言った。

魏富堂は杜家の息子が来ると引き止めて、義理の息子として、どこにでも連れていき、何事も彼には隠さなかった。娘とよく知り合ったら、ただちに結婚させようと思っていた。

杜国瑞のほうも喜んで魏家に滞在した。というのは、魏家のお嬢様に関心があるというより、魏富堂の車「フォード」が気に入ったのだ。杜国瑞が毎日車の周りを離れようとしないので、鄭培然もずっと彼のそばに付いていた。車の運転手は、老烏《ラオウー》たちと老県城に行った際に殺害されたので、それ以来車は放置されて錆が付き、タイヤもへこんでスクラップ同然だった。ところが杜国瑞と鄭培然があれこれいじっているうちに、奇跡的に動いたのである。通りを走る自動車を見て魏富堂は喜んだ。

「よし！　わしの婿になれる！」

今、杜国瑞は叔父と甥の酒に付き合っているが、魏富堂が抗戦すべきか投降すべきかについては一切関心がなく、口もはさまなかった。そのかわり「フォード」の排気パイプが詰まっていることを心配していた。掃除をしないと、しょっちゅうぷっぷっとおならを出し、バッタのように躍り上がるからだ。

李樹敏は、魏富堂の態度がはっきりせず、ゲリラ戦に加わる決心もつかないと分かって、言った。「青木川にいたら叔父さんは戦わずに捕われの身となるだけですよ。叔父さんは紅軍の傷痍兵を生き埋めにしたり、山の住民を搾取したり、ケシを栽培したり、自衛団を組織したり、解放軍の小隊を襲ったりしたでしょう。どれ一つとっても死刑にあたる。共産党が許してくれるはずがないですよ」

魏富堂が「わしは解放軍を襲ったことはない。やたらに濡れ衣を着せてくれるな」と言った。

李樹敏はさらに「叔父さんは解放軍を襲ったことがなくても、解放軍が叔父さんを襲ったでしょう。叔母さんが二人も老県城で解放軍に殺され、そのとき叔父さんの部下十数名も命を落とした。だから叔父さんが気にしなくても死者の家族は黙っていないでしょう」と言った。

魏富堂が「お前は余計な口出しするな。どうしたらいいか、わしは分かっている」と言った。

李樹敏はそれでも「僕、ほうっておけないのです。殺されたのは僕の叔母で、しかも西安の進士の子孫ですし」と付け加えた。

魏富堂はおいしそうな蒸しベーコンを李樹敏の皿に入れてやってから、自分は新鮮な竹の子をほおばり、ぼんやり李樹敏を眺め、飽食にひたってだらけたふうを装っていた。だが心の中では李樹敏を今までと違う目で見ていた。うわべは上品で従順な甥だが、以前感じていたような普通の男ではないようだ。背後に、計り知れない大きな力があるに違いない。

　とはいうものの、甥の話自体は一理ありそうだった。共産党が自分を見逃すわけはないだろう。

　魏富堂が話に乗らないと分かって、李樹敏は相手を変え、黙ってそばに座っている杜国瑞に言った。「僕の従姉《いと》妹《こ》の金玉は、亡くなった母親に似てそれは気性が激しいですよ。でも義理堅いし美人だから、惚れ込む男も多い。その筆頭が胡宗南《フーゾンナン》の補佐官の于四宝《ユースーバオ》というやつだ。彼は『西廂記《せいそうき》』【元代の王実甫による戯曲の最高傑作。波乱に満ちた恋物語】の張《ちょう》書生ぐらいハンサムでね。女が嫌と言えない魅力があるし、女に取り入るのもうまいから、目当ての女は十中八、九、やつの手に落ちるだろう。君は覇気がないうえ野暮ったいし、口下手だから、あいつに勝てるわけがない。親の田畑やアヘンや鉄砲を後ろ盾にしたり、親父同士が義兄弟の契りを結んでいるからといって、縁結びできると思ったら大間違いだよ」

　魏富堂が口をはさんだ。「こいつは、車好きなところがわしに似ている。もともと金玉の嫁入り道具に川辺の水車小屋をやるつもりだったが、こうしてみると、この『フォード』も付け加えなくてはいけないな」

　すると杜国瑞は嬉しさを隠そうともせず、欲張って言った。「キャブレターとタイヤは更新しなければなりません。フォードの最大のメリットはエンジンですが、変速バーもちょっと問題があるようです」

　李樹敏が「あれこれ粗探しをする前に、金玉ちゃんが君と結婚したいかどうかが大問題だろう」と言うと、杜国瑞は「それは金玉さんの意向にお任せします。彼女さえよければ、僕はもちろんいいです」と言った。

　魏富堂が「すべてはわしが決めるんだ。わしがいいと言ったら、あの子もいいはずだ」と言った。

　男たちが酒を飲んでいる間、劉芳《リウファン》が奥にある解苗子の部屋に入っていった。ちょうど解苗子は青女に髪を染めてもらっていたが、劉芳が来たのに気付いても、目もくれなかった。

　劉芳は近づいて何気なく机の上の『聖書』を手に取り、そのまま英語で読み始めた。「……わたしはどんな償いをして、神様の御許にひれ伏したらよいでしょうか。わたしの過ちのために……」【『旧約聖書』ミカ書六、七】

　解苗子は不愉快そうに本を取り返して、冷たく言った。

「主よ、この罪人をお許しください！」

劉芳は無造作にベッドに腰掛けて言った。「主はとっくに死んでいるよ」。解苗子は本を軽く叩いて「この中に生きていらっしゃいます」と言い返した。

劉芳はさらに言った。「精神的なものは結局空しい。どうせ生きるなら現在を生きるべきよ。あんたは今でも私を恨んでいる。でも考えたことない？　私と李樹敏がいなければ、あんたは轆轤把《ルールーバー》教会で惨めな暮らしを続けていただろう。混血だから永遠に自分の素性はうやむやのままだ。父が誰で母が誰か、どこの家の子か……」

解苗子が「私は主の子供です」と言った。

劉芳は「何が主だ。私こそあんたの主だ。私があんたをここまで連れてきて、奥様にして、幸せな暮らしを送らせ、叔母さんと呼んでいる。あんたは本当に私の叔母さんだと思ってるの？【中国人にとって「叔母さん」は母親と同格で、尊敬すべき目上になる】」と言った。

解苗子は胸でクロスを切りながら言った。「あなたたちは解《シエ》お爺さんを殺し、教会を焼き払った……」

劉芳は「私が恨まれているのは分かってる。世の中には私を恨んでいる人間がたくさんいる。でも平気。誰からも好かれなくったってかまわない」と言い、さらに「李樹敏が表の部屋で叔父を説得してるけど、あれは無駄ね。魏富堂が私たちに協力してくれるはずがない。でも最善を尽くして、味方を増やさなければならないんだ。私と李樹敏は地下救国軍に命を預けているから、もうここには戻れないと思う。大義のためにわが身を犠牲にするのも、もうすぐだろうから」と言った。

解苗子は、鬢の所の短い毛に黄色が残らないように、青女に注意した。青女が「根元は二回も塗ったから、絶対心配はありませんよ」と言った。

劉芳が「生まれつきの黄色い髪をわざわざ黒く染めるなんて、本当に雑種らしい歪んだ心理だ。やれるなら体全体を、その碧眼まで変えてみるんだね」と言った。

解苗子は劉芳の揶揄《やゆ》を気にもせず、青女の持つ鏡に映る自分の髪を、念入りに見ていた。

劉芳は懐から小さい包みを出し、急に口調を変えて言った。「実は、叔母さんに預けたいものがあるんです。大事にしまっておいてほしい。私が戻ってこられない場合、焼いてほしいんです」

解苗子が「あなたのものはしまって置きたくないわ」

と言った。

劉芳は「本来なら彼女に預けるべきだけど、彼女もいなくなりそうだから、叔母さんにお願いするしかないんです」と頼んだ。

それでも解苗子が嫌だと言うと、劉芳は包みを無理やり解苗子の懐に押し込み、甘えるように言った。「叔母さん、これは私の最も大切なものなの。これを持って山林に入るわけにはいかないし、自分の血でこれを染めたくないの。叔母さんに預けるのが一番安心なんです」

解苗子が包みをつまんでみて「では神様の絵ですか」と聞くと、「ええ、そうよ」と劉芳が答えた。

解苗子がそれ以上こだわらなかったので、劉芳もほかに何も言わなかった。劉芳はそれを預けるためにここに来たらしい。劉芳が去ってから、解苗子は青女にランプを近くへ持ってこさせ、ゆっくり包みを開けてみた。神様の絵なんてとんでもない、それは一枚の写真だった。

解苗子と青女は写真を見て、息を呑んだ。

「まあ、そうだったの！」

李樹敏のほうは叔父さんと深夜過ぎまで話し合ったが、効果がなく、未明に去っていった。

夜が明けてきた。魏富堂はまだ座って、テーブルいっぱいに散乱した食べ残しと酒を前に、しばらくぼうっとしていた。杜国瑞は横の椅子でうとうとしていた。

魏富堂が「おまえはどう思う？」と聞いた。杜国瑞ははっと寝ぼけた目を開いてつぶやいた。「漢中で輸入の潤滑油を購入して、ワイパーのゴムも取り替えなくては……」

すると魏富堂は「お前らに対策を聞いても、みんな尻込みしやがって。いざとなったら屁にもならねえ。ごくつぶしめが！」と叫ぶや、火鉢を蹴飛ばした。灰がもうもうと立ち上り、杜国瑞の姿を覆い隠した。杜の若様は灰まみれになって、走るように杜家の屋敷へ逃げ帰った。

魏富堂は甥と一緒に共産党に対抗する気はなく、かといって共産党に投降するつもりもない。彼はいらいらと落ち着きを失い、ややもすれば人に八つ当たりした。そんな中、彼は杜家壩《とかは》に出向き、杜国瑞の親父と話し合い、激動する情勢の中で互いに協力し合おうと合意した。

両家の間に電話線を引き、軍事的協力関係を結ぶと同時に、両家の婚姻関係まで決めた。魏富堂は結納として、自動車と水車小屋のほか、小銃三十丁、重機関銃二丁、銃弾百箱、軍服五十着を差し出す。杜旦那は「こちらは対戦車用手榴弾二十箱、二十八口径の小型砲三門、アヘン半製品千両を進上いたしますよ」と言った……。

二つの自衛団の頭目の間で、結婚の相談というより、武器の商談がなされたと言える。

魏金玉は機嫌が悪い父に「于四宝と結婚したい」と言うことは言ってあったが、杜国瑞が出現してからは、いつ爆発するか分からない時限爆弾のように彼女を脅かした。父親がその気になれば、ただちに杜国瑞を利用して、于四宝との結婚の夢を粉々に打ち砕いてしまうだろう。

魏金玉は家にいても于四宝のことばかり考えていた。だが于四宝は姜森軍団に属し、四川省と陝西省一帯で行動していて居所がつかめない。魏金玉は魂が抜けたようにぼうっとしていた。そして会えなければ会えないほど、于四宝のイメージはりりしくなり、神の将軍のようになっていた。

朴訥な杜家の若旦那は、しょせんスマートな于四宝補佐官とは比べものにならない。いくら広々とした美田や広大な山林を持つ家柄の若旦那でも、本人は視野が狭い。杜国瑞の行動範囲は広くても三〇〇キロどまり、東は漢中まで西は広元までしか行ったことがなく、いわば井の中の大蛙だ。それに対して于四宝は、将校として全国を巡り、西はアメリカ、東は日本にまで行ったことがあるうえ、インドのカレーライスを食べ、フランスのブランデーを飲んだことがあり、目に知性が輝いている。

すべてにおいて杜国瑞が逆立ちしても敵わない。父が雷を落としたことに驚いて、杜国瑞が杜家壩に逃げ帰ったと聞いて、魏金玉は絶好のチャンスだと思い、昼食後執務室へ父に会いに行った。父に自分の本心を話し、于四宝を探して彼と結婚したいと真剣に訴えた。

もともといらいらしていた魏富堂はそれを聞くなり、「わしの娘は、身代《しんしょう》もない女々しいやつには絶対やらない。わしは長年軍隊生活をしているから、于四宝がどんな代物《しろもの》か分かっている。于四宝なんて奴は長官の夜の愛玩動物で、腐った肉の塊も同然だ」と、火に油を注いだように怒り出した。

魏金玉は魏富堂の言う「愛玩動物」の意味はよく分からなかった。だが母、朱美人《ジューメイレン》の激しい気性を引きつぐ彼女は、父の癇癪《かんしゃく》にもまったくたじろがず、きっぱり言った。「愛玩動物でも何でもかまわない。于四宝のほかは誰とも結婚しません」

魏富堂はますます怒って急須をつかみ、魏金玉めがけて投げつけた。魏金玉は避けようともせず立っていたが、許忠徳がさっと腕を伸ばして急須をさえぎった。茶を入れたばかりの熱い急須がしたたかに許忠徳の腕に当たり、腕が赤く火傷して痛そうだった。

しかし父と娘は許忠徳の腕をかまう余裕もなく、互いに一歩も譲らず言い合いを続けていた。最後に魏金玉は父に言った。「お父さんが承知しなくても、あたしは絶対于四宝に嫁ぎます。もう決めました」

魏富堂が許忠徳の前で魏金玉の頬を殴った。魏金玉の青白い頬に手の跡がくっきり残った。彼女は切れ長の目で、じっと魏富堂をにらんでいた。魏富堂はますます怒りをたぎらせて言った。「嫁入り道具はもう用意してある。お前の顔なんか見たくもないから、明日にでも杜家に嫁がせてやる。年頃の娘は家に置いておくもんじゃない。無理に引き止めれば恨まれるだけだ！」

魏金玉は許忠徳を指さしながら言った。「あたしは無条件にお父さんの命令に従う犬ではない。許さんはお父さんのお金をもらったから命じられるまま戻ってきたけど、あたしは、嫌だ。明日あたしを嫁がせるなら、今日のうちに家を出ていく」

「この家を一歩でも出たら、その足を打ちぬいて穴を開けてやる。わしと于四宝のどちらが強いか、証明して見せてやる」

魏金玉は恐れずに言った。「命は貴い、だが愛情はそれより貴い【ハンガリーの詩人ペテーフィの詩の一節】。本当に追い詰められたら、あたし、どんなことでもするわ」

魏金玉は荒々しく戸を閉めて出ていった。魏富堂が戸口まで追って、叫んだ。「やれるならやってみろ！」

戻ってきた魏富堂は、許忠徳が急須のかけらを片付けているのを見ながら言った。「小さいころから一度も叩かず甘やかして育てたから、このとおりだ。今のご時世、みな国民党を何とか避けようとしているのに、あの子は進んで結婚しようとする。あの弱々しい于四宝のどこがいいんだ。たかが護衛兵の頭《かしら》じゃないか。国民党はもう終わりなんだから、やつに未来があるわけがない」

許忠徳はすかさず言った。「そのとおりです。国民党はもはや勢いを失い、共産党が中国の大半を占めています。これからは共産党の天下になるでしょう」

魏富堂は「わしに忠告するな。おまえの言いたいことは分かっている」とさえぎり、さらに「わしは誰の配下にもならないし、誰も信用しない。十数年もの間、国民党とも共産党とも組まなかったのは王三春《ワンサンチュン》から受けついだ信念だ。王三春はそこだけは一理あった。一応帰順はするが、部下にはならない。協力はするが、騙されない。絶対に青木川自衛団の独立を保たなければならない」と言った。

許忠徳が「魏司令に会わせたい人がいます。青木川が平和裏に新中国に移り変わり、民衆が戦乱に苦しめられないために」と言った。魏富堂は「言わなくても、呼ぼうとしている人物は分かっている」と言った。

許忠徳が連れてきたのは林閩覚だった。もう行商人の身なりではなく、今は共産党の特派員の身分だった。李樹敏と同様、一晩中魏富堂と話をし、夜が明けてから魏家の屋敷を出ていった。

魏富堂は疲れた顔で林閩覚を玄関まで見送り、部下に竹駕籠を用意させ、林さんを陽平関まで送るように言いつけた。林閩覚は竹駕籠を辞退して言った。「これから広坪へ行って、李家の若旦那と話してみます」

魏富堂が「甥のやつはお人よしじゃないから、無駄足になりますよ」と言うと、林閩覚は「物事は努力しだいです。話を聞いてくれるかどうか、やるだけやってみます。魏司令さえ共産党に協力してくれれば、甥御さんのほうもうまくいくでしょう」と言った。そして「投降したら、魏司令御一家の生命と財産は必ず守ります」と改めて保証した。

魏富堂は「分かってます。どうぞご安心を」と答えた。だが魏富堂の本音は、許忠徳にしか分からなかった。抜け目のない魏富堂は、林閩覚に何も承諾していなかった。「分かった」とか「ご安心を」は挨拶であって、決して結論ではない。財産はさておき、命と権力は最も重要で、侵害されるわけにはいかないから、彼が共産党に協力するかどうかはまだ何とも言えない。

許忠徳は魏富堂の本当の気持ちを、共産党地下党員の黄金義に伝えた。林閩覚は生命と財産の保証を再度伝えるために、三日後再び青木川に来た。当時、国民党軍はすでに西南方面に敗退し、寧羌県が解放され、情勢ははっきりしていた。共産党が、地方武装勢力が独立王国を築き、独自の体系を作り上げることを断じて許さないことは、誰でも分かっていた。

　林閩覚は、今度は魏富堂と単独で話すのでなく、執務棟の庭で、魏富堂配下の小隊長以上の将校に、共産党の投降者受け入れの方針と具体的やり方を明らかにした。

「今のうちに自ら武装解除し投降すれば功労と見なします。役人になりたい人には役人になってもらい、農業をやりたい人には田畑を与えます。みなさんの財産と命の安全は、私が首をかけて保障します。もちろん共産党と正面から敵対すれば、よい結末はないでしょう……」

　人々はひそひそとささやき始めた。大声で共産党を擁護する人もいれば、魏司令の部下だから魏司令の一存に任せると言う人もいた。

　大部分の者がちらっと魏富堂に目を向けた。魏富堂は軍服姿で重々しく林閩覚の後ろに立っていた。共産党擁護を叫んだ人も、彼の命令に従うと言った人も、一斉に静かになって、うつむいて足元の石畳を見つめ、庭全体が水を打ったように静かになった。

　林閩覚はみんなに言った。「投降は重大なことですから、よく考えてから決めてもらっていいです。ただし時間は迫っています。国民党のデマを信じないでください。今、国民党のスパイは気違いじみた抵抗をしていて、周囲に匪賊も出没しています。みなさん、一緒に明るい新政権樹立のために力を合わせましょう」。そして向きを変えて魏富堂に「魏司令、お考えの時間は三日間でいいでしょうか」と聞いた。

「十分です」、魏富堂が答えた。

　三日間、林閩覚は十分な時間を与えたつもりだ。魏富堂は頭のいい男だから、大局がすでに決まっている今、ずるずると時間を引き延ばせばそれだけ不利なことを知っているだろう。

　孫建軍《スンジエンジュン》が人を掻き分け前に出て、肩からかけたモーゼル銃を叩いて言った。「特派員さん、おいらが魏司令に従って武装団を作ったとき、人殺しや強盗を働いたこともあったが、やっぱりいちいち追及されるのか？」

「孫大隊長、あなたは三男で、家には明日の食糧もないほど貧乏だと聞いています。安心しなさい。まじめに共産党に従えば、過去のことは問題にしません」

　人々がざわめいた。みな林閩覚の話に心を動かされた。気がかりが晴れて、ある者は顔がほころび、ある者はキセルに火をつけた。

……

夜。魏家の裏庭はしんと静まり返っていたが、いくつかの部屋にはまだ灯がついていた。魏富堂はずっと解苗子の部屋に座ったまま、黙ってお茶を飲み続けていた。出がらしになると、青女に入れ替えるよう言いつけた。解苗子は何度もお湯を沸かし、青女がたびたびお茶を入れ換えた。魏旦那がどうしてこんなにお茶を飲むのか、誰にも分からなかった。

執務棟は上も下もガス灯があかあかと光り、部下たちは肉を頬張り、酒を飲み、大騒ぎしていた。地球崩壊寸前のようななげやりな気持ちがあり、解放されたような心のゆるみがあった。悲しみだの、快楽だの、死だの、生だの、どれもとっとと失せろ！　誰もかれもが大げさに飲み食いし、目的もなく騒ぎ、理由もなく笑った。天地を覆すような激動が、彼らを恐れさせ、興奮させ、また何とも言えない不思議な気持ちにさせていた。

青木川ではこれから、面白い芝居が始まるだろう。

騒ぎが絶えず魏富堂の耳に入ってきていた。彼はうるさそうに急須をのけて、部屋の中を行ったり来たりしはじめた。解苗子が言った。「いつまでもうろうろしないで、やはり彼女の意見を聞いたら？」

しばらくすると魏富堂は足を止め、ポケットからパーカーの万年筆を出して、メモ用紙に「降」と「反」の二字を書いた。魏富堂はあまり字を知らないため、二文字の一つを書き間違え、「反」の字を「扳」と書いてしまった。書き終わると、そのメモを青女に手渡して言った。

「謝《シエ》校長に薬を届けるとき、これを一緒に渡してくれ。わしは返事を待っている」

魏富堂の心の中で、謝静儀《シエジンイー》の意見が大きな役割を果たしていた。解苗子が言うとおり、肝心なとき、彼は彼女の意見を聞かずにはいられなかった。彼女は天が彼のそばに派遣してくれた神なのである。

青女が謝校長に薬を届けるのは初めてではなかった。ときどき魏富堂から言いつけられるのだが、以前は半月に一回だったのが、十日おきになり、最近は四、五日に一回となっていた。校長の病気が重くなっているに違いなかった。毎回必ず魏旦那自ら薬を幾重にも包んで青女に手渡し、念を押す。「人に見られないようにな。校長は自尊心が強く、体面を重んじるから、病気のことは人に知られたがらない」

　青女は気が利く女の子で、謝校長の病気について余計なことは一切聞かなかったが、薬の包みが重たくて硬いことから、それがどういう「薬」かは見当がついた。けれど魏旦那と校長先生がいったいどうしてこうなったのかは理解しかねた。どうも二人とも信念を守りきれずに危ない断崖の端まで来ているらしく、薬を届ける頻度からみて、断崖の手前で踏みとどまることは不可能だろう。

　この日の夜、青女が謝校長の部屋に着くと、校長は許忠徳と話をしていた。校長は疲れた顔をして、チーパオの代わりに青い緞子のガウンを着ており、体つきもだいぶほっそりして見えた。青女が来たのを見て校長は上半身を起こし、「きっと今日来るだろうと思っていましたよ」と言った。そして許忠徳に「魏旦那様は正確に薬の分量を計算しているのね。今夜薬がなくなることがよく分かっていらっしゃる」と言った。

　青女は許忠徳がいるのを見て、ちょっとためらった。だが校長は許忠徳の存在をとくに気にせず、薬を受け取ると、手のひらに載せて重さを計り、「一週間の分量ね」と言った。許忠徳が「魏司令官はこの面での玄人ですから」と言った。

　青女はちらっと許忠徳を見てから、メモを出し、謝校長に「旦那様がお返事を待っています」と言った。許忠徳は気をきかして「ちょっと黄金義先生を訪ねてきます」と言って出ていった。

　校長は紙を開いて、机の上でしわを伸ばしてから、教師の習慣からペンを取って、誤字の上に丸を書いた。それからしばらくじっとその便箋を眺めていた。ランプの火屋《ほや》が放つ黄色い温かな光が校長を照らしている。

　校長の横顔は少しやつれていたが、ランプの光で皮膚に潤いが感じられ、その肌は人というより磁器に似ていた。青女には医学の知識がなく、人生経験も浅かったので、それがむくみだとは分からなかった。もし「男は足がむくみ、女は顔がむくむ」という医学常識を知っていたら、謝校長の病状が、もう回復不可能な段階であることが分かったはずだ。だが当時の彼女はそれを察知できず、ただ灯火に浮かぶ美しい横顔に見とれ、しばし時間が止まったかのような優雅さと安らぎを味わっていた。

　校長はメモの二文字の意味が分かっているに違いなかった。たとえそのうちの一字が誤字であっても。校長が微動だにせず考え込んでいるので、青女が眠ったのかなとよく見ると、しっかり起きていて、少し眉をしかめ難しい顔をしていた。

机の上の時計がチクタクと、待っているような催促しているような音をたてていた。校長はようやく筆を取ると、硯《すずり》の上で穂先をそろえ「降」の字の上に筆を運んだ。ちょっとためらって何か書こうとしたとたん手が震えだし、頭から大粒の汗が流れ、うなり声とともに筆を落として椅子から床に転げ落ち、丸く縮こまった。その拍子に校長の広い袖口が茶碗をひっくり返し、お茶が机に広がった。

青女が大慌てで叫んだ。「校長先生、校長先生！　どうなさったのですか」

校長は苦しみながらも青女に、「すぐ収まるから、叫ばないで」と手ぶりで示した。青女は校長を自分の体にもたれさせたとき、校長の並々ならぬ忍耐力を感じた。体じゅうの冷や汗で青いガウンが濡れていた。校長は青女に「許忠徳を……呼んで……きて……」と言った。

青女が「許主任！」と叫ぶと、「ここにいます」とすぐ許忠徳が応じた。実は「黄金魏先生を訪ねてきます」というのは口実で、彼は外にいて、一歩もそこを離れていなかった。

許忠徳と青女が校長を両側から支えて、寝室まで連れていった。しばらくして校長はやっと回復した。青女が校長の顔の汗を拭いてあげると、校長が「びっくりさせてごめんなさいね」と言った。

青女はそのとき内心、旦那様に女中の派遣をお願いしよう、校長先生には世話する者が必要だと感じた。だが校長は青女に「旦那様には私の持病が再発したことは話さないで」と念を押した。

帰るとき青女はメモを思い出し、応接間へ行ってみた。メモはお茶に浸って水墨画のようになっていたが、幸い「扳」の上の丸がまだかすかに残っていた。雑巾で水分を吸わせ、その便箋をしまおうとすると、許忠徳が「はっきり見えないから、もう一度なぞっておこう」と言った。青女はその紙を彼に見せながら言った。「まだ分かるわ。校長先生が描いた丸は後ろの文字でしょう」

けれど許忠徳がどうしてもなぞり直そうと頑張るので、青女は逆らえず、メモを許忠徳に差し出した。彼は丁寧に丸を描いて青女に返した。

青女がちょっと見ると、違っていた！　校長は明らかに後ろの字に丸をつけたのに、許忠徳は前の字に丸をつけてしまった。後から書き添えた前の方が色が濃く、水に浸った後ろの方は色が薄い。青女が「これは違う。校長先生のと違う」と指摘すると、許忠徳は「間違ってない。もともとこう描くべきだったのだ」と言った。

青女が「二つの文字に二つの丸、どれが正しいのかと聞かれたら、どう答えたらいいのですか」と聞くと、許忠徳が「後ろの字は誤字だから、校長先生は訂正しようと丸をつけたのだ。校長がよく考えてから描いたのは濃い丸だと、旦那様に申し上げなさい」と言った。

青女は文字が読めないから、その二つの文字の違いと重大さが分からなかった。この丸一つが青木川の情勢に重大な変化をもたらそうとは、知る由もなかった。彼女はこれをたいしたことではないと考えることにした。今まで魏旦那から校長に薬を届けるとき、ついでによくこまごましたものを預かり、中にメモ類もあったが、その内容は聞いたことがない。今度も同じである。

青女がメモを魏旦那の屋敷まで届けたとき、魏富堂はまだ解苗子の部屋で待っていた。メモを手渡すと、魏富堂は「どうしてこんなくしゃくしゃになったんだ」と、しわを伸ばしながら聞いた。

青女は言われたとおり、校長が先ほど発作を起こしたことには触れず、校長が不注意で湯飲みをひっくり返したのだと説明し、後ろの丸を指しながら「校長先生はそれが誤字だとおっしゃいました」と言った。

「誤字？　どこが間違っているのだ。確かにこれだろう」と魏富堂が言った。

青女は二つの丸のことは説明しにくかったので、「間違いなく誤字なので、校長先生が丸をつけたのです」とだけ言った。

「謝校長が丸をつけたのは一体どれなんだ？」

「後ろは誤字ですから、もちろん前の方です」

魏富堂は重荷を下ろしたように、ふうっと溜め息をついて、「許忠徳と同じ考えだな。だったらこの道を行かなくてはならんな」とつぶやいた。

青女は、許忠徳が描いたのだから当然同じ考えに決まっている、と内心思った。だが余計なことを言うと損をするので何も言わなかった。彼女は、言うべきことと言ってはならないことをちゃんとわきまえていた。

解苗子だけは、青女の様子が腑《ふ》に落ちなかった。そこで青女をそばに呼んで当時のことを細かく問い詰めた。青女は、さっきの言い方を変えるわけにはいかず、これまでの言い方に沿って答え続けたが、目は解苗子の顔を見る勇気がなかった。最後に解苗子が「本当に校長先生は前の方に決めて丸を描いたんだね」と確認した。

青女はきっぱり「そうです。間違いなく前の方です」と言った。

魏富堂は悩みが解消してうれしくなり、数人の部下に、投降の準備をするよう手配した。それからトイレに行ってゆっくり長く放尿した。すっきりして解苗子の部屋に戻った魏富堂は、まだあの誤字が気になり、正しい字を確かめるために、魏金玉の部屋から辞書を持ってくるよう青女に言いつけた。

解苗子が「これも運命か……」と独り言を言った。

魏富堂が「それはどういう意味だ」と聞くと、解苗子は「直感です。なんとなく青女が何かを隠しているようで、落ち着かないの」と答えた。魏富堂は「あの子はここで何年も働いているし、老県城では死体の山から生きて逃げ出してきた。信用のおける一人だ」と言った。

魏富堂の最後の一言が終わらないうちに、青女が慌てて入ってきて言った。「お嬢様が家出なさったようです」

娘の家出が魏富堂を動転させた。彼はかんかんに怒って手下に吼《ほ》えて命じた。「すべての峠を封鎖しろ。生け捕りできなかったら殺してでも連れもどせ。この理不尽な娘を青木川から出すな」。だが魏金玉を捜す兵士がまだ出発しないうちに、今度は許忠徳が慌てて走ってきた。

「大変です！」

2

解苗子の葬儀は簡素に行われた。

青木川には解苗子の子孫も友人もいないので、葬儀は物寂しいものだった。佘鴻雁が孝行のしるしに盆を割ろうと申し出たが、鎮政府は許可しなかった。盆割りもなく、幟《のぼり》を立てる者もなく、泣く人もなく、鳴り物入りの行列もなく、すべてはしごく簡素だった。

山の天気は変化が激しい。朝は太陽が出ていたのに、その後小雨が降り出し、山道はすっかり濡れていた。山を黒雲が覆い、雷まで鳴り出した。この雨はしばらくは止まないだろう。こんな日にあの世へ行くなんて、解婆さんは青木川の人々を困らせたいのだろう、と誰かが言った。確かにこの数十年間、鎮の人々はあまり解婆さんを気にかけなかった。ここ二年ほど、やっとこの「スペードの女王」が大いに利用価値のある切り札になると気付いたが、惜しいことに後の祭りだった。

葬儀には宴席が欠かせない。宴会場は鎮の北にある「青川楼《せいせんろう》」に決まった。青川楼は「百年の老舗」と称し「青川楼秘伝」という看板をかけているが、あれは観光客用で、実は開店してまだ半年も経っていない。青木川の住民なら誰でも知っている。二十一世紀の「青川楼」の店主は張百順《ジャンバイシュン》といって、張海泉《ジャンハイチュエン》の息子である。張海泉は以前、魏富堂が成都から呼び寄せ「青川楼」を開業させた。しかし農業合作化運動のときに【一九五一～五六年】店じまいを余儀なくされた。張海泉は炊事道具を手放して廃品回収業になったが、一九六一年陽平関駅で餓死した【大飢餓の年】。息子の張百順は、一時入隊したが除隊し、なかなかまともな職につけなかったが、改革開放政策が始まると鎮で食堂を開き、やはり「青川楼」と名乗った。この店名は親父が始めたものなので、名誉財産権と称して、他人には使わせなかった。張百順は部隊で馬の飼育を経験したが、板前修業はしたことがなく、料理は適当に作っていた。そのため「青川楼」の料理は馬の飼い葉レベルだと言われていた。普段はほとんど客が入らないが、たまによそから来た画家とか、カメラマンとか、科学視察チームなどが「百年の老舗」や「青川楼秘伝」の看板を見て入ってくる。食べると生涯忘れられない味だと言われるそうだ。今回解苗子の葬儀の話を聞いて、張百順は進んで、無料で宴席を受け持つと言い出した。もちろん、飲み物は別だ。

張百順が言った。「魏旦那があの世へ行く直前、親父が紅焼肘子《ホンシャオジョウズ》を差し入れました。ですから魏旦那は親父の情《なさ》けをお腹に入れてあの世へ逝きました。あの世で魏旦那のお腹のもも肉はまだ消化しきっていないと思います。先代からのよしみで、ぜひ魏婆さんの宴席を設けさせてください。老夫妻はあの世で会って、『青川楼』の親子二代が、懐かしがり感謝していることを話題にしてくれるでしょう。陰徳を積み、ご冥福をお祈りしたいです」

ただで食べさせてもらえるとあって、鎮政府に異論はなかった。味がやや落ちるのは仕方ないが、毒入りの心配もなく、若者たちは好きなだけ料理をほおばった。

　解苗子の棺は、病院の機材や薬品が置かれた倉庫の中で、ベンチ二脚の上に置かれていた。佘鴻雁の家から送られてきた安っぽい花模様の化繊の織物が、粗末な棺を隠すようにかけてあった。これで一応体裁が保たれていた。棺の頭の方には、張百順が届けた紅焼肘子が置いてあり、どう焼いたのか、赤いはずの料理が、黒いスッポン肉の色になっていた。線香の煙が、死者のかすかな息のように、部屋の中をゆっくり流れていた。馮小羽と青女が倉庫の扉を開けると、線香の煙が外に流れて霧雨に混じり、霧と煙の見分けがつかなくなった。

　馮小羽と青女は来るのが早過ぎたようで、棺を担ぐ若者たちはまだ「青川楼」で食事をしていた。青女は火鉢の中で黄色い紙を燃やしながら、つぶやいた。「仏様……あのことで私を最後まで許してくださらなかったけど……やむをえなかったのですよ……ああいうからくりがあったとはまったく知りませんでした……でも私のせいで魏旦那があういう結末に……」

　馮小羽は、青女が昔のことを懺悔《ざんげ》していると分かって、邪魔しないように外に出て、そぼ降る雨をぼんやり眺めていた。

　しばらくして張賓が数名の若者を連れて到着し、一人ひとりに二十元を支給した。何の儀式もないまま、若者たちは解苗子の棺に縄をかけ、長い丸太を通して、エイ、オウと掛け声をかけて肩にかけた。そして頭を打ち砕かれた主人の墓に合葬するため、学校の後ろの坂道を上っていった。

　馮小羽と青女が後ろから付いていった。坂道はひどくぬかるんでいた。馮小羽は青女に手を貸しながら、何度か帰るようにすすめたが、青女は聞き入れなかった。ほかの数人の参加者は、坂に差しかかった所で足を止めた。たかが一人のお婆さんのために泥んこ道で靴を汚したくない、と感じたようだ。ただ一人、許忠徳が後から追いかけてきた。何度もぬかるみに足をとられながら、難儀して歩いてきた。

　青女と許忠徳、この二人は同じような気持ちで最後まで解苗子を見送ろうとしている。誰もそれを止めることはできない、と馮小羽は感じた。

　降りしきる雨に野辺送りの人々はびしょ濡れになった。

墓穴は事前に掘ってあり、横に魏富堂の棺が覗いていたが、五十年以上も経過しているので、棺の板は朽ちていた。穴の縁に立っていると、黴《かび》の匂いが鼻についた。泥水が穴の縁から流れ落ちて、幾筋かの小さな溝を作った。穴底では蛙が一匹必死で飛び上がろうとしていた。沈黙の中、棺に落ちる雨だけがぱらぱらと空しく悲しい音をたてていた。

許忠徳が黄色い紙に火をつけて墓穴に落とした。だが泥水のせいですぐに消えてしまった。またすぐに何枚か燃やして投げ入れながら言った。「魏司令官、今燃やしたのは奥様の場所を暖めるものですが、あとで司令官にもたっぷり焼いてあげますからね」

青女が言った。「魏旦那様、奥様がお供をしに来ました。これから寂しくなくなりますね」

二人の老人は、昔の魏旦那に再会すると、期せずしてそれぞれの役に戻っていた。一人は少佐参謀主任、一人は屋敷の小間使いそのままに。数十年の歳月がめぐって、二人をもとに戻したかのようだった。

張賓の指示に従って、雨に濡れた棺が雨でどろどろになった墓穴の底に降ろされた。そこでみんなはちょっと手を止めた。すると許忠徳がシャベルで土をすくって棺の上に落とし、青女も両手で土をすくって落とした。これは風習では子や女がすることだが、許忠徳が進んで務めたのだった。みなの予想どおりだった。馮小羽もシャベルで一すくい土を落としたが、その土は解苗子の棺には落ちず、魏富堂の棺の端にかかった。ほかの人は気に留めなかったが、許忠徳だけがちらっと馮小羽を見て、目を潤ませた。それからはみんなで墓穴を埋めてゆき、あっという間に塚が出来上がった。

魏富堂の墓碑に「解苗子」という文字が加えられた。すでに文字がかすれている「魏富堂」の横に、「解苗子」の文字が浅く、いい加減に刻まれ、埋葬された時点から「魏富堂」と同じようにぼやけていた。

李天河の心配したとおりだ。歴史的に価値あるものは、すぐに手を打たないと、しまいには一切が間に合わなくなり、残念なことになる。一人の人物がこうして一生を終えたのに、青木川で何十年もの間、いったい彼女が誰なのか知る人は一人もいなかった。

解苗子が埋葬されると、魏富堂の青木川での最終章が終わったことになる。

李天河たちが、青女の家に馮明《フォンミン》を訪ねてきて言った。「長官様、ほかに何かご用はありませんか」。その言葉には「そろそろここを離れては」という含みがあった。

馮小羽が李天河に提案した。「林嵐《リンラン》や魏富堂の墓の前に、詳しい内容の墓碑を立てるべきではないでしょうか。死者の体とともに名前も消えてしまうのは惜しいです」

李天河はとまどいながら、「林嵐は革命烈士ですから書きやすいのですが、魏富堂はまだその善悪が議論の最中ですし、名誉回復の公文書もまだこちらの機関には下りてきていないので、結論は出しにくいのですよ」と言った。

馮小羽はなおも「青木川では解苗子が亡くなって、貴重な歴史の証人を失いました。歴史を記録することは、この鎮にぜひ必要だと思います。これは政治協商会議の張保国さんの担当ではありませんか」と言った。張保国は「回想録をまとめることは問題ありませんが、石碑に刻む必要はないでしょう。大げさになりますからね」と答えた。

だが馮小羽は「回想録などの資料は書棚に納まってしまうと、見たいときにいつでも見られるわけではありません。石碑ならみんながすぐ読めます。石碑は死を記録することで命を重んじる意味があり、生涯の記録は死者を尊重することになります。後世の人も彼らの死に、きっと多大な感銘を受けるでしょう」と主張した。

李天河は「林嵐の碑文はお父様にお願いできますが、魏富堂の分は困りますね」と言った。張保国が「数日後に魏家のお嬢さんが帰ってきますから、彼女に父親の碑文を書いてもらうといいですね」と言った。

馮明が意見を述べた。「ここ数日、劉小猪《リウシアオジュー》の家のことで意見調整をしているところですが、目処《めど》がついたら、私は林嵐の碑文は、もちろん一字一字この手で書くつもりです。これは戦友としての義務ですから」。さらに「魏富堂の名誉回復は上部機関の処置ですから、どの程度回復しようと、異議はありません。でも当時の工作隊の功績を否定することはできないし、匪賊撲滅や土地改革運動はまさに血と汗で勝ち取ったものです。魏富堂を銃殺刑にしたのは確固たる証拠あってのことで、冤罪ではない。現在の名誉回復は今の必要からすることです。それは人間の手のようなもので、手の甲は黒くきめが粗く見えても、裏返せば手の平は白くてきめ細かい。裏返そうと、引っくり返そうと同じ手なんです……」と言った。

張保国が言った。「おっしゃることはごもっともです。弁証法的観点ですね。時代が進み、政策も変わって、以前は資本主義の尻尾《しっぽ》といわれた者が現在は社会主義のリーダーになったりしています。馮明様の理論は、プロレタリア階級の根本を忘れず、しかも経済の発展を踏まえています。私たち鎮政府の幹部はしっかり学ばなければなりません」

葬儀でばたばたしているうちに馮小羽は、すっかり鍾《ジョン》一山《イーシャン》のことを忘れていた。自分と一緒に山村にやって来た仲間なのに、ここ何日も彼を見ていないことに急に気づいた。鍾一山と最近一緒にいたのは、林嵐のお墓参りのときで、そのとき彼が花を持って後ろを歩いていて、「記憶は最も当てにならないから、記憶だけは信用するな」と言ったことを思い出した。その後どこへ行ったのだろう。

張保国に訊ねると、「奪爾《ドゥオアル》と一緒に山奥に入ったそうです。鎮政府が、一応捜索のために張賓と山男二人を行かせました。不測の事態の心配はないでしょう」と言った。

許忠徳も「ご心配はありません。私も一緒に行くはずでしたが、解苗子のことで行けなくなって。鍾一山さんに詳しい地図を描いてあげましたから、迷子にはならないでしょう」と言った。

馮小羽が許忠徳に聞いた。「どんな地図ですか？」

「道順の地図ですが」

「どんな道順ですか？」

「古代の儻駱道への道順です」

「許さんは、楊貴妃は青木川には来なかったとおっしゃいましたよね？」

「楊貴妃なんて、言ったかな。私が言ったのは儻駱道で、長安【西安】から四川へ行く最も便利な道だから、唐代の遺跡が多い。楊貴妃がどこへ行こうとかまわないが、唐王朝の逃亡の道として、儻駱道は最も研究の価値があります。鍾一山さんが青木川を駆け回っても、パンダにしか巡り合えないでしょうから」と許忠徳が答えた。

「それで鍾一山さんはどの方向へ行ったのですか？」

「東北の、老県城の方角です。もう二日も行っています。その儻駱古道は古代の正しい道ですよ。青木川から四川へ行くのに川道という道もありますが、山を二つも巡って行くのですから、正しい道とは言えません」

馮小羽は、蜀道の研究者がついに蜀道の正しい道に向かった、楊貴妃は探せなくても無駄ではないだろう、と思った。

馮小羽は李天河からもらった写真を出して、許忠徳に見せた。写真は明らかに焼かれた跡があり、もともと三人だったのが一人半しか残っていないし、湿気のせいか黴が生え、変色していた。写っている一人半の人物も輪郭がぼやけている。許忠徳は写真を横にしたり縦にしたり、眼鏡をかけたり外したりして、再三眺めてから「分かりません」と言った。馮小羽がもっと考えてと促すと、許忠徳は「顔半分の若いほうは似ているような……」と言い、「誰と似ているんですか」と馮小羽が聞くと、許忠徳は頭を横に振って「いい加減なことは言えません」と言った。

「なぜ言えないのですか？」

「言えないものは言えません」

どんなに話すように勧めても、どうしても言わない。

「許さんが言わなくても、私には分かります。この若い女性は謝静儀でしょう？」

許忠徳は苦笑して言った。「似てはいますが、残念ながら違います」

今度は青女に写真を見せた。すると、青女は見るなり驚いて言った。「これは昔、劉芳が解苗子に預けたものですよ。こんな状態になってしまったのですか」。そして真ん中の、顔がある程度分かる女の人を指して、「前に座っているのは劉芳のお母さん、後ろに立っているのは二人の娘さんで、顔と体が半分見える学生服の女性は劉芳のはずです」と言った。

「じゃ、焼かれて見えないのは？　画面に腕が半分見えるのは誰ですか？」

「さあ、覚えていません」

「青木川のお年寄りはみんな忘れっぽいんですね。みんなで示し合わせて何かを忘れようとしているんじゃありませんか」。馮小羽が言った。

県政府から鎮政府に電話があり「中国系アメリカ人、魏金玉と親族が、あさって青木川に到着する」と伝えられた。こんなに早く魏金玉が来るとは誰も予想していなかったのでみな驚いた。

張保国が言った。「つい二日前まで連絡がつかなかったのにもう到着とは。このスピードはアメリカ流でしょうね。急がなくては。何よりも劉小猪に家を空けてもらい、同じ屋敷に住んでいるほかの数世帯の農家にも引っ越してもらわねばなりません。豚小屋や鴨小屋もきれいに片付けなければなりません。戻ってきた方が古巣を見て、あまりにも変わっているのに驚かないようにね」

李天河は鎮長の立場で、劉小猪ら入居者に学校の講堂に入ってもらい、家を新築する場所を選ぶよう指揮することにした。移転させられる人は全員いやだと言うだろうし、何らかの条件を突きつけてくるだろう。それをなだめる仕事は、鎮政府の幹部が手分けして当たり、無理にでも納得させなくてはならない。警察にも協力してもらい強制的に出てもらおう。魏家の人がすぐ到着するのに、家を明け渡させるのも大変だが、突貫作業も必要だし、庭の整理・清掃もしなくてはならない……。

李天河が幹部たちを連れて魏家の屋敷まで来ると、そこには大勢の人が集まっていた。入居者のほか、近所の野次馬も少なくない。驚いたことに、人だかりの最も目立つところに古参幹部・馮明が立っていた。

李天河がかたわらの張保国に「あの爺さんは、なぜあそこにいるんだろう」と言うと、張保国が困ったように「厄介なことになりました」と言った。

引き返すわけにはいかない。幹部たちは無理して劉小猪たちに近づくと、親しげに挨拶してタバコを配り、火をつけてあげ、謙虚にふるまった。だが彼らは、李天河や張保国たちの好意を無視した。

張保国は若輩者の立場から謙虚に声をかけた。

「劉小猪おじさん、魏家の人が帰ってくるのですから、みなさんには一時的にでも立ち退いていただけませんでしょうか。鎮政府の辛い立場をお察しください……絶対みなさんに損はさせませんから」

すると馮明が「君たちの辛さとは民衆の利益を犠牲にして、かわりに魏家の好感を買うということだね。そのやり方は、民衆には納得できない」と言った。

「俺たちは断固反対だ！」。劉小猪が叫んだ。

張保国が「一時的にでも移転していただけませんか」と穏やかに聞いた。

「移転はしない」と馮明が言った。

馮明の後ろの人たちもすぐそれに合わせて「移転はしない！」と叫んだ。

張保国がさらに言った。「できるだけみなさんのご希望に沿うようにいたします。この町の観光開発はみんなの問題ですし、住民の義務でもあります。鎮政府は移転の世帯に宅地を割り当て、補助金を出し、家を新築していただきますから」

李天河も言った。「新しい家は皆さんの思うとおりに建ててください。豚小屋、牛小屋、かまどなどは好きな場所へ配置できます。今よりきっと実用的で立派になるでしょう。二階建てでもかまいません。幸せな生活が待っていますから、そちらに向かって急ぎましょう。ためらったら損をしますよ。当面は少しだけ我慢していただきますが、どうか大局を念頭に置いてください。講堂に泊まるのは一時的なことです。私が名誉にかけて保証します。もし将来約束が果たせなかったら、私はこの党書記を辞めますから！」

誰かが「鎮の書記を辞めて県の書記にでも就任するのかね」と小声でひやかした。

馮明が言った。「みな道理をわきまえています。青木川の観光開発に反対の者はいませんし、ここにいつまでも粘る者もいません。みんなが求めているのは嘘のない、実現できる約束です。内容の伴わない『幸せな生活が待っている』などというそらぞらしい言葉は、屋根瓦一枚の価値もありません。現実的に解決することが、幸福を予約するより大切です」

みんなも口々に、「馮教導員のおっしゃるとおり。『幸せな生活』は見えるもの、触れるものでなければ意味がない」と言った。

馮明がさらに言った。「鎮政府が彼ら立ち退かされる世帯に割り当てた地所はどこにあり、どういう原則で分けたのか。補助金の金額は具体的にいくらなのか。いつ、どういう方法で各世帯に支給するのか、です」

後ろの人が続けて、「金が入るまでは出て行かないぞ！」と叫んだ。

誰かが補足した。「どれだけ入るかにもよるさ。あるだけましという程度でも困るし、調味料のように少々でもだめだ」

馮明が言った。「聞こえましたか。これが民衆の声です。弱い者いじめはいけません。物事には正しい原則が必要不可欠です。かつて極悪地主の屋敷を取り上げ、抑圧された大衆に配った時点から、大衆がその家屋を取り扱う権限を持ちました。このことはくつがえせませせん！」

後ろの者が「永遠にくつがえせない！」と一斉に声をあげた。

李天河が張保国に「あの爺さんは気でも狂ったのか。あの構えはまるで農民協会の代表じゃないか。それともこれでやっと調子を取り戻したのか」と囁いた。

張保国は部下に指示した。「馮小羽さんを呼んで、お父さんをすぐに連れていってもらいなさい。ここで仕事を邪魔されては困るんだ」。誰かが「あの作家は解苗子の古い写真を持って、街で人をつかまえては写真の人物を突き止めようとしています」と言った。

張保国は李天河に愚痴をこぼした。「李さん、あの写真は彼女に渡さないほうがよかったですね。写真がなくても彼女はあれこれ嗅ぎまわって青木川を引っくり返しかねません。今度は写真を手にして、何をしでかすか！」

3

鍾一山は許忠徳に教えられたとおり、青木川から回龍駅を経て東へ向かい、儻駱古道に沿った老県城への境界地域に入った。その辺りは原始林が広がり、人跡まれな、謎に包まれた地域である。彼らはやっと見分けられる古道をくねくねと南へ進んだが、行けば行くほど山が深くなり、薄暗くなっていった。辺りは風もなく、黴臭い匂いがこもり、積み重なった落ち葉を踏むと、ガサガサと鳴った。頭上も地面も、どこも緑一色、かすかに渓流の流れる音がする。木立の奥や茂みの中から、度々ターキンの息づかいやキョンの淋しい鳴き声が聞こえる。あちこちにパンダの糞や熊の巣穴が見つかるから、かなり山奥まで入ってきたに違いない。もう青木川がどの方角なのか、鍾一山にははっきりしなかった。

古道に沿って、所々に動物保護センターが設置した臨時の道しるべが立っていた。それらは山のパトロールのための道しるべだが、騾馬店、蒸籠場、牌坊溝、三星橋、辛家寨、段家溝など古道にまつわる名称が記されている。してみればこの一帯は四川省へ行く賑やかな街道だったのだろう。それら「店」や「場」や「橋」は、今や一つ残らずどこまでも深い緑の中に埋没して、からくも名前だけが空しく残り、道標に生まれ変わって、あるかないかの「山道」のかたわらに立っていた。

この道標は、奇《く》しくも歴史の変遷を物語っている。ここにある道標以外の人工的な痕跡は、どれも千年前まで遡《さかのぼ》ることができるだろう。そこに物語が隠れているかもしれない。鍾一山はそう思うと心が湧き立ち、思わず足を止め、「唐代の息づかいが聞こえる」とつぶやいた。

だが奪爾は考古学に興味はなく、鍾一山について深山に入ってきたのは、機材を担ぐことによって、コネを作り、小遣いを稼ぐためにすぎない。だから二日もしないうちに「この荷物の重さはノーベル文学賞を目指す自分には耐えがたい」と感じて、ひどく後悔した。後ろ向きの気持ちが芽生えたため、ぐずぐずと遅れサボり始めた。

鍾一山は、はるか先へ行った所で奪爾がいないことに気づき引き返すと、彼は石の上に横になるか路傍に座るかして休んでいた。鍾一山は手伝ってもらうために、叱ったり怒ったりするわけにはいかず困った。また奪爾は大食いのため、持参した限りある饅頭《マントウ》がみるみる減ってしまったから、鍾一山は自ら食料袋を背負い、定時に数量制限で食べることにした。

二日ほどして張賓が山男を従えて追いついた。食糧が確保され交代人員ができたので、奪爾は手ぶらになってみんなと一緒に歩き、すっかりリラックスして、飛んだり跳ねたり、花を摘んだり詩を作ったりした。

この日、一行は渓流のほとりで一休みした。動物保護センターが立てた標識から見て、ここは「庵衆」という所で、山奥の格別特色もない場所である。みんなは渓流の水を飲み、携帯食を食べながら「午後、老県城に着いたらひと休みだな」と話していた。張賓が言った。「老県城の動物保護センターに着いたら、食堂でうどんを作ってもらい、唐辛子と酢をたっぷり入れよう。ネギやニンニクの芽や香菜のみじん切りものせよう……」。聞いているみんなは唾を呑み込んだ。

みんながうどんの話をしている間に、鍾一山は木立の中にちょっと平らな場所を発見した。近づいてみると、草むらに大きな石が横たわっていた。それは欠けた石碑だった。緑の苔に覆われ、藪の中で灌木と同じ色にとけこんでいる。雑木林の向こうは平らに広がっており、建物の基礎部分と思われた。南側には石でできた階段と、花模様が彫られた柱石がある。階段の前に大きな柏の木が二本立っていて、かつての荘厳さを物語っていた。平らな台の後ろには灌木に覆われた土盛りがあり、そこに煉瓦造りの塔があったらしいが、崩れてもう元の様子は分からない。すべてが密生する雑木林に隠れていた。

鍾一山が「ここはかつてお寺だったに違いないんだ。位の高い立派なお寺だったはずだ」と言った。一人の山男が「後ろの土盛りはお墓らしいですね」と言うと、鍾一山は「らしいではなく、まさに墓だよ」と言った。

張賓が「楊貴妃のお墓かもしれませんね」と言った。

鍾一山は「楊貴妃の墓は、馬嵬坡《ばかいは》か油谷町《ゆやちょう》か、どちらかだ」と言ってから補足した。「楊貴妃はここを通ったが、足を止めることはなかった。ここはまったく別の匂いがする」

石碑に生えている苔を、鍾一山は丁寧に取り除きはじめた。両手が緑色に汚れ、切り傷もできた。ほかの人たちが手を貸そうとすると、鍾一山に止められた。彼は「こういう細かい仕事は、専門的訓練を受けた者でないとできないものでね。手伝いはありがたいが迷惑になるんだ」と言った。

みんなは川岸に座って世間話を始めた。一人の山男が「俺は若いころこの辺でわなを仕掛けてキバノロ【シカ科の哺乳類】を捉えたことがあるが、お寺には気付かなかったな」と言った。もう一人が「俺の親父は昔、魏旦那の大趙と小趙を西安まで送る途中ここで殺された。魏旦那は大趙・小趙と兵士の遺体を、家には運ばないで、その場に埋めさせた。あの大きい塚が彼らの墓かもしれないな」と言った。みんなは思わず身を寄せ合った。

一方鍾一山は、石碑をひと通りきれいにしたところで「見に来ないか」と呼んだ。みんなが近寄ってみると、石碑に「唐安寺」という文字が読めた。奪爾が字のうまさを激賞して「さすが書家の啓功だ、精髄を得ている」と言うと、張賓が「無知もほどほどにしろ。啓功は現代の書道家で、つい最近亡くなったばかりだぜ。この石碑は少なくとも千年以上も昔のものだぞ」と言った。奪爾はばつの悪さを取りつくろって「山中の小さな寺が、楊貴妃と関連あるはずがないだろ」と言った。

鍾一山が「このお寺をばかにしてはいけないよ。落款《らっかん》に『大唐故唐安皇女』とあるから、皇室とつながりがあるはずだ。ただの山寺とは違うと思う」と言った。

そう言われて、みなは急に後ろの荒れ果てた廃墟を敬服する気持ちになった。張賓が「ずっと青木川に住んでいるけど、この辺りの文化遺産は調べたこともなかった。山林には歴史が秘められていて、なかなか意義があるんだね」と言った。

奪爾が「墓なら中に宝物があるはずだから、今度人を呼んできて発掘すれば大儲けできるよ」と言った。

張賓が「個人が無断で墓を暴くのは違法行為だぞ。掘ったとたん保護センターの警察が出動してくる。保護区は、入ったら一挙一動が監視される仕組みなんだ」と言った。

奪爾は「俺たちはキジや兎は取らないし、タバコや火も使わない。あいつらの仕事は野生動物保護であって、野生文化財保護じゃないんだから、担当が違う。無縁仏の墓を発掘しても家族が責任を追及に来ることはないだろう。先祖を森にほっといて千年以上もお参りしない子孫はだめなやつに違いない」と言った。

張賓が「地下の宝物はすべて国のもの。個人が採ってはいけないんだよ」と言うと、奪爾は「それなら地下の魏旦那の遺骨も国のものなのか」と言った。

鍾一山が口論をさえぎるようにみんなに言った。「石碑をひっくり返すのを手伝ってくれないか。大事な内容は裏に彫られているから、その碑文を読めば『唐安寺』のことが分かるんだ」。二人の山男が石碑の周りを何度か回ってみて難色を示した。奪爾が言った。「俺たち数人じゃあ無理だ。さらに数人来てもこの石は引っくり返せないよ」

張賓が「いい方法がある。碑のすぐ横に穴を掘れば、石碑はひとりでに転がって裏返る」と言った。それはいい考えだとみんなが言い、奪爾が先にしゃがんで掘り始めた。だがまもなく立ち上がって「手が痛い」と言った。手ごろな道具がなければ無理だと分かった。鍾一山がどうしても掘ろうと主張したため、みんなで木の枝や石のかけらを集めてきて、夕方まで土を掘ったり削ったりしたが、やっと深さ一〇センチ程しか掘れなかった。

月が東の山から昇ったが、鍾一山はまだ止めようとしない。ほかの人たちは、泉の水を飲み携帯食を食べると、横になり疲れて動こうとしなかった。鍾一山だけが残って掘り続けていた。

張賓はかばんを枕に夜空を眺め、衛星を見つけて目で追っていた。衛星は北西から南東の方向へゆっくり移動している。彼は思った。「誰が打ち上げたんだろう。人は乗っていなくても、犬は乗せているかもしれない。小さいのにあんなに明るい。衛星からこっちはどう見えるんだろう。雑誌に、衛星から下を見たら木の下に座ったおじいさんが吸っているタバコのマークまではっきり分かった、と書いてあった。不思議だ」

向こうから鍾一山が溝を掘る音がはっきり聞こえてくる。奪爾が「あの博士は熊みたいに不器用だけど、最後までやりとおさなければ気がすまない意地っ張りな性格だな」と言った。

張賓が「俺たちにはそういう意地っ張りなところが足りない。すばしっこいばかりで」と言った。

一人の山男が「ここに横になっていると、憂鬱な気持ちになる。親父が昔、ここにこう横になって空を見ながら最期の息を引き取ったんだと思うと、今こうしているのはなんだか……くそ！　親父の死はまったく無念だ。あのとき俺はまだよちよち歩きもできなかった」と言った。

奪爾が「お前の親父が幽霊になって出たら、まずお前をあの世へ連れていくよ。墓の中で背中のかゆみを掻いてくれるやつが必要だからな」と言った。

山男が奪爾を叱るように言った。「大趙と小趙の墓には足を暖めてもらう男が必要だ。お前は若くて元気がいいから一番よい人選だぜ……」

売り言葉に買い言葉で減らず口をたたいているうちに、ごろんという音がした。みんなが起き上がって見ると、鍾一山が木の棒をてこにして、無理やり石碑をひっくり返したのだった。みんなが急いで近づいて見たが、月光の下では、石碑の裏側は暗くて何も見えない。手で触ってみてもごつごつしているだけでやはり何があるか分からなかった。奪爾が「当てにしていたものはなさそうだな」と言った。張賓は「あるかどうかは明日まで待とう」と言った。

山男たちが言った。「博士が石碑をひっくり返したのは大手柄だ。千年このかた石碑のこの面には日の光が当たっていなかったのだからね」

みんなは平らなところに寝に行き、鍾一山は寝ずに、石碑のそばに座って見守っていた。張賓が「石碑は逃げないよ。明日のために寝たほうがいい」と言った。しかし鍾一山は動こうとしなかった。奪爾は「博士の頭は変わっていて普通の人間には理解できない。好きなようにさせればいいさ。明日その石碑を青木川まで背負っていくかもしれないよ」と言った。

一人の山男が口を挟んだ。「すっぽんが石碑を背負う、か」【古い石碑には、亀に似た想像上の動物「ヒキ」を土台に置き、ヒキが石碑を背負った形のものがある】

朝みんなが目覚めて見ると、鍾一山は石碑をきれいに洗い、朝日の中、写真を撮っていた。張賓たちが集まって見てみると、石碑の裏側には文字がぎっしり刻まれていた。だが句読点がないので、誰も簡単には読めない。そこで鍾一山に教えてもらった。

鍾一山の説明によると、この碑は、興元元年【七八四年】皇帝が一番目の皇女の唐安公女のために寺を建立したことが記載されてあるという。

みなが「興元元年というと、今から何年前ですか」と聞いた。

「千二百年余り前です」

「楊貴妃と関係があるのですか」

「楊貴妃より四十年後のことです」

「とすると、この石碑は楊貴妃の孫娘のために建てたのですね。唐安寺の『唐安』は皇女の名前なんですね」

張賓が「皇族の皇女がどうしてこんな山奥まで来たのでしょう。そしてその寺がどうしてこれほどまでに廃れたのでしょうか」と聞いた。

鍾一山がみんなに碑文を読んで聞かせた……。

張賓は途中で鍾一山の読むのを止めて、言った。

「大体の意味は分かりました。唐朝の皇帝が家族を連れてこの辺まで物見遊山に来たところ、長女唐安が途中病気になり、とうとう亡くなった。そこでここに葬った。二十三歳だった。そうでしょう？」

鍾一山は言った。「そうです。ただ、観光のためではなく、災難を避けて逃げてきたんです。徳宗皇帝は都で謀反に遭い、谷を渡り山を越え、悪天候をおして、ここまで落ちてきた。そして愛娘《まなむすめ》をここで失ったのです」

その日、鍾一山は人々を青木川へ帰し、関連の歴史的資料を調べるといって、自分ひとり荷物を背負って漢中へ向かった。

4

魏金玉が青木川に里帰りするという一大事に、李天河たちは、小学生を橋のたもとに繰り出させて出迎えることにした。子供たちは志願教師・王暁妮《ワンシアオニー》の指導で、赤や黄色の紙の花束を振りながら「歓迎！　歓迎！」と声を張りあげる練習をしていた。陝西省南部訛りの標準語は、なかなか先生の求める水準に至らず、先生が根気よく、歓迎の「迎」は銀行の「銀」とは違うと教えたが、どうしても「歓銀」になっていた。

張賓は少し疲れた顔で山奥から戻ると、またすぐ数人を連れて、アメリカからの一行が泊まる招待所の部屋二つの設営を始めた。壁を新たに白く塗り替えてから、家具を配置し、萌黄色のカーテンをかけ、新しい電気スタンドを置いた。その夜、県のホテルから真っ白な布団カバーなどを借りてこさせ、部屋にバラの香りの空気清浄剤をスプレーし、廊下の共同トイレは硫酸で清めてロックしておいた……ここがアメリカ籍の中国人が泊まる宿になる。

張保国は「アメリカ籍の中国人は汲み取り便所になじめるだろうか」と気になった。万一この便所のせいで投資を引き上げることになったら、青木川の大きな損失だ。だが李天河はさして気にせずに、「アメリカ籍だってくみとり便所くらい利用したことはあるだろう」と言った。

劉小猪たちの移転問題はにらみ合いの状態で、とうてい数日以内に家を明け渡してもらうことはできない。しかも彼らの前には風を遮ってくれる、強固な塀がついている。やむなく鎮政府は、引っ越し予定の世帯に次のような通達を出した。「今すぐ引っ越さなくてもいいが、自分たちの家を綺麗に片付け、清掃しておくこと。豚や牛の糞が庭に散らばっていては困る」

劉小猪は民謡を改作して、孫に玄関前で歌わせた。

山から昇った太陽が　背中をぽかぽか暖める
魏金玉が帰郷し　仇を討つというが
やれるもんなら　やって来い
ここはおいらの　田んぼと家

世の中は　道理が肝心
アメリカ籍など　恐れるもんか
共産党が　後ろ盾
おいらは負けない　どこまでも

これを聞いた人はみんな笑って、「劉小猪のやつ、見かけは不器用だが、なかなかやるな」と言った。李天河たちは劉小猪にはなすすべがなかった。その歌詞に間違いは見当たらない。太陽が背中を照らせば暖まるし、共産党が後ろ盾なら、心強いに違いない。その後ろ盾が「馮明教導員」とは歌っていないから、文句も言えない。

魏金玉の帰郷に関して、許忠徳、魏漱孝《ウェイシューシアオ》、三老漢《サンラオハン》たちは平静を装い、彼らの「衆議院」でも話題にする気さえないようだった。馮小羽の推測では、彼らは議論したがらないというよりも、意図的に避けている。まもなく訪れる出来事に正面から向かう勇気がない。つまりいきなり魏家のお嬢様に対面することになって、心の準備がまだできていないのだ。

歓迎の群集は、アメリカ籍中国人の風貌を一目見ようと橋のたもとに集まっていた。この中に古老たちの姿はなかった。彼らは「衆議院」の入口にも行かなかった。

許忠徳は自分の漢方薬局のカウンターの内側に立って、そばで馮小羽が頭上から垂れている梱包用の紙紐をもてあそぶ様子を見ていた。彼女が引きおろした紙紐がカウンターの上にくしゃくしゃに積もっていた。

馮小羽は外の賑やかな銅鑼や太鼓や歓迎のスローガンを聴きながら、許中徳が「黄蓮《おうれん》」【キンポウゲ科の多年草。根茎を薬用にする。鎮静、抗潰瘍、抗炎症、抗菌作用がある】や「白芷《びゃくし》」【セリ科の多年草。根を薬用にする。鎮静、鎮痛、排膿、通経、止血、抗菌作用がある】と書かれた薬草ケースの前で上の空になっているのを見て、直感した。魏金玉の帰郷によって、青木川で五十年うやむやになっていた謎が解かれ、堅く守られていた真相がすっかり明らかになるに違いない、と。

許忠徳が「その紙紐はよそではもう使われていない。うちでも最後の一巻きなんだ」とつぶやいた。馮小羽は、あわてて椅子に上がり、紙紐を元の軸に巻き戻した。

許忠徳が耳を澄まして言った。「爆竹が鳴っている。お客が到着しましたね」

馮小羽が「早く魏金玉さんにお会いになりたいでしょ

うね」と言うと、許忠徳は「いいえ。早く会いたいのは、鍾一山さんです。『唐安寺』のことを確かめたいんです。私の大学時代の夢でした。魏富堂のために帰郷することがなければ、とっくに唐朝の二人の皇帝とこの古道の関係を明らかにしていたでしょう。鍾さんの出番はなかったはずです」と言った。

馮小羽が「許さんの助言がなければ、鍾一山はまだ楊貴妃と葛藤していたでしょう。唐安寺の発見は、許さんの功績が大きいですね」と言うと、許忠徳はちょっと得意になって、「これが本物なら、私は政治協商会議で文化財に指定するよう県政府に提案するつもりです。少なくとも石碑は博物館に収めなければいけません。深山幽谷に放置したのでは、唐の皇帝に申し訳ないです」と言った。

「では、一つ質問に答えていただきたいのですが」と馮小羽が切り出した。

許忠徳は「質問が多い人ですね」と言った。

馮小羽が「魏富堂の亡骸を引き取ったのは、いったいどなたなんですか。大衆裁判の日の朝、橋の上で魏富堂を待っていたのは誰だったんですか」と尋ねた。

許忠徳の顔がさっと曇り、気まずさをごまかすように向きを変えて「茯苓《ぶくりょう》」【サルノコシカケ科の菌核を乾燥したもの。血糖低下作用がある】の引き出しを開け、荒っぽく掻き回した。白い粉がもうもうと立ち、自分でむせた。

「許さんが言わなくても分かります。橋の上に立っていた人と魏富堂の亡骸を引き取った人は同一人物で、それは許さんが敬愛していた謝静儀さんでしょう。その後謝静儀さんは一体どこへ行ったのですか？」

「なぜ彼女を捜し出さなければならないんですか？」

「彼女が青木川で拉致されたという記事を読んだので、その人の人生に完全なピリオドを付けてあげたいのです」

「拉致などなかったですよ。謝校長は自分からやって来たんです」

「まだ彼女のために真相を隠そうとするんですか。その謝静儀、つまり程立雪《チョンリーシュエ》は、青木川を離れたことなどなく、魏富堂のそばに埋葬されたのではありませんか」

「作り話もほどほどにしてください」

鍾一山はアメリカ籍中国人の車に同乗させてもらい、

一緒に戻ってきた。そして真っ先に車を降りると、小走りに許忠徳の薬局へやって来て、持っているパソコンを叩きながら叫んだ。「全部ここに入っています！」

許忠徳も近寄っていって、「すぐパソコンを開けましょう。早く資料が見たい」と促した。鍾一山が薬局のカウンターの上でパソコンを開くと、橋のたもとで客を見物していた若者たち数人も、鍾一山の記録を見ようと薬局に入ってきた。

画面に「唐安寺」の遺跡が映し出された。見渡す限り鬱蒼とした緑、細長い石、弱々しく立っている二本のコノテガシワ、見え隠れする高台……。若者の一人が「こんな場所は山奥によくある」と言った。画面には、続いて苔に覆われた石碑が現れた。誰かが「ここは『庵衆』だ。猪苓《ちょれい》を採りに行ったことがある。草むらにガラクタがいっぱい散乱していた。雨の日には鬼の泣き声が聞こえると言うぜ」と言った。すぐにほかの者が補足した。「あれは大趙と小趙が『うらめしや』と叫んでいるんだよ。庵衆で十数名も死んだから、重い陰気が消えないのさ」

次の画面は、きれいに掃除した石碑の「唐安寺」という大きな三文字だった。許忠徳がひどく興奮した様子で、画面をさすりながら言った。「儻駱道に唐安寺があるのは知っていたけど、ここだとは思わなかった。『庵衆《アンジョン》』の地名は明らかに『安塚《アンジョン》』だ！　唐安皇女のお墓が千年も言い伝えられるうちに訛《なま》ってしまった。それなのに、わしはその音声の変化に思い至らなかった！」

誰かが「鍾博士が探しているのは楊貴妃で、唐安皇女ではないんでしょう。唐安皇女は楊貴妃の孫の代にすぎないし、直系でもありませんよ」と言った。

許忠徳が「孫というのは正確ではないな。楊貴妃と唐安皇女の隔たりは四十年だが、間で粛宗、代宗、徳宗と皇帝が代わっているから、楊貴妃は唐安のひいお婆さんに当たるんだ」と言った。

若者たちは不服そうに「四十年の違いなら、せいぜいお婆さんだろう。その皇女は山に入ったとき二十歳過ぎだから、楊貴妃はそのお母さんと言ってもいいくらいだ」と言った。

許忠徳が「歴史は歴史だ、想像で物を言ってはいけない。たとえその皇帝が三日間しか在位しなくても中国史の座標では一つの点として存在し、跳び越えることはできないんだ」と言った。

みんなは、大学で歴史を学んだこのお爺さんとそれ以上論争するのを止めた。

そして長安の皇女がどうして深山に入ってしまったのか、許忠徳に説明を求めた。許忠徳は「それは徳宗皇帝のとき『建中の乱』があったからだよ」と答えて、更に次のように説明した。

建中四年【七八三年】、大臣・朱泚《しゅせい》が反乱を起こしたため、皇帝・徳宗は、二人の妃と皇太子と皇女ら百余人を従えて都から逃げ出し、長安から儻駱道をたどって漢中の方へ向かった。時は真冬、一行は山道を進んだが、行く手には険しい道があり、後ろからは追っ手が来るのに、車も使えず、輿《こし》も担げず、互いに助け合うこともできない。高貴な皇族がかつてない生と死の試練に直面した。真っ先に倒れた長女・唐安皇女は徳宗皇帝の愛娘だった。当時二十三歳、すでに結婚していて幼い娘と婿も一緒だった。皇女一家三人は皇帝について山林を抜けるうち、息も絶え絶えになり、とうとう途中で亡くなった。

鍾一山はパソコンの新しいページを開き、許忠徳に見せた。それは唐代の歴史の一節だった。

徳宗皇帝一行は曲がりくねった山道を進んだ。父に心配させまいと唐安皇女は病気をおしてついて行ったが、とうとう旅路に倒れた。皇帝はひどく悲しみ、亡き皇女のために煉瓦の塔と小高い塚、それに寺を築いた。墓は「安塚」と名付けた。

鍾一山と許忠徳はその記述を見て興奮した。鍾一山が言った。「貞元十五年【七九九年】、徳宗皇帝は儻駱道で亡くなった皇女に『韓国貞穆公主』と諡《おくりな》を与えている。皇女に諡号《しごう》を贈るのは唐の歴史で初めてのことですよ」

楊貴妃は探せなかったが、唐安皇女にめぐり合えた。これは鍾一山にとって大きな収穫だった。唐安皇女を通して儻駱道を確かめ、歴史上の古道がくっきりと浮かび上がった。

橋のたもとでは、車から魏家のお嬢様、魏金玉が降りてきた。約六十年の時をへだてて目の前に現れたご婦人は、人々のイメージとはあまりにも違っていた。豊かだった黒髪は、雪のように白く波打っていたし、サングラスの奥の瞳は、活発さを失い疲れの色も見えた。肌は手入れされ口紅もつけていたが、顎のたるみや頬の薄いシミは隠せなかった。服装はゆったりした普段着にスニーカーで、どれも青木川の庶民の知らないブランド物である。このあまりぱっとしない身なりが、かえって故郷の人々に近づきやすい印象を与えた。

続いて降りてきたのは夫の于四宝であるが、昔のハンサムな青年は、よぼよぼした禿頭の老人になっていた。中年の男性に支えられながらゆっくり車を降りたが、杖なしでは立っていられないようだった。支えている中年の男性は背が高くやや太めで、ぴしっと背広を着こなし、顔だちがしっかりしていた。「魏富堂だ！」と誰かが叫んだ。

〝魏富堂〟が群集に手を振ると、人々の間から拍手が起こった。子供たちが王暁妮先生の指揮に従って「青川の風」を英語で歌い始めた。子供たちは澄んだ声を張りあげて歌った。その歌声の中に趙大慶《ジャオダーチン》の孫・趙人民《ジャオレンミン》もいた。趙人民は真新しいワイシャツに少年先鋒隊の赤いネッカチーフを着けていたが、そのシャツは英語コンテストの賞品だった。

魏金玉は懐かしいメロディーに感激し、ハンカチを取り出して目頭を押さえ、また王暁妮の手を取って「あなたは謝校長先生にそっくりです」と何度も言った。李天河が、王暁妮は志願教師だと説明すると、魏金玉は「昔の謝静儀先生は志願教師の大先輩でした」と言った。

魏金玉と于四宝は橋のたもとに立って、しばらく青木川の山や川を眺めていた。すべてが昔のままだったが、すべてが目新しくもあった。流れる川、竹林、白い壁と灰色の瓦、高い青木、風雨橋、どれも五十年前の姿を留めていた。だが、赤煉瓦の家、カーブして続く道路、男たちが時折取り出す携帯電話、峰のテレビ塔など、数えきれない変化には、ただただ驚かされた。

二人が橋に上がると、地元の人々は端によけて道を開けた。これは親切心ではあるが、越えられない隔たりも感じられた。魏金玉が、父親の生死に関わる肝心なときに家出して、恋人のもとに走ったということは、誰でも知っている。父親が善人であろうと悪人であろうと、その行為については、ちょっとどうかと人々は思っていた。若者たちも、魏金玉が、傍らにいるあの老いぼれ爺さんのために、親子の絆を断ってまで家を出た数十年は、それだけの甲斐があったのだろうか、とひそかに考えていた。

恒例の歓迎会には、山海の珍味がテーブルいっぱいに並べられた。今回は鎮の幹部と魏富堂の健在のかつての部下のほか、青女と馮小羽も列席していた。

宴会の間、魏金玉は自分はあまり食べず、かわりに絶えず于四宝の皿に、野菜やベーコンや竹の子や魚を取り分けてあげていた。于四宝は一所懸命食べながら「こんなおいしい味は何十年ぶりだ……」とつぶやいていた。みんなは意図的に魏富堂の処刑の話を避け、もっぱら青木川の風景や風土を話題にした。何を言うにも表面的な話しかできないので、みんななんとなく物足りない気持ちだった。

李天河が魏金玉に「酒宴のあと、魏家の旧宅へ行ってみませんか」と勧めながら、ついでに青木川の観光事業計画の話を持ち出した。魏金玉は「もちろん行ってみたいです。ところで、当時の私の部屋がまだあるんですね」と聞いた。李天河が「ご覧になりたいのはどの部屋ですか」と確かめると、「花模様のタイルが敷き詰めてある三間の離れ座敷です」と言った。李天河がぴんと来ないでいると、張保国が小声で「劉小猪が住んでいるあそこですよ」と教えた。李天河は魏金玉に「ああ、あそこは今空けているところなんです。すぐ全面的に修繕し、近代的な設備も取り付ける予定ですから」と説明した。

すると魏金玉は「明け渡しはしなくていいですよ。家も人間と同じで、長く人が住んでいないと老朽化が進みますから」と言った。

李天河が「でも、いずれ魏さんは帰ってきて住むおつもりでしょう」と言うと、魏金玉は「私が戻ってきて住むとお思いですか」と言った。

張保国が「落葉は根に帰るって言いますから。最後は故郷に落ち着くものではありませんか」と言うと、魏金玉は「落葉は根に帰る……。あたしの根は自分で抜いてしまったから……」と言って、突然涙ぐんだ。

李天河が「まあ、今全力で復旧しているところですから、いつでも帰ってきてください。青木川はいつまでも魏さんの家ですよ」と言った。

魏金玉は、今度は青女に向かって言った。「あのときは家出をして、ひどく父につらい思いをさせてしまいました」

青女はうつむいたまま淡々と「魏旦那は病気になって、

薬も注射もいやだと言って、怒ってばかりいたんですよ。あれから気が滅入って、すっかり元気がなくなってしまってね」と言った。

「あのころ私は若くて、まだ何も分かっていなかったんです。実は父が病気の時、私は青木川にいたんですよ。かなり長く于四宝とともに姜森に従って青木川の山中を駆け巡っていたんです。何度か夜こっそり帰ってきて、父の部屋の窓の外にそっと立って父の影を見ながら、涙ながらに父に許しを請うていました」。ここまで言うと、魏金玉はちょっと許忠徳を指さし、話を続けた。「こんな私を許主任が見ていて、ひそかに私に戻るよう忠告してくれました。けれど帰るわけにはいきませんでした。于四宝の命は国民党に預けてあったのですから……」

許忠徳は無表情のまま座っていた。まるで魏金玉の言葉は自分とはまったく関係がないかのようだった。

馮小羽は内心、「この古だぬき！　一体どれだけ真相を隠しているのか」と思った。馮小羽は魏金玉に「では、いつごろ青木川を離れたのですか」と聞いた。

魏金玉は「胡宗南の騎兵第二旅団とともに青木川を出たんですが、その後主人と私は姜森部隊を脱出して、中国大陸を離れました。主人は温厚な人柄なんです」と言い、食べることに専念している于四宝を見ながらさらに言った。「当時父が彼を気に入らなかったのは、この人の心の内側を知らなかったからです。あなた、私たちいつから親しくなったんだっけ？」

于四宝は箸を止め、お茶を一口飲んで言った。「お宅の台所で、料理人の陳さんが葉児粑粑《イエアルバーバー》【ひき肉とからし菜のみじん切りを炒め、中に詰めた餅。四川省の名物】を作るのを見ていたときだよ」

同席している許忠徳と年寄りたちは、于四宝の湯呑を持つ気取った手つきを見て、不愉快な気分になった。この不快感は数十年前からのもので、そのため、いくら魏金玉が于四宝との恋愛について弁明しても、素直に聞けなかった。しかし魏金玉としては、于四宝とのことはどうしても故郷の人々に説明しなければならないと思っていた。それは、青木川の人々に対しても、また父に対してもすべきことだった。生きている間に戻ってきたのは、大半がそのためだった。

一九四九年十一月、解放軍が漢陰、石泉を攻め落とし、すぐ長江を渡ると、西郷、洋県、城固を解放した。国民党の胡宗南は、陝西省南部に敷いた三つの防御線が相次いで突破されたため、慌てて四川省に撤退した。その撤退はあたかも山が崩れたかのような勢いで、四川省への道路は逃亡の車や兵士や軍馬で埋まり、もうもうたる黒煙が空高く上がった。青木川の東の棋盤関《きばんかん》は、狭い山道の一方が切り立つ絶壁、一方が深い谷間になって続いているため、四川省に入る人々は、やむをえない場合以外、決してこの道を選ばない。胡宗南がこの道を選んだのは、ただ解放軍の追撃を避けるためだった。

　胡宗南の車列は漢中を出発し、曲がりくねった山道を揺れながら進んだ。胡師団長のジープのすぐ後ろには、王福《ワンフー》という運転手が運転する第二師団司令部のトラックがついていたが、前のジープが巻き上げる砂ぼこりがトラックの運転室に入り込み、中の人は野猿のように埃まみれになっていた。

　そのトラックの運転室には王福のほかに助手の胡漢《フーハン》江《ジアン》と師団長の二号さん・盛玉鳳《ションユーフォン》が乗っていた。盛玉鳳は大きな風呂敷包みを抱え、足の下にはかさばる木箱を置いていた。王福と胡漢江は、その荷物は二号さんの宝物で、自分たちの命より大事なものだと分かっていたので、慎重に運転していた。

　先のジープには師団長と奥さんが乗っており、そちらでは魔法瓶の熱いお茶が飲め、乗り心地もよかった。盛玉鳳は不公平だといって不満を募らせ、腹いせに王福の運転に文句をつけた。でこぼこ道を選んで運転するとか、自分を振り落とそうとたびたび急カーブを切るとか、胡漢江が自分の方へ詰めて座るので汗臭くて呼吸もできないとか、二人にけちばかりつけていた。

　正午、寧羌城外の寺で休憩しているとき、盛玉鳳は師団長に会いに行き、不平をこぼした。「助手の胡漢江は、トラックが揺れたりカーブを切るとき、わざとあたしの手や太股を触るのよ」。盛玉鳳の目的は、自分を哀れんでもらい前方のジープに載せてもらうところにあった。だが師団長は哀れんではくれず、午後も続けてトラックに乗れと言う。彼女は甘えて騒ぎながら、あたかも本当のように胡漢江のセクハラをでっちあげたが、師団長はそれでも乗り換えを許さなかった。

　盛玉鳳に立ち去らせてから、師団長はこっそり腹心に命じた。「青木川に着いたらすぐ胡漢江を密かに始末しろ。兵卒のくせに師団長の皿からつまみ食いするとは！」。この先の道は険しい山と深い谷ばかりで危険を伴うから、師団長としては騒ぎにならないよう人心を平穏に持っていく必要があった。

何も知らない胡漢江は、自動車を拭いたりエンジンに冷却水を足したり、忙しく働いていた。すると王福が慌てて来て彼を物陰に引っ張っていき、「今すぐここを立ち去れ。すぐにだ。早く」と命令した。だが胡漢江は訳が分からず、どうしてですかと尋ねるばかりで、立ち去ろうとしない。王福は「離れろと言ってるだろ。余計なことは聞くな！」ときつく言った。

胡漢江は「ぼくは師匠のもとで腕を磨いているところです。だめなところがあるなら、叩かれても叱られてもいい。追い出さないでください」と言った。

王福は声を低くして言った。「命が危ないんだ。すぐに逃げろ。人に見つからないようにな。俺のことを覚えていてくれればいい。いいか、俺の郷里は河南省南陽《ワンヨウ》の王家坨《おうかた》、家に女房と息子がいる。息子は六歳、名は王有田《ティエン》、幼名は臭蛋《チョウダン》だ……」

胡漢江は師匠をぽかんと眺めていた。

集合ラッパが鳴り、それぞれの車がエンジンをかけ始めた。盛玉鳳が風呂敷包みを抱え、元気なくトラックの方に歩いてきた。王福は焦って汗がにじみ、「さっさと行け！」と胡漢江を促した。

「師匠、一緒に行かないんですか」。胡漢江が聞いた。王福は力任せに彼を蹴飛ばして怒鳴った。「バカ野郎、さっさとうせろ！　二度と戻るな！」

突然蹴飛ばされて、胡漢江は足を踏み外し、山の急斜面をずり落ちていった。

車列が出発した。胡漢江は一所懸命上へよじ登りながら師匠、師匠、と叫んだが、師匠のトラックはほかの車とともに揺れながら遠ざかっていった。胡漢江は、谷底に立って遠のく土埃を眺めながら大声で泣いた。昼食の短い休憩の間に、師匠がどうして自分に対してあんなに無慈悲になったのか、彼には分からなかった。

胡漢江がまだ谷を出ないうちに、棋盤関の方で自動車が谷底に転落して大破し、死者が出たという情報が入った。その車は自分の師匠・王福が運転していたトラックだった。胡漢江は思った。師匠の技量があれば車が谷に転落するはずがない、師匠が必死で自分を追い払ったのは、命を助けてくれるためだったのか、それが師匠の気持ちだったのだ。胡漢江は棋盤関の方向に、頭を地に擦り付けて、丁寧に三度頓首の礼をした。そして目に涙を浮かべて谷間を出ていった。

のちに新中国成立後、河南省王家坨の百姓たちがこんなことを知った。臭蛋の親父がよそで死んだあと、陝西省から胡という若者が、自ら王家に入り婿《いむこ》に来た。臭蛋の家の貧しさも、かかあが七歳の年嵩であることも問題にせず、胡という若者は臭蛋を実の子として可愛がり、二〇〇一年死去するまで平穏に王家の母子と一緒に暮らしたという。これは後日談である。

青木川の文昌宮には、王福と師団長の二号さんの血だらけの遺体が安置されていた。人々はみな師団長の二号さんが棋盤関で自動車事故に遭い成仏したということを知っていた。

こっそり運転手の王福に情報を知らせたのは于四宝だった。于四宝は義侠心に富む王福を尊敬していたから、その女のような手つきで霊前にうやうやしく線香を三本立てた。かたわらの醜い女の遺体には目もくれなかった。その出来事に同じように感銘を受けたのが、魏富堂のお嬢さま魏金玉だった。ただ彼女が感動したのは、わが身を捨てて弟子を救った王福ではなく、王福に情報を流した于四宝だった。この事件で、于四宝が正義感のあるまっすぐな男だと知ったのだった。

恋はそこから始まった。朱美人の娘の、愛の炎の激しさは尋常ではなく、一途に突き進む魏金玉の心を、誰も引き戻せなかった。そのあげく魏金玉は父と親子の情を断ち、駆け落ちして、埋めようのない悔いを残したのだった。

魏金玉が「父を恐れて逃げ帰った杜国瑞は、どうなりましたか」と聞いた。許忠徳が「今は上海にいて、自動車製造の専門家として活躍していますよ。ご両親のお墓を大きく高く立派に作り直して、青木川の老人たちに羨ましがられています」と言った。

三老漢が「あの墓は杜国瑞が頑張ったしるしですよ。もし青木川に閉じこもって地元の女房をもらっていたら、両親の墓を立派にできるわけがない」と言った。魏金玉に聞かせたくてそう言ったのを、みな分かっていた。

魏金玉は改まった態度で、三老漢たちに、「私も父のお墓を立派に作り直します」と言った。

三老漢は意味ありげに同席のほかの年寄りを見回した。みな黙ったまま表情を変えずに目で合図を取り交わした。最後に三老漢が厳しい顔でゆっくりと切り出した。

「わしらは魏司令官とは生死を共にした古い付き合いだ。魏司令官が王三春の鉄血大隊を離脱して青木川に戻るときも、ケシを栽培し自衛団を組織したときも、ずっと腹を決めて魏司令官に付いていった。だからわしらは司令官の気持ちがよく分かっている。名門の令嬢を二人も奥さんに迎えたのは、将来自分の墓碑を立派に作ってもらうためだった。理屈上俺たちが司令官の顔を立ててそれくらいやってあげてもいいのだが、やっぱりしきたりはしきたりだからな……」

李天河が「しきたりは変えられるし、実際、古い習わしは打破したほうがいいものもありますからね。今はすべてが経済を振興するため、青木川の未来のためであればいいのです」と言った。

張賓が「ああいう飾り付きの墓碑自体が古臭いから、なくすべきですよ。飾り物を取るなら全部取り、付けるなら全部付け、よけいなランク付けはやめて……」と言うと、言い終わらないうちに張保国にきつく睨まれた。

張保国は「あの墓碑は伝統文化を尊重する気持ちの表れで、青木川の人々を励ます地域伝統文化として、前向きな存在意義があると思います」と言った。

魏金玉が「私は高校しか出ていないので資格がなく、みなさんにご心配をおかけしていますが、息子はエール大学の博士号をとっています。専攻はソフトウェア開発です。外孫《そとまご》がお祖父さんに飾り付きの墓碑を作ってあげてもいいかと思いますが」と言った。

そう言いながら、隅に黙って座っている中年男をみんなに紹介した。男はお年寄りたちに会釈し、よろしくと挨拶した。その外孫の話す中国語は、標準語の馮小羽とも違うし、新語を連発する王暁妮とも違っていて、人々に謝静儀校長や、遠い昔を思い出させた。

実は、みんな宴会場に入ってすぐに、隅に座っているこの外孫に気付いていた。魏富堂そっくりの容貌をしているため、老人たちは何とも落ち着かなかった。魏富堂が死んだとき、ちょうどこのくらいの歳だったので、まるで時が一回りして、みんなは変わったのに魏富堂だけが元通りの姿で、隅で黙ってみんなを見守っているようだった。

馮小羽は青木川のお年寄りたちの、外孫に対する微妙な態度を見て、往年の魏富堂を具象化することができた。これまで魏富堂という人物は頭の中で幻の符号でしかなかったが、今は生身の人間になった。

　魏金玉が墓碑のことを言い出したので、みんなはもう余計な口出しはしなかった。当地には外孫が外祖父に墓碑を立てるという前例はないが、魏富堂には息子がいないから、大目に見てもいいだろう。魏漱孝は、于四宝が入り婿になるならまったく問題はないと思って「外孫の苗字は、父母どちらの姓ですか」と聞いた【子供はふつう父の姓を名乗るが、入り婿なら母方の姓になる】。魏金玉が「息子はエドガーと言います」と言ったので、みなはあっけにとられた。

　李天河が「墓碑も立て、碑文も書きましょう。今後、観光客が来たら魏富堂の墓は観光スポットになりますから、宣伝が必要です」と言った。そして振り向いて今度は馮小羽に、「林嵐さんの墓の手入れも必要ですね。立派にして、塑像も作りましょう。杭州に女性の俠客《きょうかく》・秋瑾《しゅうきん》【清朝末期の女性革命家、詩人】の墓があって、観光客が必ずお参りに行く場所になっていますね。青木川の林嵐は秋瑾以上の人物です。我々に欠けているのは資源ではなく、創意なんです！」と言った。

　ずっと黙っていた于四宝が「劉芳はどうなりましたか」と口を開いた。馮小羽はそれを聞いて、于四宝の昔の身分を思い出した。まだかつての国民党の「戦友」の身の上を気にかけているのだろうか。

　許忠徳が素っ気なく「死んだ」とだけ答えた。

「どんなふうに死んだんですか」と于四宝が聞くと、三老漢が「自殺だ。ピストルで自分の頭を撃った」と言い、すぐ鄭培然が訂正して「解放軍が発砲して頭をぶっぱなしたんだ」と言った。さらに魏漱孝が「同時だよ。同時に発砲したんだ」と言った。

　許忠徳は「あの女は死んでも罪の償いがしきれません」と言った。

　魏金玉が謝静儀校長のことを訪ねた……するとサッと気まずい雰囲気になり、年寄りたちはうつむき、互いに横目で見回しあった。馮小羽もどういうわけか神経が高ぶってきた。数十年もの間隠されていた謎が、とうとう明らかにされるのではないかと思われた。

　みなは黙って視線を許忠徳に投げかけた。

許忠徳は、魏金玉の期待と馮小羽の緊張をよそに、皿の中の蒸肋肉《ジョンレイロウ》を包んだ竹の葉【下味をつけたスペアリブを竹の葉で包んで蒸した料理】を箸でめくってばかりいた。

鄭培然は黙っていられなくなって机に杯をガチャンと置き、椅子の背もたれに寄りかかると、「ありのまま話そうじゃないか」と言った。

魏漱孝は許忠徳をちらっと見てから、鄭培然に「じゃ、おまえが言えばいい」と言った。

鄭培然は「このわしが？　あんたはどうして言わないのかね。大往生できないと心配しているんだろう」と言った。

「あんたこそ心配なんだろう」と魏漱孝が言った。

李天河が「争いはやめてください。許さんに話してもらいましょう。隠さずにありのまま話してください。みな青木川の人間ですから、誰もとがめる人はいないでしょう」と言った。

三老漢も許忠徳を励まして「やはり参謀主任に話してもらおう。もう八十に手が届くんだ。なにも心配することはないだろう」と言った。

許忠徳は箸を置き、みんなを見回しながら淡々と言った。「亡くなりました」

魏金玉が「私もあのとき、もう長くはないだろうと思っていました」と言った。

馮小羽が「みなさんはいつも私に、立ち去りましたとしか言ってくれませんでしたね」と言った。

鄭培然が「それは謝校長が自然な死に方ではなかったからです」と言った。

「自然死でないというと？」

「自殺でした」と鄭培然が言った。

5

謝静儀は周りの人に隠していることがあった。それは自分の病気についてだった。

一九四九年、最初は多少お腹の調子が悪いというくらいで、あまり気にとめなかった。けれどだんだんお腹が張って痛むようになり、夜には内臓が焼けるように感じて耐えがたくなった。それを魏金玉にこっそり打ち明けると、魏金玉はすぐに手を打つべきだと感じ、父に漢方医を呼ぶよう頼んだ。

青木川には姓は樊《ファン》、名前は楽《ユエ》、号を「樊仙《ファンシエン》」という地元で一番の名医がいた。病気の診療のほか、人に蠱《こ》を施す【「蠱」とは、器に毒虫を入れ共食いをさせて最後に生き残った一番強い毒虫。その毒気を利用してまじないをかける】こともできるという。樊仙が「この人は真夜中に死ぬ」と言えば、その人は夜明けまでに死んでしまうという。それほど神がかっていると言われていた。その樊仙が魏金玉に案内されて校長室に入ってきた。彼は脈を取ることもなく、謝静儀を一目見るなり、「あなたの体に腹の鬼がいる。鬼の病だ」と断言した。

謝静儀はちょっと笑って、「腹の鬼とは何ですか」と聞いた。樊仙は言った。「腹の鬼とはすなわち中尸【道教で、人の体内に住んでいると説く三匹の虫の一つ。日本にも平安時代、貴族に伝わった】で、身体の守り神が遊びに出て留守の間に、五尸【道教で、人間の五臓に住んでいるという五種の化け物。人間を病気にかからせる】が出てきて身体を蝕み、腹痛を起したり心肺や肋骨や背骨などに症状を生じさせるのです」

「では、どうしたらいいのですか？」

「鬼を追い出すのです」

「どうやって？」

「屋根に生えている茅を取ってきて、呪いの入った守り札とともに銅の器に入れ、熱してから赤い布で包んで、痛い所に当て、鬼を体から追い出します」

呪いとかお守りの札とかを謝静儀が信じるわけがなく、魏富堂に頼んで、今度は寧羌県のベテラン漢方医を呼んでもらった。その年配の漢方医は、竹駕籠に揺られて山また山を越え、くたびれ果ててようやく青木川に着いた。何がなんだか分からないまま、歓迎宴で腹いっぱい酒を飲まされ、二日も寝込んだあとやっと歩けるようになり、校長先生を診察したのは三日目のことだった。舌を診たり脈をとったりという伝統的な診察をしたのち、「体内の気が乱れ、水が溜まって、血液の循環が悪くなっている」と言った。そして処方箋を書いたあと、魏富堂から銀貨五十元を受け取り、また竹駕籠に乗って県城へ帰っていった。謝静儀は漢方は分からないが、知識人として、処方箋から大体のことを理解でき、自分の病は相当厄介なものらしいと分かった。

樊仙がいう「守り神が留守」や、寧羌県の漢方医がいう「気が乱れている」は、病気の原因としては当たっていた。ここ数日、彼女の心はいつも広坪や、秦嶺の山中に向かってしまう。あの辺には自分の実の妹、劉芳がいた。劉芳が青木川に現れて以来、謝静儀は落ち着かなくなった。冷酷で残忍な妹の性質を知り尽くしているからだった。

劉芳の本名は程立珊《チョンリーシャン》、大学卒業後、国民政府軍事委員会の「息烽官庁」【貴州省息烽県にある】に軍事委員会調査統計局員として就職した。表向き官庁だが、実際は、共産党員と進歩的人士を監禁する刑務所だった。同様の施設は、重慶の望竜門監獄が「小学」、渣滓洞と白公館が「中学」、息烽は「大学」といわれていた。重要事件の犯人は、小学から中学・大学へと移送されて「進学」といわれ、死刑は「留学」だった。官庁の職員は、みな殺人を日常茶飯事とする首切り役人のようなものだった。

一九四五年、教育監察官・霍大成《フォダーチョン》が、陝西省南部の教育状況を視察するため、自動車で山道を進んでいた。妻の程立雪も横に座っていた。回竜駅辺りまで来ると道が一段と走りにくくなったため、運転手は危険を恐れて幾度も車を止め、「徒歩で行かれたら」と監察官に提案した。けれど霍大成は聞き入れず、車から降りようとしないので、運転手は無理をして運転を続けていた。

程立雪が夫に「運転手が困っていますよ」と言った。だが霍大成は「監察主任として当然の待遇なんだ。泥まみれの靴や、土まみれの服で視察に赴くやつがいるか」と言うばかりだった。

李樹敏がこの教育監察官の車を襲撃したのは、まったくの偶然だった。

一九四五年の李樹敏は、表向きは校長だが、陰では匪賊をやり、明らかに人格が分裂していた。ちょうど冬休みで、その日仲間を数人連れて山へ熊狩に入ったところ、山道を自動車が揺れながら進んでくるのが見えた。ふといたずら心が湧き、鉄砲を構えて運転手に照準を当てた。運転手は前方に鉄砲を構えた人影を見つけ、驚いて「山賊だ！」と叫んだ。とたんに鉄砲が鳴って血がほとばしり、車は横向きに止まった。霍大成は、運転手が撃ち殺され山賊が襲来したのが分かり、ドアを開けて逃げようとした。賊が近づいてくる中、程立雪も夫の上着をつかんで一緒に逃げようとしたが、命の危機を前に霍大成は妻の手を振り切り、自分一人、がむしゃらに藪にもぐり込んで姿を消した。

　程立雪は夫が藪に消えたのを見て、絶望して目を閉じ、車内の後部座席にもたれた。夫の行動が、彼女の胸を締め付けていた。栄華や富や、細やかな夫婦愛は、これほどあっけなく変わるものか、これほど脆いものなのか、長く一緒に生活していても、何も察知できなかった。自分をめぐる一切を見通したあとは、もう心は透き通った水のように平静になり、匪賊を前にしても、少しも危惧や恐慌を感じなかった。

　李樹敏は女をもてあそぶつもりでいたが、実際手にした相手は意外にも立ち居振る舞いが上品な、教養のある美人だった。

　そのころ叔父・魏富堂の妻、大趙《ダージャオ》と小趙《シアオジャオ》は老県城で殺害され、奥方の部屋が空いていた。李樹敏は混血の女を連れていったが、魏富堂は「雑種」といって気に入らなかった。李樹敏はなりゆきで、捕虜にした程立雪の落ち着き先を叔父のところに決め、その女の意向は聞かなかった。そして魏富堂には、斗南山荘まで来てもらい、美人に引き合わせることにした。

　程立雪は、初めて魏富堂に面会したとき、謝静儀と名乗った。実は謝静儀とは、自分の母方の叔母の名前だったが、とっさになぜかその名前を持ち出してしまった。そのときから彼女は、程立雪という元監察官夫人の役を清算して、謝静儀になりすました。叔母さんの謝静儀本人は、北京で中学校の校長をしている敬虔なクリスチャンで、一生を独身で通した女性だった。

　青木川での謝静儀の生活は、気楽でのびのびしていた。学校ができるまでの間は魏家の屋敷に泊まり、まもなく魏金玉と親しくなった。青木川で彼女は魏金玉にしか、自分の程立雪という実名と、夫・霍大成への絶望を打ち明けなかった。彼女は魏金玉に「女は愛情に関して、少しでも無理や我慢をしてはだめよ。うわべに惑わされないで。甘い誓いも信じてはいけないわ。この世で一番変わりやすいのは情なんです。世の中はどう変わるかまったく予測できないものだから、自分だけをたよりに、甘美な記憶に惑わされず、環境に負けることなく、今の状況を正確に把握し、地に足をつけて今日を生きなくてはなりません」と話した。

　魏金玉は耳を澄まして真剣に聞いた。謝静儀の何気ない一挙手一投足、一顰一笑《いっぴんいっしょう》に教養ある女性の風格があふれていた。魏金玉はすっかり魅せられて、彼女を見習い、どこまでも彼女の後ろについていった。

謝静儀は大部分の時間を校舎の建築に費やした。完璧主義者の彼女はすべての仕事を自ら処理した。校舎内部の柱の飾りについても、手抜きは決して許さなかった。教職員棟も校長の美意識に沿って、堂々とした造りに時代の先端を行くデザインで、山奥の中学ながら、上海や南京の学校にも劣らなかった。

校舎の建設の進捗状況は、魏富堂に次々と驚喜を与えた。講堂の珍しい浮き彫りや広々した教壇は、轆轤把《ルールーバー》教会で受けた文明の衝撃をよみがえらせた。それら目新しいものは、石畳を低速でしか走れないフォード車、レコード盤が一枚しかない蓄音機、永遠に使えない電気冷蔵庫、及び電線が引いていない電話などとともに、現代文明の一部として、彼の身近に存在し、青木川に存在した。

暇があると彼はよく手を後ろに組んで、楽しげに工事現場を行ったり来たりした。浮き彫りのリスや葡萄が、職人の手によって少しずつ精巧に形作られていき、石柱に菱形の溝が刻まれていくのを眺めながら、校長の広げた青写真に、もっともらしくあれこれと意見を言い、どうでもいいことを話したりした。彼はそれが愉快でたまらず、充実感を覚え、鉄砲を買うより面白いと思った。

青木川の内外で、女校長と魏富堂の噂が流れた。それによると、謝静儀は魏富堂がよその土地から迎えてきた第五夫人で、最初は結婚を嫌がっていたが、魏富堂が本気で学校を創設するつもりであることが分かり、彼に嫁ぐことにしたが、一定の自由を保障するよう条件をつけた……とか。数十年後の、地域の階級教育宣伝資料にもそのような記述があって、「魏富堂は六人の妻を娶《めと》った。第一が劉氏、第二が朱美人、第三が大趙、第四が小趙、第五が謝静儀、第六が解苗子である」と書かれている。しかしそれは推測に過ぎなかったらしい。

魏金玉の証言によると、初めから終わりまで、謝静儀と父親との間に男女の関係は一切なかった。二人の関係は清水のように清く、それは神様が知っている。彼女はかつて、謝静儀が魏家の一員になり、自分の母になってくれたらと願って、何度か探りをいれたが、謝校長にそんな気持ちは毛頭なかった。父も、校長の言葉を信用するのは尊敬の念からであって、夫になることは考えられなかった。暴れまわる粗野な父と、繊細でしとやかな校長先生とを無理に結びつけようとする考え自体が、ばかげていて非実現的だと、魏金玉にもだんだん分かった。

謝静儀が青木川に来て半年経ったとき、妹の程立珊が訪ねてきた。劉芳という仮名を使い、李樹敏に連れられてこっそり魏家に入った。勝手口から李樹敏の案内でまっすぐ謝静儀の部屋に入ってきたとき、ちょうど魏金玉が謝静儀とおしゃべりをしていた。魏金玉はその夜、初めて劉芳を見た。

劉芳は謝静儀とよく似ていたが、このときは手織り木綿の上着と黒いズボンという農婦の身なりをし、髪は束ねて止め、眉は細かった。それでも体じゅうから英気がほとばしり、縄張りを越えてきた雌の豹のように神経をとがらせ、常に周囲を警戒していた。

劉芳の出現は謝静儀にとって思いがけないことだった。山奥の町で対面した姉妹は、しっかり抱き合って、どちらも涙ながらに溜め息をついた。そばで見ていた魏金玉ももつられて涙が浮かんだ。

謝静儀が「どうやってここまで訪ねてきたの」と聞くと、劉芳は「姉さんが地の果てまで行ったとしてもあたしは捜し当てるわ。身は二つでも通う血は同じ。勘で分かるの」と言った。

劉芳の返答は、どうやって青木川を捜し当てたのかという質問への答えになっていなかったが、興奮していた謝静儀は妹の答えにもう一度感動した。彼女が妹に、しばらく青木川に滞在したらと勧めると、劉芳はかたわらの李樹敏をちょっと見て、「もうどこへも行かないわ。私、この若旦那と婚約したの。これから姉さんと一緒に、この青木川に住み着くつもりなのよ」と言った。

その言葉は謝静儀を驚愕させた。いったいどうしてそうなったのだろう。妹の政治的背景もよく知っているし、自分を青木川に拉致してきた李樹敏がどういう人物かも充分分かっている。その二人が一緒になれば、将来青木川の平和に影響し、魏富堂は複雑な政治的ごたごたの巻き添えをくうだろう……。姉妹のめぐり合いという喜びが、すぐに深刻な憂慮に変わった。謝静儀は冷静になって、劉芳に言った。「ここを立ち去りなさい。あたしたちは二人そろって青木川にいてはまずいの」

「いやよ」と劉芳が言った。

「残るなら、選択肢は一つしかないわ。属している組織を脱退すること」

「組織はあたしの生命なのよ。組織を守るためにはすべてを捨ててもいい。自分の命も肉親の愛情もね」

「分かったわ。私に会いに来たというのはただの口実で、使命を担ってきたというわけね。でもどうして私たち二人、揃ってこんな辺鄙な山奥に来て、人生のすべてにけりをつけようとするのかしら」

「けりではなく始まりよ。姉さんには迷惑をかけないから、あたしのすることもかまわないでほしい。志が違うのだから、議論はしない。今では苗字も姉さんは謝、あたしは劉。これからはそれぞれ自分のことをしっかりやりましょう」

確かに、劉芳は重大な軍事的な任務を担って青木川にやって来た。彼女は潜伏して国民党の情報組織を拡張し、将来秦巴山地を舞台に共産党と対抗しようとしていた。彼女のような国民党の特殊部隊があったので、解放の直前、秦巴山地で反革命的な組織、新四軍・新五軍・新八軍・陝保四旅団・陝南臨時総隊など合わせて二万余人の部隊が組織され、「十万地下軍」と称された。姜森率いる「反共ゲリラ隊」もその一つで、劉芳は表向きは李樹敏の妻だが、実際は「反共ゲリラ隊」の分隊長で、たたき上げの国民党軍事委員会調査統計局のスパイだった。

魏金玉は、容姿は似ているが性格がまったく違う姉妹が、意見をぶつけ合い、喧嘩別れになった現場を目の当たりにしたのだった。

6

馮小羽は魏金玉一行のあとについて謝静儀の墓を探しに行った。

許忠徳が水車小屋の横の、やっと判別できるほどの小さい塚を指して「ここのはずです」と言った。

だが鄭培然は「違う、坂の上の木立の辺りだと思うよ」と言い、三老漢もここではないと言って、足でざっとその盛り土を踏みならし、「ここは川に運ばれた土砂が堆積しただけで、墓ではないよ。謝校長の墓はたしかクルミの木の下だ。埋葬のとき落葉したクルミ桃の葉が落ちてきて何層にも積もったのを覚えている」と言った。

そう言われて、みなが周囲を見回すと、梨、漆、タチバナ、ツゲなど色々な木があったが、クルミの木は見当たらない。

魏湫孝が「劉芳はここで撃ち殺された。わしらが劉芳の遺体を埋葬したとき、謝校長のすぐそばに埋めたはずだ。二つの墓がよりそって姉妹のようだった」と言った。

鄭培然は「善人の墓も分からないのに、悪人の墓なんか覚えていられるか」と言い、さらに「『文革』のころ紅衛兵が女匪賊を探し出そうと、この辺で何日もかけていくつも墓をあばいたが、結局どれが誰の遺骨か分からなかったんだ」と言った。

魏湫孝が「いずれにせよ、この辺り一帯だな」と言って、腕を広げて範囲を示した。

張保国が「その範囲では広すぎて捜しようがないな」と言い、続けて「謝校長は青木川に貢献した方だから、このまま埋もれさせるわけにはいきませんね。謝校長がいなければ、今日の青木川中学も青木川のエリートも青木川の文化的気風も育たなかったわけですから。必ず校長先生のお墓を見つけましょう。青木川の一里塚のような方ですからね」と言った。

みんなは水車小屋の前に立って、菜の花畑を飛び交う蜂のうなり声を聞きながら、当てがないまま辺りを眺めていた。

魏金玉が「校長先生はいつ亡くなったんですか」と聞いた。青女が「魏旦那のメモを預かって校長に薬を届けに行ったあの日、あたしが帰ったあと、校長は薬を全部飲んでしまったんです……」と答えた。于四宝がため息をついて言った。「亡くなってよかったのかもしれない。騎兵第二旅団が青木川に駐屯しているとき、金玉が医官に頼んで校長先生を診察してもらったが、お腹に腫瘍ができていて、もう末期でした」

鄭培然が言った。「謝校長は痛み止めのためにアヘンを吸引していた。わしらの間では公然の秘密で、みんなでそれを隠していたんだ。魏旦那はアヘンを吸引した者は殺すという掟《おきて》を作ったが、校長だけは例外だった。魏旦那はいくらでもアヘンを持っていたが、謝校長に提供するのは、使うべきところに使っているのだ、校長が苦しまないように最後まで提供する、と言っていたよ」

しかし校長は自ら早く逝った。ベッドのふちに残したメモには、丁寧な字で「尊厳」という二文字が書いてあった。

不治の病に苦しむ本人にとって、これが最善の結末だったかもしれないが、魏富堂や許忠徳たちはそんな最善さは受け入れがたかった。敬愛する校長が「アヘンを飲んで自殺する」という残酷な事実を、どうしても認めたくない心境で、数人が校長のベッドのそばで茫然と一夜を過ごした。「父に過ちがあれば子はそれを隠す。これは人情の至極である」【『論語・子路』より】、彼らは校長の霊前で「校長のために、『去った』とだけ言おう」と約束した。【中国語の「去った」は、「立ち去った」とも「亡くなった」ともとれる言葉】それは彼らが共に守ってきた秘密だった。

明け方近く、生徒たちが校長先生を水車小屋のそばの木立に葬った。そこから「校長が青木の大木の下を通って立ち去った」という話が生まれ、I will be with you forever という言葉も付け加わった。

校長が亡くなると、魏富堂の心の支えが崩れた。解苗子はそんな魏富堂を思いやり、処刑される朝、わざわざ謝静儀の青いチーパオを着、魏金玉の革靴を履いて、早々に橋で待った。彼女は娘と謝校長に代わって魏富堂に最後の見送りをした。夫がこの世で最も大切に思ったのはこの二人だったから、この世の別れに、夫が恐怖も心配事もない安らかな心境になるようにと、こんな身なりで、ここに立って彼を待つことにしたのである。その目的は達成できたと解苗子は信じている。

解苗子は牧師の役を果たした。当時幹部だった青女は、解苗子の気持ちを察して、魏富堂を護送する道筋と時間を、こっそり知らせたのだった。

「文革」のころ、紅衛兵が町で女匪賊を探したとき、解苗子は見つかるのを恐れて、預かっていた劉芳の写真をこっそり焼こうとした。だが青女が取り上げて、元通り包んでケースの底にしまった……だから青木川でこの写真を、完全な形から焼け残りまで見たのは、解苗子と青女の二人だけで、他の誰も知らなかったのだ。

馮小雨が「写真には、いったい誰と誰が写っていたの」と聞くと、青女が「劉芳、謝静儀と彼女たちのお母さんでしたよ」と答えた。

風がさっと木立を吹きぬけ、かすかに「青木の風」のメロディーが聞こえた。馮小雨は木立に立つ老人たちを眺めているうちに、思わず目頭が熱くなった。

意図的に隠し、忘れようとして長い時間が経つうち、事実は校長の弟子たちの心の奥で、無意識に避ける対象になったのだろう。真実を知る者が「共犯者」になり、集団で回避し隠蔽《いんぺい》することによって、謝静儀は、みなの記憶の中で朦朧《もうろう》としてとりとめない存在になっていった。それが弟子たちの願いではあったが、そのせいで彼女に関するたくさんの細かい事実がどんどん流れ去り、風化していったのだ……。

馮小羽は嬉しかった。作家としての執着と、女の鋭い感によって、一篇の新聞記事から始まった探索だったが、一人で集団のごまかしと対峙し、大勢の忘却に抗《あらが》って、埃に埋もれそうになっていた真相に、ついにたどり着いた。

馮明は、青女の家で、一心不乱に林嵐の碑文を書いていた。彼は謝静儀には関心がなかった。病死であれアヘンのせいであれ、自分とは関係がないし、青木川の発展ともまったく関係がないと考えていた。

劉小猪が、馮明に蜂蜜を届けに来てくれた。心熱をしずめ便通にもいいから、ぬるま湯に溶かして飲むようにと馮明に勧めた。そして「上層部から政策が下り、新しい町で宅地を割り当ててくれました。損失補償金額も、まあまあでした。二階建てを作るよう相談していて、一階を店舗に二階をホテルにする計画です。今後青木川は観光が盛んになるはずですから、商売は心配ありません」と喜んで報告した。もちろん自分でも出資しなくてはならないが、ローンを組めば、三年もしないで投資が回収できるそうだ。あの古い家に住んでいたら、いつまで経っても住むだけで、お金にはならない。

魏金玉たちは許忠徳に案内されて学校にやって来た。魏金玉が講堂の前に立って、息子に講堂の建築工事のいきさつを話した。魏家の孫にあたる彼は、綺麗な柱を鑑賞しながら、かつての謝校長のセンスと祖父の実行力に大いに感心させられ、かたわらにいる邱校長に「学校にパソコン百台を寄付しよう。上級学校に進学する生徒十名には学資を援助しよう」と伝えた。

生徒たちは歓声をあげ、小躍りして喜んだ。許忠徳は講堂前の「道を知識として修め、かつ実習すること、これを教えと謂う」の石碑を見ながら、感慨無量だった。

魏金玉はそろそろ引き揚げようとしていたし、馮明もそろそろ引き揚げようとしていた。青木川中学の生徒たちも、王暁妃先生に引率されて、英語のコンテストに参加するために西安へ行こうとしていた。数台の自動車が風雨橋のたもとに停まっていた。

魏金玉が馮明に近寄って挨拶した。

「馮明さんでいらっしゃいますね」

「そうです。馮明です」

「青木川で私が一番忘れられないのは馮明さんです」と魏金玉が言った。

「私にとって決して忘れられないのは青木川です」と馮明が言った。

張保国がみんなに「青木川の発展のため、輝かしい未来のために、手をとって進みましょう。目標は同じです」としめくくった。

魏金玉が車に乗り、馮明も別の車に乗った。それぞれの車が発車し、青木川を出ていった。スクールバスも動き出し、見送る親たちが子供にあれこれ言い含める中、子供たちは元気に歓声をあげて去っていった。

魏漱孝が「魏金玉が馮明と話をしていたけど、馮明は手を腰にあてたままだったし、魏金玉も胸元で腕を組んでいて、二人は最後まで握手をしなかったな」と言った。

鄭倍然が「握手をしないのは、それなりの理由があるからさ。その意味は深い」と言った。

青女が「当たり前のことをしていればいいのさ。余計な意味なんて考えなくていい。幸せに暮らしているならそれが何よりさ！」と言った。

7

半年後、三つの墓がすっかり新しくなった。

魏富堂の墓は魏金玉が出費して、外側を灰色の煉瓦で覆い、周囲には石の欄干を巡らせ、墓碑の上に飾りをつけた。そこに手の込んだ模様を刻んで、青木川で最も立派な墓碑に仕上がった。碑文は許忠徳が魏金玉の代わりに書いたものを、鎮政府が審査して、不適切な表現を書き直させてから、次のように石工に刻ませた。

中華民国中期、政治が乱れ匪賊がはびこる中、父は自衛団を組織し、自ら自衛団団長や司令官を歴任し、経済を発展させ、郷里を守った。

父は生涯を通して建築にも力を注ぎ、精巧な細工をほどこした荘厳な高楼をいくつも建てた。また川には橋を架け、学校も創設した。学校の校舎や講堂は、資材を取りよせ凝った造りで比類のない立派なものであった。富堂中学の開設にあたっては、校長を迎え、優れた教師を招き、広く優秀な生徒を募集して人材を養成した。教育を重視するという志は、当時近隣の模範となった。地域の発展に貢献すること二十年、青木川という一地方に特色ある局面を開いた。その功績が埋もれることのないよう、子孫がここに石碑を建て誌略とす。

碑文は控えめで含蓄があった。それは許忠徳の賢さの表れだ。さすが少佐参謀主任だっただけのことはある。石碑は立てたが、魏金玉はその儀式を、許忠徳と青女たちに頼んだ。当日石碑を建てる儀式に参加したのは、ほとんど魏富堂の元部下だった。許忠徳の主催で、三老漢、魏漱孝のほか、いまだ健在の中隊長、二等通信兵、兵卒などの白髪の老人が、整列して一束ずつ線香を持って碑の前に立った。魏富堂名誉回復の通達がまだ下りてこないから、鎮の幹部たちは顔を出すわけにいかなかった。鄭培然も姿を現さなかった。唯一の部外者は青川楼の張百順で、紅焼肘子を持参して、亡き親父に代わって魏旦那に奉げた。

林嵐の墓は、煉瓦工場の塀の外から、鎮の外れの竹林に移した。曲がりくねった砂利道が青々した竹林の奥へ続いていた。脇の用水路の水が、竹林を回って遠方の田んぼに流れていく。その道の突き当たりに白い大理石の高台と石碑があった。民生部門から資金が出たため、豪華に仕上がっていた。大きな石碑に行書の細かい字が綺麗に並んでいる。王暁妮先生が子供たちを指導して字を金粉でなぞった。碑文と行書は馮明によるもので、かつての第三大隊教導員の自信作であり、絶筆でもあった。馮明は碑文を書いてからは何も書かず、一カ月後、心臓発作で自宅のお手洗いで亡くなった。

金色の細かい文字が、太陽に照らされて輝いていた。よく見ると次のように書いてあった。

林嵐、陝西省米脂に生まれる。一九四七年革命に参

加、一九四八年中国共産党に入党。文化部幹事、師団の文芸工作団副隊長を歴任。

一九四九年十二月、陝西省南部を解放後、解放軍一七一連帯第三大隊の一員として青木川に進駐した。当時、寧羌県西部「反共産党地下遊撃隊」司令官姜森の部下李樹敏及びその妻劉芳（特務）は解放軍への投降を拒否し、山林に隠れて頑強に抵抗。一九五〇年六月二日、李樹敏は区政府を包囲し、広坪鎮の街は一時占拠された。林嵐は区の武装部隊とともに応戦、交戦中不幸にも敵に捕えられた。だが酷刑にかけられても屈せず、毅然として大義を全うし死に就く。時に二十二歳。

革命烈士・林嵐は、熱血を注いで命を捧げ、大義に徹して平然と死に向かい、自らの命と引き換えに青木川人民の解放に貢献した。烈士林嵐は永遠にわれわれの心に生きるであろう。

墓を移して行う改葬は秋に入ってから実施された。墓には白骨しか残っていなかったが、鎮としては当たり前に棺を作った。納棺のとき青女が自ら遺骨を正しい位置に並べ、頭部には強い樟脳の匂いを放つ白緞子の枕を敷き、全体に赤い絹の布団をかけた……。副県長、民政局長や鎮政府の役員はみな参列し、献花した。生徒たちがラッパを吹き太鼓を叩いて、爆竹を鳴らした。

馮明は来なかった。妻の夏飛羽と一緒に小さな箱に納まって壁に収納されている【中国の納骨は壺でなく、木や大理石の四角い箱に納める】。周囲は見知らない「人々」ばかりだ。

馮小羽も来なかった。彼女は日本で、鍾一山とともに京都の泉涌寺の「楊貴妃観音」の年代を調べていた。その観音像は楊貴妃本人の姿を模して彫ったそうだが、中国の儻駱道の駱峪口にも泉涌寺という寺があるとか……。

水車小屋のそばにも石碑が建てられた。素朴な碑で、「謝静儀永眠の地」の文字以外には碑文も飾りも何もなかった。石碑は当地の青石で作られ、文字に色付けもしていないが、彫りはくっきり深かった。

訳者後記

葉広芩《イエ・グワンチン》は一九四八年、満洲族の名門・葉赫那拉《エホナラ》の一族の家に生まれた。清朝は崩壊したが、民国時代は大邸宅に住み一応大家族の生活を維持していたという。しかし、一九五五年に父親が亡くなると一家は離散した。一九六六年に「文化大革命」が始まると、兄弟たちはますます苦境に立たされる。葉広芩は北京女子第一中学校を卒業し看護学校に入ったが、一九六八年に卒業するとすぐ、陝西省の農村に下放《かほう》させられた。そのへんの民国以来の一族の生活や兄弟たちの数奇な運命を、葉広芩は、長編小説《采桑子》（一九九九年、北京十月文芸出版社初版。日本語訳は吉田富夫訳『貴門胤裔《きもんいんえい》』）に書いている。

その後葉広芩は、西安市で看護婦や記者を勤めた後、一九九〇年から二年間日本に留学した。この留学は、当時日本の大学で教鞭をとっていた夫のもとに、中学になった娘とともに来日して実現した。そのころのことは《琢玉記》（一九九一年人民文学社出版。日本語訳は郭春貴・久美子訳『娘とわたしの戦争』）の中で触れられている。

一九九五年には西安市文聯創作研究室に転属になり、専業作家となる。二〇〇〇年から元の職に籍を置いたまま西安の西の周至《しゅうし》県に出向して県委員会副書記になる。そして、周至県に属する老県城《ろうけんじょう》に長期滞在し、秦嶺奥地の動物生態環境を調査した。このとき、老県城村の村民、老県城の遺跡、パンダ保護センターに関心を持ち、長編《老県城》ほかの小説を書いた。

また村の老人から、老県城が一九二五年ごろ突然寂れた理由は、新旧両県知事が匪賊に殺され、住人が皆逃げ出したからだと聞く。民国年間、老県城の東の寧陜《ねいせん》には彭源洲《ポンユエンジョウ》、南の鎮巴《ちんは》には王三春《ワンサンチュン》、西には魏輔唐《ウェイフータン》の三大匪賊が勢力を持っていた。魏輔唐の故郷の青木川鎮について、作者はかねてから取材したいと思っていたので、二〇〇〇年に訪問した。このときのことを「『青木川』について」〈我写《青木川》〉の中で次のように書いている。

「青木川は昔の面影を色濃く残した小さな鎮で、木造家屋、屋根のある橋、清流が見られる」

「さらに珍しかったのは、洋館、豪華な邸宅、バロック風の浮彫のある礼拝堂であり、英語を話す老人がいたことだ」

「聞くところによると、これらすべては青木川の人民自衛団司令・魏輔唐の業績だったが、彼は一九五二年、人民政府によって極悪非道な匪賊として処刑されたそうだ」

「しかし、鎮の人々は彼を進歩的な土豪だと慕っていた」

「このことを知って、私たちの中国近代史に対する理解はお粗末過ぎると思った。人を簡単に良い人と悪い人に分類する。匪賊は当然悪人とされる。しかし、一部の人の政治的立場は線引きが難しく、立場ははっきりしない」

「《青木川》を書くにあたって、百人近い人にインタビューし、大量の史料を調べたが、小説の原型は魏輔唐の五番目の妻、瞿遙章《チューヤオジャン》に依るところが大きい」

この小説の主要な背景は、青木川鎮の一九五二年の土地改革で、主要人物は、土地改革を指導した解放軍政治教導員の馮明《フォンミン》と、民国時代に青木川を二十年近く支配していた、地元の人民自衛団司令の魏富堂《ウェイフータン》である。馮明は確かに生粋の革命家で、抑圧されていた人々を解放するために命がけで闘った。しかし、魏富堂から取り上げて農民に分配した土地財産は、そのあと、必ずしも彼が意図したように農民を公平に潤してはいなかった。彼とともに土地改革を推進した人々は、実直で私利私欲を計る人ではなかったので、その後の人生は必ずしも恵まれていない。それに対し魏富堂の甥・李樹敏《リーシューミン》が小間使いの黄花《ホアンホワ》に産ませた佘翻身《ショーファンシェン》は、地主の子ではなく、貧農の黄花が手籠めにされて生まれた子として、「文革」期を乗り切り、土地改革の五十年後には、なぜか豪邸に住み、煉瓦工場を持ち青木川一番の金持ちになっている。

魏富堂は若いときは匪賊となり、略奪や殺戮を繰り返したが、中年になって青木川に戻ってからはアヘン栽培で財をなし、武器を蓄え、人民自衛団の司令として権力を握っていた。小作料の取り立てや徴兵は厳しかったが、橋を架け道路を整備し、立派な学校を建てて、青木川の子弟は全員授業料なしで勉強させた。国民党とも共産党とも争わないようにして、しばらくは鎮の平和を保った。

ついに一九五二年春、解放軍が進攻してくる。魏富堂は情勢を読み、命と土地財産は保証すると言われ投降する。しかし、大衆裁判で身に覚えのない解放軍襲撃事件まで彼の罪にされ、処刑される。

それから五十数年後、退官して時間ができた馮明が青木川を再訪する。土地改革の功労者として歓迎され、昔の同志と苦労話に花が咲くだろうと期待していたが、集まった老人たちはほとんど魏富堂の部下だった人たちだった。それに接待してくれる若い鎮長《ちんちょう》の李天河《リーティエンホー》や政治協商会議主席の張保国《ジャンバオグオ》の関心事は、観光開発に依る地域経済の発展だ。馮明が命を賭けて戦った中国革命の時代は遠い過去になっていて、彼は、再訪するのではなかった、と臍をかむ。このように革命派も反革命とされた人も客観的に書かれている点が新鮮だ。

スケールの大きな歴史小説としても面白い。作者が「史実に近い物語」と言っているように、物語の魏富堂、許忠徳は、実存した魏輔唐、許種徳と共通点が多い。この二人以外の様々な登場人物にも、作者が取材を通して知った実在の人物が投影されているようだ。

これらの人々が、一九五〇年前後の共産党・国民党・匪賊が三つ巴になって戦った厳しい時代をいかに生きたか、また経済的に豊かになった半世紀後の人々の意識がいかに変わったかが、リアルに描かれている。僻地の小さな鎮で起こった話ではあるが、このような状況が中国全土で繰り広げられたであろうことが、想像される。

また、推理小説を読むような面白さもある。馮明の青木川再訪には娘で作家の馮小羽《フォンシアオユー》と、娘の学友で「蜀道」研究家の鍾一山《ジョンイーシャン》が同行したが、彼らはいわば作者の分身で、彼らの取材や調査を通して話が展開する。

章を追って少しずつ個々の人物像が明かされていくので、各人物の全体像は後になって初めて明らかになる。例えば馮小羽が一番興味を持っていた程立雪の行方は、最後の最後まで秘せられたままだ。

小説の中に唐代の楊貴妃《ようきひ》の話が出てくる。作者も楊貴妃の話は主題からはそれると断っているが、作者は日本留学を通して日本に興味を持ち、特に楊貴妃が日本に流れ着いたという伝説があることに、よほど興味を持たれたのであろう。さらに作者自身も「蜀道」の歴史に関心があり、これらの話を挿入するために、第二の分身鍾一山を登場させたのだと思う。

以下この小説の翻訳に関係することについて述べておきたい。

＊この翻訳のテキストは、葉広芩著《青木川》二〇〇七年十二月、第一版第二次印刷を用いた。

＊三人の共訳の進め方は、最初、章を分担して日本語に訳したのち、輪読した。その過程で田蔵は、中国語が正確に日本語に訳されているかを一言一句丁寧に対照した。また日本人が分からない中国の風俗・習慣その他についての注を付けた。奥脇と福地は訳語の統一を図りながら日本語の推敲を重ねた。また資料に依って、日本人にあまり知られていない、歴史、地理、古典詩、文革中のスローガン、毛沢東の言葉、京劇、映画その他について、ごく簡単な注を付けた。

この日本語訳の出版は「太白文芸出版社」と「中国当代少数民族文学作品対外翻訳企画」の出版助成金によって出版の運びとなった。

葉広芩女史との連絡、資料提供、援助金の申請などに関して、ご主人の顧明耀先生にはひとかたならぬお世話になりました。ここに深く感謝申し上げます。

最後に、本書の制作担当・花乱社の別府大悟氏には、翻訳原稿作成段階から編集・校正全般にわたりお力添えをいただいた。お礼を申し上げます。

二〇一六年八月十八日

福地桂子

＊参考資料

英訳“Greenwood Riverside”経典中国国際出版工程、《中国電影大辞典》上海辞書出版社、『中国古典文学大系』平凡社、『現代中国事典』岩波書店ほか

■訳者紹介

福地桂子（ふくち・けいこ）
1937年，長崎県生まれ
1961年，日本女子大学文学部史学科卒業（東洋史）
1971年，和光大学人文学部文学科卒業（中国文学）
1972年，和光大学人文学専攻科文学専攻修了（中国文学）
2001年，長崎総合科学大学定年退職（中国語）
【主な翻訳】
小説＝中編『人が中年になると』（原題《人到中年》諶容，『民主文学』209号，1983年４月）
中編『方舟』（原題《方舟》張潔，『長崎総合科学大学紀要』27巻２号，1987年３月／28巻１号，1987年６月／28巻２号，1987年11月）
中編『翠玉』（原題《祖母緑》張潔，『長崎総合科学大学紀要』29巻１号，1988年９月／30巻１号，1989年６月）
評論・学術論文＝評論「批判の尊厳」（原題〈批判的尊厳〉洪子誠，『火鍋子』80号 2013年）

奥脇みち子（おくわき・みちこ）
1948年，東京都生まれ
1971年，和光大学人文学部文学科卒業（中国文学）
職歴＝出版社嘱託勤務，学習研究社『魯迅全集』編集補助，汲古書院『丸山昇遺文集』編集補助など
【翻訳】
短編小説＝「老友再訪」（原題〈老友重逢〉張承志，『火鍋子』74号，2009年）
「記録しておきたい大事なこと」（原題〈記一件有意義的事〉劉慶，『火鍋子』79号，2012年）
「つむじ風」（原題〈驟風〉甫躍輝，『火鍋子』80号，2013年）

田　葳（ティエン・ウェイ）
1970年，中国ハルビン生まれ
1995年，黒竜江大学日本語学部修士課程修了（文学修士）
現在，ハルビン理工大学日本語教師
専門分野＝日本語の音韻，文学作品の翻訳
【論文】
「『現代漢語辞典』第六版音声と音韻について」（『日中語彙研究』第４号）
「日本語のアクセントと中国語の声調」（原題〈日語的重音与漢語的声調〉，《日語学習与研究》）など
【翻訳】
《野薔薇》（原題『野ばら』林真理子）
《不美，不活！　》（原題『美か，さもなくば死を』林真理子）
《美女入门二》（原題『美女入門 PART２』林真理子）など

葉広芩（イエ・グワンチン）
1948年，北京生まれ。満洲族。中国の著名な女流作家。
現在，中国作家協会員，西安市文化歴史研究館館員，西安培華女子学院院長。
これまでは陝西省作家協会副会長，西安市文芸連合会副会長を務めていた。
陝西省から「模範文芸活動家」，北京人民芸術劇院から「名誉シナリオライター」の称号を授与された。
少数民族文学賞，魯迅文学賞，老舎文学賞，柳青文学賞，蕭紅文学賞，中国女性文学賞，『人民文学』賞，『北京文学』賞など受賞多数。
【主な作品】
長編小説＝《戦争孤児》，《注意熊出没》，《全家福》，『貴門胤裔』（吉田富夫訳，原題《采桑子》），《状元媒》
長編ノンフィクション＝《没有日記的羅敷河》，『娘とわたしの戦争』（郭春貴訳，原題《琢玉记》），《老県城》
短編小説集＝《老虎大福》，《日本物語》，《逍遙津》，《小放牛》
映画・新劇・テレビドラマ＝《全家福》，《茶館》の脚色（中央テレビCCTVで放映），《一代梟雄》の原作

青木川伝奇《あおきがわでんき》
2016年10月31日　第1刷発行
著　者　葉 広 芩
訳　者　福地桂子・奥脇みち子・田　葳
発　行　中国書店
〒812－0035　福岡市博多区中呉服町5番23号
電話 092（271）3767　FAX 092（272）2946
制　作　図書出版花乱社
印刷・製本　モリモト印刷株式会社
ISBN978-4-903316-53-6